한 권으로 읽는
헤르만 헤세 작품선

한 권으로 읽는
헤르만 헤세 작품선

헤르만 헤세 | 이강래 옮김

차례

데미안

두 개의 세계 • 11
카인 • 36
죄인 • 63
베아트리체 • 89
새는 알에서 나오기 위해 투쟁한다 • 116
야곱의 싸움 • 139
에바 부인 • 168
종말의 시작 • 200

수레바퀴 아래서

1장 ● 214

2장 ● 248

3장 ● 276

4장 ● 317

5장 ● 350

6장 ● 373

7장 ● 401

크눌프

초봄 ● 432

크눌프에 대한 나의 회상 ● 482

종말 ● 507

작가 연보 ● 548

*나는 정말 나의 내면에서
진정 원하는 대로 살고자 노력했을 뿐이다.
그런데 어째서 그것이 그토록 어려웠을까?*

내 이야기를 하기 위해서는 훨씬 이전부터 시작해야 한다. 가능한 한 아주 먼 유년 시절의 맨 처음, 아니 그것을 훨씬 뛰어넘어 아득한 선조의 뿌리까지 거슬러 올라가야 할 터이다.

작가들은 소설 쓸 때 자신들이 신이라도 된 듯 어느 한 인간의 인생을 모조리 파악하고 이해한 것처럼 임한다. 또한 신이 자신들에게 이야기한 듯 그 무엇도 가리는 것 없이 신랄하게 묘사할 수 있는 척한다. 나는 그렇게 할 수가 없다. 작가들도 그렇게 하는 건 불가능하다. 그러나 나의 이야기는 모든 작가에게 자신의 이야기가 중요한 것 이상으로 내게 중요하다. 왜냐하면 그것은 나 자신의 이야기일 뿐만 아니라, 그럴싸하게 만들어낸 이상적인 혹은 어떤 존재하지 않는 인간의 이야기가 아닌, 실제로 존재하는 인간의 단 한 번 사는 인생 이야기이기 때문이다. 그런데 실제로 오늘날의 사람들은 살아 있는 인간이 무엇이냐 하는 것에 대해 과거의 사람들만큼 잘 알지 못한다. 한 사람 한 사람이 자연의 단 한 번뿐인 소중한 시도인데도 인간들이 대량으로 학살당하고 있다. 만일 우리가 한 번 이상 존재할 수만 있다면, 우리 모두 진정 단 한 발의 총알로 이 세상에서 완전히 사라질 수 있다면, 이런 이야기를 하는 것도 무의미할 거다. 그러나 인간은 누구나 유일한 자신일 뿐만 아니라 단 한 번뿐인 아주 특별한 존재이다. 세상의 온갖 현상이 두 번 다시 반복되지 않고 단 한 번만 교차하는 중요하고도 또렷한 '점'인 것이다. 따라서 모든 인간의 이야기는 중요하면서도 영원불멸의 신성한 것이다. 모든 인간은 아무튼 살면서 자연의 의지를 실현하고 있는 한 경이롭고도 주목할 가치가 있다. 모든 인간은 내면에서 정신이 형상되고, 피조물로서의 고뇌로 괴로워하고, 구세주처럼 십자가에 매달려 있다.

오늘날 '인간이란 무엇인지'를 아는 사람이 거의 없다. 그러나 그것을 느끼는 사람은 많다. 그 덕분에 그 사람들은 다른 사람들보다 평온한 죽음을 맞이한다. 마치 내가 이 이야기를 다 쓰고 나면 다소 평온한 죽음을 맞이할 수 있는 것처럼.

나는 감히 나 자신을 알고 있다고 말할 수 없다. 나는 끊임없이 찾아 헤맸고 지금도 여전히 그렇다. 그러나 더 이상 밤하늘의 별이나 책 속에서 찾지는 않는다. 내 피가 몸속을 흐르며 이야기하는 가르침에 귀를 기울이기 시작했다. 내 이야기는 유쾌한 기분을 주진 않는다. 그것은 머릿속에서 그려낸 이야기처럼 달콤하거나 부드럽지 않다. 그것은 불합리와 혼돈, 광기와 환상의 맛이 난다. 자신을 기만하지 않는 모든 인간의 삶처럼.

모든 인간의 삶은 자기 자신에게로 이어지는 길이며, 하나의 시험이며, 작은 길의 암시이다. 일찍이 누구도 완전한 본인 자신인 적이 없었다. 그런데도 각자 자기 자신이 되기 위해 노력하고 있다. 어떤 사람은 모호하게, 어떤 사람은 명확하게 나름대로 할 수 있는 방법을 쓴다. 누구나 출생의 잔재인 원시 상태의 점액과 알껍데기를 최후의 순간까지 짊어지고 있다. 개중에는 인간이 되지 못하고 개구리나 도마뱀, 개미에 머무는 경우도 적지 않다. 상체는 인간의 모습을 하고 하체는 물고기인 채로 그치는 경우도 적지 않다. 그러나 모두 다 인간이 되기 위해 자연에 던져진 하나이다. 우리는 모든 것의 시작, 다시 말해 어머니는 같다. 우리는 모두 똑같은 심연(深淵)에서 출발하고 있다. 그리고 모두 그 심연으로부터의 실험으로 던져진 하나로서 자신의 목표를 향해 노력하고 있다. 우리는 서로를 이해할 수 있다. 그러나 서로는 자기 자신밖에 밝혀내지 못한다.

두 개의 세계

나의 이야기는 내가 열 살 때 작은 도시의 라틴어 학교에 다니던 시절의 경험에서 시작된다. 당시 온갖 향기가 나를 자극하면서 고통과 즐거운 전율로 마음을 뒤흔들었다. 어두운 뒷골목과 밝은 대로변, 집들과 탑, 시계 소리와 사람들의 얼굴, 안락하고 따뜻하여 쾌감으로 가득한 방과 비밀 그리고 유령에 대한 깊은 공포심으로 가득한 방 등. 거기에는 따뜻하고 아담한 구석, 집토끼, 하녀, 민간요법의 약, 말린 과일 등의 냄새가 났다. 그곳에는 두 개의 세계가 교차하고 있었다. 두 개의 극으로부터 낮과 밤이 찾아왔다.

하나의 세계는 아버지의 집이었다. 그곳은 아주 좁았으며 내 부모님만을 포용할 뿐이었다. 이 세계의 대부분은 내게도 친숙한 곳이었다. 그것은 어머니와 아버지, 사랑과 엄격, 모범과 교육의 대표적 장소였다. 이 세계에는 온화한 광채와 명랑함과 청정함이 공존하고 있었다. 이곳은 따스하고 다정한 이야기, 잘 닦은 손, 깨끗한 옷, 예의범절의 장소였다. 아침의 찬송가가 불리고, 성탄절을 축복했다. 이 세계에서는 미래로 곧장 이어지는 선과 길이 있었다. 의무와 죄, 양심의 가책과 참회, 용서와 선의, 사랑과 존경, 성경의 말씀과 지혜가 있었다. 밝고 청결한 아름다움, 잘 정돈된 생활을 위해서는 이 세계에서 절대 벗어나선 안 되었다.

반면에 또 하나의 세계는 이미 우리 집 한가운데에서 시작하고 있었다. 그곳은 완전히 다른 세계이며, 다른 냄새가 났으며, 다른 말투로 이야기했고, 다른 것들을 약속하고 요구했다. 이 제2의 세계에는 하녀들과 직공들, 유령 이야기와 듣기 거북한 소문들이 있었다. 그곳에서는 상상조차 할 수 없을 정도로 사람들을 부추기는 무섭고도 수수께끼 같은 온갖 이야기로 가득했다. 도살장과 감옥, 술주정뱅이와 시끄럽게 욕설을 퍼붓는 여자, 새끼를 낳는 암소, 쓰러진 말, 강도, 살인, 자살 등의 이야기였다. 이런 아름답고, 으스스하고, 난폭하고, 비참한 일들이 여기저기 길거리나 집 안에서도 벌어지고 있었다. 경찰과 부랑자가 쫓고 쫓기고, 주정뱅이가 아내를 때리고, 젊은 여자 무리는 해가 지면 공장에서 쏟아져 나왔다. 노파는 마법을 걸어 병에 걸리게 했다. 강도가 숲속에 살고 있었고, 방화범이 경찰에 붙잡혔다. 이 제2의 격렬한 세계는 세상 곳곳에서 들끓어 오르며 냄새를 풍기고 있었다. 단, 아버지와 어머니가 계시는 우리 집을 제외하고. 그것은 매우 다행스러운 일이었다. 우리 집에 평화와 질서와 안식, 의무와 양심, 용서와 사랑이 존재하는 것은 정말 멋진 일이었다. 그리고 또 다른 여러 가지 것, 시끄러운 소란과 자극, 어둡고 폭력적인 온갖 것으로부터 한달음에 어머니에게로 도망칠 수 있었다는 것은 정말로 행운이었다.

이 두 개의 세계가 서로 너무 가까이 존재한다는 것이 무엇보다도 신기했다. 예를 들어 우리 집 하녀 리나는 저녁 기도를 드릴 때 거실문 옆에 앉아 주름이 쫙 펴진 앞치마 위에 깨끗하게 씻은 두 손을 올리고 맑은 목소리로 함께 노래를 부를 때면, 완전히 부모님의 세계, 우리의 세계, 밝고 올바른 세계에 속해 있었다. 그러나 기도를 마치고 부엌에서 혹은 장작을 넣어두는 창고에서 내게 머리가 없는 난쟁이 이야기를 들려줄 때 혹은 푸줏간의 작은 가게에서 이웃 여자와 말싸움할 때는 완전히 다른 여자, 다른 세상 사람이 되어 비밀의 베일에 싸여 있었다. 그리고 그건 다른 모든 것에 관해서도 마찬가지였고, 나자신에 관해서는 더더욱 그랬다. 누가 보더라도 나는 틀림없이 밝고 올바른 세계에 속해 있는 내 부모님의 자식이었다. 그러나 눈과 귀를 잠시 돌리면 여기저기에 전혀 다른 것들이 있었다. 나는 전혀 다른 것들 속에서 살고 있었다. 설령 그것들이 내게는 자주 낯설고 무서웠고, 또한 그곳에서 늘 양심의 가책과 불안을 느꼈다고 할지라도. 그뿐만 아니라 나는 때론 다른 그 어떤 것보다도 금지된 세계를 즐겨 찾았다. 그리고 밝은 세계에 돌아가는 것은—아무리 그것이 꼭 필요하고 감사할 일이라 할지라도—아름다움이 덜하고, 훨씬 따분하고, 훨씬 무미건조한 세계로 돌아간다는 느낌이 드는 일이 자주 있었다.

내 평생의 목표가 부모님처럼 되는 것이며, 밝고 맑게 잘 정돈되어 있다는 것을 이따금 자각했지만, 거기에 이르는 길은 멀었다. 그러기 위해서는 학교를 졸업하고, 연구하고, 시험을 통과해야만 했다. 그리고 그 길은 끊임없이 또 다른 어두운 세계의 옆, 그 한복판을 뚫고 지나가야 했다. 그 세계에 멈춰 서서 그 속에 물드는 것도 불가능한 일은 아니었다. 그런 운명에 빠져 방탕한 삶을 사는 사람의 이야기가 있었다. 나는 그것을 열정을 갖고 읽었다. 그 이야기 속에서는 아버지와 선의 세계로 돌아가는 것이 항상 구원이자 훌륭한 것이었다. 그것만이 옳고 좋은 것이고, 바람직한 것임을 나 또한 느끼고 있었다. 그러나 이야기 속의 악당들과 타락한 자들 사이에서 벌어지고 있는 일들이 훨씬 내 흥미를 끌었다. 솔직히 말하자면 타락한 자들이 참회하고 새사람이 된다는 것이 정말로 유감스럽게 느껴졌던 적이 한두 번이 아니었다. 그러나 그런 말은 절대로 입 밖으로 내지 않았으며 생각조차 하지 않으려 했다. 그것은 어디까지나 막연한 느낌에 불과했으며 또한 다시 있을 수 있는 일로, 감정 깊숙한 곳에 존재하고 있을 뿐이었다. 악마를 상상할 때면 변장했든 정체를 드러냈든 간에 녀석들은 저 아래 길거리 또는 시장 바닥 혹은 술집과 같은 곳에 있는 것이라고 생각했을 뿐 결코 우리 집에 있는 거라고는 상상조차 할 수 없었다.

내 누나들 또한 나와 마찬가지로 밝은 세계에 속해 있었다. 그들은 나보다 부모님과 더 가깝다는 생각을 자주 했다. 그들은 나보다 선량하고 예의범절을 잘 갖춰 실수가 거의 없었다. 그들에게도 결점과 나쁜 버릇이 있기는 했지만 그리 심각한 것은 아니었다. 내 경우와는 사뭇 달랐다. 내게는, 악과의 접촉은 자주 힘겹고 고통스러운 것이었다. 나는 어두운 세계와 훨씬 가까이 있었다. 누나들은 부모님들과 마찬가지로 아낌없는 존경을 받을 자격이 충분했다. 누나들과 싸우고 난 뒤 내 양심에 따르자면, 항상 내가 나빴고 먼저 싸움을 걸었으며 용서를 빌어야 하는 처지였다. 왜냐하면 누나들을 모욕하는 것은 부모님과 선과 규율을 모욕하는 것이기 때문이다. 내게는 누나들과는 함께할 수 없지만, 마을의 아주 불량한 악동들과 함께할 수 있는 비밀까지 있었다. 양심이 어지럽혀지지 않은 밝고 좋은 날에는 누나들과 함께 노는 것, 함께 착하고 얌전하게 있는 것, 진지하고 고귀한 빛 속에 있는 나 자신을 바라보는 일은 매우 즐거운 일이었다. 천사일 때면 그렇게 하고 있어야만 했다. 그것은 내가 알고 있는 최고의 모습이었다. 크리스마스의 행복처럼 밝은 음악과 향기 속에 파묻힌 천사가 되는 것은 달콤하고 멋진 일이라고 여겼다. 아아, 그러나 그런 시간과 날들이 대체 얼마나 된단 말인가? 나는 놀다 보면, 정신없이 허락된 놀이에 빠져 있노라면 자주 누나들이 감당할 수 없을 정도로 과격한 감정에 사로잡혀 싸움하게 되고 결국 불행을 초래하고 만다. 그렇게 분노에 사로잡혀 있노라면 끔찍한 모습으로 변해서 닥치는 대로 말하고 행동하고, 스스로 타락의 길임을 뼈저리게 깨닫게 될 언행들을 했다. 그런 다음 후회의 초라한 어둠의 몇 시간이 그리고 용서를 비는 고통의 순간이 찾아왔다. 그리고 다시 밝은 빛과 다툼이 없는 조용한 행복을 몇 시간, 한동안은 되찾을 수 있었다.

나는 라틴어 학교에 다녔다. 시장과 삼림관리관의 아들이 같은 반이었는데 가끔 우리 집에 오곤 했다. 둘 다 난폭한 사내아이들이었지만 선량하고 공명한 세계에 속해 있었다. 그럼에도 나는 우리가 늘 경멸하던 공립학교 이웃 아이들과 가까운 사이였다. 그들 중 한 명으로부터 내 이야기를 시작해야겠다.

수업이 없던 어느 날 오후—내가 열 살이 되었을 때였다—나는 이웃의 두 아이와 함께 거리를 쏘다니고 있었다. 그때 덩치가 큰 소년이 다가왔다. 열세 살 정도 된 그는 힘이 세고 난폭한 아이였다. 공립학교에 다니고 있었는데, 재단사의 아들이었다. 그의 아버지는 술꾼이었고 집안 식구 전체가 악명이 자자했다. 내게는 프란츠 크로머가 무섭고 익숙한 존재였다. 지금 그가 우리 사이에 끼어드는 것이 썩 내키지 않았다. 그는 이미 어른티가 났고, 젊은 직공들의 걸음걸이를 흉내 내고 있었다. 우리는 그의 명령에 따라 다리 옆 강가로 내려가 맨 앞 교각 밑에 숨었다. 아치형의 교각과 느리게 흐르고 있는 강물 사이의 좁은 기슭에는 쓰레기, 깨진 조각들, 온갖 잡동사니에 녹슨 철사 뭉치, 그밖에 쓸모없는 것들의 집합 장소였다. 가끔은 이곳에서 꽤 쓸 만한 것을 찾아내기도 했다. 우리는 프란츠 크로머의 지휘 아래 주변 일대를 휘저으며 찾아낸 것을 그에게 보여줘야만 했다. 그러면 그는 그것을 주머니에 넣거나 물속에 던져버렸다. 그런 다음 그는 납, 황동, 아니면 구리 따위가 없는지 잘 살펴보라고 명령했다. 그는 그런 것들을 모두 주머니에 넣었다. 뿔로 만든 낡은 빗도 주머니에 넣었다. 나는 그와 함께하는 것이 매우 불편하게 느껴졌다. 이 사실이 아버지의 귀에 들어가면 그와의 만남을 금지할 것임을 잘 알고 있기 때문이 아니라, 내가 프란츠를 무서워했기 때문이다. 그러나 나를 동료로 받아들여 다른 아이들과 똑같이 대해준 것을 내심 기뻐했다. 그는 명령을 내렸고, 우리는 따랐다. 이때 나는 그와 처음 함께했음에도 마치 오래된 습관처럼 여겨졌다.

게다가 우리는 땅바닥에 주저앉아 있었고, 프란츠는 강물에 침을 뱉으며 어른 행세를 하고 있었다. 그는 잇새로 침을 뱉어 어디든 원하는 곳을 맞췄다. 이렇게 이야기가 시작됐다. 아이들은 학생으로서 할 수 있는 온갖 무용담과 말썽을 자랑스럽게 떠벌렸다. 나는 아무 말도 하지 않았지만, 그 때문에 오히려 두드러져 보여 크로머의 노여움을 사지 않을까 두려웠다. 두 친구는 처음부터 나와 거리를 두며 대놓고 크로머 편을 들었다. 나는 그들 사이에서 이방인이었다. 그리고 나의 옷차림과 행동거지가 그들의 눈에 거슬린다는 것을 느꼈다. 라틴어 학교의 학생으로서, 좋은 가정에서 자란 나를 크로머가 좋아할 리 없었다. 다른 두 아이가 여차하면 내게 등을 돌리고 떠나버릴 것임을 충분히 알고 있었다.

나는 결국 두려움에 이야기를 털어놓기 시작했다. 나는 황당한 도둑 이야기를 꾸며내 스스로를 이야기의 주인공으로 만들었다. 어느 날 밤에 모퉁이의 물레방앗간 옆 과수원에서 친구 한 명과 함께 사과 한 자루를 훔쳤는데, 싸구려 사과가 아니라 라이네테와 골트파르메네와 같은 최상품이었다고 말했다. 나는 이 이야기로 일시적인 위기에서 벗어났다. 나는 이야기가 끝난 뒤 되레 곤란을 겪지 않으려고 온갖 궁리를 하면서 최대한 자연스럽게 말하려고 노력했다. 둘 중 한 명이 나무에 올라 사과를 떨어뜨리는 동안 한 명은 망을 봐야 했으며, 자루가 한가득 되자 너무 무거워 결국 절반을 덜어내야 했지만, 30분 뒤에 다시 가서 모두 가져갔다고 말했다.

이야기를 다 했을 때, 나는 박수가 나오기를 기대했다. 이야기에 너무 열중하다 보니 꾸며낸 이야기에 도취하고 말았다. 두 소년은 방관자처럼 아무 말도 하지 않았지만, 프란츠 크로머는 실눈을 뜬 채 무섭게 노려보면서 물었다.

"그거 정말이야?"

"당연하지."

내가 말했다.

"정말, 진짜로 했단 말이지?"

"응, 진짜 사실이야."

나는 지지 않고 딱 잘라 말했지만, 내심 불안한 마음에 숨이 멎을 것 같았다.

"맹세할 수 있어?"

나는 약간의 두려움을 느꼈지만, 즉시 "응" 하고 대답했다.

"그럼 하나님을 걸고 맹세해!"

"하나님을 걸고 맹세!" 하고 나는 말했다.

"좋아, 됐어."

그는 이렇게 말하고 눈길을 돌렸다.

나는 별거 아니라고 생각했다. 그리고 그가 일어서서 집으로 향하자 기뻤다. 다리 위에 왔을 때, 나는 움찔거리며 이제 집에 가야 한다고 말했다.

"뭐, 급할 거 없잖아."

프란츠는 웃으며 말했다.

"우린 가는 방향이 같잖아."

우리는 천천히 걸었다. 나는 감히 도망칠 생각조차 할 수 없었다. 그는 정말로 우리 집 쪽을 향해 걷고 있었다. 현관문과 청동 손잡이, 창문을 비추고 있는 햇빛과 어머니 방의 커튼이 보이는 곳까지 와서야 나는 안도의 한숨을 내쉬었다. 후유, 집이다! 우리 집, 밝은 평화의 세계로 돌아갈 수 있다는 기쁨과 고마움!

내가 재빨리 문을 열고 집 안으로 들어가 문을 닫으려는 순간 프란츠 크로머가 함께 밀고 들어왔다. 안마당 쪽에서만 빛이 들어오는 차고 음침한 돌바닥 복도에서 그는 내 곁에 선 채 내 팔을 붙잡고 낮은 목소리로 말했다.

"야, 그렇게 서두를 거 없잖아."

나는 놀라서 그의 얼굴을 쳐다봤다. 그의 팔은 마치 쇠처럼 단단했다. 나는 그가 무슨 생각을 하는 건지, 나를 괴롭히려는 건지 곰곰이 생각했다. 당장 소리를 치면 위에서 누군가가 나를 구해주러 달려오지 않을까 생각했다. 그러나 결국 포기하고 물었다.

"왜, 어쩌자는 건데?"

"별거 아냐. 그냥 물어볼 게 있어. 다른 사람들에게는 용건이 없어."

"그래? 무슨 말이 듣고 싶은 건데? 나는 이제 올라가야 해."

"너도 알고 있지. 모퉁이 물레방앗간 옆 과수원이 누구네 건지?"

프란츠가 낮은 목소리로 말했다.

"아니, 몰라. 물레방앗간 주인네 거겠지."

프란츠는 한 팔로 내 어깨를 감싸 힘껏 끌어당겼고, 나는 내 코앞에 있는 그의 얼굴을 봐야만 했다. 그는 사악한 눈길에 음흉한 미소를 지었고, 얼굴에는 잔혹함과 힘이 넘쳤다.

"야, 그 과수원이 누구네 건지 알려줄까? 누가 사과를 훔치고 있다는 건 이미 오래전부터 알고 있었지. 도둑이 누군지 알려주면 주인이 이 마르크를 준다는 것도 알고 있었다고."

"뭐라고?"

나는 소리쳤다.

"하지만 그 사람한테 아무 말도 하지 않을 거지?"

나는 그에게 의리로 호소하는 것이 헛수고임을 느꼈다. 그는 다른 세계의 인간으로, 배신 따위는 아무런 거리낌도 없었다. 나는 그 사실을 뼈저리게 느꼈다. 이런 일에서는 다른 세계의 인간들은 우리와 전혀 달랐다.

"아무 말도 안 하다니?"

크로머가 웃었다.

"야, 너는 내가 직접 이 마르크 은화를 만들어내는 화폐 위조범이라도 된다고 생각하니? 난 가난뱅이야. 너처럼 돈 많은 아버지가 없다고. 이 마르크를 벌 수 있다면 당연히 벌어야지. 아마 과수원 주인은 더 줄지도 모르지."

그는 갑자기 나를 놔주었다. 더 이상 우리 집 현관은 평화와 안전의 냄새가 나지 않았다. 내 주변 세계는 완전히 뒤바뀌었다. 그는 나를 고발할 것이다. 나는 범죄자였다. 사람들이 이 사실을 아버지에게 말할 것이다. 아니, 아마도 경찰이 들이닥칠 것이다. 혼란의 세계의 온갖 공포가 나를 위협했다. 온갖 불길한 일과 위험이 나를 위협했다. 내가 정말로 사과를 훔치지 않았다는 사실은 더 이상 중요하지 않았다. 나는 맹세를 하고 말았다, 아아!

눈물이 핑 돌았다. 돈을 주고 위기에서 벗어나는 것밖에 없음을 깨닫고 나는 절망적으로 모든 주머니에 손을 찔러 넣었다. 사과 하나도, 주머니칼 한 자루도 없었다. 아무것도 없었다. 순간 갑자기 시계가 생각났다. 그것은 낡은 은시계였다. 가지 않는 시계라 그냥 차고만 있을 뿐이었다. 그러나 그 시계는 할머니의 유물이었다. 나는 서둘러 시계를 꺼내 건네며 말했다.

"크로머, 아무 말도 하지 마. 그건 안 좋은 생각이야. 이걸 봐, 내 시계를 줄게. 당장은 이것밖에 가진 게 없어. 이걸 가져. 은으로 된 거야. 좀 망가졌지만, 최상품이야. 수리하면 돼."

그는 미소 띠며 커다란 손으로 시계를 받아 쥐었다. 그 손을 바라보는 나는 그것이 얼마나 난폭한지, 내게 얼마나 깊은 적대감을 가지고 있는지, 얼마나 내 생활과 평화를 위협하고 있는지를 느낄 수 있었다.

"은 제품이야."

나는 주뼛거리며 말했다.

"은이 뭐, 고물 시계가 어쨌다고! 네가 고쳐."

그는 경멸스럽다는 말투로 말했다.

"하지만 크로머."

나는 그가 그냥 휙 가버리는 게 아닐까, 두려움에 떨면서 소리쳤다.

"잠깐, 기다려! 제발 시계를 받아줘! 정말 은이야, 진짜라고. 난 이것밖에 가진 게 없어."

그는 차갑고 경멸에 찬 눈길로 나를 응시했다.

"그럼, 내가 이제 어디로 갈지는 잘 알고 있겠지. 경찰에게 말할 수도 있어. 난 경찰들을 잘 알거든."

그는 돌아서서 가려 했다. 나는 그의 소매를 붙잡았다. 그런 일은 있을 수가 없었다. 그가 그냥 현관을 나선 뒤 벌어질 일을 상상하면 그냥 죽어버리는 편이 나았다.

"프란츠, 멍청한 짓은 하지 마. 그냥 장난하는 거지?"

나는 흥분한 나머지 목멘 소리로 애걸했다.

"당연하지. 하지만 너는 비싼 값을 치러야 해."

"프란츠, 어떻게 하면 좋을지 말해줘! 뭐든 다 할게!"

그는 반쯤 감은 눈으로 나를 빤히 쳐다보며 다시 웃었다.

"너, 바보 아냐. 내가 말하지 않아도 잘 알잖아. 나는 이 마르크를 벌 수 있다고. 나는 그걸 버릴 만큼 부자가 아냐. 그건 알고 있겠지? 하지만 너는 부자에다 시계까지 가지고 있어. 이 마르크를 내게 주기만 하면 그걸로 모든 게 끝이야."

그는 착한 척하며 말했다.

그걸 모르는 건 아니다. 그러나 2마르크의 돈! 그건 나에게 10마르크, 100마르크, 1,000마르크와 같은 큰돈으로, 손에 넣을 수 있는 게 아니었다. 내게는 돈이 없었다. 어머니에게 작은 저금통이 있기는 했지만, 그 안에는 삼촌이 왔을 때나, 무슨 일이 있을 때마다 넣어둔 10페니히와 5페니히 동전 몇 개가 전부였다. 그것 말고는 한 푼도 없었다. 그때만 해도 아직 용돈을 받지 못했다.

"아무것도 가진 게 없어."

나는 슬픔에 찬 목소리로 말했다.

"한 푼도 가진 게 없어. 하지만 다른 거라면 뭐든 줄게. 아메리카 인디언의 책이나 군인, 나침반이라면 가져다줄 수 있어."

크로머는 뻔뻔한 입을 삐쭉거려 바닥에 침을 뱉었다.

"쫑알대지 마!"

그는 명령조로 말했다.

"그런 고물은 집어치워. 나침반을 어디다 쓰라고! 더 이상 화나게 하지 말고 돈을 내놔!"

"없는 걸 어떻게. 용돈을 받지 않는다고. 나도 어쩔 수가 없어."

"그럼 내일 이 마르크를 가져와. 방과 후 저 아래 시장에서 기다릴 테니. 그러면 끝이야. 돈을 안 가져오면, 알지? 각오해!"

"하지만 어디서 돈을 구하라는 말이야? 정말로 돈을 구할 수 없으면……."

"네 집에 돈은 얼마든지 있어. 그건 네 거나 마찬가지야. 내일 방과 후야. 잘 들어, 안 가져오면……."

그는 매서운 눈초리로 내 눈을 노려보았다. 그러고는 다시 한번 침을 뱉고 그림자처럼 사라졌다.

나는 위층으로 올라갈 수가 없었다. 내 생활은 파괴되고 말았다. 도망쳐서 두 번 다시 돌아오지 말까, 물에 빠져 죽을까도 생각했다. 그러나 그것들은 상상이 잘되지 않았다. 나는 어둠 속에서 현관 계단 제일 아래에 앉아 웅크린 채로 불행에 빠져들었다. 그런 내 모습을, 장작을 가지러 온 리나가 발견했다.

 나는 식구들에게는 아무 말도 하지 말라고 리나에게 부탁한 뒤 집으로 올라갔다. 유리문 옆 옷걸이에 아버지의 모자와 어머니의 양산이 걸려 있었다. 그런 모든 것에서 우리 집과 애정이 내게로 흘러들어왔다. 내 마음은 그 모든 것에 탕아가 그리운 고향집의 모습과 향기를 대하듯 애원과 감사의 마음으로 인사했다. 그러나 그 모든 게 더 이상 내 것이 아니었다. 그것은 밝은 아버지의 세계였다. 나는 죄를 짊어진 채 다른 물길에 빠져, 모험과 죄의식에 사로잡혀, 적에게 위협을 당하며 위험과 불안과 치욕을 견뎌야 했다. 모자와 양산이, 오래된 친숙한 사암(砂巖) 바다, 현관 장식장 위의 커다란 그림, 거실에서 들려오는 누나들의 목소리, 이 모든 것이 여느 때보다 더 사랑스럽고 다정하고 소중하게 느껴졌다. 그러나 그것들이 지금의 내게는 아무런 위로도, 도움이 될 재물도 아닌 채 그저 비난만을 의미했다. 이 모든 게 더 이상 내 것이 아니었다. 더 이상 나는 이 명랑함과 차분한 안식 속에 물들 수가 없었다. 나는 발판에서 털어낼 수 없는 더러움을 묻혀 왔다. 우리 집에서는 전혀 느낄 수 없는 어두운 그림자를 끌고 온 것이다. 지금까지의 수많은 비밀, 수많은 불안을 느끼기는 했지만, 그것은 지금의 내가 집 안으로 끌어들인 것과 비교한다면 사소한 장난이나 농담에 지나지 않았다. 운명이 나를 쫓아와 두 팔을 내게로 뻗고 있었다. 어머니조차 이것을 막을 수가 없었다. 또한 그 사실을 어머니가 알아서도 안 되었다. 내 죄가 도둑질이든, 아니면 거짓말이었든(나는 하나님을 걸고 거짓 맹세를 하지 않았던가?) 그것은 둘 다 마찬가지였다. 내 죄는 이 둘 중 하나가 아니었다. 내 죄는 악마에게 손을 뻗었다는 것이었다. 어째서 나는 아버지를 따르는 것 이상으로 크로머를 따랐단 말인가? 왜 나는 있지도 않은 도둑질 이야기를 꾸며냈단 말인가? 어째서 마치 영웅이라도 된 듯이 스스로 죄를 자랑했단 말인가? 이미 악마는 내 손을 잡아버렸다. 이제 적이 내 뒤를 쫓고 있다.

나는 더 이상 내일에 대한 공포를 느끼지 않은 채 순간적으로 내 삶이 내리막길, 어둠으로 통하고 있다는 무서운 확신이 느껴졌다. 한순간의 잘못으로 또 다른 잘못이 속속 벌어지리라는 것, 누나들의 곁을 지나는 것과 부모님에게 인사와 입맞춤조차 거짓이라는 것, 내 마음속에 감추고 있는 하나의 운명과 비밀을 짊어지고 있다는 것, 그런 것들을 또렷하게 느낄 수 있었다.

아버지의 모자를 봤을 때, 한순간 마음속으로 신뢰와 희망의 불빛을 보았다. 모든 걸 아버지에게 털어놓고 아버지의 판결에 따라 벌을 받고, 아버지에게 구원의 손길을 바랄까? 이것은 지금까지 수도 없이 견뎌왔던 참회에 불과하니까. 힘들고 고통스러울 때 눈물 어린 참회의 용서를 구하는 것에 불과한 것을…….

그것이 얼마나 달콤하게 들렸는지, 얼마나 아름다운 유혹이었는지. 그러나 그것은 문제가 되지 않았다. 나는 그러지 않을 것이라는 걸 잘 알고 있었다. 지금은 오로지 하나의 비밀, 스스로 해결해야 하는 죄를 짊어지고 있다는 것을 잘 알고 있었다. 나는 지금 갈림길에 서 있었다. 아마도 나는 이 일 이후 영원히 그리고 끝없이 좋지 못한 동료들이나 악당들과 비밀을 공유하면서, 그들에게 좌우되고, 그들에게 복종하고, 그들과 한패가 되어야 할 것이다. 나는 어엿한 남자답게 영웅을 연기했다. 지금은 그로 말미암아 일어날 일들을 감내해야 한다.

내가 방에 들어섰을 때, 아버지가 내 젖은 구두를 발견한 건 천만다행한 일이었다. 그 덕분에 이야기가 딴 데로 흘렀고, 아버지는 더 나쁜 짓을 눈치채지 못했다. 나는 작은 꾸중을 견디면서 몰래 다른 이야기와 연결했다. 그러자 묘하게도 새로운 감정이 싹트기 시작했다. 그것은 가시로 가득한 날카롭고 나쁜 감정이었다. 다시 말해서 나는 아버지에게 우월감을 느끼게 된 것이다. 나는 순간적으로 아버지의 어설픔을 경멸했다. 젖은 구두는 아주 사소한 일로 여겨졌다.

'만약 모든 사실을 안다면……'

이런 생각을 하면서, 살인을 자백해야 하는데 빵 한 조각을 훔친 일로 심문을 당하는 범죄자와 같은 기분이 들었다. 그것은 추악하고 한심한 감정이었지만, 매우 강하고 깊은 매력을 느끼게 해주었다. 그것은 다른 어떤 생각보다도 확실하게 나를 내 비밀과 죄를 이어주었다. 어쩌면 크로머가 지금쯤 경찰서에 가서 나를 고발했을지도 모른다. 식구들은 모두 나를 작은 어린애로만 보고 있는데 내 머릿속에서는 천둥번개가 치고 있다고 생각했다.

여기까지의 이야기는 모든 체험 중에서 이때가 가장 중요한 순간이며 훗날에까지 영향을 끼치게 된다. 이렇게 해서 아버지의 존엄성에 처음으로 금이 가게 되었다. 내 어릴 적 생활의 토대가 되어준 기둥에 처음으로 새겨진 칼자국이었다. 그러나 그 기둥은 모든 사람이 스스로 일어서기 위해 깨야만 하는 존재이다. 아무에게도 보이지 않는 이런 체험을 통해 운명의 내적이고 본질적인 선이 확립되는 것이다. 그런 균열과 칼자국은 다시 치유되고 잊히지만, 은밀한 곳에 숨어 살면서 계속 피를 흘린다.

나 또한 새로운 감정에 두려움을 느끼면서 당장이라도 아버지의 발에 입맞춤하고 용서를 빌고 싶다는 생각이 들었다. 그러나 정작 중요한 사실은 용서를 빈다고 끝나지 않는다는 것이다. 그것은 어린아이라도 성인들 못지않게 깊이 깨닫고 있으며 잘 알고 있기도 하다.

일의 경과에 대해 잘 생각하면서 내일의 방책을 궁리할 필요가 있다는 것을 느꼈지만 그럴 수가 없었다. 나는 밤새도록 달라진 거실의 공기에 익숙해지는 데 전념했다. 벽시계와 책상, 성경과 거울, 책장과 벽에 걸린 그림들이, 말하자면 내게 작별을 고하고 있었다. 나는 나의 세계, 편하고 행복했던 생활이 과거가 되어 내게서 멀어지는 것을 차갑게 얼어붙은 마음으로 바라만 봐야 했다. 또한 새로운 어둠 속에, 미지의 세상 속에 뿌리를 내리고 정착하고 있다는 것을 느껴야만 했다. 처음으로 나는 죽음을 맛보았다. 죽음은 쓴맛이었다. 죽음은 탄생이자 두려운 새 세상에 대한 공포와 근심이기 때문이다.

겨우 침대에 누웠을 때 나는 기뻤다. 그전에 내게 마지막 정죄(淨罪)의 불로써 저녁 기도가 선고되었다. 내가 제일 좋아하는 노래를 부를 때, 나는 함께 노래하지 않았다. 음표 하나하나가 내게는 너무나 쓴 독이었다. 아버지가 축복을 내릴 때, 나는 함께 기도하지 않았다. 아버지가 "우리와 함께하소서!" 하고 기도를 끝냈을 때, 나는 움찔하면서 이 공간에서 멀어져갔다. 신의 은혜는 모두와 함께했지만, 이제 나와는 함께하지 않았다. 나는 차갑고도 몹시 지친 몸을 이끌고 방에서 벗어났다.

침대에 한동안 누워 있으니 따뜻함과 안도감이 부드럽게 나를 감쌌지만, 다시 불안에 휩싸인 채 헤매며 지나간 시간의 주변을 공포에 떨면서 날고 있었다. 어머니는 늘 그렇듯 잘 자라고 했다. 어머니의 발소리가 아직 방 안에 남아 있었다. 어머니의 촛불이 아직 문틈 사이로 빛나고 있었다. 어머니가 다시 돌아올 거라고 생각했다. 어머니는 다 알고 있어. 어머니는 내게 입맞춤하고 물어보겠지. 너그럽게 희망 가득한 목소리로 물어볼 거야. 그러면 나는 울 수가 있어. 그러면 목을 막고 있는 돌이 녹아버릴 거야. 그러면 나는 어머니를 껴안고 모두 고백해야지. 그러면 모든 게 다 잘될 거야. 구원받을 거야! 문틈 사이가 어두워진 다음에도 나는 한동안 귀를 기울이고 있었다. 그리고 꼭 그래야만 해, 그래야만 한다고 생각했다.

그런 다음 나는 정작 중요한 사실로 돌아와 적의 눈 속을 들여다보았다. 또렷하게 그의 얼굴이 보였다. 그는 한쪽 눈을 가늘게 뜨고 있었다. 그의 입은 야비한 웃음을 짓고 있었다. 그를 응시하고 있다 보니 더 이상 도망칠 수 없는 운명이 내 마음 속을 파고들자, 그는 훨씬 더 크고 추해졌다. 그의 사악한 눈은 악마처럼 빛나고 있었다. 잠이 들 때까지 그는 바로 내 곁에 있었다. 그리고 잠이 들어 꿈에서 본 것은 그와 오늘 있었던 일이 아니라 우리가 보트를 타고 있는 모습이었다. 부모님과 누나들과 나, 우리는 휴일의 평화와 광채로 가득했다. 밤중에 잠에서 깼을 때, 나는 아직 행복감에 젖어 누나들의 흰 여름옷이 햇빛에 반짝반짝 빛나고 있는 모습을 보고 있었다. 그러나 다시 원점으로 돌아와, 내가 낙원에서 현실 세계로 떨어져 다시 사악한 눈을 한 적과 마주하고 있었다.

아침, 어머니가 급히 들어오셔서 "늦었다, 어째서 아직 자고 있냐?" 하고 소리쳤을 때, 나는 안색이 좋지 않았다. 그리고 어머니가 어디 아프냐고 물으셨을 때, 나는 토하고 말았다.

그 덕분에 조금은 살 것 같았다. 몸살이 나서 아침 내내 카밀러꽃을 달인 물을 마시고 누워 있었다. 어머니가 옆방을 정리하는 소리, 리나가 바깥 복도에서 푸줏간 주인과 주고받는 소리를 듣는 것은 아주 즐거운 일이었다. 햇살이 방 안을 어른거리며 비추고 있었지만, 그것은 학교의 녹색 커튼을 내렸을 때 스며드는 햇살과는 달랐다. 그러나 그것도 오늘은 별로 감흥을 일으키지 못했다.

이대로 죽어버린다면! 그러나 나는 이전에도 자주 그랬듯이 그저 약간의 몸살 기운이었기 때문에 아무런 도움도 되지 않았다. 몸살은 학교에서 나를 지켜주기는 했지만, 11시에 시장에서 나를 기다리고 있을 크로머 앞에서는 지켜주지 못했다. 어머니의 자상함도 이번만은 아무런 위로가 되지 않았다. 오히려 귀찮고 힘들게 느껴졌다. 나는 다시 잠이 든 척하고는 이것저것을 생각했다. 그러나 아무런 도움도 되지 않았다. 나는 11시에 시장에 가야만 했다. 나는 10시쯤 일어나 기분이 좀 나아졌다고 말했다. 그럴 경우, 늘 그랬듯이 다시 침대에 눕거나 오후에 다시 등교해야만 했다. 나는 학교에 가겠다고 말했다. 나는 하나의 계획을 세워두었다.

돈 없이 크로머를 만날 수는 없었다. 내 재산인 작은 저금통을 가져와야만 했다. 그 안에 있는 돈으로는 턱없이 부족하다는 것을 나는 이미 알고 있었다. 그러나 조금은 도움 될 것이다. 전혀 없는 것보다는 얼마라도 있는 게 낫다. 적어도 크로머를 달랠 수 있을 거라는 감이 왔던 것이다.

양말만 신고 어머니 방에 몰래 들어가 책상 위에서 내 저금통을 훔쳐낼 때는 기분이 나빴다. 그러나 어제만큼은 아니었다. 심장 고동 때문에 숨이 멎을 것 같았다. 아래층에 내려와 살펴보고 저금통에 자물통이 잠겨 있는 것을 보니 여전히 숨이 멎을 것 같았다. 자물통을 부수는 것은 간단했다. 얇은 함석 고리만 부수면 그만이다. 그러나 부서진 고리는 내게 고통을 느끼게 했다. 이렇게 해서 나는 처음으로 도둑질을 하게 된 것이다. 이전까지는 각설탕이나 과일을 몰래 먹은 정도였다. 이번에는 아무리 내 돈이라고 하더라도 도둑질이었다. 나는 이렇게 해서 한 걸음 크로머와 그의 세계에 가까워졌다는 것을, 이렇게 해서 점점 추락하게 된다는 것을 느끼자 반발감이 생겼다. 어쨌든 간에 지금은 달리 방법이 없었다. 나는 움찔거리며 돈을 헤아렸다. 상자가 가득 차 있는 것 같은 소리가 났지만 정작 손안에는 얼마 되지 않았다. 65페니히밖에 되지 않았.

저금통을 아래층 복도에 감춘 뒤 동전을 손아귀에 쥐고 집을 나섰다. 지금까지와는 문을 나서는 느낌이 전혀 달랐다. 누군가 위에서 나를 부르는 것만 같았다. 나는 서둘러 도망치듯 빠져나왔다.

아직 시간이 많이 남아 있었다. 나는 먼 길로 돌아서 조심스럽게 걸었다. 변해버린 도시의 뒷골목을 지나, 본 적이 없는 구름 아래를 지나, 나를 내려다보는 집들과 나를 의심의 눈초리로 쳐다보는 사람들 옆을 지나 걸었다. 나는 걸으면서 학교 친구 중 한 명이 언젠가 가축 시장에서 1탈러를 주웠던 것을 떠올렸다. 내게도 그런 기적이 일어나길 기도하고 싶었다. 그러나 내게는 더 이상 기도할 자격조차 없었다. 설령 기도를 들어준다고 해도 저금통은 원래대로 돌아갈 수 없을 것이다.

프란츠 크로머는 멀리서 나를 발견했지만, 아주 느린 걸음으로 내게 다가오면서 마치 내게는 아무 관심도 없는 것처럼 행동했다. 내 곁에 오자 그는 자신을 따라오라는 눈짓을 했다. 그러고는 단 한 번도 뒤돌아보지 않고 슈트로 골목길을 따라 천천히 내려가다가, 작은 다리를 건너 마을 끝 신축 가옥 앞에 멈춰 섰다. 크로머는 한 번 뒤돌아본 뒤에 집 안으로 들어갔다. 나도 그의 뒤를 따랐다. 그는 벽 뒤로 가서 나를 부르더니 손을 내밀었다.

"가져왔어?"

그는 차갑게 물었다. 나는 주머니에서 꽉 쥔 주먹을 꺼내 그의 손바닥에 돈을 쏟았다. 그는 마지막 5페니히의 땡그랑 소리가 멈추기도 전에 모두 헤아렸다.

"육십오 페니히잖아."

그는 이렇게 말하며 나를 노려봤다.

"응. 내게는 그것밖에 없어. 그것으로는 턱없이 부족하다는 걸 잘 알지만, 그게 전부야. 더는 없어."

나는 움찔거리며 말했다.

"네가 좀 더 영리할 알았는데."

그는 낮은 목소리로 비난했다.

"명예를 존중하는 남자들 사이에는 질서라는 게 있어야 해. 정당하지 않은 걸 네게서 빼앗으려는 게 아냐. 이런 니켈 동전 따윈 집어넣어. 자아! 딴 사람, 누군지 알겠지? 딴 사람 같으면 절대 깎지 않아. 그 사람은 반드시 지불할 거야."

"하지만, 난, 내가 가진 건 그게 전부야! 그건 내 저금통에서 가져온 거야."

"그건 내가 알 바 아냐. 하지만 나는 네가 불행하길 바라지 않아. 그럼 나머지 일 마르크 삼십오 페니히는 빚이야. 언제 그 빚을 갚을래?"

"크로머, 꼭 갚을게! 지금은 잘 모르겠지만, 아마 조금 있으면 더 많은 돈이 생길 거야. 내일이나 모레. 아버지에게 말할 수 없다는 걸 잘 알잖아."

"그건 나랑 상관없는 일이야. 너를 곤란하게 하려는 게 아니야. 난 점심 전까지 돈이 필요하다고. 나는 가난뱅이야. 너는 좋은 옷을 입고 있고 점심도 나보다 훨씬 맛있는 걸 먹을 수 있어. 하지만 더 이상 말하지 않겠어. 내가 좀 더 기다려주기로 하지. 내일모레 오후에 휘파람을 불 때까지 반드시 준비해라.

내 휘파람 소리 알고 있지?"

그는 휘파람을 불었다. 나는 그 소리를 몇 번 들은 적이 있었다.

"응, 알고 있어."

내가 대답했다.

그는 나를 전혀 신경 쓰지 않은 채 사라졌다. 우리 둘 사이에는 거래가 이루어졌을 뿐, 그 이상도 이하도 아니었다.

오늘 당장이라도 갑자기 크로머의 휘파람 소리가 들린다면 나는 깜짝 놀라리라 생각한다. 그날 이후 나는 크로머의 휘파람 소리를 자주 들었다. 언제나 끊임없이 들려오는 것처럼 느껴졌다. 이 휘파람 소리가 쫓아오지 않는 장소도, 놀이도, 공부도, 생각도 있을 수 없었다. 그것은 나의 독립성을 빼앗고, 아니 내 운명이 되고 말았다. 나는 자주 온화하고 아름다운 색을 띠는 가을날의 오후면 내가 좋아하는 우리 집의 작은 화단에 나오곤 했다. 그러면 옛날 어릴 적의 놀이를 다시 한번 해보고 싶다는 묘한 충동에 사로잡히곤 했다. 나는 나보다 어리고, 착하고, 자유롭고, 천진난만하고, 보호를 잘 받고 있는 아이가 돼보곤 했다. 그러나 그럴 때마다 늘 갑자기, 예상치 못했던 크로머의 휘파람 소리가 울려 퍼지며 놀이의 끈을 끊어버리고, 공상을 파괴해버렸다. 그리고 나는 고문자를 따라 더럽고 추악한 장소에 가서 변명을 늘어놓거나 돈을 재촉당해야만 했다. 몇 주일 동안 이런 일이 반복되었다. 내게는 이 일이 몇 년, 아니 영원히 반복될 것처럼 느껴졌다. 리나가 장바구니를 열어두었을 때, 부엌에서 5페니히나 10페니히 동전을 훔친 적이 있기는 했지만, 돈이 들어 있는 적은 거의 없었다. 그럴 때마다 나는 크로머의 경멸과 저주를 참아내야만 했다. 내가 그를 속이고 그의 정당한 권리를 유보하고 있었다. 나야말로 그에게 도둑질하게 하고 불행하게 하고 있었다. 평생 그렇게 심장을 오그라들게 하는 고통은 없었고, 그렇게 커다란 절망과 굴욕을 맛본 적도 없었다.

저금통에는 장난감 동전을 넣어 제자리에 다시 놓았다. 아무도 그것에 관하여 묻지 않았다. 그러나 언젠가 발각될지도 모른다. 나는 자주 크로머의 거친 휘파람 소리보다도 어머니를 두려워했다. 어머니가 내 곁에 오실 때마다 저금통에 관해 묻는 건 아닐까, 하는 생각에.

돈 없이 악마에게 가는 일이 잦았기 때문에 그는 다른 방법으로 나를 고통스럽게 하며 이용하기 시작했다. 나는 그를 위해 일을 해야만 했다. 그가 그의 아버지를 위해 심부름을 가야 할 때면 내가 그 일을 대신해야만 했다. 아니면 내게 무척 어려운 일, 예를 들어 10분 동안 앙감질로 뛰거나 지나가는 사람의 옷에 종이쪽지를 붙이라고 명령했다. 며칠 밤을 꿈속에서 이 악행을 계속하는 악몽으로 말미암아 땀에 흠뻑 젖어 잠을 자야 했다.

얼마 되지 않아 나는 병이 들고 말았다. 그저 토해내고 한기가 돌았지만, 밤이 되어 잠이 들면 열이 나며 땀범벅이 되었다. 어머니는 뭔가 잘못된 것을 느끼고 나를 위로해주셨다. 그러나 나는 어머니에게 솔직히 털어놓을 수 없었기에 어머니의 위로는 오히려 나를 더 괴롭혔다.

어느 날 밤, 내가 잠자리에 들었을 때 어머니는 초콜릿을 가져오셨다. 그것은 어릴 적 얌전하게 굴면 잠자리에서 상으로 주던 과자를 떠올리게 했다. 어머니는 지금 내 곁에서 초콜릿 한 조각을 내밀고 계셨다. 나는 깊은 슬픔에 잠겨 그저 고개를 저었다. 어머니는 어디가 아프냐고 물으면서 머리를 쓰다듬어 주셨다. 나는 그저 "아니, 아니, 아무것도 필요 없어요!" 하고 소리칠 뿐이었다. 어머니는 초콜릿을 머리맡 탁자 위에 올려 놓고 나가셨다. 다음 날, 어머니는 그 일에 대해 이것저것 캐물으려 하셨지만, 나는 아무것도 모르는 척했다. 어느 날, 어머니는 의사를 데려왔다. 의사는 나를 진찰하고 매일 아침 냉수마찰을 하라는 처방을 내렸다.

그 당시 나는 일종의 정신착란 상태였다. 우리 집의 안정된 평화 한복판에서 마치 유령처럼 발발 떨면서 고민의 나날을 보내고 있었다. 그리고 다른 사람들의 생활에 관여하지 않고 불행한 나 자신을 한시도 잊을 수가 없었다. 자주 화를 내며 나를 다그치시는 아버지에게 나는 입을 다물고 냉담하게 대했다.

카인

내 고통으로부터의 구원은 전혀 예상치 못했던 곳에서 찾아왔다. 그와 동시에 새로운 무언가가 내 생활에 들어왔고, 그것은 지금까지도 계속 작용하고 있다.

우리 라틴어 학교에 얼마 전 새로운 학생이 들어왔다. 그는 우리 동네에 이사 온 유복한 미망인의 아들로, 소매에는 검은색의 상장(喪章)이 달려 있었다. 나보다 나이가 많아 상급반에 들어갔지만 얼마 되지 않아 내 눈길을 끌게 되었다. 처음부터 그는 다른 학생들의 주목을 받고 있었다. 이 괴이한 학생은 겉모습보다도 훨씬 나이가 든 듯 소년이라는 인상을 전혀 풍기지 않았다. 우리 같은 어린 학생들 사이를 어른처럼, 아니 너무나도 성숙한 신사처럼 오갔다. 누구에게나 호감을 준 것은 아니었다. 그는 놀이에 끼지 않았으며, 싸움질에는 더더욱 끼지 않았다. 그러나 선생님을 대할 때의 당당하고 단호한 모습만은 모두가 좋아했다. 그의 이름은 막스 데미안이었다.

　우리 학교에서 가끔 그랬지만, 어느 날 무슨 이유에선지 다른 반 학생들과 우리의 아주 넓은 교실을 함께 쓴 적이 있었다. 그 반은 데미안의 반이었다. 우리 작은 학생들은 성경 이야기 시간이었고, 큰 학생들은 작문 시간이었다. 따분한 카인과 아벨의 이야기를 듣는 내내 나는 이따금 데미안 쪽을 쳐다봤다. 나는 독특한 그의 얼굴에 매료당했다. 그 명민하고 비범한 얼굴로 깊은 주의력과 명석한 분위기를 자아내며 작문지 위에 숙이고 있는 모습이 내 눈에 들어왔다. 전혀 과제를 하는 학생처럼 보이지 않고 스스로 문제에 몰두하고 있는 연구자처럼 보였다. 사실 나는 그에게 호감을 느끼기보다는 오히려 반감을 품고 있었다. 그는 나보다 훨씬 우월했고, 냉정했으며, 마치 나를 내려다보듯 안정적인 태도를 보였다. 그의 눈은 아이들이 절대로 좋아할 수 없는 어른들의 표정을 하고 있었다. 그 눈에서는 약간의 슬픔과 조소의 빛이 담겨 있었다. 그러나 내게 그의 존재가 호감이든 비호감이든 상관없이 나는 그를 계속 바라보지 않을 수 없었다. 그리고 그의 눈길이 내게로 향하면 나는 흠칫 놀라 고개를 돌렸다. 당시에 그가 학생으로서 어떻게 보였는지를 지금에 와서 생각해보면 이렇게 말할 수 있다. 그는 모든 면에서 다른 학생들과 전혀 다른 독특한 자신만의 개성을 가지고 있었다. 그 때문에 사람들의 눈길을 끌었다. 그러나 동시에 그는 최대한 남의 눈에 띄지 않으려고 노력했다. 마치 농민들 사이에 섞여 들키지 않으려고 최대한 노력 중인 변장한 왕자처럼 행동했다.

방과 후 집으로 돌아가는 길에 그가 내 뒤에서 다가왔다. 다른 아이들이 뿔뿔이 흩어지자, 그는 나를 따라잡고 인사했다. 그는 다른 학생들의 흉내를 냈지만, 그의 인사는 매우 어른스럽고 점잖았다.

"잠시 함께 갈래?"

다정한 말투로 그가 말했다. 나는 기분이 좋아 고개를 끄덕였다. 그리고 내가 사는 집에 관해 설명했다.

"아, 저기구나."

그는 미소를 지으며 말했다.

"저 집이라면 이미 알고 있지. 너희 집 현관문 위에는 아주 특이하게 생긴 게 달려 있지. 그게 묘하게 맘에 들더라고."

나는 그가 무슨 말을 하는지 곧바로 알아차리지 못했지만, 우리 집에 대해 나보다 잘 알고 있다는 생각에 깜짝 놀랐다. 그랬다. 아치형의 문 위에 박혀 있는 돌로 된 일종의 문장이 있었는데, 그것은 많은 세월이 흐르면서 평평해지고 몇 번이고 덧칠되어 있었다. 그리고 내가 알고 있는 한 그것은 우리 가족과는 아무런 관계가 없었다.

"나는 그것에 대해 잘 몰라. 새나 아니면 새 비슷한 걸 거야. 아마 되게 오래됐을 거야. 우리 집은 옛날에 수도원이었대."

나는 수줍게 이야기했다.

"아마 그 말이 맞을 거야. 다시 한번 잘 살펴봐라. 그런 건 아주 흥미로운 것이 많아. 그건 아마 새매일 거야."

그는 고개를 끄덕이며 말했다.

우리는 계속 걸었다. 나는 몹시 긴장하고 있었다. 그런데 갑자기 데미안은 뭔가 재미있다는 듯이 웃기 시작했다.

"맞아, 나 너희 반에서 수업 함께한 적이 있었지. 이마에 표식이 있는 카인 이야기였지? 재미있지 않았니?"

그는 쾌활하게 말했다.

글쎄, 그게 뭐든 외워야 하는 것이 재미있게 느껴졌던 적은 거의 없었다. 그러나 재미없다고 당당하게 말할 자신이 없었다. 왠지 어른과 이야기를 나누고 있는 것 같아 정말 재미있었다고 말했다.

데미안이 내 어깨를 토닥였다.

"나한테는 그렇게 말하지 않아도 돼. 하지만 그 이야기는 들을 만해. 다른 수업에 나오는 이야기들보다 훨씬 가치가 있어. 선생님은 거기에 대해 별 이야기를 하지 않고, 신과 죄와 같은 뻔한 이야기만 했을 뿐이지. 하지만 내 생각에는 말이지."

그는 미소를 지으며 내게 물었다.

"근데, 너 관심이 있긴 한 거니?"

"……"

"그래, 그러니까 내 생각은 이래."

그는 이야기를 이어갔다.

"카인에 대해서는 전혀 다른 해석을 할 수 있지. 우리가 배우는 것 대부분은 분명 옳아. 하지만 어떤 것이든 선생님과는 다른 견해를 가질 수 있지. 게다가 그렇게 되면 모든 것이 훨씬 더 많은 의미를 가지게 돼. 예를 들어 카인과 이마의 표식에 대해서도 선생님의 설명만으로는 부족하지. 너도 그렇게 생각하지? 누군가가 싸워서 자기 형제를 죽이는 일은 충분히 있을 수 있는 일이지. 그리고 불안에 떨며 움츠러드는 것도 있을 수 있는 일이야. 하지만 그런 비겁한 사람에게 그를 보호하고 다른 사람들을 겁에 질리게 하는 표식이라는 훈장을 준다는 것은 아무리 생각해도 이해할 수 없어."

"맞아. 하지만 그 이야기를 어떻게 다른 방향으로 설명할 수가 있어?"

나는 마음이 끌려 이렇게 말했다. 이 이야기는 나를 사로잡았다.

그가 내 어깨를 치며 말했다.

"아주 간단해! 먼저 존재했던 것 그리고 사건의 계기가 된 것은 바로 표식이야. 그 사람이 있고, 다른 사람들이 두려워할 만한 것이 얼굴에 찍혀 있었지. 사람들은 그와의 접촉을 꺼렸지. 그와 그의 자식들은 사람들에게 두려운 존재였어. 하지만 아마도, 아니 분명히 편지에 찍힌 소인 같은 것이 이마에 찍혀 있지 않았을 거야. 그런 끔찍한 일은 흔한 일이 아니지. 오히려 사람들에게 익숙한 것보다 조금 뛰어나고 대담한 능력을 눈동자를 통해 엿볼 수 있는 것처럼, 거의 눈에 띄지 않는 뭔가 무시무시한 기운이 있었을 거야. 이 남자는 힘이 셌고 사람들은 그를 두려워했지. 그래서 그가 표식을 가지고 있다고 여기게 된 거야. 사람들은 그 표식을 자기 맘대로 설명할 수 있었지. 사람들은 자기 편리대로 자기가 옳다고 여기는 것을 늘 좋아하게 마련이야. 사람들은 카인의 자식들에게서 두려움을 느끼고 있었어. 그래서 카인의 자식들에게 표식이 있다고 여기게 된 거지. 그래서 사람들은 그 표식을 본래의 의미인 우월함의 상징이 아니라 반대로 설명한 거지. 사람들은 이 표식을 지닌 인간을 무섭다고 여겼고, 실제로도 그랬지. 용기와 개성을 지닌 사람들은 다른 사람들에게는 언제나 두려움의 존재인 거야. 두려움을 모르는 무서운 일족이 주변을 돌아다니는 것은 정말 불편한 일이지. 그래서 사람들은 그 일족에게 복수를 하여 두려움을 조금이나마 덜기 위해 그런 별명과 이야기를 지어낸 거지. 이해돼?"

"응, 그러니까 카인은 나쁜 사람이 아니란 거네? 그리고 성경에 적혀 있는 그 이야기가 실제로는 사실이 아니란 거지?"

"그렇기도 하고, 아니기도 하지. 그런 아주 오래된 이야기는 항상 사실이지만 올바르게 기록되고 설명되었다고 단정할 수는 없어. 쉽게 말해서 내 생각에는 카인은 멋진 사람이었다고 생각해. 단지 사람들이 그를 두려워했기에 그런 이야기를 꾸며낸 거지. 그 이야기는 그저 소문에 불과해. 사람들이 여기저기 떠들고 다닌 거지. 카인과 그의 자식들에게는 실제로 뭔가 일종의 표식 같은 것이 있었고, 평범한 사람들과는 다르다는 범위 안에서 이 이야기는 모두 사실이야."

충격이었다. 나는 놀라서 이렇게 물었다.

"그럼 동생을 때려죽였다는 이야기가 사실이 아니라고 생각하는 거야?"

"아니, 그건 분명 사실이야. 강자가 약자를 때려죽인 거야. 그게 실제로 그의 동생이었는지는 의심의 여지가 있어. 하지만 그것은 그리 중요하지 않아. 결국 인간은 모두 형제니까. 쉽게 말해서 강자가 약자를 때려서 죽인 거야. 그것은 영웅적인 행동일 수도 있고 그렇지 않을 수도 있어. 어쨌거나 다른 약한 사람들은 불안에 떨면서 우는소리를 하게 된 거지. 그리고 '어째서 너희들은 녀석을 그냥 쳐 죽이지 않았나?'라고 물으면, 그들은 '저희는 겁쟁이입니다'라고 대답하지 않고, '그건 불가능합니다. 그는 표식을 지니고 있어요. 신은 그에게 표식을 내리셨습니다'라고 말한 거지. 뭐, 이렇게 해서 이야기가 꾸며진 게 분명해. 이런, 너무 오래 붙잡고 있었군. 그럼, 안녕!"

그는 알트 거리로 접어들었고, 나는 혼자 남겨졌다. 이때만큼 혼란스러운 적은 없었다. 그가 사라지자마자 그의 모든 이야기가 너무나 터무니없어 보였다. 카인이 고귀한 인간이고 아벨이 겁쟁이라고? 카인의 표식이 훈장이라고? 그것은 너무나 부당하고, 신을 부정하는 가당찮은 이야기였다. 만약 그렇다면 대체 신은 어디에 있다는 말인가? 신은 아벨의 희생을 받아들이지 않았단 말인가? 신은 아벨을 사랑하지 않았다는 건가? 아니, 헛소리! 데미안이 나를 놀리고 교묘하게 속인 거라고 생각했다. 그는 정말 영리하고 말주변이 좋은 아이였다. 하지만 그건 그렇게 될 수 없다.

어쨌거나 나는 성경은 물론 다른 이야기에 관해서도 그렇게 깊이 생각해본 적이 없었다. 게다가 오랜만에, 이렇게 프란츠 크로머를 까맣게 잊고 있던 적이 없었다. 몇 시간 동안, 밤새 완전히 잊고 있었다. 나는 집에서 성경에 적혀 있는 그대로를 다시 한번 통독했다. 그것은 짧고도 명확했다. 거기서 뭔가 감춰진 해석을 찾는다는 것은 미친 짓이었다. 그렇다면 사람을 때려죽인 사람들은 모두 신의 사랑을 받는 자라고 자만할 수 있는 거 아냐! 아니, 그런 건 무의미했다. 단지 데미안이 그런 것을 이야기했고, 모든 게 자명하다는 듯 자연스럽고 훌륭한 말투, 게다가 눈으로 말하는 그의 태도는 기분이 좋았다.

물론 내게는 전혀 이치에 맞는 것이 아니었다. 아니, 오히려 너무나 혼란스러운 것이었다. 나는 밝고 깨끗한 세계에 살고 있는 일종의 아벨이었다. 지금 나는 아주 깊은 다른 것 속에 빠져 침몰하고 말았지만, 결국 그렇게 깊이 빠져 일부러 저지른 일이 아니었다. 그러나 이게 대체 어떻게 된 것인가? 그렇다, 그때 어떤 기억이 내 뇌리를 스치며 나는 순간적으로 숨을 멈췄다. 그것은 현재의 불행이 시작된 그 저주스러운 저녁에 아버지에 대하여 일어났던 일이다. 그때 나는 순간적으로 아버지와 아버지의 밝은 세계와 지혜를 단번에 꿰뚫어 보고 경멸했다. 그래, 그때의 나는 카인이었고 표식을 가지고 있었으며, 이 표식은 치욕이 아닌 훈장이었다. 내 악행과 불행으로 말미암아 아버지와 선량한 사람들과 신앙심 깊은 사람들보다 높은 곳에 서게 된 것이라고 생각했던 거다.

이것은 그때는 확실한 사고의 형태로 체험한 건 아니었지만, 그런 것들이 모두 그 안에 포함되어 있었다. 그것은 고통과 동시에 뿌듯함으로 가득한 감정과 비정상적으로 고동치는 마음의 이글거림이었다.

되돌아보면, 데미안은 대담하고 강인한 자와 겁쟁이에 대하여 얼마나 색다른 이야기를 하려고 했던가! 그때 그의 눈, 어른스러운 특별한 눈은 얼마나 놀랍게 빛나고 있었던가! 갑자기 막연하게 뇌리를 스쳐 지나갔다. 그 자신, 데미안이야말로 바로 그런 일종의 카인이 아닐까? 만약 본인 스스로 카인과 닮았다고 생각하지 않았다면 어째서 카인을 변호한단 말인가? 어째서 그의 눈빛에는 그런 힘이 있는 걸까? 어째서 그는 다른 겁쟁이들에 대하여 그렇게 조소적인 말투로 말할 수 있는 걸까? 그런 것들이야말로 깊은 신앙, 신의 뜻에 어긋나지 않는 것인데도.

이렇게 생각하다 보니 끝이 없었다. 말하자면 나의 어린 영혼의 샘에 돌멩이 하나가 떨어진 것이다. 아주 오랫동안 인식과 의심과 비판에 대한 나의 모든 시험은 카인과 살인과 표식에 관한 것에서부터 출발했다.

나는 다른 학생들도 데미안에 대해 관심이 많다는 것을 알게 되었다. 나는 카인에 관한 이야기를 아무에게도 말하지 않았지만, 그는 다른 학생들의 흥미를 자극하고 있는 것 같았다. 적어도 새로운 대상에 대한 소문이 퍼지고 있었다. 그것들을 하나하나 알고 나면 결국 모든 진상을 해석할 수 있을 것이다. 나는 데미안의 어머니가 엄청난 부자라는 소문이 제일 먼저 퍼졌다는 것을 알고 있었다. 그의 어머니는 절대로 교회에 가지 않고, 데미안도 가지 않는다는 소문이 퍼졌다. 이 모자가 유대인이라는 사실을 알고 있다고 주장하는 사람도 있었다. 그러나 정작 그들은 회교도일 수도 있다. 그리고 데미안의 체력에 대한 소문도 퍼졌다. 그의 반에서 가장 센 녀석이 싸움을 걸었다가 거절당하고는 데미안을 향해 겁쟁이라고 불렀을 때, 그에게 된통 당했던 것은 사실이다. 그 자리에 있었던 학생들의 말로는, 데미안이 한 손으로 상대의 목덜미를 잡고 힘을 꽉 주자, 상대가 새파랗게 질려 슬금슬금 도망쳤고 며칠 동안 팔을 제대로 쓸 수 없었다고 한다. 게다가 그 학생이 밤새 죽은 것처럼 누워 있었다는 소문까지 나돌았다. 한동안 이런저런 주장이 떠돌았고, 믿었다. 모든 것이 자극적이고 경이로웠다. 그 덕분에 얼마간 모두는 만족스러워했다. 그러나 얼마 지나지 않아 학생들 사이에서 새로운 소문이 퍼지기 시작했다. 데미안이 여자들과 아주 밀접한 관계를 맺고 있어서 뭐든 다 안다는 소문이 들렸다.

그러는 동안에도 프란츠 크로머와 나의 피할 수 없는 관계는 여전히 지속되고 있었다. 나는 그에게서 도망칠 수 없었다. 가끔 며칠 동안 그의 괴롭힘에서 벗어날 수는 있었지만, 여전히 나는 그에게 속박당하고 있었다. 그는 마치 그림자처럼 내 꿈속에서조차 함께 살고 있었다. 현실에서는 실제로 내게 가해하지 않는 일조차 꿈속에서는 내 공상이 그에게 그 일들을 시켰다. 꿈속에서 나는 완전히 그의 노예였다. 나는—항상 꿈을 잘 꾸는 경향이 강한 인간이었다—현실보다는 꿈속에서 더 많이 살고 있었다. 나는 그런 환상 때문에 기력과 생기를 점점 잃어가고 있었다. 특히 크로머가 나를 비참하게 만들며 침을 뱉고, 가슴을 무릎으로 짓누르는 꿈을 자주 꾸었다. 제일 심한 꿈은 그가 중범죄를 저지르도록 유혹하는, 유혹하는 게 아니라 그의 강압에 못 이겨 억지로 범죄를 저지르는 꿈이었다. 이런 꿈 중 가장 무서웠던 것은 아버지를 살해하는 꿈이었다. 그 꿈에서 깬 나는 거의 정신착란에 빠지고 말았다. 꿈에서 크로머는 칼을 갈아 내 손에 쥐어주었다. 우리는 가로수 길의 나무 그늘에 서서 사람이 지나가길 기다렸다. 누구를 기다리고 있는지는 알 수 없었다. 그러나 누군가가 다가오고 크로머가 내 팔을 들어 찔러 죽여야 하는 것이 저 남자라고 가르쳐준 순간, 그건 바로 아버지였다. 거기서 나는 눈을 떴다.

이런 일들과 연관해서 카인과 아벨을 떠올리기는 했지만, 데미안에 대해서는 거의 생각하지 않았다. 그리고 그가 다시 내게로 다가왔던 건 희한하게도 역시 내 꿈속이었다. 나는 여전히 괴롭힘과 폭력을 당하는 꿈을 꾸었는데, 이번에 내 가슴에 무릎을 올리고 있는 건 크로머가 아닌 데미안이었다. 이건 완전 새로운 것으로, 내게 깊은 인상을 남겼다. 크로머에게 당할 때는 고통과 반항심을 느꼈지만, 데미안에게 당할 때는 불안과 함께 쾌감을 동반하는 기쁨을 맛볼 수 있었다. 이 꿈을 두 번 더 꾸었다. 그러고는 다시 크로머가 나타났다.

나는 꿈속에서 체험한 것과 현실에서 체험한 것을 이미 오래전부터 구별할 수가 없었다. 어찌 됐든 크로머와 나의 나쁜 관계는 지속되었고, 내가 줘야 하는 금액을 조금씩 훔쳐서 주었을 때도 끝이 나지 않았다. 아니, 이번에는 내가 훔쳐냈다는 것을 알고 있었다. 그는 늘 어떻게 돈을 구했는지 내게 물었다. 나는 점점 더 그의 손아귀에 빠져들고 있었다. 그는 가끔 모든 걸 아버지에게 이르겠다고 협박했다. 그럴 때면 나는 불안보다는 처음부터 스스로 아버지에게 털어놓지 못한 것을 후회하는 마음이 컸다. 그러나 나는 불행하기는 했지만, 모든 것을 후회하지는 않았다. 적어도 항상 후회하지는 않았다. 때로는 이렇게 하는 게 최선이라고 생각하기도 했다. 하나의 숙명이 나를 짓누르고 있었다. 그것을 부수려고 하는 건 아무런 이익도 되지 않았다.

아마도 부모님은 나의 이런 상태 때문에 걱정을 많이 하셨을 것이다. 나는 이상한 악령에 사로잡혀 그렇게 친밀했던 우리 집이라는 공동체와는 더 이상 조화를 이룰 수 없게 되었다. 게다가 나는 자주 우리 집을 낙원에 대하는 것처럼 미친 듯이 강한 향수에 빠지곤 했다. 나는 특히 어머니에게는 악동이 아니라 병자 취급을 받았다. 그러나 실제 상태가 어땠는지는 두 누나의 태도를 보면 쉽게 알 수 있었다. 너그러우면서도 내게는 냉정하게만 느껴지던 누나들의 태도는 내가 일종의 마귀가 들렸고, 그 모습은 혼을 내기보다는 불쌍하게 여기고 있다는 것, 그리고 악마가 마음을 점령하고 있다고 여기는 모습을 여실히 보여주었다. 모두가 평소와 달리 나를 위한 기도를 해주는 것을, 게다가 그 기도가 모두 허사라는 것을 나는 느끼고 있었다. 나는 고통의 완화에 대한 동경과 진정한 참회에 대한 바람을 자주 불길처럼 강하게 느꼈지만, 그와 동시에 부모님에게 모든 걸 제대로 이야기하고 설명하는 게 불가능하리라는 것도 예감했다. 모두가 너그럽게 들어주고, 나를 사랑스럽게 감싸주고, 동정까지 해주겠지만 충분히 이해해주지 못하고, 그 전체가 운명인 걸 일종의 탈선으로밖에 봐주지 않을 것임을 알고 있었다.

아직 열한 살이 채 되지 않은 아이가 그런 감정을 느끼고 있다는 것을 믿지 않는 사람이 많다는 걸 나도 잘 알고 있다. 그런 사람에게 내 신상에 관한 이야기를 하고 있는 것이 아니다. 훨씬 인간에 대해 잘 이해하는 사람에게 이야기하고 있는 것이다. 자신의 감정 일부를 상상으로 바꿀 수 있는 어른은 아이들에게 이 상상이 결여되었다고 여기고, 체험 따위가 없다고 여긴다. 그러나 나는 평생 그 당시만큼 깊이 체험하고 괴로워한 적이 거의 없다.

어느 비 오는 날이었다. 나의 고문자로부터 성 앞 광장으로 나오라는 명령을 받았다. 나는 기다리는 동안 젖은 밤나무 이파리를 발로 헤집고 있었다. 비에 젖은 검은 나무에서 잎사귀가 끝없이 떨어지고 있었다. 돈은 가지고 오지 못했지만, 최소한 크로머에게 뭐라도 줘야겠기에 과자 두 조각을 가져왔다. 자주 이런 식으로 꽤 한참을 기다리는 일에 오래전부터 익숙해져 있었다. 인간이 도저히 어찌할 수 없는 운명을 감수하듯이 나는 그것을 감내하고 있었다.

드디어 크로머가 나타났다. 그는 오늘 그리 오래 머물지 않았다. 내 배를 주먹으로 두세 번 친 뒤에 웃으면서 과자를 받았다. 게다가 젖은 담배를 내게 권하기까지 했지만, 나는 받지 않았다. 그는 평소보다 친절했다.

"그래."

그는 돌아갈 무렵 이렇게 말했다.

"잊어버리기 전에 말해둬야지. 다음에는 네 누나를 데려와라, 큰누나. 이름이 뭐였더라?"

나는 무슨 뜻인지 몰라서 대답하지 못했다. 그저 깜짝 놀라 그의 얼굴을 쳐다봤다.

"무슨 소린지 몰라? 누나를 데려오라고."

"알아들었어, 크로머. 하지만 안 돼. 그럴 수 없어. 누나도 오지 않을 거야."

나는 그가 다시 불가능한 숙제로 구실을 만들고 있다고 생각했다. 그는 이런 수법을 자주 썼다. 뭔가 불가능한 걸 요구하여 나를 협박하고 굴복시킨 다음 거래를 하는 것이다. 그럴 때마다 얼마간의 돈을 주거나 다른 뭔가를 줘서 자유를 사야만 했다.

하지만 이번에는 완전히 달랐다. 그는 내가 거절해도 전혀 화를 내지 않았다.

"그래?"

그는 천연덕스럽게 말했다.

"잘 생각해라. 나는 네 누나와 아는 사이가 되고 싶다고. 분명히 그럴 기회가 있을 거야. 너는 그냥 네 누나와 함께 산책을 나오기만 하면 돼. 그때 내가 나타나는 거지. 내일 다시 휘파람을 불게. 그때 다시 얘기하자."

그가 사라지고 나서 갑자기 그의 욕망이 의미하는 게 무엇인지 조금은 알 것 같았다. 나는 아직 어린애에 불과했지만 소년, 소녀 들이 어느 나이가 되면 뭔가 비밀스럽고도 금지된 상스러운 일을 함께 벌일 수 있음을 소문으로 들어서 알고 있었다. 그러니까 지금 내게, 그것이 얼마나 엄청난 일인지를 갑자기 깨닫게 되었다. 일단은 그런 짓은 결코 해서는 안 된다는 결심을 굳혔다. 이제 어떻게 될까? 크로머가 내게 어떤 보복을 할 것인지에 대해서는 거의 생각하지 않았다. 나에게는 새로운 고문이 시작되었다. 고통은 아직 충분하지 않았다.

나는 무거운 마음으로 양손을 주머니에 쑤셔 넣고 황량한 광장을 걷고 있었다. 새로운 고통! 새로운 노예!

그때 깊고 생동감 넘치는 목소리가 나를 불렀다. 나는 깜짝 놀라 내달렸다. 누군가가 나를 쫓아오고 있다. 손 하나가 뒤에서 나를 부드럽게 잡았다. 그것은 막스 데미안이었다.

나는 거부하지 않고 잡혀주었다.

"너였어? 깜짝 놀랐잖아."

나는 허둥대며 말했다.

그는 나를 응시했다. 그때만큼 그의 눈길이 어른스럽고도 거부할 수 없는 인간의, 마음을 꿰뚫어 보는 인간의 시선이던 적이 없었다. 한동안 우리는 이야기를 하지 못했다.

"미안하다."

그는 정중하고도 아주 단호한 말투로 말했다.

"하지만 그렇게 놀랄 거까진 없잖아."

"그야 그렇지만, 그럴 때도 있지."

"그렇지. 하지만 너에게 아무 짓도 하지 않는 누군가에게 네가 그렇게 무서워한다면 그 누군가는 생각하게 되지. 그는 이상하게 여기며 호기심을 갖게 되지. 그리고 네가 벌벌 떠는 겁쟁이라고 생각하게 되지. 그러고는 인간이 불안해할 때 그렇게 되는 거라고 생각하지. 겁쟁이에게 불안은 끊이지 않아. 하지만 나는 네가 실제로 겁쟁이가 아니라고 생각해. 안 그래? 물론 그렇다고 호걸도 아니지. 네게는 두려움을 느끼게 하는 일도 있고, 두려워하는 사람도 있겠지. 하지만 결코 그런 것이 있어서는 안 돼. 아니, 인간에게 절대로 두려움을 느껴서는 안 돼. 너 설마 나를 무서워하는 건 아니겠지? 아니면?"

"아니, 절대 그렇지 않아."

"거봐. 하지만 네가 무서워하는 사람은 있니?"

"난 몰라…… 제발 이제 그만해. 내게 무슨 용건이 있는 거야?"

그는 나와 나란히 걸었다. 나는 도망치려는 생각에 빨리 걸었다. 측면에서 그의 시선이 느껴졌다.

"이렇게 가정해보자."

그는 다시 이야기를 시작했다.

"내가 너한테 호의를 품고 있다고. 어쨌거나 너는 나 때문에 불안해할 필요는 없어. 나는 너를 통해 한 가지 실험을 해보려고 해. 그건 재미도 있는 데다 네게도 아주 유익하다는 걸 알게 될 거야. 좋아, 주목! 나는 이제 독심술이라는 걸 실험할 거야. 그건 별로 특별하지는 않지만, 방법을 모르는 사람에게는 아주 기묘하게 보이지. 그걸로 사람을 깜짝 놀라게 할 수 있는 거야. 그럼, 시작해볼까? 내가 네게 호감이 있다고 치자. 아니면 네게 흥미가 있다고 해도 상관없어. 그래서 네 마음이 어떤지를 알아보고 싶은 거지. 벌써 그 첫걸음이 시작된 거야. 나는 너를 놀라게 했지. 너는 쉽게 놀란다는 걸 알 수 있지. 다시 말해서 네게는 불안을 느끼게 하는 일이나 사람이 있다는 거지. 어째서 그렇게 된 거지? 우리는 다른 사람에게 불안을 느낄 필요가 없어. 만약 우리가 누군가를 무서워한다면 그건 그 누군가에게 자신을 지배할 힘을 줘버리는 거니까. 예를 들어 뭔가 나쁜 짓을 했다고 치자. 누군가가 그 사실을 알고 있고. 그렇게 되면 그 누군가는 너를 지배할 힘을 갖게 되는 거지. 알겠어? 이제 확실해졌군, 안 그래?"

나는 멍하니 그의 얼굴을 바라봤다. 그 얼굴은 늘 그렇듯 진지하고 영민해 보였다. 그리고 친절해 보이기는 하지만 전혀 빈틈이 없었고 오히려 엄격할 정도였다. 정의 혹은 그와 비슷한 것이 그의 얼굴에서 느껴졌다. 나는 내가 어떻게 된 건지 알 수 없었다. 그는 마법사처럼 내 앞에 서 있었다.

"알겠어?" 하고 그는 다시 한번 물었다.

나는 고개를 끄덕였다. 아무 말도 할 수가 없었다.

"독심술이 이상한 것이라고 말했지만, 아주 자연스럽게 되는 거야. 예를 들어 내가 너에게 카인과 아벨의 이야기를 했을 때, 네가 나에 대해서 어떻게 생각했는지 똑똑히 이야기할 수 있어. 하지만 그건 지금과는 상관이 없어. 네가 내 꿈을 꿨을 거라는 것도 있을 법한 일이라고 생각해. 그 이야기는 하지 말자! 너는 영리한 아이야. 아이 대부분은 모두 바보야. 나는 이따금 신뢰할 수 있는 영리한 아이와 이야기하는 걸 좋아해. 너도 나쁘지 않지?"

"응, 그래. 근데 나는 영 모르겠어."

"재미있는 실험을 계속하자! 우리가 발견한 것은 소년 S가 잘 놀란다는 것, 누군가를 두려워하고 있다는 것, 아마도 그 아이와 어떤 남자 사이에 무척 나쁘고 곤란한 비밀이 있다는 것, 대충 이런 거지?"

마치 꿈처럼 나는 그의 목소리에, 위력에 압도되었다. 나는 그냥 고개만 끄덕였다. 지금 이야기를 하고 있는 것은 나 자신만이 말할 수 있는 목소리가 아닌가? 모든 걸 알고 있어. 나보다도 더 잘, 명확하게 알고 있는 목소리가 아닌가?

데미안은 힘껏 내 어깨를 두드렸다.

"다 맞지? 나는 그렇게 생각하는데. 이제 딱 하나의 의문만 남았구나. 아까 저쪽에 있던 아이의 이름이 뭔지 알고 있니?"

나는 깜짝 놀랐다. 들켜버린 내 비밀이 마음속에서 고통스럽게 오그라들었다. 비밀은 밝은 곳으로 나오길 간절히 바랐다.

"어느 아이? 나 말고는 아무도 없었는데."

그는 웃으며 말했다.

"어서 말해. 그 아이 이름이 뭐야?"

나는 속삭이듯 말했다.

"프란츠 크로머를 말하는 거야?"

그는 만족스럽다는 듯이 나를 보고 고개를 끄덕였다.

"아주 좋아! 너는 말이 통하는 사내야. 우리 이제 친구가 되자. 그 전에 네게 일러둘 말이 있어. 크로머라는 아이는 나쁜 녀석이야. 나는 얼굴만 봐도 그 아이가 나쁜 녀석이라는 걸 알 수 있어. 너는 어떻게 생각하니?"

"그래, 맞아" 하고 나는 한숨을 내쉬며 말했다.

"녀석은 나빠. 녀석은 악마야! 하지만 그 애한테 아무것도 말해서는 안 돼! 제발, 아무것도 말해서는 안 돼! 너는 그 아이를 알아? 그 애는 너를 알아?"

"안심해! 그 아이는 갔어. 그 아이는 나를 몰라, 아직은. 하지만 나는 그 아이에 대해 꼭 알고 싶은데. 그 아이는 공립학교에 다니고 있니?"

"응."

"어느 반이야?"

"오 학년 반. 하지만 그 애한테 절대 말해서는 안 돼! 부탁이야, 아무 말도 하지 마!"

"안심해. 너한테는 아무 일도 없을 거야. 크로머에 대해 더는 말해줄 생각이 없겠지?"

"더는 할 수 없어! 이제 나를 보내줘!"

그는 한동안 아무 말도 하지 않다가 입을 열었다.

"아쉽군. 실험을 좀 더 하려 했는데. 하지만 나는 너를 힘들게 할 생각은 없어. 너도 잘 알고 있지? 그런 두려움이 우리를 완전히 망가뜨리지. 그런 건 빨리 털어내야 해. 네가 훌륭한 사람이 되려면 그런 두려움은 떨쳐내야 해. 알겠니?"

"네 말이 맞아…… 하지만 그럴 수가 없어. 너는 잘 몰라……."

"네가 생각하는 것 이상으로 내가 많은 걸 알고 있다는 건 알았지. 너 그 애한테 돈이라도 빌린 거니?"

"응, 그렇기도 하지만 그건 중요한 게 아니야. 나는 말할 수 없어. 절대로 말할 수 없어!"

"그럼, 내가 그 빌린 돈을 준다고 해도 해결이 안 될까? 원한다면 그럴 수도 있는데."

"아니, 그런 게 아니야. 제발 부탁이니 아무에게도 말하지 말아줘! 단 한 마디도! 말하면 넌 나를 불행하게 만드는 거야!"

"나를 믿어, 싱클레어. 언젠가 너희의 비밀을 말하게 될 거야."
"아니, 절대로 없어!"
나는 크게 소리쳤다.
"그럼 너 좋을 대로 해라. 나는 그저, 아마 네가 언젠가 그 이상의 것에 관해 이야기할 때가 있을 거라고 생각해. 물론 네가 먼저! 설마 내가 크로머와 똑같은 짓을 할 거라고 생각하는 건 아니겠지?"
"그럼, 그러지 않을 거라 믿어. 하지만 너는 이 일에 대해 아는 게 아무것도 없어!"
"아무것도 모르지. 나는 단지 그 일에 대해 함께 고민해주고 싶을 뿐이야. 내가 크로머와 같은 짓을 하지 않을 거라는 건 믿지? 너는 내게 빚진 게 전혀 없으니까."
우리는 꽤 오랫동안 아무 말도 하지 않았다. 나는 조금씩 진정이 되었다. 그러자 데미안의 지식이 점점 수수께끼처럼 여겨졌다.
"나는 이제 집에 가야겠다."
그는 이렇게 말하고 빗속에서 외투를 고쳐 입었다.
"우리가 이렇게 친해졌으니 하나만 다시 한번 말할게. 너는 녀석에게서 벗어나야 해! 달리 방법이 없다면 녀석을 때려죽여! 네가 그럴 수 있다면 나는 감명을 받아 유쾌할 거야. 내가 너를 도와줄 수도 있어."
나는 또 다른 불안을 느꼈다. 카인의 이야기가 갑자기 머릿속에 떠올랐다. 나는 덜컥 겁이 나서 울기 시작했다. 내 주변에는 너무나 무서운 일이 많이 벌어지고 있었다.

"이제 그만하자."

막스 데미안은 미소를 지으며 말했다.

"어서 집에 돌아가라! 다 잘될 거야. 때려죽이는 것이 제일 간단하지만, 그런 일일수록 가장 간단한 방법이 가장 좋은 방법이지. 크로머라는 녀석과 연관이 돼서는 안 돼."

나는 집으로 돌아왔다. 마치 하루가 1년처럼 느껴졌다. 모든 일을 되돌아봤다. 나와 크로머 사이에 미래와 같은, 희망과 같은 뭔가가 서 있었다. 나는 더 이상 혼자가 아니었다. 이제야 최근 몇 주 동안 비밀을 품고 있으면서 혼자 얼마나 두려움에 떨었는지를 깨달았다. 동시에 몇 번이고 생각했었던 것들이 머릿속에 떠올랐다. 그건 부모님께 용서를 빌면 조금은 편안해지겠지만, 완전히 나를 구해주지 못할 것이라는 사실이었다. 지금 나는 다른 사람, 남에게 모든 걸 털어놓았다. 구원의 예감이 강한 향기처럼 내게로 날아들었다.

그러나 불안한 감정을 정복하기란 여전히 힘겨웠다. 나는 아직 적과의 길고도 두려운 절충을 각오하고 있었다. 그랬던 만큼 왠지 고요하고 완전히 비밀스럽고 조용하게 흘러가는 것이 너무나도 기이하게 느껴졌다.

크로머의 휘파람 소리는 더 이상 집 앞에서 들리지 않았다. 하루, 이틀, 사흘, 일주일 동안이나. 나는 이 사실이 믿기지 않았다. 그리고 어느 날 예상치 못한 순간에 갑자기 그가 나타나는 게 아닐까, 마음속으로 경계하고 있었다. 그러나 그는 여전히 모습을 드러내지 않았다. 새로운 자유를 의심하면서 절대로 자유를 믿지 않았다. 그러다 결국 어느 날 프란츠 크로머와 딱 맞닥뜨리고 말았다. 그는 자일러 거리에서 곧장 내 쪽으로 다가왔다. 그는 나를 보자마자 흠칫 놀라면서 험하게 인상을 찌푸리고는 나와 마주치지 않으려 획 돌아서 가버렸다.

그것은 내가 예전에 한 번도 경험하지 못한 순간이었다! 나의 적이 나를 앞에 두고 도망쳤다! 악마가 나를 무서워하고 있다! 나는 온몸에 기쁨과 놀라움의 전율을 느꼈다.

그 무렵 다시 한번 데미안이 나타났다. 그는 학교 앞에서 나를 기다리고 있었다.

"안녕."

나는 인사를 했다.

"싱클레어, 안녕. 네가 요즘 어떤지 보고 싶었어. 크로머가 더 이상 너를 괴롭히지 않지?"

"그거 네가 한 거야? 어떻게? 대체 어떻게? 나는 전혀 모르겠어. 걔는 더 이상 나타나지 않아."

"그거 잘됐군. 혹시라도 그 녀석이 다시 나타나게 된다면, 그런 일은 없겠지만, 녀석은 정말 뻔뻔한 놈이니까. 그때는 녀석에게 그냥 데미안을 잊지 말라고 한마디만 해."

"대체 그동안 무슨 일이 있었던 거야? 녀석하고 싸워서 때려눕힌 거야?"

"아니, 나는 그런 짓을 좋아하지 않아. 나는 그저 너와 말할 때처럼 그 애한테 너를 방해하지 않는 게 신상에 이롭다는 것을 알려줬을 뿐이야."

"설마 그 애한테 돈을 준 건 아니겠지?"

"그건 네가 이미 실험해봤잖아."

나는 좀 더 자세히 알고 싶었지만 그는 곧 가버렸다. 나는 이전부터 그에게 뭔가 묵직한 느낌을 가지고 있었다. 그것은 감사와 경외, 감탄과 불안, 애착과 심적 반항이 묘하게 섞여 있는 느낌이었다.

그를 조만간에 다시 만나기로 결심했다. 그때는 여러 가지 것에 대해, 카인에 관해 좀 더 이야기하기로 마음먹었다.

그런데 그럴 기회는 오지 않았다.

나는 은혜라는 것을 절대 믿지 않았다. 그걸 아이에게 요구하는 건 잘못된 것 같았다. 그 때문에 나는 막스 데미안의 은혜를 까맣게 잊어버린 것을 별로 이상하게 여기지 않았다. 나는 지금도 여전히 만약 그가 나를 크로머의 손아귀에서 벗어나게 해주지 않았다면 평생 빠져나오지 못했을 거라 굳게 믿고 있다. 이 해방은 당시의 짧은 인생 중 최대의 체험이라고 느끼고 있었다. 그러나 구원자가 기적을 완수하자 더 이상 그를 돌아보지 않았다.

은혜를 잊는 건 앞에서도 말했던 것처럼 내게는 전혀 이상한 게 아니다. 단지 묘하게 느껴지는 것은 오히려 나의 호기심 결여였다. 데미안에 의해 해결된 비밀을 추구하지 않고 어떻게 단 하루라도 편하게 살 수 있었단 말인가? 그것 이상으로 카인에 대해, 크로머에 대해, 독심술에 대해 듣고 싶은 욕망을 어떻게 억누를 수 있었단 말인가?

이해하기 힘든 일이었지만 실제로 그랬다. 나는 갑자기 악마의 그물에서 해방되었고, 세상은 다시 밝고 기쁘게 눈앞에 펼쳐져 있음을 보았다. 그리고 더 이상 불안으로 말미암은 발작과 숨 막히는 고동 소리에 압도당하지 않았다. 악마는 사라졌다. 나는 더 이상 죄의식에 사로잡혀 고통받는 인간이 아니었다. 나는 이전의 학생으로 돌아갔다. 나는 본능적으로 가능한 한 빨리 균형과 차분함을 되찾기 위해 노력했다. 그렇게 일단은 온갖 추잡한 것과 마음을 위협하던 것을 멀리하고 잊으려 노력했다. 내 죄와 길었던 고민은 겉으로 보기에는 아무런 흉터나 인상도 남기지 않고 놀랄 만큼 빠르게 내 기억 속에서 사라져갔다.

데미안과 짧게 이야기를 나눈 날 자유를 되찾았다는 것을 완전히 확신하고 다시 돌아갈 걱정이 없어졌을 때, 나는 가끔 열망했던 일을 실행에 옮겼다. 참회를 한 것이다. 나는 어머니에게 가서 자물통이 부서지고 돈 대신에 다른 것으로 채워진 저금통을 내밀었다. 그리고 얼마나 오랫동안 내 잘못으로 말미암아 악마의 손길에서 벗어날 수 없었는지를 이야기했다. 어머니는 모든 것을 이해하지는 못했다. 그러나 어머니는 저금통을 보고, 나의 변한 눈길을 보고, 나의 변한 목소리를 듣고, 내 병이 나았고, 내가 다시 어머니의 품으로 돌아왔다는 것을 느꼈다.

그리고 나는 엄숙한 감정으로 자신의 복귀에 대한 축복과 탕아의 귀가를 실행에 옮겼다. 어머니는 나를 아버지에게로 데려갔다. 다시 한번 있었던 일을 반복해서 이야기했다. 질문과 놀라움의 비명이 계속되었다. 부모님은 내 머리를 쓰다듬으면서 길고 거친 한숨을 내쉬었다. 모든 것이 훌륭했다. 모든 것이 소설 속 이야기 같았다. 모든 것이 다 아름다운 조화 속에 녹아들었다.

 이 조화 속에서 나는 진정한 열정으로 파고들었다. 자신의 평화와 부모님의 신뢰를 되찾았다는 것을 다시 한번 음미했다. 나는 이제 모범 소년이 되었다. 이전보다 훨씬 더 많이 누나들과 놀았으며, 기도할 때는 구원받은 자, 참회의 마음으로 그립고도 오래된 노래를 함께 불렀다. 그것은 진심에서 우러난 것이었다. 한 줌의 거짓조차 없었다.

 그러나 이것으로 모든 게 해결된 건 아니었다. 그리고 거기서부터 데미안을 잊어버린 진정한 이유를 설명할 수 있다. 그에게 나는 진정으로 참회했어야 했다. 그 참회는 그다지 화려하지도, 감동적이지도 않을 것이다. 내게는 좀 더 유익한 결과로 이어졌을 것이다. 지금 나는 모든 뿌리를 총동원해서 이전의 낙원과 같은 세계를 움켜쥐었다. 나의 귀환은 특별한 애정으로 맞아들여졌다. 그러나 데미안은 결코 이 세계에 속해 있지 않았다. 그는 이 세계와 만나지 않았다. 그도 크로머와는 달랐지만, 아니, 그렇기에 그 또한 유혹자였다. 그도 나를 또 다른 열등한 세계로 이어주었다. 지금은 더 이상 그 세계와는 영원히 관계하지 않을 것이라고 생각했다. 아벨을 버리고 카인을 찬송하는 것을 돕는 건 더 이상 할 수 없었고, 하려고도 하지 않았다. 내가 다시 아벨이 된 지금은.

 이것이 겉으로 드러난 상황이었다. 그러나 내면적인 상황은 이랬다. 즉, 나는 크로머와 악마의 손길로부터 구원을 받았지만, 내 힘과 노력에 의해서가 아니었다. 나는 세상의 좁은 길을 걸으려고 도전했지만, 그 길은 쉽게 발을 헛디디게 했다. 친절한 손길의 도움을 받자마자 나는 한눈도 팔지 않고 어머니의 품, 울타리가 쳐진 소박하고 따뜻한 어린이의 온상으로 돌아왔다. 나는 실제보다 더 어리고 의존적인 아이처럼 굴었다. 크로머로부터의 종속은 새로운 종속으로 보충해야만 한다. 나는 혼자서는 갈 수가 없었다. 그 때문에 나는 맹목적인 마음으로 부모님과 정들고 사랑하는 밝은 세계로의 종속을 택했다. 그러나 그것이 유일한 세계가 아님을 이미 알고 있었다. 그런 것에 의지하지 않았다면, 데미안을 의지하고 속내를 모두 털어놔야만 했을 것이다. 그렇게 하지 않은 것은 당시 나로서는 그의 기괴한 사상에 대한 정당한 의문 때문이라고 생각했다. 사실 그것은 불안 때문이었다. 왜냐하면 데미안은 부모님보다 더 많은 것을, 훨씬 더 많은 것을 내게 요구했을 테니까. 또한 자극과 경고, 조소와 비꼼으로 내게 홀로서기를 시험했을 것이다. 아아, 이제야 나는 깨달았다. 자신을 스스로한테 인도하는 길을 가는 것보다 더 거부감이 드는 일은 세상에 없다는 사실을.

그럼에도 나는 여전히 반년 정도 흐른 뒤에 유혹을 뿌리치지 못하고 산책하는 도중에 아버지에게 물었다. 카인을 아벨보다 좋은 사람이라고 설교하는 사람이 적은 것은 어째서냐고.

아버지는 상당히 놀라면서 그것이 신기한 해석이 아니라고 설명해주셨다. 아니, 그 해석은 원시 기독교 시절에 이미 나타났던 것으로, 그렇게 가르치는 종파도 있다. 그중 하나가 '카인교도'라는 불리고 있다. 그러나 이 미친 가르침은 우리의 신앙을 파괴하려는 악마의 유혹에 불과한 것이다. 왜냐하면 만약 카인이 옳고 아벨이 옳지 않다는 걸 믿는다면 신이 틀린 것이다. 따라서 성경의 신은 올바른 유일신이 아니라 거짓된 신이라는 결과가 된다. 실제로 카인 교도들은 그런 식으로 가르치고 설교했을 것이다. 그러나 이 사이비는 영원히 인간 세상에서 사라졌다. 학교 친구들이 그에 대해 알고 있다는 것이 놀라울 뿐이다. 어쨌거나 그런 생각을 하지 않도록 경계심을 늦추지 말라고 경고하셨다.

죄인

나의 유년 시절에 대하여, 부모님 곁에서의 평온한 생활에 대하여, 아이들의 사랑에 대하여, 온화하고 그리운 밝은 환경으로 가득한 유희적이고 한가로운 삶에 대하여 이야기해야 할 아름다운 것, 미묘한 것, 사랑스러운 것이 있을 거다. 그러나 내게 나 자신에 도달하기 위해 평생 일궈낸 발자취에만 흥미가 끌리게 된다. 아름다운 쉼터, 행복한 섬, 낙원 등의 매력을 모르는 건 아니지만 그런 것들은 이미 다른 과거의 빛 속에 남겨두고 두 번 다시 돌아갈 생각이 없다.

그래서 내 소년 시절에 관해서만, 내가 만난 새로운 것들, 나를 앞으로 내몰고 이끌었던 것에 관해서만 이야기할 것이다.

이 충격은 언제나 '다른 세계'로부터 찾아와 항상 불안과 강박과 양심의 가책을 동반하고, 늘 혁명적이라서 내가 살고자 했던 세계, 평화를 위협했다.

허락된 밝은 세계에는 꼭꼭 숨어 있어야만 하는 하나의 근본적 본능이 내 속에 살아 있다는 것을 새롭게 발견해야만 하는 나이가 되었다. 성에 대해 서서히 눈을 뜨게 되는 감정이 적으로서, 파괴자로서, 금지된 것으로서, 유혹으로서, 죄로서, 모든 사람과 마찬가지로 나를 엄습했다. 호기심이 바랐던 것, 꿈과 쾌락과 불안을 만들어낸 것, 다시 말해 사춘기의 커다란 비밀은 내 유년 시절의 평화와 안전한 작은 행복과는 전혀 조화를 이루지 못했다. 나는 다른 아이들과 똑같이 행동했다. 더 이상 아이가 아닌 아이의 이중생활을 해야 했다. 내 의식은 우리 집에서 허용된 세계에서 살고 있었다. 그리고 서서히 밝아오는 새로운 세계를 거부했다. 그러나 동시에 나는 어두운 잠재적 성질의 꿈과 충동과 염원 속에서 살고 있었다. 그 위에 그 의식적인 생활이 드디어 위험한 다리를 놓았다. 내 속의 아이 세계는 점점 무너져가고 있었기 때문이다. 대부분의 부모와 마찬가지로 내 부모님도 눈뜨기 시작한 성의 충동을 도울 수는 없었다. 그에 관한 이야기조차 하지 않았다. 현실적인 것을 거부하고 점점 비현실적으로 거짓이 되어가는 아이들의 세계 속에 계속 살고자 하는 나의 절망적인 실험을 도와주려, 부모님은 아낌없이 배려해주었다. 이 점에 관해서 부모님이 얼마나 많은 것을 해줄 수 있는지 나는 모른다. 나는 부모님을 비난하지 않는다. 스스로 해결하고 자신의 길을 찾는 것은 본인이 해야 하는 일이었다. 그러나 교육을 잘 받은 아이들과 마찬가지로 나 자신이 해야 할 것들을 서툴게 했다.

모든 사람이 이 곤란의 시기를 통과한다. 대개의 사람에게 그것은 자기 삶의 요구가 주변 세계와 제일 힘겹게 싸워야 하고, 앞으로 나아가는 길이 가장 험난한 투쟁을 해야 하는 인생의 분기점이다. 많은 사람은 유년 시절이 썩어서 붕괴할 때 평생에 단 한 번 우리의 운명인 죽음과 탄생을 체험한다. 그때는 사랑하는 모든 것이 우리를 떠나려 하고, 우리는 돌연 우주의 고독과 혹독한 추위를 뼈저리게 느낀다. 그리고 아주 많은 것이 암초에 부딪혀 평생 고통스러워하며 되돌릴 수 없는 과거로부터, 온갖 꿈 중 가장 잔인한 악몽인 실낙원의 꿈에서 벗어날 수 없는 것이다.

다시 원래 이야기로 돌아가기로 하자. 유년 시절이 끝나는 징후가 나타나는 감정과 환상은 굳이 이야기할 정도로 중요하지 않다. 중요한 것은 '어둠의 세계', '다른 세계'가 다시 나타났다는 거다. 과거에 프란츠 크로머였던 것이 지금은 내 몸속에 있다. 그로 말미암아 외부로부터 '다른 세계'가 다시 나를 지배하게 되었다.

크로머와의 일이 있고 난 뒤로 몇 년이 흘렀다. 내 삶에서의 그 극적이고 죄를 동반했던 시기는 먼 과거가 되어 짧은 악몽처럼 사라져버렸다. 프란츠 크로머는 오래전에 내 삶 속에서 사라졌다. 그와 만나게 되었을 때도 거의 신경을 쓰지 않았다. 내 비극의 또 다른 중요한 인물인 막스 데미안은 내 주변에서 완전히 사라지지 않았다. 그러나 그는 오랫동안 저 멀리에 서서 모습을 보일 뿐 아무것도 하지 않았다. 그러다 어느 날 다시 서서히 다가와 힘과 영향력을 발휘했다.

당시의 데미안에 대해 아는 것을 힘겹게 떠올려본다. 1년 혹은 그 이상 단 한 번도 그와 이야기하지 않았을 수 있다. 나는 그를 피했고, 그는 결코 억지로 다가오지 않았다. 우연히 마주치면 그저 나를 향해 고개를 끄덕여줄 뿐이었다. 그리고 가끔 그의 호의에서 비웃음 혹은 비꼬는 듯한 미묘한 울림 같은 것을 느꼈다. 그러나 그것은 착각일 수도 있다. 내가 그와 함께 맛본 사건과 그가 당시 내게 미쳤던 불가사의한 영향력은 나는 물론 그 또한 잊어버린 듯했다.

다시, 나는 그의 모습을 떠올린다. 그의 모습을 떠올리려 하면, 그는 여전히 그곳에 있으며 내가 그를 인정했다는 것을 깨닫는다. 나는 그가 혼자 혹은 큰 학생들과 섞여서 학교에 가는 모습을 본다. 나는 그가 이상할 정도로 고독하고 조용하게, 모두의 사이를 별처럼, 독특한 공기에 휩싸여, 독특한 법칙하에 살면서 떠도는 모습을 본다. 아무도 그를 좋아하지 않았다. 어머니를 빼고는 아무도 그와 친하지 않았다. 그 어머니조차도 그를 아이가 아니라 어른으로 대하고 있었다. 선생님은 가능한 한 그냥 놔두었다. 그는 좋은 학생이었지만 누구의 맘에 들려고 노력하지 않았다. 이따금 우리는 그가 선생님에게 반항했다거나 말대답해서 궁지에 몰아넣었다는 소문을 들었다. 그건 도전 혹은 비꼰다는 점에서 매우 신랄한 것이었다.

눈을 감고 회상하노라면 그의 모습이 떠오른다. 그게 어딜까? 그래, 그것도 떠올랐다. 우리 집 앞의 도로였다. 하루는 그가 수첩을 들고 서서 스케치하는 모습을 보았다. 그는 우리 집 현관 위에 있는 새 모양의 오래된 문장을 스케치하고 있었다. 나는 창가에 서서, 커튼 뒤에 숨어서 그를 바라봤다. 주의 깊고 냉정하게 문장에 빠져 있는 그의 밝은 얼굴을 보고 나는 깊은 감명을 받았다. 그 모습은 어른의 얼굴, 학자나 예술가의 얼굴이었다. 그만큼 당당하고 의지에 차 있었으며, 별나게 밝고 냉정하고 총명한 눈을 하고 있었다.

그리고 시간이 조금 흐른 뒤에 거리에서 다시 그를 만났다. 많은 학생이 하굣길에 쓰러진 말의 주변으로 모여 서 있었다. 말은 아직 수레에 매인 채로 콧구멍을 벌렁거리며 살려달라는 듯이 고통스럽게 거친 숨을 내쉬었고, 보이지 않는 상처에서 피를 흘리고 있었다. 그 덕분에 말의 주변 흙먼지가 검게 피를 빨아들이고 있었다. 불쾌한 생각에 고개를 돌리자, 데미안의 모습이 보였다. 그는 앞으로 나서지 않고 제일 뒤에서 그다운 여유롭고 고상한 모습으로 서 있었다. 그의 눈길은 말의 머리를 향하고 있는 것 같았다. 그 깊고도 고요한, 거의 미동도 하지 않은 채, 그러면서도 정 때문에 흔들리지 않는 깊은 주의력을 지니고 있었다. 나는 한동안 그에게서 시선을 뗄 수가 없었다. 깨닫기에는 아직 멀었지만 어떤 대단히 독특한 것을 느낄 수 있었다. 나는 데미안의 얼굴에서 소년의 얼굴이 아닌 어른의 얼굴 그 이상의 것을 발견했다. 그건 어른의 얼굴도 아닌 뭔가 특별한 것이라는 걸 나는 본 것처럼 혹은 느꼈다고 생각했다. 그의 얼굴에는 여자의 얼굴에 있는 요소조차 포함된 것 같았다. 특히 그 얼굴에 나는 순간적으로 어른도 아이도 아닌, 늙지도 젊지도 않은, 천 년은 지난 것 같은, 시간을 초월한 것 같은, 우리가 생활하고 있는 것과는 다른 시대의 인장이 찍혀 있는 것처럼 느껴졌다. 동물 혹은 나무, 아니면 별들은 그렇게 보일지도 모른다. 나는 그런 것에 대해 전혀 몰랐다. 내가 지금 어른이 되어 그것에 관해 말하는 걸, 그렇게 느끼지는 못했다. 그와 비슷한 걸 느낀 것이다. 아마도 그의 아름다움이 내 맘에 들었을 것이다. 아니면 전혀 맘에 들지 않았을지도 모른다. 그것을 확실하게 단정할 수는 없다. 나는 단지 그가 우리와 다르다는 것, 그가 동물이나 유령과 닮은 모습을 한 것을 봤을 뿐이다. 그가 어땠었는지는 나는 모른다. 그러나 그는 다른 모든 사람과 달랐다. 생각조차 할 수 없을 만큼 달랐다.

내 기억은 그 이상의 것을 말할 수 없다. 아마도 그것조차 부분적으로는 훗날의 인상에서 빌려 온 것일 거다.

몇 년이 지나 나이를 먹고서야 다시 그와 밀접한 접촉을 하게 되었다. 데미안은 자기 반의 친구들과 함께 관습이라는 명령에 따라 교회에서의 견진성사를 받지는 않았다. 이것은 곧바로 다시 소문으로 이어졌다. 그가 정말 유대인 혹은 이교도라는 식의 소문이 학교 안에 퍼졌다. 그와 그의 어머니가 무신론자라는 둥, 터무니없는 사이비 종파에 속해 있다는 식으로 주장하는 사람도 있었다. 그런 소문 중에는 그와 그의 어머니가 연인처럼 살고 있다는 소문도 있었던 것 같다. 아마도 그것은 그가 지금까지 신앙 없이 자랐음을 의미한다. 또한 그것은 그의 장래에 뭔가 불이익을 초래할 수 있다는 우려이기도 했다. 어쨌거나 그의 어머니는 이제야 그와 같은 학년의 학생들보다 2년 늦게 그에게 견진성사를 받게 하려고 결심했다. 그래서 그는 몇 달 동안 견진성사 준비를 위한 공부를 나와 함께하게 되었다.

한동안 나는 그에게 다가가지 않은 채 관계를 맺으려 하지 않았다. 그는 수많은 소품과 비밀에 둘러싸여 있었다. 그러나 크로머 사건 이후 내 마음속에 남아 있는 고마운 마음이 그것을 방해했다. 나는 그 무렵 나만의 비밀에 마음을 빼앗기고 있었다. 견진성사를 위한 수업과 성에 대하여 눈을 뜨기 시작한 시기가 일치했던 것이다. 그 때문에 선한 마음을 가지고 있었음에도 경건한 가르침에 대한 흥미를 완전히 방해하고 있었다. 신학자들이 하는 이야기는 나와는 완전히 동떨어진, 고요하고 신성한 비현실적인 세계에 머물러 있었다. 그것은 아마도 대단히 아름답고 가치가 있는 것이었을 테지만, 현실적으로는 결코 흥미를 끌지 못했다. 그와 정반대로 다른 또 하나는 극도로 현실적이고 흥분하게 하는 것이었다.

이런 상황 때문에 수업에 냉담해질수록 내 흥미는 다시 막스 데미안에게로 향했다. 무언가가 우리를 이어주고 있는 것 같았다. 나는 이 인연의 끈을 가능한 한 정확하게 거슬러 올라가야 한다. 내가 기억하는 한 그 시작은 어느 날 이른 아침의 일로, 아직 교실에 불이 켜져 있었다. 신학 선생님은 카인과 아벨의 이야기를 언급했다. 나는 너무 졸려 거의 듣지를 않았다. 그때 신부님은 큰 목소리로 절실하게 카인의 표식에 대해 말하기 시작했다. 그 순간 나는 일종의 접촉 혹은 경고가 느껴져서 눈을 떠 보니 앞에 앉아 있는 데미안의 얼굴이 나를 돌아보고 있는 것이 보였다. 뭔가를 말하는 듯한 맑은 눈에 조롱하는 듯하면서도 진지해 보이는 표정이었다. 그가 나를 바라본 것은 아주 짧은 순간이었다. 나는 순간적으로 긴장하고 신부님의 이야기에 귀를 기울이며 카인과 표식에 관한 이야기를 들었다. 그리고 신부님이 가르치고 있는 대로가 아닌 다른 견해가 가능하고, 그것은 비판이 가능하다는 걸 마음속으로 받아들이고 있음을 느꼈다.

이 짧은 순간에 데미안과 나 사이는 다시 이어졌다. 묘하게도 일종의 이어졌다는 감정이 마음속에서 일어나자마자 그것은 마치 마술처럼 공간적인 것으로 옮겨졌다. 데미안이 그렇게 만들었는지, 아니면 정말 우연이었는지를 나는 알지 못했다. 그러나 그때만 해도 그저 우연이라고만 여기고 있었다. 며칠 뒤 데미안은 견진성사 수업 시간에 갑자기 바로 내 앞으로 자리를 옮겨 앉았다(꽉 들어찬 교실의 빈민 구호소처럼 쾌쾌한 공기 속의 아침, 데미안의 등 뒤에서 풍기는 부드럽고 상쾌한 비누 냄새가 얼마나 향기롭고 좋았는지, 나는 아직도 그 냄새를 기억하고 있다). 그리고 또다시 며칠이 지나자, 이번에는 내 곁으로 와 앉았다. 그리고 겨울과 봄이 지날 때까지 계속해서 그 자리에 앉았다.

아침 수업 시간이 완전히 바뀌고 말았다. 더 이상 따분하지도, 졸리지도 않았다. 나는 그 시간을 기다리게 되었다. 우리는 가끔 신부님의 이야기에 열중하여 귀를 기울였다. 독특하고 별난 이야기에 주의를 기울이는 데는 옆에 앉은 데미안의 눈길 하나면 충분했다. 그리고 다시 냉철한 눈으로 바라보니, 내 기억과 비판과 의혹을 환기하는 데 충분했다.

우리는 자주 나쁜 학생이 되어 수업을 전혀 듣지 않았다. 데미안은 언제나 선생님과 학생들에게 점잖게 대했다. 나는 데미안이 다른 아이들처럼 바보 같은 짓을 하는 걸 단 한 번도 보지 못했다. 큰 소리로 웃거나 떠드는 소리를 들은 적이 전혀 없었다. 선생님의 잔소리를 들은 적도 없었다. 그러나 그는 아주 몰래 속삭임이라기보다는 마치 신호를 보내는 눈길로 나를 본인이 하는 일에 끌어들이는 재주가 있었다. 그 일들은 때론 정말로 기이한 것들이었다.

예를 들어 그는 내게 어떤 학생들에게 흥미가 끌리는지, 그 학생들을 어떻게 연구하고 있는지를 말해주었다. 그는 많은 학생에 대해 비교적 자세하게 알고 있었다. 수업이 시작되기 전에 그는 이렇게 말했다.

"내가 엄지로 네게 신호를 보내면 한 녀석이 우리 쪽을 돌아보거나 목덜미를 긁는다."

수업이 시작되고 내가 이 일에 대해 거의 잊고 있으면 막스는 갑자기 묘한 몸동작을 하면서 나를 향해 엄지를 세웠다. 서둘러 지적했던 학생을 바라보니, 그럴 때마다 그 학생은 마치 철삿줄로 이어진 듯 데미안이 말했던 행동을 했다. 나는 선생님한테도 그 실험을 해보라고 요구했지만, 그는 하려고 하지 않았다. 그러던 어느 날, 내가 견진성사 시간에 숙제하지 않았으니 신부님이 내게 아무것도 묻지 않게 해달라고 애원하자, 그는 나를 구해주었다. 신부님은 성서 문답서의 한 구절을 암송시킬 학생을 찾고 있었다. 신부님은 주변을 둘러보다가 시선을 피하는 내 얼굴을 응시했다. 그는 천천히 내게로 다가와 나를 손가락으로 가리키며 내 이름을 부르려고 입술이 움직이고 있었다. 바로 그 순간, 갑자기 신부님은 마음이 바뀌었는지,

뭔가 불안을 느꼈는지 모르지만 옷깃을 여미고는 곧 자신을 응시하고 있던 데미안을 향해 걸어가 뭔가 물으려고 했지만, 결국 방향을 바꿔 잠시 헛기침을 한 뒤 다른 학생에게 암송시켰다.

이런 장난에 빠져 재미있어하는 사이 나는 점점 내 친구가 내게도 여러 번 같은 장난을 하고 있다는 것을 느끼게 되었다. 등굣길에 갑자기 데미안이 내 바로 뒤에서 걷고 있는 것 같은 느낌이 들었다. 그리고 뒤를 돌아보니 역시 그가 있었다.

"너는 네가 생각하는 걸 다른 사람이 생각하지 않으면 참지 못하게 하는 게 가능한 거야?"

나는 그에게 물었다. 그는 늘 그렇듯 어른스러운 태도로 조용히 알기 쉽게 설명해주었다.

"아니, 그건 불가능해. 사람들에게는 자유의지가 없어. 신부님은 단지 그럴 수 있다는 듯이 행동할 뿐이야. 다른 사람도 자신이 원하는 것을 생각할 수 없지. 나도 내가 원하는 것을 다른 사람이 생각하도록 만드는 건 불가능해. 하지만 누군가를 깊이 관찰할 수는 있지. 그 사람이 생각하고 있는 것과 느끼는 것을 꽤 정확하게 말할 수도 있어. 그러면 그 사람이 다음 순간에 무엇을 할지 대략 짐작할 수 있어. 그건 아주 간단하지만, 사람들이 모르고 있을 뿐이야. 그러기 위해서는 당연히 연습이 필요하지. 예를 들어 나비 종류 중에 어떤 나방은 수놈보다 암놈의 수가 훨씬 적은 게 있어. 이 나방도 동물과 같은 방식으로 번식하지. 다시 말해서 수놈이 암놈에게 수태시키면 암놈이 알을 낳지. 네가 이 나방의 암놈 한 마리를 가지고 있다고 치자—자연과학자들이 자주 실험하는 것인데—밤이 되면 암놈을 향해 수컷이 날아오지. 그것도 몇 시간이나 걸리는 먼 곳에서 말이야! 몇 시간이나 걸리는 거리라고. 어때? 몇 킬로미터나 떨어져 있지만 수놈들은 모두 단 한 마리의 암놈 냄새를 맡고 날아오는 거야! 이걸 설명하기 위해 온갖 실험이 이루어지고 있지만 쉽지 않은 일이지. 일종의 후각이거나, 아니면 그와 비슷한 것이 틀림없어. 훈련이 잘된 사냥개가 눈에 보이지 않는 흔적을 따라 쫓아가는 것과 마찬가지지. 알겠니? 그와 비슷한 건데, 그런 건 자연의 세계에서는 흔한 일이야. 그리고 그것은 아무도 설명하지 못하지. 그런데 말이야, 만약에 나방의 암놈과 수놈의 수가 비슷하다면 예민한 후각은 필요하지 않았을 거야. 후각이 발달한 것은 훈련 덕분인 거지. 동물, 아니 인간들도 자신의 모든 주의력과 의지력을 한곳에 집중하면 그렇게 될 수 있는 거야. 단지 그것뿐이야. 네가 궁금해하는 점도 바로 이거야. 한 사람을 시간을 두고 정확하게 주시해봐라. 그러면 그 사람에 대해 본인보다 훨씬 많은 걸 알 수 있게 돼."

하마터면 '독심술'이라는 단어를 말해버려 이미 먼 과거가 된 크로머와의 관계를 떠올리게 할 뻔했다. 이것 또한 우리 두 사람 사이의 묘한 사건 중 하나였다. 다시 말해 그가 수년 전에 단 한 번 내 삶에 아주 심각히 간섭했던 것에 대하여 입을 여는 일은 나는 물론 그도 절대 하지 않았다. 우리 둘 사이에는 과거에 아무 일도 없었던 것 같았다. 아니면 우리 둘 다 상대가 그 사건에 대해 잊고 있기를 기대하기라도 하는 것처럼. 이뿐만이 아니었다. 한두 번은 우리가 함께 거리를 걷고 있을 때, 프란츠 크로머와 마주친 적이 있었다. 하지만 우리는 눈길 한번 주지 않았고, 그에 대하여 단 한 마디도 하지 않았다.

"그럼 의지는 어떻게 되는 거야?"

내가 물었다.

"사람에게는 자유의지가 없다고 하면서도 한편으로는 자신의 의지를 특정한 곳을 향해 집중만 하면 된다고, 그러면 목적을 달성할 수 있다고 했잖아. 그런 모순이 어디 있어. 내 의지를 지배할 수 없다면 의지를 맘대로 이리저리 집중시키는 건 불가능해."

그는 내 어깨를 두드리며 내가 항상 자신을 기쁘게 한다고, 그는 항상 그런 태도였다.

"질문하는 건 아주 훌륭한 태도야!"

그는 웃으면서 말했다.

"항상 질문하고, 늘 의심해야 해. 하지만 모든 건 아주 간단해. 예를 들어 아까 말했던 나방이 자신의 의지를 별이나 다른 뭔가를 향하도록 원한다고 가정해보자. 과연 그게 가능할까? 실제로 나방은 절대로 그런 실험을 하지 않아. 나방은 그저 자신에게 의미와 가치가 있는 것, 자신에게 필요한 것, 반드시 손에 넣어야 하는 것을 추구할 뿐이지. 그럴 때야말로 불가능해 보였던 것이 가능해지는 거야. 나방은 다른 동물들에게는 없는 불가사의한 제육감을 발휘하지. 우리 인간에게는 분명 훨씬 더 많은 활동의 여지가 있어. 동물들보다 훨씬 더 많은 것에 흥미를 갖고 있지. 하지만 인간조차 좁은 틀 안에 속박되어 있기에 그것에서 벗어날 수 없지. 나는 여러 가지 것들에 대해 공상할 수 있어. 반드시 북극에 가고 싶다고 머릿속으로 상상할 수는 있지. 하지만 그것을 실행하거나 간절하게 바랄 수 있는 것은 그 바람이 완전하게 내 안에 있는 경우, 실제로 나라는 존재가 완전히 그 바람을 충족시키고 있을 때만 가능하지. 그것이 가능해지고 네가 네 내면의 명령을 시험할 준비가 되었다면, 너는 네 의지를 잘 훈련된 말처럼 조정할 수 있지. 예를 들어 내가 지금 신부님이 앞으로는 더 이상 안경을 쓰지 않도록 하려 한다고 해도 그건 불가능한 일이야. 그건 그냥 짓궂은 장난에 불과해. 하지만 가을 무렵 앞자리에서 뒤로 옮기고 싶다는 굳은 의지를 품었을 때는 가능했었지. 그때 ABC 순으로는 내 앞에 있으면서 그때까지 병으로 못 나오던 아이가 갑자기 등교했지. 누군가가 자리를 비워줘야 했기에 당연히 내가 그렇게 했지. 그것도 내 의지가 당장에 그 기회를 잡을 준비가 되어 있었기 때문에 가능했던 거야."

"그랬구나."

내가 말했다.

"그때 나는 정말 묘한 기분이었는데. 우리가 서로에게 흥미를 갖게 되고 나서 네가 점점 내 자리로 다가왔으니까. 하지만 왜 그랬어? 어째서 처음부터 바로 내 옆자리로 오지 않은 거야? 처음에는 나보다 두세 줄 앞에 앉아 있었잖아. 그건 대체 왜 그런 거야?"

"그건 말이야, 처음에 내가 자리를 옮기고 싶다고 생각했을 때, 정작 내가 어디로 가고 싶은지 잘 몰랐어. 그냥 제일 뒤로 가고 싶었을 뿐이지. 네 옆자리로 가는 것이 내 의지였지만 크게 의식하지는 않았어. 동시에 네 의지도 함께 작용해서 나를 도와줬던 거야. 그리고 네 앞자리에 앉게 되면서 내 바람의 절반이 이루어졌다는 것을 깨달았지. 정작 내가 네 옆자리에 앉기를 바랐다는 것을 깨닫게 된 거야."

"하지만 그때는 새로운 학생이 들어오지 않았잖아."

"그래, 하지만 그때는 그냥 내가 원하는 대로 한 거야. 어느 날 갑자기 네 옆자리에 앉았지. 나랑 자리를 바꾼 아이는 이상하게 생각했겠지만, 내가 하는 대로 그냥 따랐지. 신부님은 그 변화를 눈치챘어. 나를 어떻게 해야 할지 잠시 고민했겠지. 내 이름이 데미안이니까 D열인 내가 훨씬 뒤인 S자리 뒤에 앉아 있는 것을 이상하게 여겼을 거야. 하지만 신부님의 의식까지는 도달하지 못했지. 내 의지가 그것을 거부하며 끝없이 방해했으니까. 마음씨 좋은 신부님은 몇 번이고 괴이하게 여기면서 내 얼굴을 보며 연구를 시작하셨지. 하지만 나는 그것을 대처하는 간단한 방법을 알고 있지. 그럴 때마다 상대방 눈을 뚫어져라 바라보는 거야. 대부분의 사람은 당황하면서 그냥 눈길을 피해버리지. 네가 만약 누군가에게 네 생각을 관철하고 싶으면 난데없이 상대방 눈을 뚫어져라 응시하고, 상대가 아무런 반응도 없으면 단념해버려! 그런 상대에게서는 아무것도 이룰 수 없어, 절대로! 하지만 그런 일은 아주 드물어. 사실 내게도 그런 사람이 단 한 사람 있었어."

"그게 누군데?"

나는 얼른 물었다. 그는 늘 생각에 잠겨 있을 때처럼 눈을 가늘게 뜬 채로 나를 바라보았다. 그리고 눈길을 돌린 채 대답하지 않았다. 나는 너무 궁금했지만 더 이상 되물을 수가 없었다.

아마도 그때 그는 어머니라고 말했을 것이라고 생각한다. 그는 어머니와 각별한 애정을 가지고 살고 있는 것 같았지만, 내게 어머니에 관해 이야기하거나 집으로 데려간 적이 단 한 번도 없었다. 그의 어머니가 어떤 분이신지 전혀 알 수가 없었다.

그 당시 나는 때때로 데미안 흉내를 내면서 내 의지를 어느 한곳에 집중시켜 내 생각대로 하려는 실험을 했다. 내게는 매우 절실한 바람이 있었다. 그러나 전혀 효과가 없이 허사였다. 나는 이 일을 데미안에게 말할 용기가 없었다. 내가 원했던 걸 그에게 고백할 용기가 없었을 것이다. 그 또한 아무것도 묻지 않았다.

종교 문제에 관한 당시의 내 신앙심은 여러모로 결함이 생기기 시작했다. 전적으로 데미안의 영향을 받은 사고 때문이기는 했어도 완전히 불신하는 동급생들과는 스스로 구분했다. 그런 녀석들이 몇 있었다. 그들은 기회가 있을 때마다 인간이 신을 믿는다는 것은 우스꽝스럽고도 어울리지 않는다거나, 삼위일체와 예수의 동정녀 탄생과 같은 이야기는 웃기는 일이라거나, 오늘날까지 그런 터무니없는 소리를 돈벌이 수단으로 이용하는 것은 부끄러운 일이라는 식으로 떠벌렸다. 나는 절대로 그렇게 생각하지 않았다. 설령 의심하고 있다 하더라도 나는 내 유년 시절의 경험, 예를 들어 부모님처럼 신앙심 깊은 삶이 존재한다는 것을 충분히 이해하고 있었다. 또한 그 모습이 인간에게 전혀 어울리지 않는 모습도, 거짓된 모습도 아니라는 것을 알고 있었다. 오히려 종교적인 것에 대하여 의존하며 깊은 경외심을 가졌다. 그러나 데미안에 의해 성경이나 교리를 좀 더 자유롭고, 개인적으로, 유희적으로, 공간적으로 보고 이해하는 습관이 생겼다. 적어도 그가 암시하는 해석에 언제나 만족스러워하며 따랐다. 물론 카인의 이야기처럼 내게는 너무나도 엉뚱한 것이 많았다. 하루는 견진성사를 위한 수업 중에, 아마도 가장 대담한 해석으로 나를 놀라게 했다. 선생님이 골고다 언덕에 관해 이야기할 때였다. 구세주의 고난과 죽음에 관한 성서의 기록은 이미 오래전부터 내게 깊은 인상을 남기고 있었다. 아주 어렸을 때, 그리스도가 죽은 날이 되면 아버지가 예수 수난기 이야기를 낭독하셨고, 나는 깊은 감명을 받아 겟세마네와 골고다의 고통스럽고도 아름다운, 창백한, 섬뜩한 그리고 지나칠 만큼 생동감 넘치는 세상 속에 살았다. 그리고 바흐의 〈마태 수난곡〉을 듣고 있노라면, 이 불가사의한 세계 속에서의 암담함과 수난의 광채가 신비로운 전율로 나를 감쌌다. 지금까지도 여전히 이 음악 속에서, 또한 〈애도 행사(Actus Tragicus)〉에서 모든 시와 예술적 표현의 정수를 발견하곤 한다.

그 수업 시간이 끝날 무렵 데미안은 뭔가 생각에 잠긴 듯 내게 물었다.

"싱클레어, 저 부분에서 내 맘에 들지 않는 게 있어. 그 이야기를 다시 한번 곱씹어봐라. 무의미하게 느껴지는 부분이 있어. 두 명의 죄인에 관한 대목 말이야. 세 개의 십자가가 언덕 위에 나란히 세워져 있는 부분은 아주 훌륭하지만, 우매한 죄인에 대한 감상적인 종교 선전용 이야기가 돼버렸어! 그 남자는 용기를 내서 참회하고 초라한 의식을 치렀어! 죽음을 목전에 두고 그런 회개를 한들 무슨 의미가 있겠니? 이것도 눈물샘을 자극하는 감수성과 극도의 교훈적인 배경이 깔린 달콤한 속임수, 그야말로 교회다운 이야기야. 만약 네가 두 사람의 죄인 중에 한 사람을 친구로 골라야 한다면, 아니면 두 사람 중에 누구를 신뢰할 수 있을지 생각해야 한다면, 이 청승맞은 개종자는 아닐 거야. 아니 나머지 한 명일 거야. 그는 사내다운 근성을 가지고 있어. 그는 개종 따위에는 전혀 관심이 없었지. 개종은 그의 처지에서 보면 그저 그럴싸한 헛소리에 불과하지. 그는 자신의 길을 끝까지 주장하면서 마지막 순간까지 비겁하게 여태껏 자신을 도와준 악마의 손을 놓지 않았어. 그는 근성이 있는 사내였지만 근성이 있는 사람은 성경 속에서 모두 손해를 봤지. 아마 그도 카인의 자손일 거야. 너는 그렇게 생각하지 않니?"

나는 너무나 당황스러웠다. 십자가 이야기는 어려서부터 아주 친숙한 것이었지만, 지금 처음으로 내가 얼마나 개성 없이, 얼마나 짧은 사고력과 상상력으로 듣고 읽었는지를 깨닫게 되었다. 그러나 데미안의 새로운 주장은 내게 치명적으로 다가와 내가 고수해야 한다고 여겼던 관념을 완전히 뒤집어놓았다. 아니, 모든 것에 대하여, 가장 신성한 것에 대해서도, 그렇게 맘대로 비꼴 수가 없었다. 그는 늘 그랬듯이 내가 무언가를 말하기 전에 내가 반대할 것을 알아차렸다.

"난 이미 알고 있어."

그는 포기한 듯이 말했다.

"이미 오래된 이야기야. 그렇게 심각해하지 마! 그래도 네게 한 가지 일러둘 게 있어. 여기에 이 종교의 결함을 아주 명확하게 밝힐 수 있는 게 하나 있지. 구약과 신약에 나오는 이 신은 대단히 위대한 존재지만 그 존재가 본래 표상하는 것이 아니라는 게 문제야. 그 신은 좋은 것, 고귀한 것, 아버지 같은 것, 아름답고 드높은 것, 감성적인 것이었지. 그런 건 다 좋아. 그러나 이 세상은 전혀 다른 것으로 이루어져 있어. 그리고 그건 모두 너무나 쉽게 악마의 것으로 가버리지. 세상의 이 부분 전체, 이 절반의 전체가 감춰지고 묵살당하고 있어. 그들은 신을 생명의 아버지라 칭송하면서 생명의 근원인 성생활 모두를 얼마나 쉽게 묵살하면서 악마의 유혹이라는 둥, 죄악이라는 둥 설명하고 있잖아! 나는 여호와의 신을 찬양하는 것에 눈곱만큼의 이견도 없어. 하지만 인위적으로 떼어낸 이 공식적인 절반뿐만이 아니라 전 세계를, 세상의 모든 것을 존경하고 소중하게 여겨야 한다고 생각해. 그러니까 신에 대한 예배와 함께 악마에 대한 예배도 드려야 하지. 그게 옳다고 생각해. 아니면 악마까지 포함한 신을 만들어야 할 거야. 이 사실을 사람들은 인정해야만 해. 이 세상에서 가장 자연스러운 일이 일어난다면 말이지."

그는 평소와는 달리 격한 모습을 보였다. 그러나 곧바로 미소를 지으며 더 이상 내게 강요하지 않았다.

그러나 그가 한 이야기는 나의 소년 시절 내내 이어진 난해한 문제와 관계가 있었다. 그것은 한시라도 내게서 떨어진 적이 없었고, 누구에게도 말하지 못한 문제였다. 데미안이 좀 전에 한 신과 악마, 인정받은 신의 세계와 묵살당한 악마의 세계에 관한 이야기는 그야말로 내 생각, 나의 신화, 다시 말해서 명암, 두 개의 세계 혹은 두 개의 반구에 관한 생각 그것이었다. 내 문제는 모든 사람의 문제이고, 모든 삶과 사색의 문제라는 깨달음이 신성한 그림자처럼 갑자기 뇌리를 스쳤다. 그야말로 자신만의 독특하고 개성적인 삶과 사고가 얼마나 깊고 위대한 사상과 영원의 흐름이 관계가 있다는 것을 깨닫고, 또한 갑작스럽게 그런 감정이 일었을 때, 나는 불안과 공포에 사로잡혔다. 그 깨달음은 뭔가 확신과 행복감을 맛보게 해주었지만, 즐거운 것이 아니었다. 그것은 책임의 목소리와 더 이상 아이처럼 굴 수 없다는, 홀로서기를 해야 한다는 목소리가 담겨 있기에 엄하고도 거친 맛이 느껴졌다.

나는 난생처음으로 깊이 감춰둔 비밀을 털어놓고 '두 개의 세계'에 대하여 아주 어릴 때부터 품고 있었던 내 생각을 친구에게 말했다. 그는 감정의 깊은 곳으로부터 자신의 의견을 찬성하고, 자신을 옳다고 여기고 있다는 것을 감지했다. 그러나 그런 걸 이용하는 것은 그의 방식이 아니었다. 그는 내게 지금까지와 전혀 다른 깊은 주의력으로 내 이야기에 귀를 기울이고, 내 눈을 응시했다. 그 때문에 결국 나는 고개를 돌려야 했다. 왜냐하면 나는 그의 눈동자에서 또다시 그 독특한 동물적인 시간의 초월과 상상조차 할 수 없는 세월을 보았기 때문이다.

"다음에 그것에 대해서 좀 더 깊이 있게 이야기하자."

그는 위로하듯이 말했다.

"너는 사람들에게 말할 수 있는 것 이상의 것을 생각하고 있어. 만약 그렇다면 너는 네가 생각했던 대로 살지 않았다는 것을 알 거야. 그건 좋지 않아. 살아 있는 사색만이 가치가 있는 거야. 네게 '허락된 세계'가 세상의 절반에 불과하다는 것을 알게 되었지. 너는 신부님과 선생님들처럼 제이의 절반을 감추려 했어. 그럴 수야 없지! 적어도 사색을 시작한 이상 그렇게 되지는 않을 거야."

그 말은 가슴을 파고들었다.

"하지만!"

나는 거의 비명을 지르듯이 말했다.

"정말로 금지된 추악한 일도 있잖아. 그건 너도 부정할 수 없어. 그런 금지된 것에 대해서는 단념해야 해. 나도 살인 같은 온갖 범죄가 있다는 걸 알고 있어. 그런 것이 있다고 일부러 범죄자가 될 필요가 있을까?"

"오늘은 이 이야기를 끝낼 수가 없겠다."

막스는 나를 진정시켰다.

"너는 누군가를 살해하거나 소녀들을 강간하고 죽이는 짓은 결코 해서는 안 돼. 하지만 네가 '허락되었다' 혹은 '금지되었다'라는 것이 실제로 무슨 의미인지를 깨달을 때까지는 아직 멀었어. 너는 이제 겨우 진실의 단편을 느끼기 시작한 거야. 다른 것도 차츰 알게 되겠지. 그걸 참고 기다려봐! 예를 들어 네가 일 년 정도 전에 하나의 충동을 느꼈다고 가정하자. 그건 다른 어떤 것보다 강하면서도 '금지된 것'이지. 그리스인들과 다른 모든 민족은 정반대로 이 충동을 하나의 신성한 것으로 여기며 축제를 벌이고 찬양했어. 그러니까 '금지되었다'는 것은 영원불변의 법칙이 아니라 언젠가 바뀌는 거지. 지금도 여전히 남녀가 함께 신부님 앞에 가서 결혼하면 여자와 잘 수 있어. 하지만 그렇지 않은 민족도 있지. 따라서 우리는 서로 허락된 것, 금지된 것—서로에게 금지된 것을 찾아내야만 해. 금지된 일을 전혀 하지 않고도 대단한 악당이 될 수도 있지. 그 반대도 마찬가지고—사실 그건 게으름의 문제에 지나지 않아! 스스로 생각하고, 스스로 단죄할 수 없을 만큼 너무 게으른 사람은 금지된 제도에 순응하지. 그게 훨씬 편하니까. 반면에 스스로의 규율을 깨달은 사람도 있지. 그런 사람들이 볼 때는 당당하고 훌륭해 보이는 사람들이 일상적으로 하는 모든 일이 금기사항이지. 그리고 다른 사람에게는 엄격하게 금지된 것들이 그들에게는 용납이 되고. 그러니 각자 스스로 책임을 져야 하는 거야."

그는 이렇게 길게 이야기한 것을 후회한 듯, 갑자기 말을 중단했다. 그때 나는 이미 마음속으로 그가 무얼 느끼고 있는지 꽤 많은 것을 이해할 수 있었다. 그는 늘 너무 쉽게, 언뜻 보기엔 무성의할 정도로 자기 생각을 말하고 있었지만, 이전에 그가 말했던 것처럼 '말하기만을 위한' 이야기는 절대 용납하지 않았다. 그와 정반대로 진정한 흥미와 유희, 재치 넘치는 언변에 대한 기쁨 같은 것들이 지나칠 정도로 가득했다. 쉽게 말해서 그는 완벽한 진지함의 결여를 느끼고 있었던 것이다.

마지막의 '완벽한 진지함'을 곱씹어보면 또 다른 장면이 갑자기 내 마음속에 되살아났다. 그것은 아직 내가 어린아이이던 시절에 막스 데미안에 대해 느껴야 했던 가장 심각한 장면이었다.

견진성사 날이 다가왔다. 종교 수업의 마지막 시간에는 최후의 만찬에 대해 배웠다. 신부님에게는 아주 중요한 대목이었기 때문에 아주 많은 신경을 쓰셨다. 뭔가 엄숙한 분위기를 느낄 수 있었지만, 나는 그 수업 내내 다른 것에, 내 친구에게 온통 쏠려 있었다. 교회의 엄숙한 입문 의식인 견진성사를 기다리는 동안, 내 마음속에는 반년에 걸친 종교 수업의 가치가 교리 수업에서 배운 것이 아니라, 데미안에게 감화되었다는 점에 있다는 감히 거부할 수 없는 생각이 밀려들었다. 지금 나는 교회가 아니라 전혀 다른 것에 사상과 개성이 있는 교단에 들어갈 준비가 되어 있다. 그것은 지상 어딘가에 존재하는 것으로 내 친구는 그 대표자 혹은 사도라고 느껴졌다.

이런 생각을 뿌리치려 애써보았다. 나는 진지하게 견진성사 의식을 무슨 일이 있더라도 엄숙하게 체험하려 했다. 그러나 그 생각과 새로운 생각은 전혀 조화를 이루지 못하는 것 같았다. 내가 아무리 밀쳐내려 해도 그 생각은 이미 존재하고 있었으며 다가오는 교회 의식에 대한 생각과 하나가 되었다. 나는 다른 친구들과 다른 태도로 의식을 치를 결심을 했다. 의식은 내게 데미안한테 배운 사상의 세계를 맞이하는 것을 의미하는 게 되고 말았다.

그 무렵 나는 또 한 번 그와 활발한 논쟁을 벌였다. 교리 수업 시간 전에 그는 무뚝뚝한 표정을 하고 있었다. 아마도 건방지고 거만해 보이는 나를 탐탁잖게 여긴 것 같았다.

"우리는 말을 너무 많이 했어."

그는 평소와 달리 심각하게 말했다.

"똑똑한 수다란 건 전혀 의미가 없어. 완전히 무의미해. 스스로에게서 멀어질 뿐이야. 자신에게서 멀어지는 것은 죄야. 인간도 거북이처럼 자기 자신 속으로 완전히 파고들어 가야만 해."

그리고 우리는 곧장 교실로 들어갔다. 수업이 시작되었고, 나는 집중하려고 노력했다. 데미안은 아무런 방해도 하지 않았다. 잠시 뒤 나는 그의 옆자리에서 뭔가 이상한 기운을 감지했다. 마치 자리가 완전히 사라진 것 같은 차갑고도 공허한 느낌 혹은 뭔가 그 비슷한 것이 느껴졌다. 그런 느낌에 숨이 막혀 옆을 돌아봤다.

그러자 친구는 평소처럼 꼿꼿하고 바른 자세로 앉아 있는 것이었다. 그러나 이전과는 완전히 다른 모습으로 보였다. 내가 모르는 무언가가 발산되면서 그를 감싸고 있었다. 그가 눈을 감고 있다고 느꼈지만, 다시 보니 눈을 뜨고 있었다. 그러나 눈은 아무것도 보지 않았다. 시력이 없는 눈이었다. 미동도 없이 내면을, 아니면 아득히 먼 세계를 향해 있었다. 그는 꼼짝도 하지 않은 채 앉아 숨도 쉬지 않는 것처럼 보였다. 그의 입은 나무나 돌로 조각해놓은 것 같았다. 그의 얼굴은 창백한 채로 마치 돌처럼 핏기를 느낄 수 없었다. 다갈색의 머리카락만이 가장 생생해 보였다. 양손이 앞 의자 위에 놓여 있었지만, 돌멩이 혹은 열매 같은 물체처럼 핏기도 움직임도 없었다. 그러나 축 처져 있지 않았으며 감춰진 강한 생명력을 감싸고 있는 단단하고 훌륭한 껍질처럼 느껴졌다.

그 모습에 나는 전율을 느꼈다. '죽어버렸어!'라고 생각하고 소리를 지를 뻔했다. 그러나 그는 죽지 않았다는 것을 나는 잘 알고 있었다. 나는 홀린 듯이 그의 얼굴을, 창백한 화석과도 같은 가면을 응시하면서 '이게 데미안이야'라고 느꼈다. 나와 함께 걷고 이야기할 때의 그는 절반의 데미안에 지나지 않았고, 일시적으로 연기를 하고, 상황에 맞추고, 내게 호의를 베푼 것에 지나지 않았다. 진정한 데미안은 이렇게 돌처럼 고풍스럽고, 동물처럼 감정 없이 아름답고 차게 죽었으며, 전대미문의 생명력으로 가득한 은밀한 사람이다. 그리고 이 조용한 공허, 이 정기와 밤하늘, 이 고독한 죽음이 그의 주변을 둘러싸고 있다!

지금 그는 완전히 자신 속에 몰입되어 있다는 것을, 나는 전율을 느끼면서 깨달았다. 나는 그때만큼 고독한 적이 없었다. 나와 그의 관계는 끊어지고 말았다. 그는 내 손길이 닿지 않는 곳으로 가버렸다. 그가 아주 먼 섬에 있는 것처럼 멀게 느껴졌다.

나 말고는 아무도 그 모습을 봤을 것이라고는 여겨지지 않았다. 모두가 그 모습을 봤다면 두려움에 몸서리쳤을 것이다. 그러나 아무도 그에게 주의를 기울이지 않았다. 그는 조각처럼 앉아 있었다. 마치 우상처럼 딱 버티고 있는 것처럼 여길 수밖에 없었다. 파리 한 마리가 그의 얼굴에 앉아 천천히 코와 입술 위를 기어다녔다. 그는 미동도 하지 않았다.

대체 그는 어디로 사라진 걸까? 그는 무얼 생각하고, 무얼 느끼고 있었을까? 천국으로 간 것일까, 지옥으로 간 것일까?

그것을 그에게 물을 수가 없었다. 수업 시간이 끝나고 그가 다시 환생해서 숨을 쉬는 모습을 본 순간, 그의 시선이 내 시선과 마주쳤을 때, 그는 이전의 모습으로 돌아와 있었다. 그는 어디서 온 것일까? 어디에 있었을까? 그는 피곤해 보였다. 그의 얼굴에 다시 혈색이 돌아오고 손이 움직이고 있었지만, 다갈색의 머리카락은 윤기와 생기를 잃어버렸다.

며칠 뒤, 나는 침실에서 몇 가지 새로운 연습에 밤잠을 설쳤다. 의자에 곧게 앉아 눈을 뜬 채로 꼼짝도 하지 않고 얼마나 참을 수 있는지, 그럴 때면 무엇이 느껴지는지, 기다렸다. 그러나 그저 피곤하고 눈꺼풀이 심하게 가려울 뿐이었다. 그리고 얼마 뒤 견진성사가 치러졌지만, 특별한 기억이 남아 있지 않다.

그리고 모든 것이 달라졌다. 유년 시절은 내 주변에서 무너지고 사라져버렸다. 부모님은 당혹스러워하며 나를 지켜보셨다. 누나들은 나와 멀어졌다. 일종의 각성작용이 나와 익숙했던 감정과 기쁨을 왜곡시키고 퇴색시켰다. 정원은 향기를 잃었고, 숲도 마음을 끌지 못했으며, 주변 세상은 낡고 보잘것없는 것처럼 재미도 매력도 느낄 수 없었다. 책은 그저 종이로 보였고, 음악은 소음으로 들렸다. 마치 가을에 나무 주변으로 잎이 떨어지는 것 같았다. 나무는 그것을 느끼지 못한다. 비가 나무를 타고 흘러내린다. 어쩌면 햇빛이, 어쩌면 서리가. 나무 속에서는 생명이 서서히 가장 깊고 비좁은 곳으로 숨어버린다. 나무는 죽지 않는다. 나무는 기다릴 뿐이다.

방학이 끝나면 나는 다른 학교로의 전학이 예정되어 있었다. 처음으로 집을 떠나기로 한 것이다. 이따금 어머니는 미리 작별이라도 하는 마음으로 특별히 내게 다가와, 사랑과 향수와 잊지 못할 애착을 내 마음속에 보이지 않는 힘으로 심어주려 노력하셨다. 데미안은 여행을 떠났다. 나는 이미 혼자였다.

베아트리체

친구와는 다시 만나지 못한 채 방학이 끝날 무렵에 성 ○○ 시로 갔다. 부모님도 함께 오셔서 온갖 세심한 배려를 기울여 나를 김나지움의 학생 기숙사 선생님에게 맡기셨다. 그때 나를 어떤 곳으로 빠져들게 했는지를 아셨다면 너무 놀라 자지러지셨을 것이다.

시간이 흐름에 따라 내가 좋은 아들이 될지, 유익한 시민이 될지 혹은 내 성질이 다른 길로 돌진해 갈지는 여전히 의문이었다. 아버지의 집과 정신의 보호 아래서 행복하고 싶다는 내 마지막 실험은 오랫동안 이어졌고, 일시적으로는 거의 성공하기도 했지만 결국 완전히 실패하고 말았다.

견진성사가 끝나고 방학 동안에 처음으로 느꼈던 묘한 공허함과 고독은(이 공허, 이 희박한 공기를 그 뒤로 얼마나 맛봐야 했는지!) 빨리 사라지지 않았다. 고향과의 이별은 이상하리만큼

쉬웠다. 좀 더 슬퍼하는 마음이 들지 않는 것이 사실은 너무나 부끄러웠다. 누나들은 아무 이유 없이 울었지만, 나는 울지 않았다. 나는 스스로 너무나 놀라웠다. 나는 늘 감정이 예민하고 천성이 꽤 괜찮은 아이였지만, 지금은 완전히 바뀌었다. 외부 세계에 완전히 무관심한 태도를 보이며, 몇 날 며칠을 그저 내 내면에 귀 기울여 마음속에 잠재되어 흐르는 금지된 어두운 흐름을 듣기 위해 몰두했다. 나는 그렇게 반년 만에 급성장하며 삐쩍 마르고 키만 자라 어색하게 세상을 바라보았다. 소년의 사랑스러운 모습은 완전히 사라져 나 자신조차 남들의 사랑을 받을 수 없을 것이라고 느꼈다. 그리고 나 스스로 나를 사랑하지도 않았다. 막스 데미안에 대해서는 자주 동경의 마음을 품었다. 그러면서도 그를 증오하고, 내가 추악한 병에 걸리기라도 한 것처럼 갈등해야 하는 삶의 빈곤을 그의 탓으로 돌리는 때도 적지 않았다.

나는 기숙사에서 처음에는 사랑과 존경을 받지 못했다. 처음에는 나를 놀리다가 결국은 멀리했다. 그리고 나를 음침하고 꺼림칙하고 불쾌한 괴짜라고 여겼다. 나는 그 역할을 즐기며 더욱 과장했다. 그리고 겉으로 보기에 늘 남자답고 염세적인 고독 속으로 꾸역꾸역 참으며 파고들었다. 그런 주제에 슬픔과 절망에 빠져들 것 같은 발작에 지고 마는 일이 가끔 있었다. 학교에서는 집에서 쌓았던 지식만으로도 충분했다. 이 학급은 전에 다니던 학교보다 다소 진도가 느렸다. 나는 내 또래의 아이들을 조금은 경멸하듯이 애들 취급을 했다.

1년 이상을 그렇게 보냈다. 처음 몇 번의 귀성길도 별다른 새로운 것이 없었다. 나는 즐겁게 다시 학교로 돌아왔다.

11월 초였다. 나는 날씨와 상관없이 명상을 위한 짧은 산책을 하는 습관이 배었다. 산책하는 동안에 나는 가끔 일종의 쾌감, 우울과 염세와 자기 경멸의 쾌감을 즐겼다. 어느 날 저녁 축축하게 안개 낀 해 질 녘에 마을 주변을 거닐고 있었다. 아무도 없는 공원의 넓은 가로수 길이 나를 유혹했다. 거리에는 낙엽이 두껍게 쌓여 있었다. 그것을 나는 아련한 쾌감을 느끼며 발로 뒤적거렸다. 축축하면서도 씁쓸한 냄새가 났다. 저만치에서 나무들이 안개 속 유령처럼, 큰 환영처럼 불쑥 나타났다.

나는 가로수 길 끝에서 머뭇거리다 멈춰 서서 검은 잎사귀를 바라보며 미친 듯이 비바람에 썩고 축축한 냄새를 맡았다. 그러자 내 마음속의 무언가가 응답하며 환영했다. 아아, 따분한 인생이여!

샛길에서 옷깃이 달린 코트를 나부끼며 한 남자가 다가왔다. 다시 길을 가려 하자 그가 나를 불러 세웠다.

"이봐, 싱클레어!"

그는 가까이 다가왔다. 우리 기숙사에서 가장 나이가 많은 알폰스 벡이었다. 나는 언제나 그를 반겼다. 그가 나이 어린 모든 학생을 대하듯 항상 나를 비꼬고 아저씨처럼 행동하는 것만 제외하면, 나는 그에게 전혀 반감이 없었다. 그는 김나지움 학생들 사이에서 소문이 무성한 주인공으로, 곰처럼 힘이 센 데다 기숙사 선생님을 꽉 잡고 있는 것으로 알려져 있었다.

"너 여기서 대체 뭐 하고 있는 거니?"

그는 가볍게 야단치듯 말했다. 마치 연장자가 어린아이 다루는 듯한 말투였다.

"좋아, 어디 한번 내기할까? 너 지금 시를 짓고 있었지?"

"아무 생각도 하지 않았어."

나는 퉁명하게 대답했다. 그는 껄껄 웃고는 나와 함께 걸으며 잡담했다. 그런 건 내게 전혀 익숙하지 않은 것이었다.

"싱클레어, 내가 이해하지 못할 것이라는 걱정은 하지 마. 저녁에 그런 식으로 가을에 젖어 안개 속을 걷고 있다는 건, 그것만으로도 뭔가 있다는 거야. 시라도 한 수 지어보고 싶어지지. 나도 잘 알아. 물론 죽어가는 자연이라거나 그 비슷한 것, 잃어버린 청춘 같은 거 말이야. 하인리히 하이네를 봐!"

"나는 그렇게 감상적이지 않아."

나는 대들 듯 말했다.

"그럼 뭐, 상관없다고 하자. 하지만 이런 날씨에는 와인이라도 한잔할 수 있는 조용한 곳이라도 가는 게 좋을 것 같구나. 같이 가지 않을래? 난 지금 혼잔데, 안 갈래? 네가 모범생이 되겠다고 고집한다면, 나는 너를 유혹할 생각이 없어."

얼마 뒤 우리는 마을 끝자락의 작은 음식점에 앉아 미덥지 않은 와인을 마시며 두꺼운 잔을 부딪쳤다. 처음에는 그다지 유쾌하지 않았지만, 이 또한 새로운 경험이었다. 얼마 안 돼 나는 익숙하지 않은 와인 때문에 말이 많아지기 시작했다. 마치 내 마음의 창이 활짝 열리기라도 한 것처럼. 세상이 파고들었다. 얼마나 오래, 얼마나 끔찍할 정도로 오랫동안 마음을 열지 못했던가! 나는 즉흥적으로 떠들기 시작했다. 그러다 카인과 아벨의 이야기로 좌흥을 돋웠다.

벡은 유쾌하다는 듯이 내 이야기를 듣고 있었다. 드디어 나는 이야기 상대가 될 사람을 찾았다! 그는 내 어깨를 두드리며 내게 대단한 녀석이라고 했다. 그러자 내 마음은 막혀 있던, 말하고 싶고 털어놓고 싶다는 욕구가 넘치듯이 흐르면서, 남에게 인정받고, 연장자에게 다소 존경받고 있다는 기쁨에 마음이 부풀어 올랐다. 그가 나를 천재적인 녀석이라고 불렀을 때, 그 말은 달콤하면서도 강한 와인처럼 내 마음속에 파고들었다. 세상은 새로운 색채로 이글거렸고, 사상은 힘차게 솟구치는 샘물처럼 내게로 흘러들었다. 정신과 불이 내 마음속에서 활활 타올랐다.

우리는 선생님과 친구들에 대해 이야기했다. 서로가 멋지게 이해하는 것처럼 느껴졌다. 우리 둘은 그리스인과 이교도에 대해서도 이야기했다. 벡은 어떻게든 내 사랑에 관한 이야기를 고백시키려고 했다. 그 점에 대해서는 아무 말도 하지 못했다. 아무런 경험도 없었고, 할 이야기도 없었다. 내 마음속으로 느끼고, 끼워서 맞추고, 상상했던 것은 가슴속에서 소용돌이치고 있었지만, 와인의 힘을 빌려서라도 만들어낼 수가 없었다. 벡은 여자에 대해 훨씬 많은 것을 알고 있었다. 나는 그의 이야기에 열중했다. 그중에서 전혀 믿기지 않는 이야기도 들을 수 있었다. 절대로 있을 수 없을 법한 일들이 평범한 일상에 파고들어 이미 알고 있는 것처럼 여겨졌다.

알폰스 벡은 열여덟 살 정도였지만 이미 여러 경험이 있었다. 어쨌거나 여자애들은 귀찮은 존재로, 떠받들 듯이 기분을 맞춰주길 바란다고 했다. 하지만 모두가 다 진심은 아니라는 것이다. 그런 점에서는 성숙한 여자를 상대하는 것이 훨씬 성공하기 쉽다. 그녀들은 훨씬 영리하니까. 예를 들어 노트나 연필을 파는 가게를 운영하는 야겔트 부인이라면 이야기가 통할 것이다. 그녀의 가게 뒤편에서 지금까지 벌어진 일들은 절대로 책에 쓸 수 없을 것이라고 말했다.

나는 홀딱 빠져들어 멍하니 앉아 있을 뿐이었다. 나는 결코 야겔트 부인을 사랑할 수는 없다. 하지만 어찌 되었든 그런 건 들어본 적이 없다. 거기에는 적어도 연장자들에게 마치 내가 꿈도 꿔본 적 없는 샘물이 흐르고 있는 것 같았다. 거기에는 뭔가 옳지 않은 울림이 섞여 있었다. 내가 생각하고 있던 연애의 맛보다는 저급한 평범한 맛이 났다. 그것을 맛보고 그것으로 다 알았다고 생각하는 사람이 지금 내 옆에 앉아 있었다.

우리의 대화가 점점 시들해지면서 약간은 공허한 느낌이 들었다. 나도 더 이상 천재적이고 사랑스러운 녀석이 아니라 그저 어른의 이야기를 경청하고 있는 소년에 불과했다. 그러나 그것으로 충분했다. 몇 달 동안의 내 생활과 비교한다면 이것은 아주 달콤하고 멋진 천국과도 같았다. 그렇지 않아도 우리가 점점 느끼기 시작했던 것처럼, 음식점에 들어간 것부터 우리가 이야기했던 것까지 모두 다 금지된, 엄격하게 금지된 것들이었다. 어쨌거나 그런 것들 속에서 살아 있는 정신을 맛보았고, 혁명을 맛볼 수 있었다.

나는 그날 밤을 너무나 또렷하게 기억하고 있다. 흐릿하게 타오르던 가스등 옆을 지나 차갑고 축축한 늦은 밤에 우리 둘이 귀가할 때, 나는 처음으로 취해 있었다. 그것은 유쾌하지 않고 매우 괴로웠지만, 그럼에도 역시 뭔지 모를 매력이자 달콤함이며, 반역이며, 비행이며, 생명이며, 정신이었다. 벡은 나를 완전히 어린아이 취급을 하고 욕하면서도 살뜰히 챙겨주었다. 그리고 거의 부축하다시피 해서 기숙사로 데려와, 복도의 열린 창으로 나와 함께 몰래 숨어들었다.

 한동안 죽은 듯이 잠을 잔 뒤 고통을 느끼며 눈을 떠 보니 술이 깨면서 형언할 수 없는 비참함이 엄습했다. 나는 침대 위에서 상체를 일으켰다. 낮에 입었던 바지 그대로인 채로 옷과 신발은 바닥에 뒹굴고 있었으며, 담배와 토사물의 냄새가 났다. 두통과 메스꺼움과 타들어가는 듯한 갈증을 느끼며 오랫동안 잊고 있었던 광경이 마음속에 떠올랐다.

 고향과 부모님의 집, 아버지와 어머니, 누나들과 정원이 보였다. 조용하고 아늑한 내 침실도 보였다. 학교와 시장이 보였다. 데미안과 한 견진성사 수업 광경이 보였다. 그러더니 모든 것이 밝은 빛에 휩싸였다. 모든 것은 경이롭고 거룩하고 순결했다. 그리고 그 모든 것이—이제야 나는 깨달았다—어제까지도, 아니 몇 시간 전까지만 해도 내 것이었고 나를 기다리고 있었다. 그것이 지금 이 순간에 처음으로 무너지고, 저주받아 더 이상 내게 소속되지 않았으며, 나를 멀리 밀쳐내고 불쾌하다는 듯 나를 응시했다! 내가 저 먼 옛날 더없이 향기롭던 유년 시절의 정원까지 거슬러 올라가 부모님께 받았던 모든 애정, 어머니의 입맞춤과 크리스마스, 우리 집의 신앙심 깊고 밝은 일요일과 정원의 꽃들. 그 모든 것이 황폐해져 내 발아래 짓밟혔다! 추격자가 쫓아와 나를 묶고 불량배로, 신전을 모독한 죄로 교수대에 끌고 간다면, 나는 그걸 동의하고 기꺼이 동행하여 그게 옳고 정당한 거라 생각했을 것이다.

내 마음속은 이런 상태였다. 방황하며 세상을 경멸했던 내가! 거만한 정신을 소유하고 데미안과 생각을 같이했던 내가! 그랬던 내가 이 모양이다. 불량하고 불결한, 술에 취해 더러워진, 불쾌하고 천박하여 더러운 충동에 넘어가버린 살벌한 야수! 내가 그렇게 느껴졌다. 모든 것이 청정함과 찬란함과 친절한 아름다움이었던 그 정원에서 온 내가, 바흐의 음악과 아름다운 시를 사랑했던 내가! 오히려 혐오와 분노로 나는 나 자신의 웃음을, 술에 취해 자제심을 잃고 발작하듯 뱉어지는 웃음소리를 들었다. 그것이 바로 나였다!

그럼에도 이 번민은 하나의 향락이었다. 꽤 오랫동안 나는 맹목적으로 힘없이 기듯이 걸었고, 내 마음은 침묵했고, 초라한 모습으로 구석에 웅크리고 있었기에, 이 자기 탄핵과 전율과 꺼림칙한 감정조차 정신은 환영했다. 거기에는 누가 뭐라 해도 감정이 있고, 불꽃이 타오르고, 심장이 고동치고 있었다. 나는 혼란스럽고 초라한 모습으로 해방과 봄과 같은 것을 느꼈다.

그러는 동안 남들이 볼 때, 나는 빠르게 타락해갔다. 처음 술에 취하고 얼마 되지 않아 두 번째가 이어졌다. 우리 학교에서는 자주 술에 취해 소동을 벌였다. 나는 그 무리 중에 가장 어린 한 명이었지만, 얼마 되지 않아 어린애로 받아들여진 것이 아니라, 주모자에 스타가 되어 대담하기로 유명한 술집 단골이 되었다. 또다시 나는 완전히 어둠의 세계에서 악마와 한통

속이 되어 그 세계에서는 잘나가는 놈으로 통했다.

그렇지만 초라한 기분이 들었다. 나는 자포자기한 심정으로 술독에 빠져 살았다. 술친구들은 대장, 대단한 놈, 용감한 놈, 능력 있는 놈이라 불렀지만, 내 마음 깊은 곳에서는 소심하게 마음을 졸이고 있었다. 어느 일요일 오전에 술집을 나서자, 깨끗한 옷을 입고 머리를 잘 빗은 아이들이 즐겁고도 씩씩하게 노는 모습을 보고 눈물을 글썽였던 것을 지금도 기억하고 있다. 싸구려 술집의 더러운 테이블에 앉아 흘린 맥주를 앞에 두고 친구들에게 무지막지한 독설로 즐겁게 하거나 이따금 놀라게 해주었지만, 내가 비웃는 모든 것에 대하여 마음속 깊이 존경심을 품고 있었다. 그리고 내 마음 앞에, 내 과거 앞에, 내 어머니 앞에, 신 앞에, 마음속 깊이 참회의 눈물을 흘리고 있었다.

내가 나의 일행과 하나 되지 못했던 것, 그들 사이에서 시종일관 고독했다는 것, 그로 말미암아 매우 고민했다는 것에는 충분한 이유가 있었다. 나는 싸구려 술집의 영웅에다 독설가였고, 선생님과 학교와 교회에 관한 생각과 불만에 대해서도 재치와 용기를 보여주었다. 온갖 음담패설에도 기가 죽지 않았고, 나 또한 감히 떠벌렸다. 그러나 친구들이 여자들을 찾아갈 때는 절대 함께하지 않은 채 홀로 남아 연애에 대한 불타는 동경, 희망이 없는 동경만을 한껏 품었다. 내가 쏟아내는 말들을 본다면 나는 대단한 향락가여야 했지만, 사실 나만큼 상처받기 쉬운 소심한 성격이 또 없다. 때때로 마을 소녀들이 말끔하고 아름다운 모습으로 경쾌하고 우아하게 내 앞을 지나가는 모습을 볼 때, 그녀들은 내게 천 배는 훌륭하고 맑고 아름다운 꿈이었다. 한동안 나는 야겔트 부인의 문구점에도 가지 않았다. 그녀를 보면 알폰스 벡이 그녀에 대하여 했던 이야기를 떠올리며 얼굴이 붉어졌기 때문이다.

새로운 동료들 사이에서도 끝없이 고독하고, 친구들과 다르다는 사실을 알면 알수록 나는 오히려 그들과 떨어지지 않았다. 술을 사주고, 허풍을 떠는 것이 과연 나 자신을 만족시키고 있는지 사실 알지 못했다. 그럴 때마다 나중에 심한 불쾌감을 느끼지 못할 만큼 술에 익숙해진 것도 절대 아니었다. 모든 게 강제로 이루어지고 있는 것 같았다. 그렇게 하는 수밖에 달리 어떻게 하는 것이 좋을지 전혀 몰랐기 때문에 하지 않으면 견딜 수 없었던 걸 했을 뿐이다. 나는 오랫동안 혼자인 것을 두려워했다. 늘 엄습하는 온갖 미묘하고 수줍은 마음속으로부터의 발작에 대하여, 번번이 일어나는 온화한 사랑의 마음에 대하여 나는 불안을 느꼈다.

내게 제일 부족한 것은 친구였다. 자주 만났던 두세 명의 동급생이 있었지만, 그들은 모두 모범생이었다. 나의 추잡한 행동은 이미 오래전부터 비밀도 아니었기 때문에 그들도 나를 피했다. 나는 남들로부터 위태롭고 희망이 없는 난봉꾼으로 보였던 것이다. 선생님들도 나에 대해 잘 알고 있었다. 나는 몇 번이고 심한 벌을 받았고, 모두가 퇴학당하기만을 기다리고 있었다. 나 또한 그것을 알고 있었다. 실제로 나는 이미 오랫동안 불량 학생이었기 때문에 그리 오래 남지 않았다는 것을 느끼면서 이리저리 요령껏 빠져나왔다.

신이 인간을 고독하게 하여 본인 자신에게로 돌아가게 하는 길은 여러 가지다. 그 당시 신은 내게 고독의 길을 선택하게 했다. 그것은 악몽과도 같았다. 끈적거리는 더러움, 깨진 맥주잔과 독설로 밤을 새운 나날을 지나, 나는 마법에 걸린 몽상가가 되어가는 나 자신이 추하고 불결한 길을 불안과 고뇌에 차 기어가는 모습을 보았다. 공주님에게로 가는 도중에 흙탕물과 악취와 오물로 가득한 뒷골목에서 우왕좌왕하는 꿈 이야기가 있다. 내가 그런 처지였다. 그런 향기롭지 못한 길을 걸으며 나는 점점 고독해졌다. 그리고 무시무시하게 눈을 번뜩이는 문지기가 있는 에덴의 닫힌 문을 나와 유년 시절의 나 사이에 세우고 말았다. 그것은 나에 대한 그리움의 시작, 자각이었다.

기숙사 선생님의 편지에 깜짝 놀란 아버지가 처음으로 성○○시에 오셨을 때, 나는 생각지도 못했던 만남에 그때까지만 해도 놀라움에 경련을 일으켰다. 그해 겨울이 끝나갈 무렵에 아버지가 두 번째 찾아오셨을 때는 완전히 될 대로 되라는 태도로 아버지의 꾸중과 부탁, 어머니를 떠올리게 하는 이야기들을 무시했다. 아버지는 결국 심하게 화를 내며 명예스럽지 못한 자퇴와 함께 감화원에 넣겠다고 하셨다. 그러고 싶으면 그러시든가! 아버지가 떠나고 나는 가슴이 아팠다. 그러나 아버지는 내 마음을 열 방법을 찾지 못한 채 아무런 목적도 달성하지 못했다. 그리고 한동안은 그것이 당연하다고 여겼다.

내가 어떻게 될 것인지 더 이상 상관이 없었다. 나는 내 특유의 별 관심이 없는 태도로 술집에 틀어박혀 엉뚱한 망발을 쏟아부으며 세상과 싸웠다. 그것이 나만의 항의 방식이었다. 그렇게 해서 나 자신조차 망가뜨리고 있었다. 세상이 나 같은 인간들을 필요로 하지 않고, 이런 인간들을 위한 좀 더 나은 장소, 좀 더 고귀한 과제를 준비하지 못했다면, 우리 같은 인간이 모두 사라질 때까지 이 세상은 손해를 감수해야 할 것이다. 가끔 상황이 이렇게 느껴졌다.

그해 크리스마스 휴가는 정말로 불쾌했다. 어머니는 나를 보고 깜짝 놀라셨다. 나는 키가 훌쩍 커져 있었다. 표정은 일그러지고, 눈가가 붉게 부었으며, 홀쭉한 얼굴은 잿빛으로 삭막해 보였다. 솜털이 나기 시작한 콧수염과 얼마 전부터 끼고 다니는 안경 때문에 어머니는 나를 더욱 낯설어하셨다. 누나들은 숨어서 킥킥댔다. 이런 모든 것이 불만스러웠다. 아버지 서재에서의 대화도 재미없고 불쾌했다. 몇몇 친척에게 인사하는 것도 불만스러웠다. 특히 크리스마스이브는 따분했다. 이날 밤은 내가 태어난 이래 우리 집에서는 가장 중요한 날이자, 축제와 사랑과 감사의 밤, 부모님과 나 사이의 유대감을 돈독하게 하는 밤이었다. 그러나 이번에는 모든 게 답답하고 숨이 막힐 것 같은 일들뿐이었다. 늘 그렇듯 아버지는 '저곳으로 가서 양 떼를 지켜라'라는 양치기들의 복음을 읽으셨고, 누나들은 화사한 옷차림으로 선물상자들 앞에 서 있었다. 그러나 아버지의 목소리는 기운 없었고 얼굴은 더욱 늙어 초라해 보였다. 어머니는 슬퍼 보였다. 내게는 이 모든 것이 거추장스럽고 고역스러웠다. 선물도, 축하의 덕담도, 복음도, 크리스마스트리도 모두 다. 꿀이 들어간 과자는 달콤한 냄새를 풍기며 꿈처럼 달콤했던 추억의 짙은 구름을 쏟아냈다. 전나무의 향기는 이미 사라져버린 것들에 대하여 말해주는 듯했다. 나는 그날 밤과 크리스마스 파티가 빨리 끝나기만을 간절히 바랐다.

겨우내 곧 이런 상태가 계속되었다. 며칠 전에 나는 교직원 회의를 통해 심각한 경고와 함께 퇴학 위협을 받았다. 이제 오래 남지 않았을 것이다. 맘대로 하라지.

나는 막스 데미안이 왠지 원망스러웠다. 그와는 꽤 오랫동안 만나지 않았다. 성 ○○시 학교의 학생이 되자마자 편지를 두 번 보냈지만, 답장이 없었다. 그 때문에 방학 동안에도 그를 찾아가지 않았다.

나는 지난가을 알폰스 벡을 만났던 공원의 가시나무 울타리가 초록으로 물들기 시작했을 초봄 무렵에, 한 소녀가 내 눈길을 사로잡았던 적이 있었다. 나는 홀로 불길한 생각과 근심에 싸여 산책하고 있었다. 건강은 점점 악화했으며, 돈 때문에 근심이 끊이지 않아 친구들에게 돈을 빌리거나 집에 손을 벌리기 위한 꾀를 내야만 했다. 그리고 여기저기에 담배와 같은 자질구레한 외상이 많이 깔려 있었다. 이런 일 때문에 심각하게 걱정하는 일은 없었다. 조만간 이곳의 생활을 정리하고 물에 뛰어들거나 감화원에 들어가버리면, 그런 사소한 것들은 아무런 문제도 되지 않을 터이다. 그러나 그런 달갑지 않은 일들과 얼굴을 마주하고 살면서 그것들 때문에 시달렸다.

어느 봄날, 공원에서 만난 젊은 여자에게 나는 푹 빠지고 말았다. 그녀는 늘씬한 키에 우아하게 차려입었고, 마치 총명한 소년과 같은 얼굴을 하고 있었다. 나는 한순간 그녀에게 빠져버렸다. 그녀는 내가 좋아하는 타입으로 내 상상의 나래를 펼치게 해주었다. 나보다 몇 살 많아 보이지는 않았지만, 성숙하고 우아하고 개성이 뚜렷한, 이미 완전한 숙녀라고 해도 과언이 아니었다. 그리고 기품과 소년다운 분위기를 풍기는 얼굴이 나는 너무나 좋았다.

나는 내가 좋아하는 여자에게 접근해서 단 한 번도 성공한 적이 없었다. 이번에도 마찬가지였다. 그러나 이번에는 너무나 깊은 인상을 받았다. 이 사랑이 내 생활에 끼친 영향은 매우 컸다.

갑자기 내 앞에는 하나의 대상, 높이 우러러볼 대상이 나타났다. 그 어떤 욕구도 충동도, 경외와 숭배의 마음보다 이보다 깊고 강렬하지 못했다! 나는 그녀에게 베아트리체라는 이름을 붙였다. 단테를 읽은 적은 없었지만, 가지고 있던 영국의 복제품을 통해 베아트리체에 대해 알고 있었다. 그 그림은 영국 라파엘전파(前派)의 소녀상으로 팔다리가 매우 길고 늘씬했고, 얼굴은 갸름했고, 손과 표정에 영혼이 깃든 그림이었다. 내가 좋아하는 아름다운 소녀도 그런 늘씬한 구석을 지니고 있었고 이지적인 혹은 영적인 그 무엇이 깃들어 있기는 했지만, 앞서 말한 그 초상화와는 완전히 똑같지는 않았다.

나는 베아트리체와 한 마디도 나눈 적이 없었다. 그러나 그녀는 당시의 내게 상당히 깊은 영향을 미쳤다. 그녀는 모습을 내 앞에 드러내면서 내게 하나의 영혼 문을 열어주면서, 나를 그 사원의 수도사로 만들었다. 나는 점점 술집과 밤거리로부터 멀어지기 시작했다. 나는 다시 고독을 견딜 수 있게 되었고, 독서를 즐기고, 산책을 즐기게 되었다.

갑작스러운 나의 개과천선은 많은 조롱거리가 되었다. 그러나 지금의 나는 사랑하는 것, 숭배하는 대상을 가지게 되면서 다시 이상을 품게 되었다. 내 삶은 다시 예감과 다채롭고 신비로운 여명으로 가득 찼다. 그것이 나를 주변에 무관심하게 만들었다. 비록 숭배해야 할 대상의 노예, 일꾼이라 할지라도 나는 다시 나 자신을 우리 집으로 여기게 되었다.

그 어떤 감동 없이는 당시를 회상할 수는 없다. 나는 다시 진심 어린 노력으로 붕괴한 삶의 일시적인 잔해 속에서 '밝은 세계'를 재건하기 위한 실험을 했다. 나는 다시 내 마음속의 어둡고 나쁜 것들을 정리하고 완전히 밝은 삶을 살고자 하는 단 하나의 염원을 품고 신들 앞에 머리를 조아리며 살았다. 어쨌거나 지금의 '밝은 세계'는 이를테면 나 자신의 창조였다. 그것은 더 이상 어머니의 품으로, 책임이 없는 무조건적 보호 속으로 도망치는 것이 아니라, 나 스스로 고안하고 요구한 새로운 봉사이며, 책임과 자제를 동반한 것이었다. 나는 성욕 때문에 끊임없이 고민하면서 끝없이 그것으로부터 도망치려 했지만, 지금은 신성한 불로 성욕을 녹여 정신과 기도로 승화시키고자 했다. 더 이상 어둡고 추한 것, 신음하며 지낸 밤들, 음란한 그림 앞에서의 두근거림, 금욕의 문 앞에서의 도취, 음탕한 욕정 따위는 절대로 용납할 수 없었다. 나는 이 추악한 모든 것 대신에 베아트리체의 상을 나만의 제단에 올렸다. 그리고 스스로를 그녀에게 바침으로써 정신과 신들에게 나를 바쳤다. 암흑의 힘에 대한 흥미를 밝은 힘에 대한 제물로 바쳤다. 쾌락이 아니라 청정함이, 행복이 아니라 아름다움과 성령이 나의 목표가 되었다.

베아트리체의 숭배로 내 삶은 완전히 바뀌게 되었다. 어제까지는 조숙한 냉소주의자였지만, 오늘은 성자가 되고자 하는 수도사가 되었다. 익숙했던 저속한 생활을 버린 것은 물론, 나의 모든 걸 바꾸어 모든 것에서 청정함과 고귀함과 품위를 더하기 위해 노력하며 음식물에 대하여, 말투와 옷차림에 대하여서도 그것을 생각했다. 아침마다 냉수마찰을 시작했다. 처음에는 참기가 쉽지 않았다. 나는 진지하고 점잖게 행동했으며, 고개를 들고 천천히 의젓하게 걸었다. 남들의 눈에는 우스꽝스럽게 보였을지도 모른다. 그러나 내 마음속으로는 그 모든 것이 예배와도 같았다.

나의 새로운 마음을 표현하기 위해 계획한 여러 새로운 수행 중에서 단 한 가지만이 중요한 것이 되었다. 나는 그림을 그리기 시작했다. 내가 가지고 있던 영국의 베아트리체 초상화가 그녀와 많이 닮지 않았다는 것을 깨닫기 시작했다. 나는 그녀를 나만을 위해 그려보기로 결심했다. 전혀 새로운 기쁨과 희망을 품고 내 방에서—얼마 전부터 나는 내 방을 갖게 되었다—아름다운 종이와 물감과 붓을 준비하고, 이젤과 컵과 접시와 연필을 준비했다. 작은 튜브에 든 아름다운 템페라 물감을 넣 놓고 바라보았다. 그중에는 불타오르는 듯한 크롬 녹색이 있었다. 그것이 작고 흰 접시 위에서 처음으로 빛나던 순간은 지금도 눈에 선하다.

나는 이 작업을 꼼꼼하게 시작했다. 얼굴을 그리는 게 매우 어려웠기에 먼저 다른 것부터 그려보기로 마음먹었다. 도안,

꽃, 상상 속의 작은 풍경, 성당 옆에 서 있는 나무, 사이프러스 나무가 있는 로마의 다리 등을 그렸다. 이 유희적 행위에 푹 빠져 있는 날이 적지 않았다. 그림물감 상자를 새로 산 아이처럼 행복했다. 그리고 드디어 베아트리체를 그리기 시작했다.

두세 장은 완전히 실패해버렸다. 우연히 거리에서 마주친 소녀의 얼굴은 떠올리려 애쓸수록 더욱 희미해졌다. 결국은 그녀의 초상화는 포기하고 그저 상상에 맡긴 채 그림을 그리기 시작하여 물감과 연필과 붓이 자연스럽게 가는 대로 하나의 얼굴을 그리기 시작했다. 그것은 몽상으로 그린 그림이었지만, 나는 불만이 전혀 없었다. 그러나 나는 곧바로 다시 실험을 이어갔다. 새 종이에 그린 그림은 실물과는 완전히 거리가 멀었지만, 어느 정도 또렷하게 베아트리체의 모습에 조금씩 가까워졌다.

나는 꿈을 꾸는 듯한 붓놀림으로 선을 긋고 화면을 채워 나가는 일에 점점 익숙해졌다. 선과 화면은 교본을 보지 않고 장난치는 듯한 손놀림과 무의식적인 것 속에서 탄생했다. 드디어 어느 날 거의 무의식적으로, 지금까지보다 훨씬 센 강도로 내게 말을 걸어오는 하나의 얼굴을 완성했다. 그것은 그녀의 얼굴이 아니었다. 시작부터 그랬다. 다른 어떤 비현실적인 것이었지만 소중하다는 것에는 변함이 없었다. 소녀의 얼굴이라기보다는 소년의 머리로 보였다. 머리카락은 나의 아름다운 소녀와 같은 옅은 금발이 아니라 붉은색을 띤 다갈색이었다. 턱은 강해 보였고, 입은 붉은 꽃이 핀 것 같았다. 전체적으로 딱딱한 느낌의 가면과도 같았지만, 인상적이고 신비적인 생명력이 넘쳐났다.

완성된 그림 앞에 앉자, 뭔가 기이한 느낌이 들었다. 그것은 신의 형상 또는 신성한 가면처럼 느껴졌다. 반은 남성, 반은 여성으로 나이를 초월했고 몽상적이면서 동시에 강한 의지를 지닌, 신비로운 생동감을 지닌 동시에 돌처럼 굳어 있었다. 이 얼굴은 뭔가 내게 할 말을 가지고 있었다. 그것은 내 것 중 하나이며 내게 뭔가를 요구하고 있었다. 누군가와 닮았는데, 그것이 누구인지는 알 수가 없었다.

이 초상화는 한동안 내 모든 생각과 얽혀 있으면서 나와 함께 생활했다. 나는 그림을 누군가가 보고 조롱거리로 삼지 않도록 서랍 속에 감췄다가, 혼자 방에 있을 때면 몰래 꺼내 바라보았다. 밤이 되면 그림을 침대 맞은편 벽지에 바늘로 꽂아놓고 잠이 들 때까지 바라봤다. 그리고 아침에 눈을 뜨자마자 그림을 바라봤다.

나는 그 무렵 어릴 적에 늘 그랬듯이 자주 꿈을 꾸기 시작했다. 몇 년 동안 전혀 꿈을 꾸지 않았던 것처럼 느껴졌다. 지금 다시 꿈이 돌아왔다. 완전히 다른 새로운 종류의 환상이었다. 꿈속에서 그 초상화는 번번이 떠올랐다. 그림은 살아나서 말을 걸고, 친근하게 대하고, 때로는 적대감을 표하면서 일그러진 인상을 쓰기도 했다. 또한 무한히 아름답고 조화롭고 고귀한 모습으로 나타나기도 했다.

어느 날 아침, 이런 꿈에서 깨자마자 갑자기 그 정체를 깨달았다. 그 초상화는 매우 친근하게 나를 바라보며 내 이름을 부르는 것 같았다. 그건 어머니처럼 나를 알고 있는 것 같았으며,

또한 아주 오래전부터 나를 바라보고 있던 것 같기도 했다. 나는 두근거리는 마음으로 그림을 응시했다. 숱이 많은 다갈색의 모발과 반쯤 여성스러운 입술과 묘하게 밝은 느낌을 주는 강한 이마를(그림은 멋대로 말라 있었다) 뚫어져라 바라봤다. 그러자 내 마음속에는 인식과 재발견과 자각이 점점 가까워지는 느낌이 들었다.

나는 침대에서 벌떡 일어나 그 얼굴 앞에 가까이 다가가 응시했다. 크게 뜬 녹색의 굳은 눈 속을 뚫어져라 응시했다. 오른쪽 눈이 다른 쪽 눈보다 약간 위에 있었다. 갑자기 이 오른쪽 눈이 움찔거렸다. 아주 약간 미묘하게, 그러나 분명히 움찔했다. 이 경련을 보고 그 초상화의 정체를 알아차렸다…….

어째서 그렇게 늦게 알아차렸단 말인가! 그것은 데미안의 얼굴이었다.

나는 나중에 빈번히 그 그림을 떠올리고 데미안의 실제 표정과 비교해보았다. 닮지 않았다, 전혀 달랐다. 그러나 누가 뭐래도 데미안이었다.

어느 초여름 저녁, 내 방 서쪽 창이 해가 저물면서 붉게 물들었다. 방 안은 옅게 어둠이 깔렸다. 나는 그때 베아트리체의, 데미안의 초상화를 창틀에 붙이고 석양에 그림을 비춰 보고 싶어졌다. 얼굴은 흐릿하게 윤곽이 또렷하지 않았지만 약간 붉게 물든 눈과 이마의 밝기와 강렬한 붉은 입술은 그림 속에서 짙고 강렬하게 이글거렸다. 오랫동안, 그것이 꺼질 때까지 나는 그 그림을 마주하고 앉았다. 그러자 그림은 베아트리체도 데미안도 아닌 나 자신이라는 것을 깨닫게 되었다. 그 그림은 전혀 나와 닮지 않았다. 나와 닮을 리가 없다고 생각했다. 그러나 그건 내 생명을 이루고 있는 것이었다. 그것은 내 마음, 내 운명 혹은 내 영혼이었다. 내가 언젠가 다시 친구를 만나게 된다면 내 친구는 그런 모습을 하고 있을 것이다. 내가 언젠가 사랑을 하게 된다면, 내 연인은 그런 모습을 하고 있을 것이다. 내 삶과 죽음 또한 그럴 것이다. 그것이 내 운명의 울림이자 리듬이었다.

당시 나는 한 책을 읽기 시작했는데, 그것은 이전에 읽었던 다른 그 어떤 책보다 깊은 인상을 남겼다. 그리고 이후로도 그렇게 깊은 감명을 받은 책은 거의 없었다. 고작해야 니체 정도였다. 그 책은 노발리스의 편지와 잠언으로 이루어졌는데, 그중에는 이해가 잘 안되는 것이 많았지만 모든 글이 뭔지 모를 매력으로 나를 사로잡았다. 특히 한 구절이 머릿속에 떠올라 초상화 밑에 적어두었다.

'운명과 마음은 하나의 관념을 표현하는 이름이다.'

이 뜻을 지금은 이해했다.

나는 베아트리체라고 이름 붙인 소녀를 자주 만났다. 나는 더 이상 아무런 감동도 느낄 수 없었지만 언제나 온화한 화합, 어렴풋한 감정을 느꼈다. '너는 나와 이어져 있다, 아니 네가 아니라 너의 초상화다, 너는 내 운명의 일부다'라고 하는 감정이었다.

막스 데미안에 대한 나의 동경이 다시 강해졌다. 나는 그의 소식을 전혀 듣지 못했다. 몇 년 동안 전혀 몰랐다. 딱 한 번 방학 동안에 만난 적이 있었다. 나는 이 짧은 재회를 감추려 했다는 것을 깨달았다. 그리고 부끄러움과 허영 때문이었음을 깨달았다. 그것을 만회해야만 한다.

한번은 방학 중 술집을 드나들던 시절, 늘 그렇듯 약간 피곤한 얼굴로 권태롭게 지팡이를 돌리면서 고향 거리를 어슬렁거렸다. 전혀 변한 게 없는 인간 속물들을 경멸의 눈초리로 바라보고 있을 때 나의 옛 친구가 내게 다가왔다. 나는 그를 보자마자 놀라 움츠러들었다. 그리고 번뜩 프란츠 크로머를 떠올리고 말았다. 데미안이 그 사건을 잊어줬으면 얼마나 좋을까! 그 일로 데미안에게 고마움을 느끼는 것은 정말 불쾌했다. 사실 어릴 적의 어리석은 사건이었지만, 그래도 고마운 건 사실이니까.

그는 내게 인사를 하려는 건지 어쨌는지 모르지만 기다리고 있는 것 같았다. 내가 억지로 차분한 척 인사를 하자 그는 내게 손을 내밀었다. 바로 그 악수였다! 따뜻하게 꽉 쥔, 그러면서도 냉정하고 남자다운 악수였다!

그는 내 얼굴을 살피면서 말했다.

"많이 컸구나, 싱클레어."

그는 전혀 변하지 않은 것 같았다. 늘 그랬듯 성숙했고, 늘 그랬듯 젊었다.

그는 나와 함께 산책했다. 우리는 사소한 것들에 관해서만 이야기했고, 과거의 치부에 관해서는 이야기하지 않았다. 문득 몇 번이고 그에게 편지를 썼지만, 한 번도 답장받지 못한 것이 생각났다. 아아, 그런 건 잊어버리면 좋았을걸, 멍청하게 편지 따위를! 그는 그에 대해 아무 말도 하지 않았다.

그때만 해도 베아트리체도 초상화도 없던, 내가 아직 방황하던 시기였다. 나는 마을 끝자락에 다다르자, 술집에 들어가자고 권했다. 그는 따라 들어왔다. 나는 큰 소리로 와인 한 병을 주문하고 따른 뒤, 건배하며 학생들의 음주문화에 익숙하다는 것을 과시하며 첫 잔을 단숨에 들이켰다.

"너 술집에 자주 가니?"

그가 물었다.

"어, 자주 가."

나는 태연하게 말했다.

"달리 뭐 할 게 있어? 결국 이게 제일 즐겁잖아."

"정말 그렇게 생각해? 그럴지도 모르지. 술에는 좋은 점이 많지. 도취, 바커스적 충동! 하지만 내가 보기에 술집에 드나드는 녀석들은 오히려 그런 걸 느끼지 못하는 것 같던데. 내가 보기에 술집에 드나드는 사람이야말로 정말 속물적이라는 생각이 드는데. 하룻밤 불타는 횃불 아래서 진정으로 아름다운 도취와 만취는 괜찮지! 하지만 일 년 내내 그렇게 술을 들이붓는 건 진짜가 아닐걸! 밤마다 단골 테이블에 앉아 있는 파우스트를 상상할 수 있겠니?"

나는 한 잔을 들이켜고는 적의에 찬 눈으로 그를 노려봤다.

"그래, 모두가 파우스트는 아니니까."

나는 짧게 말했다. 그는 약간 황당하다는 듯이 나를 바라봤다. 그러고는 늘 그랬듯 활기 있고 우월감 넘치는 웃음으로 크게 웃었다.

"이런, 그 때문에 말싸움할 필요는 없지. 어쨌거나 술에 취하고 방탕한 생활을 하는 것이 아마 완벽주의적 생활보다는 활기차겠지. 그리고—언젠가 읽은 적이 있는데—방탕자의 생활은 신비주의자가 되기 위한 최고의 준비 중 하나지. 성 아우구스티누스와 같은 예언자도 그랬지. 성 아우구스티누스도 한때는 향락주의자에 도락가였으니까."

나는 의심하고 있었기 때문에 그의 설교 따위는 듣고 싶지 않다고 생각하며, 쌀쌀맞게 말했다.

"어, 서로 저 좋을 대로 하는 거지! 솔직히 나는 예언자인지 뭔지에 대해서 전혀 관심이 없어."

데미안은 살짝 눈살을 찌푸리며 알겠다는 듯이 나를 바라보며 천천히 말했다.

"싱클레어, 기분 상하게 할 생각은 없었어. 하지만 네가 지금 무얼 위해서 술을 마시는지는 우리 둘 다 모르고 있어. 네 생명을 만들고 있는 네 내부의 것은 그 이유를 알 거야. 우리의 내부에는 모든 것을 알고, 모든 것을 욕망하고, 모든 것을 우리 자신보다 잘해내는 무엇인가가 있다는 걸 깨닫는 건 매우 중요한 일이야. 미안하지만, 나는 이만 집에 가야겠다."

우리는 간단히 작별 인사를 했다. 나는 언짢은 기분으로 혼자 남아 와인병을 다 비우고 술집을 나설 때야 데미안이 이미 계산했다는 것을 알게 되었다. 그 때문에 더욱 심기가 불편했다.

이 사소한 일로 말미암아 내 생각은 다시 정체되고 말았다. 머릿속에는 데미안 생각으로 가득 찼다. 마을 끝자락의 술집에서 그가 했던 이야기가 내 기억 속에서 다시 들끓기 시작했다. 놀랍도록 생생하게 있는 그대로.

"우리의 내부에 모든 걸 알고 있는 무언가가 있음을 깨닫는 건 매우 중요한 일이다!"

창틀에 기대어 전혀 보이지 않는 그림을 올려다보니 눈이 여전히 이글거리고 있었다. 그것은 데미안의 눈길이었다. 어쩌면 내 내부에 있는 것, 모든 것을 알고 있는 무언가다.

내가 데미안을 얼마나 동경했었던가! 나는 그에 대해 아는 것이 전혀 없었다. 그는 내 손길이 닿을 수 없는 곳에 있었다. 그가 아마도 어딘가에서 연구하고 있을 거라는 것, 그의 어머니는 그가 김나지움을 마치자 우리 마을을 떠났다는 것, 그것 밖에 아는 게 없었다.

크로머와의 사건까지 거슬러 올라가 나와 막스 데미안과 연관된 모든 기억을 떠올리려 노력했다. 그가 과거 내게 해주었던 말이 얼마나 많이 되살아나며 들려왔던지. 그리고 모든 게 지금까지도 의미가 있고, 절실하고, 나와 연관이 있었다. 우리의 마지막 만남, 정말 따분했던 우연한 만남에서 그가 도락가와 성자에 대해 말했던 것도 갑자기 생생하게 마음속에 되살아났다. 내가 그렇지 않았는지. 술에 취해 더러워지고, 마비와 패륜 속에서 살지는 않았는지. 그러다 결국은 완전히 정반대의 것, 깨끗한 것에 대한 바람과 성자에 대한 동경이 새로운 삶의 충동으로 내 마음속에서 들끓고 있는 것은 아닐지.

이렇게 나는 기억을 되짚어갔다. 이미 밤은 깊어졌고 밖에는 비가 내리고 있었다. 기억 속에서도 비가 내리는 소리가 들렸다. 그것은 밤나무 숲 아래서 그가 프란츠 크로머에 대해 이것저것을 캐물어 처음으로 그에게 비밀을 털어놓았던 순간이었다. 계속해서 되살아났다. 등굣길의 대화, 견진성사를 위한 수업 시간 등. 마지막으로 막스 데미안과 제일 처음 만났을 때의 일이 떠올랐다. 그때는 무슨 이야기를 했었지? 당장은 생각이 나지 않았다. 나는 천천히 그리고 완전히 그 속에 빠져버렸다. 그러자 그때의 기억도 되살아났다. 그가 카인에 관한 의견을 말한 뒤에 우리는 내 집 앞에 서 있었다. 그때 그는 현관문 위의, 아래서부터 위로 펼쳐진 아치에 붙어 있는 낡고 마모된 문장에 관해 이야기했다. 이것이 얼마나 흥미로운 것인지, 이런 것에 주의를 기울일 필요가 있다고 그는 말했다.

그날 밤, 나는 데미안과 문장에 관한 꿈을 꾸었다. 문장은 쉬지 않고 변했으며, 데미안은 그것을 두 손으로 들고 있었다. 작은 회색이었다가 엄청나게 큰 다채색으로 변하기도 했는데, 늘 같은 것이라고 내게 설명해주었다. 마지막으로 그는 그 문장을 내게 먹으라고 강요했다. 그것을 받아먹자, 문장 속의 새는 내 몸속에서 활동을 시작하며 내 몸 전체로 퍼져 몸을 갉아먹는 느낌에 깜짝 놀랐다. 나는 죽을 것 같은 공포에 질려 벌떡 일어나면서 깼다.

눈을 떠 보니 한밤중이었고, 방 안으로 비가 들이치는 소리가 들렸다. 침대에서 일어나 창문을 닫을 때 바닥에 놓여 있는 뭔가 흰 물체를 밟았다. 아침이 되어 그것이 내가 그린 그림이란 걸 알았다. 그림은 젖은 채로 바닥에 뒹굴고 있었으며, 물결 모양으로 부풀어 있었다. 나는 그림을 말리고 펴기 위해 흡수지를 사이에 끼워 무거운 책 속에 넣었다. 다음 날 다시 보니 마르기는 했지만, 완전히 다른 모습이었다. 붉은 입술은 색이 변했고 약간 가늘어져 있었다. 이제 완전히 데미안의 입 모양이었다.

나는 새 종이에 문장의 새를 그리기 시작했다. 그것이 어떤 모양을 하고 있었는지는 확실하게 기억이 나지 않았다. 그것은 아주 낡은 데다 몇 번이고 덧칠했기에 가까이서 봐도 구분이 안 되는 곳이 몇 군데가 있다는 것을 기억하고 있다. 새는 어떤 것 위에, 아마도 꽃이나 바구니, 둥지나 나뭇가지 위에 앉았거나 서 있었다. 나는 그런 것에 개의치 않고 확실하게 떠오르는 것부터 그려갔다. 막연한 욕구에서 곧장 강렬한 색채로 그려갔다. 새의 머리는 내 종이 위에서는 황금색이었다. 생각나는 대로 계속 그려 며칠 만에 완성했다.

완성된 그림은 날카롭고 사나운 매의 머리를 한 맹금류였다. 그것은 몸의 반이 어두운 지구 속에 들어 있으면서 커다란 알에서 나오려는 듯 힘겹게 몸부림치고 있었다. 배경은 파란 하늘이다. 그 그림을 오래 보고 있을수록 꿈에서 나왔던 다채색의 문장처럼 여겨졌다.

데미안에게 편지를 쓰는 것은 설령 주소를 알고 있더라도 불가능했을 것이다. 그러나 당시 무엇이든 몽상적인 예감에 사로잡혀 있던 나는 똑같은 생각으로 편지가 전달되든 전달되지 않던 간에 매의 그림을 그에게 보내기로 결심했다. 나는 그림에 아무런 말도 쓰지 않았다. 내 이름조차 쓰지 않았다. 가장자리를 조심스럽게 잘라내고 커다란 봉투를 사서 친구의 옛 별명을 써 발송했다.

시험이 얼마 남지 않았다. 나는 평소보다 많은 학교 공부를 해야 했다. 내가 갑자기 비행을 멈추자, 선생님들도 마음을 돌렸다. 아직은 모범생이 아니었지만 나는 물론 주변 사람들 모두 반년 전에는 내가 권고 퇴학을 당하는 것이 불 보듯 뻔했다는 사실을 떠올리지 않았다.

아버지는 더 이상 나무라거나 윽박지르지 않고 이전의 말투로 편지를 보내시는 일이 잦았다. 그러나 내가 왜 변하게 되었는지에 대해서는 아버지는 물론 다른 누구에게도 설명하고 싶지 않았다. 이 변화가 내 부모와 선생님들의 바람과 일치한 것은 단순한 우연이었다. 나는 이 변화로 다른 친구들과 섞이지는 않았다. 누구도 내게 접근시키지 않은 채 더욱 고독하게 만들었다. 그것은 데미안이나 먼 운명 중에 어느 하나를 원하고 있었다. 나 자신도 이 사실을 몰랐다. 나는 그 한복판에 서 있었다. 그것은 베아트리체가 계기가 되어 시작되었지만 얼마 전부터 나는 내 그림과 데미안에 관한 생각에 대해 완벽하게 비현실적인 세계에 살고 있었기 때문에, 베아트리체에 관한 것은 눈과 머릿속에서 완전히 사라졌다. 나의 꿈과 기대와 내적인 변화에 대해서는 설령 아무리 간절했다고 하더라도, 아무에게도 단 한 마디도 할 수 없었을 것이다.

그런데 어떻게 내가 그런 것을 바랄 수 있었을까?

새는 알에서 나오기 위해 투쟁한다

내가 그린 꿈속의 새는 발송되어 내 친구를 찾아 날아갔다. 그리고 놀랍게도 상상을 초월한 방법으로 답장이 왔다.

교실 내 자리에 앉아 있던 어느 날, 쉬는 시간이 끝나고 나는 책 사이에 끼어 있는 한 장의 종이를 발견했다. 그것은 학생들이 수업 중에 가끔 몰래 쪽지를 보낼 때 쓰는 방법이었다. 나는 반 친구들과 그런 쪽지를 주고받은 적이 없었기 때문에 누가 내게 쪽지를 보냈는지 의아할 뿐이었다. 어차피 나와는 상관없는 장난에 관한 것이라고 여기고 읽지도 않은 채 책 맨 앞에 꽂아두었다. 그러다가 수업이 시작된 뒤 우연히 쪽지가 손에 닿았다.

나는 쪽지를 만지작거리다가 생각 없이 펼쳐 보았다. 거기에는 짧은 문구가 적혀 있었다. 쪽지를 살펴보던 나는 한 단어에 눈길이 사로잡혀 깜짝 놀라며 읽었다. 내 가슴은 찬물을 끼없은 듯이 운명 앞에 움츠러들었다.

'새는 알에서 나오기 위해 투쟁한다. 알은 곧 세계다. 태어나려고 하는 자는 하나의 세계를 파괴해야만 한다. 새는 신에게로 날아간다. 그 신의 이름은 아브락사스이다.'

나는 이것을 몇 번이나 읽고는 깊은 명상에 잠겼다. 의심의 여지가 없었다. 그것은 데미안의 답장이었다. 나와 그 외에는 누구도 그 새에 대해서 알 리가 없었다. 그는 내 그림을 받은 것이다. 그는 모든 것을 이해하고 내 해석을 도와주었다. 그러나 대체 어떻게 된 것일까? 그리고 무엇보다 나를 고민에 빠지게 한 것은 대체 아브락사스가 무엇이란 말인가? 나는 이 단어를 들은 적도 읽은 적도 없었다.

'그 신의 이름은 아브락사스이다.'

수업은 전혀 귀에 들어오지 않았다. 시간이 흘렀고 다음 수업이 시작되었다. 오전의 마지막 수업으로, 막 대학을 졸업한 젊은 보조교사가 맡았다. 그는 아주 젊었으며 우리에게 헛된 위엄을 과시하려 하지 않았다는 것만으로도 호감을 주었다.

우리는 폴렌 선생님의 지도하에 헤로도토스를 읽고 있었다. 이 강독은 내 흥미를 끄는 몇 안 되는 과목 중 하나였다. 그러나 오늘만은 정신이 딴 데 팔려 있었다. 나는 기계적으로 책을 읽었지만, 번역은 듣지 않고 생각에 몰두했다. 어쨌거나 데미안이 오래전에 종교 수업 시간에 내게 말했던 것이 얼마나 옳은 것이었나, 하는 경험을 나는 몇 번이고 느꼈었다. 그것은 충분히 강렬하고 원하는 건 이루어진다는 것이었다. 수업 중 생각에 깊이 몰두해 있으면 선생님은 내게 관심을 가지지 않기에 나는 안심할 수 있었다. 반대로 멍하니 있거나 졸린 표정을 짓고 있으면 선생님이 갑자기 곁으로 다가왔다. 나도 그런 경험이 있었다. 그러나 정말로 생각하고, 정말로 몰두하고 있을 때는 안전했다. 뚫어져라 응시하는 것도 시험해보고, 효과가 있다는 걸 발견했다. 어릴 적에는 잘되지 않았지만, 지금은 시선과 사고만으로 꽤 많은 걸 이룰 수 있다는 것도 깨달았다.

그런 방식으로 지금도 자리에 앉아서 헤로도토스와 수업에서 멀리 떨어져 있었다. 그러나 그 순간 선생님의 목소리가 섬광처럼 내 의식 속을 파고들어 번뜩 정신을 차렸다. 나는 선생님의 목소리를 들었다. 선생님은 내 바로 옆에 서 계셨다. 나는 선생님이 내 이름을 불렀다고 생각했지만, 선생님은 내 얼굴을 보고 있지 않았다. 나는 안도의 한숨을 내쉬었다.

그때 다시 선생님의 목소리가 들려왔다. 커다란 목소리로 "아브락사스"라고 말했다.

설명의 처음 부분은 놓치고 말았지만, 폴렌 선생님은 이런 설명을 계속했다.

"우리는 고대의 한 종파와 신비적인 단체의 생각을 합리주의적 관점에서 보듯이 그렇게 단순하게 생각해서는 안 된다. 고대는 현재의 의미에서 말하자면 과학이라는 것을 전혀 몰랐다. 그 대신에 매우 발달한 위대한 철학적이고 신비적인 진리를 연구했다. 그 일부에서 마술과 유희가 탄생했으며, 그것은 흔히 사기와 범죄로 이어지기도 했다. 그러나 마술 또한 고귀한 유래와 깊은 사상을 가지고 있었다. 앞서 예로 들었던 아브락사스의 가르침도 그랬다. 사람들은 이 이름을 그리스의 주문과 연관 지어 불렀고, 오늘날에도 여전히 야만적인 민족들이 믿는 마술사의 악마 이름이라고 여기는 경우가 많다. 그러나 아브락사스는 훨씬 많은 것을 의미하고 있다고 생각한다. 우리는 이 이름을 신적인 것과 악마적인 것을 결합하는 상징적인 사명을 가진 하나의 신성한 이름이라고 생각할 수 있다."

작은 키의 학자는 예리하게 열심히 이야기를 이어갔지만 아무도 별 관심이 없는 것 같았다. 더 이상 그 이름이 다시 나오지 않아 나의 관심도 금세 내 마음속으로 돌아왔다.

"신적인 것과 악마적인 것을 결합······."

이 말만이 한동안 귓가를 맴돌았다. 이것과 이야기가 이어졌다. 그것은 데미안과 만났던 마지막 무렵의 대화 이후 친숙한 것이었다. 그때 데미안은, 우리는 숭배하는 신이 있는데 그 신은 멋대로 떼어놓은 세계의 절반(즉, 공인된 '밝은 세계')에 불과하다고 말했다. 인간은 이 세상 전체를 숭배해야만 하고, 따라서 악마를 겸한 신을 숭배하거나 신 숭배와 함께 악마도 숭배해야 한다는 것이었다. 그러니까 아브락사스는 신이기도 악마이기도 한 것이다.

한동안 나는 아주 열정적으로 그것에 대한 탐구를 계속했지만, 전혀 진전이 없었다. 도서관을 빠짐없이 뒤져 아브락사스를 찾았지만 허사였다. 손에 쥐어보면 돌멩이에 불과한 진리를 무조건 추구하는 이런 직접적이고 의식적인 탐구 방법은 내 성격과 맞지 않았다.

얼마 동안 내 마음을 완전히 사로잡았던 베아트리체의 모습은 서서히 가라앉았다. 그보다는 내게서 서서히 멀어져 지평선 가까이 환영처럼 흐릿하게 엷어졌다. 그것은 더 이상 내 마음을 만족시키지 못했다.

나는 홀로 나만의 틀 안에 숨어 살면서 몽유병자처럼 삶을 유지해왔지만, 지금 그 안에서 새로운 것이 형성되기 시작했다. 삶에 대한 동경이 내 속에서 되살아났다. 아니 그보다는 사랑에 대한 동경과 한동안 베아트리체에 대한 숭배로 말미암아 억제해온 성적 충동이 새로운 형식과 목표를 요구했다. 그러나 여전히 실현되지는 못했다. 동경을 외면하면, 내 친구들은 소녀에게서 행복을 추구했지만 내게는 소녀들에게서 뭔가를 기대하는 것은 불가능했다. 나는 다시 심한 꿈을 꾸기 시작했다. 그것도 밤보다는 낮에 더 자주 꿈을 꾸었다. 온갖 관념과 형상 혹은 바람이 마음에서 들끓어 나를 외면적인 세계에서 멀어지게 했기에, 나는 현실의 환경보다는 마음속의 이런 형상과 꿈 혹은 환영과 훨씬 현실적이고 활발하게 얽히며 함께 살았다.

일정한 꿈, 다시 말해서 반복되는 공상의 허무함이 내게는 매우 깊은 의미를 가지게 되었다. 그 꿈은 내 평생을 통해 가장 중요하고 지속적인 꿈이었는데, 거의 다음과 같은 내용들이었다. 나는 아버지의 집으로 돌아갔다. 문 위의 문장 속 새가 푸른 바탕에서 노랗게 빛나고 있었다. 집 안에서 어머니가 나를 맞아주셨다. 내가 어머니를 안으려고 하면 그 사람은 어머니가 아니라 전혀 본 적도 없는 거대하고 강인해 보이는 인물로, 막스 데미안과 내가 그린 그림과 닮아 있었지만, 또 완전히 달랐다. 강인해 보이지만 완전히 여성적이었다. 이 인물이 나를 매료시키고 몸서리칠 만큼 깊은 사랑의 포옹으로 나를 감싸 안았다. 환희와 전율이 흐르며 그 포옹은 신에 대한 숭배인 동시에 죄악이었다. 어머니에 대한 기억, 친구 데미안에 대한 기억이 나를 껴안고 있는 인물 속에 너무도 많이 어려 있었다. 그 포옹은 경외의 마음과는 반대되는 것이었지만, 그럼에도 행복했다. 나는 이 꿈에서 자주 깊은 행복감을 느끼다가 그리고 무서운 죄로 말미암아 죽음의 공포와 양심의 고통으로 몸부림치다가 눈을 떴다.

이런 내면적인 이미지와 내가 추구하는 신에 대한 외부로부터의 암시 사이에 이윽고 서서히 무의식적으로 관계가 이루어지고 있었다. 그것은 점점 밀접해지기 시작했다. 나는 이 계시의 꿈속에서 아브락사스의 부름을 깨닫기 시작했다. 환희와 전율, 남자와 여자가 섞이고, 가장 신성한 것과 가장 추악한 것이 한데 뒤엉켜 더없이 부드럽고 천진난만한 가운데 깊은 죄가 경련을 일으키고 있다. 나의 사랑에 대한 환영은 그런 것이었다. 아브락사스도 그랬다. 사랑은 이제 내가 처음으로 괴로움을 느꼈던 것처럼 동물적이고 어두운 충동이 아니었다. 그것은 또한 내가 베아트리체의 초상화에 바쳤던 경건하고 정신적인 숭배도 아니었다. 사랑은 이 둘이면서 또한 그 이상이었다. 그것은 천사와 악마, 남자와 여자가 한 몸이었고, 사람과 짐승이었으며, 최고의 선과 최고의 악이었다. 이 삶을 사는 것이, 이를 음미하는 것이 내 운명처럼 여겨졌다. 나는 이 운명에 대한 동경과 불안을 동시에 품고 있었다. 그러나 그것은 항상 눈앞에 존재했고, 항상 내 위에 있었다.

이듬해에 나는 김나지움을 졸업하고 대학에 들어갈 예정이었지만, 어느 대학에 들어가서 무엇을 해야 할지는 아직 몰랐다. 입술 위에는 작은 수염이 자랐다. 나는 완전히 어른이 되었지만, 무얼 해야 좋을지 목표가 없었다. 유일한 한 가지, 즉 내 마음의 목소리, 환상, 그것만은 확실히 정해져 있었다. 나는 이 인도에 따라 맹목적으로 따라야 할 사명감을 느꼈다. 그러나 그것은 힘겨웠다. 나는 매일 반항했다. 어쩌면 나는 미쳤거나, 다른 사람과는 다르다는 생각을 자주 했다. 그러나 다른 사람들이 하는 일이면 뭐든 할 수 있었다. 약간의 공부와 노력만으로 플라톤을 읽을 수 있었고, 삼각법의 문제를 푸는 것도, 화학의 분석을 따라가는 것도 가능했다. 하지만 단 한 가지만은 불가능했다. 그것은 내 내면의 어두운 곳에 숨어 있는 목표를 찾아내서 표면적으로 그려내는 것이었다. 다른 친구들은 교수 혹은 판사, 의사나 예술가가 되겠다고 또한 그렇게 되기 위해서는 얼마나 걸리는지, 어떤 장점이 있는지 확실히 알고 있었다. 하지만 나는 불가능했다. 아마도 언젠가 나도 그렇게 되겠지만, 어떻게 그것을 알 수 있단 말인가? 나는 몇 년 동안 계속 실험하다 결국 아무것도 하지 못한 채, 아무런 목표도 달성하지 못했을지 모른다. 하나의 목표를 달성했다고 하더라도 그것은 나쁘고 위험한 엄청난 목표였을지 모른다.

　나는 나의 내면에서 홀로 헤치고 나오려는 것, 그걸 살아 보길 원했던 것에 불과하다. 어째서 그것이 이다지도 어렵단 말인가?

　나는 자주 내 꿈속 강력한 사랑의 모습을 그려보려고 노력했지만, 결국 성공하지 못했다. 만약 성공했다면 그 그림을 데미안에게 보냈을 것을……. 그는 대체 어디에 있는 걸까? 나는 알지 못했다. 나는 그저 그가 자신과 이어져 있다는 사실만을 알고 있었다. 언제 다시 그를 만날 수 있을까?

베아트리체 시절의 그 몇 주, 몇 달 동안 지속되었던 숙연한 안정감은 오래전에 사라졌다. 그때의 나는 하나의 섬에 정착해 평화를 찾았다고 여겼지만, 늘 그랬듯이 하나의 상태가 좋아지고, 하나의 꿈이 기분 좋게 느껴지면 순식간에 그것은 시들고 먹구름이 드리워졌다. 그것을 후회하고 탄식해도 소용없는 일이었다. 지금 나는 채워지지 않는 욕구와 긴장된 기대감의 불길 속에서 살고 있다. 그것은 자주 나를 완전히 난폭하고 미치게 했다.

나는 꿈속 연인의 모습을 아주 또렷하게, 내 손보다 더 또렷하게 눈앞에서 보고, 함께 이야기하고, 그 앞에서 울고, 그것을 저주했다. 나는 그것을 어머니라 부르고 눈물을 흘리며 그 앞에 무릎을 꿇었다. 나는 그걸 연인이라 부르며 모든 것을 채워주는 성숙한 키스를 어렴풋하게 느꼈다. 나는 그것을 악마, 창녀, 흡혈귀, 살인자라 불렀다. 그것은 나를 더없이 부드러운 사랑의 꿈과 삭막하고 추악한 행위 속으로 유혹했다. 거기에는 너무 좋은 것도 너무 귀중한 것도 없었고, 너무 나쁜 것도 너무 저급한 것도 없었다.

그해 겨우내 나는 형언할 수 없는 내면의 폭풍 속에서 보내야 했다. 이미 고독에는 오랜 세월 익숙해 있었다. 따라서 고독은 나를 무너뜨릴 수 없었다. 나는 데미안과 새매와 내 운명이

자 연인이었던 커다란 꿈속 인물의 환영과 함께 살았다. 그 속에서 사는 데는 전혀 불편함이 없었다. 왜냐하면 모든 건 크고 넓은 것을 응시하고 있었으며 아브락사스를 가리키고 있었기 때문이다. 그러나 이 꿈들은 모두 그리고 내 생각들은 마음먹은 대로 되지 않고, 어떤 것도 부를 수 없었으며, 어떤 것에도 맘대로 색을 칠할 수가 없었다. 꿈과 생각이 나를 사로잡아 지배했고, 나는 그것에 따라 살고 있는 것이었다.

외적으로 나는 완벽하게 지켜지고 있었다. 사람들에 대하여 나는 아무런 공포도 느끼지 않았다. 그것은 동급생들도 인정하며 몰래 존경하기도 했지만, 그것은 자주 나를 비웃게 했다. 마음만 먹는다면 동급생 대부분에 대하여 상당히 정확하게 꿰뚫어 보고, 때로는 그들을 놀라게 할 수도 있었다. 하지만 그런 일은 거의 없었고, 나는 언제나 내 일에만 몰두하고 있었다. 그러나 이젠 정신을 차리고 삶의 일부를 살면서 내면적으로 뭔가를 세상과 나누면서, 세상과 관계를 유지하고, 세상과 싸우고 싶다고 간절히 원했다. 이따금 밤마다 거리를 방황하며 초조한 마음에 늦은 밤까지 집으로 돌아가지 못할 때면, 이제 저쪽에서 사랑하는 사람이 올 거야, 다음 모퉁이를 돌고 있어, 다음 창가에서 불러줄 거야, 하는 생각이 자주 들었다. 그러나 때로는 이런 모든 게 견디기 힘들 정도로 고통스러워 자살을 결심하는 일까지 있었다.

그때 나는 나만의 도피처를 흔히 말하는 '우연'에 의해 발견했다. 그러나 그런 우연은 존재할 리 없다. 어떤 것을 꼭 필요로 하는 사람이 그것을 찾아냈다고 가정한다면, 그것을 그에게 가져다준 건 우연에 의한 게 아니라 그 자신, 그의 바람, 필연이 그를 그것으로 이끌어준 거다.

거리를 걸을 때 마을 끝자락의 작은 교회에서 흘러나오는 오르간 소리를 두세 번 들은 적이 있었다. 멈춰 서서 듣지는 않았지만, 다음 모퉁이를 돌아도 들려왔기 때문에 바흐를 연주하고 있다는 것을 알 수 있었다. 문에 다가가 보니 잠겨 있었다. 그 골목은 인적이 드문 곳이라 나는 교회 옆 갓돌에 앉아 코트 깃을 세우고 귀를 기울였다. 큰 소리는 아니었지만 훌륭한 오르간이었다. 의지와 인내가 느껴지는 독특하고 대단히 개성적인, 마치 기도처럼 들리는 표현력이 있는 아주 훌륭한 연주였다. 연주자는 음악 속에 하나의 보물이 감춰져 있다는 것을 알고, 마치 자신의 생명을 구하듯이 이 보물을 구하기 위해 최선을 다해 오르간을 연주하고 있는 것처럼 느껴졌다. 나는 기술적인 면에서는 음악을 잘 모르지만, 영혼이라는 표현은 어릴 적부터 본능적으로 느꼈기 때문에 음악적인 요소를 내면적인 자명한 요소라고 여기고 있었다.

음악가는 이어서 현대의 곡을 연주했다. 레거(막스 레거, 독일의 작곡가)인 것 같았다. 사위는 완전히 어두워졌고, 희미한 불빛만이 교회 창문에서 흘러나왔다. 나는 연주가 끝나길 기다렸다. 그리고 연주자가 나올 때까지 교회 앞을 서성거렸다. 아직 젊은 사람이었지만, 나보다는 연장자로 작고 다부진 체격이었다. 그는 마치 화가 난 사람처럼 힘찬 걸음으로 서둘러 사라졌다.

그날 이후 나는 저녁마다 자주 교회 앞에 앉아 있거나 주변을 서성거렸다. 하루는 교회 문이 열려 있어 춥다고 느끼면서도, 오르간 연주자가 위층에서 흐린 불빛에 의지하며 연주하는 내내 행복감에 젖어 30분이나 들었다. 그가 연주하는 곡에서 나는 단순히 그의 소리를 듣는 것에 그치지 않았다. 그가 연주한 모든 게 서로 닮았으며 보이지 않는 유대관계를 맺고 있는 것처럼 느껴졌다. 그가 연주하는 모든 것은 신앙심 깊고 헌신적이고 경건했지만, 순례자들이나 수도자들의 경건함이 아니라, 중세의 순례자와 걸인의 경건함으로 모든 종파를 초월한 세계 감정에 헌신하는 경건함이었다. 바흐 이전의 대가와 옛 이탈리아인들의 곡도 노련하게 연주했다. 그 모든 곡은 한 가지를 말하고 있었다. 이 오르간 연주자가 마음속에 품고 있는 것은 동경, 세상의 가장 깊은 인식, 세상과의 격정적인 고별, 자신의 어두운 영혼에 대한 열렬한 경청, 헌신의 도취, 경이로운 모든 것에 대한 깊은 호기심 등을 모두 말해주고 있었다.

  하루는 오르간 연주자가 교회를 나서는 것을 몰래 따라가니, 그는 마을 끝자락의 작은 술집으로 들어갔다. 나는 주저 없이 그의 뒤를 따라 들어갔다. 여기서 나는 처음으로 그를 확실하게 볼 수 있었다. 그는 검은 펠트 모자를 쓴 채로 작은 술집 구석에서 와인 한 잔을 앞에 두고 앉아 있었다. 그의 얼굴은 내가 예상한 그대로였다. 못생기고 투박했으며, 탐구적이고 집념이 강하며, 고집스럽고 의지가 강해 보였다. 하지만 입가는 부드럽고 어린아이 같았다. 남성적인 부분은 눈과 이마에 모두 모여 있고, 얼굴 아랫부분은 부드럽고 미완성인 채로 어떤 점은 완벽하지 못한 불완전한 상태였다. 결단력이 부족한 듯한 턱은 미숙한 채로 이마와 눈길과 완전히 모순되어 보였다. 긍지와 적개심으로 가득한 다갈색의 눈은 썩 내키지 않았다.

나는 아무 말도 하지 않고 그의 맞은편에 자리를 잡았다. 다른 사람은 없었다. 그는 마치 나를 내쫓기라도 하듯이 노려봤다. 그러나 나는 피하지 않고 그를 응시했다. 그러자 그는 결국 화가 난 듯 중얼거렸다.

"왜 나를 그렇게 뚫어져라 보는 거요? 나한테 용건이라도 있소?"

"아무 용건도 없습니다. 하지만 당신에 대해서는 이것저것 알고 있습니다."

나는 대답했다. 그는 이맛살을 찌푸리며 말했다.

"그래요. 당신은 음악광이오? 음악에 빠지는 건 정말 재수 없는 짓이라고 생각하는데."

나는 놀라지 않았다.

"나는 몇 번이나 저기 교회에서 당신이 연주하는 걸 들었습니다. 하지만 당신을 방해할 생각은 전혀 없습니다. 나는 당신 덕분에, 뭔가 잘은 모르겠지만 아주 특별한 것을 발견할 수 있을 거라 생각했습니다. 뭐, 제 말에 귀를 기울일 필요는 전혀 없습니다. 나는 그저 교회에서 당신이 연주하는 것을 들으면 되니까요."

"나는 늘 걸쇠를 걸어둡니다."

"전에 그걸 잊은 덕분에 제가 안에 들어가 앉을 수 있었습니다. 평소에는 밖에 서 있거나 갓돌에 앉아서 들었지만요."

"그랬군요. 이제 안으로 들어와도 상관없습니다. 그게 좀 더 따뜻할 테니까요. 문을 두드리기만 하면 됩니다. 이제 세게 두드리세요. 내가 연주하지 않을 때. 그런데 좀 전에 무슨 말을 하려 했죠? 아직 젊은 학생처럼 보이는데. 아니면 음악가인가요?"

"아니, 저는 음악을 듣는 걸 좋아합니다. 그중에서도 당신이 연주하는 것처럼 아무런 제한이 없는 음악을요. 인간이 천국과 지옥을 뒤흔드는 듯한 느낌의 음악입니다. 음악은 그다지 도덕적이지 않기 때문에 제게는 아주 잘 맞는다고 생각합니다. 다른 모든 것은 도덕적이지요. 저는 도덕적이지 않은 것을 추구합니다. 저는 도덕적인 것 때문에 늘 고통스러워하고 있지요. 저는 제 심경을 제대로 표현할 수 없습니다. 신과 악마를 겸한 신이 없으면 안 된다는 것을 알고 있나요? 그런 신이 있었다고 합니다. 저는 들은 적이 있습니다."

음악가는 폭이 넓은 모자를 뒤로 젖히고 검은 머리카락을 넓은 이마 위로 쓸어 올렸다. 그리고 나를 꿰뚫을 듯한 시선으로 테이블 너머에서 내게로 머리를 불쑥 내밀었다.

긴장된 목소리로 그는 물었다.

"당신이 말하는 신의 이름이 뭡니까?"

"아쉽게도 저는 그 신에 대해 아는 게 없습니다. 실은 이름 밖에 모릅니다. 아브락사스입니다."

음악가는 누가 듣지나 않을까 조심스럽게 주변을 둘러보았다. 그러고는 내 곁으로 다가와 속삭였다.

"나는 그에 대해 생각하고 있었소. 당신은 누굽니까?"

"저는 김나지움 학생입니다."

"어떻게 아브락사스를 알고 있나?"

"우연히 알게 됐습니다."

그가 테이블을 치자 와인잔이 쓰러졌다.

"우연이라고! 헛소리 집어치워! 아브락사스를 우연히 알게 되는 일은 없어. 그건 너도 잘 알 거야. 아브락사스에 대해 좀 더 말해주지. 나는 그에 대해 조금은 알고 있거든."

그는 입을 다문 채 의자에 앉았다. 내가 기대에 찬 눈길로 그를 바라보자, 그는 인상을 찌푸렸다.

"여기선 안 돼! 언젠가 다음에. 자, 이거나 먹어!"

그는 이렇게 말하고는 코트 주머니에 손을 집어넣고 군밤 서너 개를 꺼내 내게로 던졌다.

나는 아무 말도 하지 않은 채 그걸 받아먹고는 만족했다.

"그래서, 너는 그걸 어디서 알았지? 그에 대해 말이야."

그는 속삭이듯 말했다. 나는 주저하지 않고 그에게 말했다.

"나는 혼자 방황을 하고 있었습니다."

나는 이야기를 이어갔다.

"그때 지식이 많은 옛 친구가 떠올랐습니다. 저는 그림 한 장을, 그 그림은 지구에서 막 깨어서 나오는 한 마리 새의 그림이었습니다. 그것을 친구에게 보냈습니다. 시간이 지나 다 잊을 무렵에 한 장의 편지를 받았습니다. 거기에는 '새는 알에서 나오기 위해 투쟁한다. 알은 곧 세계다. 태어나려고 하는 자는 하나의 세계를 파괴해야만 한다. 새는 신에게로 날아간다. 그 신의 이름은 아브락사스이다'라고 적혀 있었습니다."

그는 아무 말도 하지 않았다. 우리는 밤껍질을 까고는 와인과 함께 먹었다.

"한 잔 더 하지."

그가 물었다.

"아니요, 저는 더 마시고 싶지 않습니다."

그는 약간 실망한 듯이 웃었다.

"좋을 대로! 나는 안 되겠어. 나는 여기 더 있을 테니 그만 돌아가게."

다음 날 오르간 연주를 들은 뒤 그와 함께 걷고 있을 때, 그는 거의 말하지 않았다. 옛 골목에서 그는 훌륭한 고택의 2층으로 나를 데리고 가서, 약간은 음산한 분위기에 정리가 안 된 넓은 방으로 안내했다. 그곳에는 피아노 한 대 외에는 음악적인 것이 무엇 하나 없는 반면, 한자리 차지한 커다란 책장과 책상이 학자의 방을 연상케 했다.

"정말 책이 많네요!"

나는 감탄하며 말했다.

"일부는 아버지 책이야. 음, 나는 부모님 집에 살고 있지만 자네를 소개할 수는 없네. 내 친구들은 이 집에서 별로 환대받지 못하니까. 나는 버린 자식이야. 아버지는 아주 대단한 사람이지. 이 마을의 목사이자 설교가라는 중책을 맡고 계시거든. 쉽게 말해서 나는 전도유망한 자식이었지만 탈선해서 약간 정신이 돌아버렸지. 나는 신학을 배웠지만 자격증 시험을 보기 전에 이런 숨 막히는 학과를 때려치웠지. 좀 더 개인적인 연구에 대해 말하자면 사실 여전히 그 틀에서 벗어나지 못했지만.

사람들이 어떤 신들을 상황에 따라 생각해내는지 내게는 여전히 중요하고 흥미가 있어. 그래, 나는 지금 음악가이고 얼마 뒤에는 오르간 연주자라는 사소한 지위를 얻을 것 같아. 그렇게 되면 다시 교회로 돌아가게 되는 거지."

나는 책들을 살펴보았다. 작은 램프의 약한 불빛을 통해 보이는 책들은 그리스어, 라틴어, 히브리어의 제목들이 보였다. 그러는 동안 그는 어둠 속에서 벽에 기대앉아 무언가를 하고 있었다.

"이리 와 봐!"

그가 소리쳤다.

"조금 철학적인 연습을 하자. 입을 다물고 배를 바닥에 대고 누워 생각하는 거야."

그는 성냥불을 붙여 자기 앞에 있는 난로에 종이와 장작을 태웠다. 불꽃이 높이 이글거렸다. 그는 조심스럽게 불을 일으켜 장작을 얹었다. 나는 그의 옆에 있는 오래된 카펫 위에 자리를 잡았다. 그는 불꽃을 응시하고 있었다. 나도 불꽃에 매료되었다. 우리는 아무 말도 하지 않은 채 한 시간 동안 이글거리는 불 앞에서 배를 깔고 누웠다. 그러고는 소리를 내면서 타다가 이윽고 점점 주저앉더니 힘없이 꺼져가는 불꽃의 모습을 바라보았다.

"불 숭상은 가장 어리석은 창안이 아니었어."

그는 단 한 번 중얼거렸다. 그리고 우리 둘 모두 아무 말도 하지 않았다. 나는 눈을 고정한 채 바라보며 꿈과 정적에 젖어 연기와 재 속에서 온갖 것의 모습을 발견했다. 한번은 흠칫 놀랐다. 나의 친구가 작은 관솔 덩어리를 불 속에 집어넣었다. 작고 가는 불꽃이 확 피어올랐다. 나는 그 속에서 노란색 매의 머리를 보았다. 꺼져가는 난로 불꽃 속에서 황금빛으로 타오르는 실 가닥이 그물이 되고, 문자와 형상이 나타나면서 온갖 얼굴과 동물과 식물과 벌레와 뱀의 기억을 되살려냈다. 내가 정신을 차리고 그의 얼굴을 바라보니 그는 턱을 두 주먹 위에 올려놓고 무아지경, 열광적으로 재 속을 응시하고 있었다.

"이제 가야겠네요."

내가 작은 소리로 말했다.

"그래, 그럼 잘 가게."

그는 일어나지 않았다. 램프 불이 꺼져 있었기 때문에 나는 조심조심 어두운 방과 복도와 계단을 손으로 더듬으면서 낡은 유령의 집을 빠져나와야만 했다. 나는 거리로 나와 걸음을 멈추고 고택을 올려다봤다. 어느 창문에서도 빛이 새어 나오지 않았다. 작은 황동 표식만이 문 앞의 가스등에 반사되어 빛나고 있었다.

'피스토리우스 담임 목사'라고 적혀 있었다.

집으로 돌아와 저녁 식사를 하고 작은 내 방에 앉아서야 비로소 내가 아브락사스에 대해서도, 다른 것들에 대해서도, 피스토리우스로부터 아무것도 듣지 못했다는 사실을, 고작해야 열 마디 남짓 대화했다는 것을 깨달았다. 그러나 나는 그의 집을 방문할 수 있었던 것으로 무척 만족했다. 그는 다음번엔 오래된 오르간 연주곡인 북스테후데의 파사칼리아를 연주해주겠노라 약속했다.

나는 깨닫지 못했지만, 오르간 연주자 피스토리우스는 내가 그와 함께 음침한 고독자의 방 난로 앞에 누웠을 때, 내게 첫 수업을 해주었던 것이다. 불꽃을 바라보는 것은 내게 매우 효과가 컸다. 그것은 언제나 내게 잠재되어 있었지만 실제로는 한 번도 키워본 적 없던 성향을 확인시키고 강하게 해주었다. 그리고 나는 그것을 점점 확실하게 느낄 수 있게 되었다.

어린아이였을 때, 나는 언제나 자연과 괴이한 모습의 것을 바라보는 습관이 있었다. 관찰하는 것이 아니라 독특한 매력, 복잡하게 얽힌 깊은 언어에 사로잡힌 것이다. 목질(木質)화한 긴 나무의 뿌리, 암반 속의 색채를 띤 광물, 물에 떠 있는 기름의 반점, 유리에 난 금, 이런 모든 게 가끔은 무척 매력적으로 느껴졌다. 그중에서도 특히 물과 불, 연기, 구름, 먼지 그리고 눈을 감으면 보이는 빙빙 도는 색채의 반점들이 정말 매력적이었다. 피스토리우스를 처음 방문하고 며칠 동안은 이 모든 것이 다시 머릿속에 떠올랐다. 왜냐하면 그날 이후 느꼈던 일종의 활기와 기쁨과 감동의 고양은 모두 다 그 이글거리는 불꽃을 오랫동안 응시한 덕분에 얻었을 수 있었음을 깨닫게 되었기 때문이다. 이 행위는 묘하게도 기분이 맑아지면서 마음의 풍요를 더해주는 것이었다.

지금까지 내 원래 생활의 목표를 향해 가는 도중에서 발견한 몇 가지 경험에 이 새로운 경험이 더해졌다. 다시 말해 그런 형상을 관찰하고 자연의 비합리적이고 복잡하게 얽힌 기이한 형태에 대한 몰두는 내면에 그런 형상을 만들어낸 의지와 우리의 마음이 일치되는 감정을 자극한 것이다. 우리는 곧 그런 형상을 자신의 변덕스러움, 자신이 만들어낸 것이라고 여기는 유혹을 느낀다. 그리고 자신과 자연 사이의 한계가 흔들리고 녹아내리는 것을 발견한다. 우리의 망막에 비추는 온갖 형상이 외부의 인상에서 발생하는 것인지, 내부의 인상에서 발생하는 것인지 알 것 같은 기분이 들게 된다. 우리가 얼마나 대단한 창조자인지를, 우리의 영혼이 얼마나 끊임없이 창조에 간섭하고 있는지를 이 연습만큼 간단하고 쉽게 알아낼 다른 방법은 없다. 우리 내면에서 작용하고 있는 것과 자연의 내면에서 작용하고 있는 것은 서로 떼어낼 수 없는 동일하고 신성한 것이다. 외부 세계가 멸망하게 된다면 우리 중 누군가가 세계를 재건할 수 있을 것이다. 왜냐하면 산과 강, 나뭇잎, 뿌리와 꽃 등 자연계의 모든 형성물은 우리의 내부에 원형을 가지고 있으며 영원을 본질로 하는 영혼에서 발생했기 때문이다. 우리는 그 영혼의 본질을 알지는 못하지만, 그건 일반적으로 사랑의 힘과 창조자의 힘이라 느껴지는 것이다.

몇 년의 세월이 흐른 뒤에야 나는 이 관찰이 한 서적에서 뒷받침해주고 있다는 걸 발견했다. 그것은 바로 레오나르도 다 빈치의 책이었다. 그는 언젠가 많은 사람이 침을 뱉은 벽을 바라보는 게 얼마나 유익하고 흥미로운 것인지에 대해 말한 적이 있다. 젖은 벽의 오점 앞에서 그는 피스토리우스와 내가 불 앞에서 느꼈던 것과 같은 걸 느낀 거다.

우리가 다음에 만났을 때 오르간 연주자는 내게 한 가지를 설명해주었다.

"우리는 자신의 인격 한계를 항상 너무 좁게 제한하지. 개인적으로 구별되고 서로 다르다는 걸 인정하는 것만을 항상 자신의 개인적 존재라고 생각하지. 그런데 우리는 모두 세계에 존속하는 모든 것으로부터 이루어져 있지. 우리의 몸이 물고기에 이르기까지, 아니 훨씬 더 거슬러 올라간 곳까지 진화의 계보를 자기 내면에 품고 있는 것과 마찬가지로, 우리는 영혼 속에, 일찍이 우리의 영혼 속에 살았던 신들과 악마는 그리스인이든 중국인이든, 아니면 아프리카 원주민이든 간에 모두 우리의 내면에 있지. 가능성으로, 바람으로, 방편으로 존재하고 있어. 인류가 멸망하여 아무런 교육도 받지 못했지만, 뛰어난 재능을 가진 아이 하나만 살아남았다고 가정하면, 이 아이는 모든 사물의 경과를 찾아내서 신들, 악마, 천국, 규율, 금욕, 구약과 신약 등 그게 무엇이든 간에 다시 만들어낼 수 있을 거야."

"그건 그렇다 치고, 그럼 개인의 가치는 어디에 있나요? 우리 속에 모든 것이 다 갖춰져 있다고 한다면 어째서 우리가 노력할 필요가 있나요?"

나는 이의를 제기했다.

"잠깐!"

피스토리우스가 크게 소리쳤다.

"네가 세계를 단순히 자신 속에 가지고 있는지 여부에 대하여, 네가 그것을 실제로 알고 있는지 모르는지는 큰 차이가 있어. 미친 사람이라도 플라톤을 연상케 하는 사상을 내놓을 수 있지. 헤른후트파 학교의 신앙심 깊은 어린아이조차 그노시스파의 사람들이나 조로아스터에서 나타나는 깊은 신화적 연관을 창조적으로 생각할 수 있지. 하지만 그 아이는 그것에 대해 아무것도 몰라. 그걸 깨닫지 못한다면 나무나 돌, 잘해야 동물에 지나지 않아. 이 인식의 최초 불꽃이 피어오를 때 그는 인간이 되는 거지. 너는 거리의 사람들이 두 다리로 서서 걷고, 아이를 아홉 달 품고 있다고 해서 그들을 모두 인간이라고 여기지는 않지? 아니, 그들의 상당수가 물고기나 양, 곤충이나 개구리에 불과하다는 걸 그리고 개미이자 벌이라는 것을 너는 알고 있어. 그들 모두 속에 인간이 될 가능성이 존재하고 있지만, 그것을 깨닫고 그 일부를 의식화하는 것을 배워야만 비로소 가능성은 그들의 것이 되는 거야."

우리의 대화는 대략 이런 식이었다. 전혀 새로운 것, 전혀 의외의 것이 나오는 경우는 드물었다. 그러나 그 대화는 아무리 평범한 것이라 할지라도 내 마음속에서 약하게 같은 부분을 끊임없이 망치로 두드리고 있었다. 모든 것이 나를 형성하는 데 도움 되었다. 모든 것은 내가 껍질을 벗어버리고, 알껍데기를 깨는 데 도움 되었다. 그럴 때마다 나는 머리를 조금씩 높이 자유롭게 올릴 수 있었다. 이윽고 내 노란색 새는 그 아름다운 맹금류의 머리를 뚫린 세계의 껍데기 밖으로 내밀었다.

우리는 자주 꿈에 관해서도 이야기를 나누었다. 피스토리우스는 해몽에도 능했다. 특이한 예 한 가지가 아직도 머릿속에 남아 있다. 어떤 꿈속에서 나는 날 수는 있지만 스스로 제어가 불가능한 커다란 비약을 통해 공중에 던져졌다. 이 비행의 기분은 마음을 고조시켰지만, 이윽고 저항도 하지 못한 채 엄청난 높이까지 끌려 올라가는 것을 보고 불안을 느꼈다. 그때 나는 호흡의 정지와 방출을 통해 스스로 상승과 하강을 조절할 수 있다는 것을 깨닫고 안도의 한숨을 내쉬었다.

이 꿈에 대해 피스토리우스는 이렇게 말했다.

"너를 날게 해준 도약은 인간이라면 누구나 가진 재산이다. 그것은 모든 힘의 근원과 이어져 있는 마음이지만 실제로 닥치게 되면 불안을 느끼게 된다. 대단히 위험한 것이니까! 그래서 대부분의 사람은 날기를 포기하고 법규를 따르며 도로를 걷는 거지. 하지만 너는 달라. 너는 유익한 청년에 걸맞게 계속해서 날고 있지. 그럼 어땠지? 너는 아주 특별한 것을 발견하게 돼. 너는 점점 그것을 제어할 수 있게 되어, 너를 이끄는 커다란 보편적인 힘, 미묘하고 작은 독특한 힘, 하나의 기관, 하나의 방향키가 있다는 것을 발견하게 되지. 그건 정말 대단한 거야. 그것이 없다면 자신의 의지와 상관없이 허공을 떠다니게 되지. 미친 듯이 말이야. 미친 사람들은 인도를 걷는 사람들보다 훨씬 예감이 발달해 있지만, 그들에게는 열쇠도 방향키도 없기에 바닥이 없는 깊은 수렁에 추락하고 말지. 하지만 싱클레어, 너는 그걸 빈틈없이 조작하고 있어. 어떻게 그럴 수 있는지 말해주게. 또 전혀 모르겠다고 할 건가? 너는 새로운 기관, 즉 호흡 조절기관으로 하고 있는 거야. 그리고 네 영혼이 밝혀낸 것, 매우 '개인적'이지 않다는 것을 알게 되지. 다시 말해서 네 영혼이 이 조절기를 찾아내는 게 아니야. 조절기는 새로운 것이 아니라고! 그건 쉽게 말해서 빌린 것에 불과하며 이미 수천 년 전부터 존재하고 있는 거야. 그것은 물고기의 평형기관, 즉 부레인 거지. 실제로 지금도 몇 안 되는 보수적인 물고기 종류가 있는데, 녀석들의 부레는 동시에 일종의 폐로 상황에 따라 훌륭한 호흡기관의 역할을 하기도 하지. 그러니까 네 꿈속의 비행용 주머니로 사용한 폐와 완전히 똑같은 거라고!"

그는 동물학 관련 책까지 한 권 들고 와서 고풍스러운 물고기의 이름과 삽화를 보여주었다. 나는 진화 초기의 기능이 내 몸속에서 작용하고 있다는 것을 느끼며 일종의 전율을 느꼈다.

야곱의 싸움

특이한 음악가 피스토리우스에게 아브락사스에 대하여 들은 이야기를 짧게는 반복할 수가 없다. 내가 그에게 배운 가장 중요한 것은 나 자신으로의 길을 한 걸음 나아갔다는 거다. 나는 당시 열여덟 살의 평범하지 않은 청년으로서, 여러 점에서 성숙했지만 또 다른 여러 점에서는 대단히 미숙했기 때문에 불안했다. 가끔 다른 사람들과 비교해서 의기양양하여 거만하기도 했지만, 마찬가지로 비굴하게 의기소침한 경우도 많았다. 나는 자주 나 자신을 천재라고 여겼지만, 한편으로는 미쳤다고 생각하기도 했다. 나는 또래의 친구나 선배들과 기쁨을 나누며 생활할 수 없었다. 스스로 그들에게서 절망적으로 떨어져 있었고, 닫힌 생활을 해야 한다고 여겼으며, 그렇게 근신과 가책으로 나 자신을 들볶는 일이 많았다.

피스토리우스는 완전히 성숙한 괴짜였기 때문에 자신에 대한 용기와 존경을 잃지 않는 방법을 내게 가르쳐주었다. 그는 말과 꿈과 사상 속에서 항상 가치 있는 것을 찾아내고, 그것에 대해 진지하게 생각하고, 그것에 대해 논의함으로써 내게 그 틀을 제시해주었다.

"나한테 말한 적이 있었지."

그가 말했다.

"음악은 도덕적이 아니기 때문에 좋다고. 그건 어쨌거나 상관없어. 그래놓고 너 자신은 도덕가가 되어서는 안 돼! 스스로 남과 비교하는 것도 좋지 않아. 네가 선천적으로 박쥐로 태어났다면 굳이 타조가 되려고 생각해서는 안 돼. 너는 스스로 괴짜라고 여기면서 다른 사람과 다른 길을 걷고 있는 자신을 비난하지. 그런 건 싹 잊어버려. 불을 응시하기 전에 구름을 응시해라. 예감이 찾아와 네 영혼 속 목소리가 들리기 시작하면 그냥 그것을 따르면 그만이야. 그것이 선생님이나 아버님, 어떤 신의 바람에 맞는지, 마음에 들지는 생각할 필요가 없어. 그래봤자 자신을 해칠 뿐이지. 다시 인도로 내려와 화석이 될 뿐이야. 싱클레어, 우리의 신은 아브락사스라 부르는 신이자 악마이고, 밝은 세계와 어두운 세계를 내면에 품고 있는 거야. 아브락사스는 너의 사상과 꿈 그 어떤 것도 거스르지 않아. 그걸 절대로 잊어서는 안 돼. 하지만 만약 네가 나무랄 데 없는 평범한 사람이 된다면 아브락사스는 너를 버릴 거야. 그는 너를 버리고 그의 사상을 끓일 수 있는 새로운 냄비를 찾을 거야."

내 꿈 중에서는 어두운 사랑의 꿈만은 변함이 없었다. 나는 정말 자주 이 꿈을 꾸었다. 나는 문장의 새 밑을 지나 오래된 우리 집에 들어가 어머니를 안으려 했다. 그러자 어머니 대신에 반은 남자에 반은 어머니처럼 생긴 거대한 여자가 나를 안았다. 나는 그 여자에 대해 공포와 함께 이글거리는 욕망을 품고 안았다. 이 꿈만은 친구에게 말할 수 없었다. 다른 것들은 모두 털어놓았지만, 이 꿈은 일단 보류해두었다. 그것은 나의 숨을 곳이자 비밀이자 대피소였다.

나는 고민이 있을 때마다 피스토리우스에게 북스테후데의 파사칼리아 연주를 부탁했다. 저녁때 어두운 교회 안에 앉아 나는 이 기이하고 깊이 빠져들 것 같은, 나 자신에게 귀를 기울이는 듯한 음악에 젖었다. 이 연주는 언제 들어도 기분이 좋아지고 마음의 목소리를 올바로 잡아주는 것 같은 기분이 한층 강해졌다.

가끔 우리는 오르간 소리가 멈춘 뒤에도 한동안 교회 안에 남아 높은 고딕양식의 창문을 통해 약한 빛이 스며들다 사라지는 것을 보았다.

"묘한 기분이 드는군."

피스토리우스가 말했다.

"내가 한때 신학 공부를 하며 목사가 되려고 했다니 말이야. 하지만 그때 내가 범한 것은 형식의 오류에 지나지 않아. 성직자는 내게 천직이고 목표야. 하지만 이른 만족 때문에 아브락사스를 알기 전에 여호와를 따랐지. 아아, 모든 종교는 아름다워. 종교는 영혼이야. 기독교의 성찬을 들든, 메카로 순례를 가든 상관이 없었어."

"그렇다면 역시 목사가 되었겠죠."

내가 말했다.

"아니, 싱클레어. 그렇지 않아. 나는 거짓말을 해야 했을 거야. 우리의 종교는 마치 종교가 아닌 듯이 운영되고 있어. 마치 지적인 사업인 양 운영되고 있지. 나는 가톨릭 사제는 어떻게든 될 수도 있었겠지. 하지만 신교의 목사는, 아니야! 나는 몇 명의 진정한 신자를 알고 있는데, 그들은 문자 그대로의 것을 믿길 바라지. 그들에게 그리스도가 내게 평범한 인물이 아니라 영웅이자 신화이며, 거대한 환상, 인류 스스로가 영원의 벽에 그려져 있는 것을 보는 환상이라고 말하는 건 불가능할 거야. 설교를 듣기 위해, 의무를 다하기 위해, 무엇 하나 태만하지 않기 위해 등등의 이유로 교회를 찾는 사람들에게 내가 뭐라고 하면 좋을까? 너는 그들을 개종시킬 수 있다고 생각해? 아니, 나는 그런 걸 전혀 원치 않아. 사제는 개종시키길 바라지 않아. 사제는 그저 신자들 사이에서, 비슷한 인간들 속에서 살기를 바라며 우리가 우리의 신들을 만드는 그 감정의 체현자이자 표현이길 바라지."

그는 잠시 멈췄다가 이야기를 계속했다.

"우리의 새로운 신앙을 위해 지금 우리는 아브락사스라는 이름을 선택했고, 이 신앙은 아름답다. 그건 우리가 가지고 있는 최상의 것이다. 하지만 그것은 아직 젖먹이 어린애에 불과하지. 아직 날개가 돋지 않았어. 아아, 고독한 종교란 아직 진짜가 아니야. 종교는 서로 공통이 되어야 해. 예배, 도취, 축전과 비밀 의식을 가져야만 해······."

나는 생각에 잠겼다.

"비밀 의식을 혼자, 아니면 소수의 인원만으로 거행하는 건 안 되나요?"

나는 주저하며 조심스럽게 물었다.

"가능하지."

그는 고개를 끄덕였다.

"나는 이미 오래전부터 거행하고 있어. 누가 알면, 그로 말미암아 몇 년 동안 옥살이를 치러야만 하는 예배를 거행하고 있지. 하지만 그게 아직 진짜가 아니라는 것도 잘 알고 있어."

갑자기 그가 내 어깨를 두드려서 나는 깜짝 놀라 움츠러들었다.

"이봐."

그는 진지하게 말했다.

"너도 너만의 비밀 의식을 가지고 있어. 너는 내게 말하지 않은 꿈이 분명히 있을 거야. 나는 그걸 굳이 알려고 하지 않아. 하지만 네게 이것만은 말해두지. 그 꿈을 실천하고, 그것을 즐기고, 그것에 제단을 세우게! 그것은 아직 완전한 것이 아니지만 하나의 길이야. 우리, 그러니까 너와 나, 그리고 몇몇 다른 사람이 세계를 개혁할 수 있을지는 두고 보면 알게 될 거야. 하지만 우리 내부에서는 매일 세상을 개혁시켜야 해. 그렇지 않으면 우린 아무것도 아니야. 그걸 절대로 잊지 마! 싱클레어, 너는 열여덟 살이야. 너는 길거리 창녀에게는 가지 않지. 너는 연인의 꿈, 사랑에 대한 염원을 품어야만 해. 너는 그걸 두려워하고 있는지도 모르지만 무서워할 필요가 없어. 그건 네가 가지고 있는 최고의 것이야. 나를 믿어. 나는 네 나이 때 억지로 사랑의 꿈을 억눌렀기 때문에 많은 걸 잃었지. 너는 그래서는 절대 안 돼. 아브락사스를 알고 있다면 더 이상 그런 짓을 해서는 안 돼. 우리 내면의 영혼이 바라는 것은 무엇 하나 두려워해서는 안 되고, 또 금지된 것이라고 여겨서도 안 돼."

나는 두려워하며 대답했다.

"하지만, 생각나는 걸 뭐든 해서는 안 되잖아요. 어떤 사람이 맘에 들지 않는다고 해서 죽일 수는 없잖아요."

그는 내게로 다가오며 말했다.

"상황에 따라서는 그것도 상관없어. 하지만 대부분의 경우 그건 망설임에 불과해. 네 마음속에 떠오른 것을 뭐든 다 하라고 말하는 게 아니야. 그런 건 아니지만, 각각 좋은 의미가 있는 생각을 떨쳐버리거나 도덕적으로 이렇다 저렇다고 따지는 습관 때문에 모든 게 허사가 되어서는 안 돼. 너나 다른 사람을 십자가에 매다는 대신에 엄숙한 사상이 담긴 잔으로 와인을 마시면서 산 제물의 비밀 의식을 생각할 수 있지. 그런 행위를 하지 않고도 자신의 충동과 흔히 말하는 시련을 존경과 사랑으로 다룰 수가 있지. 그러면 그 의미가 드러나지. 모든 충동에는 의미가 있는 거야. 언젠가 완전히 이성을 잃거나 죄가 될 일을 생각하게 된다면. 싱클레어, 누군가를 죽이고 싶다거나 뭔가 끔찍하고 음란한 짓을 하고 싶은 마음이 들면 네 마음속에서 그런 공상을 하는 것이 아브락사스라는 걸 잠시 생각해보게. 네가 죽이고 싶어 하는 인간이 결코 아무개 씨가 아니라 틀림없이 거짓된 가장에 불과하다는 것을. 우리가 누군가를 증오하게 되면 그 사람의 형상 속에, 우리 자신 속에 잠재된 것을 증오하는 거지. 우리 자신 속에 없는 것은 우리를 흥분시킬 수가 없어."

피스토리우스 이렇게나 내 마음 깊숙한 곳의 정곡을 찌른 적이 없었다. 나는 대답을 할 수 없었다. 그러나 나를 가장 강하고 유별나게 흔든 것은 이 격려의 말과 데미안의 말이 일치했다는 점이다. 나는 데미안의 말을 몇 년 동안 마음에 품고 있었는데, 데미안과 피스토리우스는 서로 아는 사이가 아니다. 그런데 두 사람 다 내게 똑같은 말을 했다.

"우리가 보는 사물은."

피스토리우스가 나지막한 목소리로 말했다.

"우리 내부의 것과 동일한 거야. 우리 내부에 품고 있는 것 외에 현실은 없어. 대다수의 사람은 외부의 대상을 현실적이라고 생각하고, 내부의 자기만의 독특한 세계에 대해서는 전혀 발설하지 않기 때문에 대단히 비현실적으로 살고 있지. 그래도 행복할 수는 있어. 하지만 한번 그렇지 않은 세계를 알게 된다면 대다수가 가는 길을 갈 맘이 더 이상 없어지지. 싱클레어, 대다수 사람의 길은 편하지만, 우리의 길은 힘들어. 하지만 우리는 그 길을 가자."

며칠 뒤, 두 번이나 기다리다 허탕을 친 뒤 밤늦게 거리에서 그와 마주쳤다. 그는 혼자서 찬바람을 맞으며 완전히 취해 모퉁이를 돌아 비틀거리며 걸어왔다. 나는 그에게 말을 걸 맘이 들지 않았다. 그는 나를 알아차리지 못한 채 내 옆을 지나쳤다. 미지의 세계로부터의 어두운 부름에 따르듯이 외로움에 타들어가는 눈으로 앞을 응시하고 있었다. 나는 한동안 그의 뒤를 따라갔다. 그는 눈에 보이지 않는 철삿줄에 이끌리듯이 광신적이지만 비틀거리는 걸음으로 유령처럼 움직였다. 나는 허탈하게 집으로, 끝이 보이지 않는 꿈으로 돌아왔다.

'저런 식으로 그는 자신의 내면세계를 새롭게 하고 있어!'

나는 이렇게 생각하면서 동시에 그것은 저속한 도덕적 생각이라고 느꼈다. 나는 그의 꿈에 대해서는 무얼 알고 있을까? 그는 아마도 술에 취해서도 겁에 질려 움찔거리는 나보다는 안전한 길을 가고 있는 것이다.

수업 사이의 쉬는 시간에 이따금 전혀 관심이 없었던 한 친구가 내게 다가오려고 애쓰는 것을 느꼈다. 그는 숱이 적고 붉은빛이 도는 금발에 작고 여려 보이는 마른 소년이었지만, 눈매와 태도에는 뭔가 독특한 분위기가 풍겼다. 어느 저녁, 내가 집으로 돌아가고 있을 때 그가 골목길에서 기다리다가 내 뒤를 쫓아 현관 앞까지 왔다.

"나한테 뭐 할 말이 있어?"

내가 물었다.

"너랑 잠깐 이야기가 하고 싶을 뿐이야."

그는 수줍어하며 말했다.

"부탁이야, 잠깐만 같이 가줘."

나는 그를 따라가면서 그가 흥분과 기대로 가득하다는 것을 느꼈다. 그의 두 손은 떨고 있었다.

"너는 심령주의자니?"

그는 갑작스럽게 물었다.

"크나우어! 아니, 전혀 그렇지 않아. 어째서 그렇게 생각하니?"

나는 웃으면서 말했다.

"그럼, 접신술은?"

"그것도 아냐."

"아아, 좀 더 솔직히 말할 수 없어? 네가 좀 다르다는 것을 나는 잘 알고 있어. 네 눈은 특별한 게 있어. 네가 영적 교류를 하고 있다는 것은 의심의 여지가 없다고 생각해. 단순히 호기심으로 묻고 있는 게 아니야. 싱클레어, 나도 같은 걸 추구하고 있어. 그 때문에 나는 완전히 외톨이라고."

"그럼 한번 이야기를 해보자."

나는 그를 격려했다.

"나는 영적인 것에 대해서는 아무것도 몰라. 나는 내 꿈속에 살고 있을 뿐이야. 그건 네가 알고 있는 그대로야. 다른 사람들도 꿈속에서 살고 있기는 하지만, 그건 자기 자신의 꿈이 아냐. 그게 차이지."

"응, 아마 그럴 거야."

그는 혼자 중얼거렸다.

"꿈속에서 산다고 했는데, 그 꿈이 어떤 종류의 것인지가 문제지. 너는 선마(善魔)에 의한 마술에 대해 들은 적이 있니?"

나는 그저 부정할 뿐이었다.

"그건 자기 자신을 제어하는 방법을 터득했을 때 할 수 있는 거야. 사람은 불사신이 되는 것도, 마법을 쓰는 것도 가능해. 너는 그 연습을 한 적이 있니?"

그 연습에 대한 집요한 질문에 대하여 처음에는 숨기려 했지만, 내가 돌아서서 가려 하자 거드름을 피우며 말을 꺼냈다.

"예를 들어 잠자리에 들려고 할 때, 마음을 집중시키려 할 때, 그런 연습을 해. 하나의 단어나 하나의 이름, 아니면 기하학적 도형을 생각하지. 그리고 되도록 최대한 마음을 집중시켜 그것들이 머릿속에 존재한다는 게 느껴질 때까지 이미지를 떠올리려고 노력하지. 그런 다음 목까지 그리고 전신에 가득 퍼질 때까지 계속해서 생각을 집중하는 거야. 그러면 마음이 차분해지면서 그 어떤 것도 나를 방해하지 못하게 돼."

그가 무얼 생각하는지 잘 알 수 있었지만, 아직 다른 것을 숨기고 있음을 느낄 수 있었다. 그는 묘하게 흥분하면서 초조해했다. 나는 그의 마음을 편하게 해주었다. 이윽고 그는 본심을 털어놓았다.

"너는 금욕하고 있지?"

그는 주저하며 물었다.

"그게 무슨 의미지? 성적인 것을 말하는 거야?"

"그래, 맞아. 나는 그것을 깨닫고 나서 이 년 동안 금욕하고 있어. 그전에는 나쁜 짓을 했었지, 너도 잘 알다시피. 그럼 너는 여자랑 잔 적이 없어?"

"없어. 맘에 드는 상대를 찾지 못했어."

나는 말했다.

"맘에 드는 여자를 찾으면 잘 거야?"

"물론이지. 여자가 싫다고만 하지 않으면."

나는 약간 조롱하듯이 말했다.

"아니, 그건 잘못된 거야. 완전한 금욕을 지켜야 비로소 마음의 힘을 키울 수 있어. 나는 그것을 이 년 해왔어. 정확하게 이 년 한 달! 아주 힘든 일이야! 참을 수 없을 것 같은 때도 많았어."

"크나우어, 나는 금욕이 그렇게 대단하다고는 여기지 않아."

"그건 나도 알아."

그는 말을 가로막았다.

"모두 그렇게 말하지. 하지만 네가 그렇게 말할 거라곤 정말 몰랐어. 한층 더 높은 정신적 길을 가길 원한다면 청정함을 절대 유지해야만 해!"

"어, 그럼 그렇게 해! 하지만 성욕을 억제하는 사람이 그렇지 않은 사람보다 청정하다고 하는 이유를 모르겠네. 아니면 너는 성적인 것을 전혀 생각하지도, 꿈속에서조차 배제할 수 있는 거니?"

그는 절망의 눈길로 나를 바라봤다.

"아니, 그건 불가능해, 안타깝게도. 하지만 반드시 그렇게 돼야 해. 나는 밤마다 나 자신에게도 말할 수 없는 꿈을 꿔. 아주 무서운 꿈이야!"

나는 피스토리우스가 내게 했던 말이 떠올랐다. 나는 그의 말이 다 옳다고 생각하면서도 사람들에게 말할 수 없었다. 내 경험에 우러난 것이 아니고, 또한 내가 지킬 자신이 없는 충고를 할 수도 없었다. 나는 할 말을 잃었다. 그가 원하는 충고를 해줄 수 없었기 때문에 미안한 마음이 들었다.

"나는 많은 것을 시험해봤어!"

크나우어는 곁에서 탄식했다.

"할 수 있는 건 다 했어. 찬물, 눈으로 몸을 비비기도 했어. 체조를 하고 달려보기도 했어. 하지만 아무것도 도움이 되질 않았어. 매일 밤 생각해서는 안 될 꿈 때문에 잠에서 깼지. 그 때문에 정신적으로 배웠던 모든 것이 허사가 된다는 건 무서운 일이야. 나는 더 이상 집중하거나 숙면할 수가 없어. 밤새 잠을 못 자는 일이 많아. 이젠 더 참을 수가 없어. 결국 싸워 이길 수가 없는 거야. 굴복하고 더럽혀진다면, 나는 전혀 싸우지 않았던 사람보다 열등한 게 돼. 그건 알겠지?"

나는 고개를 끄덕였지만, 아무 말도 하지 않았다. 서서히 따분해졌다. 그가 털어놓은 고민과 절망이 내게 아무런 느낌도 주지 못했다는 것에 나는 두려움이 느껴졌다. 나는 그저 '나는 너를 도울 수가 없다'는 것을 느꼈을 뿐이다.

"너는 내게 해줄 말이 없다는 거네."

그는 결국 맥이 빠져 슬프게 말했다.

"전혀 없는 거야? 하지만 뭔가 길이 있을 거야! 너는 대체 어떻게 하고 있는 거야?"

"크나우어, 내가 해줄 수 있는 말이 없구나. 그 점에서는 서로 도울 수가 없어. 나 또한 누군가의 도움을 받을 수가 없어. 되돌아보고 너 자신으로 돌아가야 해. 그리고 너의 진정한 본질로부터 나오는 것을 실행에 옮겨야 해. 그밖에 달리 방법이 없어. 너 자신을 이끌어내는 것이 불가능하다면 그 어떤 영적인 것도 찾을 수 없을 거라고 생각해."

실망하여 갑자기 입을 다문 작은 사내는 나를 노려봤다. 그의 눈은 돌연 증오로 이글거리며 얼굴을 찌푸리더니, 화를 내며 소리쳤다.

"그래, 너는 대단한 성자야! 너도 부정한 것이 있다는 걸 잘 알아. 너는 성인군자처럼 행세하고 있지만 남몰래 나나 다른 사람들처럼 더러운 것에 집착하고 있어. 너는 돼지야, 나와 똑같은 돼지. 우린 모두 돼지야!"

나는 그를 세워둔 채로 돌아갔다. 그는 두세 걸음 쫓아오다가 멈춰서더니 돌아갔다. 나는 동정과 연민의 마음 때문에 불쾌했다. 집에 돌아와 내 방에서 몇 장의 그림을 주변에 놓고 동경심 어린 마음으로 나만의 꿈에 젖어들 때까지 그런 마음에서 벗어날 수 없었다. 그리고 곧 우리 집의 문과 문장과 어머니와 외간 여자 등의 꿈이 찾아왔다. 그 여자의 표정을 너무나 또렷하게 봤기 때문에 그날 밤 당장에 그녀의 초상을 그리기 시작했다.

몽상적인 짧은 시간을 몇 번 이용해서 거의 무의식적으로 그려낸 그림이었지만, 나는 며칠 뒤 이 그림이 완성되던 날 밤에 그림을 벽에 걸고 스탠드를 그 앞으로 옮겨놓았다. 그리고 승부가 날 때까지 싸워야 하는 영혼을 대하듯 그림 앞에 섰다. 그 얼굴은 이전의 그림과 닮았다. 친구 데미안과 닮아 있었다. 두세 곳은 나 자신과도 닮아 있었다. 한쪽 눈이 다른 한쪽 눈보다 유난히 위로 올라가 있었으며, 눈은 운명으로 넘쳤고, 침착한 응시 속에는 내 위를 초월한 먼 곳을 향해 있었다.

나는 그 앞에 서자 내적인 긴장감 때문에 가슴속까지 시려왔다. 나는 그 그림에게 묻고, 그림을 비난했고, 애무했고, 기도했다. 그것을 어머니라 부르고, 애인이라 부르고, 창녀 매춘

부라 부르고, 아브락사스라 불렀다. 그러는 사이 피스토리우스—어쩌면 데미안의?—말이 머릿속에 떠올랐다. 그것이 언제 했던 말인지는 기억이 나질 않았지만, 다시 들려오는 것 같은 느낌이 들었다. 그것은 신의 천사와 야곱의 싸움에 관한 것으로 "그대여, 나를 축복하지 않으면 보내지 않으리"라고 하는 것이었다.

그림 속 얼굴은 불빛을 받아 원하는 대로 변했다. 밝은 빛을 반사하거나, 검게 어두워지고, 죽은 눈 위에 색 바랜 눈꺼풀을 감거나, 이글거리는 눈동자가 다시 열리며 빛을 발산했다. 여자가 되고, 남자가 되고, 소녀가 되고, 어린아이가 되고, 동물이 되고, 흐릿한 점이 되고, 다시 크고 밝아지곤 했다. 결국 나는 강한 내면의 외침에 따라 눈을 감고 내면의 내가 점점 강해지는 것을 봤다. 나는 그 앞에 무릎 꿇고 절을 하려 했지만, 그것은 내 마음속 깊은 곳에 완전히 내가 돼버린 것처럼 나 자신과 떼어낼 수 없게 되어 있었다.

그때, 마치 봄의 폭풍우처럼 어둡고 무겁게 웅성거리는 소리가 들려와 불안과 체험의 형언하기 힘든 새로운 감정에 전율했다. 별이 눈앞에 반짝 나타났다 사라졌다. 까맣게 잊고 있었던 유년 시절, 아니 전생과 생성의 초기 단계까지 거슬러 올라가는 수많은 기억이 앞다투어 흘러갔다. 그러나 내 삶의 모든 은밀함까지 들춰내는 것 같은 회상은 어제오늘에서 멈추지 않고, 저 멀리 미래까지 밝히며 나를 오늘에서 데려가 새로운 생활양식으로 인도했다. 그 모든 모습이 대단히 밝고 눈부실 정도였지만 나중에는 무엇 하나 기억해낼 수 없었다.

나는 한밤중에 깊은 잠에서 깨어났다. 나는 옷을 입은 채로 침대 위에 비스듬하게 누워 있었다. 불을 켜고 중요한 것을 기억해내려 애썼지만, 두세 시간 전의 일조차 전혀 기억이 없었다. 다시 불을 밝히자 기억이 차츰 돌아오기 시작했다. 나는 그림을 찾았다. 그림은 벽에 걸려 있지 않고 책상 위에도 없었다. 언뜻 내가 그림을 태워버린 것 같은 기억이 났다. 아니면 그림을 손바닥에서 태워 재를 먹은 게 꿈속의 일이었을까?

경련이 일 듯 심한 불안이 나를 엄습했다. 나는 모자를 쓰고 끌려가듯이 집들과 골목길을 지나, 폭풍우가 휩쓸고 지나간 듯한 거리와 광장을 몇 번이고 지나서 친구의 어두운 교회 앞에서 귀를 기울였고, 어두운 충동에 사로잡혀 무얼 원하는지도 모른 채 무조건 찾아 헤맸다. 사창가가 있는 변두리를 지나자, 그곳에는 아직 여기저기에 불빛이 새어 나오고 있었다. 마을 외부에는 신축 건물들과 벽돌들이 산더미처럼 쌓여 있었다. 그중 일부는 잿빛 눈으로 덮여 있었다. 이 삭막한 곳을 미지의 힘에 이끌린 몽유병자처럼 걷다 보니 고향의 신축 가옥이 뇌리를 스쳤다. 나의 고문자 크로머가 처음으로 돈을 뜯어내기 위해 나를 그곳으로 불러냈다. 그와 비슷한 건물들이 잿빛 어둠 속에, 내 앞을 가로막은 채 검은 입구가 입을 벌리고 있었다. 나는 안으로 빨려 들어가지 않기 위해 피하다 모래와 건축 쓰레기 더미에 걸려 비틀거렸다. 그러나 강한 충동에 끌려 결국은 들어가고야 말았다.

널빤지와 깨진 벽돌을 밟고 지나 텅 빈 방으로 들어갔다. 차고 습한 공기와 돌의 음산한 냄새가 났다. 쌓여 있는 모래만이 잿빛으로 보였을 뿐, 완전한 어둠이었다.

그때 목소리 하나가 화들짝 나를 불렀다.

"깜짝 놀랐네. 싱클레어, 어디로 들어왔어?"

바로 옆 어둠 속에서 한 사람이, 작고 마른 젊은 사내가 유령처럼 서 있었다. 나는 머리카락이 곤두설 정도의 공포에 떨면서도 그가 학교 친구 크나우어임을 확인했다.

"너 대체 여기엔 왜 온 거야?"

그는 너무 흥분한 나머지 미친 듯이 물었다.

"너 어떻게 나를 찾아낸 거야?"

나는 무슨 소린지 알 수 없었다.

"나는 너를 찾아온 게 아니야."

나는 당황하여 말했다. 한 마디 한 마디를 또박또박 말한 것이 아니라, 얼어붙어 생기를 잃은 무거운 입술로 겨우 내뱉은 말이었다.

그는 나를 뚫어져라 바라봤다.

"나를 찾지 않았다고?"

"응, 나는 이리로 이끌려 온 거야. 네가 나를 불렀니? 부른 게 분명해. 너는 대체 여기서 뭐 하고 있었어? 이 밤중에."

그의 가는 팔이 경련을 일으키며 나를 안았다.

"응, 한밤중이지. 곧 날이 밝을 거야. 아아, 싱클레어. 너는 나를 잊지 않았어! 나를 용서해주겠니?"

"뭘 말이야?"

"아아, 내가 정말 추했었어!"

그제야 처음으로 둘이 나누었던 이야기가 떠올랐다. 그것은

4, 5일 전의 일이었다. 내게는 그로부터 평생의 시간이 흐른 것처럼 느껴졌다. 그러나 지금 순간적으로 모든 것을 깨달았다. 우리 둘 사이에 있었던 일뿐만이 아니라 내가 왜 여기에 왔는지, 크나우어가 여기서 무얼 하려고 했는지까지 알게 되었다.

"크나우어, 너 자살하려고 했지?"

그는 추위와 불안에 몸을 떨고 있었다.

"응, 그래. 그럴 수 있었는지는 모르겠어. 아침이 될 때까지 기다릴 생각이었어."

나는 그를 데리고 밖으로 나왔다. 새벽의 첫 평평한 빛의 띠가 형언하기 힘든 차고 활기 없는 잿빛 대기를 뚫고 옅은 빛을 발산하고 있었다.

나는 한동안 그의 팔을 잡아 끌며 갔다. 내 입에서 이 말이 저절로 흘러나왔다.

"이제 집으로 돌아가. 아무한테도 말하지 마. 너는 잘못된 길을 걸어왔어. 우리는 네가 생각하는 것 같은 돼지가 아니야. 우리는 인간이야. 우리는 신들을 만들고 그것들과 싸워야 해. 결국 신들은 우리를 축복하지."

아무 말도 하지 않은 채 우리는 계속 걷다가 헤어졌다. 집에 돌아왔을 때는 완전히 날이 샜다.

성 ○○시의 그 시절에 그 이후 내게 선물한 최고의 것은 피스토리우스와 함께 오르간과 난롯불 앞에서 보낸 몇 시간이었다. 우리는 함께 아브락사스에 관한 그리스어책을 읽었다. 그는 베다(Veda)에서 번역한 몇 편을 낭독해주면서 신성한 '옴(唵, Om)'을 외우는 것을 가르쳐주었다. 그러나 내 내면을 자극한 것은 그런 박식한 지식이 아니라 그 반대였다. 내가 기쁘게 여겼던 것은 자기 발견의 진척, 내 꿈과 사상과 예감에 대한 신뢰의 증폭, 내 내면의 힘에 대한 자각의 증가였다.

피스토리우스와 나는 여러 방법으로 마음이 통했다. 그에 관한 생각을 강하게 집중하기만 하면 그 혹은 그로부터의 인사가 내게로 온다는 것은 분명했다. 그가 없더라도 데미안의 경우와 마찬가지로 그에게 뭐든 물을 수 있었다. 그를 집중해서 떠올리고 내 질문을 강한 사상으로써 그를 향하게만 하면 그만이었다. 그러면 질문 속에 담긴 모든 영혼의 힘이 답이 되어 내 마음속으로 돌아왔다. 그러나 내가 집중한 것은 피스토리우스도 아니고 막스 데미안도 아닌, 내가 꿈꾸고 그려온 모습, 즉 내가 불러내지 않고서는 견딜 수 없던 반은 남자에 반은 여자인 몽상이었다. 그것은 이제 꿈속에서뿐만이 아니라, 그리고 종이에 그려져 있을 뿐만 아니라 하나의 바람으로, 내 고향으로서 내 속에 살고 있었다.

자살 미수에 그친 크나우어와 나의 관계는 매우 독특하면서도 때로는 하나의 해학이었다. 내가 운명의 이끌림에 의해 그에게로 갔던 밤 이후, 그는 충실한 하인이나 개처럼 내게 집착했다. 그는 그의 생활을 내 생활과 잇기 위해 노력하며 맹목적으로 나를 쫓았다. 그는 터무니없는 질문과 기대를 품고 날 찾아와 유령을 봤다거나 유대교의 신비 사상을 배우고 싶다고 했고, 내가 그런 걸 모른다고 딱 잘라 말해도 전혀 믿으려 하지 않았다. 그는 내게 여러 능력이 있다고 여겼다. 그러나 내가 난문에 부딪혀 마음속으로 힘겹게 문제를 풀려고 할 때면 자주 그가 해괴한 문제나 터무니없는 질문을 들고 찾아온 것은, 게다가 그의 뜬금없는 착상과 바람이 내게 자주 해결의 실마리나 단서가 되었던 것은 정말로 기이했다. 너무 시끄러워 고압적인 태도로 쫓아버린 적도 많았지만, 그 역시 운명의 인도에 이끌려 내게 왔다. 그에게 준 것이 두 배가 되어 다시 내게로 돌아왔다. 그도 내게는 한 명의 지도자 혹은 하나의 길이라고 느꼈다. 그는 구원을 위해 터무니없는 책이나 글귀를 내게 가지고 왔지만, 그것들은 내가 당장에 알아차릴 수 없을 만큼 배운 것이 많았다.

크나우어는 훗날 내 길에서 떨어져 나갔지만, 내게는 아무런 고통도 아니었다. 그와는 깊은 대화를 나눌 필요가 없었지만, 피스토리우스는 그럴 필요가 있었다. 이 친구에 대해 나는 성 ○○시의 학교 시절이 끝날 무렵에 또 한 번 기이한 체험을 하게 되었다.

야심이 없는 사람이라도 평생에 한두 번은 경건 혹은 감사라는 미덕과의 충돌을 피할 수는 없다. 누구나 한 번은 아버지나 선생님으로부터 독립하기 위한 걸음을 내디뎌야 한다. 누구나 고독의 고통을 조금이라도 맛봐야 한다. 하지만 대개의 사람은 그것을 이겨내지 못하고 얼마 지나지 않아 슬슬 기어들게 되지만. 부모와 그 세계로부터, 자신의 행복했던 유년 시절의 '밝은 세계'로부터, 나는 격렬한 저항 없이 이별하고 서서히 거의 눈에 띄지 않게 멀어졌다. 그것은 나를 슬프게 만들어 고향을 찾을 때면 자주 힘든 시간을 보내야 했다. 그러나 무너지지 않고 견딜 수 있을 정도였다.

그러나 우리가 습관 때문이 아니라 완전한 자유의지로부터 사랑과 경외를 보냈을 경우, 절대 자발적인 마음으로 제자나 친구가 되었을 경우, 그럴 때는 자기 내부의 주요한 흐름이 사랑하는 사람에게서 멀어지려 하고 있다는 것이 갑자기 느껴지며 고통과 두려움의 순간을 맞이한다. 그럴 때는 친구와 선생님을 몰아내는 사상의 하나하나가 독이 있는 가시로 우리 자신의 가슴을 찌르고, 방어를 위한 타격 하나하나가 자기 자신의 얼굴을 때리게 된다. 그때는 합법적인 도덕을 마음속에 품고 있다고 여기는 인간 앞에 '불신'이나 '배은망덕'이라는 이름표가 치욕적인 욕설과 낙인처럼 나타난다. 그렇게 되면 불안한 마음은 유년 시절의 행복하고 그리운 골짜기로 도망치게 되면서 관계가 끊어지고, 이 인연의 절단이 필요하다는 것을 믿을 수 없게 된다.

시간이 흐를수록 내 마음속에 있는 감정은 친구인 피스토리우스를 무조건적인 지도자로 인정하길 거부했다. 그와의 우정, 그의 충고, 그의 위로, 그와의 친근한 접촉은 내가 소년 시절에 가장 중요한 시기에 체험한 것들이었다. 그를 통해 신이 내게 말을 걸었다. 내 꿈은 그의 입을 통해 해석되어 돌아왔다. 그는 나 자신에 대한 용기를 심어주었다. 아아, 그러나 나는 점점 그에 대한 저항이 커져가는 것을 느끼고 말았다. 그의 말 속에는 교훈적인 것이 너무 많이 들어 있었다. 그는 내 일부밖에 이해하지 못하고 있다는 것을 깨달았다.

우리 사이에 말다툼이나 설전이 있던 것도 아니었고, 절교는 물론 서로를 규탄한 적도 없었다. 나는 그에게 단지 한마디

진심으로 악의 없는 말을 했을 뿐이다. 그러나 그것은 둘 사이의 환영이 형형색색의 조각으로 깨지는 순간이었다.

얼마 전부터 예감이 내 마음을 무겁게 하고 있었고, 어느 일요일에 그의 오래된 서재에서 또렷한 감정으로 느낄 수 있었다. 나는 불 앞에 누워 있었다. 그는 연구 검토 중이던 비밀 의식과 종교 형식에 관해 이야기했다. 그것들의 미래에 대한 가능성을 연구하고 있었다. 그러나 그런 것들은 모두 내게는 중시되기보다는 별나고 재미있게 여겨졌다. 그것으로부터는 방대한 지식과 과거 세계의 폐허 아래서 피곤한 탐색의 소리만 들릴 뿐이었다. 나는 갑자기 이런 종류의 모든 것에 대해, 신화 숭배에 대해, 전승된 신앙 형식의 짜맞추기식 유희에 대한 반감이 일었다.

"피스토리우스."

나는 갑작스럽게, 나 자신조차 놀랍고 의아할 정도로 심술궂게 말했다.

"당신이 밤마다 꾸는 진짜 꿈에 대해 말해주세요. 당신이 하는 말은 너무나 케케묵은 것들입니다!"

내가 그런 식의 말투로 말하는 것을 그는 이제껏 본 적이 없었다. 이 말이 끝나는 순간 내가 그에게 뱉은 말, 그의 심장에 꽂은 화살이 그의 무기고에서 훔쳐 온 것임을, 마치 벼락을 맞은 듯이 순간적으로 모멸과 놀라움을 느꼈다. 그가 평소 비꼬는 말투로 하던 자기 비난을, 나는 악랄하고 못난 형태로 그에게 던지고 말았다는 것을 깨달았다.

그는 곧 그걸 느끼고 입을 다물었다. 나는 불안한 마음으로 그를 바라보고, 그가 무섭도록 창백해져 있는 것을 확인했다.

그는 길고 무거운 시간의 틈을 둔 뒤, 장작 하나를 불 위에 얹고 조용히 말했다.

"싱클레어, 네 말대로야. 너는 영리한 친구야. 이제 너를 케케묵은 책에서 벗어나게 해주지."

그는 매우 온화하게 말했지만, 나는 그가 받은 마음의 상처를 충분히 헤아릴 수 있었다. 내가 대체 무슨 짓을 한 걸까!

나는 눈물이 날 것 같았다. 진심으로 그에게 용서를 빌고 나의 사랑과 깊은 감사의 마음은 변함이 없다는 것을 증명하려고 마음먹었다. 적절한 단어가 머릿속에 떠올랐지만 결국은 입 밖으로 내지 못했다. 나는 누운 채로 불길을 바라보며 아무 말도 하지 않았다. 그도 묵묵히 입을 다물고 있었다. 이렇게 우리는 누워만 있었다. 불은 꺼져 무너졌다. 불꽃이 훅하고 사라짐과 동시에 나는 두 번 다시 돌아올 수 없는 어떤 아름답고 깊이 있는 것이 사라지고, 날아가버린 것을 느꼈다.

"제 말을 오해하고 있는 것 같네요."

나는 풀이 죽어 쉰 목소리로 말했다. 무의미하고 얼간이 같은 말을 마치 신문을 낭독하듯이 기계적으로 입 밖으로 내뱉었다.

"오해가 아냐. 네 말이 맞아."

그는 작은 소리로 말했다. 약간의 시간을 두고 천천히 말을 이었다.

"한 인간이 다른 사람을 상대할 때 옳을 수 있는 한에서 말이지."

아니, 아니야. 내가 틀렸어! 나는 마음속으로 외쳤다. 그러나 입 밖으로는 한마디도 하지 못했다. 나는 이 짧은 단 한마디로 그의 근본적인 약점과 문제점과 상처를 지적하고 말았다는 것을 깨달았다. 그 스스로가 믿을 수 없었던 점을 건드리고 말았다. 그의 이상은 '케케묵은 책'이고, 그는 과거의 탐구자이고, 낭만주의자였다. 순간 갑자기 느껴졌다. 피스토리우스는 스스로에게는 나를 대할 때의 그가 될 수 없었으며, 또한 내게 해주었던 것들을 자기 자신에게는 해줄 수 없었던 것이다. 그는 나를 어떤 길로 인도해주었지만, 그 길은 지도자인 그를 초월해 그로부터 멀어져야만 했던 것이라고.

대체 왜 그런 말이 튀어나왔는지 모르겠다. 나는 전혀 악의가 없었고 파국을 초래할 생각은 추호도 없었다. 나는 말을 하면서도 무슨 소릴 하는지 전혀 느끼지 못한 채 지껄인 것이다. 순간적으로 장난기가 발동했을 뿐이지만, 그것이 운명을 결정해버린 것이다. 내가 내뱉은 사소하고 부주의하고 무례한 말이 그에게는 하나의 심판이었다.

그때 그가 화를 내고 변명하면서 나를 나무라기를 얼마나 간절히 바랐던가. 하지만 그는 전혀 그러지 않았다. 그 모든 것을 내 마음속에서 스스로 해야 했다. 가능했다면 그는 미소를 지었을 것이다. 미소를 짓지 않았다는 건 그가 얼마나 충격을 받았는지를 말해주는 것이었다.

피스토리우스는 은혜도 모르는 건방진 제자인 나의 공격을 조용히 감수함으로써, 묵묵히 나의 옳음을 인정함으로써, 내가 한 말을 운명으로 받아들임으로써, 내게 자기혐오라는 감정을 느끼게 하여 나의 경솔함을 천 배나 더 크게 만들었다. 내가 싸움을 걸 때는 강한 전투력을 가진 사내를 상대하고 있었다고 생각했지만, 실제로 상대는 조용한 은둔자였다. 그는 비무장인 채로 묵묵히 항복하고 말았다.

오랜 시간 우리는 꺼져가는 불 앞에 누워 있었다. 불이 만들어내는 모습 하나하나, 재로 변해가는 나무 하나하나가 행복하고 아름답고 충실했던 과거를 내 기억 속에 되살려 피스토리우스에 대한 나의 빚이 점점 커져버렸다. 결국 나는 참을 수가 없어 벌떡 일어나 자리를 떴다. 오랫동안 문 앞에 서서, 어두운 계단에 서서, 그리고 집 밖에서 한동안 기다렸다. 어쩌면 그가 나를 쫓아오지는 않을까 하는 기대감에서. 그러고는 계속 걸었다. 몇 시간 동안 마을과 마을 외곽과 공원과 숲을 밤새도록 다니며 방황했다. 그제야 나는 내 이마에 카인의 표식을 느꼈다.

겨우 조금씩 차분하게 생각을 할 수 있게 되었다. 내 생각은 모두 나 자신을 탄핵하고 피스토리우스를 변호하려는 마음이었지만, 모든 것은 정반대로 끝나버렸다. 수도 없이 내가 뱉은 말을 후회하며 되돌리려 했지만, 그래도 역시 내가 한 말은 사실이었다. 그제야 나는 처음으로 피스토리우스를 이해하게 되었고, 그의 꿈을 모두 눈앞에 쌓아 올릴 수 있게 되었다. 그 꿈은 사제가 되어 새로운 종교를 설파하여 향상과 사랑과 예배의 새로운 형태를 만들어 새로운 상징을 수립하는 것이었다. 그러나 그것은 그의 능력으로 가능한 일도, 그의 책임도 아니었다. 그는 너무나 열심히 과거에 집착했고, 너무나 정확하게 과거를 알았고, 너무나 많은 이집트와 인도와 페르시아의 빛의 신과 아브락사스를 알고 있었다. 그의 사랑은 지금까지 지구가 봐왔던 형태로 속박되어 있었다. 게다가 그는 내심 새로운 건 새롭게 변해야만 한다는 것을, 또한 신선한 땅속에서 흘러나와야 한다는 것을, 수집물이나 책 속에서 얻어서는 안 된다는 것을 잘 알고 있었다. 그의 역할은 아마도 내게 했던 것처럼 사람들을 각자 자신에게로 인도해주는 안내자일 거다. 인간에게 듣지도 보지도 못한 새로운 신들을 제시하는 것은 그의 역할이 아니었다.

이때 갑자기 뜨거운 불꽃 같은 하나의 깨달음이 나를 불살랐다. 사람들에게는 각자 하나의 역할이 존재하며, 그것은 누구나 스스로 선택하거나 고쳐 쓰고, 임의로 관리할 수 있는 역할은 존재하지 않는다는 깨달음이었다. 새로운 신들을 욕망하는 것은 잘못이었다. 세상에 뭔가를 하고자 욕망하는 것은 완전히 착각이었다. 자각을 한 인간에게는 자기 자신을 찾고, 자기 뜻을 굳히고, 어디로 가든 개의치 않고 자기의 길을 찾아 앞으로 나아간다는 것 외에는 다른 의무는 전혀 존재하지 않는다. 이것은 내 마음을 크게 흔들어놓았다. 그것이 내가 얻은 이 체험의 결과였다. 나는 자주 미래의 환상에 빠져 시인이나 예언자, 화가, 아니면 그 어떤 것으로서 자신에게 정해져 있을지도 모를 역할을 몽상한 적이 있었는데, 그 모든 것이 허무하게 여겨졌다. 나는 시를 짓기 위해, 설교하기 위해, 그림을 그리기 위해 존재하는 게 아니었다. 나도 다른 사람들도 그것을 위해 존재하는 것이 아니었다. 그것들은 모두 부수적으로 생겨나는 것에 불과했다. 개개인에게 진정한 천직은 자기 자신에게 도달하는 단 한 가지뿐이었다. 시인으로, 아니면 미친 사람으로 인생이 끝나든, 예언자나 범죄자로 끝나든, 그것은 중요한 게 아니었다. 실제로 그건 결국 아무래도 좋은 것이었다. 중요한 건 임의적인 운명이 아니라 자기 운명을 발견하고 그걸 포기하지 않고 완전하게 살아내는 것이었다. 다른 건 모두 어정쩡한 것이고, 도망을 위한 실험이고, 대중의 이상으로의 퇴각이고, 순응이고, 자기 내면에 대한 불안이었다. 새로운 모습이 위엄과 신성함으로 내 앞에 떠올랐다. 그것을 수없이 예감했고, 아마도 몇 번이고 말로서 표현한 적이 있었겠지만, 체험하게 된 것은 이번이 처음이었다. 나는 자연 속에 던져진 것이다. 불확실한 것을 향해, 아마도 새로운 것을 향해, 어쩌면 무(無)를 향해 내던져진 것이다. 이것을 마음속으로부터 충분히 작용시켜 그 의지를 내면에서 느끼고, 그걸 온전히 내 것으로 만드는 일, 그것만이 나의 천직이었다. 바로 그것만이!

나는 이미 충분한 고독을 맛보았다. 지금, 나는 훨씬 깊은 고독이 있다는 것과 그것에서 도망칠 수 없다는 걸 흐릿하게나마 느꼈다.

나는 피스토리우스를 달랠 생각을 전혀 하지 않았다. 우리는 여전히 친구였지만 관계는 변하고 말았다. 단 한 번 우리는 그것에 대해 이야기를 나누었지만, 실제로 말을 한 것은 그 혼자였다. 그는 이렇게 말했다.

"너도 잘 알다시피 나는 사제가 되고 싶어. 나는 무엇보다도 우리가 여러 예감을 품고 있는 신종교의 사제가 되고 싶어. 하지만 결코 될 수는 없을 거야. 나는 그것을 잘 알고 있어. 완전히 인정하고 싶지는 않지만 이미 오래전부터 알고 있었지. 아마 다른 사제가 될 거야. 오르간을 통해서. 하지만 나는 언제나 내가 아름답고 신성하다고 느끼는 것, 예를 들어 오르간 음악, 비밀 의식, 상징, 신화 등과 함께해야만 해. 내게는 그런 것들이 꼭 필요하고 떨어지고 싶지 않아. 그것이 내 약점이지. 싱클레어, 나는 가끔 그런 바람을 가져서는 안 되고, 그런 바람이 사치이고 약점이라는 걸 알아. 요구를 갖지 않고 운명의 뜻에 맡길 수 있다면 그게 훨씬 옳고 대단한 일일 거야. 하지만 그럴 수가 없어. 그건 내가 할 수 없는 유일한 것이지. 아마도 너는 언젠가 해낼 수 있을 거야. 무척 어려운 일이지. 세상의 모든 것 중 제일 어려운 유일한 거야. 나는 자주 그것을 꿈꾸었지만 불가능해. 나는 그렇게까지 완전하게 헐벗은 고독 속에 빠져들지 못해. 내게도 약간의 온기와 음식이 필요하고, 때로는 동료 개들의 눈치를 살피는 나약하고 처량한 개일 뿐이야. 진정으로 자신의 운명 외에는 아무것도 바라지 않는 사람에게는 동료 없이 완전히 고립되어 주변에 차가운 우주만이 존재할 뿐이지. 겟세마네 동산의 예수가 바로 그랬지. 기꺼이 십자가에 못 박힌 순교자는 있었지. 하지만 그들도 영웅이 아니었고 해방되지 못했어. 그들도 사랑하고 친숙한 사람을 갈망했고, 교본과 이상을 가지고 있었지. 운명만을 갈망하는 사람은 교본도 이상도 사랑하는 사람도 위로가 될 그 무엇도 가지고 있지 않아. 사람들은 사실 이 길을 걸어야만 해. 나와 너 같은 인간은 고독하지만 그래도 여전히 서로라는 관계를 맺고 있으며, 다른 사람들과는 다르다거나, 반항하거나, 평범하지 않은 것을 바라는 비밀스러운 만족감을 가지고 있지. 그 길을 완전하게 가고자 한다면 그런 것들은 다 없애야만 해. 혁명가, 모범적인 인물, 순교자 등이 되고자 해도 안 돼. 일일이 열거하기 힘들 정도야."

그의 말대로 일일이 열거할 수는 없지만 꿈꾸고 예감하고 자각하는 것은 가능하다. 완전한 고요의 시간을 찾아냈을 때, 나는 몇 번이고 그런 것을 느낀 적이 있었다. 그럴 때 나는 마음속을 들여다보고 내 운명의 모습을 응시하고 있는 눈 속을 봤다. 그것은 지혜로 가득 차 있지도, 광기에 미쳐 있지도, 사랑이나 악의를 내뿜는 일도 없지만, 어느 쪽이나 마찬가지이다. 그 어떤 걸 선택하는 것도, 어떤 걸 바라는 것도 허락되어 있지 않다. 그저 자신을, 자기의 운명을 갈망하는 것만이 용납되어 있을 뿐이다. 이를 위해 한동안 피스토리우스는 나의 지도자 역할을 자청한 것이다.

당시 나는 맹목적으로 이리저리 떠돌았다. 폭풍이 내 마음속에서 들끓고 있었다. 걸음걸음이 위험 자체였다. 지금까지의 모든 길이 빠져들어 있는 깊은 암흑밖에 아무것도 눈앞에 보이지 않았다. 내 마음속의 지도자 모습을 보았다. 그것은 데미안과 닮아 있었다. 그리고 그의 눈동자 안에는 내 운명이 깃들어 있었다.

나는 종이 한 장에 이렇게 썼다.

'한 지도자가 나를 버렸다. 나는 어둠 속에 홀로 서 있다. 나는 혼자서는 한 걸음도 뗄 수 없다. 도와줘!'

이것을 데미안에게 보낼 생각이었다. 하지만 그만뒀다. 그럴 때마다 그것이 어리석고 무의미하게 여겨졌다. 그러나 나는 이전의 사소한 기도를 기억하고 시간이 날 때마다 마음속으로 그 기도를 암송했다. 기도는 언제나 나와 함께했다. 기도가 무엇인지 나는 조금씩 느끼기 시작했다.

나의 학창 시절은 끝났다. 나는 졸업 후 여행을 떠나게 되었다. 그것은 아버지의 제안이었다. 그러고 나서 대학에 갈 예정이었다. 어떤 학과에 들어갈지는 아직 정하지 않았다. 한 학기는 철학을 듣기로 했다. 나는 어떤 학과든 마찬가지로 만족했을 것이다.

에바 부인

　방학 동안에 딱 한 번, 몇 해 전 데미안이 어머니와 함께 살던 집을 찾아갔다. 한 노부인이 정원을 거닐고 있었다. 나는 노부인에게 말을 걸어 그 집이 노부인의 것임을 확인했다. 노부인은 데미안 가족을 기억하고 있었지만, 지금 어디에 사는지는 모른다고 했다. 노부인은 내가 관심이 많다는 것을 알고 집 안으로 들인 뒤, 앨범을 꺼내 데미안의 어머니 사진을 보여주었다. 나는 그녀에 대한 기억이 아무것도 없었다. 그러나 작은 사진을 보자마자 심장이 멎는 것 같았다. 그녀는 내 꿈속의 환영이었다. 장신의 남성적인 여인상으로, 아들을 닮은 그녀는 엄격하면서도 열정적 분위기를 풍겼다. 아름답고도 유혹적이며 다가가기 힘든 악마인 동시에 어머니이자 운명인 동시에 연인이던 바로 그 여인이었다.

　이렇게 해서 내 꿈속의 환상이 지상에 존재한다는 사실을 깨닫고, 나는 강렬한 기적과도 같은 것에 전율했다. 그 얼굴, 내 운명의 표정을 지닌 여성이 있었다. 그녀는 어디에 있는가, 대체 어디에? 그것이 데미안의 어머니였다.

그리고 얼마 뒤에 나는 여행을 떠났다. 기묘한 여행! 발길 닿는 대로 쉴 새 없이 이리저리로 끝없이 이 여성을 찾아 여행했다. 뒤엉킨 꿈속에서처럼 그녀를 떠올리고, 감춰진 모습, 그녀를 닮은 모습, 낯선 거리의 골목과 정거장과 기차로 나를 이끈 모습들만 마주한 날들도 있었다. 그리고 이 탐색이 얼마나 부질없는 것인가를 깨닫게 만드는 날도 있었다. 그럴 때면 아무것도 하지 않은 채 공원이나 호텔 정원, 대합실에 앉아 마음속을 응시하면서 마음속의 환영이 생생하게 떠오르도록 노력했다. 그러나 그 모습은 불안하고 엉성한 모습으로 변해버렸다. 나는 전혀 잘 수가 없었다. 미지의 풍경 속을 기차가 달리고 있는 반 시간 정도만 잤을 뿐이었다. 하루는 취리히에서 한 여자가, 아름답고 다소 뻔뻔스러운 여자가 내 뒤를 따라왔다. 나는 그녀가 공기인 양 전혀 개의치 않고 성큼성큼 걸어갔다. 다른 여자에게 아주 잠시라도 흥미를 갖느니 차라리 그 자리에서 죽어버리는 게 나을 것이다.

나는 운명의 이끌림을 느꼈다. 내 바람의 실현이 가까워졌다는 것을 느꼈다. 나는 내가 무엇 하나 할 수 없다는 사실에 초조했고, 미칠 것만 같았다. 그 순간 한 정거장에서, 인스부르크였던 것 같은데, 막 출발하고 있는 기차의 창문을 통해 그녀라고 여겨지는 모습을 발견하고 온종일 불안한 예감이 들었다. 그리고 그날 밤, 꿈속에서 그 모습이 다시 나타났다. 내 추구가 얼마나 무의미한 것인지를 깨달았다. 그렇게 부끄러워하며 쓸쓸한 마음으로 급히 집으로 돌아왔다.

　몇 주 뒤에 나는 H 대학의 입학 절차를 밟았다. 모든 것이 나를 실망시켰다. 철학사의 강의를 들었는데, 그것은 학생들의 행동과 마찬가지로 공허하고 기계적이었다. 모든 게 틀에 박혀 있었고 모두가 똑같은 것을 하고 있었다. 소년티를 벗지 못한 얼굴에 상기된 명랑함은 슬플 정도로 공허한 기성품처럼 보였다. 그러나 나는 자유롭게 하루 종일 나만의 시간을 즐겼다. 교외의 낡은 집에서 조용하고 쾌적하게 살며 책상 위에 니체의 책 몇 권을 올려놓았다. 나는 니체와 함께 살면서 그의 고독한 영혼을 느꼈고, 나를 끊임없이 자극하는 운명을 쫓아 그와 함께 고민했고, 이토록 거침없이 자신의 길을 나아간 사람이 존재했다는 사실에 행복해했다.

　어느 날 밤늦게 가을바람이 부는 거리를 어슬렁거리다 보니 술집에서 학생들이 노래를 부르는 소리가 들려왔다. 열린 창문으로는 담배 연기가 자욱하게 흘러나왔다. 노랫소리는 흥겹고 큰 소리로 울리고 있었지만, 그 어떤 비약이나 생명감도 없이 단조로웠다.

　나는 길모퉁이에 서서 귀를 기울였다. 술집 두 곳에서 청년들의 틀로 찍어낸 듯한 쾌활함이 어둠 속에 울려 퍼졌다. 어딜 둘러봐도 단체생활에 회합, 운명의 포기와 따뜻한 어리석은 인간들 곁으로의 도피가 있을 뿐이었다.

　내 뒤로 두 사내가 지나갔다. 그들의 대화 중 한 대목이 내 귀에 들어왔다.

"흑인 부락의 젊은이들 집단이랑 똑같군요."

한 명이 말했다.

"전혀 다르지 않아. 문신까지 유행하고 있어요. 이게 요즘 유럽의 젊은이들이네요."

그 목소리는 왠지 귀에 익었다. 아는 목소리였다. 나는 어두운 골목으로 두 사람을 따라갔다. 한 사람은 작고 세련된 일본인이었다. 가로등 밑에서 그의 미소 띤 노란 얼굴이 빛나는 것이 보였다.

그때 또 한 사람이 다시 말했다.

"당신 나라 일본도 비슷하죠. 어리석은 군중의 뒤를 따르지 않는 사람은 어느 나라나 많지 않죠. 여기에도 몇 있기는 하지만요."

한마디 한마디가 환희와 경이로움으로 내 마음을 파고들었다. 나는 그를 알고 있다. 그건 바로 데미안이었다.

바람이 부는 어둠을 뚫고 나는 두 사람의 뒤를 쫓았고, 그들의 이야기에 귀를 기울이며 데미안의 목소리를 즐겼다. 그의 목소리는 예전과 똑같았다. 아름다운 저력과 차분함이 느껴지는 목소리에는 나를 지배하는 힘이 있었다. 이걸로 모든 게 다 잘됐다. 나는 그를 찾아낸 것이다.

마을 끝자락 도로에서 일본인이 작별 인사를 나누고 현관문을 열었다. 데미안이 뒤로 돌아섰다. 나는 길 한가운데 서서 그를 기다렸다. 나는 두근거리는 마음으로 그가 꼿꼿하고 탄력적인 자세로 나를 향해 걸어오는 모습을 바라봤다. 그는 회색 레인코트를 입고 있었고 팔에는 가는 지팡이를 걸고 있었다.

규칙적인 걸음걸이로 내 앞까지 다가왔고 모자를 벗어 꼭 다문 입과 넓은 이마가 유별나게 환해 보이는, 예전과 똑같은 밝은 얼굴을 내게 보여주었다.

"데미안!"

나는 소리쳤다. 그는 내게 손을 내밀었다.

"싱클레어, 너였구나. 너를 기다리고 있었어."

"내가 이곳에 있다는 걸 알고 있었어?"

"그건 몰랐지만, 당연히 그렇게 될 거라고 생각했지. 너를 만난 건 오늘 밤이 처음이지만, 너는 항상 우리의 뒤를 쫓고 있었지."

"그래서 나라는 걸 금방 안 거야?"

"물론이지. 네 모습은 변했지만, 네게는 표식이 있잖아."

"표식? 어떤 표식?"

"우리가 예전에 카인의 표식이라 불렀던 것을 기억하고 있니? 우리의 표식이지. 네게는 늘 그게 있었어. 그래서 나는 네 친구가 된 거야. 그런데 지금 보니 더 또렷해졌어."

"나는 전혀 몰랐어. 어쩌면 실제로는 알고 있었는지도 몰라. 하루는 네 초상화를 그렸는데 그게 나와도 닮아 깜짝 놀랐어. 그게 표식이었나?"

"맞아. 네가 나타난 건 정말 기쁜 일이야! 어머니도 기뻐하실 거야."

나는 움찔했다.

"어머니? 어머니도 여기 계셔? 어머니는 나를 전혀 모르시잖아."

"너를 잘 알고 계시지. 아마 네가 누군지 말하지 않아도 어머니는 너를 아실 거야. 너는 오랫동안 한 번도 소식을 보내지 않더구나."

"아니, 자주 편지를 쓰려고 했지만 쉽지 않았어. 얼마 전부터 내가 조만간에 너를 찾아낼 수 있을 거라는 예감이 들었어. 나는 매일 그날만 기다렸지."

그는 내 팔짱을 끼고 함께 앞으로 걸어갔다. 그에게서 내게로 안정감이 전해졌다. 우리는 이윽고 이전처럼 잡담했다. 우리는 학창 시절을, 견진성사 수업을 그리고 방학 동안의 껄끄러웠던 재회 등을 떠올렸다. 그러나 우리 두 사람을 처음으로 밀접하게 이어준 계기가 된 프란츠 크로머 이야기는 이번에도 하지 않았다.

어느새 우리는 기이한 암시적인 이야기에 열중했다. 데미안과 일본인이 나누었던 이야기를 실마리로 학생들의 생활에 관해 이야기했고, 그런 다음 훨씬 동떨어져 있는 듯 여겨지는 것까지 이야기가 옮겨 갔다. 그러나 그것도 데미안의 말 속에서는 밀접한 관계로 이어져 있었다.

그는 유럽의 정신과 현대의 특징에 관해 이야기했다. 세상 곳곳에 결합과 어리석은 인간 집단이 지배하고 있지만 어디에도 자유와 사랑이 없다고 했다. 학생 조합과 합창단에서부터 국가에 이르기까지 모든 곳에 이런 단체가 만들어져 있다. 불안, 공포, 당혹감 때문에 조성된 단체다. 그리고 그것은 내부가 낡고 부패했으며 붕괴하고 있다고 했다.

"단체라고 하는 건 아름다운 것이지."

데미안이 말했다.

"그러나 현재 곳곳에서 무성하게 퍼져 있는 것들은 진정한 단체가 아니야. 개개인의 상호 이해를 통해 새로운 단체가 만들어져야 해. 그것은 한동안 세상을 개조하게 될 거야. 지금 존재하는 단체는 어리석은 인간들의 집단에 불과해. 사람들은 서로 불안을 품고 있기에 서로 도망치고 뭉치는 거지. 신사들끼리, 노동자들끼리, 학자들끼리! 어째서 그들은 불안해하는 걸까? 사람들은 자신의 의지가 확고하지 않을 때 특히 불안해하지. 그들은 자기 자신의 입장을 지키겠다는 결의를 표명한 적이 없기에 불안해하지. 그들은 모두 자신들의 생활 법칙이 더 이상 적합하지 않다는 것을, 자신들이 낡은 규율에 따라 살고 있다는 것을, 종교나 도덕 그 무엇 하나 우리가 필요로 하는 것에 적응하지 않는다는 걸 느끼고 있어. 백 년 이상이나 유럽은 끊임없이 연구하고 공장을 세워왔어. 그들은 한 인간을 죽이는 데 불과 몇 그램의 화약이 필요한지를 정확하게 알고 있지만, 신께 어떻게 기도를 드려야 하는지는 모르지. 어떻게 하면 단 한 시간이라도 만족할 수 있는지를 모르지. 잠깐 학생들의 동아리를 살펴봐라! 아니면 부자들이 드나드는 유흥장을! 절망적이야! 싱클레어, 그런 것들에서는 유쾌함이 찾아오지는 않아. 두려움에 모여든 이 사람들은 불안과 사심으로 차 있어서 다른 사람을 절대 믿지 않아. 그들은 이미 이상도 아닌 이상에 의지하고 있지. 새로운 이상을 확립하는 사람이 있으면 아무 거리낌 없이 돌을 던져 죽이지. 싸움이 있을 거란 걸 나는 느끼고 있어. 싸움이 곧 터질 거라는 걸 믿어도 좋아! 물론 그

싸움으로 세상이 개선되지는 않아. 노동자가 공장주를 죽이거나, 러시아와 독일이 서로 포탄을 주고받는다고 해도 단순히 소유자만 바뀔 뿐이지. 하지만 전혀 의미가 없는 건 아닐 거야. 그것은 오늘날의 세상이 가치가 없다는 걸 알려주어 석기 시대의 신들을 배제하게 될 거야. 지금의 세상은 죽음을, 멸망을 원하고 있어. 실제로 그것들은 멸망하게 될 거야."

"그때 우리는 어떻게 되는 거야?"

내가 물었다.

"우리? 아아, 아마 우리도 함께 멸망하겠지. 우리도 맞아 죽을지 몰라. 하지만 그런 걸로는 우리를 완전히 지울 수는 없어. 우리의 유산과 살아남은 자들의 주변에 미래의 의지가 모여들겠지. 인류의 의지가 나타날 거야. 우리 유럽은 한동안 기술과 과학이라는 큰 시장에서 인류의 의지를 압도해왔지만. 그리고 인류의 의지는 오늘날의 공동체와 국가와 국민과 단체와 교회의 의지와는 절대 같지 않음을 알게 될 거야. 자연이 인간에게 바라는 것은 개개의 인간 속에, 너와 나의 속에 새겨져 있어. 그것은 예수 안에, 니체 안에 새겨져 있던 거지. 이런 중요한 시대 흐름이나 경향은 물론 매일 다른 모습을 보여주지만, 오늘날의 공동체가 붕괴한다면 때를 만나게 될 거야."

우리는 늦은 시간에 강가의 정원 앞에 멈춰 섰다.

"우리는 여기에 살고 있어."

데미안이 말했다.

"조만간에 들러라! 기대하고 있을게."

나는 추운 밤공기를 뚫고 먼 길을 즐거운 마음으로 돌아갔다. 마을 여기저기에서 집으로 돌아가는 대학생들이 술에 취해 갈지자로 걸으며 소리를 치고 있었다. 지금까지 나는 자주 그들의 우스꽝스러운 소란과 내 고독한 생활 사이의 대립을 느낀 적이 있었다. 그럴 때면 불만스럽게 여기거나 비웃기도 했다. 그러나 오늘처럼 차분함과 냉정함과 잠재된 힘으로, 그것이 나와는 아무런 상관이 없다는 걸, 이 세상이 내게 얼마나 멀리 사라졌는가를 느낀 적은 없었다. 내 고향의 공무원인 존경스러운 노신사들이 술을 마시며 보냈던 대학 시절의 기억을 행복한 천국의 추억인 양 집착하고, 시인이나 다른 낭만주의자들이 유년 시절에 예배를 드리듯, 그들의 학창 시절의 사라진 자유를 소중히 여기며 예찬하던 모습을 떠올렸다. 어디나 다 똑같다! 그들은 자신의 책임과 자신의 길을 상기시키는 것이 두려워 어딜 가나 자신의 과거에서 자유와 행복을 추구하는 것이다. 수년간 마구 퍼마시고 소리를 지른다. 그리고 그다음에는 납작 엎드려 고지식한 관리가 된다. 우리 주변은 완전히 썩어 있다. 그러나 그런 학생들의 용렬함은 다른 모든 용렬함과 비교하면 용렬하지도 지나치지도 않았다.

먼 길을 걸어 집에 돌아오자 그런 생각들은 모두 사라지고 내 마음은 완전히 오늘 주어진 커다란 약속을 손꼽아 기다렸다. 원하기만 한다면 내일이라도 데미안의 어머니를 만날 수 있었다. 학생들이 술판을 벌이든, 얼굴에 문신하든, 세상이 부패하여 멸망할 날만 기다리든, 그것이 나랑 무슨 상관인가! 나는 끝없이 나의 운명이 새로운 모습으로 나를 향해 다가오기만을 기다렸다.

나는 아침 늦게까지 푹 잤다. 새로운 날은 내게 엄숙한 축일로서 밝았다. 그것은 소년 시절의 크리스마스 축하 이래 맛볼 수 없었던 축일이었다. 나는 속으로는 완전히 침착함을 잃어 버렸지만, 불안은 전혀 느끼지 못했다. 내게 중요한 날이 밝았음을 느꼈고, 주변 세상이 변화하여 깊은 관계로 엄숙히 대기하고 있는 것을 보고 느꼈다. 살포시 내리는 가을비도 아름답고 고요했고, 엄숙하고 쾌활한 음악으로 가득한 축일처럼 느껴졌다. 삶의 의미가 생겼다. 어떤 집도, 어떤 창문의 모양도, 거리의 그 어떤 얼굴도 나를 어지럽히지 않았다. 모든 것은 있어야 할 그대로의 모습으로 일상의 넘쳐나는 공허한 얼굴을 하지 않고, 모든 것은 대기하고 있는 자연으로 운명에 대하여 정중하게 준비를 끝내고 있었다. 어린 소년 시절, 크리스마스나 부활절 등과 같은 대축일의 아침이면 내게는 세상이 그렇게 보였었다. 이 세상이 이렇게 아름다울 수 있을 것이라는 걸 몰랐다. 나는 나의 내면 깊숙이 숨은 것에 익숙해 있었다. 그리고 외부 세계의 것에 대한 감각이 사라졌다는 걸, 화려하게 빛나는 색채의 상실이 유년 시절의 상실과 피할 수 없는 운명처럼 강하게 이어져 있다는 걸, 말하자면 자유와 성인에 대한 대가로 이 부드러운 미광(微光)을 포기해야 한다는 것에 만족하고 있었다. 지금 나는 모든 게 파묻혀 어두워진 것에 불과한 걸 보고 또한 자유로워진 자로서, 아이의 행복을 단념한 자로서, 세계가 빛나는 걸 보고 관찰하는 아이가 깊은 경이로움을 맛볼 수 있다는 것을 알고 황홀했다.

막스 데미안과 작별했던 날 밤의 교외 정원을 다시 찾을 날이 왔다. 비에 젖은 큰 나무 뒤에 밝고 아늑해 보이는 작은 집이 숨어 있었다. 커다란 유리벽 뒤로는 꽃이 핀 관목이 몇 그루 서 있었고, 반짝반짝 빛나는 창문 안쪽으로는 어두운 벽을 따라 그림과 책이 진열되어 있었다. 현관문은 작고 따뜻한 거실로 직접 이어져 있었다. 검은 옷에 흰 앞치마를 걸친 말 없는 늙은 하녀가 나를 안으로 안내하고 코트를 받아주었다.

하녀는 나를 홀로 남겨두고 갔다. 나는 주변을 둘러보다가 곧장 꿈속으로 빠져들었다. 검은 틀에 끼워진 유리 액자 속 낯익은 그림이 문 위 나무 벽에 걸려 있었다. 그것은 세상의 껍질을 벗고 나온 황금색의 머리를 가진 새였다. 나는 감동에 겨워 꼼짝도 하지 않고 서 있었다. 이 순간 나는 지금까지 했던 일과 경험했던 모든 것이, 대답과 실현으로 내게 돌아온 것처럼 즐겁게 느껴졌다. 주마등처럼 순식간에 수많은 화면이 내 마음을 스쳐 지나갔다. 아치형의 문 위에는 오래된 돌 문장이 있는 고향의 생가, 이 문장을 스케치하던 소년 데미안, 천적 크로머의 악랄한 마력의 노예가 되어 떨고 있던 소년 시절의 나, 작고 조용한 방의 책상에서 동경하던 새를 그리며 그것의 그물망 속에 마음이 엉켜 있던 청년 시절의 나. 그 모든 것과 지금 이 순간까지의 모든 게 내 마음속에 메아리쳐 돌아와 긍정적 대답으로 인정되었다.

촉촉하게 젖은 눈으로 내가 그린 그림을 응시하며 마음속을 읽었다. 바로 그 순간 내 시선은 아래로 내려갔다. 새 그림 아래 열린 문 앞에 검은색 옷을 입은 큰 키의 부인이 서 있었다. 바로 그녀였다.

나는 한마디도 할 수 없었다. 아들 얼굴과 마찬가지로, 시간과 나이를 잊은 채 활발한 의지로 가득 찬 얼굴을 한 아름답고도 기품 있는 부인이 나를 향해 친숙한 미소를 짓고 있었다. 그 눈길은 실현이었고, 그 인사는 고향을 의미하고 있었다. 나는 아무런 말도 하지 못한 채 그녀에게 두 손을 내밀었다. 그녀는 따뜻한 양손으로 꼭 잡아주었다.

"싱클레어지요. 금방 알았어요. 잘 왔어요!"

그 목소리는 깊고 따뜻했다. 나는 그것을 달콤한 와인처럼 마셨다. 나는 겨우 고개를 들어 그녀의 고요한 얼굴, 깊고도 검은 눈동자, 생기 있는 입, 표식을 지닌 넓고 위엄 있는 이마를 보았다.

"얼마나 기쁜지 모르겠습니다."

나는 그녀에게 말했다. 그러고는 두 손에 입을 맞췄다.

"저는 지금까지 계속 방황을 한 것 같습니다. 이제 저는 집에 도착했습니다."

그녀는 어머니의 미소를 지었다.

"집에 도착한 게 아니에요."

그녀는 친절하게 말했다.

"하지만 친숙한 길을 만나게 되면 한동안은 세상 전체가 고향처럼 보이게 되죠."

그녀의 이 말은 내가 그녀에게로 오는 과정에서 느꼈던 것이었다. 그 목소리와 말투가 아들과 매우 흡사했지만 전혀 달랐다. 모든 것이 훨씬 성숙했고, 훨씬 따뜻했고, 훨씬 명백했다. 그 옛날 막스가 소년의 인상을 풍기지 않았던 것처럼 그의 어머니도 다 큰 아들이 있을 것이라고는 전혀 보이지 않았다. 그만큼 그녀의 얼굴과 머릿결에서 풍기는 냄새는 싱그럽고 달콤했다. 그렇게 탄력적인 금빛 피부에는 주름이 전혀 없었다. 그렇게 입술은 눈부셨다. 내 꿈속에서보다도 훨씬 여왕다운 모습으로 내 앞에 서 있었다. 그녀 곁에 있는 것은 사랑의 행복이었고, 그녀의 눈길은 실현이었다.

이런 새로운 모습으로 내 운명이 드러난 것이다. 이제는 더 이상 고독하고 힘들지 않은 완숙된 즐거운 모습이었다. 나는 결심도 하지 않고 맹세도 하지 않았다. 나는 단 하나의 목표, 여정의 높은 곳에 다다른 것이었다. 이제부터의 길은 약속의 나라를 향하고, 가까운 행복의 나뭇가지 그늘로 뒤덮이고, 모든 기쁨과 가까이 있는 정원에서 안정을 찾아 멀리 찬란하게 드러났다. 이 여성을 이승에서 만나, 그 목소리를 마시고 주변의 기운을 호흡할 수 있다는 것이 행복했다. 그녀가 내게 어머니이든, 연인이든, 여신이든 상관없이 그저 있어주기만 하면 됐다! 나의 길이 그녀의 길과 가까이 있기만 하면 됐다.

그녀는 내 새매 그림을 가리켰다.

"이 그림만큼 막스를 기쁘게 해준 것이 없어요."

그녀는 명상적인 말투로 말했다.

"나도 마찬가지고요. 우리는 당신을 기다렸어요. 이 그림이 우리에게 도착했을 때 당신이 우리에게로 점점 다가오고 있다는 것을 알았어요. 싱클레어 군, 당신이 어린 소년이던 어느 날, 아들이 학교에서 돌아와 이마에 표식이 있는 학생이 있는데 분명히 친구가 될 것이라고 하더군요. 그게 바로 당신이었죠. 당신은 매우 힘들어했지만, 우리는 믿고 있었어요. 방학 때 집에 와서 딱 한 번 막스를 만난 적이 있었죠? 그때 당신은 열여섯 살 정도였지요. 막스가 그때 이야기를 했는데……."

나는 잠시 말을 가로막았다.

"그 이야기를 어머니께 했나요? 그건 제가 제일 비참할 때였어요!"

"그래요. 막스는 싱클레어가 제일 힘든 시기를 보내고 있다고 하더군요. 그리고 싱클레어가 다시 인간들 속으로 숨어들려고 노력하며 술집의 단골이 되어 있지만, 그의 표식이 덮여 있기는 하지만 조용히 그를 태우고 있기에 잘되지 않을 거라고 말했지요. 그렇지 않았나요?"

"네, 맞습니다. 사실 그대로입니다. 그러고 나서 저는 베아트리체를 발견했습니다. 그리고 피스토리우스라는 또 한 명의 지도자가 나타났습니다. 그제야 비로소 왜 제 소년 시절이 그렇게 막스와 이어져 있었는지, 왜 그로부터 떨어질 수 없었는지가 분명해졌습니다. 부인, 어머니, 저는 당시 자살밖에 길이 없다는 생각을 자주 했었습니다. 다른 사람들에게도 길이 이렇게 험난한 것인가요?"

그녀는 한 손으로 내 머리를 공기처럼 가볍게 쓰다듬었다.

"태어난다는 것은 늘 고통이지요. 새가 알에서 태어나기 위해 힘겹게 싸운다는 것은 알고 있지요? 한번 되돌아 생각해봐요. 자신의 길이 그렇게 고통의 연속이었는지, 그저 고통만이 있었는지, 동시에 아름답지는 않았는지 그리고 좀 더 아름답고 편한 길을 알고 있었는지 말이죠."

나는 고개를 저었다.
"힘들었어요."
나는 꿈을 꾸듯이 말했다.
"그 꿈을 꾸기 전까지는 너무 힘들었어요."
그녀는 고개를 끄덕이며 나를 뚫어져라 응시했다.
"그래요. 인간은 스스로의 꿈을 발견해야만 해요. 그렇게 되면 길은 훨씬 쉬워져요. 끊임없이 이어지는 꿈은 없어요. 모든 꿈은 새로운 꿈으로 바뀌죠. 어떤 꿈이라도 고착시키려 하면 안 돼요."
나는 깜짝 놀랐다. 그것은 경고였던가, 방어였던가. 어쨌든 상관없다. 나는 목표를 막론하고 이미 그녀를 따를 각오를 하고 있었다.
"저는 어느 정도 제 꿈이 지속되어야 하는지 모릅니다."
내가 말했다.
"영구적이길 바랍니다. 새 그림 밑에서 제 운명이 어머니나 연인처럼 저를 맞아주었습니다. 저는 그 운명의 것이며 그 이상의 것이 아닙니다."
"그 꿈이 당신의 운명인 동안에는 그 꿈에 충실해야만 해요."
그녀는 진지하게 재차 확인해주었다.
나는 묘한 슬픔에 사로잡혔다. 그리고 매료되었던 이 순간 죽음에 대한 강한 열망에 사로잡혔다. 나는 눈물이—나는 대체 얼마나 오랫동안 눈물을 흘리지 않았던가—끊임없이 복받치는 감정에 압도당할 것 같은 느낌이었다. 나는 그녀에게서 획 등을 돌리고 창가로 다가가 축축하게 흐려진 눈으로 화분을 바라봤다.

 등 뒤에서 그녀의 목소리가 들려왔다. 그 목소리는 차분하게 울렸지만 와인으로 가득 찬 잔처럼 애정으로 넘치고 있었다.

 "싱클레어 군, 당신은 어린 아기예요. 당신의 운명은 당신을 사랑하고 있어요. 당신이 꾸준히 충실하기만 한다면 꿈에서 본 듯한 운명이 언젠가는 완전히 자신의 것이 될 거예요."

 나는 감정을 억누르고 다시 그녀를 향해 고개를 돌렸다. 그녀는 악수를 청했다.

 "내게는 몇 명의 친구가 있어요."

 그녀는 미소를 지으며 말했다.

 "아주 적지만 정말 친한 친구들로, 그들은 나를 에바 부인이라고 불러요. 괜찮다면 그렇게 불러줘요."

 그녀는 나를 문 쪽으로 데리고 가, 문을 열고 정원을 가리켰다.

 "막스는 밖에 있어요."

 나는 높은 나무숲 아래서 충격을 받은 사람처럼 멍하니 서 있었다. 평소보다 정신이 맑은 것인지 꿈을 꾸고 있는 것인지 종잡을 수가 없었다. 조용히 가지를 타고 빗물이 떨었다. 강가를 따라 넓게 펼쳐진 정원 한가운데로 갔다. 이윽고 데미안을 찾았다. 그는 비바람이 부는 정자 안에서 상반신을 벗은 채로 샌드백을 두드리고 있었다.

 나는 깜짝 놀라 멈춰 섰다. 데미안은 훌륭해 보였다. 넓은 가슴에 꼿꼿한 머리. 치켜든 두 팔은 근육질에 강하고 믿음직스러웠다. 허리와 어깨와 팔 관절을 통해 경쾌한 샘처럼 솟아나는 듯한 움직임이었다.

"데미안!"

내가 소리쳤다.

"거기서 대체 뭐 하고 있어?"

그는 밝게 웃었다.

"연습 중이야. 작은 일본인이랑 레슬링 약속을 했어. 그 친구는 고양이처럼 민첩해. 게다가 빈틈이 없어. 그렇다고 내가 당하지는 않아. 얼마 전에 한 번 당했으니 받은 만큼 돌려줘야지."

그는 옷을 입었다.

"너, 우리 어머니 만나봤니?"

그가 물었다.

"어, 정말 훌륭한 분이셔! 에바 부인이라는 이름이 딱 맞아. 만물의 어머니처럼 말이지."

그는 잠시 생각에 잠긴 채 나를 응시했다.

"벌써 이름을 들었니? 처음부터 어머니가 이름을 가르쳐준 건 네가 처음이야. 자만해도 돼."

그날 이후 나는 그 집에 드나들기 시작했다. 아들이나 형제처럼 그리고 연인처럼. 등 뒤의 문이 닫히면, 아니 멀리 정원의 나무들이 보이기만 해도 벌써 내 마음은 풍요와 행복을 느꼈다. 밖에는 '현실'이 있었다. 거리와 집들이 있고, 사람들이 있고, 온갖 시설에 도서관, 강당이 있었다. 그와 달리 이곳에는 사랑과 영혼이 존재했고, 옛날이야기들과 꿈이 살아 있었다. 그러나 세상과 인연을 끊을 수는 없었다. 우리는 사고와 대화를 통해 세상의 한복판에서 살고 있었다. 그러나 전혀 다른 공간에 살고 있었던 것이다. 우리는 많은 사람과 경계를 둠으로써가 아니라, 단지 전혀 다른 시각에 의해 나뉘어져 있었다. 우리의 과제는 세상 속 단 하나의 새, 아마도 하나의 규범을 제시하는 것. 어쨌거나 다른 삶의 방식에 대한 가능성을 알리는 것이었다. 오랜 시간 고독했던 나는 완전한 고독을 맛본 사람들만이 가능한 동료들을 알게 되었다. 나는 더 이상 행복한 사람들의 식탁과 활기찬 축제로 돌아가길 희망하지 않았다. 이제는 다른 동료들을 보더라도 질투와 향수를 느끼지 않았다. 그리고 조금씩 표식을 가지고 있는 사람들의 비밀을 알게 되었다.

표식을 지니고 있는 우리가 세상으로부터 기이하게, 미친 것처럼, 위험하게 여겨진 건 어쩌면 당연한 것일지도 모른다. 우리는 자각한 사람들 혹은 자각해 나아가는 사람들이었다. 다른 사람들의 노력과 행복에 대한 추구가 어리석은 대중의 의견과 이상과 의무와 삶과 행복과 점점 더 밀접하게 가까워지길 바라는 것과 달리, 우리의 노력은 더욱더 완전한 각성을 향하고 있었다. 그들 사이에서도 노력이 있고 힘과 위대함이 존재했다. 그러나 우리의 해석을 따르자면 표식이 있는 우리가 새로운 것, 고독한 것, 다가올 것에 대한 자연의 의지를 표현하고 있는 것과 달리, 다른 사람들은 고집 속에서 살고 있었다. 그들에게 인류는—그들 또한 우리처럼 인류를 사랑하고 있다—이미 완성된 것이며, 보호하고 유지해야만 하는 것이었다. 우리에게 인류는 하나의 먼 미래이며, 우리는 모두 그것을 행해 가는 과정으로 그 모습은 아무도 모르며, 그 규율은 어디에도 적혀 있지 않았다.

에바 부인과 막스와 나 그리고 멀고 가까이 있는 수많은 다양한 탐구자가 우리의 모임에 속해 있었다. 그들 중에는 점성술사나 비밀 종교학자가 있었고 톨스토이 백작의 신봉자도 있었다. 온갖 종류의 섬세하고 내성적이며 상처받기 쉬운 사람들, 새로운 종파의 신자, 인도의 수행 방식을 따르는 사람들, 채식주의자 등이 있었다. 이런 사람들과 우리는 서로 다른 비밀스러운 삶의 꿈에 대해 존경심을 품고 있을 뿐 아무런 정신적 공통점이 없었다. 우리는 가까운 사람들과도 만났다. 그들은 신들과 새로운 이상의 모습에 관한 인류의 탐구를 과거로 거슬러 올라가 추구하는 사람들로, 그들의 연구는 내게 자주 피스토리우스의 연구를 떠올리게 했다. 그들은 오래된 고서를 들고 와 번역해주면서 오랜 상징과 예배 형식에 대한 복사본을 보여주었다. 그리고 지금까지 인류가 품고 있던 이상이라는 것이 모두 무의식적인 영혼의 꿈으로부터—인류가 미래의 가능성에 대한 예감을 모색하며 쫓아왔던 꿈으로부터—이루어져 있음을 우리에게 가르쳐주었다. 이렇게 해서 우리는 낡은 세계의, 머리가 천 개나 달린 기괴한 신들이 똬리를 틀고 있는 곳을 지나 기독교적 전환의 새벽을 맞이했다. 고독하고 신앙심 깊은 사람들의 고백과 민족에서 민족으로 이어지는 종교의 변화를 우리는 깨달았다. 우리가 수집한 모든 것을 통해 우리 시대와 현재의 유럽에 대한 비판이 생겨났다. 현재의 유럽은 불필요한 노력으로 인류의 강력한 신무기를 만들어냈지만, 결국 심각한 정신적 황폐 상태에 빠지고 말았다. 그것은 전 세계를 얻었지만, 그로 말미암아 영혼을 잃었기 때문이다.

여기에도 특정한 희망과 구원의 교리, 신자와 고백자가 있었다. 유럽을 개종시키려 하는 불교도, 톨스토이 귀의자, 그 밖의 종교적 취지도 있었다. 좁은 범위 안에 있는 우리는 귀를 기울였지만, 이 모든 가르침을 상징으로밖에 받아들이지 않았다. 표식이 있는 우리에게는 미래의 형성을 번뇌할 책임은 없었다. 우리에게는 그 어떤 종교적 취지와 구원의 교리도 모두 이미 죽어 무용지물인 것처럼 여겨졌다. 우리가 단 하나의 의무로서, 운명으로서 느끼고 있던 건 우리 각자가 완전한 자신이 되어 자신의 내부에서 작용하고 있는 자연의 싹을 정확하고 완전하게 만나는 것이다. 그 마음을 따르며 살고 불확실한 미래가 초래하는 모든 것에 대비하도록 하는 거였다.

현재 것들의 붕괴와 새로운 탄생이 가까워져 있다는 사실을 말로 하지 않더라도 우리 모두의 마음속에서는 이미 명백한 거였다. 데미안은 자주 이렇게 말했다.

"어떤 일이 일어날지는 예측할 수 없어. 유럽의 영혼은 끝없이 오랜 세월 묶여 있던 동물과 같아. 자유를 얻게 되더라도 그 첫 동작은 사랑스럽지 않을 거야. 그러나 오랫동안 끊임없이 속이고 마비된 영혼은 진정한 고통이 나타나기만 하면 모든 길이나 우회로는 중요하지 않아. 그렇게 된다면 우리의 날이 올 거고, 우리를 필요로 하게 될 거야. 지도자나 입법자로서가 아니라—우리는 이제 새로운 규율을 체험하지 않을 것이다—자발적인 것으로서, 함께 나아가 운명이 부르는 곳에 설 각오를 한 자로서 우리를 필요로 하게 될 거야. 모든 인간은 자신의 이상이 위협당하면 믿을 수 없을 정도로 대비를 하게 돼. 하지만 새로운 이상, 아마도 새롭고 위험하고 불길한 성장의 자극이 찾아오게 되면 모두 피할 거야. 그때 함께 나아갈 소수의 사람이 우리가 될 거야. 그때를 위해 우리에게 표식이 있는 거야. 카인이 공포와 증오를 불러일으켜서 당시의 인류를 좁고 목가적 세상에서 위험하고 넓은 세계로 내보내기 위한 표식을 하고 있었듯이. 인류의 행보에 공헌한 사람들은 모두 마찬가지로 운명에 대한 준비가 되었기 때문에 유능하고 유익했던 거야. 그것은 모세와 부처에게도, 나폴레옹과 비스마르크에게도 해당해. 인간이 어떤 물결을 섬기고, 어떤 한계의 지배를 받을지는 스스로 선택할 수 없는 거지. 만약 비스마르크가 사회민주당을 이해하고 그것에 초점을 맞춘다면, 그는 현명한 사람일지는 모르지만, 운명의 사람은 아니었을 거야. 나폴레옹, 시저, 로욜라도 모두 똑같아. 그것을 항상 생물학적 진화론적으로 생각해야만 해. 지구 표면에서의 변화가 수서동물을 육지로 올리고 육서동물을 물속으로 집어넣었을 때, 전례가 없는 새로운 일을 수행하여 새로운 순응으로 자신의 종(種)을 구원할 수 있었던 건 운명에 대한 준비가 되어 있는 것들이지. 그것이 과거에 그 종 속에서 보수적이고 지속적인 존재로서 뛰어난 건지, 아니면 변종의 혁명적인 건지는 알 수 없어. 그들은 준비하고 있었지. 그 덕분에 자기 종을 구하고 새로운 발전을 이룰 수 있었던 거야. 그것을 우리는 잘 알고 있지. 그러니 우리도 준비하고 있자."

이런 이야기를 나눌 때면 에바 부인도 자주 함께했지만, 대화에는 거의 끼지는 않았다. 그녀는 우리가 자기 생각을 이야기할 때면 신뢰와 이해심을 가진 경청자이면서 반향이었다. 모든 생각은 그녀에게서 나왔다가 다시 그녀에게로 돌아가는 것처럼 느껴졌다. 그녀의 곁에 앉아 이따금 그녀의 목소리를 들으며 그녀를 감싸고 있는 성숙과 영혼의 분위기를 공유하는 것이 내게 큰 행복이었다.

내 내면에서 어떤 변화, 그림자 혹은 변혁이 일어나면, 그녀는 금방 알아차렸다. 내가 자면서 꾸는 꿈은 그녀가 보내는 암시처럼 여겨졌다. 나는 자주 그녀의 꿈에 관해 이야기했고, 그녀는 그걸 자연스러운 것으로 여겼다. 그녀에게는 뚜렷하고 색다른 감각이 있었지만, 따라갈 수 없을 만큼 특수한 것은 아니었다. 한동안 나는 매일 대화를 나누듯 꿈을 꾸었다. 전 세계가 혼란에 빠져 있고 나 혼자 혹은 데미안과 함께 긴장 속에서 커다란 운명을 기다리는 꿈을 꾸었다. 그 운명은 어딘가 모르게 에바 부인의 표정을 느끼게 했다. 그녀의 선택을 받을지 아니면 거부를 당할지, 그것이 운명이었다.

그녀는 가끔 미소를 지으며 이렇게 말했다.

"싱클레어 군, 당신의 꿈은 완전하지 않아요. 당신은 최상의 것을 잊고 있어요……."

그러면 나는 그것이 뭔지 짐작이 갔고, 어째서 그걸 잊고 있었는지 이해가 되지 않았다.

나는 때론 불만스러워했고 욕망으로 갈등하기도 했다. 그녀의 곁에 있으면서도 포옹하지 못하는 것을 더 이상 참을 수가 없었다. 그녀는 이것도 금방 알아차렸다. 어느 날, 나는 며칠 동안 그들을 찾지 않다가 미칠 것 같은 심정으로 찾아갔다. 그녀는 나를 한쪽으로 데려가 말했다.

"자신이 믿지 않는 바람에 몸을 맡겨서는 안 돼요. 당신이 무얼 바라고 있는지 잘 알고 있어요. 당신은 그 바람을 단념해야만 해요. 아니면 그것을 완전하고 제대로 바라지 않으면 안 돼요. 자신의 마음속에서 실현을 확신할 수 있을 만큼 바라고 있다면 곧 실현될 거예요. 당신은 바라고 있으면서도 곧바로 후회하고 불안해하고 있어요. 그런 감정을 모두 극복해야만 해요. 이야기 하나를 해줄게요."

그녀는 별을 사랑한 젊은이의 이야기를 해주었다. 젊은이는 바다에 서서 두 팔을 뻗어 별을 우러러보며, 그 꿈을 꾸고 마음의 생각을 별로 향했다. 그러나 별을 포옹하는 것이 인간에게는 불가능하다는 것을 깨달았다. 아니, 어쩌면 깨달았다고 느꼈다. 그는 실현할 수 없는 것을, 별을 사랑하는 것은 운명이라고 여겼다. 그는 단념하고 자신을 더욱 맑게 하려고 무언의 충실한 고뇌의 삶을 시로 써 내려갔다. 그의 꿈은 모두 별을 향해 있었다. 어느 날, 그는 바닷가에서 큰 절망에 빠져 별을 바라보며 별에 대한 사랑으로 불타고 있었다. 그리고 그의 동경이 극에 달하던 순간 몸을 날려 별을 향해 허공으로 뛰어올랐다. 그리고 그 순간 섬광처럼 그는 뇌리 속으로 '역시 안 돼!'라고 느꼈다. 그는 해안가에 누워 자포자기하고 말았다. 그는 사랑을 이루지 못했다. 아마도 몸을 던진 순간에 실현을 굳게 믿는 강인한 정신력이 있었더라면, 그는 하늘을 향해 날아가 별과 이어졌을 것이다.

"사랑은 바라는 것이 아니에요."

그녀는 말했다.

"요구해서도 안 돼요. 사랑은 마음속에, 확신에 찬 힘이 있어야만 해요. 그러면 사랑은 더 이상 당기지 않아도 끌려오게 되죠. 싱클레어, 당신의 사랑은 내게 끌려오고 있어요. 언젠가 나를 끌 수 있게 되면 나는 끌려갈 거예요. 나는 선물을 주지는 않아요. 나를 온전히 다 가져가길 바라고 있죠."

그리고 얼마 뒤 그녀는 또 다른 이야기를 해주었다. 희망이 없는 사랑에 빠진 사람이 있었다. 그는 완전히 자신만의 세상에 빠져 사랑 때문에 죽을 것만 같았다. 그에게는 이미 다른 세상은 없었다. 그에게는 더 이상 푸른 하늘과 푸른 숲이 보이지 않고 눈에 들어오지 않았다. 시냇물은 더 이상 흐르지 않았고, 음악 소리는 울리지 않았으며 모든 것이 사라져 가난하고 초라해졌다. 그러나 그의 사랑은 계속되었다. 사랑하는 아름다운 여인을 포기하느니 차라리 죽어버리는 것이 낫다고 생각했다. 그때 그는 자신의 모든 걸 다 잃어버렸다는 것을 깨달았다. 사랑은 더욱 강해져 끌고 또 끌어당겼다. 아름다운 여인은 더 이상 거부를 할 수가 없었다. 그녀는 다가왔다. 그는 그녀를 안기 위해 두 팔을 벌리고 서 있었다. 그러나 그의 앞에 선 그녀는 완전히 변해버리고 말았다. 그는 잃어버린 모든 세상이 자신을 향해 끌려오는 것을 보고 전율을 느꼈다. 세상이 그의 앞에 서서 그에게 전부를 맡겼다. 하늘과 시내와 숲, 이 모든 게 새롭고 생생한 색채를 띤 채로 그에게 다가와 그의 소유가 되고 그의 언어로 이야기했다. 그는 단 하나의 여자를 얻는 대신에 세상을 가슴에 품었다. 하늘의 모든 별이 그의 품에서 반짝거리며 마음속으로 쾌감의 불꽃을 터뜨렸다. 그는 사랑을 했고, 그것을 통해 자기 자신을 발견한 것이다. 그와 반대로 대다수의 사람은 사랑을 하고, 그로 말미암아 자신을 잃게 되는 것이다.

　에바 부인에 대한 사랑은 내 삶의 유일한 희망처럼 여겨졌었다. 그러나 그것은 매일 다른 모습을 보여주었다. 내가 본성에 이끌려 지향하던 대상이 그녀 자체가 아니었으며, 그녀는 내 마음속의 상징에 불과했고, 나를 더 깊은 내면으로 인도하기 위해 꾸준히 노력하고 있었다는 것을 확실하게 느낄 수 있었다. 나는 그녀로부터 자주 나를 움직이게 하는 절실한 해답, 내가 의식하지 못했던 마음의 대답처럼 들리는 이야기를 들었다. 그리고 나는 그녀의 곁에서 감각적인 욕망에 사로잡혀 그녀가 만졌던 것들에 입맞춤할 때도 있었다. 점점 감각적인 사랑과 비감각적인 사랑, 현실과 상징이 겹치기 시작했다. 그리고 나는 방 안에 앉아 그녀를 생각하고 그녀의 손을 내 손 안에, 그녀의 입술을 내 입술 위에서 느끼기도 했다. 또한 그녀의 곁에서 얼굴을 마주하고 이야기하고 목소리를 들으면서 그녀가 꿈인지 현실인지 분간할 수 없는 때도 있었다. 나는 어떻게 하면 사랑을 영원히 손에 넣을 수 있을지를 어렴풋이나마 깨닫기 시작했다. 나는 책을 통해 새로운 감정을 느꼈다. 그것은 에바 부인의 입맞춤과 같은 감정이었다. 그녀는 내 머리를 쓰다듬으며 따뜻한 표정으로 미소를 지었다. 나는 마음속으로 한 걸음 발전했을 때의 감정을 느꼈다. 내게 중요하고 운명처럼 여겨졌던 모든 것이, 그녀의 모습을 통해 발견할 수 있었다.

그녀는 나의 모든 사상으로 바뀔 수 있었고, 나의 모든 사상은 그녀로 바뀔 수 있게 되었다.

   2주일 동안 에바 부인과 떨어지는 것이 힘들게 느껴진 나는 부모님과 함께 크리스마스를 보내야 하는 것이 두려웠다. 그러나 그것은 고통이 아니었다. 집에서 그녀를 생각하는 것은 대단히 만족스러운 일이었다. 이 안정감과 그녀를 감각적으로 가까이 느끼는 것으로부터의 독립감을 맛보기 위해, 나는 H로 돌아온 뒤에도 이틀 동안 그녀의 집을 멀리했다. 그녀와의 결합이 새롭고 비유적인 형태로 이루어지는 꿈도 꾸었다. 그녀는 내가 흘러 들어갈 바다였다. 그녀는 하나의 별이었고, 나 자신 또한 하나의 별로서 그녀를 향해 다가가고 있는 것이었다. 우리는 만나서 서로에게 이끌리고 있다는 것을 느꼈다. 그리고 함께 있는 지금 가까이 울려 퍼지고 있는 원을 그리면서 행복하게 영구적으로 서로의 주변을 회전했다.

   나는 다시 그녀를 찾아갔을 때 이 꿈에 대해 그녀에게 이야기했다.

   "그건 아름다운 꿈이에요."

   그녀는 조용히 말했다.

   "그것을 현실화시키세요."

   이른 봄, 잊지 못할 날이 찾아왔다. 나는 현관으로 들어갔다. 창문 하나가 열려 있었고 선선한 공기의 흐름이 히아신스의 무거운 향기를 실내에 퍼뜨렸다. 아무도 보이지 않아 나는 계단을 올라 막스 데미안의 서재로 갔다. 가볍게 문을 두드리고는 여느 때처럼 대답을 기다리지 않고 안으로 들어갔다.

커튼이 쳐져 있는 서재 안은 어두웠다. 막스가 화학 실험실로 사용하는 방으로 통하는 작은 문이 열려 있었다. 그곳에서 먹구름을 뚫고 비추는 밝은 봄빛이 스며들었다. 나는 아무도 없다고 생각하며 커튼 하나를 열었다.

그러자 커튼이 쳐진 창가의 낮은 의자에 막스 데미안이 평소와 다른 모습으로 웅크리고 앉아 있는 모습이 보였다. 이 모습은 전에도 본 적이 있다는 느낌이 전광석화처럼 내 마음을 스치고 지나갔다. 그의 축 늘어진 두 팔이 무릎 위에 올려져 있었다. 눈을 뜬 채로 고개를 약간 숙이고 있는 얼굴은 빛을 잃은 채 죽어 있었다. 눈동자에는 유리 조각처럼 작고 날카로운 빛의 반사만이 활기를 잃은 채 빛나고 있었다. 창백한 얼굴은 깊은 사색에 잠겨 있었고, 그의 굳은 표정은 마치 수도원 현관에 있는 오래된 동물 장식처럼 보였다. 그는 호흡조차 하지 않는 것처럼 보였다.

기억이 내 온몸을 떨게 했다. 그의 이런 모습을 나는 이미 오래전에, 아직 어린 소년이었을 때 본 적이 있었다. 이렇게 눈은 내면을 응시하고, 두 팔은 죽은 듯이 축 처져 있었고, 파리 한 마리가 얼굴 위로 기어다니고 있었다. 약 6년 전 그때, 그는 지금처럼 나이가 들고 시간을 초월한 듯이 보였다. 얼굴의 주름 하나까지 똑같았다.

일종의 두려움을 느끼며 조용히 방을 나와 1층으로 내려갔다. 현관에서 에바 부인을 만났다. 그녀는 창백한 얼굴에 피곤해 보였다. 그런 표정은 한 번도 본 적이 없었다. 그 순간 그림자 하나가 창문을 가로지르며 날았다. 눈부시던 하얀빛이 갑자기 사라졌다.

"막스에게 갔었습니다."

나는 빠르게 속삭였다.

"무슨 일인가요? 막스가 잠이 든 건지, 명상하고 있는 건지 모르겠습니다. 전에도 그러고 있는 모습을 한 번 본 적이 있습니다."

"막스를 깨우지는 않았겠죠?"

그녀는 다급하게 물었다.

"아니요. 제가 갔던 것을 막스는 모르고 있습니다. 저는 곧바로 나왔습니다. 대체 어떻게 된 거죠?"

그녀는 손등으로 이마를 쓸었다.

"싱클레어, 안심해요. 그 애는 아무렇지도 않아요. 자신의 내면세계로 빠져든 거예요. 오래가지는 않아요."

비가 오고 있었지만, 그녀는 일어서서 정원으로 나갔다. 따라가서는 안 될 것 같다는 느낌이 들어 현관 쪽 거실을 서성이며 마비된 듯이 히아신스의 향기를 맡고, 문 위의 내 새 그림을 바라보며, 오늘 아침 이 집 안에 가득한 기묘한 그림자를 답답하게 호흡했다. 이건 대체 뭘까? 무슨 일이 일어난 걸까?

에바 부인이 잠시 뒤 돌아왔다. 빗방울이 그녀의 검은 머리에 맺혀 있었다. 그녀는 안락의자에 앉았다. 피로가 그녀의 위에서 짓누르고 있었다. 나는 그녀의 곁으로 다가가 고개를 숙여 머리 위에 맺혀 있던 물방울에 입을 맞춰 닦아냈다. 그녀의 눈은 맑고 고요했지만, 물방울은 눈물과 같은 맛이었다.

"막스를 살펴보고 올까요?"

나는 속삭이듯 물었다. 그녀는 옅은 미소를 지었다.

"어린애처럼 굴지 말아요, 싱클레어!"

그녀는 자기 내면의 불가사의한 힘을 깨뜨리기라도 하듯이 큰 소리로 경고했다.

"이만 돌아가고 나중에 와요. 지금은 얘기할 수 없어요."

나는 집과 마을을 등 뒤로 한 채 산을 향해 달렸다. 이슬비가 비스듬하게 얼굴을 때렸다. 구름이 무겁고 낮게 내려앉았다가 겁에 질린 듯 빠르게 사라졌다. 아래쪽에서는 바람이 거의 불지 않고 위쪽에서만 거칠게 몰아치는 것 같았다. 잠시 강철과 같은 잿빛 구름 속에서 태양이 연거푸 희푸른 빛을 반짝이며 비쳤다.

그 순간 하늘에는 노란색 구름이 퍼지다가 잿빛 벽에 막히고 말았다. 바람이 노란색과 파란색으로 단 몇 초 만에 하나의 모양을 만들어냈다. 그것은 거대한 새였다. 그것은 파란색의 혼란에서 벗어나기 위해 커다란 날갯짓을 하며 허공으로 사라졌다. 그러고는 폭풍우 소리가 들려왔다. 비와 함께 우박이 우두둑 떨어졌다. 짧으면서도 비정상적으로 무서운 천둥소리가 산하에 울려 퍼졌다. 그리고 곧바로 다시 햇볕이 들었다. 갈색 숲 저편의 가까운 산들에 희푸른 구름이 공허한 꿈처럼 빛나고 있었다.

몇 시간 동안 비바람을 맞아 젖은 몸으로 헤매다 돌아가니 데미안이 문을 열어주었다.

그는 나를 2층 자신의 방으로 데려갔다. 실험실에는 가스 불이 이글거리고 종이들이 흩어져 있었다. 그는 연구하고 있었던 것 같았다.

"앉아라."

그는 나를 맞아주었다.

"피곤했지, 대단한 날씨였어. 꽤 오래 밖에 있었잖아. 곧 차를 내올 거야."

"오늘, 무슨 일이 있던 거야."

나는 망설이다가 말을 꺼냈다.

"그냥 비바람이 친 게 아니야."

그는 뭔가를 살피듯 응시했다.

"뭐가 보였어?"

"응, 구름 속에서 순간적으로 또렷하게 하나의 형상을 봤어."

"어떤 형상이었지?"

"새였어."

"매였니? 그랬던 거야? 네 꿈에서 나타난 새?"

"그래, 내 매였어. 노란색의 거대한 녀석이 검푸른 허공으로 날아가버렸어."

데미안은 깊은 한숨을 내쉬었다.

노크 소리가 났다. 늙은 하녀가 차를 내왔다.

"싱클레어, 어서 차를 마셔. 나는 네가 그 새를 우연히 발견했다고 생각하지 않아."

"우연? 그런 걸 어떻게 우연히 볼 수 있겠어."

"맞아, 볼 수 없지. 새에는 뭔가 의미가 있어. 그게 뭔지 알아?"

"몰라. 나는 그저 그게 하나의 동요, 운명에 대한 발작을 의미하고 있다는 것 말고는. 그것이 우리 모두와 관계가 있다고 생각해."

그는 불안하게 방 안을 서성거렸다.

"운명에 대한 발작이라고!"

그는 큰 소리로 외쳤다.

"나도 똑같은 것을 어젯밤 꿈에서 봤어. 어머니는 어제 뭔가를 예감하셨고 그 모든 것이 같은 걸 말해주고 있어. 나는 사다리를 타고 나무 꼭대기에 올라가는 꿈을 꾸었어. 위에 올라가 보니 대평원이 있었는데, 나라 전체가 방방곡곡 불타고 있었지. 아직 전부 다 말할 수는 없어. 아직 확실한 게 아니니까."

"너는 꿈을 자신과 결부해서 판단하는 거야?"

내가 물었다.

"자신? 물론이지. 누구나 자신에 관한 것을 꿈꾸잖아. 하지만 그건 나하고만 관계가 있는 게 아니야. 그 점에서는 네가 말한 대로야. 자신의 마음속을 드러내는 꿈과 전 인류의 운명을 암시하는 매우 드문 꿈을 나는 확실하게 구별하지. 나는 그런 꿈을 꾼 적이 거의 없어. 이것은 예언이고 실현될 거라는 꿈을 꾼 적이 전혀 없어. 해석하기는 어렵지만 내게만 관계가 있는 게 아닌 꿈을 꾸었다는 것만은 확실히 알 수 있어. 이 꿈은 내가 이전에 꾸었던 다른 꿈과 이어진 연속적인 꿈이야. 이 꿈들을 통해 네게 말했던 것 같은 예감을 느꼈지. 우리의 세상이 완전히 썩었다는 것은 알고 있지만, 그것만으로는 아직 세상의 멸망을 예언할 근거가 되지는 않아. 하지만 나는 몇 년 전부터 같은 꿈을 거듭 꾸면서 그것을 통해 결론을, 아니면 느낌을, 그도 아니면 뭐든 네가 좋을 대로 표현해도 좋지만, 다시 말해서 낡은 세계의 붕괴가 다가오고 있다는 것을 느끼고 있어. 처음에는 약하고 아주 멀게 느껴지던 예감이었지만 점점 또렷하고 강해졌지. 나도 아직 나와 관계가 있는 엄청나고 무시무시한 일들이 진행 중이라는 것밖에 몰라. 싱클레어, 우리는 몇 번이고 이야기했던 것을 체험했잖아. 세상이 바뀌려 하고 있어. 죽음의 냄새가 나. 죽지 않고서는 새로운 것은 탄생하지 않아. 내가 생각했던 것보다 훨씬 무시무시한."

나는 깜짝 놀라 그를 응시했다.

"네 꿈의 나머지를 이야기할 수 없어?"

나는 조심스럽게 부탁했다. 그는 고개를 저었다.

"말할 수 없어."

문이 열리고 에바 부인이 들어왔다.

"같이 있었구나? 설마 지금 슬퍼하고 있지는 않겠지?"

그녀는 생기 넘치게, 이제는 전혀 피곤해 보이지 않았다. 데미안은 어머니에게 미소를 지어 보였다. 그녀는 두려움에 떨고 있는 아이들 곁으로 다가가는 어머니처럼 우리 곁으로 다가왔다.

"어머니, 슬프지 않아요. 우리는 그저 이 새로운 표식을 풀어 보고 있었어요. 하지만 그것은 아무래도 상관없는 일이에요. 와야 할 일은 언젠가 갑자기 닥치게 될 테죠. 그러면 우리는 알아야 할 것에 대해 확실히 경험하게 되겠죠."

나는 기분이 좋지 않았다. 작별 인사를 하고 혼자서 거실을 지날 때 히아신스의 향이 사라져 시들어버린 시체처럼 느껴졌다. 하나의 그림자가 우리의 위에 떨어진 것이다.

종말의 시작

나는 여름 학기에도 H에 있을 수 있도록 자신의 의지를 통하게 했다. 우리는 집 안에서가 아니라 거의 매일 강가 정원에서 지냈다. 레슬링에서 완패한 일본인은 떠났고, 톨스토이 신자들도 사라졌다. 데미안은 말을 기르며 끈기 있게 승마를 했다. 나는 자주 그의 어머니와 단둘이 있었다.

가끔 나는 나의 생활이 평온하다는 것을 이상하게 여겼다. 나는 꽤 오랫동안 혼자 있으면서 단념하는 훈련을 통해 나의 고뇌와 힘겹게 싸우는 것에 익숙해 있었기 때문에, H에서 보낸 몇 달 동안은 안락한 생활에 젖어 그저 아름답고 즐거운 일들과 감정 속에서 살 수 있는 낙원처럼 여겨졌다. 나는 이것이 우리가 생각했던 새롭고 좀 더 고귀한 사회의 전조임을 어렴풋이 느끼고 있었다. 그러나 이 행복이 그리 오래가지 않을 것임을 잘 알고 있었기 때문에 이따금 깊은 슬픔에 빠져들었다.

나의 운명은 충만한 쾌감 속에서 호흡할 수 있는 것이 아니었다. 내게는 고뇌와 추구가 필요했다. 언젠가 나는 이 아름다운 사랑의 환상에서 깨어나 다시 고립된, 평화도 공동생활도 없는 고독과 싸워야 하는, 다른 사람들의 차가운 세상에 혼자 남게 될 것임을 예감했다.

그럴 때마다 나는 더 큰 애착으로 에바 부인의 곁으로 다가갔다. 자신의 운명이 여전히 이 아름답고 고요한 모습을 유지하고 있다는 것을 기뻐하면서.

여름의 몇 주가 순식간에 지나갔다. 여름 학기도 이제 다 끝나가고 있었다. 작별의 시간이 다가오고 있었다. 나는 그것을 생각하지 못했고, 실제로 생각조차 하지 않았다. 꿀로 가득한 꽃을 떠나지 않는 나비처럼 나는 아름다운 나날에 집착하고 있었다. 그것은 나의 행복한 한때이자 내 생활에서 처음으로 충실했던 때이자 동맹으로의 가입이었다. 앞으로 어떻게 될 것인가? 나는 다시 활로를 개척하고, 동경하고 고민하고, 꿈을 갖고 고독해질 것이다.

그러던 어느 날, 이런 예감이 너무나 강해져서 에바 부인에 대한 사랑이 갑자기 고통스럽게 불타올랐다. 아아, 머지않아 나는 더 이상 그녀를 만날 수 없다, 집 안을 걸어 다니는 그녀의 또렷한 발소리를 더 이상 들을 수 없게 된다, 그녀의 꽃을 내 책상 위에서 볼 수 없게 되는 거다! 나는 대체 무엇을 얻었단 말인가? 그녀를 얻고, 그녀를 위해 싸우고, 그녀를 영원히 쟁취하는 대신에 꿈을 꾸고 즐거운 마음에 나 자신을 속여왔다. 진정한 사랑에 대하여 그녀가 말했던 모든 것이, 미묘한 교훈의 수많은 말이, 수많은 가벼운 유혹이, 아마도 약속들이, 내 가슴에 떠올랐다. 그것을 나는 어떻게 내 것으로 만들었는가? 무엇 하나, 단 하나도 내 것이 된 게 없다!

나는 내 방 한가운데 앉아 정신을 집중하고 에바 부인을 떠올리려 노력했다. 영혼의 힘을 집중시켜 그녀에게 나의 사랑을 느끼게 하여 그녀를 내게로 이끌려고 생각했다. 그녀가 찾아와 내게 간절히 포옹을 원할 것이 틀림없다. 내 입맞춤은 그녀의 성숙한 사랑의 입술을 언제까지고 음미할 것이다.

나는 선 채로 손가락과 다리가 차가워질 때까지 마음을 긴장시켰다. 힘이 빠져나가는 것이 느껴졌다. 아주 잠시 뭔가가, 뭔가 밝고 차가운 것이 마음속에서 긴밀하게 응축되었다. 일순간 나는 하나의 결정체를 가슴속에 품고 있다는 것이 느껴졌다. 그것은 나의 고집이라는 걸 깨달았다. 찬 기운은 가슴까지 올라왔다.

두려운 긴장감에서 깨어났을 때 무언가가 다가오는 것이 느껴졌다. 나는 죽을 듯이 피곤했지만 불타는 듯한 황홀감에 빠져 에바가 방으로 들어오는 것을 맞이할 준비를 했다.

말발굽 소리가 긴 도로를 따라 점점 다가왔다. 그리고 점점 선명해지더니 갑자기 멈췄다. 나는 창가로 달려갔다. 아래서 데미안이 말에서 내리고 있었다. 나는 서둘러 뛰어 내려갔다.

"데미안, 어떻게 된 거야? 어머니에게 무슨 일이라도 있는 거야?"

그는 내 말에 귀를 기울이지 않았다. 그의 얼굴은 창백했고 이마 양쪽에서 뺨까지 땀이 흐르고 있었다. 흥분한 말고삐를 정원 울타리에 묶더니 내 팔을 잡고 함께 거리로 나섰다.
"벌써 알고 있었니?"
나는 아무것도 모르고 있었다.
데미안은 내 팔을 붙잡고 동정 어린 묘한 표정으로 나를 바라봤다.
"이봐, 드디어 시작됐어. 러시아와의 관계가 아주 긴박해졌다는 건 알고 있지?"
"뭐? 전쟁이야? 나는 그런 건 꿈도 꾸지 못했는데."
"아직 선전포고를 한 건 아니지만 전쟁이 터질 거야. 그건 확실해. 나는 지금까지 이 사실을 네게 알리지 않았지만, 세 번이나 전조를 봤어. 그건 세상의 파멸도, 지진도, 혁명도 아니었어. 전쟁이었어. 싱클레어, 그걸 어떻게 받아들이는지 두고 봐. 사람들은 흥분하게 될 거야. 사람들이 다 전쟁을 기다리고 있어. 그만큼 모든 사람이 생활에 염증을 느끼고 있었던 거야. 하지만 싱클레어, 두고 봐. 이건 겨우 시작에 불과해. 아마도 큰 전쟁이 벌어질 거야. 새로운 것이 시작될 거야. 낡은 것에 집착하는 사람들에게 새로운 것은 두려움의 대상이겠지. 너는 어떻게 할 거야?"
나는 당혹스러웠다. 모든 게 아직 익숙하지 않고 믿을 수 없었다.
"모르겠어…… 너는?"
그는 어깨를 으쓱였다.
"동원령이 선포되면 당장 입대할 거야. 나는 소위야."
"네가? 그런 줄은 전혀 몰랐어."

"그래, 그것도 내 운명의 하나였어. 너도 잘 알다시피 나는 외부의 눈길을 받는 걸 좋아하지 않았지. 그것도 결벽증에 가까울 정도로 말이야. 일주일 후면 아마 전장에 있을 거야."

"제발, 그러지 마."

"아니, 감성적으로 받아들여서는 안 돼. 살아 있는 사람에게 사격 명령을 내리는 건 사실 내게도 그리 달가운 건 아니야. 하지만 그건 중요한 게 아니야. 지금은 누구나 커다란 수레바퀴에 휩쓸리게 될 거야. 너도 말이야. 아마 너도 징병이 될 거야."

"데미안, 어머니는?"

그제야 나는 15분 전의 일을 떠올렸다. 대체 세상이 어떻게 된 거야! 감미로운 모습을 불러내기 위해 나는 최선을 다해 집중했다. 그런데 운명은 다시 한번 위협적으로 무시무시한 가면 속에서 갑자기 나를 응시했다.

"어머니? 아아, 어머니는 걱정하지 않아도 돼. 어머니는 괜찮아. 세상의 누구보다 강하신 분이니까. 너는 어머니를 그 정도로 사랑했었니?"

"알고 있었어?"

그는 별거 아니라는 듯이 웃었다.

"물론 알고 있었지. 어머니를 사랑하지 않고 어머니를 에바 부인이라고 부른 사람은 없어. 그건 그렇고, 오늘 어머니나 나를 불렀니?"

"응, 내가 불렀어. 에바 부인을 불렀어."

"어머니는 그걸 느끼셨어. 어머니가 갑자기 네게로 가보라고 하셨지. 내가 마침 러시아 관련 기사를 어머니께 이야기하고 있을 때 말이지."

우리는 헤어졌다. 더 이상 할 이야기가 없었다. 그는 고삐를 풀어 말에 올랐다.

2층 내 방으로 올라와서야 얼마나 피곤했었는지를 느꼈다. 그것은 데미안의 소식 때문이기도 했지만, 그 이상으로 좀 전에 긴장한 탓이었다. 그러나 에바 부인은 내 마음의 목소리를 들었다! 내가 마음속으로 생각했던 것이 그녀에게 전달된 거다. 그녀는 직접 왔을 것이다. 그런 모든 것이 얼마나 불가사의한 일인가. 그러나 결국 얼마나 아름다운 일인가. 드디어 전쟁이 시작된다. 우리가 자주 이야기했던 일이 실현되기 시작한 것이다. 데미안은 이런 일에 대한 예지력이 매우 강했다. 이제 세상의 흐름은 우리 곁을 흘러 지나치지 않고, 갑자기 우리 마음속 한가운데를 가로지른다는 것은, 또한 모험과 격렬한 운명이 우리를 불러들여 지금 혹은 얼마 뒤에 세상이 변화하여 우리를 필요로 하는 순간이 온다는 것이 얼마나 기묘한 일인가. 데미안이 말한 그대로였다. 그것을 감상적으로 받아들여서는 안 된다. 그저 '운명'이라는 매우 고립적인 것을, 이렇게 많은 사람과 전 세계와 함께 체험해야만 한다는 것은 명백한 사실이었다. 그것도 나쁘지는 않았다!

나는 각오를 했다. 저녁에 거리로 나서자, 곳곳에서 비정상적인 흥분으로 들끓고 있었다. 여기저기에서 '전쟁'이라는 말이 들려왔다.

에바 부인의 집으로 갔다. 우리는 정자(亭子)에서 저녁을 먹었다. 나는 유일한 손님이었고, 아무도 전쟁에 대하여 말하지 않았다. 나중에 집으로 돌아가기 직전에 에바 부인이 말을 꺼냈다.

"싱클레어 군, 오늘 나를 불렀지요? 어째서 내가 직접 가지 않았는지 이미 알고 있을 거예요. 하지만 잊지 말아요. 당신은 이제 부르는 방법을 알고 있다는 것을. 언제라도 표식이 있는 사람이 필요하면 또 불러요."

그녀는 일어서서 황혼이 물든 정원을 지나 앞으로 갔다. 신비로움으로 가득한 부인은 아무 말도 없는 나무들 사이를 당당하게 왕비처럼 걸어갔다. 그녀의 머리 위에 수많은 별이 작고 부드럽게 빛나고 있었다.

이제 나의 이야기가 종말을 향해 간다. 사태는 급진전하여 곧 전쟁이 일어났다. 은회색의 망토에 군복을 입은 데미안이 왠지 낯설게 느껴졌다. 그는 떠났고, 나는 그의 어머니와 함께 집으로 돌아왔다. 얼마 후 나도 그녀와 작별했다. 그녀는 내 입술에 입맞춤하며 잠시 나를 안아주었다. 그녀의 커다란 눈이 바로 코앞에서 내 눈을 뚫어져라 응시했다.

모두가 형제가 된 것 같았다. 모두 조국과 명예에 대해 생각했다. 그러나 모두는 순간적으로 운명의 참모습을 직시했을 뿐이다. 젊은 사람들이 병영에서 나와 기차에 올라탔다. 많은 사람의 얼굴에서 표식을—우리의 표식이 아닌—발견했다. 사랑과 죽음을 의미하는 아름답고 고귀한 표식이었다. 나도 처음 보는 사람들과 포옹했다. 나는 그런 마음을 이해하고 기꺼이 포옹했다. 모두가 그런 도취에서 비롯된 것이지, 운명의 의지는 아니었다. 그러나 그 도취는 신성한 것이며 모두가 운명의 눈동자 속에 자각의 눈길을 보냄으로써 시작된 것이다.

내가 전장으로 향했을 때는 이미 겨울이었다.

나는 처음에는 계속된 사격으로 말미암아 흥분하기도 했으나 모든 것에 환멸을 느꼈다. 이전에 나는 어째서 인간은 아주 조금밖에 이상을 위해 살 수 없는 것인지에 대해 고민했었다. 지금 나는 수많은, 아니 모든 인간이 이상을 위해 죽을 수 있다는 것을 봤다. 단, 그것은 개인이 자유롭게 선택할 수 있는 이상이 아닌, 공통으로 받아들인 이상이어야만 한다는 것이었다.

시간이 흐를수록 내가 인간을 과소평가했다는 사실을 깨닫게 되었다. 군인이라는 공통적인 위험이 그들을 완전히 획일화시켰음에도 많은 사람이, 산 사람도 죽은 사람도 모두 운명의 의지에 훌륭하게 다가가는 모습을 보았다. 사람들, 대단히 많은 사람이 공격할 때뿐만이 아니라 언제라도 목적은 조금도 개의치 않고 거대한 운명에 모든 것을 맡긴 채로 응시하고 있는, 저 멀리 뭔가에 홀린 듯한 눈길을 하고 있었다. 이 사람들이 무얼 믿고 생각하든, 각오가 되어 있었고 유용한 것이었다. 그들로부터 미래를 만들 수 있을 것이다. 세계가 전쟁과 영웅정신, 명예와 다른 모든 낡은 이상을 간절히 바라고 있는 것처럼 보일수록, 또한 외면적인 인간성의 모든 목소리가 멀리서 사실적으로 들려올수록 그 모든 건 표면적인 것에 불과했다. 마치 전쟁의 외적이고 정치적인 목적이 표면적인 것에 불과한 것처럼. 바닥에서부터 무엇인가가 성장하고 있다. 새로운 인간성과 같은 무엇인가가. 왜냐하면 수많은 사람이, 그중에는 내 곁에서 죽은 사람도 적지 않았지만, 증오도 분노도 살육도 섬멸도 상대에게는 직접적인 관계가 없다는 사실을 깨닫고 있음을 엿볼 수 있었기 때문이다. 아니, 상대도 목적도 모두 우연이었다. 근본적인 감정은 아무리 격렬한 것이라 할지라도 적을 향하고 있지는 않았다. 그 피비린내 나는 소행들은 모두 내면을 향하고 있는 것에 불과했다. 새로 태어나기 위해서 광적인 살육과 전멸을 욕망하는 내적으로 분열된 영혼의 방사에 불과했다. 거대한 새가 알에서 나오기 위해 싸우고 있다. 알은 세계였다. 세계는 붕괴해야만 했다.

나는 초봄의 밤, 점령한 시민의 집 앞에서 보초를 서고 있었다. 힘없는 바람이 가끔 변덕스럽게 불어왔다. 플랑드르의 높은 하늘에 구름이 떼를 지어 지나갔다. 어딘가 그 속에서 달이 느껴졌다. 나는 하루 종일 초조한 기분이 들었다. 뭔지 모를 불안이 내 마음을 어지럽히고 있었다. 나는 어둠 속에서 보초를 서며 지금까지의 여러 삶의 광경과 에바 부인과 데미안에 대해 간절히 생각했다. 나는 포플러나무에 기대어 움직이는 하늘을 쳐다보았다. 은밀하게 빛나던 빛이 얼마 뒤 커다랗게 부풀어 오르는 광경이 연속되었다. 나는 나의 맥박이 이상하게 약해지고, 바람과 비에 피부가 무감각해지고, 번뜩이는 내면의 자각 등을 통해 내 주변에 지도자가 있다는 것을 느꼈다.

구름 속에서 커다란 마을이 보였다. 그 속에서 수백만 명의 사람이 쏟아져 나와 몇 개의 무리를 이루어 넓은 지역으로 퍼져갔다. 그들의 한가운데에는 강력한 신의 모습이, 빛나는 별을 머리카락 속에 품고 있으며 산맥처럼 커다란 에바 부인의 표정이 떠오르며 다가왔다. 그 모습 속에 사람들이 줄을 지어 동굴 속으로 사라졌다. 여신은 지면을 향해 허리를 숙였다. 이마의 점이 밝게 빛났다. 여신은 꿈의 지배를 받은 듯이 눈을 감았다. 커다란 얼굴이 고통으로 일그러졌다. 갑자기 그녀는 큰 소리로 외쳤다. 그 이마에서 별이, 수많은 별이 쏟아져 나왔다. 그것은 아름다운 아치와 반원형을 그리며 검은 하늘을 퍼져나갔다.

그러더니 별 하나가 큰 울림소리를 내면서 곧바로 나를 향해 돌진해 와 나를 찾는 것처럼 보였다. 그 순간 굉음을 울리면서 그것은 폭발음과 함께 무수히 많은 불꽃으로 부서지며 나를 솟구쳐 올렸다가 다시 지면에 내던졌다. 굉음과 함께 세상이 내 머리 위에서 무너졌다.

나는 포플러나무 옆에서 흙을 뒤집어쓰고 상처투성이로 쓰러져 있는 채 발견되었다.

나는 지하실에 누워 있었다. 대포가 머리 위로 굉음을 울리며 날아갔다. 나는 수레에 실려 누운 채로 광막한 밭길에 흔들리며 갔다. 나는 줄곧 자고 있거나 인사불성이었다. 그러나 잠이 깊이 들수록 무언가가 나를 끌어당기고 있다는 것을, 나를 지배하고 있는 힘을 따르고 있다는 것이 강하게 느껴졌다.

나는 마구간의 짚 더미 위에 누워 있었다. 어두웠다. 누군가가 내 손을 밟았다. 그러나 내 마음은 앞으로 나가려 하고 있었다. 무언가가 나를 힘차게 위로하고 갔다. 다시 나는 수레 위에, 그러고는 들것이나 그 대용의 사다리 위에 눕혀졌다. 점점 더 강력하게 어딘가로 오라는 명령을 느끼면서, 나는 그곳으로 가야 한다는 강한 바람 말고는 아무것도 느끼지 못했다.

그렇게 목적지에 도착했다. 밤이었다. 의식을 완전히 되찾으면서 마음속에서 인력과 충동을 더욱 강하게 느끼고 있었다. 넓은 방바닥에 눕혀졌다. 나를 부르는 곳에 왔다는 느낌이 들었다. 나는 주위를 둘러보았다. 내 깔판 바로 옆에 다른 깔판이 놓여 있었고, 누군가가 그 위에 누워 있었다. 그는 몸을 앞으로 숙여 나를 보고 있었다. 그의 이마에는 표식이 있었다. 그는 바로 막스 데미안이었다.

나는 말을 할 수 없었다. 그도 말을 못 했다. 어쩌면 말을 하고 싶지 않았을지도 모른다. 그는 그저 나를 내려다보기만 했다. 머리 위 벽에 걸려 있는 램프 불빛이 그의 얼굴을 비추고 있었다. 그는 내게 미소를 지어 보였다.

끝없이 오랫동안 그는 내 눈을 들여다보고 있었다. 그는 서서히 얼굴을 내 쪽으로 가까이 다가와서 우리는 거의 접촉할 수 있을 정도였다.

"싱클레어."

그는 속삭이듯 말했다.

나는 그의 말을 알아들었다는 신호를 눈으로 보냈다. 그는 다시 미소를 지었다, 거의 동정 어린 표정으로.

"꼬맹아!"

그는 미소를 지으며 말했다.

그의 입은 내 입 바로 옆에 있었다. 그는 작은 목소리로 이야기를 이어갔다.

"아직도 프란츠 크로머를 기억하고 있니?"

그가 물었다. 나는 그를 향해 눈꺼풀을 깜박였다. 나도 미소를 지을 수 있었다.

"싱클레어, 잘 들어라! 나는 이제 떠나야 할 것 같다. 너는 아마 언젠가 다시 나를 필요로 할 거야. 크로머에 대해서, 아니면 다른 것들에 대해서. 그때는 네가 나를 불러도 더 이상 무작정 말이나 기차를 타고 달려가지는 않을 거야. 그때는 네 마음속의 목소리를 들어야만 해. 그렇게 되면 내가 네 속에 있다는 것을 깨닫게 될 거야. 알겠니? 그리고 한 가지 더 말해둘 게 있어. 에바 부인이 말씀하시길, 언젠가 네게 역경이 닥치면 내가 떠날 때 그녀가 내게 해주었던 입맞춤을 네게 해주라고…… 싱클레어, 눈을 감아라!"

나는 눈을 감았다. 끝없이 피가 조금씩 흐르는 입술에 가벼운 입맞춤이 느껴졌다. 그러고 나서 나는 잠이 들었다.

아침, 나는 붕대를 감기 위해 잠에서 깨야 했다. 드디어 진짜로 눈을 떴을 때, 나는 서둘러 옆자리를 바라보았다. 그곳에는 처음 보는 사람이 누워 있었다.

붕대를 감는 내내 아팠다. 그 이후 내 신변에 일어난 모든 것이 아팠다. 그러나, 가끔 단서를 찾아내서 마음속으로, 어두운 거울에 운명의 온갖 모습이 잠들어 있는 마음속으로 내려가면, 나는 그저 어두운 거울을 들여다보면 된다. 그러면 내 모습이, 내 친구이자 인도자인 그와 닮은 나 자신의 모습이 보인다.

수레바퀴
아래서
Unterm Rad

1장

중개업과 대리업을 하는 요제프 기벤라트 씨는 다른 마을 사람들과 비교했을 때, 이렇다 할 장점이나 특별한 구석이 없었다. 어깨가 벌어진 건장한 체격에 장사 수완도 보통이었다. 금전을 숭상하지만, 나쁜 짓은 하지 않았다. 작은 정원이 딸린 집을 가지고 있었고, 선산에는 조상들의 묘가 있었다. 종교에 대한 분별력은 그의 본성을 잘 보여주는 것으로, 신과 관료들에게는 적당한 존경심도 잊지 않았다. 그리고 인간관계에서의 기본적인 예의범절을 맹종했다. 술도 매우 좋아하지만, 만취한 적은 한 번도 없었다. 때로는 위험한 일도 꽤 많이 했지만, 법이 허락하는 선 이상은 단 한 번도 넘은 적이 없었다. 가난한 사람들에게는 아귀라고 저주를 퍼부었고, 부자들에게는 졸부라며 헐뜯었다. 그는 시민단체의 회원으로서 금요일마다 '독수리 주점'에서 구주회(skittles, 볼링의 전형) 놀이에 참석했다.

또한 빵을 굽는 날과 라구(ragout, 고기 스튜 요리)를 먹는 날 그리고 소시지 수프를 먹는 날에 꼭 참석했다. 일할 때는 싸구려 잎담배를 피웠지만, 식사 후나 일요일에는 고급 잎담배를 피웠다.

그의 내적 생활은 완전히 속물이었다. 그나마 있었던 약간의 정서적 면모도 이미 오래전에 먼지 속으로 사라졌고, 고작해야 낡고 거친 가족애와 아들 자랑, 가난한 사람들에 대한 즉흥적인 자선 따위가 그를 대변해주고 있었다. 그의 정신적인 능력은 선천적으로 융통성이 없는 교활함과 탁월한 계산 능력의 범위에서 벗어나지 못했다. 독서라고는 신문을 읽는 게 전부였고, 예술적 욕구를 충족시키기 위해서는 해마다 자치단체에서 열리는 아마추어들의 연극과 이따금 서커스를 구경하는 것이 전부였다.

그는 이웃의 아무개와 이름과 집을 바꾸더라도 크게 다를 것이 없을 터이다. 그의 마음속 깊은 곳에는 뛰어난 능력과 인물에 대한 끊임없는 시기 그리고 모든 비범한 것, 자유로운 것, 세련된 것, 정신적인 것에 대한 질투에서 비롯된 적의를 품고 있었다. 그것은 대부분의 가장이 가진 공통점이기도 했다.

그에 관한 이야기는 이쯤에서 관두기로 하자. 이 단조로운 생활과 스스로 의식하지 못하는 비극에 대해 더 이야기한다면 심각한 빈정거림에 지나지 않을 것이다. 이 남자에게는 아들이 하나 있는데, 바로 그 이야기를 하려고 한다.

한스 기벤라트는 의심할 여지없이 뛰어난 재능을 타고난 아이였다. 다른 아이들과 함께 놀고 있는 모습을 보기만 해도 얼마나 똑똑하고 남다른지를 금방 알 수 있었다. 슈바르츠발트의 작은 마을에서 이런 아이가 배출된 것은 전례가 없던 일이었다. 이 좁은 세상 너머에 관심을 두고 뭔가를 하고자 했던 인간은 그곳에서 단 한 명도 없었다. 이 소년의 엄숙한 눈과 총명한 이마와 고상한 걸음걸이가 어디에서 온 것인지를 아무도 몰랐다. 혹시 외탁한 걸까? 어머니는 이미 오래전에 죽었다. 그녀가 살아 있는 동안 특별했던 점이라고는 늘 병약한 몸에 근심 어린 모습 정도였다. 아버지는 문제의 대상이 아니다. 돌이켜보면 과거 800~900년 동안 유능한 인재가 많이 배출되기는 했지만, 영재나 천재라 불릴 만한 아이가 한 번도 태어난 적이 없었다. 그런 작고 오래된 마을에서 신비로운 불꽃이 하늘에서 떨어진 셈이었다.

현대적 훈련을 받은 영민한 관찰자는 병약한 어머니와 오랜 집안 내력을 살펴볼 때, 그의 뛰어난 지능을 쇠락의 징조라고 여길지도 모른다. 그러나 다행히도 이 마을에는 그런 종류의 인간이 살고 있지 않았다. 관료나 교사들 중 젊고 약삭빠른 사람만이 신문 기사를 통해 그런 '현대적 인간'의 존재를 어렴풋이나마 알고 있을 뿐이었다. 이곳에서는 차라투스트라의 존재를 모르더라도 교육을 받은 인간으로서 살 수 있었다. 주부들의 생활은 건실하고 행복한 편이었다. 생활 전체가 벗어나기 힘든 오랜 인습에 젖어 있었다. 부족한 것 없이 편안하게 살고 있는 주민들 중에는 과거 20년 동안 직공에서 공장 주인이 된 사람도 적지 않았다. 그들은 관료들 앞에서 모자를 벗어 들고 관계를 맺기를 원하지만, 자기들끼리는 관료를 아귀나 말단

서기 놈이라고 불렀다. 그런 주제에 그들의 최고 야심은 자식들을 가르쳐 가능하다면 관료로 만드는 것이었다. 그러나 아쉽게도 그것은 거의 예외 없이 이룰 수 없는 아름다운 꿈에 불과했다. 그들의 자식들은 대부분 라틴어 하급반에서조차 끙끙대며 몇 번이고 낙제하기 일쑤였다.

한스 기벤라트의 재능에는 의심의 여지가 없었다. 교장 선생님도, 선생님들도, 이웃 사람들도, 목사님도, 동급생들도 모두 이 소년이 뛰어난 두뇌의 소유자이며 특별한 존재라는 사실을 인정했다. 그 때문에 그의 장래는 이미 결정되어 있었다. 왜냐하면 슈바벤 지역에서는 능력이 있는 아이의 부모가 부자가 아닌 이상은 오로지 단 하나의 좁은 길만 있을 뿐이기 때문이다. 그것은 주(州) 시험을 통해 신학교에 들어간 뒤, 튀빙겐대학에 들어가고 졸업하여 목사나 교사가 되는 길뿐이었다. 해마다 시골 소년 40~50명이 이 고요하고 안전한 길을 택했다. 갓 견진성사를 받고 과도한 공부 때문에 빼빼 마른 소년들이 국가 보조금으로 고전 어학 중심의 여러 분야의 학문을 정신없이 배우고, 8, 9년 뒤에는 평생을 가야 할 길—대부분은 훨씬 긴— 사회생활이라는 인생 후반에 들어가게 된다. 그리고 국가로부터 받은 은혜를 갚아나가는 것이다.

몇 주 뒤에 다시 주 시험이 치러질 예정이었다. '국가'가 지방의 수재들을 선별하는 연례행사를 '산 제물'이라 불렀다. 그 기간에는 시험이 치러지고 있는 도시를 향해 작은 도시와 촌락에서 수많은 가족의 탄식과 축원이 집중되는 것이다.

한스 기벤라트는 이 작은 마을에서 고통스러운 경쟁 속으로 보내질 유일한 후보였다. 명예로운 일이었지만 결코 거저 얻어지는 것은 아니었다. 매일 4시까지 수업이 이어졌고, 교장 선생님에게서 그리스어 보충수업을 받아야 했다. 그리고 다시 목사님이 친절하게도 라틴어와 종교 수업을 복습해주었다. 게다가 주 2회 저녁 식사 후 한 시간 동안 수학 선생님의 지도를 받아야 했다. 그리스어의 불규칙 동사에 대하여, 불변화사(不變化詞)로 표현되는 문장 결합의 변화에 중점을 두었고, 라틴어는 문체를 간단명료하게 만드는 것, 특히 여러 시에 대한 세세한 점에 대해 아는 것이 중요 과제였다. 수학에서는 주로 복잡한 비례법에 대하여 집중적으로 공부했다. 이것은 선생님이 자주 강조했듯이 언뜻 보기에 앞으로의 연구와 생활과는 무관해 보이지만, 그것은 어디까지나 언뜻 보기에 그렇게 보일 뿐이고 실제로는 대단히 중요했다. 그것은 논리적인 능력을 키워주어 명쾌하고 냉철하고 정확한 사고의 기초가 되기 때문에 무엇보다도 중요했다.

한편 과도한 정신 부담과 지나친 지능 훈련 때문에 정서가 등한시되고 메마르는 걸 방지하고자, 한스는 매일 아침 수업 시작 한 시간 전에 견진성사를 받는 소년들의 성서 수업을 받게 되어 있었다. 그 수업에서 요하네스 브렌츠의 종교문답서를 이용하여 감동적인 문답을 암기하고 낭독함으로써 젊은 마음에 종교적인 생명의 상쾌한 바람을 불어넣었다. 그러나 한스는 유감스럽게도 이 요양의 시간을 줄이고, 그 축복을 스스로 포기했다. 그는 그리스어와 라틴어의 단어나 연습문제를 적은 종이를 문답서 사이에 몰래 끼워 한 시간 내내 세속적인 학문에 몰두하고 만 것이다. 그러나 그의 양심은 그리 둔하지 않았으므로 그 시간 내내 초조해하며 불안해했다. 담임 목사님이 그의 곁으로 다가가 그의 이름을 부를 때면 깜짝 놀라 움츠러들곤 했다. 답변해야 할 때는 이마에 땀이 흐르고 가슴이 철렁 내려앉았다. 그러나 그의 답변은 발음까지 흠잡을 곳 없이 정확했고, 목사님은 매우 만족스러워했다.

쓰고, 암기하고, 복습하고, 예습해야 할 과제는 수업 내내 쌓였기 때문에 밤늦게까지 희미한 불빛 아래서 모두 처리해야만 했다. 평화롭고 조용한 가정 분위기에서 공부하면 특히 효과가 좋다는 담임 선생님의 말에 따라, 화요일과 토요일에는 대부분 10시까지 공부했다. 그 외의 날에는 11시나 12시까지, 가끔 그보다 늦게까지 공부를 계속했다. 아버지는 석유가 아깝다며 투덜거렸지만, 공부하는 자식의 모습을 흡족해하며 물끄러미 지켜봤다. 한가한 시간이나 일요일에는—우리 생활의 7분의 1을 차지하는—학교에서 읽지 않는 두세 저자의 책을 읽고, 문법을 충분히 복습하는 등의 일에 열중했다.

"물론 너무 지나치면 안 되지. 일주일에 한두 번 산책할 필요가 있어. 효과가 아주 좋거든. 날씨가 좋으면 책을 들고 교외로 나가는 것도 괜찮지. 교외의 맑은 공기를 마시면 쉽게 암기를 할 수 있다는 걸 깨달을 거야. 어쨌거나 고개를 꼿꼿이 세우고 신나게 하는 거야."

그래서 한스는 가능한 한 고개를 꼿꼿이 세우는 방법을 산책과 공부에도 이용했다. 그는 수면 부족으로 찌든 얼굴, 검푸른 다크서클이 드리운 피곤한 눈을 한 채로 살금살금 돌아다녔다.

"기벤라트는 어떻게 될까요? 합격하겠죠?"

담임 선생님이 교장 선생님에게 물었다.

"당연히 합격할 겁니다."

교장 선생님은 즐거운 탄성을 질렀다.

"저렇게 영리한 아이는 별로 없어요. 잘 보세요. 정말 정신력이 대단해 보여요."

마지막 일주일 동안은 정신적인 측면이 두드러지게 강해 보였다. 귀엽고 가냘픈 얼굴에 초조함으로 움푹 파인 눈에서는 희미한 빛을 발산하고 있었다. 아름다운 이마에는 재능을 느끼게 하는 주름이 꿈틀거리고 있었다. 그렇지 않아도 가늘고 마른 팔과 손은 보티첼리를 연상케 하는 나른한 우아함을 드러내며 축 처져 있었다.

이제 그날이 다가왔다. 내일 아침 한스는 아버지와 함께 슈투트가르트로 가서 주 시험을 치르고 신학교의 좁은 수도원 문을 통과할 자격이 있다는 것을 보여줘야 한다. 마침 교장 선생님에게 작별 인사를 마치고 돌아오는 길이었다.

마지막으로 무섭던 교장 선생님이 평소와 달리 부드럽게 말했다.

"오늘 밤은 더 이상 공부를 안 한다고 약속해라. 내일 아침에는 씩씩하게 슈투트가르트로 가야만 하니까. 이제 한 시간 정도 산책을 한 뒤 일찍 잠자리에 들어라. 청소년은 잠을 충분히 자야 하니까."

한스는 무서운 충고와 잔소리를 한바탕 들으리라고 예상했었다. 하지만 이토록 친절한 격려라니, 의외가 아닐 수 없었다. 그는 안도의 한숨을 내쉬며 학교를 나왔다. 커다란 키르히베르크의 보리수나무가 오후의 뜨거운 햇살을 받으며 흐릿하게 빛나고 있었다. 시장이 서는 광장에서는 두 개의 커다란 분수가 소리를 내면서 반짝반짝 빛나고 있었다. 소년은 이 모든 풍경을 꽤 오랫동안 보지 못한 것 같은 느낌을 받았다. 모든 것이 무척이나 아름답고 매력적으로 느껴졌다. 머리가 아팠지만, 오늘은 공부하지 않아도 됐다.

그는 천천히 시장을 가로질러 낡은 시청 골목을 빠져나와, 대장간 옆을 지나 오래된 다리에 도착했다. 그곳에서 한동안 주변을 서성이다가 넓은 다리 난간에 걸터앉았다. 몇 달 동안 하루에 네 번씩 이곳을 지나쳤지만, 다리 근처의 고딕양식의 작은 교회도, 강도, 수문도, 강둑도, 물레방아도 눈여겨본 적이 없었다. 헤엄을 치는 강가의 풀밭과 버드나무가 늘어져 있는 강둑조차 그냥 지나쳤다. 그곳에는 가죽 무두질 터가 이어졌고, 강은 호수처럼 깊고 푸른색을 띠고 있었으며, 활처럼 휜 버드나무의 가는 줄기가 물속까지 늘어져 있었다.

한스는 자신이 가끔 이곳에서 반나절, 혹은 하루 종일 보냈던 시절을 떠올렸다. 그리고 얼마나 자주 수영하고, 잠수하고, 노 젓고, 낚시했는지를 떠올렸다. 아아, 낚시! 그러나 이 모든 것은 잊어버린 지 오래였다. 작년에 시험으로 낚시를 그만둬야 했을 때, 체면 불고하고 엉엉 울었다. 낚시는 오랜 학창 시절 동안에 가장 좋아하던 일이었다. 버드나무 그늘에 앉아 있으면 물레방아에서 떨어지는 물소리가 가깝게 들려왔다. 깊고 고요한 물! 수면에 어른거리는 햇빛, 잔잔하게 떨리는 긴 낚싯대, 낚싯대를 당겨 올릴 때의 흥분, 펄떡펄떡하는 차갑고 통통한 물고기를 손에 쥐었을 때의 말로 표현하기 힘든 기쁨!

그는 힘찬 잉어를 몇 번이고 낚은 경험이 있었다. 금빛 황어와 맛있는 피라미, 작고 귀한 버들치 등을 낚았다. 그는 오랫동안 강물을 내려다봤다. 초록빛으로 물든 강 한구석을 보고 있노라니 왠지 슬픈 생각이 들었다. 생각해보니 아름답고 자유롭던 소년 시절의 즐거움은 먼 과거의 일이 되어 있었다. 그는 무의식적으로 주머니에서 빵 부스러기를 꺼내 크고 작게 뭉쳐서 물속에 던졌다. 그리고 그것이 가라앉으면서 물고기들이 달려들어 먹는 것을 지켜봤다. 처음에는 작은 물고기들이 작은 덩어리를 닥치는 대로 먹어 치운 뒤, 큰 덩어리를 먹으려 주둥이를 뻐끔거리며 달려들었다. 그다음 조금 큰 황어가 조심스럽게 천천히 다가왔다. 녀석들의 넓고 검은 등은 강바닥과 거의 구분이 되지 않았다. 녀석들은 신중하게 빵 덩어리 주변을 헤엄치다가 갑자기 입을 둥글게 벌리고 먹어 치웠다. 유유히 흐르는 강물에서 나른한 냄새가 피어올랐다. 두세 개의 흰 구름이 푸른 수면에 떠 있었다. 방앗간의 물레방아가 끼익 끼익 소리를 내며 돌았다. 두 개의 둑에서는 낮고 청량한 물소리가 뒤엉켜 들려왔다. 소년은 지난 일요일의 견진성사를 떠올렸다. 그날 의식이 무르익어 모두가 감동하고 있을 때, 그리스어 동사를 암기하고 있는 자신을 깨닫고 깜짝 놀랐다. 최근 들어 다른 상황에서도 생각에 혼선이 생겨 수업 중에도 눈앞에 놓인 공부가 아닌, 이미 했거나 다음에 해야 할 공부를 생각하는 일이 많았다. 어쨌거나 시험은 잘 볼 수 있겠지!

그는 어수선한 마음으로 일어섰지만 어디로 갈지는 결정하지 않았다. 그때 갑자기 강한 손길이 어깨를 잡아 깜짝 놀랐다. 하지만 그를 부르는 목소리는 부드러웠다.

"어이, 한스. 잠시 같이 걸을까?"

구둣방의 플라이크 아저씨였다. 한스는 이전에 가끔 밤이면 한 시간 정도 그를 찾아가서 시간을 보내곤 했지만, 꽤 오랫동안 찾아가지 않았다. 한스는 함께 걸으면서 이 신앙심 깊은 신자의 말을 별로 귀담아듣지 않았다. 플라이크 아저씨는 시험 이야기를 꺼냈다. 그는 한스의 성공을 기원하고 격려하면서, 시험이라는 것이 어느 정도 운에 달렸다고 말하려 했다. 떨어져도 부끄러운 것이 아니며, 아무리 뛰어난 사람이라도 떨어질 수 있다고 했다. 만약 한스가 떨어진다면 신께서 각각의 인간에게 서로 다른 뜻을 품고 있어서, 그 인간에게 원하는 길을 가도록 한다는 것이었다.

한스는 이 아저씨에게 약간 찔리는 구석이 있었다. 그는 아저씨의 우직하고 점잖은 태도에 존경심을 느끼고 있었지만, 남들이 신자들의 기도에 대해 농담할 때면 가끔 아무 생각도 없이 함께 웃곤 했다. 게다가 혹시 예리한 질문이라도 할까 두려워 이전부터 구둣방을 피해 다녔던 자신의 비겁함을 부끄럽게 여기고 있었다. 한스가 선생님들의 자랑거리가 되고 한스 자신도 얼마간 교만해졌다. 플라이크 아저씨는 자주 한스를 어이없다는 듯이 바라보며 버릇을 고쳐주려고도 했다. 그러나 소년의 마음은 진정한 호의로 인도하려는 사람을 멀리하고 말았다. 그것은 한스가 사춘기의 반항심이 극에 달한 시기였기 때문에, 자신에게 상처를 입히는 것에 대해 민감했기 때문이다. 지금도 아저씨의 이야기를 들으며 걷고 있었지만, 이 어른이 얼마나 세심한 배려와 친절로 대하고 있는지를 깨닫지 못했다.

크로넨 골목에서 두 사람은 목사님과 마주쳤다. 구둣방 아저씨는 틀에 박힌 차가운 인사를 하고 서둘러 사라졌다. 왜냐하면 이 목사님은 신식에 부활을 믿지 않는다는 소문이 퍼져 있었기 때문이다. 목사님은 소년과 함께 걸었다.

"컨디션은 어때? 열심히 했으니 된 거나 마찬가지겠지?"

목사님이 물었다.

"네, 좋습니다."

"시험 잘 봐야 해. 모두 너에 대한 기대가 크니까. 나는 특히 라틴어에서 좋은 성적을 내길 바란다."

"하지만 떨어지면……."

한스는 기운 없이 말했다.

"떨어져?"

목사님은 깜짝 놀라 걸음을 멈췄다.

"떨어지다니, 그건 있을 수 없는 일이야. 그건 그저 기우일 뿐이야."

"만약에 그렇게 되면…… 그냥 생각해본 거예요."

"그건 절대 있을 수 없어. 그런 걱정은 할 필요가 없어. 그럼 아버님께도 안부 전해라. 힘내!"

한스는 목사님을 배웅했다. 그러고는 구둣방 아저씨 쪽을 돌아보았다. 아저씨는 왜 그런 말을 했을까? 라틴어 따위는 그리 중요하지 않아. 마음이 비뚤어지지 않고 신을 믿고 따르기만 하면 된다고는 하지만, 말처럼 그리 쉬운 일이 아니다. 그리고 목사님! 시험에 떨어지면 두 번 다시 목사님 앞에는 나타날 수 없다.

그는 풀이 죽은 채 집에 돌아와 경사진 작은 정원으로 들어섰다. 그곳에는 오랫동안 쓰지 않아 허물어진 정자가 있었다. 이전에 그곳에서 널빤지로 집을 지어 3년 동안 토끼를 키웠지만, 작년 가을에 시험 준비를 위해 토끼를 모두 빼앗기고 말았다. 마음을 위로할 시간조차 허락되지 않았다.

정원에 들어온 것도 아주 오랜만의 일이었다. 휑한 토끼 우리는 손을 쓸 수조차 없었고, 벽 한구석에 달린 종유석은 깨져 있었다. 작은 물레바퀴가 수도관 옆에 나뒹굴고 있었다. 그는 이 모든 것을 깎고 조립하며 놀던 때를 떠올렸다. 약 2년 전의 일이었지만 아주 먼 옛날처럼 느껴졌다. 그는 작은 물레바퀴를 집어 들고 이리저리 비틀어 완전히 망가뜨린 뒤 울타리 너머로 던져버렸다. 이미 오래전에 더 이상 필요가 없어졌다. 그러다 갑자기 학교 친구인 아우구스트가 생각났다. 아우구스트는 수레바퀴를 만들고 토끼 우리를 고칠 때 도와주었다. 둘은 돌팔매질하거나 고양이를 쫓고, 텐트를 치고, 간식으로 생당근을 먹으면서 저녁때까지 함께 놀곤 했다. 그러나 그는 공부해야만 했다. 아우구스트는 1년 전에 학교를 그만두고 기계 견습공이 된 이후 두 번 얼굴을 내보였을 뿐이다. 물론 그도 시간이 없었다.

구름 그림자가 급히 계곡 위로 흘러갔다. 태양은 이미 산기슭 가까이에 있었다. 소년은 갑자기 모든 것을 그만두고 큰 소리로 엉엉 울고 싶다는 충동에 사로잡혔다. 하지만 그 대신 마구간에서 손도끼를 가지고 와서 빼빼 마른 가는 팔을 휘둘러 토끼 우리를 산산조각으로 부숴버렸다. 못들이 끼익 소리를 내며 휘어졌다. 작년 여름 이후 쓰다 남은 토끼 먹이가 눈에 들어왔다. 소년은 그 모든 것을 닥치는 대로 내리찍었다. 마치 토끼와 아우구스트, 어린 시절의 모든 놀이에 대한 추억을 지워버리기라도 하듯이.

"아니, 이게 대체 어떻게 된 거야? 뭐 하고 있는 거야!"

아버지가 창밖에서 소리쳤다.

"땔감이요."

이 말만 남기고 한스는 손도끼를 집어던진 뒤 앞마당을 통해 골목길을 지나서 강 상류로 갔다. 양조장 옆에 뗏목 두 개가 이어져 있었다. 이전에는 뗏목을 타고 몇 시간이고 강을 따라 내려가곤 했다. 무더운 한여름 오후에 나무 사이로 물이 튀어 오르는 뗏목을 타고 강을 따라 내려가면 통쾌하기도 하고 졸리기도 했다. 그는 삐뚤빼뚤한 뗏목에 뛰어올라 쌓여 있는 버드나무 더미 위에 누워 '뗏목이 움직이고 있다. 초원과 밭과 상쾌한 숲 자락을 지나, 다리와 수문 밑을 통과하며 때로는 빠르고 때로는 느리게 물 위를 지나고 있다. 나는 그 위에 누워 있다. 모든 것이 다 옛날 그대로다. 카프베르크에서 토끼풀을 베고, 강가의 가죽 손질 터에서 낚시하던 시절, 골치 아픈 일도, 걱정거리도 없던 시절과 똑같다'라고 생각하려 애썼다.

피곤에 지친 한스는 저녁 무렵에야 집으로 돌아갔다. 아버지는 내일 떠나는 슈투트가르트로 수험 여행 때문에 무척 들떠 있었다. 책을 가방에 넣었는지, 검은 옷은 준비해두었는지, 기차 안에서 문법책을 볼 건지, 기분은 어떤지 등등을 열 번도 더 넘게 물어봤다. 한스는 쌀쌀맞게 대답하고 저녁도 먹는 둥 마는 둥 한 채로 일찌감치 잠자리에 들었다.

"한스, 잘 자라. 푹 자야 해. 그럼 내일 아침 여섯 시에 깨울게. 사전은 잘 챙겼지?"

"네, 잊지 않았어요. 안녕히 주무세요."

한스는 자신의 작은 방에서 불도 켜지 않은 채 오랫동안 깨어 있었다. 오늘까지 이 방은 시험 압박에서 벗어날 유일한 해방구였다. 작지만 자신만의 공간, 이곳에서는 그 누구에게도 방해받지 않고 왕이 될 수 있었다. 이곳에서 그는 잠과 피로와 두통과 싸우면서 밤늦게까지 시저와 크세노폰, 문법과 사전 그리고 수학 문제에 푹 빠지곤 했다. 그와 동시에 빼앗겼던 어린 시절의 놀이 이상 가치 있는 시간을 맛보기도 했다. 그것은 자부심과 도취, 승리감으로 가득한 뭐라 형언하기 힘든 꿈결 같은 것이었다. 그럴 때마다 그는 학교도 시험도 모두 초월한 좀 더 높은 세계에 대한 동경에 빠져들었다. 볼이 통통한 장난꾸러기 친구들과는 차원이 다른 뛰어난 인간, 언젠가는 인간 세상을 넘어선 높은 곳에서 의기양양하게 그들을 내려다볼 거라는 교만한 행복감에 젖어 있었다. 지금도 그는 마치 방에 자유롭고 신선한 공기로 가득하기라도 하다는 듯 깊이 숨을 들이마셨다.

그리고 침대에 걸터앉아 꿈과 소망과 그 밖의 다른 생각에 잠겨 두세 시간을 멍하니 보냈다. 그의 밝은 눈꺼풀이 과도한 공부로 충혈되어 부은 눈 위로 서서히 처지기 시작했다. 그리고 다시 한번 눈을 떴다 깜박이고는 다시 내려갔다. 창백한 소년의 얼굴이 마른 어깨 위로 쓰러지고, 가느다란 두 팔은 힘없이 늘어졌다. 그는 옷을 입은 채로 잠자리에 들고 말았다. 어머니의 손길처럼 부드러운 잠결이 강해져만 가는 소년의 고동을 안정시켜주고, 아름다운 이마의 잔주름을 풀어주었다.

전대미문의 사건이었다. 교장 선생님이 이른 아침임에도 몸소 기차역까지 배웅을 나와주었다. 기벤라트 씨는 검은색 프록코트를 입고 있었지만, 기쁨으로 말미암은 흥분과 자부심 때문에 한시도 가만히 있지 못했다. 그는 초조한 듯 교장 선생님과 한스의 주변을 서성거렸고, 역장과 역무원들로부터 한스의 무탈한 여행과 시험의 성공을 기원하는 인사를 받았다. 그리고 작고 딱딱한 가방을 왼손, 오른손으로 번갈아가며 옮겨 들었다. 또한 우산을 옆구리에 끼웠다가 다시 무릎 사이에 끼우기도 했다. 그 때문에 우산을 두세 번 떨어뜨리기까지 했고, 그때마다 가방을 내려놓고 우산을 주워 들었다. 다른 사람들이 볼 때는 마치 왕복 승차권을 쥐고 슈투트가르트로 가는 것이 아니라 미국이라도 가는 것처럼 여겼을지 모른다. 한스는 겉으로는 차분해 보이는 것 같지만, 내심 불안한 마음을 떨칠 수 없었다.

기차가 다가와 멈췄다. 사람들이 올라탔다. 교장 선생님은 손을 흔들었다. 아버지는 잎담배에 불을 붙였다. 계곡 아래로 마을과 강이 숨어 있었다. 여행은 두 사람에게 고난의 길이었다.

슈투트가르트에 도착하자마자 아버지는 다시 기운을 차리면서 밝고 변죽이 좋은 원래 성품으로 돌아왔다. 며칠 동안 상경한 시골 촌부다운 기쁨에 젖어 활력을 되찾은 듯했다. 그러나 한스는 더욱 초조해지면서 말수가 적어졌다. 시내를 둘러보자마자 그는 가슴이 답답해지기 시작했다. 익숙하지 않은 얼굴들과 사람들을 압도하는 높고 화려한 건물들. 끝이 보이지 않는 길과 철로 마차 그리고 거리의 소음들이 그의 기를 죽이고 고통스럽게 만들었다. 두 사람은 숙모 집에서 묵기로 했다. 그곳에 가보니 익숙지 않은 방과 숙모의 친숙한 행동과 수다 때문에 또다시 아무 말도 하지 않고 그저 멍하니 앉아 있거나, 아버지의 지나친 위로의 설교 때문에 소년은 완전히 지쳐 버리고 말았다. 그는 당혹감과 서먹한 느낌을 품은 채 방에서 넋을 잃고 움츠러들었다. 그리고 익숙지 않은 주변과 숙모, 그녀의 도시적 의상과 벽에 걸린 커다란 문양의 장식, 시계와 벽에 걸린 그림 등을 보거나 창밖의 시끄러운 풍경을 바라보면서, 그는 완전히 내버려진 듯한 느낌에 사로잡혔다. 집을 떠나 이미 오랜 시간이 지났고, 힘들게 외웠던 모든 것이 순식간에 사라진 것 같은 느낌이 들었다.

오후, 그는 다시 한번 그리스어의 불변화사를 복습하려 했지만, 숙모가 함께 산책하자고 했다. 한스는 순간적으로 마음속에 푸른 초원과 숲의 바람 소리와 같은 것이 떠올랐다. 그는 기꺼이 산책에 동의했다. 그러나 곧바로 도시의 산책이라는 것이 시골의 산책과는 전혀 다른 오락임을 깨닫게 되었다.

 아버지는 시내에 볼일이 있었기 때문에 숙모와 둘이 산책을 나섰다. 계단 중간에서 이미 불행은 시작되었다. 2층에서 뚱뚱하고 거만해 보이는 부인과 맞닥뜨리고 만 것이다. 숙모는 그 사람 앞에서 허리를 숙여 인사를 했다. 그 부인은 이내 청산유수로 수다를 떨기 시작했다. 그렇게 15분이나 수다가 이어졌다. 한스는 계단 난간에 기대고 서 있었다. 그러자 부인의 개가 한스 곁으로 와 냄새를 맡으며 으르렁거리기 시작했다. 게다가 그 뚱뚱한 부인이 몇 번이고 코걸이 안경 너머로 한스를 위아래로 훑어봤기 때문에, 한스는 자신의 이야기를 하고 있다는 것을 어렴풋이 알 수 있었다. 이윽고 거리로 나온 숙모는 갑자기 가게 안으로 들어가 좀처럼 나올 생각을 하지 않았다. 그동안 쭈뼛거리며 거리에 서 있던 한스는 행인들에게 부딪히거나, 악동들의 놀림을 받기도 했다. 가게에서 나온 숙모는 그에게 넓적한 초콜릿 하나를 주었다. 한스는 초콜릿을 싫어했지만 정중하게 고맙다는 인사를 했다. 다음 골목에서 두 사람은 철로 마차에 탔다. 사람으로 가득 찬 마차는 쉴 새 없이 경종을 울리며 시내를 질주해 넓은 가로수 길과 공원 앞에 도착했다. 그곳에는 분수가 물을 뿜고 있었고, 울타리가 쳐진 화단에는 꽃들이 만발했고, 작은 인공 연못에는 금붕어들이 헤엄치고 있었다. 두 사람은 산책하는 사람들 사이에 껴서 이리저리로 빙빙 돌아다녔다. 수많은 사람의 얼굴과 우아한 옷차림, 그 밖의 온갖 차림새와 자동차와 환자용 휠체어, 유모차 등이 눈에 들어왔다. 시끄러운 목소리에 후덥지근한 공기, 먼지투성이였다. 잠시 후 두 사람은 다른 사람들과 함께 벤치에 앉았다. 숙모는 조금 전까지만 해도 쉴 새 없이 수다를 떨었지만, 벤치에 앉자 한숨을 내쉬더니 부드러운 미소를 지으며 한스에게 초콜릿을 먹으라고 권했다. 하지만 한스는 먹고 싶지 않았다.

"뭘 그렇게 조심스러워하니? 걱정하지 말고 어서 먹어라."

한스는 하는 수 없이 초콜릿을 꺼내 들고 은박지만 만지작거리다가 결국은 작게 한 입 베어 물었다. 그는 정말 초콜릿이 싫었지만, 숙모에게 말할 용기가 나지 않았다. 그가 초콜릿 조각을 입안에서 오물거리고 있는 사이 숙모는 인파 속에서 아는 사람을 발견하고는 곧장 달려갔다.

"여기서 잠시 기다려라. 금방 다녀올게."

한스는 안도의 한숨을 내쉬고 초콜릿을 잔디밭 너머로 던져버렸다. 그러고는 박자에 맞춰 다리를 흔들며 수많은 사람을 바라보고 있자니 한심한 생각이 들었다. 결국 그는 불규칙 동사를 외우기 시작했다. 그런데 당혹스럽게도 아무것도 기억나질 않았다. 완전히 까맣게 잊어버리고 만 것이다. 바로 내일이 주 시험인데!

숙모가 다시 와서 올해 주 시험의 지원자가 118명이라는 소식을 전해 듣고 왔다. 합격 인원은 36명뿐이다. 이 말을 들은 소년은 완전히 풀이 죽어 돌아가는 내내 침묵했다. 집에 돌아오자마자 두통이 심해지더니 아무것도 먹고 싶은 생각이 들지 않았다. 풀이 죽어 있는 모습을 본 아버지는 따끔하게 야단을 쳤고, 숙모도 못마땅하게 여겼다. 무거운 마음으로 잠이 든 그는 무서운 꿈에 시달려야 했다. 그는 수험생 117명과 함께 시험장에 앉아 있었다. 시험관은 고향의 목사님과 닮은 듯도 하고, 숙모와 닮은 것 같기도 했다. 그는 한스 앞에 산더미 같은 초콜릿을 쌓아두고 먹으라고 명령했다. 한스가 울면서 초콜릿을 먹는 동안 다른 학생들이 하나둘 일어서서 작은 문을 통해 밖으로 나갔다. 모두가 자기 초콜릿을 다 먹어 치웠지만, 한스의 초콜릿 더미는 점점 더 늘어나 책상과 의자 위로 흘러넘쳐 질식할 것만 같았다.

다음 날, 한스가 시험에 지각하지 않도록 시계에서 눈을 떼지 않으며 커피를 마시는 그 시각에 고향에서는 많은 사람이 그를 생각하고 있었다. 먼저 구둣방의 플라이크 씨. 그는 아침에 수프를 먹기 전에 항상 기도를 올렸다. 가족과 직원과 두 명의 제자가 함께 식탁에 모여 서 있다. 그는 평소의 아침 기도에 오늘은 특별히 이렇게 덧붙였다.

"주여, 오늘 시험을 보는 한스 기벤라트를 굽어살피소서. 그를 축복하고 인도하소서. 그리하여 주의 신성한 이름을 널리 알리는 바르고 갸륵한 양이 되게 하소서."

목사님은 한스를 위한 기도를 드리지는 않았지만, 그의 아내에게 이렇게 말했다.

"드디어 기벤라트의 시험 날이야. 녀석은 반드시 뛰어난 인물이 될 거야. 틀림없이 주목받는 사람이 될 거야. 그러면 라틴어를 가르친 보람을 느끼게 될 거야."

담임 선생님은 수업이 시작되기 전에 학생들에게 이렇게 말했다.

"드디어 슈투트가르트에서 주 시험이 시작된다. 우리도 함께 기벤라트의 성공을 기원하자. 물론 알아서 잘해내겠지만. 너희 같은 게으름뱅이들은 열 명이 달려들어도 못 이기니까."

학생 대부분도 이날만큼은 한스를 걱정했다. 어찌 되었든 한스의 합격과 불합격에 내기를 건 많은 학생의 마음은 그랬다.

진심 어린 기원과 배려는 먼 거리도 쉽게 뛰어넘어 멀리까지 전달되는 것이기에, 한스 또한 고향 사람들이 자신을 걱정하고 있다는 것을 느낄 수 있었다. 아버지와 함께 시험장에 들어갈 때는 심장이 너무나 두근거려서 조교들의 지시에 따르는 것조차 무섭고 떨렸다. 창백한 얼굴의 소년들로 가득한 커다란 교실을 살펴보자니, 마치 고문실로 끌려가는 죄인처럼 느껴졌다. 교수가 들어와 조용히 하라고 하더니 라틴어 문체 연습 원문을 베껴 쓰게 했다. 한스는 그제야 안도의 한숨을 내쉬었다. 문제는 아주 쉬웠다. 쓱쓱 즐거운 마음으로 쉽게 초고를 작성하고 신중하게 고쳐 썼다. 그는 제일 먼저 답안지를 제출한 사람 중 한 명이었다. 시험을 마치고 숙모 집으로 돌아가는 길을 잃어버려 더운 날씨에 두 시간이나 헤매고 다녔지만, 한번 되찾은 평정심은 쉽게 다시 흔들리지 않았다. 오히려 숙모나 아버지로부터 잠시나마 떨어져 있을 수 있다는 것이 기쁠 정도였다. 그리고 시끄럽고 낯선 도심의 거리를 걷다 보니 마치 탐험가가 된 기분이 들었다. 힘들게 물어물어 집에 돌아오자마자 질문이 쏟아졌다.

"어땠니? 어떻게 됐어? 잘 봤어?"

"쉬웠어요."

한스는 별거 아니라는 듯이 말했다.

"그 정도는 오 학년 때 이미 다 번역할 수 있었어요."

그는 배가 너무 고파서 손에 집히는 대로 먹어 치웠다.

오후에는 할 일이 없었다. 아버지는 한스를 데리고 친척들과 친구들을 찾아다녔다. 그중 한 곳에서 검은 옷을 입은 수줍음 많은 소년을 만났다. 그도 한스처럼 시험을 치르기 위해 괴핑엔에서 왔다고 했다. 소년들은 둘만 남게 되자 조심스럽게 호기심 어린 눈으로 서로를 바라봤다.

"라틴어 문제 어땠어? 쉬웠니?"

한스가 물었다.

"아주 쉬웠어. 하지만 그게 함정이야. 쉬운 문제일수록 틀리기가 쉽지. 방심하게 되니까. 분명히 그 문제에 함정이 있었을 거야."

"정말 그럴까?"

"당연하지. 시험관들이 바보는 아니니까."

한스는 적잖이 놀라면서 잠시 생각에 잠겼다가 조심스럽게 물었다.

"혹시 문제를 가지고 있니?"

상대 소년은 노트를 가지고 왔다. 두 소년은 문제를 단어 하나 남김없이 모두 다 살펴봤다. 괴핑엔의 소년은 라틴어에 꽤 자신 있는 듯했다. 적어도 그는 한스가 들어보지 못했던 문법 용어를 두 번이나 썼다.

"내일은 무슨 시험이지?"

"그리스어랑 작문이야."

괴핑엔의 소년은 한스의 학교에서 몇 명이 시험을 보러 왔냐고 물었다.

"나 말고는 아무도 없어."

"그래, 우리 괴핑엔에서는 열두 명이나 왔어. 그중에는 뛰어난 애들이 세 명이나 있는데, 아마도 그 애들이 수석을 차지할 거라고 모두 기대하고 있어. 작년에도 괴핑엔에서 수석이 나왔으니까. 너는 떨어지면 김나지움에 갈 거니?"

이런 이야기는 지금껏 한 번도 나온 적이 없었다.

"잘 모르겠어…… 아니, 아마 가지 않을 거야."

"그렇구나. 나는 이번에 떨어져도 어차피 상급학교에 갈 거야. 떨어지면 어머니가 울름으로 보내주신다고 했어."

이 말을 듣는 순간 한스는 상대가 대단해 보이기 시작했다. 뛰어난 세 명이 포함된 열두 명의 괴핑엔 학생들까지 그를 불안하게 만들었다. 이래서야 합격 가능성이 없어 보였다.

집으로 돌아오자마자 책상 앞에 앉아 'mi'로 끝나는 동사를 다시 한번 살펴보았다. 그는 라틴어에 대한 불안은 없었다. 자신이 있었다. 그러나 그리스어에 관해서는 조금 특별했다. 그는 그리스어를 좋아하는 차원을 넘어 열중해 있었다. 그러나 읽기 위한 수단에 불과했다. 특히 크세노폰은 매우 아름답고 감동적으로 생생하게 묘사되어 있었다. 모든 것이 유쾌하면서도 강한 울림을 느끼게 했으며, 경쾌하고 자유로운 정신을 자랑하면서도 이해하기 힘든 부분도 없었다. 그러나 문법이나 독일어를 그리스어로 번역하려면 상반된 규칙과 형태의 미로 속으로 빨려 들어갔기 때문에, 마치 그리스어 알파벳조차 읽지 못했던 첫 수업 때처럼 불안함과 두려움을 이 외국어에서 느끼고 있었다.

다음 날은 그리스어와 독일어 작문 시험이었다. 그리스어는 상당히 길며 절대 쉽지 않았다. 작문 과제는 꽤 까다로운 데다 자칫하다가는 엉뚱한 답을 쓸 수도 있었다. 10시가 가까워지자 넓은 교실 안은 후덥지근해지기 시작했다. 한스에게는 좋은 펜이 없었기 때문에 그리스어 답안을 깨끗하게 고쳐 쓰는 데 종이 두 장을 허비하고 말았다. 작문 시간에, 옆에 앉아 있던 뻔뻔스러운 학생이 시험지를 한스 쪽으로 디밀고 옆구리를 쿡쿡 찌르며 가르쳐달라고 요구하는 바람에 곤욕을 치러야 했다. 시험 시간에 잡담하는 것은 엄격히 금지되었고, 이를 어길 시 가차 없이 쫓겨나게 되어 있었다. 한스는 겁에 질려서 '방해하지 마'라고 쪽지에 적어 보여주고 등을 돌려버렸다. 엄청난 무더위였다. 감독 교수는 끈기 있게 책상 사이를 오가며 1분도 쉬지 않았지만, 몇 번이고 수건으로 얼굴을 훔쳤다. 한스는 견진성사 때 입던 두꺼운 옷을 입고 있었기 때문에 땀범벅이 되었고 두통이 났다. 결국 한스는 문제를 다 틀렸고 시험은 완전히 망쳐버렸다는 서글픈 심정으로 답안지를 제출하고 말았다.

한스는 식사 시간 내내 침묵한 채 무얼 물어봐도 어깨만 으쓱하고는 마치 죄인이라도 된 듯한 얼굴을 하고 있었다. 숙모는 위로해주었고, 아버지는 씩씩거리며 흥분했다. 식사를 마치자, 아버지는 소년을 방으로 데리고 들어가 몇 번이고 이것저것 캐물으려 했다.

"망쳐버렸어요."

한스가 말했다.

"좀 조심을 하지. 마음을 차분히 가라앉히고 했어야지. 한심한 놈 같으니라고."

한스는 아무 말도 하지 않았지만, 아버지가 욕설을 퍼붓기 시작하자 참다못해 벌겋게 달아오른 얼굴로 말했다.

"아버지는 그리스어가 뭔지도 모르잖아요!"

가장 걱정스러운 것은 2시에 시작되는 구술 시험을 치르러 가야 한다는 것이었다. 그는 구술 시험을 제일 두려워했다. 한스는 갑자기 찌는 듯한 더위 속에서 거리를 걷고 있는 자신이 한심하게 느껴졌다. 고통과 불안과 현기증 때문에 눈을 뜰 수 없을 정도였다.

커다란 녹색 책상 앞에 앉아 있는 선생님 세 명 앞에 10분 동안 앉아 라틴어 문장 두세 개를 번역하고 묻는 말에 대답했다. 그런 다음 다시 10분 동안 다른 선생님 세 명 앞에 앉아 그리스어를 번역하고 여러 질문을 받았다. 마지막으로 시험관이 불규칙한 과거형 하나를 물었지만, 대답하지 못했다.

"나가도 좋다. 저기 오른쪽 문으로."

한스는 문 앞에서 갑자기 과거형이 기억나서 걸음을 멈추었다.

"밖으로 나가라!"

시험관이 소리쳤다.

"어서 나가. 혹시 속이라도 안 좋은 건가?"

"그게 아닙니다. 좀 전에 물으신 과거형이 기억났습니다."

그는 교실 안쪽을 향해 큰 소리로 과거형을 외쳤다. 선생님들 중 한 명이 웃는 모습을 보고, 타는 듯한 머리를 감싼 채 밖으로 나갔다. 그리고 다시 질문과 자신의 대답을 떠올리려 노력했지만, 모든 게 엉망진창이었다. 그저 커다란 녹색 책상의 표면과 프록코트를 입은 세 명의 엄숙한 표정의 늙은 선생님들과 펼쳐진 책 그리고 그 위에 얹어진 자신의 떨리던 손만이 반복적으로 머릿속에 떠오를 뿐이었다. 아아, 대체 뭐라고 대답했던 거야!

거리를 걸으며 생각하니 이곳에 온 지 벌써 몇 주가 지나 다시는 돌아갈 수 없을 것 같은 기분이 들었다. 고향집 정원의 풍경과 전나무로 푸르게 우거진 산들과 강가의 낚시터 등이 아주 멀리, 아주 먼 옛날에 본 것처럼 아득하게 느껴졌다. 아아, 오늘 당장 집에 돌아갈 수 있다면! 이곳에 더 이상 머물러 있어봤자 어떻게 되는 것이 아니었다. 어쨌거나 시험은 완전히 망쳐버렸다.

그는 우유빵을 샀다. 그리고 아버지에게 변명하는 게 싫어 오후 내내 거리를 쏘다녔다. 이윽고 숙모 집으로 돌아가자, 모두가 걱정하고 있었다. 한스가 완전히 피로에 지쳐 힘겨워하는 모습에 달걀 수프를 주고는 잠을 재웠다. 아직 수학과 종교 시험이 남아 있었다. 내일 그것만 끝나면 집으로 돌아갈 수 있다.

다음 날 오전은 모든 시험을 잘 봤다. 어제 주요 과목을 다 망친 뒤에 오늘 시험을 잘 본 것이 얄궂은 운명처럼 느껴졌다. 이제 아무래도 상관없어. 이제 떠나는 거야. 집으로 돌아가는 거야.

"시험은 다 끝났어요. 이제 집에 갈 수 있게 됐어요."

그는 숙모에게 가서 말했다.

아버지는 하루만 더 이곳에 있자고 했다. 모두 함께 칸슈타르로 가서, 온천 공원에서 커피를 마시자고 했다. 하지만 한스는 혼자라도 떠나게 해달라고 간청했다. 한스는 기차에 올라탔다. 손에 차표를 들고, 숙모는 입맞춤과 함께 약간의 간식을 싸주었다. 그렇게 피로에 지친 한스는 아무 생각 없이 흔들리는 기차에 몸을 맡긴 채로 푸른 구릉지를 지나 집으로 향했다. 검푸른 전나무 숲이 모습을 드러나자 비로소 구원의 희열감에 젖을 수 있었다. 늙은 하녀, 자신의 작은 방, 교장 선생님, 천장이 낮은 익숙한 교실, 그 모든 것이 반갑게 기다리고 있었다.

다행히 기차역에는 말참견을 할 만한 낯익은 사람이 한 명도 없었다. 사람들의 눈에 띄지 않은 채, 작은 가방을 들고 집으로 서둘러 돌아갈 수 있었다.

"슈투트가르트에서 좋은 시간 보냈나요?"

안나 할멈이 물었다.

"좋은 시간? 시험이 그렇게 좋은 건가? 돌아와서 그냥 좋아. 아버지는 내일 돌아오실 거야."

그는 신선한 우유 한 잔을 마시고 창밖에 걸려 있던 수영복을 들고 밖으로 나갔다. 그러나 사람들이 모여드는 초원의 물놀이터로는 가지 않았다.

그는 저 멀리 마을 끝자락의 바거로 갔다. 그곳은 높은 덤불 사이로 수심이 깊은 강물이 천천히 흐르는 곳이었다. 옷을 갈아입고 먼저 손을, 그다음 발을 차가운 물속에 조심스럽게 담갔다. 살짝 몸서리가 쳐졌지만, 곧바로 강을 향해 몸을 던졌다.

약한 물살을 거슬러 한가롭게 헤엄을 치자, 요 며칠 동안의 부담과 긴장감이 모두 씻겨 나가는 기분이 들었다. 그의 가냘픈 몸이 강물 속에서 차갑게 식어가는 동안, 그의 마음은 새롭게 즐거워졌다. 이내 아름다운 고향이 자신의 것으로 여겨졌다. 멀리까지 헤엄을 쳤다가 쉬고, 다시 헤엄을 치면서 상쾌한 차가움과 피로감을 느끼기 시작했다. 배영으로, 하류로 서서히 떠내려가면서 무리 지어 금빛 원을 그리며 윙윙거리는 파리의 날갯짓에 귀를 기울였다. 그리고 서서히 저무는 하늘을 재빠르게 가로질러 날아가는 작은 제비들도 봤다. 산 정상 뒤로 숨기 시작한 태양이 하늘을 장밋빛으로 물들이고 있었다.

옷을 갈아입고 꿈을 꾸는 듯한 기분으로 흔들흔들 집으로 향했을 때는 이미 골짜기에 땅거미가 짙게 내려앉았다.

집으로 돌아가는 길에는 상인 자크만의 집 정원도 있었다. 한스는 어릴 때 그곳에서 다른 두세 명의 친구들과 함께 덜 익은 살구를 서리한 적이 있었다. 그는 흰 전나무 목재들이 뒹굴고 있는 키르히너 목재소 옆을 지나갔다. 낚시할 때면 항상 이곳의 목재 밑에서 미끼용 지렁이를 잡았다. 감독관 게슬러의 작은 집도 지나쳤다. 2년 전, 얼음지치기를 할 때 감독관의 딸 엠마에게 다가가고 싶은 마음이 굴뚝같았다. 엠마는 이 마을의 여학생들 중 가장 고상했는데, 한스와 같은 또래였다. 당시에는 한동안 엠마와 이야기를 하거나 손 한번 잡아보는 것이 꿈이었다. 하지만 소심한 성격 탓에 그 꿈은 결국 이루어지지 않았다. 그 뒤로 그녀는 기숙학교로 보내지고 말았다. 한스는 이미 그녀의 얼굴 생김새조차 떠오르지 않았다. 그러나 어릴 적의 이런 추억들이 아주 먼 옛날의 일들이었던 것처럼 한스의 머릿속에 떠올랐다. 게다가 그것은 지금까지 경험했던 그 어떤 것들보다 강한 색채와 묘하게 심장 떨리게 하는 향기를 품고 있었다. 당시만 해도 저녁이면 나숄트 집안의 리제와 함께 문 앞 통로에 앉아 감자 껍질을 까거나 옛날이야기를 듣곤 했다. 일요일 아침마다 내심 걱정을 하면서도 강 하류로 가서 바지를 걷어 올리고 새우나 물고기를 잡았다. 그리고는 외출복을 다 적신 채 집으로 돌아가 아버지에게 매를 맞기도 했다. 그 시절에는 온갖 괴상하고 희한한 일, 사람이 많았다. 한스는 이런 모든 것을 오랫동안 잊고 있었다. 목이 굽은 구둣방 아저씨 슈트로마이어가 아내를 독살했다는 건 명백한 사실이라는 소문. 그리고 괴짜 베크 씨. 그는 지팡이와 도시락을 싸 들고 도내(道內)를 떠돌아다녔지만, 옛날에는 상당한 부자로 마차와 말 네 필을 소유하고 있었기 때문에 '~님'이라 불렸었다. 한스는 이제 이런 사람들의 이야기에 대해 이름 외에는 아무것도 기억나지 않았고, 이 어두침침한 골목의 세계가 이제 자신과 인연이 다했다는 것을 어렴풋이 느끼고 있었다. 그렇다고 해서 달리 활기찬 무엇인가, 부딪혀볼 가치가 있는 게 생긴 것도 아니었다.

다음 날까지 쉴 수 있었기 때문에 한스는 정오가 다 되도록 늦잠을 자며 자유로운 기분을 만끽하다 오후에 아버지를 마중 나갔다. 아버지는 아직 슈투트가르트에서 맛봤던 온갖 즐거움에 젖어 행복해 보였다.

"시험에 합격하면 네가 원하는 것을 말해봐라. 잘 생각해."

아버지는 신이 나서 말했다.

"아니, 틀렸어요."

소년은 한숨을 내쉬며 말했다.

"당연히 떨어질 거예요."

"녀석. 쓸데없는 소리 하지 마라. 아빠 맘이 변하기 전에 원하는 걸 말해봐."

"방학을 하면 낚시를 가고 싶어요. 가도 돼요?"

"물론이지. 시험만 합격한다면 가도 돼."

다음 날 일요일에는 굵은 소나기가 퍼부었다. 한스는 몇 시간 동안 자신의 방에 틀어박혀 책을 읽거나 생각에 잠겼다. 다시 한번 면밀하게 시험 성적을 생각해보았다. 그리고 매번 '절망적 실패를 하고 말았어, 좀 더 시험을 잘 볼 수 있었는데' 하는 결론에 도달하고 말았다. 아무리 생각해도 합격은 불가능해 보였다. 이런, 또다시 두통이! 그는 점점 부푸는 불안감으로 가슴이 답답했다. 결국 그는 중압감을 이기지 못하고 아버지에게로 달려갔다.

"저, 아버지."

"왜?"

"뭐 좀 물어볼 게 있어서요. 소원 말이에요. 저는 이제 낚시를 그만두려 하는데……."

"뭐라고? 새삼스럽게 이제 와서 왜 그런 이야기를 꺼내는 거냐?"

"그냥, 제가…… 물어보고 싶었어요. 혹시…….."

"속 시원하게 말해봐. 뭔가 엉뚱한 소리를 하는 건 아니겠지? 그래, 무슨 일이냐?"

"혹시, 제가 떨어지면 김나지움에 가도 되나 해서요."

기벤라트 씨는 기가 찬다는 표정을 지었다.

"뭐라고? 김나지움이라고?"

그는 버럭 소리를 쳤다.

"네가 김나지움에 간다고? 대체 어떤 놈이 네게 그런 말을 한 거야!"

"아무도 그런 말을 하지 않았어요. 그냥 저 혼자 생각이에요."

고통이 소년의 얼굴에 죽음처럼 스며들었다. 아버지는 소년의 표정을 눈치채지 못했다.

"그만 가봐!"

아버지는 기가 막힌 듯 웃으며 말했다.

"김나지움이라고? 쓸데없는 소리는 하지도 마라. 내가 상가번영회 고문이라도 되는 줄 아는 거니?"

아버지의 단호한 태도에 한스는 포기한 채 풀이 죽어 밖으로 나왔다.

"저런 못난 놈 같으니라고!"

아버지는 한스의 뒤통수에 대고 소리를 질렀다.

"대체 무슨 소릴 하는 거야. 김나지움이라고? 바보 같은 놈! 어디 네 맘대로 해봐라!"

한스는 30분가량을 창가에 앉아 잘 닦여진 마룻바닥을 내려다보며, 앞으로 신학교도, 김나지움도, 더 이상 공부를 하지 못하게 된다면 어떻게 될지 골똘히 생각해보았다. 아마도 치즈

가게나 사무실의 견습생으로 들어가게 될 것이다. 그리고 평생을 초라하고 평범한 인간으로 살다가 생을 마감하게 될 것이다. 한스는 그런 사람을 경멸하며 반드시 성공한 사람이 되겠다고 다짐했었다. 귀엽고 영리한 학생다운 얼굴이 일그러지면서 분노와 슬픔에 젖은 씁쓸한 표정을 지었다. 화가 치밀었다. 벌떡 일어나 침을 뱉고 옆에 있던 라틴어책을 집어 들고 벽을 향해 힘껏 집어 던졌다. 그리고 빗속을 내달렸다.

월요일 아침, 그는 학교에 갔다.

"어땠어?"

교장 선생님이 물으며 손을 내밀었다.

"어제 올 줄 알았는데, 시험은 어떻게 됐니?"

한스는 고개를 푹 숙이고 말했다.

"아니, 왜 그러니? 시험을 망쳤니?"

"그런 것 같습니다."

"조금만 기다려보자."

교장 선생님이 위로해주었다.

"아마 오전 중에 슈투트가르트에서 연락이 올 거야."

오전은 무서울 정도로 길었다. 아무런 소식도 오지 않았다. 점심 시간에도 한스는 복받치는 설움 때문에 목구멍으로 음식을 삼킬 수가 없었다.

오후 2시에 교실로 들어가자 담임 선생님이 먼저 와 있었다.

"한스 기벤라트!"

선생님이 큰 소리로 불렀다.

"축하한다, 기벤라트. 네가 시험에 이등으로 합격했다는구나."

교실 안은 쥐 죽은 듯 고요해졌다. 교장 선생님이 들어왔다.
"축하한다. 어서 무슨 말이든 해봐라!"
소년은 너무나 놀랍고도 기뻐서 경직되고 말았다.
"뭐 하니, 아무 말도 하지 않을 거니?"
"이렇게 될 줄 알았다면, 일등도 할 수 있었을 텐데."
자신도 모르게 이런 말이 저절로 튀어나오고 말았다.
"어서 집에 가봐라."
교장 선생님이 말했다.
"어서 아버님께 알려드려야지. 이제 학교는 안 나와도 된다. 어차피 일주일 뒤에 방학이니까."

눈이 핑 도는 것 같은 상태로 길을 나섰다. 거리의 보리수와 햇빛을 받아 환한 광장이 보였다. 모든 것이 평소의 그대로였지만 더없이 아름답고 의미심장한 기쁨으로 다가왔다. 한스는 합격했다. 그것도 2등으로. 격한 기쁨의 감정이 진정되자, 마음속에 뜨거운 고마움으로 가득 찼다. 더 이상 목사님을 피해 다닐 필요도 없었다. 드디어 공부를 계속할 수 있게 되었다. 이제 치즈 가게나 사무실에 다닐 걱정을 할 필요가 없어졌다.

그리고 이제 당당하게 낚시를 갈 수 있게 되었다. 집에 돌아오자, 아버지가 현관문 앞에 서 있었다.
"무슨 새로운 소식이라도 들은 게냐?"
아버지가 퉁명하게 물었다.
"별일 아니에요. 이제 학교에 가지 않아도 된대요."
"뭐라고? 대체 무슨 소리야?"
"저는 이제 신학교 학생이니까요."

"그래? 해냈어? 합격이야?"

한스는 고개를 끄덕였다.

"성적은?"

"이등이래요."

이것까지는 아버지도 예상하지 못했다. 아버지는 할 말을 잃은 채 계속 아들의 어깨만 두드리며 웃는 얼굴로 고개만 흔들었다. 그러고는 뭔가 말을 하려다 말고, 또 그저 고개만 흔들 뿐이었다.

"정말 대단해!"

드디어 소리쳤다. 그리고 다시 한번 "정말 대단해!"라고 외쳤다.

한스는 집 안으로 달려 들어가 계단을 뛰어올라 다락방으로 갔다. 아무도 살고 있지 않는 다락방 벽장을 열어젖히고 뒤지기 시작했다. 온갖 상자와 실뭉치와 코르크를 꺼내 들었다. 그것은 한스의 낚시도구였다. 이제 최고의 낚싯대를 만들어야 했다. 그는 아버지에게로 달려갔다.

"아버지, 나이프 좀 빌려주세요."

"뭐 하려고?"

"나무 좀 자르게요. 낚시요."

아버지는 주머니에 손을 찔러 넣었다.

"자아."

그는 환한 미소를 지으며 흥겹게 말했다.

"자아, 이 마르크다. 네 나이프를 사거라. 하지만 한프리트 씨네 말고, 건너편 대장간으로 가거라."

한스는 그곳으로 달려갔다. 대장간 아저씨는 시험에 관해 묻고는 최상급 나이프를 내주었다.

강 하류의 브뤼엘 다리 주변에는 아름답고 유연한 오리나무와 개암나무가 자라고 있었다. 한스가 오랫동안 신중하게 고른 끝에 강하고 탄력 있는 낚싯대용 나무를 잘라 서둘러 집으로 돌아왔다.

얼굴엔 홍조를 띠고, 눈을 반짝이면서 낚싯대 작업에 몰입했다. 그것은 낚시 자체에 뒤지지 않을 만큼 즐거운 일이었다. 오후를 지나 저녁때까지 2층에 틀어박혀 있었다. 흰색과 갈색과 녹색 실을 꼼꼼히 살핀 뒤, 서로 잇거나 엉킨 매듭을 풀었다. 서로 다른 크기와 모양의 코르크와 깃털을 살피고 새로 깎기도 했다. 무게가 서로 다른 작은 납덩어리를 두드려 둥글게 뭉쳐 추를 만들었다. 이제 낚싯바늘 차례다. 보관해둔 것이 아직 조금 남아 있었다. 그것을 나누어 네 가닥의 검은 재봉실과 악기의 남은 현, 꼬아둔 말총에 단단히 동여맸다. 밤이 깊어서야 모든 준비가 끝났다. 이제 한스는 7주간의 긴 방학을 즐겁게 보낼 수 있게 되었다. 낚싯대만 있으면 날마다 아침부터 밤까지 혼자 강가에서 보낼 수 있기 때문이었다.

2장

여름 방학은 이래야 한다. 산 위에는 옅은 청자색의 푸른 하늘이 펼쳐졌다. 몇 주 동안 눈부시게 뜨거운 날들이 계속되었다. 가끔 세찬 우레비가 쏟아질 뿐이었다. 강줄기는 사암과 전나무 그늘과 좁은 계곡을 따라 흐르고 있었지만, 물이 따뜻한 덕분에 저녁 늦게까지 헤엄을 칠 수 있었다. 작은 마을 주변에는 건초와 막 풀베기 작업을 한 냄새가 풍기고 있었다. 가늘고 긴 밀밭은 노란 금갈색을 띠고 있었다. 여기저기 샛강 둑에는 하얀 꽃이 피는 독미나리 비슷한 풀이 사람 키만큼 높고 무성하게 자라 있었다. 우산 모양의 이 꽃에는 작은 딱정벌레들로 뒤덮여 있었다. 사람들은 텅 빈 줄기를 잘라 크고 작은 피리를 만들기도 했다. 숲 끝자락에는 부드러운 털에 노란 꽃을 피우는 양담배풀이 당당하고 길게 늘어서 있었다. 부처꽃과 바늘꽃이 가늘고 억센 줄기 위에서 살랑거리며 경사면 전체를 온통 자홍색으로 물들이고 있었다. 전나무 아래에는 높이 솟은 빨간 디기탈리스가 장엄한 아름다움을 뽐내며 피어 있었다. 뿌리에서 바로 나온 넓적한 잎사귀에는 은빛의 부드러운 털이 있고, 튼튼한 줄기 위에 꽃받침이 나란한 아름다운 주홍색의 꽃이다. 그 주변에는 온갖 버섯이 자라고 있었다. 붉은색의 매끄러운 파리버섯, 두툼하고 넓적한 우산버섯, 괴상하게 생긴 선모(仙茅), 붉은 가지가 많은 싸리버섯 등등. 그리고 독특한 모양에 색이 없으면서 병적으로 뚱뚱한 수정난풀. 숲과 목초지 사이의 잡초가 자라고 있는 경계에는 생명력이 강한 금작화가 샛노랗게 빛나고 있었다. 그리고 가늘고 긴 담자색의 철쭉꽃. 이제 목초지이다. 그곳에는 두 번째 풀베기를 앞두고 황새냉이, 동자꽃, 깨꽃, 솔체꽃 등이 화사하게 뒤덮고 있었다. 활엽수림 속에서는 되새가 쉬지 않고 노래 부르고 있었고, 전나무 숲에서는 노란 다람쥐가 가지 위를 달리고 있었다. 길가와 벽, 메마른 도랑에서는 녹색 도마뱀이 따뜻한 햇볕을 쬐면서 기분 좋게 호흡하며 반짝이고 있었다. 목초지 저 너머까지 매미의 드높은 울음소리가 쉬지 않고 울려 퍼졌다.

  이 무렵이 되면 마을은 농촌 분위기를 한껏 풍겼다. 건초 마차와 건초 냄새, 커다란 낫을 갈아 끼우는 소리가 거리와 하늘까지 울려 퍼졌다. 두 개의 공장이 없었다면 완전히 촌구석에 있는 기분이 들었을 것이다.

  방학 첫날은 안나 할멈이 일어나기도 전인 새벽부터 부엌에 나와 조급한 마음으로 커피를 기다렸다. 한스는 불 피우는 것을 도왔다. 그리고 접시에 빵을 집어 들고서 나와 신선한 우유로 식힌 커피를 단숨에 마신 뒤, 남은 빵을 주머니에 집어넣고 내달렸다. 그리고 철둑 위에 멈춰 서서 주머니 속의 둥근 양철통을 꺼내 들고 열심히 메뚜기를 잡기 시작했다. 기차가 지나갔다. 그러나 힘차게 달리지는 않았다. 그곳은 급경사 지역이라 천천히 달릴 수밖에 없었다. 차창은 전부 다 열려 있었고, 몇 안 되는 승객을 태운 채 증기와 연기를 한가로이 뒤로 내뿜으면서 서서히 달렸다. 한스는 하얀 연기가 소용돌이치면서 새벽의 맑은 하늘 위로 사라지는 것을 바라보았다. 얼마나 오랫동안 이런 광경들을 못 보고 지내왔던가. 그는 크게 심호흡했다. 잃어버린 아름다운 시간을 이제 두 배로 되찾고 아무런 불안과 거리낌 없이, 마치 다시 어린 시절로 돌아가려고 하듯이.

메뚜기를 넣은 깡통과 새로 만든 낚싯대를 들고, 다리를 건너고 풀밭을 지나 말을 씻기는 강 가장 깊은 곳으로 가는 길을 지나면서 한스의 마음은 환희와 낚시의 쾌감으로 고동치고 있었다. 그곳에는 버드나무에 기대어 누구의 방해도 받지 않고 낚시를 즐길 수 있는 장소였다. 그는 낚싯줄을 펼쳐 작은 납추를 달고, 통통한 메뚜기를 무자비하게 바늘에 꽂아 강 한가운데를 향해 힘차게 던졌다. 오랫동안 친숙했던 유희가 시작되었다. 작은 붕어들이 미끼 주변으로 잔뜩 모여들어 미끼를 뜯어 먹었다. 두 번째 메뚜기를 끼웠다. 그리고 다시 한번. 계속해서 네 번째, 다섯 번째. 신중하게 바늘에 미끼를 끼웠다. 이윽고 추 하나를 추가해 무게를 늘렸다. 드디어 큼직한 녀석이 미끼를 건드리기 시작했다. 녀석은 미끼를 물었다가는 다시 놓기를 반복했다. 그리고 물었다. 노련한 낚시꾼이라면 줄과 낚싯대를 통해 손가락으로 전해지는 손맛을 느낄 수 있다. 한스는 일부러 한 번 물자마자 신중하게 낚아채기 시작했다. 물고기가 걸려들었다. 한눈에 황어임을 알아차렸다. 담황색으로 빛나는 넓적한 몸통과 삼각형의 머리, 아름다운 살색 배지느러미. 어느 정도의 무게일까? 그러나 그것을 가늠할 새도 없이 황어는 필사적으로 몸통을 비틀더니 두려움에 떨면서 수면을 빙빙 돌다가 결국은 도망치고 말았다. 한스는 물고기가 물속에서 서너 번 돌다가 은빛 섬광처럼 물속으로 사라지는 모습을 바라보았다. 너무 일찍 낚싯대를 낚아챈 것이다.

낚시꾼은 드디어 낚시의 흥분과 광적인 정신 집중을 시작하게 되었다. 그의 날카로운 눈길로 가는 갈색 실과 수면이 만나는 곳에 꽂혔다. 그의 뺨은 붉게 상기되었고, 그의 동작은 빈틈없이 빠르고 정확했다. 두 번째 황어가 미끼를 물어 낚였다. 그 다음 작은 잉어는 크기가 아쉬웠다. 그리고 연속해서 세 마리의 망둥이. 아버지는 망둥이를 좋아했기 때문에 소년은 기뻤다. 이것은 고작해야 손바닥만 한 크기지만 비늘이 작고 기름진 몸뚱이와 우스꽝스러운 흰 수염이 달린 굵은 머리에, 눈은 작고 하반신은 늘씬했다. 녹색과 갈색의 중간쯤이었는데, 땅 위로 건져지자 강철빛을 발현했다.

그러는 사이 해가 중천에 떴다. 상류의 얕은 물이 새하얀 거품을 일으켰고, 강 위로는 따뜻한 미풍이 불고 있었다. 하늘을 올려다보니 무크베르크 위로 손바닥 크기의 눈부시고 작은 구름 두세 개가 떠 있었다. 더워졌다. 푸른 하늘 한가운데에 두세 개의 흰 구름이 오래 쳐다볼 수 없을 만큼 햇빛을 빨아들인 작은 구름이 쾌청한 한여름의 더위를 잘 말해주고 있었다. 이런 구름이 없었다면 얼마나 더운지를 느끼지 못했을 것이다. 푸른 하늘이나 반짝반짝 빛나는 수면도 아니라 정오의 둥글게 뭉쳐진 새하얀 구름을 보면, 순식간에 태양의 이글거림을 느끼며 그늘을 찾고 땀으로 젖은 이마 위로 자연히 손이 가게 된다.

한스는 조금씩 낚싯바늘에 신경을 쓰지 못하게 되었다. 조금씩 피로가 몰려왔다. 게다가 정오 무렵이면 물고기가 거의 낚이지 않는 것이 상식이다. 은빛 황어는 나이가 많이 먹은 큰 놈들도 정오 무렵이면 햇볕을 쬐기 위해 수면으로 올라온다. 녀석들은 거무스레한 빛깔을 띤 채 줄을 지어 꿈결처럼 수면을 향해 헤엄친다. 그리고 아무런 이유도 없이 갑자기 놀란다. 이 시각이면 녀석들은 바늘을 물지 않는다.

한스는 실을 버드나무에 걸어 강물에 드리운 채로 땅바닥에 앉아 녹색 강을 바라봤다. 물고기가 서서히 수면으로 떠올랐다. 검은 등줄기가 하나둘 수면에 드러났다. 따뜻한 햇볕의 유혹에 빠져 조용하고 천천히 헤엄치는 물고기들. 따뜻한 물 때문에 기분이 좋은 게 틀림이 없다. 한스는 장화를 벗고 물속에 발을 담갔다. 수면의 물이 미지근했다. 한스는 잡은 물고기를 바라봤다. 물고기들은 커다란 양동이 안에서 얌전히 떠 있다가 가끔 튀어 오를 뿐이었다. 너무나 아름다웠다. 움직일 때마다 흰색, 갈색, 녹색, 은색, 옅은 금색, 그 외 여러 색깔이 비늘과 지느러미에서 반짝였다.

완전한 적막이다. 다리를 건너는 자동차 소리도 거의 들려오지 않았다. 물레방아의 삐걱거리는 소리도 이곳에서는 아주 작게 들릴 뿐이었다. 단지 흰 거품을 일으키며 둑에서 계속 흘러내리는 물소리만이 평화롭고 신선하게 졸린 듯 울려왔다. 그리고 뗏목의 나무 사이에 부딪히며 돌아나가는 물살의 나지막한 소리도 들렸다.

그리스어도 라틴어도, 문법도 문체론도, 암산도 암기도, 힘들고 길었던 1년간의 고통과 불안도 모두 졸리고 더운 이 순간 속에 조용히 잠겨버렸다. 한스는 약간의 두통을 느꼈지만, 평소처럼 심하지는 않았다. 지금은 예전처럼 강가에 앉아 있을 수가 있다. 그는 둑에서 물거품이 튀는 모양을 보고, 낚싯줄을 가는 눈을 하고 쳐다보았다. 옆에 있는 양동이 안에서는 잡은 물고기들이 헤엄치고 있었다. 뭐라 형언하기 힘든 기분이었다. 이따금 자신이 주 시험에 합격했다, 2등을 했다는 생각들이 불현듯 떠올랐다. 그러고는 맨발로 물을 첨벙거리며 주머니에 두 손을 푹 찔러 넣었다. 휘파람으로 곡조를 흥얼거리기 시작했다. 그는 제대로 휘파람을 불지는 못했다. 이것은 오래전부터 고민거리였고, 그 때문에 학교에서 친구들의 놀림거리가 되었다. 그는 잇새로 낮게 울리는 정도의 소리를 낼 뿐이었지만 남에게 들려줄 것도 아니었기 때문에 그걸로 만족했다. 게다가 지금은 아무도 듣는 사람이 없었다. 다른 친구들은 지금 학교에 앉아 지리 수업을 받고 있을 것이었다. 한스 혼자만이 한가롭게 방학을 즐기고 있을 뿐이었다. 한스는 모든 친구를 앞질러버린 것이다. 친구들은 모두 그의 발밑에 있는 것이다. 그는 아우구스트 말고는 친구도 거의 없었고, 친구들의 싸움이나 놀이에 전혀 흥미를 느끼지 못했기 때문에 괴롭힘도 많이 당해야 했다. 그러나 지금은 게으르고 모자란 녀석들이 감탄하며 우러러보는 대상이 되었다. 그는 친구들을 경멸하기 위해 휘파람을 멈추고 입술을 삐죽거렸다. 낚싯줄을 당겨보니 이미 미끼가 남지 않아 허탈한 웃음만이 나올 뿐이었다. 깡통을 열어 메뚜기를 놓아주자, 녀석은 비틀거리며 풀 속으로 날아가버렸다. 가죽을 손질하던 사람들도 점심 식사를 시작했다. 점심을 먹기 위해 돌아가야 할 시간이었다.

점심 식사 내내 거의 이야기를 하지 않았다.

"얼마나 잡았니?"

"다섯 마리요."

"그래? 어미는 잡지 않도록 조심해라. 안 그러면 새끼 물고기들이 다 사라지고 마니까."

이야기는 그 이상 진척되지 않았다. 무더웠다. 밥을 먹자마자 혜엄을 치러 갈 수 없었던 것이 아쉬웠다. 대체 왜 안 되는 것인가? 건강에 좋지 않다고 한다. 정말로? 사실 아무 일도 없었다. 한스는 아주 잘 알고 있었다. 그는 금지된 이 일을 수도 없이 많이 했다. 하지만 이제는 절대 하지 않는다. 그런 어리석은 짓을 하기에는 이미 어른이 돼버린 것이다. 놀랍게도 시험을 보러 갔을 때, 그는 '~씨'라고 불렸다.

하지만 정원의 전나무 아래서 한 시간 정도 누워 있는 것도 그리 나쁘지만은 않았다. 넉넉한 그늘에서 책을 읽거나 나비를 감상하는 것도 가능했다. 한스는 그곳에서 두 시간을 뒹굴었다. 자칫했다가는 잠이 들 뻔했다. 이제 혜엄을 치러 갈 시간이다. 수영터인 초원에는 작은 소년 두세 명만이 있을 뿐이었다. 큰 아이들은 아직 학교에 있을 시간이었다. 한스는 그것이 속으로 너무도 유쾌했다. 그는 천천히 옷을 벗고 물속으로 들어갔다. 그는 더위와 차가움을 한꺼번에 즐기는 방법을 알고 있었다. 잠시 헤엄을 치다가 잠수해서 튀어 오르고, 강가에 배를 깔고 눕곤 했다. 시간이 얼마 지나지 않아 태양에 피부가 뜨거워지는 것이 느껴졌다. 작은 아이들이 그를 존경하는 마음으로 다가왔다. 그랬다. 그는 이미 유명 인사가 되어 있었다. 실제로 그는 다른 아이들과는 조금 다른 모습을 하고 있었다. 햇볕에 탄 가느다란 목덜미 위에 가냘픈 얼굴이 우아하게 자리하고 있었다. 지적인 얼굴에 총명한 눈동자를 하고 있었다. 그러나 팔과 다리는 깡말라 가늘고 연약해 보였다. 등과 가슴은 갈비뼈를 셀 수 있을 정도였다. 장딴지는 처음부터 없었던 것 같았다.

그는 오후 내내 일광욕과 물장구를 치며 보냈다. 4시가 지나자 같은 반 친구들이 왁자지껄 떠들어대며 몰려왔다.

"야, 기벤라트! 재미 좋구나."

한스는 기분 좋게 기지개를 켰다.

"응, 나쁘지 않아."

"신학교에 들어가는 건 언제니?"

"구월부터야. 지금은 방학이야."

그는 모두의 부러움을 샀다. 뒤쪽에서 비아냥거리는 목소리가 들리더니 누군가가 이런 시를 읊을 때도 한스는 태연스러웠다.

*슐체 안의 리자베트를
닮길 원하는 자여!
그는 대낮에도 누워만 있네.
나는 그럴 수가 없다네.*

한스는 그냥 웃기만 했다. 그러는 사이 아이들은 발가벗기 시작했다. 한 명이 갑자기 물속으로 첨벙 뛰어들었다. 다른 아이들은 조심스럽게 몸을 축이기 시작했다. 물에 들어가기 전에 잠시 풀밭에 눕는 아이도 있었다. 멋진 잠수 실력에 여기저기서 탄성이 쏟아지기도 했다. 겁이 많은 아이가 뒤에서 밀려 강물에 빠지면서 "사람 살려!" 하고 소리쳤다. 모두 쫓고 쫓기며 뛰어다니고, 헤엄치고, 강가에서 일광욕을 즐기고 있는 아이들에게 물을 튕기기도 했다. 물을 첨벙거리는 소리와 고함 소리가 시끄럽게 울려 퍼졌다. 강가에는 온통 흰 몸뚱이와 젖은 몸뚱이, 매끈한 몸뚱이가 빛나고 있었다.

한 시간 뒤에 한스는 사라지고 없었다. 더위가 약간 가시는 저녁 무렵이 되면 다시 물고기들이 물리기 시작한다. 한스는 저녁 식사 전까지 다리 위에서 낚시했지만 거의 잡히지 않았다. 물고기들은 먹이를 먹으려 바늘 뒤에서 다가왔다. 미끼를 쪼아댈 뿐 무는 녀석이 없었다. 미끼로 버찌를 달았는데, 너무 크거나 부드러웠던 것 같았다. 한스는 나중에 다시 한번 시험해보기로 마음먹었다.

저녁 식사 시간에 많은 사람이 축하하러 왔다 갔다는 이야기를 들었다. 그리고 오늘 주보를 보여주었다. 거기에는 공고라는 이름 아래, 다음과 같은 글이 적혀 있었다.

'우리 마을의 한스 기벤라트가 초급 신학교의 입시 시험에서 2등으로 합격했다는 소식을 알려드립니다.'

한스는 주보를 접어 주머니에 집어넣은 채 아무 말도 하지 않았지만, 뜨거운 자부심과 환호성으로 가슴이 터질 것만 같았다. 그리고 다시 낚시하러 나섰다. 이번에는 치즈 부스러기를 미끼로 준비했다. 치즈는 물고기들이 아주 좋아하는 데다 어두워져도 물고기들에게는 잘 보이는 미끼이다. 낚싯대는 두고 최소한의 낚시도구만을 챙겼다. 이것은 한스가 제일 좋아하는 낚시 방법이었다. 낚싯대와 찌 없는 낚싯줄과 바늘만으로 낚시하는 것이다. 훨씬 힘이 들면서도 훨씬 재미있었다. 미끼가 조금만 움직이더라도 마음먹은 대로 할 수 있었고, 물고기가 살짝 미끼를 쪼거나 물으면 곧바로 손맛을 느낄 수가 있었다. 꿈틀대는 낚싯줄을 통해 마치 눈앞에서 물고기가 헤엄치고 있는 듯한 느낌을 받게 되는 것이다. 물론 이 낚시를 하기 위해서는 큰 노력이 필요하고, 예민한 손끝과 탐정 같은 신중함이 필요하다.

좁고 깊은 계곡에 어둠이 일찍 찾아왔다. 다리 아래의 강물은 검고 적막했다. 날씨는 덥고 습했다. 강물 위로 검은 물고기가 빈번하게 튀어 올랐다. 이런 날이면 물고기들이 흥분하며 이리저리 헤엄치며 내달리거나, 공중으로 튀어 올라 낚싯줄을 때리며 맹목적으로 미끼에 돌진한다. 치즈가 다 떨어질 때까지 작은 붕어 네 마리를 잡았다. 이 녀석들을 내일 목사님에게로 가져갈 생각이다.

따스한 바람이 강 아래로 불어왔다. 이미 많이 어두워졌지만, 하늘은 아직 밝았다. 어두워져가는 작은 마을 전체에서 교회의 탑과 성의 지붕만이 검고 또렷하게 밝은 하늘에 우뚝 솟아 있었다. 멀리 어디선가 비바람이 몰아치고 있는 듯했다. 이따금 저 멀리서 부드럽게 천둥소리가 울려왔다.

한스는 10시에 잠자리에 들었다. 머리와 팔다리에 가벼운 피로를 느끼며, 오랫동안 느끼지 못하던 졸음이 엄습했다. 길게 이어질 아름답고 자유로운 여름날들, 한가로이 헤엄을 치고 낚시와 몽상에 빠져 보내는 나날들이 마음을 부드럽게 유혹하듯 그를 기다리고 있었다. 단 한 가지, 1등을 하지 못한 것이 못내 아쉽게 느껴졌다.

오전 일찍 한스는 이미 목사님 집 현관 앞에서 잡은 물고기를 전해주었다. 목사님은 서재에서 나왔다.

"어, 한스 기벤라트구나. 안녕, 축하한다. 정말 축하해! 손에 들고 있는 건 뭐니?"

"물고기를 조금, 어제 제가 잡은 거예요."

"그래, 어디 보자. 고맙다. 들어와라."

한스는 익숙한 서재로 들어갔다. 그곳은 목사의 방과는 거리가 멀어 보였다. 화분의 꽃 냄새와 담배 냄새도 나지 않았다. 빼곡하게 늘어선 장서들은 하나같이 새것이었다. 말끔하게 번쩍이는 금도금을 한 책등을 하고 있었는데, 일반적으로 목사들의 장서에서 볼 수 있는 색이 바라고, 뒤틀리고, 벌레 먹거나 곰팡이 반점들로 가득한 책들이 아니었다. 꼼꼼하게 살펴보면 잘 정돈된 책들의 이름들이 새로운 정신—사라져가는 시대의 고풍스럽고 존경스러운 사람들 속에서 사는 것과는 차원이 다른 정신—을 드러내고 있었다. 벵겔, 에팅거, 슈타인호퍼 등과 같은 목사들의 서재에서 명예롭게 빛나는 금빛 찬란한 서적들은, 뫼리케의 '낡은 풍향계' 속에서 아름답고 감동적으로 찬송되는 신앙심 깊은 노래의 저자들과 함께 이곳의 서재에선 찾아볼 수 없었다. 어쩌면 수많은 현대적 작품 속에 자취를 감추었는지도 모른다. 말하자면 잡지 다발들, 서류들이 흩어져 있는 높고 커다란 책상, 이 모든 것에서 학자다운 엄숙함을 엿볼 수 있었다. 이곳에서 열심히 공부하고 있다는 인상이 풍겼으며, 실제로도 이곳에서 열심히 공부하기도 했다. 물론 설교와 교리문답과 성서 강의 등을 위해서보다는 학술잡지를 위한 연구와 논문, 자신의 저서를 위한 것이었다. 몽상적인 신비주의와 예시를 위한 명상 따위는 이곳에선 추방되었다. 과학의 심연을 초월한 사랑과 동정심으로 목마른 민중의 마음을 다독이는 소박하고 감상적인 신학도 추방되었다. 그 대신, 이곳에서는 성서에 대한 비판이 이루어지며 '역사상의 그리스도'를 추구했다. 역사상의 그리스도는 근대 신학자들에 의해 입이 닳도록 논쟁을 거듭하고 있지만, 덫을 피해 도망치는 산토끼처럼 쉽게 잡을 수가 없었다.

　신학도 다른 영역의 학문과 다를 것이 없다. 예술이라 칭해도 좋을 신학도 있으며, 과학이라 불러도 좋을 신학, 적어도 그렇게 되기 위해 노력하고 있는 신학도 있다. 그것은 예나 지금이나 변함이 없다. 그리고 과학적인 사람은 새로운 가죽 주머니를 위해 낡은 술을 잊은 채, 예술적인 사람은 온갖 피상적인 잘못을 아무렇지 않게 고수하면서 수많은 사람에게 위안과 기쁨을 안겨주었다. 그것은 이미 오래전부터 비판과 창조, 과학과 예술 사이에서 승부가 나지 않는 싸움이었다. 이 싸움에서 언제나 전자가 옳았지만, 그것은 아무런 도움도 되지 않았다. 그와 반대로 후자는 끊임없이 신앙과 사랑과 위안과 아름다움과 불멸의 씨앗을 뿌리며 인내의 기반을 찾아냈다. 생은 죽음보다 강하고, 신앙은 의심보다 강하기 때문이다.

한스는 처음으로 높은 책상과 창문 사이에 놓여 있는 긴 가죽 의자에 앉았다. 목사는 매우 상냥했다. 마치 친구처럼 신학교에 대해서, 그곳의 생활과 공부에 관해 이야기해주었다.

"신학교에서 처음 접하게 되는 것들 중 가장 중요한 건……."

목사는 마지막으로 이렇게 말했다.

"신약성서의 그리스어로 들어갈 때다. 그제야 새로운 세계가 펼쳐지게 되지. 그것은 공부도 많이 해야 하지만, 기쁨 또한 대단히 크지. 처음에는 언어 때문에 아주 힘들 거야. 그건 아티카의 그리스어가 아니라 새로운 정신에 의해 만들어진 새롭고 특수한 어법이지."

한스는 긴장한 채 이야기를 들으면서 진정한 학문에 다가가는 자부심을 느꼈다.

"틀에 박힌 교육을 하기 때문에……."

목사는 이야기를 이어갔다.

"이 새로운 세계의 매력도 상당히 옅어지게 될 거다. 게다가 신학교에서는 결국은 히브리어에 훨씬 더 집중해야 할 거다. 네가 관심이 있다면 여름 방학 동안에 시작하면 더 좋을 게다. 누가복음을 두세 장 정도씩 재미 삼아 읽다 보면 반쯤 저절로 익힐 수 있을 거야. 내가 사전을 빌려주마. 하루에 한두 시간, 조금씩 해보는 거야. 절대 그 이상을 하면 안 돼. 네게는 지금 무엇보다도 휴식이 제일 필요하니까. 물론 이건 하나의 제안일 뿐이야. 나는 네 방학을 망치고 싶은 생각이 없으니까 말이야."

한스는 목사의 제안을 받아들였다. 자유롭고 즐거운 푸른 하늘에 드리운 작은 먹구름 같았지만, 제안을 거절하는 것이 부끄럽게 여겨졌다. 게다가 방학 동안에 새로운 언어를 익히는 것이 공부라기보다는 하나의 즐거움이었다. 목사의 제안이 아니었더라도 신학교에서 배워야 하는 모든 것에 대해, 특히 히브리어에 대해서는 남몰래 공포감을 느끼고 있었다.

한스는 유쾌한 마음으로 목사의 집을 나와 낙엽송 가로수 길을 따라 숲으로 향했다. 작은 불만들은 이제 완전히 사라져 버렸다. 목사의 제안은 곰곰이 생각할수록 타당성이 있다는 생각이 들었다. 왜냐하면 신학교에서도 동급생들을 이기고 싶었기에 지금보다 더 야심적으로 열심히 공부해야 한다는 것을 잘 알고 있었기 때문이다. 그는 동급생들을 완전히 꺾어 보이고 싶었다. 대체 왜? 한스 자신도 그 이유를 몰랐다. 3년 동안 그는 모두의 주목을 받았으며, 선생님들은 물론 부모도, 특히 교장 선생님의 격려는 숨 쉴 틈 없이 공부하게 했다. 한스는 3년 내내 친구들을 제치고 항상 1등이었다. 그는 점점 친구들이 자신과 어깨를 나란히 하는 걸 용납하지 않는 것에 자부심을 느끼게 되었다. 시험에 대한 어리석은 두려움도 이제는 다 지나간 일이다.

 물론 방학을 누리는 것은 무엇보다도 즐거운 일이다. 자신 외에는 아무도 산책에 나서지 않은 아침의 아름다운 숲은 아주 특별했다. 기둥처럼 늘어선 전나무들이 끝없이 펼쳐진 숲을 청록색의 둥근 지붕으로 덮고 있었다. 잡초들도 거의 없었다. 단지 굵은 산딸기 덤불이 있을 뿐이었다. 그 대신에 월귤나무와 석남화나무가 자라고 있는 부드러운 모피 같은 이끼 지대가 사방으로 넓게 퍼져 있었다. 이슬은 이미 다 말라 있었다. 곧게 뻗은 줄기 사이로 독특한 숲의 습한 더위가 감돌았다. 그것은 태양의 열과 이슬의 증기, 이끼의 향기와 수지와 전나무 잎, 버섯 등의 냄새가 한데 섞인 것으로, 오감을 가볍게 마비시킬 듯이 살랑이며 주변을 떠돌았다. 한스는 이끼 위에 누워 밀집해서 자라난 검은 산딸기를 따 먹었다. 여기저기서 딱따구리가 나무를 쪼아댔고, 질투심 많은 뻐꾸기의 울음소리가 들려왔다. 검은빛이 감도는 전나무 가지 사이로 한 점의 얼룩도 없는 푸른 하늘이 보였다. 저 멀리에 빽빽하게 늘어선 수천 그루의 수직 줄기들이 엄숙한 갈색의 벽을 이루고 있었다. 여기저기의 나무들 사이로 황금빛 햇살이 비치며 이끼 위에 따뜻해 보이는 점들과 눈부신 빛을 투영하고 있었다.

 사실 한스는 저 멀리 뤼첼 성이나 사프란 초원까지 산책할 예정이었다. 그러나 지금 그는 이끼 위에 누워 산딸기를 먹으며 멍하니 허공만을 바라보았다. 왜 이렇게 피곤하게 느껴지는지 한스 자신도 의외로 여겨졌다. 이전에는 서너 시간 걷는 것쯤은 대수롭지 않았다. 그는 기운을 차리고 아주 먼 곳까지 걷기로 결심했다. 그렇게 수백 걸음을 걸었다. 그러나 어느샌가 다시 이끼 위에 누워 쉬고 있었다. 그는 누운 채로 눈을 가늘게 뜨고 줄기와 나뭇가지 사이와 지면을 멍하니 바라보았다. 이 숲의 공기는 왜 이렇게 나른하게 만드는 걸까!

점심 무렵에 집으로 돌아오자 다시 두통 때문에 눈까지 아프기 시작했다. 숲에서 돌아오는 오솔길에서는 태양이 참을 수 없이 눈부셨다. 오후 두세 시간을 무거운 마음으로 집에서 어슬렁거리며 보냈다. 그리고 헤엄을 치러 가서야 겨우 기운을 차릴 수 있었다. 그러나 벌써 목사님 집에 가야 할 시간이었다.

도중에 구둣방 플라이크 아저씨를 만났다. 작업장 창가에서 삼각의자에 앉아 있던 구둣방 아저씨는 한스를 불렀다.

"어디 가는 거니? 요샌 보기가 힘들구나."

"목사님 댁에 가야 해요."

"또? 시험이 다 끝났잖아."

"네, 이번에는 다른 일이에요. 신약성서요. 신약성서가 그리스어로 적혀 있기는 하지만 제가 지금까지 배운 것은 완전히 다른 그리스어로 적혀 있어요. 이제 그걸 배워야 해요."

구둣방 아저씨는 모자를 푹 눌러쓰고 마치 명상가처럼 넓은 이마에 굵은 주름이 가도록 인상을 쓰며 깊은 한숨을 내쉬었다.

"한스야."

그는 나지막한 소리로 말했다.

"네게 해줄 말이 있다. 지금까지는 시험 때문에 참고 있었는데, 이제는 한마디 해야겠구나. 목사는 신앙심이 없다는 걸 일러두고 싶구나. 목사는 네게 성서가 틀렸다고, 거짓이라고 말할 거다. 그렇게 가르칠 거야. 네가 목사와 함께 신약성서를 읽게 된다면 너도 모르는 사이에 신앙심을 잃고 말 거다."

"하지만 아저씨, 저는 그냥 그리스어를 배울 뿐이에요. 신학교에 가면 어차피 해야 하니까요."

"너까지 그런 소리를 하는구나. 성경 공부를 하는 것도 신앙심이 깊은 양심적인 선생님이랑 하는 것과 신앙심이 없는 선생님이랑 하는 것은 천지 차이다."

"그야 그렇지만, 목사님이 정말로 신을 믿는지 안 믿는지는 알 수가 없잖아요."

"믿지 않을 거야. 한스, 아쉽게도 우리는 다 알고 있단다."

"하지만 간다고 이미 약속했는데 어떻게 해요."

"그렇다면 당연히 가야지. 하지만 너무 자주 가지는 말아라. 그리고 만약에 목사가 성경은 사람들이 만들어낸 거짓말이고, 성령의 암시가 아니라고 한다면 내게로 오너라. 그리고 그에 대해 이야기를 나누도록 하자. 알겠니?"

"네, 그럴게요. 하지만 너무 심한 거 아닌가요?"

"조만간 알게 될 거야. 내가 한 말을 명심해라."

목사는 아직 집에 오지 않았기 때문에 한스는 서재에서 기다려야만 했다. 금색 글자의 서명을 보다가 구둣방 아저씨의 말이 떠올랐다. 우리 마을의 목사나 신식 목사 전체에 대하여 그런 이야기를 하는 것을 몇 번이고 들은 적이 있었다. 그러나 이제는 한스 자신이 그 세상으로 빨려 들어갈 수도 있었기 때문에 긴장감과 호기심을 느꼈다. 한스에게는 그 일이 구둣방 아저씨만큼 중요하고 두려운 것으로 여겨지지 않았다. 오히려 오래된 비밀을 풀 수 있을 것 같은 느낌까지 들었다. 학교에 들어간 처음 몇 년 동안은 신의 존재, 영혼의 행방, 악마와 지옥과 같은 것에 대한 의문이 이따금 그를 사로잡으면서 생각에 빠져드는 경우가 있었지만, 최근 2, 3년 사이에는 정신없이 공부에만 몰두해 있었기 때문에 이런 의문들이 잠들어 있었다. 학교의 기독교 신앙 교육은 구둣방 아저씨와 목사를 비교해 보면 저절로 웃음을 짓게 했다. 다년간의 노력을 통해 얻은 구둣방 아저씨의 강하고 확고한 신념을 소년 한스는 아직 이해하기가 어려웠다. 플라이크 아저씨는 현명한 인물이기는 했지만, 단순하고 편향적인 신앙심 때문에 많은 사람이 그를 비웃었다. 기도 모임에서 그는 엄격한 재판관이자 성경의 권위 있는 해석자의 역할을 맡아왔다. 게다가 다른 마을의 교회에서 예배를 드리기도 했지만, 다른 일상적 생활에서는 단순히 장인에 불과한 여느 사람과 다를 게 없는 무학자였다. 그와 달리 목사는 인간적으로도 설교자로서도 빈틈없는 달변가일 뿐만 아니라 부지런하고 엄격한 학자였다. 한스는 경외의 마음으로 책들을 바라보았다.

  이윽고 목사가 돌아왔다. 프록코트를 벗고 검고 가벼운 평상복 차림으로 갈아입고는 한스에게 누가복음의 그리스어판을 건네며 읽어보라고 했다. 그것은 라틴어 공부와는 전혀 달랐다. 두 사람은 아주 짧은 문장을 읽었다. 단어 하나하나가 매우 면밀하게 번역되었다. 그런 다음 목사는 간단한 예를 들어가며 달변으로 이 이야기의 독특한 정신을 설명하고, 이 성경이 성립된 시대와 배경을 설명함으로써, 단 한 시간 만에 소년에게 배움과 읽는다는 것에 대해 전혀 새로운 개념을 심어주었다. 한 구절 한 단어 속에 어떤 비밀과 문제가 숨어 있는지, 이 의문 때문에 예로부터 수천에 달하는 학자와 명상가, 연구자가 얼마나 큰 노력을 기울였는지 한스는 어렴풋이나마 알게 되었다. 한스는 이 한 시간 동안 자신도 진리 탐구자의 일원이 된 것 같은 기분이 들었다.

한스는 사전과 문법책을 빌려 와 밤새도록 공부했다. 한스는 이제 참된 연구자의 길을 걷기 위해서 얼마나 많은 공부와 지식의 산을 넘어야 하는지를 깨달았다. 그리고 끝까지 포기하지 않고, 절대로 대충 하지 않으리라 굳게 다짐했다. 구둣방 아저씨에 대해서는 까맣게 잊어버리고 말았다.

며칠 동안 한스는 새로운 학문에 몰두했다. 매일 밤 목사를 찾아갔다. 날이 갈수록 진정한 학문의 아름다움을 맛보고, 곤란이 늘어나면서 동시에 노력한 보람이 있다는 뿌듯함을 느꼈다. 이른 아침에는 낚시를 가고 오후에는 헤엄을 치러 갔지만, 그 외에는 거의 외출하지 않았다. 시험의 불안과 승리의 뒤에 감춰진 공명심이 다시 눈을 뜨기 시작하면서 그를 쉬지 않게 만들었다. 동시에 과거 몇 달 동안 자주 느껴야 했던 그 특유의 감정이 다시 머릿속에서 꿈틀거리기 시작했다. 그것은 고통이 아니라 요동치는 맥박과 격렬한 흥분으로 조급하게 성공을 거두려는 활동, 곧장 앞으로 달려가려는 욕망이었다. 물론 그러고는 두통이 났지만, 이 미묘한 열기가 지속되는 동안에 독서와 공부는 폭풍이 몰아치듯 계속되었다. 그리고 사전은 거의 펼쳐보지 않은 채 예리한 두뇌의 힘만으로 어려운 문장들을 몇 페이지나 즐겁게 술술 독파해 나아갔다. 왜곡된 학구열과 지식욕과 자만의 결합이 한스를 학교와 선생님과 학창 시절을 완전히 초월하여, 지식과 능력의 정상을 향해 그 특유의 궤도를 달리고 있는 듯한 기분이었다.

다시 그런 기분에 사로잡히게 되면서, 묘하게 확실한 꿈을 동반하면서 깊은 잠을 자지 못하게 되었다. 한밤중에 두통 때문에 잠에서 깨어 더 이상 잠을 잘 수 없게 되면서 전진에 대한 초조함에 사로잡혔다. 게다가 자신이 모든 학생을 어떻게 따돌렸는지, 선생님들과 교장 선생님이 일종의 존경을, 아니 찬사의 눈길로 자신을 바라봐온 것을 생각하면서 우월감에 빠져들었다.

교장 선생님은 한스 스스로가 자각하고 아름다운 공명심에 이끌려 성장하는 모습을 바라보는 것을 만족스러워했다. 교사들을 냉정하고 화석과도 같은 영혼이 없는 고루한 인간이라고 치부해서는 안 된다. 아니, 오히려 아무리 아이들을 자극해도 눈 뜨지 못했던 재능의 싹이 트고, 소년들이 나무칼과 돌팔매와 활쏘기와 같은 모든 장난감을 버리고 앞으로 나아가기 위한 노력을 시작하여, 진지한 학습을 통해 말썽꾸러기가 모범적이고 금욕적인 소년으로 변하여, 그 얼굴에 어른스러운 정신이 깃들고, 눈동자는 깊이를 더해가며 목표가 명확해지면서, 손이 안정되어 희고 정숙해지는 것을 보면 교사의 영혼은 기쁨과 자부심에 미소를 짓게 된다. 교사의 의무와 국가가 교사에게 위임한 직무는 어린 소년들의 마음속 조잡한 힘과 자연스러운 욕망을 제어하고 제거하여, 그 대신에 국가가 인정하는 차분하고 안정된 이상을 심어주는 것이다. 현재는 행복한 시민이나 성실한 관료가 된 사람 중에서도 학교의 그런 노력이 없었다면, 변방의 무모한 개혁가나 무익한 상념에 사로잡힌 몽상가가 되었을 사람이 적지 않을 것이다. 소년들의 내면에는 거칠고 난폭한, 야만적인 것이 내재되어 있다. 일단은 그것을 깨뜨려야 한다. 또한 소년들의 내면에 잠재된 위험한 불꽃을 먼저 꺼야, 완전히 짓밟아서 꺼버려야 한다. 자연 속에서 탄생한 그대로의 인간은 가늠할 수 없는, 예측 불허의 불온한 존재이다. 그것은 미지의 산에서 떨어지는 폭포이며, 길도 질서도 없는 원시림이다. 원시림이 베어지고, 정리되고, 힘으로 제어돼야 하는 것처럼 학교도 자연 그대로의 인간을 깨부수고 굴복시켜 힘으로 제어해야만 한다. 학교의 사명은 정부에서 정한 원칙에 따라 자연 상태의 인간을 사회의 유용한 일원으로서, 언젠가 병영의 주도면밀한 훈련을 통해 최고의 상태로 만들 수 있는 성질을 일깨우는 데 있다.

어린 기벤라트는 얼마나 훌륭하게 성장했는가! 어슬렁어슬렁 다니며 노는 것을 제힘으로 그만두었다. 수업 중에 버릇없이 웃는 일은 이미 오래전에 사라졌다. 흙장난과 토끼 기르기, 버리기 힘들었던 낚시도 완전히 끊어버렸다.

어느 날 밤, 교장 선생님이 손수 기벤라트의 집을 방문했다. 감격에 겨워하는 아버지와 정중하게 인사를 나눈 뒤 한스의 방으로 갔다. 소년은 누가복음을 공부하고 있었다. 교장 선생님은 매우 다정하게 인사말을 건넸다.

"기벤라트, 벌써 공부를 시작했다니 대견하구나. 하지만 어째서 한 번도 찾아오지 않았니? 매일 기다리고 있었는데."

"가려고 했는데…… 큼직한 물고기라도 가져다드리려고 생각했었는데요."

한스는 용서를 빌었다.

"물고기? 무슨 물고기?"

"그게, 잉어 같은……."

"아아, 그랬구나. 아직 낚시를 즐기고 있니?"

"네, 하지만 조금씩이요. 아버지가 허락하셨어요."

"음, 그래. 재미있니?"

"네, 당연하죠."

"좋아, 그래야지. 고생을 많이 했으니 방학 때 쉬는 것이 당연하지. 그럼 공부는 전혀 할 생각이 없는 거니?"

"해야죠. 물론이지요."

"하지만 스스로 하고 싶지 않으면 억지로 하지 않아도 돼."

교장 선생님은 두세 번 깊은 한숨을 내쉬고는 옅은 수염을 매만지며 의자에 앉았다.

"한스야."

교장 선생님이 말했다.

"내가 하고 싶은 말은, 시험 성적이 아주 좋은 다음에는 갑자기 성적이 뚝 떨어지기도 한단다. 신학교에 들어가면 새로운 과목이 많이 늘어날 거야. 게다가 방학 동안에 선행학습을 해오는 친구도 아주 많단다. 특히 시험 성적이 별로 좋지 않았던 학생들 중 그런 아이가 많지. 그런 학생들의 성적이 쑥 오르면서, 방학 동안 승리에 도취해 있던 학생들을 따라잡게 되는 거야."

선생님은 다시 한숨을 내쉬었다.

"우리 학교에서는 쉽게 수석을 할 수 있었지만, 신학교의 친구들은 완전히 다르다. 천재적인 친구들과 노력파 친구들이 대부분이니까. 그런 아이들을 이기는 건 쉬운 게 아니야. 무슨 말인지 알겠니?"

"네."

"그래서 말인데, 방학 동안에 공부를 좀 하면 좋지 싶구나. 물론 적당하게 말이지. 네게는 충분한 휴식을 취할 권리와 의무가 있단다. 하지만 하루 한두 시간 정도 공부를 하면 좋지 않을까 생각한다. 그러지 않으면 다시 궤도에 올라 술술 공부할 수 있을 때까지 몇 주일이나 시간이 필요할 테니까. 어떠니?"

"저도 그렇게 생각하고 있습니다. 선생님만 도와주신다면……."

"좋아. 신학교에선 히브리어 다음으로 특히 호메로스가 새로운 세계를 열어줄 거다. 지금부터 기초를 다져둔다면 호메로스를 읽을 때 배 이상으로 음미하고 이해할 수 있을 거다. 호메로스의 말은 고대 이오니아의 사투리인데, 호메로스풍의 음률법과 함께 대단히 독특하고 독창적인 거란다. 이 문학을 제대로 음미하려 한다면 철저하게 공부해야만 한다."

한스는 기꺼이 이 새로운 세계로 들어갈 마음이 있었으며, 최선을 다하겠다고 다짐했다.

그러나 그 뒤가 더 무서웠다. 교장 선생님은 헛기침을 하고 다정하게 말했다.

"솔직히 말하자면 수학도 두세 시간 정도 하면 좋을 것 같다. 물론 네가 수학을 잘하는 걸 알지만 그래도 자신이 있는 과목은 아니잖니. 신학교에서는 대수와 기하학을 하게 될 거다. 두세 단원 정도 선행학습을 해두는 것이 좋을 거다."

"선생님, 잘 알겠습니다."

"전에도 말했듯이 언제든지 나를 찾아와도 된다. 네가 훌륭한 사람이 되는 것을 보는 건 내게도 명예로운 거야. 하지만 수학은 수학 선생님께 개인교습을 받을 수 있도록 아버님께 말씀드려야 할 거다. 일주일에 세 시간이나 네 시간 정도면 충분할 거다."

"잘 알겠습니다."

공부는 문제없이 진척되었다. 한스는 한 시간이라도 낚시하거나 산책하면 양심의 가책이 느껴졌다. 헌신적인 수학 선생님은 한스의 수영 시간을 공부 시간으로 바꿔놓았다.

이 대수의 시간은 아무리 공부해도 재미를 느낄 수가 없었다. 무더운 한낮에 수영 대신에 선생님의 무더운 방으로 찾아갔다. 모기가 윙윙거리는 먼지 속에서 머리를 감싸고 쉰 목소리로 a 플러스 b, a 마이너스 b를 암송하는 것은 참기 힘든 고역이었다. 그리고 뭔가가 마비된 듯한, 뭔가에 떠밀리는 듯한 분위기가 느껴졌다. 심할 때는 이런 느낌이 암담한 절망감으로 바뀌기도 했다. 원래 그에게 수학이란 기묘한 과목이었다. 한스는 결코 수학적 머리를 가진 학생이 아니었다. 그는 이따금 기가 막힌, 아니 아주 획기적인 풀이 방법을 만들어내기도 했다. 그리고 스스로 그 사실이 유쾌하게 여겨졌다. 한스는 수학이 변칙이나 속임수가 없으며, 문제의 관점에서 벗어나 불확실한 샛길로 빠져들지 않는다는 점이 좋았다. 똑같은 이유에서 라틴어도 매우 좋아했다. 이 언어는 간단명료하여 애매한 부분이 없었는데, 거의 의심의 여지가 없었다. 그러나 산술에서는 답이 모두 맞았다고 해서 별 재미를 느낄 수가 없었다. 수학 공부나 수업은 평탄한 국도를 걷고 있는 것처럼 느껴졌다. 끝없이 앞으로 나아가 전날에는 몰랐던 무언가를 매일 조금씩 알아가고 있기는 하지만, 갑자기 광활하게 펼쳐진 전망을 볼 수 있는 산을 오르는 것 같은 느낌은 전혀 없었다.

교장 선생님 집에서의 공부는 그나마 활기가 넘쳤다. 물론 목사님의 신약성서가 변질된 그리스어도 교장 선생님의 참신하고 생동감 넘치는 호메로스의 말 이상으로 훨씬 매력적인 훌륭한 것임을 깨달았다. 그러나 결국 호메로스는 호메로스였다. 처음의 힘든 과정이 지나면 그다음에는 생각지도 못한 즐거움이 나타나면서 앞으로 쭉 빨려드는 느낌이었다. 신비적이고 미적 울림을 주는 난해한 시구 앞에서 마음이 초조해지고 긴장감으로 전율을 느끼는 경우가 자주 있었다. 그리고 두근거리는 마음으로 사전을 펼쳐 볼 때마다 고요하고 맑은 화원을 열어줄 열쇠를 발견할 수 있었다.

숙제가 점점 쌓여만 갔다. 어떤 문제를 풀기 위해 밤늦게까지 책상 앞에 앉아 있는 일이 다반사였다. 아버지는 이런 모습을 뿌듯하게 바라보았다. 아버지의 우둔한 머릿속에는 자신들이 어렴풋이 존경하면서 올려다보던 그 높은 곳을 향해, 자신의 줄기에서 뻗어 나온 가지가 높이 솟아나고 있다는 어리석고도 평범한 인간들의 이상이 몰래 감춰져 있었다.

방학 마지막 주가 되자 교장 선생님과 목사님은 눈에 띨 정도로 다정하게 대했다. 두 사람은 수업을 거르면서 한스와 산책을 하거나, 기운을 회복하고 씩씩하게 새로운 여정을 떠나는 게 얼마나 중요한 것인지를 역설했다.

한스는 두세 번 낚시도 갔다. 줄곧 두통을 느끼면서 이제는 담청색의 초가을 하늘이 투영된 강물을 보며 강가에 아무 생각 없이 앉았다. 대체 왜 그렇게 여름 방학을 기다렸었는지 이해가 되지 않았다. 지금은 오히려 여름 방학이 다 끝나고 전혀 다른 생활과 공부가 시작되는 신학교에 들어가는 것이 반가웠다. 물고기에는 아무런 관심이 없었기 때문에 거의 잡지 못했다. 아버지에게 낚시를 그만두겠다는 사실을 알리고는 낚싯줄을 다락방의 상자에 집어넣었다.

이제 며칠 안 남았다. 한스는 불현듯 몇 주 동안이나 구둣방의 플라이크 아저씨를 찾아가지 않았다는 것이 생각났다. 지금이라도 찾아가기 위해서는 심적인 격려가 필요했다. 저녁이었다. 아저씨는 어린아이들을 무릎 위에 한 명씩 앉힌 채 창가에 앉아 있었다. 창문은 열려 있었지만, 가죽과 구두약 냄새가 집 안 전체에 배어 있었다. 한스는 우물쭈물하면서 자기 손을 아저씨의 크고 거친 손 위에 올렸다.

"그래, 어땠니? 목사에게서 많이 배웠니?"

아저씨가 물었다.

"네, 매일 가서 많은 걸 배웠어요."

"그래, 어떤 걸?"

"주로 그리스어였지만, 다른 것도 이것저것."

"그런데 나를 찾아올 생각은 한 번도 하지 않았니?"

"오고 싶었지요. 하지만 쉽지 않았어요. 목사님 집에서 하루 한 시간, 교장 선생님한테서 하루 두 시간, 수학 선생님한테 일주일에 네 번 가야 했으니까요."

"방학인데도? 정말 한심하구나."

"저도 잘 모르겠어요. 선생님들이 그러라고 하셔서요. 게다가 저는 공부하는 게 힘들지 않으니까요."

"그럴지도 모르지."

플라이크 아저씨는 한스의 팔을 잡고 말했다.

"공부도 좋지만, 이 팔 좀 봐라! 얼굴도 핼쑥하구나. 요새도 두통이 심하니?"

"가끔요."

"한스, 그건 말도 안 되는 죄악이야. 네 나이 때에는 밖에서 충분히 운동하고 휴식도 취해야 한단다. 방학이 왜 있겠니? 방에 틀어박혀 공부나 하라고 있는 건 아니겠지? 정말 가죽하고 뼈만 앙상하구나."

한스는 웃었다.

"걱정하지 않아도 네가 알아서 잘하겠지만, 지나친 것은 모자란 것만 못한 거야. 목사와의 공부는 어땠니? 무슨 말을 했니?"

"이것저것 많은 말을 했지만, 나쁜 말을 하진 않았어요. 아는 게 아주 많은 분이에요."

"성경을 모독하는 말을 하지 않았니?"

"아뇨, 한 번도 하지 않았어요."

"그거 다행이구나. 하지만 이것만을 알아둬라. 영혼을 해치느니 차라리 육신이 열 번 죽는 게 낫다. 너는 이제 목사가 될 테지만, 그건 아주 힘든 일이란다. 그러기 위해서는 흔히 볼 수 있는 젊은 어중이떠중이와는 다른 인간이 필요하단다. 아마도 너는 틀림없이 언젠가 영혼을 구원하는 손길, 가르침을 주는 사람이 될 거야. 내가 그렇게 되길 마음속으로 간절히 바라고 기도하마."

그는 벌떡 일어서 양손을 소년의 어깨 위에 올렸다.

"한스, 건강해라. 바른길에서 벗어나지 않도록 주님이 네게 축복하고 지켜주시길! 아멘."

그의 엄숙한 기도와 표준어 문구가 소년의 가슴을 아프게 옥죄었다. 목사와 작별할 때는 이렇게 하지 않았다.

준비와 작별 인사로 며칠을 정신없이 보냈다. 이불과 옷가지와 속옷, 책을 넣은 상자는 이미 발송했다. 손가방도 꽉 채웠다. 어느 선선한 아침, 아버지와 아들은 마울브론으로 향하는 여행을 떠났다. 고향을 떠나, 아버지의 집을 떠나 낯선 학교에 들어간다니, 왠지 가슴이 답답해지는 느낌이 들었다.

3장

 주 서북부 끝자락의 우거진 숲 언덕과 한적하고 작은 몇몇 호수 사이에 시트 교단의 마울브론 수도원이 있다. 넓고 아름다운 고건축물이 잘 보존되어 있었고, 내부나 외부 모두 매우 빼어났기 때문에 누구라도 살고 싶은 생각이 들었을 것이다. 건물은 수백 년 동안에 한적하고 아름다운 숲과 고상하게 조화를 이루고 있었다. 수도원을 방문하는 사람은 높은 벽 사이의 그림처럼 펼쳐진 아름다운 문을 지나 넓고 조용한 정원으로 들어서게 된다. 정원에는 분수가 물을 뿜고 있었다. 또한 엄숙한 고목들이 늘어서 있었다. 양측에는 튼튼한 오래된 석조 건물이 있었다. 안쪽으로는 본당의 정면이 보였는데, 후기 로마네스크풍의 현관은 무엇과도 견줄 수 없을 만큼 우아하고 사랑스러운 미를 자랑하며 파라다이스라 불리고 있었다. 본당의 당당한 지붕 위에는 바늘과 같은 가늘고 익살스러운 탑이 자리를 잡고 있었다. 어째서 거기에 종이 달려 있어야 하는지는 이해할 수 없었다. 잘 보존된 회랑은 그 자체가 아름다운 건물이지만, 그 일부인 아름다운 분수가 있는 예배당은 말 그대로 하나의 보물이었다. 수도사들의 식당은 힘차고 고상한 십자가 모양의 둥근 천장으로 된 멋진 공간이었다. 그리고 기도실, 접견실, 평신도 식당, 수도원장의 사택 등과 교회당이 두 덩어리로 이어져 있었다. 그림처럼 아름다운 벽, 들창, 문, 작은 정원, 물레방아, 저택 등이 중후한 고건축물을 밝고 아름답게 장식해주고 있었다. 넓은 정원은 적막한 고요 속에서 꿈을 꾸듯이 나무 그림자와 유희를 즐기고 있었다. 점심 시간 한 시간 동안에만 약간의 활기를 엿볼 수 있었다. 그 시간에는 젊은 학생 무리가 수도원에서 쏟아져 나와 넓은 정원 여기저기에 흩어져 겨우 사람들의 움직임 소리와 부르는 소리, 이야기 소리와 웃음소리를 들을 수 있었다. 가끔은 장난을 치는 사람도 있었지만, 휴식 시간이 끝나면 다시 벽 속으로 사라져 인적이라고는 찾아볼 수 없었다. 이 정원에 서서, 이곳이야말로 건실한 삶과 기쁨을 맛보기에 어울리는 장소다, 여기야말로 생명이 있는 자와 축복을 가져다주는 자로 성장할 수 있는 곳임이 틀림없다, 여기야말로 분명 성숙한 훌륭한 인물들이 기꺼운 사상을 생각하고 아름답고 맑은 작품을 만들어낼 수 있는 곳임이 틀림없다고 생각한 사람도 적지 않을 것이다.

정부는 신중한 배려로, 언덕과 숲 뒤에 감춰진 채 속세와 동떨어진 이 아름다운 수도원을 신교의 신학교 학생들에게 제공한 것이다. 아름답고 고요한 환경을 감성적인 젊은 마음에 선물하기 위한 것이다. 동시에 이곳에서 젊은 학생들이 도시생활과 가정생활의 산만함에서 벗어나, 복잡하고 바쁜 일상의 해로운 광경으로부터 보호를 받고 있었다. 그 덕분에 소년들은 몇 년 동안 히브리어와 그리스어의 연구를 다른 참고 과목들과 함께 진지한 삶의 목표로 삼으며, 젊은 영혼의 갈망을 푸르른 정신적 연구와 학문 향유에 집중시킬 수 있는 것이다. 또한 기숙생활이 자기교육을 촉진하고, 단체 감정을 기르는 데 중요한 요소가 되기도 했다. 신학교 학생들은 국비로 생활하고 공부할 수가 있었다. 정부는 학생들이 특별한 정신적 자신이 될 수 있도록 배려하고 있다. 이러한 정신을 통해 그들은 훗날 언제 어디서 만나더라도 신학교 학생이었다는 것을 구분할 수 있었다. 그것은 일종의 교묘하고도 확실한 표식과도 같았다. 자발적인 예속을 의미하는 정교한 상징인 것이다. 이따금 도망을 치는 난폭한 문제아를 제외한 슈바벤의 신학교 학생들은 평생 그 그림자가 따라다니게 된다. 인간은 정말 가지각색이다. 또한 인간이 처한 환경 또한 얼마나 각양각색인가. 정부는 이러한 학생들에게 일종의 정신적 제복 혹은 수도복으로 합법적이고 근본적으로 획일화를 해버리는 것이다.

  수도원의 신학교에 들어갈 때, 어머니가 함께 자리한 학생들은 그날의 감사와 감동이 평생의 추억으로 남게 된다. 한스 기벤라트는 그런 처지가 아니라서 아무런 감동도 없이 그 시간을 흘려버렸지만, 수많은 다른 어머니를 바라보며 뭔가 특별한 인상을 받았다.

  대침실이라 불리는, 벽장이 달린 복도에 상자와 바구니들이

어지럽게 흩어져 있었다. 부모님과 함께 온 소년들이 자질구레한 물건을 꺼내고 정리했다. 각자 번호가 달린 벽장, 공부방에서는 번호가 달린 책꽂이가 나누어졌다. 아들과 부모님들은 바닥에 앉아 짐을 풀었다. 그 사이를 조교가 군주처럼 오가며 친절하게 조언하기도 했다. 모두가 짐을 풀어 옷을 펼치고, 속옷을 접고, 책을 쌓아 올리고, 신발과 실내화를 정리했다. 준비해 온 짐들은 거의 비슷했다. 가져와야 할 속옷의 종류의 개수, 그 밖의 생활용품은 꼭 필요한 것만 미리 정해주었던 것이다. 이름이 새겨진 놋쇠 세숫대야가 나누어졌다. 세면장에는 해면(海綿, 스펀지)과 비눗갑과 칫솔 등이 나란히 놓였다. 그리고 각자에게 램프와 석유통과 식기를 가져다주었다.

소년들은 모두 흥분한 채 바삐 움직였다. 아버지들은 미소를 지으며 도와주거나 몇 번이고 회중시계를 들여다보았다. 그들은 지루해하며 자꾸 들락거렸다. 그와 달리 어머니들은 모든 일의 중추 역할을 담당했다. 옷가지와 속옷을 일일이 손에 들고 주름과 띠를 곧게 펴고, 신중하게 차곡차곡 벽장 안을 정리했다. 훈계와 주의와 애정도 함께 쏟아졌다.

"새로 산 속옷은 특히 아껴야 한다. 삼 마르크 오십이나 주었으니까."

"속옷은 매달 철도 우편으로 보내거라. 급할 때는 우편으로. 검은 모자는 일요일에만 써야 한다."

뚱뚱하고 마음씨 좋아 보이는 어머니가 커다란 상자 위에 앉아서 아들에게 단추를 다는 방법을 알려주었다.

"집에 오고 싶을 때면 편지를 보내거라. 크리스마스까지 얼마 남지 않았으니까" 하는 목소리가 들려왔다.

아름답고도 아직 젊은 어머니가 꽉 찬 아들의 벽장을 바라보며 속옷 종류와 상의와 바지를 어루만졌다. 그리고 어깨가 딱 벌어지고 볼이 통통한 아들을 쓰다듬기 시작했다. 아들이 부끄럽게 웃으며 머뭇거리다 어머니의 손을 떼어내고 당당해 보이려는 듯 양손을 주머니에 찔러 넣었다. 이별은 아들보다 어머니가 더 힘들어하는 듯했다.

다른 소년들은 정반대였다. 그들은 바쁘게 움직이는 어머니를 물끄러미 바라보며 함께 집으로 돌아가고 싶어 하는 모습이었다. 어떤 소년을 보더라도 이별의 두려움과 몰려오는 애정과 그리움이, 남의 눈을 의식한 부끄러움과 남자다운 체면을 유지하려는 마음과 격렬하게 싸우고 있었다. 당장이라도 큰 소리로 울고 싶은 심정인 소년들 중 억지로 아무렇지 않은 듯 꾸미는 아이도 있었다. 어머니들은 그 모습에 미소를 지었다.

소년 대부분이 짐 상자에서 필수품 외에 사과 주머니나 훈제 소시지, 비스킷 종류의 작은 상자 등 약간의 간식거리를 꺼냈다. 개중에는 스케이트를 가져온 소년도 많았다. 약삭빨라 보이는 작은 소년 하나가 남의 눈은 전혀 개의치 않고 햄을 잔뜩 꺼내 들어 오히려 눈길을 끌었다.

소년들은 모두 집에서 직접 왔거나, 아니면 지금까지 다른 기숙학교를 다녔을 거라는 걸 쉽게 구별할 수 있었다. 그러나 후자인 학생들에게서도 흥분과 긴장의 기색이 역력했다.

기벤라트 씨도 요령껏 빠르게 아들의 짐 정리를 도와주었다. 다른 소년들보다 일찌감치 짐 정리를 끝내고 한스와 함께 따분하게 그냥 멍하니 서 있어야 했다. 그러나 주변을 둘러보니 주의를 주는 아버지와 위로하는 어머니, 슬픈 표정으로 듣고 있는 아들들의 모습만 보이자 한스의 아버지도 한스의 미래를 위해 뭔가 덕담을 해주는 것이 타당하다고 여겼다. 그는 오랫동안 생각에 잠긴 채 한스의 주변을 서성였다. 그러더니 갑자기 온갖 좋은 말을 털어놓기 시작했다. 갑작스러운 덕담에 한스는 의아해하며 조용히 듣고 있었는데, 한 목사가 곁에서 이 모습을 재미있다는 듯이 미소하며 지켜보는 모습을 발견하고는 창피해져 아버지의 옷을 잡아당겼다.

"잘 들어라. 집안의 명예를 높여야 한다. 그리고 어른들의 말씀을 잘 따라야 한다."

"네, 당연하죠."

한스가 대답했다. 아버지는 말을 끝내고 긴 한숨을 내쉬었다. 그는 너무나 따분하게 느껴졌다. 한스도 거의 말하지 않았다. 호기심과 답답한 마음에 창문 너머 조용한 회랑을 내려다보니, 그 고풍스럽고 은둔적인 분위기와 2층의 와자지껄한 모습이 묘한 대조를 이루고 있었다. 그리고 다시 정신없이 분주한 친구들을 조심스럽게 바라보았다. 그 속에는 아는 친구가 한 명도 없었다. 슈투트가르트에서 만났던 괴팍엔의 소년은 라틴어를 잘했는데도 떨어진 것 같았다. 적어도 한스의 눈에는 보이지 않았다. 그러나 그에 대해서는 별로 신경을 쓰지 않고 앞으로 동급생이 될 친구들을 관찰했다. 모든 친구의 짐이 종류나 숫자에서 거의 차이가 없었지만, 도시 아이와 시골 아이, 유복한 아이와 가난한 아이는 쉽게 구분이 되었다. 물론 부유한 집안의 아들이 신학교에 입학하는 것은 드문 일이었다. 그것은 부모의 자부심이나 신앙심이 깊기 때문이기도 하고, 아이의 선천적인 자질 때문이기도 했다. 게다가 수많은 교수와 고위 관료가 자신의 수도원 시절을 회상하며 아들을 마울브론으로 보냈다. 그 때문에 학생들의 검은 제복의 옷감과 모양이 각양각색으로 차이가 있었다. 그뿐만 아니라 소년들의 버릇과 태도 또한 서로 달랐다. 마르고 경직된 팔다리의 슈바르츠발트 태생의 아이, 옅은 금발에 입이 큰 다혈질의 고지대 아이, 밝고 여유로운 모습에 몸이 가벼운 평원 출신의 아이, 뾰족한 구두에 사투리를 쓰지 않고 세련된 말투를 가진 슈투트가르트의 아이 등이 있었다. 이 혈기 왕성한 소년들 중 거의 5분의 1이 안경을 쓰고 있었다. 슈투트가르트 출신으로 나약하지만 세련되어 보이는, 어머니 손에 자란 소년 한 명은 비싼 펠트 모자를 쓰고 고상한 척 행동했다. 하지만 그 화려한 장식들은 훗날 난폭한 친구들의 놀림과 폭행 욕구를 자극할 것이라고 짐작했다.

누구라도 예리한 눈매를 가진 사람이라면 겁에 질려 있는 이 소년들이 주 시험을 통해 선별된 비범한 소년들임을 인정할 것이다. 주입식 교육을 받았다는 것을 쉽게 알아볼 수 있는 평범한 소년들과 함께, 총명한 소년, 자기주장이 뚜렷해 보이는 소년도 적지 않았다. 그들의 매끄러운 이마 깊숙한 곳에는 좀 더 높은 삶에 대한 바람이 아직 반쯤은 잠들어 있는 것처럼 보였다. 아마도 이 중 한두 명은 빈틈없고 완고하기로 유명한 슈바벤 인재의 머리도 있을 것이다. 이런 형태의 머리는 때

때로 훗날 큰 세계의 한복판으로 파고들어 가 그들의 메마르고 완고한 사상을 새롭고 강력한 체계의 중심으로 만들어버린다. 그것은 슈바벤 지역 사람들이 매우 교육이 잘된 신학자를 세상에 배출할 뿐만이 아니라, 전통적으로 철학적 사색 능력이 뛰어나기 때문이다. 실제로 지금까지 이 철학적 사색은 많은 명망 높은 예언자 혹은 이단아를 배출하고 있다. 이렇게 해서 이 비옥한 주는 정치적으로는 전통적으로 뒤처진 병아리로서 날카로운 부리를 가지고 있는 북방의 매 프로이센에 의지하고 있지만, 적어도 신학과 철학과 정신적 영역에서는 여전히 세상에 확고한 영향력을 끼치고 있다. 동시에 이 지역민들 중에는 예로부터 아름다운 모습과 몽환적인 시를 즐기는 마음이 잠재되어 있다. 그 덕분에 때로는 위대한 시인을 배출하기도 했다. 물론 최근 들어 과거처럼 대접받지는 못하고 있다. 시에 대해서도 북방에 살고 있는 사람들이 두각을 나타내고 있고, 남방의 말을 조잡한 것으로 치부하며 한층 날카로운 언어로 때로는 흙냄새를, 때로는 베를린의 우아함을 노래하면서 고풍스러운 시보다 예리함에서 능가하는 음률을 자랑하고 있다. 아쉽게도 이것을 부정하고 거만한 베를린 사람들을 끌어내리는 것이 이곳에서는 물론 다른 곳에서도 불가능하다. 우리는 서로의 영역을 기꺼이 인정하자. 우리 슈바벤 사람에게는 고요한 숲 위에 태고의 빛나는 유산이 꿈을 꾸고 있는 고성 호엔슈타우펜을, 북방의 사람들에게는 잘 닦여진 차도가 번쩍이는 대포 옆을 지나고 있는 호엔촐레른 성을, 그 영역으로 인정하자. 서로 각자의 장점이 있는 것이다.

마울브론 신학교의 시설과 습관은 겉에서 볼 때, 슈바벤적인 것은 전혀 느껴지지 않았다. 오히려 수도원 시대부터 남아 있던 라틴어의 명칭과 함께 온갖 고전적인 예식이 새로 더해졌다. 학생들의 방에는 포룸, 헬라스, 아테네, 스파르타, 아크로폴리스라는 이름이 붙어 있었다. 가장 작은 마지막 방은 게르마니아라고 불리었는데, 게르만적인 현재에 최대한 로마적이고 그리스적인 환상을 심어주려는 의도로까지 여겨졌다. 그러나 그것조차 외면적인 것에 불과했다. 실제로는 히브리어적인 이름이야말로 가장 어울렸을 것이다. 그리고 정말 유쾌한 우연의 일치인지 아테네의 방에는 호탕한 웅변가들이 아니라 예의 바르고 따분한 학생들이 배정되었고, 스파르타의 방에는 무인 기질의 학생과 금욕주의자가 아닌 소수 인원이, 활발하고 건장한 학생들이 배정받게 되었다. 한스 기벤라트는 친구 아홉 명과 함께 헬라스의 방에 배정되었다.

그날 밤 처음으로 친구 아홉 명과 함께 썰렁하고 텅 빈 침실로 들어가 각자의 좁은 침대에 눕자, 뭐라 형언하기 힘든 기분이 들었다. 천정에는 커다란 석유램프가 걸려 있었다. 그 붉은 불빛 아래서 모두 옷을 갈아입었다. 10시 15분에 조교에 의해 램프가 꺼지자 모두 잠을 청했다. 침대 두 개 사이마다 옷을 올려놓을 수 있는 의자가 있었고, 기둥 옆에는 아침 종을 울리는 끈이 달려 있었다. 두세 명의 소년은 벌써 친해져 조심스럽게 두세 마디 속삭이듯 이야기를 나눴지만, 그마저도 이내 조용해졌다. 다른 친구들은 서로 서먹한 사이였기에 각자 우울한 심정으로 꼼짝도 하지 않고 누워 있었다. 이미 잠든 친구는 깊은 숨소리를 냈지만, 잠을 자면서 팔을 움직이는 친구가 있어 아마포 이불을 부스럭거리는 소리가 났다. 눈을 뜨고 있던 친구들도 꼼짝하지 않았다. 한스는 오랫동안 잠을 잘 수 없었다. 옆 친구의 호흡 소리에 귀를 기울이고 있었는데, 하나 건너 침대에서 신경을 거스르는 소리가 들려왔다. 그곳에 누워 있던 소년이 이불을 뒤집어쓴 채 울고 있던 것이었다. 멀리서 낮게 흐느끼는 소리는 한스의 마음을 묘하게 흥분시켰다. 한스는 향수병에 걸리지는 않았지만, 그래도 역시 익숙하고 조용한 자신의 방이 그리워졌다. 게다가 새롭고 불안한 일들과 많은 친구에 대한 소심한 공포까지 더해졌다. 밤이 깊어지기도 전에 모두 다 잠이 들었다. 줄무늬 베개에 뺨을 대고 소년들이 가지런히 누운 채 잠이 들었다. 슬퍼하던 아이도, 센 척하던 아이도, 명랑한 아이도, 소심한 아이도, 모두 달콤하고 깊은 휴식 속에 빠져 모든 것을 잊어버렸다. 낡고 뾰족한 지붕과 탑과 들창, 고딕양식의 첨탑과 벽과 활 모양의 회랑 위로 옅은 빛의 반달이 떠올랐다. 달빛은 장식물 가장자리와 문지방 위에 머물다가, 고딕 창문과 로마네스크 문 위를 지나, 회랑 분수대의 크고 우아한 물 받침대 안에 옅은 금빛으로 떨렸다. 노란빛을 띤 두세 개의 월광과 빛의 반점이 세 개의 창을 통과해 헬라스의 침실에도 비추었다. 그리고 그 옛날 수도사들의 꿈을 지켜주었듯 잠든 소년들의 꿈을 다정하게 지켜주고 있었다.

다음 날, 기도실에서 엄숙한 입학식이 거행되었다. 선생님들은 프록코트를 입고 서 있었다. 교장 선생님이 식사를 읽어

내려갔다. 학생들은 의자에 앉아 상념에 젖은 듯 앞으로 몸을 숙이고 있었지만, 가끔 저 뒤에 앉아 있는 부모님을 흘깃흘깃 훔쳐보았다. 어머니들은 이런저런 생각을 하면서 미소 띤 얼굴로 아들을 바라보았고, 아버지들은 정자세로 앉아 연설을 청취하며 엄숙하고 근엄한 표정을 지었다. 자부심과 뿌듯한 마음, 아름다운 희망으로 그들의 마음은 부풀어 있었다. 그러나 오늘 자기 아들을 금전적 이익과 맞바꿔 국가에 팔았다고 생각하는 사람은 한 명도 없었다. 마지막으로 학생들의 이름이 하나하나 불렸다. 줄지어 교장 선생님에게 맹세하고 악수함으로써 학생으로 인정됨과 동시에 의무를 짊어지게 되었다. 이것으로 그들은 불미스러운 일만 없다면 평생 국가의 보호를 받고, 직업을 보장받을 수 있게 된 것이다. 아마도 그게 그리 쉬운 일이 아닐 거라고 생각한 사람은 아버지들과 마찬가지로 단 한 명도 없었을 것이다.

부모님과 작별을 고해야 하는 순간은 훨씬 고통스럽게 느껴졌다. 어떤 이는 걸어서, 어떤 이는 우편 마차로, 또 어떤 이는 급히 구한 온갖 탈것을 타고 남겨진 아이들의 시야에서 사라졌다. 손수건이 오랫동안 따뜻한 9월의 미풍 속에서 흔들리고 있었다. 이윽고 길을 떠난 사람들은 숲속으로 사라졌다. 아들들은 조용히 수심에 찬 얼굴을 한 채 수도원으로 돌아왔다.

"이제, 부모님들은 다 떠나셨다."

조교가 말했다.

일단 각자 같은 방 친구들끼리 얼굴을 익히기 시작했다. 잉크병에 잉크를 넣고, 램프에 석유를 넣고, 책과 노트를 정리하여 새로운 방에 익숙해지려 노력했다. 그러는 사이 서로에게 호기심을 보이며 이야기를 나누기 시작했고, 고향과 이전의 학교에 관해 물으며 함께 땀을 흘려가며 고생하던 주 시험을 떠올렸다. 책상 주변으로 모여 이런저런 이야기를 나누며 높고 쾌활한 웃음소리가 들리기 시작했다. 저녁이 되자, 같은 방 친구들끼리는 항해를 끝낸 승객들처럼 서로 친한 사이가 되어 있었다.

한스와 함께 헬라스 방에 배정된 아홉 명의 친구 중 네 명은 착실한 친구였고, 나머지는 대부분 평범한 정도였다. 먼저 슈투트가르트 교수의 아들인 오토 하르트너는 재능 있는 차분한 아이로, 행동거지가 바른 꿋꿋한 아이였다. 게다가 다부진 체격에 품행도 단정했으며, 믿음직스러운 거동으로 같은 방 친구들의 눈길을 사로잡았다.

그리고 고지대 작은 마을 촌장의 아들인 카를 하멜이라는 친구가 있다. 이 소년을 파악하는 데는 시간이 좀 걸렸다. 그는 모순투성이에다 선천적으로 자신의 틀에서 나오길 꺼렸기 때문이다. 이따금 욱하는 성질이 폭발하기도 하지만, 그것도 잠시 다시 자신의 틀 속에 숨어버렸다. 그 때문에 그가 조용한 관찰자인지, 사나운 사내인지를 분간할 수 없었다.

슈바르츠발트의 훌륭한 가문 출신인 헤르만 하일너는 그렇게까지 복잡한 인물은 아니었지만, 눈에 띄는 인물이었다. 그가 시인이자 예술가라는 사실은 첫날부터 알 수 있었다. 그가 주 시험의 작문을 육각운(六脚韻)으로 작성했다는 소문도 나돌았다. 그는 빈번하고 활기차게 이야기를 즐겼다. 또한 아름다운 바이올린도 가지고 있었다. 그는 감상적이고 젊은이다운 가벼움을 있는 그대로 보여주는 자신의 기질을 대놓고 드러내는 것처럼 보였다. 그러나 눈에 잘 띄지는 않았지만, 한층 더 깊은 뭔가를 감추고 있었다. 그는 심신이 모두 나이 이상으로 성장해 있었기 때문에 이미 자신의 궤도를 걸어가고 있었다.

그러나 헬라스 방에서 가장 독특한 친구는 에밀 루치우스였다. 옅은 금발로 작지만 음흉한 구석이 있었다. 하지만 나이 든 농부처럼 성실하고 끈기 있는 야윈 친구였다. 체구와 얼굴에서는 아직 어린 티를 벗지 못했지만, 어리다는 느낌을 전혀 주지 않아 더 이상 변화의 여지가 없어 보이는 어른스러운 친구이기도 했다. 첫째 날 다른 친구들이 따분해하며 수도원생활에 대한 수다를 떨고 있을 때, 그는 차분하게 앉아 엄지로 두 귀를 막고 문법책을 봤다. 마치 허비한 시간을 메우기라도 하듯이 공부에 전념했다.

시간이 흐르면서 이 조용하고 괴팍한 친구가 얼마나 교활하고 이기적인지를 서서히 느끼기 시작했다. 그러나 그의 그런 당당한 악덕은 오히려 일종의 존경, 적어도 당연시하는 결과로 이어졌다. 게다가 빈틈없는 절약법과 돈벌이 방법을 터득하고 있었다. 그런 교활한 수완들이 알려지자, 친구들은 경탄을 금하지 못할 정도였다. 기상 시간에 그의 참모습이 처음으로 드러났다. 루치우스는 세면장에 제일 먼저 혹은 나중에 나타나 남의 수건을 사용했다. 비누도 가능한 한 남의 것을 쓰고 자기 것은 절약했다. 그 덕분에 그의 수건은 2주 혹은 그 이상으로 오래 쓸 수 있었다. 그러나 수건은 일주일마다 교환해야만 했다. 매주 월요일 오전 중에 조교 반장이 수건을 검사했다. 그 때문에 루치우스는 월요일 아침이면 새 수건을 자기 번호가 달린 못에 걸어두었다가 점심 시간이면 다시 가져다가 말끔하게 접어 상자에 넣고, 그 대신 더럽혀지지 않도록 조심해서 사용했던 이전의 수건을 다시 걸어두었다. 그의 비누는 딱딱하고 거품이 나지 않았지만, 몇 달이나 쓸 수 있었다. 그렇다고 해서 에밀 루치우스가 지저분한 것은 아니었다. 언제나 말끔한 행색에 옅은 금발 머리를 깔끔하게 빗어 넘겼고, 속옷과 옷도 단정하게 유지했다.

그는 세면장에서 아침 식사를 하러 곧장 갔다. 커피 한 잔, 설탕 한 개, 빵 한 개였다. 소년 대부분은 그것만으로는 부족하게 느꼈다. 소년들은 여덟 시간을 자고 일어난 뒤에는 배고픔을 심하게 느끼는 것이 상식이다. 그러나 루치우스는 그것만으로도 만족하며 설탕 한 개씩을 절약하여 1페니히에 설탕 두 개, 공책 한 권에 설탕 스물다섯 개를 거래할 상대를 꼭 찾아냈다. 그가 비싼 석유를 절약하기 위해 남의 램프 빛으로 공부를 한 건 당연한 일이다. 게다가 그는 가난한 집안의 아들도 아니라 여유가 있는 환경에서 자랐다. 원래 매우 가난한 집안의 자식들은 절약하는 방법을 알지 못하는 것이 일반적이다. 언제나 있는 걸 다 써버리고 남기는 것을 몰랐다.

에밀 루치우스는 그런 방법을 물건의 소유, 사물에만 국한하지 않고 정신세계에서도 최대한 이득을 취하기 위해 노력했다. 그는 대단히 영리했기 때문에 정신적인 소유라는 것이 상대적인 가치밖에 없다는 걸 절대 잊지 않았다. 그 때문에 열심히 공부하면 좋은 결과를 얻을 수 있는 과목에만 집중했고, 다른 과목에는 욕심을 내지 않고 중간 성적으로 만족했다. 암기하는 것에서도, 직접 해야 하는 것에서도 언제나 동급생들의 성적만을 표준으로 삼았다. 두 배의 지식으로 2등이 되는 것보다는 절반의 지식으로 1등이 되기를 바란 것이다. 그 때문에 친구들이 저녁마다 이런저런 오락이나 놀이나 독서에 빠져 있을 때면, 공부하고 있는 그의 모습을 발견할 수가 있었다. 친구들이 아무리 시끄럽게 해도 전혀 방해가 되지 않았다. 오히려 그는 전혀 질투심 없이 만족스러운 시선을 떠들고 있는 친구들에게 던졌다. 만약 모두가 공부하고 있었다면 그의 노력은 전혀 이득이 되지 않았을 테니까.

어쨌거나 그는 성실한 노력가였기 때문에 이런 온갖 치사하고 교활한 수법을 나쁘게 생각하는 사람은 없었다. 그러나 극단으로 치닫는 경우, 극단적인 욕심을 낼 때 늘 그렇듯, 그 또한 얼마 못 가 어리석은 잘못을 저지르고 말았다. 수도원의 수업은 전부 무료였기 때문에, 그는 이것을 이용해서 바이올린을 배우려고 마음을 먹었다. 이전에 배운 적도, 타고난 재능이 있는 것도, 음악적 취미가 있는 것도 아니었다. 그러나 그는 바이올린도 라틴어나 수학과 마찬가지로 어차피 배우면 할 수 있는 것이라고 여겼다. 음악은 훗날 도움 될 것이고, 대인관계를 원만하고 기분 좋게 할 수 있는 것이라는 이야기를 들은 거다. 게다가 학교의 바이올린을 쓸 수 있었기 때문에 어차피 돈은 들지 않았다.

음악 선생님인 하스는 루치우스가 찾아와 바이올린을 배우고 싶다고 했을 때 머리카락이 곤두서고 말았다. 왜냐하면 이미 음악 시간에 루치우스의 실력에 대해 알고 있었기 때문이다. 루치우스의 노래는 동급생 모두를 즐겁게 해주었지만, 교사인 하스에게는 절망과도 같은 것이었다. 그는 루치우스에게 바이올린을 단념하라고 설득했다. 그러나 선생님은 상대를 과소평가했다. 루치우스는 점잖게 미소를 지으며 자신의 권리에 대해, 음악에 대한 자신의 억제할 수 없는 흥미에 대해 설명했다. 결국 루치우스는 연습용 바이올린 중 제일 형편없는 것을 받아 들고 주 2회 수업을 받고, 매일 30분씩 연습을 하게 되었다. 그러나 첫 연습 시간이 끝나자마자 같은 방 친구들은 그것이 처음이자 마지막이기를, 신음 같은 소음을 더 이상 참을 수 없다고 선언했다. 결국 루치우스는 시끄러운 바이올린 소리를 울리면서 연습할 조용한 곳을 찾아 수도원 여기저기를 돌아다녔다. 그리고 그곳에서 다시 현을 울릴 때마다 깽깽거리는 소리, 끙끙 앓는 소리와 같은 이상야릇한 소리를 내어 주변 사람들을 힘들게 했다. 시인 하일너는, 고문받는 낡은 바이올린이 벌레 먹은 수많은 구멍을 통해 일제히 살려달라고 비명을 지르고 있다고 했다. 선생님은 전혀 진척을 보이지 않는 루치우스 때문에 초조해하며 퉁명스럽게 대하기 시작했다. 루치우스는 결국 억지로 연습하는 흉내만 내게 되었다. 지금까지 의기양양했던 장사꾼의 얼굴에도 결국 힘겨운 고통의 주름이 잡혔다. 선생님은 더 이상 수업을 할 수 없다며 포기하고 말았다. 무엇이든 배우려는 욕심에 혈안이 된 루치우스는 다시 피아노를 선택했지만, 몇 달 동안 죽을 고생만 한 끝에 결국 아무것도 얻지 못한 채 포기하고 말았다. 그 과정은 눈물이 날 만큼 비극적이었다. 그러나 훗날 음악 이야기를 할 때면 자신이 피아노와 바이올린을 배운 적이 있었지만, 아쉽게도 개인 사정 때문에 이 아름다운 예술을 멀리할 수밖에 없었다며 은근히 아는 척을 했다.

이렇게 해서 헬라스 방은 별난 친구들 덕분에 흥미진진한 일이 많이 일어났다. 문예가인 하일너도 자주 우스꽝스러운 장면을 연출했다. 카를 하멜은 풍자와 재치가 넘치는 관찰자를 자청했다. 그는 다른 친구들보다 한 살 위였기 때문에 다소 나서기는 했지만, 존경받는 일은 하지 못했다. 그는 변덕스러운 데다 거의 매주 한 번 싸움판을 벌여 자신의 체력을 과시하기도 했다. 그럴 때의 그는 난폭하고 때론 잔인하기까지 했다.

한스 기벤라트는 그런 모습에 놀라면서도 선량한 동료이자 방관자로서 조용히 자기 할 일만 했다. 루치우스에게 지지 않을 만큼 부지런했다. 그리고 하일너를 제외한 모든 친구의 존경을 받았다. 하일너는 자유분방함을 주장하며 이따금 한스를 공붓벌레라고 놀렸다. 밤마다 침실에서는 심심치 않게 싸움판이 벌어졌지만, 성장기의 소년들은 서로 잘 어울려 지냈다. 모두 최대한 어른스럽게 행동하려고 했으며, 익숙지 않은 '여러분'이라는 호칭을 선생님들의 학문적인 엄숙함과 고상한 태도에서 비롯된 것이라고 여겼다. 그리고 막 졸업한 라틴어 학교를, 마치 갓 대학생이 되어 김나지움 시절을 회상하듯이 거만한 태도로 불쌍하게 여겼다. 그러나 막 익히기 시작한 품위를 깨고 개구쟁이 천성을 드러내며 그 진가를 발휘하려 했다. 그럴 때면 온갖 독설과 욕설로 침실은 온통 아수라장이 되고 말았다.

학생들은 공동생활을 시작하고 몇 주일이 지나면서, 화학적 화합물이 침전되는 것과 유사한 점을 드러냈다. 그것은 마치 액체 속에 떠다니던 탁한 물질들이 서로 엉켰다가 다시 다른 모습으로 변했다가, 결국 몇 개의 개체로 나누어지는 모양새와 같았다. 처음의 서먹함이 사라지고 서로에 대해 잘 알게 되면 물결치듯 일렁이며 탐색이 시작된다. 팀을 이뤄 어울리게 됨과 동시에 호감과 반감이 뚜렷하게 드러나게 된다. 고향 친구나 같은 학교 출신이 서로 어울리는 것은 드문 일이었으며, 대부분은 새로운 친구들과 가까이했다. 도시 출신은 시골 출신과, 고지대 출신은 평야지대 출신과……. 이런 식으로 감춰져 있던 충동에 따라 다양한 욕구의 충족을 원했다. 아이들은 불안한 감정을 느끼며 서로를 탐색해갔다. 그들 속에는 평등 의식과 동시에 독립을 바라는 마음도 생겨났다. 그리고 어린 시절의 순수함에서 깨어나 자기만의 개성을 형성해 나아갔다. 글로는 적을 수 없는 애착과 질투의 사소한 장면들이 벌어지고, 그것이 발전하여 우정이나 적대감으로 확장되었다. 이윽고 서로 우여곡절을 통해 두터운 우정을 쌓거나 사이좋게 산책하고 혹은 얽혀 싸우거나 주먹다짐을 하게 된다.

한스는 이런 외면적 움직임에는 전혀 관계하지 않았다. 카를 하멜이 강렬하게 우정을 표시했을 때도 한스는 깜짝 놀라 주저하고 말았다. 그리고 얼마 뒤 하멜은 스파르타 방 아이들과 친해졌다. 한스는 홀로 남게 되었다. 강한 애정이 행복한 우정의 땅을 지평선 너머로 떠올렸다. 그리고 한스를 몰래 그쪽으로 끌고 갔다. 그러나 그의 부끄러워하는 성격이 발목을 잡았다. 어머니 없이 엄격한 소년 시절을 보냈기 때문에 애착이라는 성질이 위축돼버린 것이다. 한스는 무엇보다도 겉으로 드러나는 열정에 대한 공포심을 느끼고 있었다. 거기에 소년다운 자부심과 헛된 공명심까지 더해졌다. 한스가 지향하는 것은 오로지 공부였기 때문에 그런 점에서 루치우스와는 완전히 달랐다. 그러나 두 사람 모두 공부를 방해하는 요소들을 멀리하려 애썼다. 항상 책상 앞에 앉아 있었지만, 다른 친구들이 우정을 즐기고 있는 것을 보며 질투와 동경심을 느끼게 되었다. 카를 하멜은 바람직한 친구가 아니었다. 만약 다른 친구가 한스에게 적극적으로 다가왔더라면 기꺼이 마음을 열었을 것이다. 소심한 소녀처럼 속으로는 누군가 자신보다 용기 있는 사람이 자신을 끌고 가서 무조건 행복하게 해주길 원하고 있었다.

학생들은 이런저런 일들과 함께 수업, 특히 히브리어 수업 때문에 정신 없이 시간을 보냈다. 마울브론을 둘러싼 자그마한 호수와 연못에는 엷어진 만추의 하늘과 시들어가는 물푸레나무, 자작나무, 떡갈나무 그리고 황혼의 긴 그림자가 드리워지고 있었다. 아름다운 숲에 세찬 초겨울 바람이 울부짖거나 환호성을 지르며 불었다. 이미 몇 번이나 가벼운 서리가 내렸다.

서정적인 헤르만 하일너는 마음 맞는 친구를 사귀기 위해 애를 썼으나 뜻을 이루지 못했다. 그 때문에 요즘 들어 매일 외출 시간마다 혼자 숲속을 방황했다. 그가 유난히 즐겨 갔던 숲의 호수는 갈대 덤불로 둘러싸여 있었고, 마른 활엽수 잎사귀로 뒤덮여 갈색을 띠고 있는 우울한 곳이었다. 이 애수에 젖은 아름다운 숲 한구석이 공상가 하일너의 마음을 사로잡았다. 그는 이곳에서 꿈을 꾸듯 고요한 물 위에 나뭇가지로 둥근 원을 그리거나 레나우의 〈갈대의 노래〉를 읽을 수 있었다. 그리고 가끔은 호숫가 낮은 곳에 누워 죽음이나 소멸 같은 가을다운 제목에 대해 생각할 수 있었다. 그러고 있노라면 낙엽 소리와 앙상한 가지 사이로 스산하게 부는 바람 소리가 우울함을 더했다. 그는 자주 주머니에서 작고 검은 수첩을 꺼내어 한두 구절을 적었다.

10월 말의 어느 어둑한 오후 시간에 한스 기벤라트가 홀로 산책하면서 이곳을 찾았을 때, 하일너가 막 시를 적고 있었다. 한스는 이 소년 시인이 작은 구덩이 위에 걸쳐 있는 널빤지에 앉아 무릎에 수첩을 올려놓고, 명상에 잠긴 채 뾰족한 연필을 입에 물고 있는 모습을 발견했다. 책 한 권이 펼쳐진 채로 옆에 놓여 있었다. 한스는 조용히 다가갔다.

"어, 하일너. 지금 뭐 하고 있어?"

"호메로스를 읽고 있어. 기벤라트구나."

"그게 아니잖아. 나는 네가 무얼 하고 있는지 알고 있어."

"그래?"

"물론, 시를 쓰고 있었지?"

"그렇게 생각하니?"

"당연하지."

"그래, 이리 와 앉아라."

기벤라트는 하일너와 함께 널빤지 위에 앉아 두 다리를 흔들었다. 그러면서 여기저기 갈색 잎사귀가 하나, 또 하나 조용하고 차가운 허공을 아무 소리도 없이 춤추며 내려와 갈색으로 물든 물 위로 떨어지는 모습을 바라보았다.

"여긴 참 쓸쓸하구나."

한스가 말했다.

"어, 그래."

두 사람은 오랫동안 하늘을 바라보며 누웠기 때문에 주변에는 깊은 가을을 느끼게 해줄 텅 빈 나뭇가지조차 눈에 들어오지 않았다. 그 대신에 고요한 구름의 섬만 떠 있는 담청색의 하늘만이 드러났다.

"정말 아름다운 구름이야!"

한스는 상쾌한 마음으로 바라보며 말했다.

"그래, 기벤라트."

하일너는 한숨을 쉬며 말했다.

"내가 저 구름이 될 수만 있다면!"

"그러면?"

"그럼 하늘을 달릴 수 있잖아. 숲과 마을과 나라 전체를 넘어 아름다운 배처럼 말이야. 너는 배를 본 적 있니?"

"아니, 없어. 하일너, 너는?"

"있지. 너는 정말 그런 것에 대해서는 아는 게 하나도 없구나. 죽어라 공부만 하고 있잖아."

"그럼, 너는 나를 바보로 여기고 있는 거니?"

"그렇게 말하지는 않았어."

"네가 생각했던 만큼 바보는 아니야. 어서 배 이야기를 계속해봐."

하일너는 돌아눕다가 물속에 빠질 뻔했다. 그는 배를 깔고 누워 양손을 뺨에 대고 턱을 두 손 안에 파묻었다.

"라인강에서……."

그는 말을 이어갔다.

"방학 때 배를 봤어. 한번은 일요일이었는데, 배 위에서 곡을 연주하고 있었지. 밤중이었는데, 화려한 불빛이 강물에 빛나고 있었어. 우리는 음악 연주를 들으며 강을 내려가고 있었지. 모두 라인 와인을 마시고 있었어. 여자애들은 흰옷을 입고 있었고."

한스는 귀를 기울인 채 아무런 대꾸도 하지 못했다. 눈을 감자 붉은 불빛을 밝힌 배가 곡을 연주하면서 흰옷을 입은 소녀를 태우고 여름밤을 항해하는 모습이 보였다. 하일너는 이야기를 계속했다.

"지금 상황하고는 완전히 딴판이었지. 여기 있는 녀석들은 그런 걸 절대 모를 거야. 따분하고 비겁한 녀석들뿐이야. 죽어라 공부만 할 뿐, 히브리어의 알파벳보다 훨씬 고상한 것이 있다는 사실을 모르고 있지. 너도 마찬가지야."

한스는 머뭇거렸다. 하일너라는 친구는 정말 특이했다. 공상가이자 시인이었다. 지금까지 몇 번이나 하일너 때문에 놀란 적이 있었다. 그는 모두 다 알다시피 공부를 전혀 하지 않았다. 그럼에도 지식이 풍부한 덕분에 훌륭한 답변을 할 수 있었다. 그러면서도 자신의 지식을 경멸했다.

"예를 들어 우리가 호메로스를 읽고 있잖아."

그는 비웃듯이 말을 이었다.

"오디세이를 마치 요리책이라도 보듯이 읽고 있지. 한 시간에 두 구절을 읽고, 단어 하나하나를 곱씹으면서 구역질이 날 때까지 반복하지. 그러고는 끝날 무렵에 항상 '여러분은 이 시인이 얼마나 미묘하게 표현하고 있는지 알 것이다. 이로써 여러분은 시적 창작의 비밀을 맛보았다'라는 소릴 하지. 그런 식으로 불변화사와 과거형 때문에 질식하지 않도록 주변에 적당히 소스를 뿌렸을 뿐이야. 그런 방식이라면 호메로스 전체가 내게는 전혀 가치가 없어. 대체 고대 그리스의 것들이 우리와 무슨 상관이 있다는 거야? 우리 중 누가 그리스 방식으로 생활하려 한다면 당장에 쫓겨나고 말 거야. 그러면서도 우리 방을 헬라스라고 부르지. 정말 웃기는 짓이야. 어째서 쓰레기통이나 노예 우리나 싸구려 실크 모자라고 부르지 않는 걸까? 고전적이라고 하는 건 모두 쓸데없는 헛소리야."

그는 허공에 침을 뱉었다.

"너, 좀 전에 시를 쓰고 있었지?"

이번엔 한스가 물었다.

"응."

"뭐에 대한 거야?"

"이 호수하고 가을에 대해서."

"좀 보여줘봐."

"안 돼, 아직 미완성이야."

"그럼, 완성되면?"

"응, 보여줄 수 있어."

둘은 일어서서 천천히 수도원으로 돌아갔다.

"저걸 봐. 너는 저것의 아름다움에 대해 알고 있었니?"

두 사람 파라다이스 옆을 지날 때 하일너가 말했다.

"회당, 아치형 창문, 회랑, 식당, 고딕양식과 로마네스양식, 풍성한 정교함과 기묘함이 모두 예술가의 솜씨야. 게다가 이런 매력이 어디에 도움이 될까? 목사가 되려는 서른여섯 명의 불쌍한 소년들에게 도움이 되는 거야. 국가는 정말 남는 돈이 많기도 하구나."

한스는 오후 내내 하일너 생각에 사로잡혔다. 대체 어떤 녀석일까? 한스의 걱정이나 바람 같은 것이 하일너에게는 전혀 없었다. 그는 자기 생각과 언어를 가지고 있었으며, 훨씬 열정적이고 자유로운 생활을 하고 있었다. 독특한 고민거리를 품고 있으면서 주변의 모든 것을 경멸하고 있는 듯했다. 그는 오래된 기둥과 벽의 아름다움을 이해하고 있었다. 또한 자신의 영혼을 시로 표현하여 공상에 의한 비현실적인 자기만의 독특한 생활을 만들어내는 신비적이고 기묘한 재주를 가지고 있었다. 그리고 자유분방함으로 한스가 1년 동안 말한 것 이상의 재치 있는 농담을 매일 내뱉었다. 동시에 그는 우울했으며 자신의 슬픔을 귀하고 소중한 보물처럼 즐기고 있는 듯했다.

그날 저녁, 하일너는 그의 엉뚱하고 괴팍한 성격의 단편을 방 친구들 모두에게 보여주었다. 친구들 중 오토 뱅어라는 허풍쟁이가 하일너에게 싸움을 걸었다. 하일너는 한동안 농담으로 조용히 받아치며 여유를 부렸지만, 결국 폭발하여 따귀를 갈기고 말았다. 두 사람은 마치 방향을 잃은 배처럼 서로 뒤엉켜 부딪혔다. 빙빙 돌다 잠시 주춤거렸다가 다시 벽을 타고 의자를 넘어뜨렸고, 이리저리 바닥을 뒹굴며 헬라스 방 전체를 헤집고 다녔다. 두 사람은 서로 고함을 치고 헐떡거리며 입에 거품을 물었다. 친구들은 냉정한 표정으로 그저 방관만 했다. 그리고 두 사람을 피해 다리와 책상과 램프를 치우고 재미있는 구경이라도 난 듯이 결과가 어떻게 날지만 기다렸다. 이윽고 몇 분 뒤에 하일너가 먼지를 털며 숨을 헐떡거리고 일어났다. 그는 참담한 몰골을 하고 있었다. 눈은 충혈되었고, 셔츠 깃은 찢어졌고, 바지의 무릎 부위에는 구멍이 났다. 상대가 다시 그를 덮치려 했지만, 그는 팔짱을 낀 채 내려다보며 말했다.

"나는 이제 그만할래. 칠 테면 쳐봐!"

오토 뱅어는 욕설을 퍼부으며 방을 나갔다. 하일너는 책상에 기대어 램프를 돌려놓더니, 바지 주머니에 손을 찔러 넣은 채 무언가 골똘히 생각하는 것 같았다. 그런데 갑자기 눈가에 눈물이 고이면서 결국 펑펑 울기 시작했다. 이것은 있을 수 없는 일이었다. 왜냐하면 운다는 것은 신학교 학생이 하는 행동 중 가장 치욕적인 일이었기 때문이다. 그럼에도 그는 전혀 감추려 하지 않았다. 그는 방을 나가지 않은 채 창백한 얼굴을 램프에 가까이 대고 조용히 서 있었다. 그는 눈물을 닦기는커녕 주머니에서 손을 꺼내지도 않았다. 다른 친구들은 그의 주변에 서서 심술과 호기심이 담긴 눈길로 바라보았다. 이윽고 하르트너가 그의 앞으로 다가와 이렇게 말했다.

"이봐, 하일너. 창피하지도 않냐?"

울고 있던 하일너는 깊은 잠에서 깨어난 사람처럼 조용히 주변을 둘러보았다.

"창피하다고? 너희들한테 말이냐?"

그러더니 큰 소리로 가소롭다는 듯이 말했다.

"전혀 창피하지 않아."

그는 얼굴을 닦고 화난 듯한 미소를 지으며 램프 불을 불어 끄고는 방에서 나갔다.

한스 기벤라트는 줄곧 자기 자리에 앉은 채로 공포감으로 하일너를 몰래 엿보고 있었다. 15분 정도가 지난 뒤에 한스는 큰맘을 먹고 자취를 감춘 친구의 뒤를 쫓았다. 하일너는 뼛속까지 파고드는 춥고 어두운 침실의 낮은 창가에 앉아 꼼짝도 하지 않고 회랑을 내려다보고 있었다. 뒤에서 바라본 그의 어깨와 가늘고 뾰족한 머리가 묘하게 엄숙한 분위기를 풍겨 소년처럼 보이지 않았다. 한스가 다가가 창가에 멈춰 섰지만, 하일너는 꼼짝도 하지 않았다. 그렇게 얼마 뒤에 그는 한스를 바라보며 쉰 목소리로 물었다.

"무슨 일이야?"

"나야."

한스는 머뭇거리며 말했다.

"무슨 일이냐니까?"

"아무것도 아니야."

"그래? 그럼 그만 가줄래?"

한스는 화가 나서 정말로 가버리려고 했다. 그러자 하일너는 한스를 불러 세웠다.

"잠깐 기다려봐."

그는 애써 농담 투로 말했다.

"그럴 생각이 아니었어."

둘은 서로 얼굴을 마주했다. 아마도 두 사람이 서로 진지하게 얼굴을 마주한 것은 이번이 처음이었다. 소년의 천진스러운 표정 뒤에 감춰진 각각의 특성이 있는 독특한 인간생활과 각각의 특징이 다른 독특한 영혼이 숨어 있다는 것을, 또한 그것이 서로 마음속에서 드러나려 하고 있었다.

헤르만 하일너는 천천히 팔을 뻗어 한스의 어깨를 잡고 얼굴이 닿을 만큼 끌어당겼다. 한스는 갑자기 상대의 입술이 자기 입술에 닿는 것을 느끼며 소스라치게 놀랐다.

한스의 심장은 이제껏 느껴보지 못했던 갑갑함으로 고동쳤다. 이렇게 어두운 침실에 함께 있다는 것과 갑작스러운 입맞춤은 왠지 모험적이고 기묘한 그리고 매우 위험한 일이었다. 이 현장을 들키기라도 하는 날이면 얼마나 무서운 일이 벌어질지를 잘 알고 있었다. 왜냐하면 다른 친구들이 볼 때 하일너의 울음보다 이 입맞춤이 훨씬 황당하고 창피한 일이라는 것이 분명했기 때문이다. 아무 말도 하지 못한 채 피가 거꾸로 솟는 느낌이었다. 한스는 당장 도망치고 싶었다.

이 장면을 목격한 어른이 있었다면 이 사소한 정경과 부끄럽고 소심한 우정의 표현과, 두 소년의 진지하고 가냘픈 얼굴에서 은밀한 기쁨을 느꼈을 것이다. 두 소년 모두 사랑스럽고 전도유망한 아이들로, 아직은 어린아이 같은 모습이 남아 있었으나 이미 반쯤은 청년들의 쑥스럽지만 아름다운 오기를 품고 있었기 때문이다.

젊은이들은 차츰 공동생활에 익숙해졌다. 서로에 대해 알면서 상대에 대한 지식과 관념을 통해 많은 우정으로 이어졌다. 친구들끼리 함께 히브리어 단어를 외우는가 하면, 함께 그림을 그리거나 산책하고, 실러의 시를 읽기도 했다. 라틴어는 뛰어나지만 수학을 못하는 친구와 라틴어를 못하지만 수학을 잘하는 친구가 서로 도와가며 공부 효과를 높이려 하기도 했다. 그리고 특별한 계약이나 물물교환의 형식에 따라 이루어진 우정도 있었다. 예를 들어 모두가 부러워하는 햄을 가지고 있는 친구는 슈탐하임 과수원의 아들이 서로의 빈틈을 메워줄 적절한 친구임을 깨달았다. 그 소년의 상자 바닥에는 먹음직스러운 사과로 가득 차 있었다. 햄의 주인이 어느 날 햄을 먹다가 목이 말라, 사과를 부탁하면서 그 대신에 햄을 제공했다. 그렇게 함께 앉아 진지한 대화 끝에, 햄이 떨어지면 곧 다시 보충된다는 사실과 사과의 주인도 봄이 지나고도 상당히 오랫동안 아버지의 저장분으로 사과를 먹을 수 있다는 사실을 확인하게 되었다. 이렇게 해서 계약이 성립되었다. 이 관계는 열정적으로 맺어진 수많은 이상적 결합보다도 오래 지속되었다.

홀로 고립된 상태를 유지하는 친구는 극소수였다. 루치우스는 그중 한 명이었다. 예술에 대한 그의 욕망은 그 무렵 절정에 달해 있었다.

서로 어울리지 않는 결합도 있었다. 가장 어울리지 않는 결합은 헤르만 하일너와 한스 기벤라트였다. 그것은 낙천주의와 성실주의, 시인과 노력파의 결합이었다. 두 사람 모두 가장 뛰어난 소질을 가진 소년들 중 한 사람이었지만, 하일너가 천재적이라는 조롱 섞인 평가를 받는 것과 달리 한스는 모범생이라는 평판이 자자했다. 그러나 모두 두 사람에게는 신경을 쓰지 않았다. 각자 서로의 친구에 대해, 자신의 일에만 몰두하고 있었다.

그러나 이런 개인적인 취미와 경험이 학교생활의 태만으로는 이어지지 않았다. 학교는 커다란 악장이자 리듬이었지만, 그와 비교할 때 루치우스의 음악이나 하일너의 시, 모든 친구 관계와 싸움, 이따금 일어나는 몸싸움 모두 부속적인 사소한 개인의 여흥과 유희적 사건에 불과했다. 무엇보다도 히브리어는 애를 많이 먹였다. 여호와의 기묘한 태고의 언어는 말라비틀어진 채로 신비로운 삶을 유지하고 있는 나무처럼 구구절절이 모두 수수께끼처럼 소년들의 앞을 가로막았다. 이 기묘하게 뻗은 가지들은 사람들의 눈길을 끌며 진귀한 색과 향기를 풍기는 꽃으로 사람들을 놀라게 했다. 이 가지와 옹이와 뿌리 속에는 기괴하고 무시무시한 용과 자연스럽고 사랑스러운 옛날이야기, 아름다운 소년과 고요한 눈을 가진 소녀나 용맹한 여인들, 주름투성이의 근엄하고 깡마른 노인의 머리와 이런 수천 년의 영혼들이 대단히 많고 친숙하게 감춰져 있었다. 한가로운 루터의 성경 속에서, 구약성서의 안개 속에서 부드럽고 흐릿한 먼 꿈결처럼 울려 퍼지던 것이 지금 생생하게 말 속에서 피와 목소리, 낡고 답답하게 느껴지지만 강력하고 무시무시한 생명력을 얻게 되었다. 적어도 하일너에게는 그렇게 느껴졌다. 그는 구약성서의 첫 5경 전체를 매일 매시 저주했지만, 토씨 하나 틀리지 않고 외우고 있는 다른 누구보다도 그 속에서 수많은 생명과 영혼을 찾아내고 호흡했다.

그와 달리 신약성서는 훨씬 미묘하고 밝고 편안했다. 단어 하나하나가 그리 오래되지도, 복잡하고 풍성하지도 않았지만, 한층 섬세하고 젊은 열정이 있는 동시에 몽환적인 정신으로 충만했다.

그리고 오디세이. 그 힘차고 쾌활한 곡조의 균형을 이뤄 흐르는 희고 둥근 물의 요정들의 팔과 같은 시구 속에서는, 몰락한 행복했던 흔적의 선명한 생활의 기록과 예감이 떠올랐다. 그것은 때론 강력한 윤곽과 꾸밈없는 필치로 선명하게, 또 때로는 두세 단어와 구절 속에서 꿈과 아름다운 예감으로서 슬며시 그 빛을 발하고 있었다.

이것과 비교한다면 역사가 크세노폰과 리비우스는 빛을 잃고 말았다. 아니, 미묘한 빛으로 거의 빛을 잃은 채 조용히 구석에 서 있는 것에 불과했다.

한스는 그의 친구가 모든 일에서 자신과 얼마나 다른 관점을 가졌는지를 깨닫고 놀랐다. 하일너에게 추상적인 것은 존재하지 않았다. 그가 마음속으로 떠올리며 공상의 색채로 그려내지 못하는 것은 존재하지 않았다. 그것이 불가능할 때는 짜증스럽게 방치했다. 수학은 그에게 음흉한 수수께끼를 품고 있는 스핑크스였다. 그 차고 교활한 눈은 사로잡은 먹잇감을 꼼짝도 못 하게 만들었다. 하일너는 이 괴물을 멀리 피했다.

하일너와 한스의 우정은 별난 관계였다. 하일너에게 그것은 오락이자 사치이자 내키는 대로 할 수 있는 편한 것이었지만, 한스에게는 때론 자부심을 품고 지켜야 할 보물이자 때론 견디기 힘든 무거운 짐이기도 했다. 한스는 늘 저녁 시간을 공부에 할애했었다. 그러나 지금은 하일너가 공부에 질릴 때마다 거의 매일 책을 빼앗기고 상대를 해줘야 했다. 한스는 이 친구를 사랑하고 있었지만, 매일 밤 긴장 속에서 뒤처지지 않으려 두 배나 열심히 공부했다. 하일너가 논리적으로 한스의 공부 태도에 대해 공격을 시작했을 때, 한스는 더욱 힘들어했다.

"그건 날품팔이 일이야. 너는 공부가 좋아서 스스로 하는 게 아니야. 그저 선생님과 아버지가 무섭기 때문이지. 일, 이등이 된다고 뭐가 달라지겠니? 나는 이십등이지만 너 같은 공붓벌레보다 바보가 아니야."

한스는 하일너가 교과서를 어떻게 다루는지를 처음 보고 깜짝 놀랐다. 하루는 책을 교실에 놓고 와서 다음 지리 시간의 예습을 하기 위해 하일너의 지도를 빌린 적이 있었다. 놀랍게도 하일너의 책에는 모든 페이지마다 연필로 낙서가 돼 있었다. 피레네 반도의 서해안은 괴이한 옆얼굴로 변해 있었다. 코는 포르토에서 리스본까지 이어졌고, 피니스떼르 곶 지방은 곱슬머리 장식으로 과장되어 있었고, 성 빈센트 곶은 얼굴 전체를 뒤덮은 수염의 꼬여 올라간 끝자락이 되어 있었다. 어느 페이지를 펼쳐서 봐도 이런 지경이었다. 지도 뒷부분의 백지 위에는 우스꽝스러운 그림과 대담하고 해학이 가득한 시가 적혀 있었다. 잉크 얼룩도 곳곳에서 볼 수 있었다. 한스는 자신의 책을 신성한 보물처럼 다루어왔다. 그 때문에 이런 대담함이 마치 신성모독이나 범죄적인 영웅적 행위로 여겨졌다.

선량한 기벤라트는 그의 친구의 눈에는 즐거운 장난감, 아니 그보다는 일종의 애완 고양이에 불과하게 보였을지도 모른다. 한스 자신이 가끔 그렇게 느꼈다. 그러나 하일너는 한스가 필요했기 때문에 애착하고 있었다. 그는 누군가 자신의 속내를 털어놓을 수 있는 상대, 자신의 이야기에 귀를 기울일 사람, 자신에게 감탄할 사람이 필요했던 것이다. 동시에 우울할 때 자신을 위로해줄 사람, 자신이 머리를 대고 누울 수 있는 사람이 필요했다. 이런 사람이 일반적으로 그러하듯이, 이 젊은 시인도 근거도 없는 어리광스러운 우울증의 발작으로 괴로워하고 있었다. 그 원인의 일부는 어린 시절과의 조용한 작별이기도 하고, 일부는 방향을 잃은 여러 힘과 생각과 욕망 등의 분출이며, 일부는 어른이 되기 위한 알 수 없는 어두운 충동이었다. 그럴 때면 그는 동정과 애무를 병적으로 갈구했다. 이전까지 그는 어머니에게 어리광을 부리던 아이였다. 아직 이성적 사랑을 나눌 수 있을 만큼 성숙되지 않은 현재로서는 착한 친구만이 그에게 위안의 손길이 되었다.

그는 저녁마다 피곤에 지쳐 한스를 자주 찾았다. 그리고 공부하고 있는 한스에게 함께 침실로 가자고 떼를 썼다. 넓고 추운 거실 안 혹은 어두워지는 높은 기도실 안을 둘이 함께 걷거나 추위에 떨면서 창가에 앉아 있었다. 하일너는 하이네를 읽는 서정적인 소년답게 온갖 마음의 상처로 말미암은 탄식을 쏟아냈다. 그리고 다소 어린애처럼 비애의 구름에 감싸여 있었다. 한스는 그런 태도를 이해하기 힘들었지만, 뭔가 가슴에 와닿는 걸 느끼면서 때로는 그것에 전염되기까지 했다. 이 감상적인 시인은 구름 낀 날에 발작을 자주 일으켰다. 그중에서도 특히 늦가을의 비구름이 어둡게 하늘을 뒤덮고, 감상적인 달이 구름 뒤에서 어렴풋하게 엷은 장막 사이로 비치면서 궤도를 그리는 저녁이면, 비탄과 신음이 절정에 달했다. 그럴 때면 그는 오시안의 기분에 사로잡혀 몽롱한 애수 속에 잠겨버렸다. 그것이 한숨이 되고, 말이 되고, 시구가 되어 아무런 죄도 없는 한스에게로 쏟아지는 것이었다.

이런 애처로운 한탄에 시달린 뒤, 한스는 남은 시간에 열심히 공부에 전념했다. 그러나 공부하는 것이 점점 어려워졌다. 과거의 두통이 다시 재발한 것이 더 이상 놀랄 일도 아니었지만, 피로에 지쳐 헛되이 시간을 보내는 일이 빈번해져, 꼭 필요한 일을 해내기 위해 스스로 채찍질해야만 하는 것은 너무나도 우려스러운 일이었다. 친구에 대한 우정 때문에 지쳐 자기 본성의 순결한 부분이 병들고 있음을 어렴풋이 느꼈지만, 상대가 풀이 죽어 눈물을 흘릴수록 안타까운 마음이 들었다. 그리고 친구에게 자신이 꼭 필요한 존재라고 하는 인식은, 한스의 우정을 더욱 깊게 만드는 동시에 한층 더 의기양양하게 만들었다.

게다가 그 병적인 우수는 과도하고 건강하지 못한 충동으로 말미암은 것으로, 그가 진정으로 느끼고 있는 하일너의 본성과는 거리가 멀다는 것을 한스도 잘 알고 있었다. 하일너가 자작시를 낭송하거나 시인의 이상에 관해 이야기하고, 실러나 셰익

스피어의 독백을 열정적인 몸짓으로 연기할 때면, 그는 한스에게는 없는 마력으로 허공을 떠돌며 초인간적인 자유와 불타오르는 열정적 몸짓, 호메로스의 천사처럼 날개가 달린 다리로 한스와 친구들 사이를 떠다니다 사라지는 것처럼 느껴졌다. 그는 이제 막 아름답게 흐르는 말, 진실에 다가가는 비유, 영혼을 사로잡는 음률 등의 매혹적인 힘을 거부할 수 없다고 느꼈다. 이 새롭게 펼쳐진 세계에 대한 한스의 존경심은 친구에 대한 감탄과 결합하여 떼어낼 수 없는 하나가 되어 있었다.

   그러는 사이 거친 날씨가 지속되는 11월이 찾아왔다. 램프를 켜지 않고 공부를 할 수 있는 시간이 몇 시간밖에 되지 않았다. 깜깜한 밤에는 폭풍이 크게 소용돌이치는 구름산을 시커먼 산 정상으로 몰아붙이며, 낡고 견고한 수도원 건물 주변을 신음하며 다투듯이 부딪혔다. 나뭇잎들은 완전히 다 떨어졌다. 우거진 숲속의 왕좌를 차지하고 있는 수많은 굵은 가지를 자랑하는 떡갈나무만이 다른 나무보다도 불만스러운 듯 시끄럽게 앙상한 가지를 울리고 있었다. 하일너는 더욱 음기를 띠며 한스를 찾지 않고 홀로 연습실에서 바이올린을 격렬하게 연주하거나, 친구들에게 싸움을 걸기 시작했다.

   어느 저녁에 하일너가 연습실로 찾아가니 다부진 루치우스가 악보대 앞에서 연습하고 있었다. 하일너는 화가 나서 밖으로 나갔다가 30분 뒤에 다시 찾아갔다. 루치우스는 여전히 연습하고 있었다.

   "이제 좀 그만하지."

   하일너는 퉁명스럽게 말했다.

"다른 사람도 연습해야 할 거 아냐. 그렇지 않아도 너의 그 바이올린 소리 때문에 죽을 지경이라고."

루치우스는 전혀 양보할 생각이 없었다. 하일너는 약이 올랐다. 루치우스가 다시 차분하게 연습을 시작하자 하일너는 악보대를 걷어찼다. 악보는 연습실 여기저기로 날아갔고, 악보대는 루치우스의 얼굴을 때렸다. 루치우스는 허리를 숙여 악보를 주웠다.

"교장 선생님에게 말하겠어."

그는 단호하게 말했다.

"맘대로 해."

하일너는 격분해서 소리쳤다.

"엉덩이도 걷어차였다고 말해."

그는 곧바로 다가가 걷어찰 기세였다.

루치우스는 재빨리 몸을 피해 입구 쪽으로 달아났다. 하일너가 쫓아갔다. 격렬하고 시끄러운 추격전이 시작되었다. 복도와 넓은 방, 계단과 현관을 지나 수도원의 가장 끝 건물까지 갔다. 그곳은 한적하고 우아한 교장 선생님의 관사가 있었다. 서재 문 한 걸음 앞에서 하일너는 드디어 도망치는 상대를 붙잡았다. 이미 노크하고 열린 문 안으로 막 들어선 순간, 하일너가 말했던 대로 엉덩이를 걷어차 루치우스는 문을 닫을 여유도 없이 교장 선생님의 신성불가침 공간으로 폭탄처럼 날아갔다.

이것은 전대미문의 사건이었다. 다음 날 아침, 교장 선생님은 청년의 난동에 대하여 엄한 꾸중을 내리셨다. 루치우스는 내심 신이 나서 손뼉을 치며 듣고 있었지만, 하일너는 감금형이라는 중형이 내려졌다.

"이곳에서 몇 년 동안 이런 벌을 내린 적은 없었다. 십 년이 지나도 이 일을 잊을 수 없도록 해주겠다. 너를 다른 모든 학생의 본보기로 삼겠다."

교장 선생님은 하일너에게 호통을 쳤다.

학생들은 움찔거리며 힐끗힐끗 하일너를 훔쳐봤다. 하일너는 창백한 얼굴에 반항적인 태도로 서서 교장 선생님의 눈을 똑바로 응시했다. 많은 친구가 마음속으로는 하일너의 태도에 감탄했다. 그러나 훈계가 끝나고 학생들이 복도를 가득 메웠을 때, 하일너는 나병환자처럼 혼자 남겨졌다. 지금 그의 편을 드는 데는 용기가 필요했다.

한스 기벤라트도 하일너의 편을 들어주지 않았다. 그게 자신의 의무라는 것은 절실하게 느끼고 있었다. 그리고 자신의 비겁함 때문에 힘들어했다. 그는 형편없는 자신이 부끄러워 창가에 숨어 얼굴조차 제대로 들지 못했다. 그는 몰래 하일너를 찾아가고 싶은 마음에 사로잡혀 은밀히 할 수만 있다면 어떤 희생이라도 치를 수 있다고 생각했다. 그러나 감금이라는 중형을 선고받은 학생은 수도원에서는 아주 오랫동안 낙인을 찍힌 거나 마찬가지였다. 두말할 필요도 없이 벌을 받은 학생은 그 뒤로도 특별 감시를 받아야 한다. 그와 친하게 지내는 것은 위험한 짓이며, 나쁜 평판을 초래한다. 국가가 학생들에게 베푼 은혜에 대해서는 당연히 엄격한 규율에 따른 대가를 치러야만 한다. 그것은 이미 긴 입학식 연설을 통해서도 들은 바가 있었다. 한스도 그것을 잘 알고 있었다. 그는 우정의 의무와 공명심과의 싸움에서 졌다. 그의 이상은 누가 뭐래도 모든 학생을 제치고 시험을 통해 이름을 날려 최고가 되는 것이지, 낭만적인 위험을 자초하는 것이 아니었다. 이렇게 그는 고민에 빠진 채 구석에 숨어 있었다. 아직은 나서서 자신의 용기를 보여줄 수가 없었다. 그러나 시간이 갈수록 점점 더 힘들어졌다. 그리고 어느샌가 그의 배신은 행위로 이어졌다.

하일너는 충분히 그것을 느끼고 있었다. 열정적인 그는 모두가 자신을 피하고 있다는 것을 느꼈다. 그리고 그것이 당연한 일이라고 생각했다. 그러나 한스에게만은 신뢰하고 있었다. 지금 그가 느낀 고통과 분노와 비교한다면, 지금까지의 걷잡을 수 없는 분노와 탄식은 스스로 생각하더라도 허무하고 우스꽝스럽게 여겨졌다. 그는 기벤라트의 옆에 잠시 멈춰 섰다. 창백하고 깔보는 듯한 얼굴로 낮게 말했다.

"기벤라트, 비겁한 놈. 나쁜 자식."

그는 이렇게 말하고 낮게 휘파람을 불며 두 손을 주머니에 푹 찔러 넣고 가버렸다.

젊은이들에게 여러 가지 다른 것들을 생각하거나 할 일이 있다는 것은 다행스러운 일이다. 이 사건이 있고 며칠 뒤에 갑자기 눈이 내렸다. 그리고 맑고 추운 겨울 하늘이 찾아왔다.

눈싸움과 스케이트를 할 수 있게 되었다. 크리스마스 방학이 얼마 남지 않았다는 것을 느끼며 모두 방학 이야기를 했다. 하일너에 대해서는 별로 신경을 쓰지 않았다. 그는 말없이 반항적으로 머리를 치켜든 채 당당히 돌아다녔다. 그 누구와도 말하지 않고 열심히 시구를 수첩에 적어 넣었다. 검은 초칠이 된 수첩 표지에는 '수도사의 노래'라는 제목이 적혀 있었다.

떡갈나무, 오리나무, 너도밤나무, 버드나무에는 서리와 얼어붙은 눈이 기묘한 모양으로 매달려 있었다. 연못에서는 투명한 얼음이 추위 때문에 소리를 내고 있었다. 회랑의 안뜰은 고요한 대리석 정원처럼 보였다. 축제 기분의 밝은 흥분이 방마다 흐르고 있었다. 크리스마스를 기다리는 즐거움은 두 명의 근엄한 교수의 얼굴에서조차 한 줄기 너그럽고 맑은 흥분을 느끼게 했다. 학생들은 물론 선생님들조차 크리스마스에 무관심할 수는 없었다. 하일너도 화난 듯 일그러진 표정이 조금은 누그러졌다. 루치우스는 방학 때 어느 책과 어느 신발을 가지고 갈 것인지 고민하고 있었다. 집에서 온 편지에는 설레게 하는 아름다운 글들이 적혀 있었다. 미리 원하는 것을 물어보거나, 과자를 구울 날을 알리고, 곧 깜짝 놀랄 선물이 기다리고 있음을 암시하거나, 만날 날의 기쁨을 알리는 내용들이었다.

방학 귀성 여행을 앞두고 학생들은, 특히 헬라스 방에서는 소소하지만 유쾌한 경험을 맛보았다. 어느 저녁, 방이 가장 큰 헬라스 방에서 이루어지는 크리스마스 파티에 선생님들도 초대하기로 결정되었다. 축하 인사로 낭독이 두 번, 플루트 연주, 바이올린 이중주가 준비되었다. 그러나 한 가지 정도는 뭔가 장난스러운 것을 끼워 넣어야만 했다. 여러 안건이 나오고 거부당하며 쉽게 결정이 되지 않았다. 그때 카를 하멜이 아무 생각 없이 에밀 루치우스의 바이올린 독주가 가장 재미있을 것이라며 툭 던졌다. 이 안건은 모두의 인기를 끌었다. 부탁하고, 약속으로 꾀이고, 협박한 끝에 불쌍한 음악가는 결국 허락하고 말았다. 선생님들에게 보내진 정중한 초대장에는 번외로 다음과 같은 글이 첨부되었다.

'〈고요한 밤〉, 바이올린을 위한 가곡. 궁중 연주자 에밀 루치우스의 연주.'

궁중 연주자의 칭호를 받을 수 있었던 것은 멀리 떨어진 음악실에서 열심히 연습한 덕분이었다.

교장, 교수, 음악 선생님, 조교수 등이 축하를 위해 참석했다. 루치우스가 하르트너에게 빌린 옷자락이 달린 검은 예복으로 멋을 부리고 온화하고 엄숙한 미소를 지으며 등장하자, 음악 선생님의 이마에는 진땀이 흘렀다. 그가 인사를 하자 여기저기서 웃음소리가 터져 나왔다. 가곡 〈고요한 밤〉은 그의 손가락 끝에서 섬뜩한 신음, 비명을 지르는 듯한 고통의 노래가 되었다. 그는 두 번이나 처음부터 다시 시작했지만, 멜로디를 갈기갈기 찢어놓고 말았다. 발로 박자를 맞추며 추운 벌판의 나무꾼처럼 온 힘을 다했다.

화가 치밀어 새파랗게 질린 음악 선생님을 바라보며 교장 선생님은 유쾌하다는 듯 고개를 끄덕였다.

루치우스는 가곡을 세 번째 연주를 다시 시작했다가 바이올린을 내린 채 청중을 향해 변명을 늘어놓았다.

"잘되지 않네요. 하지만 저는 가을에 막 바이올린을 배우기 시작했습니다."

"괜찮다, 루치우스."

교장 선생님이 소리쳤다.

"우리는 너의 노력에 감사한다. 그 자세로 연습을 계속해라.

달에 가기 위해서는 험난한 길을 이겨내야 한단다."

12월 24일에는 새벽 3시부터 모든 방마다 왁자지껄하게 활기가 넘쳤다. 창문에는 아름다운 잎사귀 모양의 결정이 맺혔다. 세면용 물은 얼어붙었다. 수도원 안뜰에는 살을 에는 듯한 찬바람이 불고 있었다. 그러나 아무도 그것을 신경 쓰는 사람은 없었다. 식장에서는 커다란 커피포트가 수증기를 내뿜고 있었다. 잠시 뒤 코트와 모포를 감싼 학생들의 검은 무리가 흐릿하게 빛나는 하얀 들판을 지나고 침묵의 숲을 지나, 멀리 정거장을 향해 걸어가고 있었다. 모두 다 수다를 떨고, 농담을 주고받고, 큰 소리로 웃었지만, 서로가 감추고 있는 바람과 기쁨과 기대로 마음이 부풀어 있었다. 널리 주 전체에 걸쳐, 모든 마을의 고독한 집들의 따뜻하고 화사하게 장식된 방에서 부모, 형제자매가 자신을 기다린다는 사실을 그들은 잘 알고 있었다. 학생 대부분에게 크리스마스에 멀리서 집으로 찾아가는 것은 이번이 처음이었다. 그들은 자신들이 사랑과 자부심으로 환영받을 것임을 알고 있었다.

학생들은 눈으로 뒤덮인 숲 한가운데 자리하고 있는 작은 역에서 혹한의 추위에 떨며 기차를 기다렸다. 학생들은 이렇게까지 즐겁게 한마음이 된 적이 없었다. 그러나 하일너만은 홀로 묵묵히 기차를 기다렸다. 친구들이 모두 기차에 타길 기다렸다가 혼자만 다른 칸에 올라탔다. 한스는 다음 역에서 기차를 갈아탈 때 다시 한번 하일너를 봤지만, 창피함과 후회에 대한 순간적인 연민은 금세 귀성의 흥분과 기쁨에 희석되었다.

집에서는 아버지가 만족스러운 미소를 짓고 있었다. 그리고 선물로 가득한 책상이 한스를 기다리고 있었다. 그러나 진짜 크리스마스는 기벤라트의 집에는 없었다. 노래도 축제의 감격도, 어머니도 크리스마스트리도 없었다. 기벤라트 씨는 크리스마스를 즐기는 방법을 몰랐다. 그러나 그는 아들을 자랑스러워하며 선물에 돈을 아끼지 않았다. 한스는 이런 크리스마스에 익숙해 있었기 때문에 전혀 부족하게 느끼지 않았다.

만나는 사람마다 한스를 보고 건강이 안 좋아 보인다, 너무 말라 얼굴이 창백하다고 생각했다. 수도원에서 음식을 그렇게 부족하게 주냐고 물었다. 그는 절대 그렇지 않다고, 건강은 좋으며 가끔 두통이 날 뿐이라고 딱 잘라 말했다. 목사님은 젊었을 때 자신도 두통 때문에 고생했다며 한스를 위로해주었다. 그것으로 모든 게 일단락되었다.

강은 매끄럽게 얼어 있었다. 크리스마스 날에는 스케이트를 즐기는 사람들로 가득했다. 한스는 새 옷에 초록색 신학교 모자를 쓴 채로 거의 하루 종일 밖으로 나돌았다. 그는 예전의 동급생들에게서 벗어나 사람들의 부러움을 사는 아주 높은 세계로 올라선 것이다.

4장

경험에 의하면 신학교에서의 4년 동안 각 학년에서 한 명 혹은 그 이상의 학생이 중간에 사라지는 것이 보통이다. 때로는 죽음을 맞이하여 찬송가와 함께 묻히거나, 친구들의 보호를 받으며 고향으로 돌려보내지기도 한다. 가끔 탈출하는 학생이나 중죄를 지어 퇴학당하는 일도 있다. 그리고 상급 학생들 중 아주 드물게 청춘의 방황을 견디다 못해 권총이나 투신이라는 간단한 방법으로 어두운 출구를 찾는 일도 있다.

한스 기벤라트의 반에서도 두세 명의 친구가 사라지고 말았다. 그것도 너무나 괴이한 우연의 일치로 그 모든 학생이 헬라스 방에 속해 있었다.

헬라스 방에는 힌두라는 별명이 붙은 힌딩어라고 하는 얌전한 금발의 작은 친구가 있었다. 그는 종교적으로 고립된, 알고이 지방 양복점의 아들이었다. 그는 조용한 학생으로, 사라지고 나서야 조금 소문이 나돌 정도였지만 그것도 차츰 사라지고 말았다. 절약가인 궁중 음악가 루치우스의 옆자리로, 다른 친구들보다 루치우스와 친하게 지냈다. 그 외에 친구는 없었다. 그가 사라지고 나서야 헬라스의 친구들은 얌전하고 선량한 이웃으로서 그리고 파란만장한 헬라스의 일원으로서 힌딩어를 좋아하고 있었다는 사실을 깨달았다.

1월의 어느 날, 그는 연못 쪽으로 스케이트를 타러 가는 친구들과 함께했다. 스케이트는 없었지만, 그냥 구경만 할 생각이었다. 그러나 잠시 후 추위를 견디지 못하고 몸을 따뜻하게 하려고 종종걸음으로 연못 주변을 걸었다. 그리고 달리기 시작해서 초원 끝자락의 다른 작은 연못가에 이르렀다. 이곳은 약간 더운물이 샘솟는 곳이라 얼음이 얇게 얼어 있을 정도였다. 그는 갈대를 헤집고 연못가로 갔다. 작고 가벼운 체구였지만 연못에 빠지고 말았다. 발버둥 치면서 한동안 소리쳤지만, 아무도 알아차리지 못한 채 어둡고 차가운 물속으로 가라앉고 말았다.

2시에 오후의 첫 수업이 시작되었을 때야 겨우 그가 없다는 사실을 알아차렸다.

"힌딩어는 어디 있는 거지?"

조교수가 물었다.

아무도 대답하지 못했다.

"헬라스 방을 찾아보거라."

그러나 그곳에는 그림자도 보이지 않았다.

"지각하는 게지. 그냥 수업을 시작합시다. 칠십사 페이지 칠

구절. 이런 일은 두 번 다시 없도록 합시다. 여러분은 시간을 꼭 지켜야 합니다."

3시가 되어서도 힌딩어가 여전히 나타나지 않자, 걱정이 된 선생님은 교장 선생님에게 사람을 보냈다. 교장 선생님은 곧바로 교실로 달려와 중요한 질문을 던진 뒤, 즉시 열 명의 학생과 조교, 조교수를 데리고 수색에 나섰다. 남은 학생들은 받아쓰기 연습을 했다.

4시에 조교수는 노크도 없이 교실로 들어와 귓속말로 교장 선생님에게 보고했다.

"조용!"

교장 선생님이 소리쳤다. 학생들은 꼼짝도 하지 않은 채 의자에 앉아 마른침을 삼키며 교장 선생님을 응시했다.

"여러분의 친구 힌딩어는……."

교장 선생님은 목소리를 낮추어 말을 이었다.

"연못에 빠진 것 같다. 여러분도 함께 도와야 할 것 같다. 마이어 교수가 여러분을 지휘할 테니 멋대로 행동하지 말고 지시에 잘 따르도록."

겁에 질린 학생들은 교수의 뒤를 따르며 수군거렸다. 마을에서도 몇몇 어른이 밧줄과 널빤지와 봉을 들고 서둘러 합류했다. 혹독한 추위였다. 태양은 이미 숲 끝자락에 걸려 있었다.

마침내 단단하게 얼어붙은 작은 소년의 시체를 찾아내 눈 덮인 골풀 위 들것에 올려놓았을 때는 사위가 이미 완전히 어두워져 있었다. 학생들은 겁에 질린 새처럼 불안에 떨면서 주위에 모여 시체를 바라보며 파랗게 얼어붙은 손가락을 문질렀다. 앞에서 운반되어 가는 익사한 친구 뒤를 따라 묵묵히 눈밭을 걸어갈 때, 갑자기 그들을 엄습한 전율은 마치 새끼 사슴이 적의 냄새를 맡았을 때처럼 죽음의 두려움을 느꼈다.

슬픔에 잠겨 있는 작은 무리 속에서 한스 기벤라트는 우연히 한때 친했던 하일너와 나란히 걷고 있었다. 두 사람은 울퉁불퉁한 들판길에 발이 걸려 비틀거리면서 함께 걷고 있다는 것을 동시에 깨달았다. 죽음을 목격하고 심한 충격에 순간적으로 허무한 이기심을 깊이 반성한 탓인지, 어쨌거나 한스는 친구의 창백한 얼굴을 가까이에서 바라보자, 형언하기 힘든 깊은 아픔이 느껴졌다. 그리고 충동적으로 하일너의 손을 잡으려 했다. 하일너는 짜증스럽게 손을 뿌리치고 불쾌한 듯 눈길을 돌리며 가장 뒤쪽으로 자리를 옮겨버렸다.

모범 소년 한스의 가슴은 고통과 창피함으로 요동쳤다. 얼어붙은 평원을 비틀거리며 걷는 동안 추위로 창백해진 뺨 위로 걷잡을 수 없이 흐르는 눈물을 멈출 수가 없었다. 그는 절대로 잊을 수 없는 그리고 아무리 후회해도 갚을 수 없는 죄와 태만함이 있다는 것을 깨달았다. 들것 위에 높이 올려져 있는 이가 양복점의 작은 아들이 아니라 친구인 하일너였으며, 성적과 시험과 월계관이 아니라 양심의 맑고 더러움만을 기준으로 삼는 또 다른 세계로, 한스의 불성실함에 대한 고통과 분노를 실어 나르고 있는 것처럼 느껴졌다.

그러는 동안 행렬은 국도로 나섰다. 그곳에서 수도원은 금방이었다. 수도원에서는 교장 선생님을 필두로 선생님 모두가 죽은 힌딩어를 맞이했다. 힌딩어가 살아 있었다면 그런 명예로운 자리를 생각한 것만으로도 도망쳤을 것이다. 선생님들은 언제나 죽은 학생을 살아 있는 학생과 전혀 다른 눈길로 바라본다. 선생님들은 죽은 학생을 대할 때면, 평소에 아무렇지 않게 상처를 주었던 각각의 생명과 청춘의 소중함, 돌이킬 수 없는 것에 대하여 잠시나마 생각에 잠긴다.

그날 밤과 다음 날 늦게까지, 눈에 보이지 않는 시신이 마술과 같은 작용을 일으키면서 모든 언행을 조심스럽고도 고요하게 감쌌다. 그렇게 짧은 시간 동안은 싸움도, 분노도, 소동도, 웃음도 모두 수면에서 사라지고 파도 한 점 일어나지 않는, 언뜻 보기에 자취를 감춘 물의 요정처럼 꼬리를 감추었다. 두 사람이 모여 죽은 자의 이야기를 할 때면 반드시 제대로 된 이름을 불렀다. 죽은 자에게 힌두라는 별명을 부르는 것이 실례라고 느껴졌다. 평소에는 눈에 띄지 않고 관심을 끌지 못한 채 학생들 사이에서 존재감을 잃었던 조용한 힌두가, 지금은 그 이름과 죽음으로 수도원 전체에 큰 영향을 끼치고 있었다.

이틀째 되는 날에 힌딩어의 아버지가 도착했다. 그는 아들이 있는 방에서 두세 시간 혼자 있었다. 그리고 교장 선생님과 차를 마시고, 밤에는 '사슴실'에서 머물렀다.

그리고 장례식이 치러졌다. 관은 침실에 안치되었다. 알고이에서 온 힌딩어의 아버지는 옆에 서서 모든 진행 과정을 지켜보았다. 그는 누가 보더라도 양복점 재단사 체형의 깡마른 체격이었다. 초록빛이 도는 검은 프록코트에 폭이 좁은 허름한 바지를 입었고, 손에는 낡은 모자를 들고 있었다. 그의 가늘고 작은 얼굴은 바람에 흔들리는 싸구려 촛불처럼 빈약하고 슬퍼 보였다. 그는 교장 선생님과 교수들에 대한 존경심으로 장례식 내내 긴장을 하고 있었다.

이윽고 사람들이 관을 들어 올리려 하자 슬픔에 젖은 재단사는 한 걸음 앞으로 다가가 당혹감에 머뭇거리며 관 뚜껑을 어루만졌다. 그러고는 눈물을 참으며 어찌할 바를 몰라 한 채 넓고 적막한 방 한가운데에 겨울 고목처럼 서 있었다. 너무나 쓸쓸하고 풀이 죽어 애처로운 그 모습은 보는 사람의 가슴을 아프게 했다. 목사가 그의 손을 잡으며 다가갔다. 그는 묘하게 휘어진 실크 모자를 머리에 얹고 관 바로 뒤를 따라 계단을 내려가, 수도원의 정원을 지나, 낡은 문을 통해 눈 덮인 들판을 지나, 낮은 묘지벽을 향해 걸어갔다. 무덤가에서 찬송가를 부를 때, 학생 대부분은 지휘하는 음악 선생님의 손은 보지 않고 초라한 모습의 키 작은 재단사를 바라보고 있어서 음악 선생님은 울컥 화가 치밀었다. 재단사는 슬픔에 젖어 얼어붙은 채로 눈밭에 서서 고개를 숙이고 목사와 교장 선생님, 학생 대표의 조사에 귀를 기울였다. 합창하던 학생들을 향해 아무 생각 없이 고개를 끄덕이고, 가끔 왼손으로 저고리 자락에 넣어둔 손수건을 매만졌지만, 꺼내지는 않았다.

"만약 저 자리에 우리 아버지가 서 있었다면 어땠을까 하는 생각이 불현듯 떠올랐다"라고 나중에 오토 하르트너가 말했다. 그러자 모두 다 이구동성으로 말했다.

"나도 그렇게 생각했었어."

장례식이 다 끝나고 교장 선생님이 힌딩어의 아버지와 함께 헬라스 방으로 찾아왔다.

"여러분 중에 고인과 각별한 친분이 있는 사람이 있니?"

교장 선생님은 학생들에게 물었다. 처음에는 아무도 앞으로 나서지 않았다. 힌딩어의 아버지는 불안함과 서글픈 눈길로 어린 학생들의 얼굴을 바라보았다. 그 순간 루치우스가 앞으로 나섰다. 힌딩어 씨는 한동안 그의 손을 꼭 잡았다. 그러나 아무 말도 하지 못한 채 묵묵히 고개만 끄덕이고 나갔다. 그렇게 힌딩어의 아버지는 떠났다. 눈이 내리는 들판을 하루 종일 기차로 달려 겨우 집에 돌아가서는, 아들 카를 힌딩어가 얼마나 쓸쓸한 곳에 잠들어 있는지를 아내에게 이야기해줄 수 있었다.

수도원에서는 얼마 지나지 않아 마법의 효력이 풀렸다. 선생님들은 다시 야단을 치기 시작했고, 문을 닫는 소리도 커졌다. 헬라스 방의 사라진 친구는 기억 속에서 거의 사라졌다. 슬픔의 연못 주변에 오랫동안 서 있던 탓에 감기에 걸려 병실에 누워 있는 아이들, 솜털로 짠 슬리퍼를 신고 목을 칭칭 감고 뛰어다니는 아이들도 있었다. 한스 기벤라트는 마음이나 발은 아프지 않았지만, 그 불행한 날 이후로 침통해지면서 훨씬 성숙해진 것처럼 보였다. 무언가 심적 변화가 일어난 것이다. 소년이 청년으로 성장한 것이다. 그의 마음은 말하자면 다른 나라로 옮겨져 불안감을 떨치지 못한 채 떠돌며 안식처를 찾지 못한 것이다. 그것은 죽음의 공포 탓도, 선량한 힌두에 대한 애도 때문도 아닌, 단순히 하일너에 대한 갑작스러운 죄의식 때문이었다.

하일너는 다른 두 사람과 함께 병실에 누워 따뜻한 차를 마셨다. 그곳에서 힌딩어의 죽음에 대한 인상을 정리하며 훗날 시로 쓸 수 있는 시간을 벌었다. 그러나 그것조차 그에게는 별것이 아닌 듯 보였다. 그는 병들어 수척한 얼굴을 한 채, 병실에 함께 있던 친구들과도 거의 이야기하지 않았다. 감금이라는 벌을 받은 이후 고독을 맛보면서, 누군가와 늘 이야기를 나누어야만 하는 감수성이 예민한 그의 마음은 쓰라린 상처를 입고 말았다. 선생님들은 그를 혁명적인 불순분자로 감시의 눈길을 게을리하지 않았고, 학생들은 그를 피했으며, 조교들은 비꼬는 친절로 그를 대했다. 그가 친구로 여기고 있던 셰익스피어와 실러와 레나우는 그를 억누르고 굴복시키려 하는 현실 세계와는 완전히 다른 훨씬 강력하고 아름다운 세상을 보여주었다. 그의 〈수도사의 노래〉는 처음에는 은둔자적 우울한 분위기를 띠고 있는 것에 불과했지만, 차츰 수도원과 목사와 동급생들에 대한 신랄한 증오의 시로 가득하게 되었다. 그는 고독 속에서 씁쓸한 순교자의 쾌감을 발견했다. 이해받지 못하는 것에 만족감을 느끼며 가혹하고 모멸적인 수도사의 시구를 통해 어린 유베날리스가 된 기분에 젖었다.

장례식이 끝나고 일주일이 지나자, 친구 두 명이 퇴실하고 하일너 혼자 병실에 남아 있을 때, 한스는 그에게 병문안을 갔다. 그는 멋쩍게 인사를 한 뒤, 의자를 침대맡으로 가져가 앉았다. 그리고 하일너의 손을 잡으려 했다. 하일너는 퉁명스럽게 벽을 향해 돌아누웠다. 그러나 한스는 물러서지 않고 옛 친구의 손을 꽉 잡고 얼굴을 자신에게로 잡아당겼다. 화가 난 친구의 입술이 일그러졌다.

"대체 이게 뭐 하자는 수작이야!"

한스는 손을 놓지 않았고 말했다.

"내 말 좀 들어봐. 나는 그때 비겁하게 너를 버렸어. 하지만 너는 내가 무슨 생각을 하고 있는지 잘 알고 있을 거야. 신학교에서 상위권 안에, 가능하면 일등이 되는 것이 내 굳은 결심이야. 그런데 너는 나를 공붓벌레라고 비웃었지. 그건 네 말이 옳을지도 몰라. 하지만 그건 내 나름의 이상이었어. 나는 그 이상의 것을 몰랐으니까."

하일너는 눈을 감아버렸다. 한스는 낮은 목소리로 말을 이어갔다.

"하일너, 미안하다. 네가 다시 내 친구가 되어줄지 모르겠지만, 어쨌거나 나를 용서해줘."

하일너는 입을 꼭 다문 채 눈을 뜨지 않았다. 그는 마음속으로 부드럽고 밝은 미소를 친구에게 짓고 있었지만, 그는 최근 퉁명한 고독자의 역할에 이미 익숙해져 있었다. 적어도 한동안은 그 가면을 쓰고 있었다. 한스도 물러서지 않았다.

"부탁이야, 하일너. 내가 네 주변을 이렇게 맴돌기보다는 차라리 꼴찌가 되고 말겠어. 제발, 친구가 되어줘. 그리고 다른 녀석들과는 상대하지 않아도 좋다는 것을 보여주자고."

그러자 하일너는 한스의 손을 꽉 잡으며 눈을 떴다.

이삼일 뒤에 하일너도 감기를 털고 일어나 병실을 나왔다. 수도원에서는 새로 맺어진 우정에 대해 시끄럽게 떠들어댔다. 그러나 두 사람에게는 이제 놀라운 나날이 시작되었다. 별난 경험은 아니었지만, 서로 이어져 있다는 일종의 특별한 행복감과 은밀한 무언의 일체감으로 넘치고 있었다. 이전과는 약간 달라진 것이 있었다. 몇 주 동안 떨어져 있던 시간이 두 사람을 바꾸어놓은 것이다. 한스는 우정과 따뜻한 마음이 더해지면서 탐닉적으로 바뀌었다. 하일너의 태도는 한층 거칠고 사내다워졌다. 두 사람은 얼마 전까지 떨어져 서로를 그리워한 탓에 재결합은 큰 체험, 아니 큰 선물처럼 느껴졌다.

두 조숙한 소년은 우정 속에서 첫사랑의 신비롭고 미묘한, 두근거리는 부끄러움을 자각하지 못한 채 이미 맛보고 있었던 것이었다. 게다가 둘의 결합은 성숙한 사내의 텁텁한 매력을 지니고 있었다. 또한 쓴 양념처럼 친구들 전체에 대한 반항심을 품고 있었다. 모두에게 하일너는 친할 수 없는 사내였고, 한스는 이해할 수 없는 친구였다. 아이들 사이의 많은 우정은 아직 모두 천진스러운 소년들의 허무한 장난에 지나지 않았다.

한스는 이 우정에 깊은 행복감을 느끼며 집착할수록 학교는 점점 역겨워졌다. 새로운 행복감은 신선한 와인처럼 그의 피와 사상 속을 파헤치며 돌아다녔다. 그와 동시에 리비우스도 호메로스도 이제는 빛을 잃고 말았다. 선생님들은 지금까지 모범적이었던 기벤라트가 믿을 수 없을 만큼 변하여 관찰 대상인 하일너에 의해 나쁘게 감화된 것을 보고 깜짝 놀랐다. 선생님들이 가장 걱정하는 것은 청년의 발효가 시작되는 위험한 시기에 조숙한 소년들이 나타나는 이상 현상이었다. 그렇지 않아도 그들에게 하일너는 처음부터 뭔가 꺼림칙한 천재적 성질을 가지고 있었다. 천재와 교사들 사이에는 옛날부터 깨기 힘든 벽이 가로놓여 있었다. 천재적인 인간의 학교 행동들은 교사들에겐 금기사항들이다. 교사들에게 천재라고 하는 것은 교사들을 존경하지 않고, 열네 살에 담배를 피우기 시작하고, 열다섯 살에 사랑을 하고, 열여섯 살에 술집을 드나들고, 금지된 책을 읽으며 대담한 글을 쓰고, 교사들을 비웃듯 바라본다. 그 때문에 그들의 수첩에는 선동자와 감금 후보자로 이름을 올리게 되는 것이다. 교사들은 자신의 반에 천재 한 명이 있는 것보다는 바보 열 명이 들어오길 바란다. 가만히 생각해보면 그것도 당연한 이치이다. 교사의 역할은 궤도를 일탈한 인간이 아니라 라틴어나 수학에 능통한 성실한 인간을 만들어내는 데 있기 때문이다. 그러나 누가 더 많은 고통을 받고 있는가? 교사가 학생들에게 고통을 당하고 있는가? 아니면 그 반대인가? 둘 중 하나는 폭군이다. 둘 중 누가 더 많이 고통을 주는가? 상대의 마음과 생활을 방해하는 것은 둘 중 하나이다. 그것을 검토한다면 모두 다 고통스러워하며, 분노와 수치 속에서 자신의 젊은 날을 되돌아볼 것이다. 그러나 그것은 우리가 다뤄야 할 문제가 아니다. 진정한 천재라면 상처 대부분을 쉽게 치유하고 학교 교사들 앞에서 여봐란듯이 훌륭한 작품을 만들어낸다. 그리고 먼 훗날 죽은 뒤 유쾌한 후광에 감싸인다. 그리하여 후대에 마침내 학교에서 걸작으로 맞아들여질 고귀한 인물이 된다. 그러한 모습에서 우리는 위안을 얻는다. 이렇듯이 학교마다 규칙과 정신의 싸움판이 계속 반복되고 있다. 우리는 국가와 학교가 매일 나타나는 몇 명의 깊고 뛰어난 정신력을 뿌리째 뽑아 말살하려 발악하고 있음을 끝없이 지켜보고 있다. 게다가 늘 그랬듯이 교사들에게 미움을 산 학생, 자주 벌을 받는 학생, 탈출한 학생, 퇴학당한 학생이 훗날 국민의 정신적 재산이 되는 것이다. 그러나 정신적 반항으로 스스로 상처 입고 파멸하는 사람도 적지 않다. 그 숫자가 얼마나 되는지 누가 알겠는가?

예로부터의 훌륭한 학교 원칙에 따라 두 젊은이에게도 의심의 눈초리와 함께 사랑 대신에 혹독함이 증가했다. 단, 히브리어를 가장 잘하는 연구자로서의 한스를 자랑스럽게 여기는 교장 선생님만은 서투른 구원의 손길을 뻗었다. 그는 한스를 자신의 집무실로 불렀다. 그곳은 과거에 수도원장이 거주하던 아름다운 그림처럼 돌출된 방으로, 전설에 의하면 가까운 크니틀링엔 마을 태생의 파우스트가 이곳에서 엘핑어 와인을 마셨다고 한다. 교장 선생님은 대단한 인물로, 식견은 물론 사무적 능력도 뒤지지 않았다. 또한 학생들에게는 일종의 호의를 가지고 있었기 때문에 자주 학생들을 '너'라고 불렀다. 그의 가장 큰 결점은 자부심이 너무 강하다는 것이었다. 그 때문에 그는 자주 교단에서 위험한 발언을 하기도 했다. 게다가 자신의 위세와 권위가 조금이라도 의심을 받는 것을 절대로 용납하지 않았다. 그는 그 어떤 항의도 받아들이지 않았고, 그 어떤 잘못도 고백하지 않았다. 그 덕분에 무기력하고 때로는 교활한 학생들은 그와 매우 잘 지낼 수 있었다. 하지만 활기차고 정직한 학생들은 오히려 관계가 껄끄러웠다. 왜냐하면 조금만 반대 의견을 내비치더라도 불같이 화를 내면서 올바른 판단력을 잃고 말았기 때문이다. 어쨌거나 용기를 북돋우는 눈매와 차분한 어조로 아버지 대신의 친구 역할만큼은 매우 뛰어나게 했다. 이번에도 그 역할을 자청했다.

"기벤라트, 앉게."

그는 주저하며 들어온 소년의 손을 꼭 잡아주고는 다정하게 말했다.

"이야기를 좀 하고 싶은데, 너라고 불러도 되겠니?"

"그럼요, 선생님."

"너도 최근 성적이, 적어도 히브리어가 약간 떨어졌다는 것을 알고 있겠지? 너는 히브리어 성적이 제일 뛰어났지. 그래서 갑자기 성적이 떨어지는 것이 더욱 안타깝구나. 혹시 히브리어에 흥미가 없어진 거니?"

"그렇지 않습니다, 선생님."

"잘 생각해보거라. 그런 일은 흔한 일이니까. 혹시 다른 과목에 집중하고 있는 거니?"

"아니요, 선생님."

"그래? 좋아, 그럼 다른 원인을 찾아봐야겠구나. 혹시 네가 좀 도와줄 수 있겠니?"

"잘 모르겠습니다. 저는 항상 문제를 풀고 있지만……."

"물론 그래. 하지만 늘 같아 보여도 뭔가 차이가 있을 거야. 너는 지금까지 문제를 잘 풀어왔지. 그건 너의 의무이기도 하지. 하지만 전에는 지금보다 잘했잖아. 아주 열심이었지. 훨씬 흥미를 느끼고 공부했지. 그래서 갑자기 학구열이 식어버린 이유가 뭔지 걱정이 되는구나. 혹시 어디 아픈 건 아니니?"

"아니요."

"그럼, 두통이 있니? 썩 좋아 보이지는 않네."

"네, 두통은 가끔 있어요."

"매일 하는 공부량이 많은 거니?"

"아뇨, 전혀요."

"아니면 혼자 독서를 많이 하고 있는 거니? 솔직히 말해보렴."

"아뇨, 저는 거의 책을 읽지 않아요. 선생님."

"이래서야 알 수가 없어. 너, 분명 뭔가 문제가 있을 거야. 열심히 노력하겠다고 약속해주겠니?"

한스는 교장 선생님이 내민 오른손에 자기 손을 얹었다. 선생님은 근엄하면서도 부드러운 눈길로 그를 바라보았다.

"그럼 됐어. 아무튼 지치지 않도록 조심해. 잘못하면 수레바퀴 아래에 깔릴 수도 있으니까."

교장 선생님은 한스의 손을 꼭 잡았다. 한스는 안도의 한숨을 내쉬며 입구를 향해 걸어갔다. 그리고 부르는 소리에 걸음을 멈췄다.

"기벤라트, 하나만 더 묻자. 너 하일너와 가깝게 지내고 있는 것 같더구나."

"네, 많이요."

"다른 친구들보다 더 친하게 지내는 것 같더구나. 안 그러니?"

"맞습니다. 걔는 제 친구니까요."

"대체 어쩌다 그렇게 된 거니. 너희는 성격이 완전히 딴판인데."

"저도 모르겠어요. 걔는 그냥 제 친구예요."

"내가 그 애를 별로 좋아하지 않는다는 걸 너도 잘 알고 있겠지? 그 애는 가만히 있지 못하는 불평분자야. 재능은 뛰어날지 몰라도 아무 노력을 하지 않아. 네게 좋지 않은 영향을 끼칠 거다. 네가 그 애를 멀리했으면 좋을 것 같은데. 어때?"

"그럴 수 없어요, 선생님."

"안 돼? 어째서 안 된다는 거니?"

"걔는 제 친구니까요. 그렇게 쉽게 버릴 수 없어요."

"음, 하지만 다른 친구들과도 가깝게 지낼 수 있잖니. 하일너의 나쁜 영향권 안에 들어가 있는 건 너뿐이다. 그 결과는 눈에 보이듯 빤하구나. 그 애의 어떤 점이 그렇게 좋은 거니?"

"저도 잘 모르겠어요. 하지만 서로 좋아해요. 걔를 버리는 건 비겁한 짓이에요."

"그래, 알았다. 그럼 억지로 강요하지는 않겠다. 하지만 조금씩 거리를 두었으면 한다. 나는 그게 좋을 것 같다고 생각한다. 그게 바람직한 거다."

마지막 한마디는 좀 전의 부드럽던 느낌과 완전히 달랐다. 한스는 가도 좋다는 허락을 받았다.

그때부터 한스는 다시 공부에 전념했다. 물론 이전처럼 쉽게 진척되지는 않았다. 적어도 뒤처지지 않도록 힘겹게 따라갈 정도였다. 그 원인의 일부가 우정 때문임을 그도 잘 알고 있었다. 그러나 그는 우정 때문에 모든 손해와 장애가 일어났다고는 생각하지 않았다. 오히려 지금까지 잃었던 모든 것을 보상해주는 보물을 우정에서 찾아냈다. 그것은 이전의 윤기 없는 의무적 생활과는 비교할 수 없을 만큼 고양된 훨씬 따뜻한 생활이었다. 그는 젊은 연인과 같은 기분이 들었다. 위대한 영웅적 행위는 할 수 있지만, 일상의 따분하고 사소한 것들은 더 이상 할 수 없을 것 같은 느낌이 들었다. 그 때문에 계속 절망적인 한숨을 내쉬면서 자신을 속박해야 했다. 벼락치기 공부로 꼭 필요한 것만 쉽고 빠르게 외워버리는 하일너와 같은 능력이 한스에게는 없었다. 이 친구는 거의 매일 저녁 한가한 시간이면 한스를 찾았기 때문에, 한스는 힘겹게 아침마다 한 시간 일찍 일어났다. 그리고 마치 적을 상대하기라도 하듯이 히브리어 문법 공부에 매진했다. 정말 재미있게 여겼던 것은 호메로스와 역사 시간뿐이었다. 어둠 속에서 더듬거리는 심정으로 호메로스의 세계를 이해하기 위해 다가갔다. 역사에서는 영웅들이 이름이나 시대가 아닌, 가까이서 이글거리는 눈을 보고 생생하게 살아 있는 붉은 입술을 느끼게 되었다. 영웅들도 모두 얼굴과 손이 있었다. 어떤 이는 크고 붉은 거친 손을, 또 어떤 이는 차갑고 고요한 돌 같은 손을, 또 어떤 이는 가늘게 맥박이 뛰는 야위고 뜨거운 손을.

복음서를 그리스어 원문으로 읽고 있을 때도 이따금 온갖 인물이 또렷하게 가까이에 있다는 것을 느끼는 자신에 놀랐다. 아니, 압도당했다. 특히 마르코(마가)복음 6장에서 예수가 제자들과 함께 배에서 내리는 장면을 읽고는 깊은 감명을 받았다. 거기에는 '그들은 예수를 곧 알아보고, 그리로 달려갔다'라고 적혀 있었다. 이 부분을 읽고 있으면 예수가 배에서 내리는 모습이 생생하게 눈에 들어왔다. 그리고 얼굴이나 모습이 아니라 사랑의 눈에 빛으로 충만했고, 예민하지만 강력한 영혼에 의해 만들어지고 지배받고 있는 것처럼 보이는 유연하고 아름답고 햇볕에 그은 손을 가볍게 내미는, 아니 불러들이고 환영하는 모습을 보고 예수임을 금방 알아차렸다. 파도치는 호수와 무거워진 뱃머리가 순간적으로 눈앞에 나타났다. 그 광경은 다시 겨울의 거센 눈보라처럼 사라져버렸다.

가끔 이런 일들이 반복되었다. 책 속에서 어떤 인물이나 역사의 단편이 다시 살아나 자신의 눈길을 살아 있는 사람의 눈을 통해 비치기를 열망하면서 쏟아져 나왔다. 한스는 이 모든 것을 그대로 받아들이며 불가사의한 생각에 빠져들었다. 그리고 갑자기 나타났다 한순간 사라지는 이 현상을 접하면서 자신이 마치 검은 대륙을 까마귀처럼 투시하거나 신의 선택을 받은 것처럼 깊고도 특별한 변화를 느꼈다. 이런 소중한 순간들은 원하지도 않는데 나타났다가 감탄할 틈도 없이 사라졌다. 그것은 마치 순례자나 친숙한 손님처럼 여겨졌지만, 무언가 익숙하지 않은 신성한 분위기 때문에 말을 걸거나 억지로 멈출 수가 없었다.

한스는 이런 체험을 가슴에 품고 하일너에게조차 말하지 않았다. 하일너의 우울증은 불안정한 극심한 정신의 변화로 이어져, 수도원과 선생님과 학생들과 기후와 인간생활과 신의 존재에 대해 비평을 퍼붓고, 때로는 싸움질이나 돌출행동을 했다. 그는 이미 한 번 모두에게서 고립과 대립을 경험했기 때문에, 경솔한 자부심으로 이 대립의 칼날을 한층 날카롭게 하여 강력한 적대관계를 만들어버렸다. 그 소용돌이 속으로 기벤라트도 힘없이 휩쓸리고 말았다. 그 때문에 이 둘은 거부감을 들게 하는 저 멀리 괴이한 섬이 되어 사람들로부터 멀어졌다. 한스도 점점 그것이 불유쾌하게 느껴지지 않게 되었다. 그러나 교장 선생님에게만은 왠지 모를 불안감을 느끼고 있었다. 한때는 애제자였던 한스는 이제 냉대와 고의적인 경멸을 감수해야 했다. 그렇게 해서 교장 선생님의 전공과목인 히브리어에 대한 흥미도 차츰 잃어가고 있었다.

몇 명을 제외하고 학생 40명이 몇 달 만에 몸과 마음이 동시에 변화된 모습을 보는 것은 흥미로운 일이었다. 살은 찌지 않고 키만 훌쩍 자란 학생이 많았다. 그리고 함께 자랄 수 없는 옷 밖으로 신이 난 듯 손목과 발목을 내밀고 있었다. 얼굴은 어린 티를 벗으며 수줍게 가슴을 펴기 시작한 어른스러움 사이의 온갖 모습을 보여주었다. 몸집이 아직 사춘기의 성장한 모습을 하지 않은 아이들도 모세의 성서 연구를 통해 적어도 일시적으로는 어른스러운 엄숙함이 매끄러운 이마에서 엿볼 수 있었다. 통통한 볼은 이제 거의 찾아보기 힘들어졌다.

한스도 변했다. 키와 마른 몸매는 하일너에게 뒤지지 않았다. 오히려 하일너보다 나이가 더 들어 보이기까지 했다. 예전에는 부드럽고 투명했던 이마의 윤곽이 지금은 선명해졌다. 눈은 움푹 들어갔고, 얼굴에는 병색이 뚜렷했고, 팔과 다리와 어깨는 뼈만 앙상했다.

학교 성적이 불만스러울수록 하일너의 영향을 더욱 깊이 받아 다른 친구들과의 관계를 멀리했다. 그는 모범생으로서, 최우등생으로서 친구들을 내려다볼 위치를 잃어버렸기 때문에 그의 거만함은 이제 어울리지 않았다. 그러나 누군가 그 사실을 지적하거나 스스로 그것을 고통스럽게 여기는 것은 용납하지 않았다. 특히 모범적인 하르트너 그리고 건방진 오토 뱅어와는 자주 싸움하게 되었다. 하루는 뱅어가 한스를 조롱하고 화를 돋우자, 한스는 이성을 잃고 주먹으로 복수했고, 결국 큰 싸움으로 번지고 말았다. 뱅어는 겁쟁이였지만 나약한 상대를 상대하는 것은 쉬운 일이었다. 그는 사정없이 덤벼들었고, 하일너는 그 자리에 없었다. 다른 친구들은 그저 구경만 하며 한스가 당하는 모습에 통쾌해했다. 한스는 결국 두들겨 맞아 코피를 흘렸다. 갈비뼈가 하나도 빠짐없이 아팠다. 밤새도록 모욕감과 통증과 분노로 잠을 이룰 수가 없었다. 하일너에게는 이 사실을 숨겼고, 이때부터 한스는 다른 친구들과 절교하고 거의 말을 섞지 않았다.

비가 잦아지고 황혼이 길어지자, 봄을 맞이하는 수도원에서도 새로운 조직과 움직임이 시작되었다. 아크로폴리스 방에는 피아노 연주가 뛰어난 학생과 플루트 연주가 가능한 학생이 있어서 이미 두 번의 저녁 연주회를 열었다. 게르마니아 방에서는 희곡 독서회를 만들었다. 몇몇 젊은 경건주의자는 성서 연구반을 만들어 매일 밤 칼브의 성서 번역과 함께 한 장씩 읽었다.

하일러는 게르마니아 방의 독서회에 가입을 신청했지만 거절당했다. 그는 화가 났지만, 복수라도 하듯 이번에는 성서 연구반에 들어갔다. 그곳에서도 반가워하지는 않았지만 억지로 밀고 들어가, 그들의 경건한 대화 속에 끼어들어 대담한 이야기와 신성모독 같은 이야기로 논쟁과 불화를 일으켰다. 그러나 이것도 얼마 못 가 싫증이 났지만, 비아냥거리는 듯한 성경의 말투가 오랫동안 그의 습관에 남게 되었다. 그러나 이번에는 주위의 관심을 거의 끌지 못했다. 학생들은 모두 새로운 계획과 창조 정신에 흠뻑 빠져 있었다.

가장 화제가 되고 있었던 것은 재능과 재치가 있는 스파르타 방의 한 학생이었다. 그는 개인적인 명성 다음으로 단순히 친구들을 즐겁게 해주기 위해 온갖 우스꽝스러운 짓을 통해 단조로운 학교생활에 활기를 북돋우기 위해 노력을 다했다. 그는 둔스탄이라는 별명으로 불리고 있었는데, 인기를 높여 명성을 차지할 기발한 방법을 찾아냈다.

어느 아침, 학생들이 침실에서 나와 세면장으로 가보니 문에는 한 장의 종이가 붙어 있었다. 거기에는 '스파르타의 여섯 가지 놀랄 일'이라는 제목 아래 괴짜 친구들과 그들의 비상식적인 행위, 친구관계 등이 이행시로 신랄하게 풍자되어 있었다. 기벤라트와 하일너도 그 대상에 포함되어 있었다. 작은 조직은 흥분의 도가니에 사로잡히고 말았다. 마치 극장 입구라도 되듯이 서로 앞다투어 세면장 앞으로 달려갔다. 달아나는 여왕벌을 뒤쫓는 벌 떼처럼 시끄럽게 서로 밀치고 야단법석을 떨었다.

그다음 날 아침, 문에는 답글과 찬성과 새로운 공격의 문구와 풍자시가 잔뜩 붙어 있었다. 그러나 정작 장본인은 다시 이 무리에 낄 만큼 바보가 아니었다. 부싯돌을 곡식 창고에 집어 던지는 목적은 이미 달성했기 때문에 느긋하게 손을 비비며 구경만 할 뿐이었다. 학생 대부분이 며칠 동안 이 풍자시 전쟁에 참가했다. 누구나 이행시를 생각하며 멍하니 돌아다녔다. 자신과는 아무런 상관이 없다는 듯이 공부에 전념하고 있었던 것은 아마도 루치우스 혼자였을 것이다. 결국 선생님에게 들통이 나면서 시끌벅적했던 장난도 금지당하게 되었다.

약삭빠른 둔스탄은 지금까지의 성공에 안주하지 않고 또 다른 장난을 꾸미고 있었다. 마침내 그는 신문 제1호를 창간했다. 작은 원고지에 복사한 것으로, 재료는 몇 주 동안 조금씩 모으고 있었다.

'호저'라는 제목인 이 신문은 주로 해학적인 내용을 다루고 있었다. 여호수아 전기의 저자와 마울브론 신학교의 어느 학생의 우스꽝스러운 대화가 제1호의 백미였다. 신문은 무료로 각 방에 2부씩 돌려졌다. 향후 매주 2회 발행, 정가 5페니히를 받을 예정이었고, 판매 금액은 모두 오락자금으로 쓰인다고 덧붙였다.

성공에는 문제가 없었다. 시간에 쫓기는 편집자 겸 발행인다운 얼굴을 하고 돌아다니는 둔스탄은 이제 수도원에서는 그 옛날 베네치아 공화국의 이름 높았던 아레티나와 필적할 만큼 비난과 칭송을 한 몸에 받는 명성을 얻게 되었다.

헤르만 하일너가 열정적으로 둔스탄에 가세하면서 날카로운 풍자의 검찰관 역할을 자청하고 있을 때, 학생들 사이에서 놀라움의 소용돌이가 일어났다. 하일너가 그 역할을 하기에는 재치와 독설이 부족했다. 거의 한 달 동안 이 작은 신문은 수도원 전체를 흥분시키고 있었다.

기벤라트는 친구가 하는 대로 그냥 놔두었다. 그에게는 함께하고 싶은 흥미도 재능도 없었다. 그뿐만 아니라 처음에는 하일너가 다른 일로 바빠서 최근 들어 자주 저녁마다 스파르타 방에 들른다는 것을 전혀 눈치채지 못했다. 한스는 하루 종일 기운 없이 멍하니 돌아다녔다. 그리고 내키지 않는 공부를 했다. 한번은 리비우스 시간에 이상한 일이 일어났다.

교수가 한스의 이름을 부르며 번역을 명령했다. 한스는 그냥 앉아만 있었다.

"어떻게 된 거야? 자네는 왜 일어나지 않나?"

교수는 화가 나서 소리쳤다.

한스는 꼼짝도 하지 않았다. 꼿꼿하게 앉은 채로 머리를 약간 숙이고 눈은 반쯤 감겨 있었다. 이름이 불리는 가운데 꿈에서 반쯤 깨어 있었지만, 교수의 목소리는 저 멀리서 울리는 듯이 멀게 들릴 뿐이었다. 옆자리의 친구가 세게 옆구리를 찔렀지만 느끼지 못했다. 그것은 한스와는 아무런 상관도 없는 것이었다. 그는 다른 사람에게 둘러싸여 있었다. 다른 손이 만지고, 다른 목소리가 그에게 말을 걸었다. 아무 말도 하지 못한 채 그저 샘물 소리처럼 깊고 부드럽게 샘솟는, 가까이서 낮고 깊은 목소리가 말을 걸었다. 그리고 수많은 눈이 그를 응시했다. 낯설지만 예감으로 가득한 크고 빛나는 눈이. 그것은 지금 막 리비우스를 읽었던 내용 속 로마 군중의 눈이었다. 어쩌면 한스는 꿈에서 보았거나, 아니면 언젠가 그림에서 보았던 낯선 인간의 눈이었다.

"기벤라트!"

교수가 고함을 질렀다.

"자네 졸고 있나?"

한스는 조용히 눈을 뜨고 놀란 눈으로 교수를 바라보며 고개를 저었다.

"잠이 들었지. 아니면 어디를 읽고 있었는지 알겠나? 어디야!"

한스는 손가락으로 책을 가리켰다. 그는 어디를 읽고 있는지 너무나 잘 알고 있었다.

"그럼 이젠 일어설 수 있겠지?"

교수는 비꼬듯 말했고, 한스는 일어섰다.

"자네는 대체 무얼 하고 있었나? 내 눈을 똑바로 봐."

한스는 교수의 얼굴을 바라보았다. 그의 눈매가 마음에 들지 않았는지 수상쩍다는 듯 고개를 저었다.

"자네 어디 아픈가? 기벤라트."

"아뇨, 선생님."

"자리에 앉아라. 수업이 끝나고 내 방으로 오너라."

한스는 자리에 앉아 리비우스의 책 위로 고개를 푹 숙였다. 그는 잠에서 깨어나 모든 상황을 이해하게 되었다. 동시에 그의 마음의 눈은 여전히 꿈속에서 보았던 낯선 수많은 사람의 뒤를 쫓고 있었다. 그것은 서서히 넓은 세상으로 멀어지면서 끝없이 빛나는 눈을 그에게 쏟고 있었지만, 결국 저 멀리 안개 속으로 사라지고 말았다. 그와 동시에 교수의 목소리, 번역하는 학생의 목소리와 그 밖에 교실에서 들려오는 작은 소리들이 가까이서 들려오더니 결국은 평소처럼 또렷하게 들려왔다. 의자와 교단과 칠판이 여느 때와 마찬가지였다. 벽에는 커다란 나무 컴퍼스와 삼각자가 걸려 있었다. 한스의 주변에는 친구들이 앉아 있었다. 그들 중 상당수가 호기심 어린 눈초리로 한스를 훔쳐보았다. 그 순간 한스는 움찔했다.

"수업이 끝나고 내 방으로 오너라" 하는 소리를 들은 것이다. 큰일이다. 대체 무슨 짓을 한 거야?

수업이 끝나자, 교수는 한스를 불렀고 뚫어져라 보는 친구들 사이를 헤치며 함께 가주었다.

"대체 무슨 일인지 말해보거라. 잠을 잔 게 아니니?"

"아뇨."

"이름을 불렀을 때 왜 일어서지 않았지?"

"저도 잘 모르겠어요."

"잘 안 들렸니? 귀가 안 좋은 거 아니니?"

"아뇨, 잘 들려요."

"그런데도 일어서지 않았다고. 게다가 나중에 묘한 시선으로 바라봤지. 대체 무슨 생각을 하고 있었니?"

"아무 생각도 하지 않았어요. 저도 일어서려고 생각했었어요."

"그럼 왜 그렇게 하지 않았지? 역시 몸이 안 좋은 거 아니니?"

"그렇지는 않아요. 저도 제가 왜 그랬는지 잘 모르겠어요."

"머리가 아프니?"

"아니요."

"알았다. 그만 가봐라."

식사 전에 다시 한번 불려 갔다. 이번에는 교장 선생님이 의사 선생님과 함께 기다리고 있었다. 한스는 진찰받고 이것저것 질문을 받았지만, 아무것도 확실하게 알아낸 게 없었다. 의사는 부드러운 미소를 지으며 별거 아니라고 생각했다.

"이건 흔히 나타나는 경미한 신경쇠약입니다, 선생님."

그는 온화하고 조심스럽게 웃었다.

"일시적인 신경쇠약, 일종의 가벼운 현기증 같은 겁니다. 이 젊은 친구는 매일 산책하는 것이 좋겠습니다. 두통을 없애는 물약을 조금 처방해서 드리겠습니다."

그날 이후로 한스는 매일 식후 한 시간 동안 밖에 나가야만 했다. 한스는 그것이 조금도 싫지 않았다. 그러나 교장 선생님은 산책에 하일너와의 동행을 금지했다. 하일너는 분통을 터뜨리며 욕설을 퍼부었지만, 명령을 따라야만 했다. 한스는 홀로 산책을 나서며 뭔가 새로운 기쁨을 느끼게 되었다. 초봄이었다. 둥근 띠를 아름답게 이룬 언덕에 막 싹이 나는 푸른 초목들이 옅고 밝은 물결처럼 일렁였다. 나무들은 윤곽이 뚜렷한 갈색 그물망과 같은 겨울옷을 벗고, 새싹으로 단장하여 야산의 빛과 어우러졌으며, 생동감 넘치는 초록은 끝없이 물결쳤다.

이전 라틴어 학교 시절, 한스는 봄을 지금과는 전혀 다른 눈으로 보았다. 훨씬 발랄하고 호기심 어린 눈길로 하나하나를 바라보았다. 온갖 종류의 새가 돌아오는 것을 관찰했다. 순서대로 꽃이 피어나는 것을 관찰했다. 그리고 5월이 되면 곧바로 낚시하러 갔다. 그러나 지금은 어떤 새인지, 싹을 보고 어떤 나무인지를 알려고 노력하지 않았다. 그는 그저 전체적인 움직임과 사방에 피어나는 새싹의 색을 바라보고, 새싹의 향기를 맑고, 부드럽게 피어오르는 공기를 마시면서 경이로운 마음으로 들판을 걸었다. 그는 쉽게 피로를 느끼면서 당장이라도 누워서 자고 싶다는 생각이 들었다. 그리고 자주 현실 속의 자신을 둘러싸고 있는 것과는 다른 여러 가지 것들을 보았다. 그것이 실제로 어떤 건지를 그 자신도 몰랐으며, 생각하려고도 하지 않았다. 그것은 밝고 부드러운 독특한 꿈으로, 초상화나 가로수처럼 그를 둘러싸고 있었다. 특별한 일이 벌어지지 않고 단순히 보기 위한 순수한 화면에 불과했지만, 그것을 본다는 건 하나의 체험이었다. 부드럽고 감촉이 좋은 흙 위를 걷고 있는 것과 같았다. 낯선 공기, 가볍게 둥둥 떠 있는 듯한 미묘한 꿈처럼 향기로운 공기를 호흡하는 것이었다. 이 화면 대신에 이따금 가벼운 손길이 부드럽게 그의 몸을 매만지며 지나가는 듯한 막연하고 따뜻하며 포근한 감정이 찾아왔다.

한스는 독서나 공부를 할 때 집중하기가 매우 힘들었다. 그의 흥미를 끌지 못하는 것은 환영처럼 손가락 사이로 빠져나갔다. 히브리어 단어를 수업 중에 알려고 마음먹으면, 나머지 절반의 시간 안에 외워야 했다. 그러나 온갖 형태의 사물 형상이 빈번하게 떠올랐다. 책을 읽고 있다 보면 책 속에 묘사된 상황이 하나도 남김없이 눈앞에 아른거리며, 생명을 얻어 현실의 것들보다 훨씬 구체적으로 움직이는 게 보였다. 기억력은 더 이상 아무것도 받아들이지 않고 날이 갈수록 점점 흐려지고 불확실해지는 걸 깨달았다. 그는 절망감을 느끼는 한편, 오래된 기억이 희한하리만큼 또렷하게 그를 엄습하곤 했다. 수업 중에 혹은 책 읽고 있을 때 아버지나 안나 할멈, 옛날 선생님들과 친구들 중 한 명이 자주 머릿속에 떠올라 눈앞에 생생한 모습으로 서서, 한동안 그의 주의를 완전히 빼앗는 것이었다. 슈투트가르트에 머물 때, 주 시험이나 방학 때 등의 장면도 반복해서 다시 음미했다. 혹은 낚싯대를 늘어뜨리고 강가에 앉아 있는 자신의 모습을 보며 햇빛에 반짝이는 강물의 냄새를 맡았다. 동시에 자신이 꿈에서 보고 있는 것들이 아주 먼 옛날의 일들처럼 여겨졌다.

후덥지근하고 음산한 어느 저녁, 한스는 하일너와 함께 침실 안을 서성이며 집에 대해서, 아버지에 대해서, 낚시에 대해서, 학교에 대해서 이야기를 나누었다. 친구는 아무 말도 하지 않았다. 그는 한스에게 말하게 해놓고 가끔 고개를 끄덕여주거나, 하루 종일 장난감으로 삼았던 작은 자를 명상하듯이 허공에 두세 번 휘두르곤 했다. 차츰 한스도 말수가 줄어들었다. 밤이 되어 둘은 창가에 기대앉았다.

"이봐, 한스."

결국 하일너가 말을 꺼냈다. 그의 목소리에는 불안감이 감돌았다.

"왜?"

"별거 아니야."

"장난치지 말고 말해봐."

"문득 생각이 났는데 말이야, 네가 이것저것 이야기를 해서……"

"대체 뭔데?"

"너, 혹시 여자애들 뒤를 쫓아다닌 적 있니?"

다시 침묵이 흘렀다. 이런 이야기는 둘 사이에서 한 번도 한 적이 없었다. 한스는 그런 일에 두려움을 품고 있었다. 그러나 그 비밀의 세계는 옛날이야기 속의 정원처럼 그를 사로잡았다. 그는 얼굴이 붉어지는 것을 느꼈다. 그의 손가락이 떨리고 있었다.

다시 침묵이 흘렀다.

"그럼, 하일너, 너는?"

하일너는 한숨을 내쉬었다.

"안 되겠어. 그만두자. 이런 말을 꺼내는 게 아니었어. 쓸데없는 짓이야."

"그렇지 않아."

"내게는 사귀는 여자가 있어."

"네게? 정말이야?"

"고향 옆집 애야. 지난겨울에 그녀에게 키스했어."

"키스?"

"응, 이미 어두워진 저녁에 얼음판 위에서. 스케이트 벗는 것을 도와주다가 키스했지."

"그녀는 뭐라고 안 했어?"

"아무 말도 하지 않고 그냥 도망쳐버렸어."

"그런 다음?"

"그리고, 그게 끝이야."

그는 다시 한숨을 내쉬었다. 한스는 하일너를 금단의 정원에서 나온 영웅처럼 바라보았다.

그때 종이 울렸다. 이제 모두 잠자리에 들 시간이었다. 불이 꺼지고 정적이 감돌고 있었지만, 한스는 한 시간도 채 잠을 자지 못하고 하일너가 연인에게 한 키스에 대한 생각에 빠져 있었다. 다음 날 좀 더 자세히 묻고 싶었지만 창피했다. 하일너는 한스가 물어오지 않았기 때문에 나서서 말을 꺼내기가 쑥스러웠다.

학교에서 한스는 더욱 불량해졌다. 선생님들은 인상을 찡그리며 불쾌한 눈길을 던지기 시작했다. 교장 선생님은 화가 나 어두운 표정을 지었다. 친구들도 기벤라트가 최고의 자리에서 떨어져 다시 그 자리를 차지하길 포기했다는 것을 이미 오래전부터 알고 있었다. 하일너만은 학교를 그다지 중요하게 여기지 않았기 때문에 별로 신경을 쓰지 않았다. 한스 또한 크게 신경을 쓰지 않고 묵묵히 자신의 변화를 지켜보았다.

하일너는 신문 편집에도 싫증이 나서 다시 친구의 품으로 돌아왔다. 그는 금기사항을 어기고 매일 한스와 산책에 나서 햇볕을 쬐며 몽상에 젖거나, 시를 낭독하거나, 교장 선생님의 흉을 봤다. 한스는 매일 하일너가 사랑 이야기를 계속해주길 바라고 있다. 그러나 시간이 흐를수록 물어볼 엄두가 나지 않았다. 친구들은 점점 더 두 사람을 싫어하게 되었다. 왜냐하면 하일너가 〈호저〉에다 지나친 농담을 쏟아낸 탓에 모든 사람에게 신뢰를 잃어버렸기 때문이다.

그렇지 않아도 그 무렵 신문은 폐간이 되었다. 그 역할을 다한 것이다. 처음부터 겨울과 봄 사이의 따분한 몇 주일 동안에만 진행할 예정이었다. 지금은 다시 시작된 아름다운 계절이 식물 채집과 산책과 바깥 놀이가 충분한 즐거움을 안겨주었다. 매일 점심마다 체조하는 사람, 씨름을 하는 사람, 달리기를 하는 사람, 놀이를 하는 사람들로 수도원 안뜰은 비명과 활기로 가득했다.

이 평화를 깨고 다시 새로운 소동이 벌어졌다. 그 장본인은 두말할 나위 없이 모든 사람의 발목을 거는 돌과 같은 헤르만 하일너였다.

교장 선생님은 입 싼 동급생으로부터 하일너가 금기사항을 어기고 매일 기벤라트를 따라 산책하러 나가고 있다는 이야기를 듣게 되었다. 이번에는 한스를 그냥 놔둔 채 그의 오랜 친구인 주범을 집무실로 불러들였다. 그는 친숙하게 '너'라고 불렀지만, 하일너는 당장에 거부 의사를 표현했다. 하일너는 명령 불복종에 대해 추궁당하자, 자신이 기벤라트의 친구이기 때문에 우리의 만남을 막을 권리가 아무에게도 없다며 따졌다. 심한 말싸움이 벌어진 결과, 하일너는 두세 시간 감금을 당함과 동시에 당분간 한스와 함께 외출하는 것도 금지당했다.

그래서 다음 날 한스는 다시 혼자서 허락된 산책을 나섰다. 2시에 돌아와 다른 친구들과 함께 교실로 들어갔다. 수업이 시작되고서야 하일너가 없다는 것을 눈치챘다. 힌두가 사라졌을 때와 똑같았지만, 이번에는 아무도 지각을 생각하지는 않았다. 3시가 되자 학생 모두가 세 명의 선생님과 함께 사라진 친구를 찾아 나섰다. 뿔뿔이 흩어져 소리를 지르며 숲속을 뛰어다녔다. 선생님과 학생들 중 하일너가 자살했을지도 모른다고 생각하는 사람이 적지 않았다.

5시에는 그 지역 파출소마다 전보를 쳤고, 저녁에는 하일너의 아버지에게 속달 우편이 발송되었다. 밤늦게까지 아무런 단서도 찾지 못했다. 새벽까지 학생들의 침실에서는 속닥거리는 소리가 끊이지 않았다. 학생들 사이에서는 하일너가 투신 자살했다는 추측이 가장 그럴듯하다고 믿고 있었다. 집에 돌아갔을 거라는 의견도 있었다. 그러나 도망자가 돈을 거의 가지고 있지 않다는 것이 확인되었다.

한스는 모든 정황을 알고 있을 것이라 여겼지만, 정작 당사자는 당혹스럽고 걱정스럽기까지 했다. 침실에서 아이들은 서로 묻고, 억측하고, 터무니없는 말을 하거나 농담하는 소리를 들으면서 이불을 푹 뒤집어쓴 채 친구의 걱정으로 오랫동안 고통스러운 시간을 보냈다. 하일너는 이제 돌아오지 않을 것이라는 불안한 예감에 사로잡혔다. 그는 슬프고 두려운 마음으로 걱정하다 지쳐 잠이 들었다.

그 무렵 하일너는 몇 킬로미터 떨어진 숲속에 누워 있었다. 추워서 잠을 잘 수는 없었지만, 마음속으로 자유로운 기분을 느끼면서 깊은 한숨을 내쉬고 좁은 새장에서 벗어난 듯이 팔다리를 쭉 뻗었다. 그는 점심때부터 걸었다. 크니틀링엔에서 빵을 사서 가끔 뜯어 먹으며 초봄의 아직 듬성듬성한 가지 사이로 캄캄한 밤하늘과 별과 빠르게 지나가는 구름을 올려다보았다. 결국 어디로 가는지는 중요한 문제가 아니었다. 적어도 오늘 밤만은 지긋지긋한 수도원을 뛰쳐나와 자신의 의지가 명령이나 금지보다 강하다는 것을 교장 선생님에게 보여준 것이다.

다음 날도 하루 종일 모두가 그를 찾아 나섰지만 허사였다. 그는 둘째 날 밤을 한 마을 근처의 짚 더미 위에서 보냈다. 그리고 아침에 다시 숲으로 들어갔다. 드디어 저녁 무렵 한 마을로 들어가려는 것을 순찰 중이던 경관이 붙잡았다. 경관은 별 뜻 없는 불만을 토로하며 그를 데리고 면사무소로 갔다. 그는 넉살스럽게 너스레를 떨며 촌장의 환심을 샀다. 촌장은 그를 집으로 데려가 잠자리에 들기 전에 햄과 달걀을 잔뜩 먹여주었다. 다음 날 그의 아버지가 그를 데리러 왔다.

탈주자를 데려왔을 때 수도원은 흥분의 도가니였다. 그러나 하일너는 머리를 꼿꼿이 세운 채 천재적인 짧은 여행에 대해서 전혀 반성하지 않는 것처럼 보였다. 모두가 그에게 용서를 빌라고 했지만, 그는 모든 것을 거부했다. 선생님들의 비밀 재판에서도 전혀 위축되지 않은 채 불손한 태도를 보였다. 학교에서는 어떻게 해서든 그를 붙잡아두려 했지만, 그의 태도는 도가 지나쳤다. 그는 퇴교 처분을 당해 저녁에 아버지와 함께 수도원을 떠나 두 번 다시 돌아올 수 없게 되었다. 친구인 기벤라트와는 가벼운 악수로 작별 인사를 대신할 수 있었을 뿐이다.

이 무분별하고 타락한 탈선 사건에 대하여 교장 선생님은 격한 감정을 담은 훈시를 멋들어지게 했다. 그러나 슈투트가르트의 상부에 올린 보고서에는 훨씬 차분하고 부드러운 문장이 가득했다. 학생들은 퇴교당한 무뢰한과의 편지 왕래가 금지되었다. 한스 기벤라트는 이에 대해 그냥 미소를 지었을 뿐이었다. 몇 주일 동안 하일너와 그의 탈주 이야기가 끊이지 않았다. 시간이 흐름에 따라 모두의 판단이 바뀌기 시작했다. 처음에는 가까이 다가가지도 않았지만, 나중에는 이 탈주자를 날아가버린 매처럼 여기는 친구가 적지 않았다.

  헬라스 방에는 빈 책상 두 개가 생겼다. 나중에 떠난 쪽은 먼저 떠난 친구처럼 쉽게 잊히지 않았다. 교장 선생님만은 두 번째도 빨리 안정을 되찾길 바랐다. 그러나 하일너는 수도원의 평화를 깨뜨리는 일을 아무것도 하지 않았다. 한스는 가슴을 졸이며 기다렸지만, 아무런 소식도 없었다. 하일너는 떠나버린 채 행방불명이 된 것이다. 그의 인물 됨됨이와 탈주 사건은 차츰 옛날이야기가 되어 결국 전설로 남게 되었다. 이 열정적인 소년은 훗날 여러 천재적인 시도와 방황을 거듭한 끝에, 힘겨운 삶을 통하여 자신을 지키는 법을 배웠다. 그리고 비록 위대한 인물이라 부를 정도는 아니었지만, 훌륭한 인간이 되었다.

  남겨진 한스는 하일너의 도주를 미리 알고 있을 것이라는 의심에서 벗어나지 못한 채, 선생님들의 신뢰를 완전히 상실했다. 선생님 한 명은 한스가 수업 중에 몇몇 질문에 대답하지 못하자 "어째서 자네는 훌륭한 친구 하일너와 함께 가지 않았는가?" 하고 조롱했다.

  교장 선생님은 그를 방치한 채, 마치 바리새인이 세금 징수원을 바라보듯이 경멸 가득한 동정심으로 그를 흘겨보았다. 기벤라트는 이제 학생들 사이에 끼지 못했다. 그는 문둥병자 취급을 당하게 된 것이다.

5장

　들쥐들이 비축해둔 먹이로 살아남듯이 한스는 이전에 쌓아둔 지식으로 얼마간 버텨냈다. 그 이후로는 힘겹고 궁핍한 생활이 시작되었다. 그것은 오래가지 않는 무기력하고 새로운 노력으로 중단되었지만, 아무 희망도 없는 절박함에 허탈한 웃음만 나올 뿐이었다. 그는 부질없는 수고를 포기하고, 모세에 이어 호메로스를 포기하고, 크세노폰에 이어 대수를 포기했다. 그리고 선생님들의 평판도 점점 떨어져서 수에서 우로, 우에서 미로, 결국 가까지 떨어지는 것을 아무렇지 않게 지켜보았다. 그리고 두통이 늘 따라다녔지만, 그렇지 않을 때는 헤르만 하일너를 생각하거나 가볍고 부질없는 꿈을 좇으며 생각에 잠겨 몇 시간이고 멍하니 보냈다. 그는 이 무렵 모든 선생님의 거센 비난에 대해 비굴하게 미소로 답했다. 조교수인 비드리히는 젊고 친절한 선생님으로, 한스의 방황하는 미소에 가슴 아파하며 탈선한 소년에게 배려로 대해주는 유일한 사람이었다. 다른 선생님들은 그에게 화를 내며 경멸의 눈길을 보내거나 혹은 이따금 그의 잠자고 있는 공명심을 되살리기 위해 비아냥거리며 자극하기도 했다.

"혹시 주무시지 않는다면 죄송하지만, 이 문장을 읽어주시지 않겠습니까?"

특히 교장 선생님은 화가 단단히 나 있었다. 이 허영덩어리 인간은 자기 눈의 힘에 상당한 자부심을 느끼고 있었다. 그러나 아무리 근엄한 눈으로 겁을 주듯이 노려봐도, 기벤라트는 언제나 비굴한 미소로 응답할 뿐이었기 때문에 폭발 일보 직전이었다. 그 미소는 점점 그를 신경질적으로 만들어버렸다.

"그 속을 알 수 없는 멍청한 표정으로 웃는 것은 그만둬라. 큰 소리로 울어야 정상이 아니냐?"

그보다 가슴을 아프게 한 것은 아버지의 편지였다. 아버지는 깜짝 놀라 마음을 고쳐달라고 애걸했다. 교장 선생님이 기벤라트 씨에게 편지를 보낸 것이다. 아버지는 당혹스러워 어찌할 바를 몰랐다. 한스 앞으로 보내온 편지에는 건실한 사람이 쓸 수 있는 모든 격려와 도덕적 범위 내의 분노를 담은 문구들이 남김없이 적혀 있었다. 또한 자연스럽게 애절한 눈물의 호소도 적혀 있었다. 아들은 이것이 너무 마음 아팠다.

교장 선생님으로부터 기벤라트의 아버지와 교수와 조교에 이르기까지 최선을 다해 가르칠 의무가 있는 소년의 지도자들은 모두, 한스의 마음속에 그들의 바람을 가로막는 나쁜 피, 굳어버린 게으른 마음을 확인하고 이것을 억누르고 억지로라도 바른길로 되돌려야만 한다고 생각했다. 아마도 그 사려 깊은 조교수를 제외하고는 가냘픈 소년의 얼굴에 비친 방황의 미소 뒤편에 꺼져가는 영혼이 고뇌의 늪에 가라앉아, 두려움에 절망적인 시선으로 주변을 두리번거리고 있다는 사실을 알아차린 사람은 아무도 없었다. 학교와 아버지, 몇몇 선생님의 잔인한 명예심이 상처받기 쉬운 소년의 순수한 영혼을 아무 거리낌 없이 짓밟음으로써, 이 나약하고 아름다운 소년을 이렇게 만들었다는 사실을 아무도 깨닫지 못했다. 어째서 한스는 상처받기 쉬운 위험한 소년 시절에 매일 밤늦게까지 공부해야만 했던 걸까? 왜 그에게서 기르던 토끼를 빼앗아 갔단 말인가? 왜 라틴어 학교 시절에 억지로 친구들과 떼어놓았단 말인가? 왜 낚시를 하거나 즐겁게 뛰어놀지 못하게 한 것인가? 왜 심신을 갉아먹는 하찮은 명예심의 공허하고 저급한 이상을 강요했는가? 왜 시험이 끝난 뒤의 당연한 휴식조차 허락하지 않았는가?

이제 지칠 대로 지친 망아지는 길가에 쓰러져 더 이상 아무짝에도 쓸모없는 존재가 되었다.

초여름에 다시 의사가 진찰하고, 성장으로 말미암은 신경쇠약일 뿐이라고 다시 진단했다. 방학 동안 충분히 먹고, 열심히 숲을 거닐고, 충분한 요양을 하면 틀림없이 좋아질 것이라고 했다.

그러나 아쉽게도 그때까지 참지 못했다. 방학이 되기 3주 전의 일이었다. 한스는 오후 수업 시간에 호되게 야단을 맞았다. 선생님이 욕설을 퍼붓는 사이에 한스는 의자에 쓰러져 애처롭게 떨기 시작했다. 그리고 흐느끼며 울음을 멈추지 않자, 더 이상 수업을 할 수 없게 되었다. 한스는 그렇게 반나절을 침대에 누워 있었다.

그다음 날, 수학 시간에 칠판에 기하학 도형을 그리고 그것을 증명하라는 지시가 떨어졌다. 한스는 앞으로 나갔지만, 칠판 앞에서 현기증이 났다. 분필과 자를 들고 적당히 선을 긋다가 둘 다 떨어뜨리고 말았다. 주우려고 몸을 숙여 바닥에 무릎을 댄 채로 일어나지 못했다.

의사는 자신의 환자가 그런 행동을 한 것에 화가 났다. 그는 신중한 태도로 당장 요양을 위한 휴식을 취하도록 명령하고 신경정신과 의사를 부르도록 권했다.

"저러다가 무도병(舞蹈病)에 걸리고 맙니다."

그는 교장 선생님에게 속삭였다. 교장 선생님은 고개를 끄덕이며 무자비하게 화가 난 얼굴을 아버지와 같은 동정 어린 얼굴로 바꾸는 것이 좋다고 생각했다. 그것은 그에게는 쉬운 일인 동시에, 또한 잘 어울리는 표정이기도 했다.

교장 선생님과 의사는 각자 한스 아버지 앞으로 쓴 편지를 소년의 주머니에 넣고 그를 집으로 돌려보냈다. 교장 선생님의 화는 우려로 바뀌었다. 하일너의 사건이 진정되기도 전에 다시 터진 이 불행한 사건에 대해 교육청에서는 어떻게 생각할까? 놀랍게도 교장 선생님은 이번 사건에 대해서는 훈시를 하지 않았다. 그리고 마지막 얼마간은 한스에게는 기분이 나쁠 정도로 친절하게 대해주었다. 한스가 요양하러 갔다가 다시 돌아오지 않을 것임을 교장 선생님은 진즉 알고 있었다. 설령 병이 완쾌될지라도 이미 상당히 뒤처져 있었기 때문에 요양을 떠난 몇 달, 아니 몇 주라 할지라도 따라잡을 수 없을 것이다. 진심 어린 위로로 "잘 가라, 또 만나자"하며 이별했지만, 헬라스 방에 가서 세 개의 빈자리를 바라보는 것은 가슴 아픈 일이었다. 재능이 뛰어난 두 학생이 학교를 떠나게 된 책임이 자신에게도 있는 것처럼 느껴지면서, 마음을 진정시키는 데 많은 고생을 해야 했다. 그러나 강단이 있고, 도덕적으로도 강한 사내였기 때문에 부질없는 무거운 의혹을 마음속에서 홀홀 털어버렸다.

작은 여행 가방을 들고 여행을 떠나는 신학생 뒤로 교회와 문, 박공(牔栱, 지붕 끝머리에 화살촉 모양으로 붙여놓은 두꺼운 널빤지)과 탑이 있는 수도원이 모습을 감추고, 숲과 언덕이 멀어지면서 그 대신에 바덴 국경지대의 과실나무가 무성한 초원으로 모습을 드러냈다. 그런 다음 포르츠하임의 도시가 나타났고, 그 뒤로 슈바르츠발트의 검푸른 전나무 산이 펼쳐졌다. 수많은 계곡 사이로 강물이 흘렀다. 이글거리는 여름 태양 아래서 전나무 숲은 여느 때보다 푸르고 시원스러운 그림자를 드리우고 있었다. 소년은 풍경이 바뀔 때마다 점점 고향이 가까워지고 있다는 것을 느꼈다. 풍경을 바라보니 마음이 편안해졌다. 그러나 고향 마을이 가까워지니 문득 아버지의 얼굴이 떠오르면서, 갑자기 불안함과 초조한 마음에 작은 여행의 기쁨이 산산이 깨지고 말았다. 슈투트가르트의 시험 여행과 마울브론으로의 입학 여행 때의 불안과 긴장 속에서 기뻐했던 기억이 떠올랐다. 대체 이 모든 건 무엇을 위한 것이었나? 교장 선생님과 마찬가지로 한스 또한 자신이 두 번 다시 돌아갈 수 없다는 것을, 더 이상 신학교도 학문도 야심적인 희망도 다 끝났다는 것을 알고 있었다. 그러나 지금 한스는 그런 것들 때문에 슬퍼하지 않았다. 단지 믿음을 배신당하고 실망할 아버지에 대한 걱정 때문에 가슴이 아팠다. 지금 한스는 휴식을 취하고, 푹 자고, 실컷 울고, 맘껏 꿈을 꾸고 싶었다. 지금까지 힘이 들었으니 그냥 놔두기만을 간절히 바랄 뿐이었다. 그러나 아버지에게 그런 바람은 통할 것 같지 않았다. 기차 여행이 끝나갈 무렵에 심한 두통이 시작되었다. 기차는 한스가 좋아하는 곳을 향해 달리고 있었지만, 그는 더 이상 창밖을 보지 않았다. 친숙한 고향의 역을 그냥 지나칠 뻔했다.

그는 우산과 여행 가방을 들고 서 있었다. 아버지는 찬찬히 그를 살펴보았다. 교장 선생님의 마지막 보고를 통해 기대를 저버린 아들에 대한 환멸과 분노는 당혹스러움과 놀라움으로 바뀌었다. 그는 쇠약하고 몰골이 말이 아닌 한스의 모습을 상상했다. 그러나 마르고 기운이 없어 보이기는 했지만, 혼자 걸을 수 있을 만큼 건강한 상태였다. 그는 일단 안심했다. 그러나 가장 걱정스러운 것은 의사와 교장 선생님의 편지 속의 신경병에 대한 불안과 공포였다. 그의 집안에서는 지금까지 신경병에 걸린 사람이 없었다. 세상 사람들은 그런 병에 걸린 사람에게 경멸 어린 동정과 미친 사람 취급을 했다. 그런데 지금 한스가 바로 그 짐을 짊어지고 돌아온 것이다.

첫째 날, 소년은 잔소리를 듣지 않은 것을 다행이라 여겼다. 그러나 눈에 띄게 조심하며 자신을 대하는 아버지의 숨 막힐 듯한 자상한 배려가 느껴졌다. 그리고 이따금 자신을 호기심 어린 묘한 눈길로 훑어보거나, 거짓된 자상한 말투로 말하거나, 몰래 힐끔힐끔 훔쳐보는 시선을 느꼈다. 한스는 점점 더 움츠러들었다. 자신의 상태에 대한 막연한 불안감이 다시 그를 괴롭히기 시작했다.

한스는 맑은 날이면 몇 시간이고 숲에서 뒹굴었다. 그것은 효과가 좋았다. 지난날 이따금 행복했던 순간들이 그의 상처 입은 마음을 여운의 빛으로 살며시 비춰주었다. 예를 들어 꽃과 딱정벌레에 대한 기쁨, 몰래 새에게 다가가거나 동물의 흔적을 쫓는 기쁨 같은 것이었다. 그러나 그것은 아주 짧은 순간에 지나지 않았다. 시간 대부분을 이끼 위에 누워 복잡한 머리를 감싸고 뭔가를 생각하려 했지만 불가능했다. 결국은 다시 꿈이 찾아와 그를 멀리 다른 세계로 끌고 가버렸다. 거의 끊이지 않고 두통이 계속되었다. 수도원과 라틴어 학교의 일을 회상할 때마다 수많은 책과 과목과 의무가 생생하게 떠오르며 무서운 악몽으로 그를 덮쳤다. 아픈 머릿속에서 리비우스와 크세노폰과 수학 문제들이 서로 뒤엉켜 춤을 추고 있었다.

하루는 이런 꿈을 꾸었다. 친구 헤르만 하일너가 죽은 채로 들것 위에 누워 있는 모습을 보고 다가가려 하자 교장 선생님과 선생님들이 한스를 밀쳐냈다. 다시 쫓아가려 하자 호되게 후려쳤다. 신학교의 교수, 조교수 들뿐만이 아니라 라틴어 학교 교장 선생님과 슈투트가르트의 시험 감독관까지 거기에 있었다. 모두 다 화난 얼굴을 하고 있었다. 그러다 갑자기 장면이 바뀌면서 들것에는 물에 빠져 죽은 힌두가 누워 있었다. 그의 아버지는 우스꽝스러운 실크 모자를 쓴 채 무릎을 구부리고 서 있었다.

그리고 또 다른 꿈. 한스는 도망친 하일너를 찾기 위해 숲속을 달리고 있었다. 몇 번이고 하일너가 저 멀리 나무 기둥 사이로 걸어가는 모습을 보았지만, 이름을 부르기만 하면 사라져 버렸다. 이윽고 하일너가 멈춰 서서 한스에게 이렇게 말했다.

"야, 내게는 사랑하는 사람이 있어."

그리고 아주 큰 소리로 웃으며 덤불 속으로 사라졌다.

한스는 고요하고 신성한 눈과 아름답고 평화로운 손을 지닌, 야위고 아름다운 사람이 배에서 내리는 모습을 보고 그에게로 다가갔다. 순간 모든 것이 사라졌다. 이게 뭘까 생각하다가 복음서의 한 구절이 떠올랐다.

'그들은 예수를 곧 알아보고, 그리로 달려갔다'라고 하는 그리스어 문구였다. 그런 다음 '$\pi\varepsilon\rho\iota\delta\rho\alpha\mu o\upsilon$'가 어떤 변화형인지, 이 동사의 현재, 부정법, 완료, 미래가 어떤 것인지를 생각해야만 했다. 그는 그것을 단수와 양수, 복수로 완벽하게 변화시켜야만 했다. 그리고 풀리지 않고 막히자, 진땀을 흘리며 안절부절못했다. 이윽고 정신을 차리고 나면 머릿속이 온통 상처투성이인 것처럼 느껴졌다. 한스의 얼굴은 순간 포기와 죄의식으로 엉킨 나른한 미소로 일그러졌다. 곧바로 교장 선생님의 목소리가 들려왔다.

"멍청한 그 미소는 뭐야! 너는 지금 웃음이 나오나?"

가끔은 상태가 좋을 때도 있었지만, 대부분은 전혀 좋아질 기색이 보이지 않았다. 오히려 거꾸로 나빠지는 것처럼 보였다. 과거 한스의 어머니를 치료하고 죽음을 선고했던 담당 의사는 이따금 통풍으로 고생하는 아버지의 진찰을 하러 왔다가, 슬픈 표정을 지으며 진찰 소견을 하루하루 미루고 있었다.

한스는 이제 비로소 라틴어 학교의 마지막 2년 동안에 친구가 단 한 명도 없었다는 사실을 깨달았다. 그 당시의 친구들은 고향을 떠났거나, 견습공으로 바쁜 나날을 보내고 있었다. 그 모든 친구와 아무런 연관도 없었고, 누구에게도 무언가를 부탁할 수 없었고, 아무도 한스에 대해 신경조차 쓰지 않았다. 옛날 교장 선생님은 두 번 두세 마디 친절하게 말을 걸어주었고, 라틴어 학교의 선생님과 목사님도 거리에서 마주치면 친절하게 고개를 끄덕여줬지만, 실제로는 한스에게 거의 신경을 쓰지 않았다. 한스는 더 이상 모든 것을 받아들이는 그릇도, 온갖 씨앗을 뿌릴 수 있는 밭도 아니었다. 시간이나 마음의 배려는 그에게 할애하는 것은 이제 허사였다.

목사님이 조금만 한스에게 신경을 써준다면 좋았겠지만, 대체 무얼 해야 좋단 말인가? 그가 할 수 있는 일, 다시 말해 학문이나 학문에 대한 탐구심을 한때는 소년에게 아낌없이 쏟아 부었다. 그러나 그 이상의 것은 기대할 수 없었다. 그는 누군가 자신의 라틴어 실력에 대해 근거 있는 의문을 품는 것을 용납하지 않았다. 그의 설교는 사람들이 친숙한 성경에서 나오지 않았다. 또한 모든 고민에 대하여 친절한 눈길과 상냥한 말로 대해줘서, 불행한 사람들이 달려가 상담할 수 있는 목사도 아니었다.

그 때문에 한스는 버림받고 따돌림을 당하고 있다는 심정으로 작은 정원에 앉아 따사로운 햇볕을 쬐거나, 숲속에서 뒹굴며 몽상이나 고뇌에 빠져 있었다. 독서는 아무런 도움도 되지 않았다. 책을 펴기만 하면 반드시 두통이 일어났다. 어떤 책을 펼치든 순식간에 수도원 시절과 그곳에서의 힘들었던 생각들이 유령처럼 되살아나 그를 숨 막히는 악몽으로 내몰고 이글거리는 눈길로 한스를 그곳에 얽어매었다.

이 고통스럽고 고독한 순간에 또 다른 유령이 거짓된 위로의 손길로 병든 소년에게 친절하게 다가와 벗어나기 힘든 덫이 되고 말았다. 그것은 바로 죽음이었다. 총을 구하거나 숲속의 나무에 목을 매는 것은 간단한 일이었다. 거의 매일 그런 생각들이 산책하는 한스를 따라다녔다. 그는 한적하고 아담한 장소를 찾다가 드디어 마음 편하게 죽을 수 있는 장소를 발견했다. 한스는 그곳을 죽음의 장소로 정했다. 반복적으로 이곳을 찾아와서는 가까운 시일, 언젠가 여기서 죽어 있는 자신을 발견하게 될 것이라는 공상을 통해 묘한 희열을 느끼기 시작했다. 밧줄을 맬 가지도 정했고, 강도도 시험해보았다. 방해될 것은 아무것도 없었다. 띄엄띄엄 아버지에게 짧은 편지와 헤르만 하일너에게 보낼 장문의 편지를 썼다. 이 두 통의 편지는 시체 옆에서 발견될 것이다.

이러한 준비 과정과 괜찮을 것이라는 마음은 그에게 좋은 영향을 미쳤다. 운명의 가지 아래 자리를 잡고 앉아 있으면 지금까지의 압박감은 사라지고 즐거운 쾌감에 젖어 시간을 보낼 수 있었다. 아버지도 한스의 상태가 좋아졌다는 것을 눈치챘다. 인생의 마지막이 얼마 있으면 확실하게 찾아올 것이라는 편안한 기분을, 아버지가 기뻐하고 있는 것을, 한스는 만족스럽게 바라보았다.

왜 진작 저 아름다운 나뭇가지에 목을 매지 않았는지 이해할 수 없었지만, 이제 마음을 결정했다. 그의 죽음은 기정사실이었다. 이것으로 일단 충분했다. 한스는 사람들이 먼 여행을 떠나기 전에 흔히 하듯이 며칠 동안은 따뜻하고 아름다운 햇볕과 고독한 몽상을 마음껏 음미했다. 언제든 여행을 떠날 수 있었다. 모든 준비는 다 끝났다. 그러나 스스로 지금의 환경에 조금 머물러 있는 것과 자신의 위험한 결심을 전혀 모르고 있는 사람들의 얼굴을 바라보는 것은 일종의 쾌감이었다. 의사를 만날 때마다 이런 생각을 했다.

'이제 두고 봐라!'

운명은 그를 어두운 계획을 즐기게 방관하면서, 한스가 죽음의 잔으로부터 매일 몇 방울의 쾌감과 활력을 음미하는 것을 바라보았다. 이 상처받은 젊은 영혼 따위가 어떻게 되든 상관없었지만, 그래도 나름대로 그 운명을 다해야 한다. 조금 더 인생의 쓰고 단 맛을 느끼지 않고서는 인생의 무대에서 사라져서는 안 된다.

벗어날 수 없는 고통스러운 생각들은 멀어지고, 피로에 지친 체념과 고통 없는 나른한 기분이 자리를 양보했다. 그런 기분에 젖어 있던 한스는 멍하니 세월이 흐르는 것을 바라보고, 느긋하게 푸른 하늘을 올려다보고, 이따금 몽유병 환자나 어린아이와 같은 기분에 휩싸였다. 나른하고 꿈을 꾸고 있는 듯한 기분에 빠져 있던 어느 날, 정원의 전나무 아래에 앉아 불현듯 떠오른 라틴어 학교 시절의 오래된 시구를 반복해서 중얼거렸다.

아아, 너무 피곤하다.
아아, 너무 지쳤다.
지갑에는 돈 한 푼 없고,
아무것도 없다네.

이 시구를 오래된 멜로디에 맞춰 벌써 스무 번째 중얼거리고 있다는 사실 외에는 아무것도 머릿속에 떠오르지 않았다. 그러나 창가에서 듣고 있던 아버지는 깜짝 놀랐다. 아무것도 모르는 아버지는 이 무의미하고 서툰 노래를 전혀 이해하지 못했다. 아버지는 정신박약 증세라고 믿으며 한숨을 내쉬었다. 그 뒤로 아버지는 아들을 더욱 신경질적으로 바라보았고, 한스도 이 사실을 알고 괴로워했다. 그러나 아직 그 튼튼한 나뭇가지에 밧줄을 매달 정도는 되지 않았다.

이제 무더운 계절이 찾아왔다. 주 시험과 여름 방학으로부터 벌써 1년이 지나갔다. 한스는 이따금 그것에 대해 생각했지만, 특별한 감정이 일지는 않았다. 한스는 이제 많이 둔감해져 있었다. 다시 낚시를 하고 싶었지만, 아버지에게 말할 용기가 나지 않았다. 한스는 강가에 서 있는 것이 곤욕스러웠다. 누구에게도 들키지 않는 강가에 오랫동안 웅크리고 앉아 눈이 붉어지도록 소리 없이 헤엄치는 검은 물고기를 응시하고 있었다. 그는 매일 저녁 상류로 헤엄을 치러 갔다. 그때마다 검사관 게슬러의 작은 집 옆을 지나야 했는데, 3년 전에 좋아했던 엠마 게슬러가 집에 돌아와 있는 것을 우연히 발견했다. 호기심에 두세 차례 그녀를 지켜봤지만, 예전처럼 끌리지는 않았다. 이전에는 날씬하고 매우 우아한 소녀였다. 그러나 지금은 키는 크고 행동도 커진 데다, 소녀답지 않게 현대식으로 묶은 머리가 완전히 분위기를 망쳐놓았다. 긴 드레스도 어울리지 않았다. 숙녀로 보이기 위한 모든 실험은 실패였다. 그녀의 모습이 우스꽝스럽게 보임과 동시에 옛날에 그녀를 볼 때마다 특유의 달콤한 향기, 형언할 수 없는 기분에 사로잡혔던 것을 떠올리자니 서글픈 생각이 들었다. 옛날 그 당시에는 모든 것이 지금과 달랐다. 훨씬 아름답고, 훨씬 유쾌하고, 훨씬 활기찼다. 오랫동안 한스는 라틴어와 역사와 그리스어와 시험과 신학교와 두통밖에 몰랐다. 그러나 당시에는 옛날이야기 책과 도둑들에 관한 책이 있었다. 당시에는 작은 정원에 손으로 만든 물레방아가 돌아가고 있었다. 저녁에는 나숄트 집안의 문 앞에 모여 리제의 모험담을 듣기도 했다. 그리고 한동안은 가리발디라고 불리던 옆집의 그로스요한 영감을 살인 강도범이라고 여기며 꿈을 꾸기도 했다. 그리고 1년 내내 매달 특별한 즐거움이 있었다. 풀 말리기, 말 먹일 꼴 베기, 첫 낚시질과 민물새우 잡기, 호프 수확, 자두 털기, 감자 줄기와 잎사귀 태우기, 밀 타작, 그 밖에도 즐거운 일요일과 축일들이 기다리고 있었다. 당시에는 그 외에도 묘한 매력으로 한스를 매료시키던 것이 많았다. 집과 골목과 계단과 곡식 창고의 바닥, 우물과 울타리와 많은 사람과 동물을 사랑하고 친숙하게 여겼다. 때로는 그 모든 게 형언하기 힘든 힘으로 그를 유혹했다. 호프를 딸 때면 그것을 도우면서 큰 처녀들의 노랫소리에 귀를 기울였다. 그리고 그 노랫말을 외웠다. 대부분은 폭소가 터질 만큼 장난스러운 것들이었지만, 개중에는 목이 멜 만큼 슬픈 가사도 있었다.

이 모든 게 어느샌가 자취를 감추고 끝났다. 제일 먼저 리제의 집 앞에서 저녁을 보내는 일이 없어졌다. 그리고 일요일 오전의 낚시를 그만두었고, 동시에 옛날이야기 책을 읽는 일도 그만두었다. 그렇게 하나둘 그만두면서 결국 호프 수확과 정원의 물레방아를 지켜보는 일도 그만두게 되었다. 아아, 이 모든 것이 대체 어디로 사라졌단 말인가?

이렇게 조숙했던 소년은 병이 들어 하루하루를 보내는 동안에 비현실적인 제2의 유년 시절을 맛보게 되었다. 선생님들에 의해 빼앗겼던 유년 시절의 동경이 갑자기 들끓으면서, 꿈결같던 아름다운 시절로 되돌아가서 회상의 숲속을 마법에 걸린 듯이 헤매고 다녔다. 그의 회상은 병적일 만큼 강하고 뚜렷했다. 과거에 실제로 경험했을 때 뒤지지 않을 만큼 열정적으로 그 모든 것을 음미했다. 기만과 폭력으로 물들어 메말랐던 유년 시절이 샘물처럼 한스의 마음속에서 용솟음쳤다.

나무는 윗가지를 잘리면 뿌리 근처에서 저절로 새로운 싹을 틔운다. 그와 마찬가지로 청춘의 병으로 상처받은 영혼은 꿈 많던 어린 시절의 봄날로 돌아가는 경우가 많다. 그곳에서 새로운 희망을 발견하고 끊어졌던 생명의 줄을 새로 이을 수 있는 것처럼. 뿌리 근처의 싹은 수분을 흠뻑 마시고 급속도로 성장하지만, 겉으로만 그렇게 보일 뿐이지 그것이 다시 나무로 성장하지는 못한다.

한스 기벤라트도 이러한 과정을 겪고 있었기에 어린 시절의 꿈속을 조금 걸어볼 필요가 있는 것이다.

오래된 돌다리에서 가까운 기벤라트의 집은 서로 다른 두 골목길의 모퉁이 집이었다. 두 길 중 하나는 길고 넓은 훌륭한 도로로 '게르버 거리'라 불리고 있었다. 나머지 하나는 급경사를 이루는 좁고 짧은 초라한 길로 '매의 거리'라 불렸다. 이미 오래전에 폐업을 한 '매'라는 간판을 달았던 오래된 술집의 이름을 딴 것이다.

게르버 거리의 집들에는 선량하고 착실한 토박이들이 살고 있었다. 그들은 모두 자신들의 집과 묘지와 정원을 가지고 있었다. 정원은 집 뒤의 산을 타고 가파른 단을 이루고 있었으며, 울타리는 1870년에 지어진 노란 금작화로 뒤덮여 있는 철길 둑과 맞닿아 있었다. 품위 있는 게르버 거리와 견줄 만한 것은 시의 광장뿐이었다. 그곳에는 교회, 시청, 법원, 담임 목사의 사택 등이 있었는데, 깔끔하고 품격 있는 모습에서 도회지의 인상을 느끼게 했다. 게르버 거리에는 관청이 없었지만 훌륭한 현관문이 달린 신구 주택들, 아름답고 고풍스러운 벽돌집, 산뜻하고 밝은 박공 등이 있었다. 그리고 집들이 한 줄로만 늘어선 모습이 이 거리의 친숙하고 즐겁고 밝은 분위기를 한껏 느끼게 해주었다. 그것은 거리 반대편에 난간이 달린 제방 아래로 강물이 흐르고 있었기 때문이다.

게르버 거리는 길고, 넓고, 밝고, 여유롭고, 고상했다. 매의 거리는 정반대였다. 이곳의 집들은 다 쓰러져가는 어두침침한 낡은 가옥으로, 박공이 앞으로 불쑥 튀어나와 있어서 구겨진 모자를 연상케 했다. 현관문과 창문은 사방으로 금이 간 채 이어져 있었고, 난로의 굴뚝은 휘어지고 물받이는 깨져 있었다. 집들은 공간과 빛을 차지하기 위해 싸웠고, 골목길은 묘하게 구불구불 휘어져 있어, 영원한 어둠이 감싸고 있었다. 비라도 내리는 저녁이면 음침한 어둠 속으로 빠져들고 말았다. 창문 밖에는 장대와 줄 사이에 빨래들이 잔뜩 널려 있었다. 이 골목은 매우 협소하고 불편했지만, 세 들어 사는 사람이나 하룻밤 묵는 사람들을 제외하고도 많은 가족이 살고 있었다. 거의 쓰러져가는 집들의 구석구석까지 사람들로 꽉 들어차 있었다. 가난과 악습과 병이 그곳에 둥지를 틀었다. 경찰과 병원은 마을의 다른 곳보다 매의 거리 몇몇 집 때문에 항상 골치를 썩였다. 티푸스가 발생해도 이곳이었고, 살인 사건이 일어나도 이곳이었다. 마을에 도둑이 들면 일단 매의 거리를 수색했다. 떠돌이 상인들도 이곳에 머물렀다. 그중에는 우스꽝스러운 세제 가루 장수 호테호테와 온갖 범죄와 악행을 저지르고 다닌다고 소문이 난 칼갈이 아담 히텔도 있었다.

한스는 학교에 들어간 처음 1년 동안은 자주 매의 거리로 다녔다. 낡은 옷을 입은 옅은 금발의 수상쩍은 아이들과 함께 악명 높은 로테 프로뮐러의 살인 이야기를 듣곤 했다. 그녀는 작은 여인숙을 하던 남편과 헤어졌으며, 5년간 징역살이를 했다. 한때는 대단한 미인으로 수많은 직공의 애인이 있었기 때문에 빈번한 치정 소동과 칼부림을 일으킨 장본인이기도 했다. 지금은 혼자 살면서 공장이 문을 닫으면 커피를 끓여 이야기를 들려주며 저녁 시간을 보냈다. 그녀는 문을 활짝 열어놓고 부인네들과 젊은 노동자들 그리고 근처에서 놀던 아이 무리가 문지방에 걸어앉아 멍하니 그녀의 이야기에 빠져들었다. 검고 작은 돌화로 위의 냄비에서 물이 끓고, 그 옆에는 호롱불이 타오르면서 푸른 석탄 불과 함께 묘한 분위기를 자아내면서 사람들로 꽉 찬 방 안을 비추었다. 구경꾼들의 그림자들이 벽이며 천정을 마치 유령처럼 떠다니며 방 안 가득 비추고 있었다.

그곳에서 여덟 살 한스는 핑켄바인 형제와 친해졌고, 아버지의 엄격한 금기를 어겨가면서 친구로 사이좋게 지냈다. 형제의 이름은 돌프와 에밀이었고, 마을에서 약삭빠르기로 명성이 자자한 악동들이었다. 과일 서리와 산림을 황폐화하는 주범으로서 모르는 사람이 없었고, 재빠른 행동으로 말썽을 일으키는 데 따라올 자가 없는 유명 인사였다. 그들은 새알과 납덩어리, 까마귀 새끼와 찌르레기와 토끼를 팔았고, 금지된 밤낚시에 동네 정원들을 자신들의 것인 양 취급했다. 아무리 울타리가 뾰족하고, 벽에 유리 조각이 꽂혀 있더라도, 그들은 아주 쉽게 뛰어넘을 수가 있었다.

그러나 매의 거리에 살면서 한스와 제일 먼저 친하게 된 것은 헤르만 레히텐하일이었다. 고아로 자란 그는 불구의 몸에, 뭔가 남다른 데가 있는 조숙한 아이였다. 한쪽 다리가 짧아 언제나 지팡이에 의지하며 걸어야 했고, 아이들과 어울려 놀 수가 없었다. 그는 빼빼 마른 몸에 핏기가 없는 병자의 얼굴을 하고 있었으며, 나이에 어울리지 않게 꾹 다문 입과 지나치게 뾰족한 턱을 하고 있었다. 그의 손재주는 유별나게 뛰어났다. 특히 낚시에는 대단히 열정적이었고, 그 열정이 한스에게로 전달되었다. 한스는 그때까지는 낚시 허가증을 받지 못했지만, 두 사람은 몰래 여기저기에 숨어 낚시를 즐겼다. 낚시가 하나의 즐거움이라면, 모두 다 잘 알다시피 몰래 숨어서 하는 낚시는 최고의 쾌락이었다. 절름발이 레히텐하일은 한스에게 낚싯대를 만드는 방법, 말총을 꼬는 방법, 줄을 염색하는 방법, 실올가미를 만드는 방법, 낚싯바늘을 뾰족하게 만드는 방법을 알려주었다. 그리고 날씨를 예측하는 방법, 물을 관찰하는 방법, 쌀겨로 물을 흐리는 방법, 올바른 미끼를 고르는 방법과 거는 방법, 물고기의 종류를 분별하는 방법, 낚싯대를 챌 때 물고기를 다루는 방법, 낚싯줄을 적당한 깊이에 늘어뜨리는 방법 등을 가르쳐주었다. 그는 말이 아니라 현장 실습을 통해 낚싯줄을 당기고 풀어주는 호흡과 미묘한 느낌, 그것을 느끼기 위해 꼭 필요한 민감함을 가르쳐주었다. 그는 가게에서 파는 멋진 낚싯대나 코르크나 낚싯줄과 같은 인공적인 낚시도구는 모두 경멸했고, 일일이 만들어낸 자신만의 낚시도구가 아니면 진정한 낚시가 아니라는 사실을 한스가 굳게 믿게 했다.

핑켄바인 형제와는 싸움을 하고 헤어졌다. 말수가 적은 절름발이 레히텐하일은 싸우지도 않았는데 한스를 남겨두고 떠났다. 그는 2월의 어느 날, 주목 지팡이를 의자 위 옷 위에 올려놓고 초라한 침상에 누운 채 열병을 앓다가 급작스럽게 죽어버렸다. 매의 거리에서 그의 죽음은 곧 잊혔다. 그러나 한스는 그와의 추억을 오랫동안 회상했다.

매의 거리에는 레히텐하일 말고도 별난 주민이 많았다. 술주정 때문에 집배원 직장에서 쫓겨난 뢰텔러를 모르는 사람이 과연 있을까? 그는 2주마다 만취한 상태로 거리에서 잠을 자거나 한밤중에 난동을 피우곤 했지만, 평소에는 어린애처럼 순하고 늘 친절한 미소를 지었다. 그는 한스에게 달걀 모양의 코담배 냄새를 맡게 해주었고, 가끔 한스에게 받은 물고기를 버터에 구워 한스와 함께 먹곤 했다. 그는 유리 눈알의 박제된 말똥가리와 한물 지난 댄스곡을 가늘고 아름다운 소리로 연주하는 낡은 시계를 가지고 있었다. 그리고 또, 맨발로 걸어 다닐 때조차 커프스 버튼을 달고 다니는 늙은 기계공 포르슈를 모르는 사람이 있을까? 전통이 오래된 엄격한 공립학교 교사의 아들로 태어나 성서의 절반과 도덕적 금언들을 잔뜩 외우고 있었다. 그러나 백발이 성성해서도 여자를 밝히며 술에 취해 돌아다녔다. 술에 약간 취하면 자주 기벤라트의 집 모퉁이에 걸터앉아 지나가는 사람의 이름을 일일이 부르면서 격언들을 쏟아부었다.

"꼬맹이 한스 기벤라트, 내 말을 잘 들어라. 지라하가 이렇게 말했지. 남에게 나쁜 조언을 하지 않고, 또한 그 덕분에 양심의 가책을 받지 않는 자에게 복이 있나니. 아름다운 나무의 푸른 잎사귀처럼 누군가는 떨어지고, 또 누군가는 다시 자라날 것이다. 사람도 이와 마찬가지다. 누구는 죽고, 또 누군가는 살아남는다. 이제 집으로 돌아가라. 이 바다표범 같은 놈아!"

이 포르슈 영감은 이런 경건한 격언들을 잊지 않았고, 유령과 같은 것들에 관한 괴이하고 전설인 이야기도 많이 알고 있었다. 그는 유령이 나오는 곳을 알고 있었다. 그리고 항상 자기 자신이 하는 이야기의 진실성에 대해 혼동했다. 대개 이야기 자체와 듣는 사람을 조롱하듯이 회의적이고 과장되게 비웃는 듯한 말투로 이야기를 시작하지만, 이야기하는 도중에 겁에 질린 듯이 목을 움츠리며 목소리를 낮추고, 결국은 소름이 끼칠 정도로 낮은 목소리로 속삭였다.

이 가난하고 좁은 골목에 얼마나 많은 무서운 것, 불투명한 것, 이해할 수 없는 자극을 주는 것이 감춰져 있단 말인가? 자물통 장수 브렌들레는 폐업한 뒤 아무도 돌보지 않아 공장이 폐허가 된 지금도 여전히 이 골목에서 살고 있었다. 그는 언제나 반나절 내내 작은 창가에 앉아 시끄러운 골목을 침울하게 바라보고 있었다. 이따금 누더기 옷을 걸친 지저분한 이웃의 아이들 중 한 명이 그의 손에 잡히면, 그는 마치 맛 좀 보라는 듯이 괴롭히며 귀와 머리카락을 잡아당기거나 온몸에 시퍼런 멍 자국이 날 때까지 꼬집었다. 그러던 어느 날, 그는 철삿줄로 목을 맨 채 계단에 매달려 있었다. 너무나 끔찍한 모습에 아무도 가까이 다가가려 하지 않았다. 결국 기계공 포르슈 영감이 뒤에서 철삿줄을 가위로 잘랐다. 그러자 혀를 축 내밀고 있던 시체가 앞으로 쓰러지면서 계단을 타고 데굴데굴 굴러 두려움에 떨고 있던 구경꾼들 앞으로 떨어졌다.

한스는 밝고 넓은 게르버 거리에서 어두침침한 매의 거리로 들어설 때마다 유쾌하고도 무서운 듯한 긴장감, 호기심과 공포와 꺼림칙한 느낌과 모험심으로 기뻐 흥분된 기분이 한데 섞인 묘한 감정에 사로잡혔다. 매의 거리는 동화나 기적, 전대미문의 무시무시한 사건들이 일어나는 유일한 곳이었다. 또한 마법이나 요괴와 같은 것이 있을 법한 유일한 곳이기도 했다. 그곳에 가면 전설과 로이틀링의 추잡한 책들을 읽을 때와 같은 쓰고도 달콤한 전율을 느낄 수 있었다. 선생님에게 압수당한 로이틀링 통속소설에는 존넨비르틀레라, 의적 한네스, 칼잡이 카를레, 포스트미헬과 같은 어둠의 영웅이나 중죄를 지은 이름 모를 인간들의 범죄와 처벌에 대하여 적혀 있었다.

매의 거리 외에 또 한 곳, 평범한 곳과는 다른 뭔가를 맛보고 들을 수 있는 어두운 창고나 특별한 방에서 자신을 잊을 수 있는 장소가 있었다. 그곳은 집 근처의 낡고 커다란 가죽공장이었다. 그곳의 어두침침한 창고에는 가죽이 널려 있었다. 그리고 지하실에는 막아둔 굴과 통행이 금지된 통로가 있었다. 이 공장에서 리제가 저녁때마다 아이들에게 아름다운 옛날이야기를 들려주었다. 이곳은 건너편의 매의 거리보다 조용하고 친숙한 느낌의 인간미를 느낄 수 있는 곳이었지만, 뭔가 비밀스럽다는 점에서는 전혀 뒤지지 않았다. 가죽 무두질 직공이 굴과 지하실, 작업장과 바닥에서 일을 하는 모습은 특별하고도 독특했다. 크고 휑하니 넓은 방들은 모두 조용하고 으슥한 느낌을 주는 매력이 있었다. 난폭하고 퉁명스러운 주인은 식인종과 같은 두려움의 대상이었다. 리제는 이 기묘한 공장 안을 요정처럼 돌아다녔다. 그녀는 모든 아이와 새와 고양이와 강아지의 보호자이자 어머니로, 친절한 데다 갖가지 기이한 옛날이야기와 노랫말을 많이 알고 있었다.

지금 한스의 생각과 꿈은 이미 멀어져버린 이 세계 속에서 꿈틀거리고 있었다. 커다란 환멸과 절망으로부터 그는 과거의 행복했던 시절로 도망쳐버린 것이다. 그때만 해도 희망으로 가득했고, 눈앞에 펼쳐진 세상은 섬뜩한 위험과 마법에 걸린 보물과 에메랄드 성을 신비롭게 감추고 있는 거대한 마법의 숲처럼 여겨졌다. 한스는 이 무시무시한 세계에 조금 다가갔지만, 기적이 일어나기도 전에 깨지고 말았다. 지금 다시 신비하게 저물어가고 있는 그 입구에 섰지만, 이제는 제외된 사람으로서 헛된 호기심에 사로잡힌 채 그 앞에 서 있는 것에 불과했다.

한스는 두세 번 매의 거리를 찾아갔다. 그곳에는 여전히 어둡고 악취를 풍기며 작은 방과 빛이 들지 않는 계단이 있었다. 문 앞에는 늙은 남녀가 여전히 모여 앉아 있었다. 옅은 금발의 지저분한 아이들이 소리치며 뛰어다니고 있었다. 기계공 포르슈 영감은 완전히 늙어버려 한스를 잊고 있었다. 한스의 소심한 인사에 퉁명하고 떨리는 목소리로 대답할 뿐이었다. 가리발디라 불리던 그로스요한은 이미 죽었다. 로테 프로뮐러도 마찬가지였다. 집배원 뢰텔러는 아직 살아 있었다. 그는 아이들이 자신의 음악 시계를 망가트렸다고 투덜거렸다. 그는 한스에게 코담배를 권하고는 금품을 요구했다. 마지막으로 그는 핑켄바인 형제 이야기를 해주었다. 한 명은 담배공장에서 일을 하고 있으며, 이미 어른들처럼 술고래가 되었다고 한다. 다른 한 명은 장터에서 칼부림하고 도망친 지 1년이 넘었다고 했다. 모든 것이 한스에게 참담한 인상만을 남겼다.

어느 날 저녁, 한스는 가죽공장으로 가보았다. 크고 낡은 공장에 그의 유년 시절이, 잃어버린 많은 추억을 감춰두기라도 한 것처럼 문을 지나 축축한 안뜰을 따라 빨려 들어갔다.

휘어진 계단과 돌이 깔린 현관을 지나 어두운 계단 앞에 서서 더듬더듬 넓은 작업장으로 들어갔다. 그곳에는 가죽이 쫙 펼쳐진 채로 널려 있었다. 그는 코를 찌르는 가죽 냄새와 불현듯 떠오르는 추억의 구름을 들이마셨다. 그는 다시 내려가 뒤뜰로 갔다. 거기에는 무두질용 약품이 담긴 항아리와 자투리 가죽을 말리는 건조대가 있었다. 높다란 건조대 위에는 작은 지붕이 덮여 있었다. 뒤뜰의 벽 앞 의자에 리제가 앉아 광주리 안의 감자 껍질을 까고 있었다. 아이 몇 명이 그녀를 에워싸고 이야기에 귀를 기울이고 있었다.

한스는 어두운 입구에 멈춰 서서 귀를 기울였다. 황혼에 물든 가죽공장은 고요한 안락함이 감싸고 있었다. 정원 벽 뒤로 흐르고 있는 강물의 나직한 소리와 감자 껍질을 벗기는 리제의 칼 소리와 그녀의 말소리밖에 들리지 않았다. 아이들은 조용히 웅크리고 앉아 꼼짝도 하지 않았다. 리제는 성 크리스토포루스가 한밤중에 강 건너편에서 아이의 목소리를 듣고 온다는 이야기를 하고 있었다.

한스는 한동안 듣고 있다가 어두운 현관을 조용히 빠져나와 집으로 돌아갔다. 그는 이제 어린 시절로 돌아갈 수 없다는 것과, 저녁마다 가죽공장에서 리제 옆에 앉아 있을 수 없음을 깨달았다. 그는 가죽공장도, 매의 거리도 가지 않기로 마음먹었다.

6장

 가을도 절정에 달하고 있었다. 검푸른 전나무 숲에서 듬성듬성 활엽수가 노랗고 붉게 횃불처럼 빛나고, 골짜기마다 짙은 안개가 끼어 있었다. 강가에는 아침의 찬 기운으로 물안개가 피어올랐다.

 창백한 얼굴의 과거 신학생은 여전히 매일 마을 외곽을 돌아다녔다. 피곤하고 쓸쓸해 보였다. 마음만 먹으면 얼마든지 어울릴 사람을 찾을 수 있었지만, 일부러 거리를 두었다. 의사는 물약과 간유와 달걀과 냉수마찰을 권했다.

 그 모든 것이 전혀 듣지 않은 것도 이상할 게 없었다. 건강한 생활을 위해서는 그에 어울리는 내용과 목표가 있어야 한다. 그러나 젊은 기벤라트에게는 그런 것들이 없었다. 그의 아버지는 한스를 서기나 수공예라도 배우게 하기로 결심했다. 한스는 아직 기력이 약했기 때문에 좀 더 체력을 보강해야 했지만, 이제는 진지하게 장래를 걱정할 때가 되었다.

　처음에 느꼈던 심리적 혼란도 줄어들고 자살에 대한 믿음도 깨진 뒤부터, 한스는 불안하고 흥분하기 쉬운 상태에서 벗어나 줄곧 우울 상태에 빠져들었다. 그리고 늪에 빠진 것처럼 아무런 저항도 못 하고 서서히 늪 속으로 빠져들었다.

　한스는 가을 들판을 돌아다니며 계절적 영향에 지고 말았다. 저물어가는 가을, 고요한 낙엽, 갈색으로 물들어가는 벌판, 아침의 짙은 안개, 수명을 다해 죽어가는 식물들이 모든 환자가 그러하듯이 한스를 무겁고 절망적인 기분과 슬픈 생각으로 빠져들게 했다. 그는 함께 사라지기를, 함께 잠들기를, 함께 죽기를 바랐다. 그러나 그의 젊음이 그것을 부정하며 몰래 끈끈한 생명에 대한 집착으로 그를 괴롭혔다.

　그는 나무가 노랗게 그리고 갈색에서 벌거벗어가는 모습을 지켜보았다. 숲속에서 피어오르는 우윳빛 안개를 바라보았다. 정원을 바라보았다. 그곳의 모든 과일을 따버리자, 생명은 사라지고 시들어가는 과꽃을 돌아보는 이는 아무도 없었다. 그리고 낚시를 마치고 마른 잎사귀로 뒤덮인 강을 바라보았다. 매서운 강가에서 인내할 수 있는 것은 가죽 공인들뿐이었다. 며칠 동안 강에는 엄청난 양의 과즙 찌꺼기가 떠내려갔다. 그도 그럴 것이 지금은 과즙 공장이나 물레방앗간에서 열심히 과즙을 짜고 있었기 때문에 골목마다 과즙 향기가 조용하게 발효되듯이 풍기고 있었다.

　아랫마을의 물레방앗간에서는 구둣방의 플라이크 씨도 작은 압착기를 빌려놓고 한스를 불렀다.

물레방앗간 앞 정원에는 크고 작은 압착기, 수레, 과일을 가득 담은 광주리와 자루, 들통, 손잡이가 달린 들통, 대야, 나무통, 산더미 같은 갈색 과즙 찌꺼기, 나무 지렛대, 손수레, 텅 빈 운반 도구 등이 있었다. 압축기가 삐걱삐걱 움직이면서 신음과 떨리는 소리를 내고 있었다. 압축기 대부분에는 초록색 니스가 칠해져 있었다. 이 초록색이 과즙 찌꺼기의 황갈색과, 사과 바구니의 색과, 담녹색 강과, 맨발의 아이들과, 청명한 가을 하늘과 함께 기쁨과 삶의 쾌감과 충만한 인상을 보는 모든 이에게 선물했다. 사과가 으깨지면서 나는 삐걱거리는 소리는 식욕을 자극하는 신 울림이었다. 가까이 다가가 그 소리를 들은 사람은 자신도 모르게 사과를 집어 들고 한입 베어 물지 않고는 배기지 못했다. 관을 따라 굵은 띠를 이루며 달고 싱싱한 과즙이 햇볕을 맞아 황적색으로 미소하며 흐르고 있었다. 그 모습을 본 사람은 침을 삼키며 한 잔 맛보지 않고는 배길 수가 없었다. 그러면 이 달콤한 과즙은 즐겁고 강한 단맛을 풍기는 향기를 사방으로 내뿜었다. 곧 다가올 겨울을 앞두고 과즙 향기를 맡는 것은 행복한 일이었다. 그 향기를 맡으면 사람들은 감사의 마음으로 훌륭한 것들, 예를 들어 온화한 5월의 비, 세차게 퍼붓는 8월의 비, 차가운 가을의 아침 안개, 따사로운 봄볕, 이글거리는 여름의 태양, 희고 붉게 빛나는 꽃, 수확을 앞둔 과일의 적갈색으로 숙성된 광택 그리고 사계절의 변화에 따라 동반되는 온갖 아름다운 것의 기꺼운 추억을 떠올리게 된다.

그것은 모든 사람에게 찬란한 시기였다. 부자도 졸부도 모두 체면치레 없이 몸소 살이 통통하게 오른 사과를 손에 들고 무게를 가늠해보거나, 열 개가 넘는 사과 자루를 세어보고, 휴대용 은잔으로 맛보거나, 과즙에 물이 한 방울이라도 들어가지 않도록 주의를 주었다. 가난한 사람은 겨우 한 자루의 과일밖에 없었고, 컵이나 토기 접시로 맛을 보고 물을 희석했다. 그렇다고 해서 의기양양한 기분은 다를 게 없었다. 이유가 있어서 과즙을 짤 수 없는 사람은 아는 사람이나 이웃이 과즙을 짜는 곳으로 이리저리 돌아다니며 한 잔씩 얻어 마시고, 사과도 하나씩 받아 주머니에 챙겼다. 그리고 한마디 거들면서 전문가 행색을 했다. 많은 아이가 가난하건 부자이건 작은 잔을 들고 이리저리 분주하게 뛰어다녔다. 각자 한입 베어 먹은 사과와 빵 한 조각을 손에 들고 있었다. 왜냐하면 과즙을 짤 때는 빵을 아무리 많이 먹어도 탈이 나지 않는다는 근거 없는 전설이 옛날부터 내려왔기 때문이다.

아이들의 떠들어대는 소리와는 별도로 수많은 사람의 외침 소리가 정신없이 흘러나왔다. 그리고 그 목소리들은 모두 분주하고 흥분되고 즐거워 보였다.

"이봐, 한스. 여기, 여기야. 한 잔 마셔."

"감사합니다. 하지만 배가 너무 불러서요."

"자네, 사십오 킬로그램에 얼마를 줬나?"

"사 마르크. 하지만 최상급이야. 한번 맛을 보라고."

가끔 문제가 발생하기도 했다. 미리 사과 자루를 열어버려 땅바닥에 나뒹굴고 마는 것이다.

"큰일 났어. 내 사과! 좀 도와줘!"

모두 팔을 걷고 나서서 도와주었다. 개구쟁이 아이 두세 명은 몰래 사과를 훔치려 했다.

"이놈들, 먹고 싶으면 배부르게 먹어도 좋다. 하지만 몰래 훔쳐 가는 건 안 돼! 야, 이놈들! 거기 서!"

"어이, 이웃사촌. 그렇게 뻗대지 말고 한잔하라고."

"꿀맛이야. 완전 꿀맛이구먼. 자네는 얼마나 짰나?"

"두 통. 하지만 모두 최상급이라고."

"한여름이 아니길 정말 다행이야. 여름이었으면 전부 다 마셔버렸을 거야."

올해도 어김없이 몇몇 골치 아픈 노인이 얼굴을 내밀었다. 그들은 이미 오래전부터 자신들은 과즙을 짜지 않았지만, 과일을 거의 공짜로 받았던 아주 오래전의 이야기를 꺼내고는 요령을 피웠다. 옛날에는 값도 싸고 달았으며, 설탕을 넣는 것은 상상도 하지 못했다고. 옛날에는 열매가 달리는 것부터 달랐다고 허풍을 늘어놓았다.

"그땐 정말 대단한 수확이었지. 내게도 사과나무가 있었는데, 한 그루에 이백삼십 킬로그램이나 수확했다니까."

세월이 변해 사정이 나빠졌다고 하면서 이 골치 아픈 노인네들은 올해도 맛보기를 자청하며 실컷 마셨다. 아직 이가 있는 노인들은 사과를 그냥 씹어 먹었다. 그뿐만 아니라 한 노인네는 커다란 배 몇 개를 억지로 먹고 배탈이 났다.

"정말이야."

그는 한탄했다.

"옛날에는 이런 거 열 개도 더 먹었어."

그리고 긴 한숨을 내쉬며 배 열 개를 먹어도 배탈이 나지 않았던 시절을 회상했다.

인파 속에서 플라이크 씨는 압축기를 설치하고 나이가 들어 보이는 견습공의 도움을 받고 있었다. 그는 바덴에서 사과를 주문했다. 그의 과즙은 언제나 최고의 맛을 냈다. 그는 만족스러워하면서 "맛 좀 보겠네" 하는 모든 사람을 받아들였다. 그의 아이들은 한층 더 신이 나서 이리저리 사람들 사이를 즐겁게 뛰어다녔다. 들떠 있지는 않았지만 가장 기뻐한 것은 그의 제자였다. 그는 고지대 산촌의 가난한 농부의 아들로 태어났기 때문에 밖으로 나와 열심히 움직이며 일하는 것이 마냥 신이 났다. 최상급의 달콤한 과즙도 기가 막히게 맛있었다. 건장한 젊은 농부의 얼굴이 사튀로스의 가면처럼 이를 드러내고 웃었다. 구두를 만드는 그의 손은 여느 일요일보다 깨끗했다.

한스 기벤라트는 과즙을 짜는 첫날은 조용히 숨을 죽이고 있었다. 그는 억지로 온 것이었다. 제일 처음 짠 과즙이 그에게 건네졌다. 그것도 나쇨트 집안의 리제로부터. 한스는 그것을 받아 마셨다. 한 잔 쭉 마시고 나니 달콤하고 강한 과즙 맛과 함께 옛날 가을의 즐거웠던 추억들이 되살아났다. 그리고 동시에 일을 도와주고 유쾌한 기분이 들고 싶다는 소심한 소망이 생겼다. 아는 사람들이 그에게 말을 걸었다. 잔들이 건네졌다. 플라이크 아저씨의 압축기가 있는 곳으로 왔을 때는 밝은 기분과 과즙 덕분에 마음이 바뀌었다. 기분이 좋아진 한스는 구둣방 아저씨에게 인사를 하고 농담까지 던졌다. 플라이크 씨는 내심 놀란 표정을 감추고 밝게 그를 환대해주었다.

반 시간쯤 뒤 푸른 스커트를 입은 아가씨가 플라이크 씨와 제자에게 미소를 지으며 다가와 돕기 시작했다.

"아, 참."

구둣방 아저씨가 말을 꺼냈다.

"여긴 하일브론에서 온 조카딸이야. 거기는 여기와 달리 포도가 많이 나는 곳이지."

그녀는 열여덟 혹은 열아홉 살쯤 되어 보였고, 저지대 출신답게 가벼운 움직임에 쾌활한 성격이었다. 크지는 않았지만, 맵시 있고 풍만한 체형이었다. 둥근 얼굴에 따뜻해 보이는 검은 눈과 키스를 하고 싶을 정도로 귀여운 입은 쾌활하고 영리한 분위기를 흘렸다. 그녀는 건강하고 씩씩한 하일브론 출신의 아가씨다웠지만, 신앙심 깊은 구둣방 아저씨의 친척으로는 전혀 보이지 않았다. 그녀는 그야말로 저속한 아가씨였다. 그녀의 눈은 저녁과 밤, 성서와 《고스너의 보물 상자》를 읽는 습관은 없어 보였다.

한스는 갑자기 걱정스러운 표정으로 엠마가 빨리 가버리길 간절히 바랐다. 그러나 그녀는 떠나지 않고 웃거나 수다를 떨며 사람들이 던지는 농담을 가볍게 받아쳤다. 한스는 부끄러운 마음에 입을 꾹 다물었다. 어색하게 당신이라고 불러야 하는 젊은 아가씨와 사귄다는 것이 왠지 참을 수가 없었다. 게다가 그녀는 꽤 소란스럽게 떠들면서 한스의 존재와 부끄러움 같은 것은 거의 문제 삼지 않았다. 약간 어색하고 언짢은 기분이 든 한스는 마치 수레바퀴에 닿은 달팽이처럼 껍질 안으로 움츠러들었다. 그는 꼼짝도 하지 않고 따분한 척했지만, 그것도 맘먹은 대로 되지 않았다. 그는 이제 조금 전에 누가 죽기라도 한 듯한 표정을 지었다.

아무도 한스의 그런 모습을 돌아볼 여유가 없었고, 엠마는 더더욱 그랬다. 한스가 들은 바에 의하면 그녀는 2주 전에 와서 플라이크 씨의 집에 머물고 있었는데, 이미 동네 사람들을 거의 다 알고 있었다. 그녀는 잘살고 못살고 여부와 상관없이 돌아다니며 과즙을 시음하고, 농담을 던지고, 웃으며 다시 돌아와 열심히 일하는 척을 하고, 아이들을 번쩍 안고서 사과를 주면서 왁자지껄한 웃음과 즐거움을 주변에 퍼뜨렸다. 그녀는 지나가는 아이들에게 일일이 "사과 먹고 싶지 않니?"라고 말을 걸었다. 그리고 빨갛고 예쁜 사과를 들고 두 손을 등 뒤로 감춘 뒤, 왼손인지 오른손인지 맞히게 했다. 사과는 언제나 맞추지 못하는 손에 들고 있었다. 아이들이 화를 내며 소리를 지르면 그제야 하나를 건네주었다. 그것도 작고 시퍼런 것을. 그녀는 한스에 대해서도 알고 있는 듯이, 항상 두통을 앓고 있는 게 당신이냐고 물었다. 그러나 한스가 대답하기도 전에 그녀는 다른 사람과 말을 섞고 있었다.

한스는 몰래 도망가려고 생각했다. 그때 플라이크 씨가 그의 손에 핸들을 쥐어주었다.

"잠깐만 하고 있을래? 엠마가 도와줄 거야. 나는 작업장에 좀 다녀와야겠다."

아저씨는 가면서 제자와 부인에게 과즙을 운반하도록 지시했다. 한스는 압착기 옆에 엠마와 함께 앉았다. 그는 이를 악물고 묵묵히 일만 했다.

그런데 어떻게 된 일인지 핸들이 너무 묵직하게 느껴졌다. 고개를 들어보니 엠마가 큰 소리로 웃음을 터뜨렸다. 그녀는 장난삼아 핸들을 반대로 당기고 있었다. 화가 난 한스가 힘껏 당기자, 그녀도 다시 반대로 당겼다.

한스는 아무 말도 하지 않았다. 그러나 그녀가 반대편에서 힘껏 저항하며 당기고 있는 핸들을 돌리다 보니, 갑자기 부끄럽고 답답한 기분이 들어 돌리기를 멈춰버렸다. 그는 달콤한 불안감에 사로잡혔다. 젊은 아가씨가 대담하게 자기 얼굴을 보고 웃어주자, 갑자기 그녀가 다른 사람처럼 친숙하게 느껴졌다. 하지만 여전히 서먹한 느낌이 들었다. 그도 어색한 표정으로 웃어주었다.

그 덕분에 핸들은 완전히 멈춰버렸다. 엠마는 "너무 열심히 일하지는 마요"라고 말하며 자신이 마시다 남은 컵을 한스에게 내밀었다.

그 과즙은 아주 강하고 이전보다 달콤하게 느껴졌다. 다 마신 뒤에 아쉬운 듯한 눈길로 컵 안을 들여다보고 있자니 심장박동이 빨라지며 호흡이 가빠져서 깜짝 놀랐다.

그리고 두 사람은 잠시 더 일을 계속했다. 한스는 그녀의 스커트가 어쩔 수 없이 자기 몸에 가볍게 닿을락 말락, 그녀의 손이 자기 손과 닿을 듯 말 듯 한 자리를 잡기 위해 노력하면서도 자신이 무엇을 하고 있는지 깨닫지 못하고 있었다. 그러나 그녀의 스커트와 손이 닿을 때마다 심장이 두근거리는 기쁨에 젖어, 상쾌하고 달콤한 빈혈과 함께 무릎이 떨렸고, 머릿속은 현기증이 날 만큼 시끄럽게 울렸다.

자신이 무슨 말을 했는지 기억나지 않았지만, 그녀의 말에 응수하여 그녀가 웃자 자신도 웃었다. 두세 번 그녀가 엉뚱한 짓을 했을 때, 한스는 손가락으로 겁을 주었다. 그리고 두 번 더 그녀에게 컵을 받아 마셨다. 동시에 수많은 기억이 하나둘 그의 마음을 스쳐 지나갔다. 저녁 무렵 사내와 함께 문 앞에 서 있는 하녀, 이야기책 속의 두세 문구, 과거 헤르만 하일너와 했던 입맞춤, 온갖 단어와 소설, '아가씨'나 '애인이 생기면 어떨까?'라는 것에 대해 학생들끼리 이야기했던 몽롱한 대화 등이 머릿속을 스쳐 지나갔다. 그는 산을 오르는 노새처럼 힘겹게 호흡했다.

모든 게 변해버렸다. 주변 사람들의 바쁜 움직임도 화사하게 웃는 구름처럼 녹아들었다. 말소리 하나하나, 욕설과 웃음소리가 한데 섞여 웅성거리며 사라지고, 강과 오래된 다리가 저 멀리 그림처럼 보였다.

엠마의 모습도 변했다. 한스는 더 이상 그녀의 모습을 보지 않았다. 즐거워 보이는 검은 눈과 붉은 입술, 그 안의 하얗고 뾰족한 이만 보일 뿐이었다. 그녀의 모습도 녹아버렸다. 보이는 것이라고는 하나하나의 부분들뿐이었다. 검은 양말과 단화, 목덜미의 늘어진 곱슬머리, 파란 천 속에 감춰진 햇볕에 그은 둥근 목, 탄탄한 어깨, 그 아래로 크게 파도치고 있는 호흡, 붉은빛을 띠는 투명한 귀 등이 따로따로 눈에 들어왔다.

잠시 뒤에 그녀는 통 속에 떨어뜨린 컵을 줍기 위해 몸을 숙였다. 그때 통 가장자리에서 그녀의 무릎이 한스의 손목을 눌렀다. 한스도 천천히 따라 몸을 숙였다. 그러자 그의 얼굴이 그녀의 머리카락과 스칠 뻔했다. 머리카락에서는 은은한 향이 풍겼다. 그 아래로 늘어뜨려져 있는 곱슬머리 그림자 속에 아름다운 목덜미가 따뜻한 기운의 갈색으로 빛나며 청색 코르셋 안에 감춰져 있었다. 등 뒤의 꽉 조여져 있는 호크 사이로 목덜미가 살짝 드러났다.

엠마가 다시 몸을 일으켰을 때, 그녀의 무릎이 한스의 팔을 미끄러지듯 스쳤고, 머리카락이 뺨에 닿았다. 그녀의 얼굴은 몸을 숙이고 있던 탓에 빨갛게 달아올랐다. 한스는 전신에 강한 전율을 느꼈다. 그는 얼굴이 창백해지면서 심한 피로감이 밀려왔다. 그는 간신히 압축기 손잡이를 잡고 버텼다. 한스의 심장은 심한 경련이 일 듯 고동쳤고, 팔은 힘이 빠지고 어깨가 쑤셔왔다.

이때부터 한스는 거의 말하지 않은 채 엠마의 시선을 피했다. 그러나 엠마가 다른 곳을 향하고 있을 때면 지금까지 전혀 느끼지 못했던 쾌감과 양심의 가책을 동시에 느끼면서 몰래 그녀를 훔쳐봤다. 이 순간 그의 마음속에 있던 무언가가 끊어져버렸다. 그리고 저 멀리 푸른 해안에 서 있는 듯한 묘한 매력을 품은 새로운 세상이 그의 마음속에서 펼쳐졌다. 그는 불안하면서도 달콤한 이 고뇌가 무엇을 의미하고 있는지 아직 깨닫지 못하고 있었다. 그저 어렴풋하게 느낄 뿐이었다. 자신 속에 있는 고통과 쾌감의 어느 것이 더 큰지조차도 알지 못했다.

그러나 그 쾌감은 젊은 사랑의 힘의 승리와 새로운 생명의 첫 예감을 의미하며, 그 고통은 아침의 평화가 깨어졌다는 것을, 그의 영혼이 두 번 다시 돌아갈 수 없는 유년 시절을 떠나고 있음을 의미하고 있었다. 간신히 난파의 위기에서 벗어난 그의 조각배는 이제 새롭고 거친 폭풍우, 감춰진 위험천만한 심연과 암초로 가까이 빠져들고 있었다. 최고의 지도자가 있는 청년에게조차 이 위험에서 벗어나기 위한 안내자가 없다. 스스로 활로를 찾아내야만 하는 것이다.

다행히 구둣방의 견습공이 되돌아와 압착기 작업을 교대해 주었다. 한스는 그러고도 잠시 그곳에 머물렀다. 다시 한번 엠마와 접촉하거나, 친숙하게 말을 걸어오길 기다리면서. 엠마는 다시 다른 사람의 압착기 주변을 돌아다니며 수다를 떨었다. 한스는 견습공에게는 왠지 거리감이 느껴져 잠시 뒤 인사도 하지 않고 슬그머니 집으로 돌아왔다.

모든 것이 묘하게 변하며 아름답도록 마음을 설레게 했다. 과즙 찌꺼기를 먹고 통통하게 살이 오른 참새들이 시끄럽게 재잘거리며 하늘을 스치듯 날아갔다. 하늘이 이렇게 높고 아름답고 매력적으로 푸르게 느껴진 적이 없었다. 강물이 이렇게 푸른 청록색의 즐거운 미소를 지은 적이 없었다. 둑이 이렇게 눈부시도록 하얀 거품을 내뿜은 적이 없었다. 모든 것이 새로운 그림이 그려져 있는 투명한 유리 뒤에 존재하는 것처럼 보였다. 모든 것이 아주 큰 축제의 시작을 기다리고 있는 것처럼 보였다. 한스의 마음속에도 대담한 감정과 묘하게 눈부신 희망이 몰아치는 듯한 강한 불안과 달콤한 격정이 일었다. 그리고 동시에 이 모든 감정이 꿈에 지나지 않는, 결코 있을 수 없는 허상일 것이라는 소심한 의혹과 불안이 요동쳤다. 상반된 감정은 점점 부풀어 몰래 터져 오르는 샘물이 되었다. 또한 무언가 매우 강렬한 것이 한스의 가슴속에서 자유롭게 날개를 펼치려 하고 있다는 기분이 들었다. 아마도 그것은 흐느낌이거나 노래, 비명, 아니면 웃음일 것이다. 이 흥분은 집으로 돌아가서야 조금 진정되었다. 물론 집에서는 여느 때와 마찬가지로 변함이 없었다.

"어디 갔다 오는 거니?"

기벤라트 씨가 물었다.

"물레방앗간 옆 플라이크 아저씨네요."

"그 사람은 얼마나 짰니?"

"두 통 정도요."

한스는 아버지가 과즙을 짤 때 플라이크 씨네 아이들을 부를 수 있도록 부탁했다.

"물론이지."

아버지는 중얼거렸다.

"다음 주에 할 테니 아이들을 데리고 오너라."

저녁 식사까지는 아직 한 시간이 남아 있었다. 한스는 정원으로 나왔다. 두 그루의 전나무 외에 푸른빛을 띠고 있는 것이 거의 없었다. 그는 개암나무 가지 하나를 잘라 허공에 휘휘 돌려 마른 잎사귀들을 흩어놓았다. 태양은 이미 산 너머로 저물어버렸다. 산의 검은 윤곽이 머리카락처럼 가느다란 전나무 가지 끝자락에서 녹색으로 물든 촉촉하고 맑은 푸른빛 저녁 하늘과 나뉘어졌다. 잿빛으로 길게 늘어진 구름이 노랑과 갈색을 띤 저녁노을을 비추면서 옅은 황금빛 대기를 가르며 고향을 향하는 배처럼 가볍게 천천히 계곡 위를 떠다니고 있었다.

한스는 여느 때와 달리 무르익은 저녁노을의 아름다움에 묘하게 사로잡힌 채 정원을 어슬렁거렸다. 이따금 그는 걸음을 멈추고 눈을 감은 채 압축기 옆에서 자신과 마주했던 엠마, 자신의 잔으로 과즙을 건네주었던 엠마, 통 위에 숙였던 몸을 일으켰을 때 붉어진 엠마의 얼굴을 떠올리려 애썼다. 그녀의 머리카락, 꼭 조여진 파란 코르셋에 감싸인 몸매, 목, 검은 귀밑머리 때문에 갈색 그림자가 드리워진 목덜미 등이 떠올랐다. 그 모든 것이 쾌감과 전율로 다가와 그의 마음을 꽉 채웠다. 그러나 그녀의 얼굴만은 도저히 떠올릴 수가 없었다.

한스는 날이 저물고도 추위를 잊은 채 깊어가는 석양이 뭐라 불러야 할지 모를 비밀로 가득한 베일처럼 느껴졌다. 그것은 한스가 하일브론의 딸을 사랑하고 있다는 것을 알고 있지만, 자기 내면에서 눈뜨기 시작한 남성적 혈기를 막연하고 초조하고 나른한 상태로밖에 이해할 수 없었기 때문이다.

저녁 식사 때, 오랫동안 익숙한 환경 속에서 전혀 다른 자신이 앉아 있다는 것이 너무나 이상하게 느껴졌다. 아버지, 할멈, 식탁, 가구 그리고 집 안의 모든 게 갑자기 낡아빠진 것처럼 느껴졌다. 지금 막 아주 오랜 여행에서 돌아오기라도 한 것처럼 놀랍고, 신비롭고, 사랑스러운 마음으로 모든 걸 바라보았다. 죽음을 생각하며 나뭇가지를 바라보았을 때, 그는 똑같은 사람과 사물들을 작별해야 할 상대에 대해 애상과 우월감에 젖어 관찰했다. 그러나 지금은 귀가이자, 경이로움이자, 미소이자, 소유물이 되었다.

식사를 마치고 한스가 막 일어서려고 할 때, 아버지는 평소처럼 짧고 건조하게 물었다.

"한스, 너 기계공이 될 생각 없니? 아니면 서기는 어때?"

"왜요?"

한스는 깜짝 놀라며 물었다.

"다음 주말에 기계공 슐러 씨 공장이나, 다음 주에 관청의 수습사원으로 들어갈 수 있을 거다. 한번 생각해보고 내일 이야기하자."

한스는 일어나서 밖으로 나갔다. 갑작스러운 질문에 당혹스러움을 감출 수가 없었다. 몇 달 동안 멀어졌던 일상의 활동적이고 생동감 넘치던 생활이, 갑자기 한스 앞에 나타나 유혹과 협박하는 듯한 얼굴을 드러내며 기대감과 동시에 고생의 감수를 요구했다. 그는 기계공도 서기도 되고 싶은 마음이 없었다. 한스는 손으로 하는 힘든 육체노동에 관한 생각에 약간의 공포를 느꼈다. 그 순간 기계공이 되어 있는 학창 시절의 친구 아우구스트가 불현듯 떠올랐다. 한스는 기계공의 일에 대해 그에게 물어볼 수가 있었다.

잠시 이 일에 대해 생각했지만, 곧 생각을 털어버렸다. 지금 당장 서둘러야 할 일도, 중요한 일도 아닌 듯 여겨졌다. 그는 다른 생각에 마음을 빼앗기고 있었다. 한스는 안절부절못하며 현관 앞을 서성였다. 그러다 갑자기 모자를 집어 들고 집을 뛰쳐나와 천천히 골목길을 따라 걸어갔다. 무슨 일이 있어도 오늘 안에 엠마를 만나야만 할 것 같았다.

이미 거리는 어두워져, 근처 술집에서는 왁자지껄하게 떠들거나 노랫소리가 울려 퍼지고 있었다. 거리의 창가에는 불빛들이 켜져 있었다. 여기저기 드문드문 불이 켜지면서 흐릿하고 붉은빛을 창밖으로 쏟아내고 있었다. 젊은 아가씨 무리가 서로 팔짱을 낀 채 큰 소리로 웃거나 재잘거리며 해맑은 모습으로 골목을 따라 내려갔다. 그녀들은 희미한 불빛 속에 흔들리며 청춘과 쾌락의 따뜻한 파도처럼 졸린 골목을 빠져나갔다. 한스는 오랫동안 그녀들을 지켜보았다. 그의 심장은 목구멍까지 고동쳤다. 커튼이 쳐져 있는 창문 너머로 바이올린 소리가 들려왔다. 우물가에서 한 여자가 채소를 씻고 있었다. 다리 위에는 두 쌍의 젊은 연인들이 산책하고 있었다. 한 남자는 여자의 손을 가볍게 잡고 흔들면서 담배를 피우고 있었다. 또 한 쌍은 딱 달라붙은 채 천천히 앞으로 걸어갔다. 남자는 여자의 허리를 꼭 껴안았고, 여자는 어깨와 머리를 남자의 가슴속에 푹 파묻었다. 이런 모습은 수도 없이 봐왔고, 전혀 신경을 쓰지도 않았다. 그러나 지금은 전혀 다른 모습으로 보였다. 확실하지는 않지만, 마음을 자극하는 달콤한 의미를 품고 있었다. 그의 눈은 두 쌍의 남녀에게 꽂혀 있었다. 그의 공상은 희미한 예감을 품고, 가까워지는 이해를 향해 달려갔다. 한스는 무언가가 마음속 깊은 곳을 흔들고 가슴을 옥죄며 커다란 비밀이 가까워지고 있다는 것을 느꼈다. 한스는 그 비밀이 달콤한 것인지, 두려운 것인지는 알 수 없었지만, 이 모든 것을 두려움 속에 예감했다.

    플라이크 씨의 집 앞에 도착했지만, 집 안으로 들어갈 용기가 나지 않았다. 집 안으로 들어가 무엇을 하고, 무어라 말해야 할지. 열한두 살 무렵에 자주 왔었을 때를 떠올리면서 곰곰이 생각했다. 그 무렵 플라이크 씨는 한스에게 성경 이야기를 들려주었고, 지옥과 악마와 성령에 대해 꼬치꼬치 캐묻는 대로 모두 대답해주었다. 그것은 아이러니한 기억으로 한스를 더욱 고민스럽게 만들었다. 그는 자신이 무엇을 바라고 있는지, 정말로 어떻게 하고 싶은지를 자신도 전혀 모르고 있었다. 그러나 뭔가 비밀스러운 것, 금지된 것 앞에 서 있다는 마음은 거부할 수 없었다. 집 안으로 들어가지도 않은 채, 어둠 속에서 구둣방 앞에 서 있는 것은 아저씨에 대한 무례라고 여겼다. 이곳에 서 있는 모습을 아저씨가 보거나 현관에서 나오기라도 한다면, 아저씨가 자신을 혼내기보다는 비웃을 것만 같았다. 한스는 그것이 제일 두려웠다.

한스가 몰래 집 뒤로 돌아갔다. 불이 켜져 있는 거실이 정원의 울타리 너머로 보였다. 아저씨는 보이지 않았다. 아주머니는 바느질이나 뜨개질하는 것 같았고, 장남은 책상 앞에 앉아 뭔가를 읽고 있었다. 엠마는 집 안 정리를 하며 이리저리로 돌아다니는 듯 잠깐씩 보일 뿐이었다. 골목을 오가는 발소리가 저 멀리서 하나둘 들려왔고, 정원 너머의 강물 소리가 낮고 또렷하게 들려왔다. 어둠과 차가운 밤공기가 점점 더해졌다.

거실 창문 옆에는 작고 어두운 복도 창이 있었다. 꽤 오랜 시간이 흐른 뒤에 그 작은 창에서 인기척이 났다. 누군가가 창가로 가까이 다가와 어둠 속을 내다보았다. 한스는 그 모습을 보고 엠마라고 확신했다. 불안과 기대감으로 한스의 심장은 멎어버렸다. 그녀는 창가에 서서 오랫동안 한스 쪽을 지켜보았다. 한스는 그녀가 자신이 보이는지, 알아볼 수 있을지 확신이

서지 않았다. 한스도 꼼짝도 하지 않은 채 그녀를 응시하면서, 불안하고 초조한 마음으로 자신을 알아봐주길 바라면서 동시에 그런 자신의 마음이 두려웠다.

갑자기 그녀의 모습이 창가에서 사라지더니 곧바로 현관문이 열리며 엠마가 나왔다. 한스는 움찔 놀라며 도망치려 했지만, 마음먹은 대로 되지 않은 채 울타리에 기대고 있었다. 그리고 그녀가 어두운 정원을 가로질러 천천히 자기 앞으로 다가오는 것을 보았다. 그녀가 한 걸음 한 걸음 다가올 때마다 도망치고 싶다는 충동에 사로잡혔지만, 무언가 그보다 강한 힘이 충동을 가로막았다.

엠마는 한스 바로 앞에 멈춰 섰다. 낮은 울타리가 둘 사이에 놓여 있을 뿐, 반 발짝도 떨어져 있지 않았다. 그녀는 한스를 이해할 수 없다는 듯이 바라보았다. 꽤 오랜 시간 동안 두 사람은 아무 말도 하지 않았다. 이윽고 그녀가 낮은 목소리로 물었다.

"너, 무슨 일이야?"

"아무것도 아냐."

한스가 말했다. 친근하게 너라고 부르는 소리가 마치 살결을 쓰다듬는 듯한 느낌이었다.

엠마는 울타리 너머로 한스에게 손을 내밀었다. 한스는 머뭇거리며, 그러나 애정 어린 손길로 그녀의 손을 잡고 살며시 힘을 주었다. 한스는 그녀가 손을 빼지 않자, 용기를 내어 따뜻한 그녀의 손을 부드럽게 어루만졌다. 한스는 그 손을 자기 뺨에 가져다 댔다. 파고드는 듯한 쾌감과 묘한 따뜻함과 행복한 피로감이 한스를 휘감았다. 주변의 공기는 미지근한 남풍과도 같은 습기를 띠고 있었다. 한스의 눈에는 더 이상 골목도 정원도 보이지 않았다. 코앞의 하얀 얼굴과 헝클어진 검은 머리카락만 보일 뿐이었다.

그리고 그녀가 아주 낮은 목소리로 "내게 키스해주지 않을래?" 하고 물었을 때, 그 목소리가 저 멀리 어둠 속에서 들려오는 듯 느껴졌다.

하얀 얼굴이 다가왔다. 그녀가 몸으로 내리누르고 있었기에 울타리 널빤지가 약간 밖으로 밀렸다. 헝클어진 머리카락이 한스의 이마를 스치며 가벼운 향기가 퍼졌다. 희고 넓은 눈꺼풀과 검은 눈썹으로 뒤덮인 꼭 감은 눈이 한스의 눈앞에 다가왔다. 조심스럽게 그녀의 입술에 입술이 닿았을 때, 한스의 몸에는 격렬한 전율이 흘렀다. 한스는 현기증을 느끼며 비틀거렸지만, 그녀는 한스의 머리를 두 손으로 꼭 잡고 자기 얼굴을 한스의 얼굴에 딱 붙이고 입술을 떼지 않았다. 한스는 그녀의 입술이 불타고 있다는 것을, 또한 자신에게 입술을 딱 붙인 채 생명을 흡수하듯이 탐욕스럽게 빨아들이는 것을 느꼈다. 한스는 기운이 쭉 빠지고 말았다. 그녀의 입술이 떨어지기도 전에 떨리는 쾌감은 아득한 피로와 고통으로 바뀌었다. 엠마가 입술을 떼자, 한스는 비틀거리며 경련이 이는 손으로 울타리를 꽉 붙잡았다.

"내일 밤에 다시 와."

엠마는 이 말만을 남기고 서둘러 집으로 들어갔다. 그녀가 떠나고 5분도 되지 않았지만, 한스에게는 아주 많은 시간이 흐른 듯 느껴졌다. 그는 공허한 눈길로 그녀를 바라보며 여전히 울타리 널빤지를 꽉 잡은 채, 피로감에 젖어 한 발짝도 움직일 수 없었다. 꿈을 꾸듯 한스는 자신의 피 끓는 소리를 들었다. 피는 머릿속에서 쿵쾅거리며 거친 파도를 일으키며 심장을 휘돌았다. 한스는 호흡을 가다듬었다.

방문이 열리며 아저씨가 들어가는 모습이 보였다. 그는 아직 작업실에 있었다. 한스는 들킬 것 같다는 두려움이 엄습하면서 무작정 도망쳤다. 가볍게 술에 취한 사람처럼 비틀거리며 힘겹게 걸어갔다. 걸음을 뗄 때마다 무릎이 꺾일 것 같았다. 졸린 듯한 박공과 흐릿하게 붉은 창이 있는 어두운 골목이 색 바랜 무대 배경처럼 그의 눈앞에서 흘러 지나갔다. 다리와 강과 안뜰과 정원도 흘러갔다. 게르버 거리의 분수가 묘하게 높은 소리를 내며 물을 뿜고 있었다. 한스는 꿈을 꾸듯이 문을 열고 어두컴컴한 복도를 지나 계단을 올랐다. 그리고 문 하나를, 다시 하나를 여닫은 뒤 책상 앞에 앉았다. 그는 시간이 한참 흐르고 나서야 겨우 자신의 방으로 돌아왔다는 것을 깨닫고 꿈에서 깼다. 옷을 벗을 때까지는 한참의 시간이 걸렸다. 그는 넋을 잃고 옷을 벗고, 발가벗은 채 창가에 앉았다. 잠시 뒤 갑작스럽게 가을밤의 추위에 몸을 떨며 이불 속으로 파고들었다.

한스는 곧 잠이 들 것 같았지만, 이불 속에서 몸이 따뜻해지자 다시 심장이 고동치면서 피가 뜨겁게 달아오르기 시작했다. 눈을 감으면 그녀의 입술이 아직도 자기 입술에 닿은 채 마음을 빨아들이면서 고뇌의 열기로 자신을 가득 채우는 것처럼 느껴졌다.

밤늦게야 잠이 들었지만, 꿈에서 다시 꿈으로 격렬하게 내몰렸다. 한스는 무서울 정도로 깊은 어둠 속에 서서 주변을 더듬거려 엠마의 팔을 붙잡았다. 엠마는 한스를 껴안았다. 두 사람은 함께 서서히 추락하면서 따뜻하고 깊은 물길 속에 잠겼다. 그 순간 갑자기 구둣방 아저씨가 나타나 어째서 나를 찾아오지 않는 거냐고 물었다. 한스는 웃음이 나왔다. 그것은 플라이크 씨가 아니라 마울브론의 기도실 창가에 함께 앉아 농담을 던지던 헤르만 하일너라는 사실을 깨달았기 때문이다. 그것도 순식간에 사라졌다. 그는 과즙 압축기 옆에 서 있었다. 엠마가 핸들을 반대로 당겼고, 한스는 있는 힘껏 저항했다. 그녀는 한스를 향해 허리를 숙이고 입술을 원했다. 고요해졌고 어두워졌다. 그리고 다시 따뜻한 어둠 속으로 깊이 빠져들어 현기증과 죽음의 공포로 아득해졌다. 동시에 교장 선생님의 훈시가 들려왔다. 그 훈시가 자신에 대한 것인지 아닌지는 알 수 없었다.

그렇게 아침 늦게까지 잠을 잤다. 화창한 멋진 날이었다. 한스는 오랫동안 정원을 서성이며 잠에서 깨어 정신이 들도록 노력했다. 그러나 짙은 꿈결 속에 빠져들고 말았다. 정원에 유일하게 피어 있던 보랏빛 과꽃이 아직 8월인 양 양지바른 곳에서 아름답게 웃고 있는 모습을 보았다. 따사롭고 부드러운 햇빛이 이른 봄날처럼 애무하고 어리광 부리듯이 메마른 가지들과 잎사귀가 떨어진 덩굴 주변으로 흐르는 것을 보았다. 그러나 그것들을 멍하니 바라볼 뿐, 그 감상에 빠져들지는 못했다. 한스는 이 모든 것에 관심이 없었다. 그러다 갑자기 이 정원에서 다시 토끼들이 뛰어다니고, 그의 물레방아 절굿공이가 움직이던 선명하고 강한 추억이 그를 사로잡았다. 한스는 3년 전 9월의 어느 날을 떠올렸다. 그날은 세당(1870년 독일군이 프랑스군을 상대로 대승한 프랑스 도시) 기념일 전날이었다. 아우구스트가 댕댕이덩굴을 가지고 한스를 찾아왔다. 두 사람은 깃대를 깨끗하게 씻어 황금빛 깃대 끝에 댕댕이덩굴을 달면서 내일 일을 생각하며 즐겁게 기다렸다. 단지 그것뿐으로 다른 일은 전혀 없었지만, 두 사람은 축제 전야의 즐거움과 기대로 가득했다. 깃발이 햇빛을 받아 빛났다. 안나 할멈은 자두가 들어간 과자를 굽고 있었다. 밤이 되면 높은 바위 위에서 댕댕이덩굴의 불꽃이 타오를 예정이었다.

어째서 오늘 유난히 그날 밤의 일을 떠올리게 되었을까, 어째서 이 추억이 그다지도 아름답고 강하게 남아 있는 걸까, 어째서 그 추억이 자신을 이다지도 초라하고 슬프게 했는지 한스는 알 수 없었다. 이 추억의 옷을 입고 자신의 유년 시절과 소년 시절과의 작별을 고하고 되돌아갈 수 없는 커다란 행복의 바늘 자국을 남기기 위해, 다시 한번 즐겁게 웃으면서 그의 앞에 되살아났다는 것을 한스는 깨닫지 못했다. 한스는 그저 이 회상이 엠마와 어젯밤의 기억과 조화를 이루지 않는다는 것을, 그리고 그 옛날의 행복과 아무런 연관성이 없는 무언가가 마음속에서 나타나고 있다는 것만을 느낄 뿐이었다. 황금빛 깃대 끝이 반짝반짝 빛나는 모습이 보이고, 친구 아우구스트의 웃음소리가 들리고, 막 구운 과자의 향기가 느껴지는 것만 같았다. 이 모든 게 밝고 행복했던 것들로부터 멀어지면서 더 이상 자신과 관계가 없음을 느끼며, 한스는 커다란 전나무의 거친 기둥에 기대어 절망적으로 흐느껴 울었다. 그것으로 한스는 잠시 위로와 안정감을 되찾았다.

점심 무렵 한스는 아우구스트를 찾아갔다. 아우구스트는 이미 일급 견습공이 되어 있었으며, 체격도 당당해졌다. 한스는 그에게 기계공에 관해 물었다.

"그렇게 쉬운 일이 아니야."

아우구스트는 이렇게 말하면서 세상 물정에 익숙한 듯한 표정을 지었다.

"그렇게 쉽지 않아. 너를 봐, 완전히 허약하잖아. 처음 일 년 동안은 쇠를 단련하기 위해 지겹도록 망치질해야만 해. 망치질은 숟가락질과는 완전히 다르거든. 게다가 철들을 운반하고 저녁이면 정리도 해야 하지. 줄질하는 것도 장난이 아니야. 숙달될 때까지는 한동안 낡은 줄밖에 주지 않아. 낡은 줄은 날이 서지 않아 마치 원숭이 꼬리처럼 매끈매끈하지."

한스는 금세 주눅이 들고 말았다.

"그래? 그럼, 포기하는 게 좋겠네."

그는 주저하며 말했다.

"이봐, 왜 그래? 그런 뜻에서 말한 게 아니야. 맥 빠지는 소린 하지 마. 처음에는 다 춤을 추는 것처럼 쉽지 않다는 말이야. 하지만 그런 거 말고는 뭐, 기계공은 멋진 일이야. 머리도 좋아야 한다고. 안 그러면 그냥 대장장이에 불과한 거지. 일단 한번 봐봐."

그는 반짝거리는 강철 제품의 작고 정교한 기계 부품 두세 개를 가지고 와서 한스에게 보여주었다.

"영 점 오 미리라도 어긋나면 안 돼. 나사까지 전부 손으로 만든 거야. 눈을 크게 뜨고 보지 않으면 안 돼. 이걸 잘 손질해서 강하게 담금질해야 완성되는 거야."

"정말, 아름답구나. 그건 잘 알겠지만……."

아우구스트가 웃었다.

"걱정돼? 하긴 처음에는 다 텃세를 좀 부리지. 하지만 내가 있으니 도와줄게. 네가 이번 금요일부터 시작한다면, 내가 딱 이 년째 견습 기간이 끝나고 토요일에는 첫 주급을 받게 돼. 일요일에는 축하 파티를 벌이자고. 맥주에 과자도 나오고, 모두 올 거야. 너도 와라. 그러면 우리 관계를 알릴 수 있어. 그래, 그렇고말고. 게다가 우리는 원래부터 오랜 친구잖아."

식사 시간에 한스는 아버지에게 기계공이 되겠다고, 일주일 뒤부터 시작해도 되겠냐고 물었다.

"그래, 좋다."

아버지는 이렇게 말하고, 오후에 한스와 함께 슐러 작업장으로 가서 견습 신청을 했다.

그러나 밤이 되자 한스는 이런 일들을 거의 잊어버리고, 밤늦게 엠마가 기다리고 있다는 것만을 생각했다. 벌써 숨이 막히기 시작하면서 시간이 더디게 느껴지기도, 빠르게 느껴지기도 했다. 한스는 뱃사공이 거친 물살을 대하는 마음으로 밀회의 시간을 기다렸다. 그날 밤은 밥 먹을 정신이 없었다. 우유 한 잔을 들이켜고 밖으로 나갔다.

모든 것이 어제와 똑같았다. 어둡고 졸린 듯한 골목, 붉은 창, 가로등의 흐릿한 불빛, 들뜬 걸음걸이의 연인들.

구둣방의 울타리 앞에 서서 한스는 왠지 모를 불안에 휩싸였다. 무슨 소리가 날 때마다 흠칫 놀랐다. 어둠 속에서 상황을 살피고 있는 자신이 마치 도둑처럼 느껴졌다. 1분도 채 되지 않아 엠마가 모습을 드러냈다. 그녀는 한스의 머리를 두 손으로 쓰다듬으면서 정원 문을 열었다. 한스는 조심스럽게 정원으로 들어갔다. 그녀는 덤불로 둘러싸여 있는 길을 지나 뒷문으로 어두운 복도를 따라 한스의 손을 끌었다.

두 사람은 지하실의 첫 계단 위에 나란히 앉았다. 한참이 흐른 뒤에서야 겨우 어둠 속에서 서로의 얼굴을 어렴풋이 확인할 수 있게 되었다. 그녀는 들뜬 마음으로 끊임없이 속삭였다. 그녀는 이미 몇 번이고 키스의 맛을 보았기 때문에 꽤 능숙했다. 소심하고 정이 많은 소년은 그녀에겐 그야말로 손쉬운 상대였다. 그녀는 소년의 가녀린 얼굴을 양손으로 잡고 이마와 눈과 뺨에 입을 맞추었다. 끝으로 입술을 빨아들일 것 같은 키스를 한참 해대자, 소년은 현기증이 났다. 한스는 힘이 쭉 빠진 채 그녀에게 기대었다. 그녀는 작은 목소리로 웃으면서 한스의 귀를 잡아당겼다.

그녀는 계속해서 속삭였다. 한스는 귀를 기울이고 있었지만, 무슨 이야기를 했는지 전혀 기억할 수 없었다. 그녀는 한스의 가슴과 머리카락과 목과 두 손을 쓰다듬고 자기 뺨을 한스의 뺨에, 머리를 한스의 머리에 기대었다. 한스는 상대에게 모든 것을 맡긴 채 달콤한 전율과 깊고 행복한 불안감에 빠져 이따금 열병에 걸린 환자처럼 살며시 움찔거릴 뿐이었다.

"너는 참 이상한 애인이야."

그녀는 웃었다.

"아무것도 하려 하지 않아."

그녀는 한스의 손을 잡고 자기 목덜미와 머리카락 위로, 그리고 가슴에 얹은 채 몸을 착 붙였다. 한스는 부드러운 감촉과 달콤하고 묘하게 물결치는 느낌을 받으며 눈을 감은 채 끝없이 깊숙이 가라앉는 느낌을 받았다.

"됐어, 이제 그만해."

그는 엠마가 다시 키스하려고 하자 거부하면서 말했다. 그녀는 웃었다. 그리고 그녀는 한스의 팔을 꼭 끌어안고 자기 옆구리를 한스의 옆구리에 밀착했다. 한스는 그녀의 육체를 느끼면서 가슴만 쿵쾅거릴 뿐 아무 말도 할 수 없었다.

"나를 좋아해?"

그녀가 물었다. 한스는 "응" 하고 대답하려 했지만, 고개만 끄덕이고 말았다. 그리고 한동안 계속해서 고개만 끄덕였다. 엠마는 다시 한번 한스의 손을 잡아 장난을 치듯이 코르셋 안으로 집어넣었다. 그러자 한스는 타인의 맥박과 호흡을 직접 느끼면서 심장이 멎어 죽어버릴 것 같을 만큼 호흡이 가빠졌다. 한스는 손을 잡아 빼면서 신음하듯 말했다.

"이제 가야 해."

벌떡 일어선 한스는 비틀거리다가 하마터면 지하실 계단을 굴러떨어질 뻔했다.

"왜 그래?"

엠마가 놀라서 물었다.

"왜 그런지 모르겠어. 너무 피곤해."

한스는 정원 울타리까지 그녀가 자신을 부축하기 위해 찰싹 달라붙어 있었다는 것조차 느끼지 못했다. 그녀가 하는 작별 인사와 자신의 뒤에서 작은 문이 닫히는 소리조차 한스의 귀에 들리지 않았다. 한스는 골목길을 따라 집으로 돌아왔다. 마치 커다란 파도가 자신을 덮친 듯, 격류에 휘말려 떠내려가기라도 한 것처럼 어떻게 집으로 돌아왔는지조차 기억이 나지 않았다.

좌우로 희미한 불빛이 켜진 집들이 보였고, 그 위로 높은 산등성이와 전나무 끝자락과 어두운 밤하늘과 고요히 흐르는 커다란 별들이 보였다. 바람이 불어오는 것을 느꼈고, 강물이 다리 기둥에 부딪히며 흘러가는 소리가 들렸다. 그는 물 위로 정원과 희미한 불빛의 집들과 어두운 밤하늘과 가로등과 별들이 비치고 있는 것을 보았다.

그는 다리 위에서 걸음을 멈추고 앉아야만 했다. 그만큼 피곤했으므로 집에 돌아갈 수 없을 것 같다고 생각했다. 한스는 다리 난간에 앉았다. 그러고는 강물이 다리 기둥을 휘감고, 둑에서 출렁거리고, 오르간을 울리는 듯한 물레방아 도는 소리에 귀를 기울였다. 한스의 손은 차가웠다. 가슴과 목에서 피가 막혔다가 휘돌아 쳤다. 눈앞이 캄캄해졌다. 피가 다시 갑작스럽게 파도치듯 심장을 향해 흘러들어 현기증을 일으켰다.

한스는 집에 돌아와 자신의 방에 들어가 눕자마자 곧바로 잠이 들었다. 그는 꿈속에서 커다란 공간을 하나둘 넘나들며 점점 깊은 곳으로 추락했다. 결국 한밤중에 고뇌에 치여 잠에

서 깨어났다. 그는 목말라 죽을 듯이 애를 태우며 억제할 수 없
는 힘으로 뒤척이면서 아침까지 몽롱한 상태로 누워 있었다.
결국 몰아치는 고뇌와 번민은 긴 흐느낌으로 바뀌었다. 그러
고는 눈물로 젖은 이불 위에서 다시 잠에 빠져들었다.

7장

 기벤라트 씨는 과즙 압축기 옆에서 거들먹거리며 호들갑스럽게 일하고 있었다. 한스도 일을 거들었다. 구둣방 아이들 중 도와주러 온 두 명이 사과를 옮기느라 정신이 없었다. 둘은 시식용 컵과 커다란 검은 빵을 손에 들고 다녔다. 엠마는 함께 오지 않았다.

 아버지가 통을 들고 30분 정도 자리를 비웠을 때, 한스는 큰맘 먹고 엠마에 관해 물었다.

 "엠마는 어디 있니? 같이 가자고 하지 않던?"

 아이들의 입안에는 먹을거리가 잔뜩 들어 있었다. 그래서 말하기까지 꽤 오래 걸렸다.

 "엠마는 갔어."

 두 아이는 이렇게 말하고 고개를 끄덕였다.

 "갔다고? 어딜?"

"집에."

"돌아갔어? 기차로?"

아이들은 열심히 고개를 끄덕였다.

"대체, 언제?"

"오늘 아침에."

아이들은 다시 사과에 손을 뻗었다. 한스는 압착기를 돌리면서 과즙 통 속을 바라보았다. 차츰 그 이유를 알 것 같았다.

아버지가 돌아왔다. 모두 열심히 일하면서 웃었다. 아이들은 인사를 하고 뛰어갔다. 저녁이 되어 모두 집으로 돌아갔다.

한스는 저녁 식사를 마치고 자신의 방에 홀로 앉아 있었다. 10시가 되고, 11시가 지났지만 불을 켜지 않았다. 그러고는 깊고 긴 잠에 빠져들었다.

평소보다 늦게 눈뜬 한스는 단 하나의 불행과 손실을 어렴풋이 느낄 뿐이었다. 이윽고 다시 엠마가 머릿속에서 떠올랐다. 그녀는 인사조차 하지 않고, 작별을 고하지도 않은 채 떠나버렸다. 마지막 날 밤에 그녀를 찾아갔을 때, 그녀는 언제 떠날 것인지를 분명히 알고 있었다. 한스는 그녀의 웃는 얼굴과 키스와 능숙한 몸놀림을 떠올렸다. 그녀는 한스를 진심으로 대한 게 아니었다.

그에 대한 괘씸한 생각과 흥분이 가라앉지 않은 사랑의 힘이 한데 녹아 슬픈 번뇌가 되어버렸다. 이런 감정에 시달리며 한스는 집에서 정원으로, 거리로, 숲으로 그리고 다시 집으로 오가며 방황했다.

이렇게 한스는 너무 일찍 사랑의 비밀을 맛보고 말았다. 그것은 한스에게 감미로움보다는 씁쓸함이었다. 허무한 탄식과 그리운 추억, 속절없는 암울한 사색으로 물든 나날, 두근거림과 답답함에 잠을 이루지 못하거나 무서운 악몽에 시달려야 하는 밤의 연속. 꿈속에서는 피가 들끓으면서 크고 무시무시한 괴물로 변하고, 목을 졸라 죽일 것 같은 팔이 되고, 눈을 번뜩이는 괴물이 되고, 눈앞이 캄캄해지는 심연이 되고, 이글거리는 커다란 눈이 되었다. 찬 겨울밤 홀로 고독에 사로잡혀 있는 자신을 발견하고, 사랑하는 여인을 그리워하며 괴로워하고, 신음하며 눈물에 젖은 베개에 얼굴을 파묻었다.

기계공이 되기로 한 금요일이 다가왔다. 아버지는 한스에게 파란 삼베옷과 파란 양털 모자를 사줬다. 한스는 이 옷을 입어보았다. 작업복을 입고 보니 완전히 딴사람이 되었고, 그 우스꽝스러운 모습에 너무나 허탈한 마음이 들었다. 학교와 교장 선생님, 수학 선생님의 집과 플라이크 씨의 작업장과 목사님의 집 옆을 지날 때는 초라한 기분이 들었다. 공부에 쏟아부은 땀과 눈물, 공부 때문에 억누른 작은 기쁨들, 자부심과 공명심, 희망찬 꿈도 이제는 모두 물거품이 돼버렸다. 결국 다른 친구들보다 늦게, 모두의 웃음거리가 되어 가장 신참 제자가 되어 기계공으로 들어가는 것이 결론이었다. 이 사실을 안다면 하일너는 뭐라고 할까?

하지만 차츰 시간이 지나면서 대장장이 작업복에 대해 차분히 생각해보니, 그것을 입을 금요일이 얼마간 기다려지기까지 했다. 그렇게 되면 뭔가 새로운 걸 느낄 기회가 생기는 것이다.

그러나 이런 생각도 먹구름 속에서 순간적으로 번쩍이는 섬광 같았다. 엠마가 떠난 것을 한스는 잊을 수가 없었다. 더군다나 한스의 피는 과거 며칠 동안의 자극을 잊을 수도, 제어할 수도 없었다. 그의 피는 훨씬 많은 것을 바라며 들끓었고, 막 눈을 뜬 갈망에 대한 구원을, 아니면 혼자서는 풀 수 없는 수수께끼를 풀어줄 사람을 바라고 있었다. 이렇게 숨이 막히고 고통스러운 시간의 흐름은 더디기만 했다.

가을은 따사로운 햇살로 가득했고, 평소보다도 한층 아름다웠다. 이른 아침은 은빛으로, 낮에는 화사하게 웃었고, 저녁에는 투명했다. 저 멀리 산들은 벨벳처럼 부드럽고 짙은 하늘색을 띠었고, 밤나무들은 황금빛으로 빛났으며, 담장과 울타리에는 산포도 잎이 자줏빛으로 늘어져 있었다.

한스는 초조한 마음에 자신에게서 도망쳐 걷고 있었다. 온종일 마을과 밭 사이를 싸돌아다녔다. 그리고 실연의 아픔을 남들에게 들킬까 두려워 사람들을 피했다. 그러나 밤이 되면 골목길에 나서 지나가는 여자들을 일일이 쳐다보고, 연인들이 다가오면 처량한 죄의식에 젖어 몰래 그 뒤를 밟았다. 엠마와 함께 바라던 모든 것과 인생의 모든 것이 매혹적으로 한스에게 다가왔지만, 엠마와 함께 그 모든 게 심술을 부리듯 도망쳐버린 것 같다는 생각이 들었다. 한스는 엠마에게 느꼈던 고뇌와 불안을 더 이상 생각하지 않았다. 이번에 애인이 생긴다면 다시는 부끄러워하지 않고, 그녀의 모든 비밀을 알아내서 마법에 걸린 사랑의 정원으로 깊숙이 빠져들 것이다. 그 문이 한스의 코앞에서 닫혀버렸다. 한스의 공상은 모두 이 후덥지근하고 위험한 덤불 속으로 빨려 들어가 풀이 죽은 채 그 속에서 헤매고 있었다. 그리고 고집스럽게 자신을 책망하며, 이 좁은 마법의 경계 밖에 아름답고 드넓은 세상이 얼마든지 환하게 펼쳐져 있다는 사실을 애써 무시하려 했다.

 불안한 마음에 기다렸던 금요일이 닥치자, 한스는 오히려 기쁜 마음이 들었다. 한스는 아침 일찍 파란색 새 작업복을 입고, 모자를 쓰고 약간 주눅이 든 채 게르버 거리를 따라 슐러 공장으로 갔다. 아는 사람 두세 명이 호기심 어린 눈초리로 한스를 바라보았다. 그중 한 명은 "뭐야! 대장장이가 된 거야?" 하고 묻기까지 했다.

 공장에서는 벌써 활기차게 일이 돌아가고 있었다. 사장은 마침 쇠를 담금질하고 있었다. 그가 뜨겁게 달궈진 쇳덩어리를 모루에 올려놓자, 직공들이 무거운 망치를 휘둘렀다. 사장은 가볍게 두드리며 형태를 만들었다. 집게를 이리저리 돌려가며 사이사이 적당한 망치로 모루를 쳐가며 박자를 맞췄다. 그 소리는 맑고 경쾌하게 활짝 열린 문을 통해 아침의 거리로 울려 퍼졌다.

 기름과 줄밥으로 검게 물든 작업대를 향해 나이 든 직공과 아우구스트가 나란히 서서 각자의 바이스로 일을 했다. 천장에서는 선반과 숫돌과 풀무와 천공기를 돌리는 벨트가 갑자기 속도를 내며 굉음을 내고 있었다. 여기서는 수력을 이용하고 있었다. 아우구스트는 한스를 보고 고개를 끄덕이며 사장이 일손을 놓을 때까지 문 옆에서 기다리라고 말했다.

 한스는 줄과 멈춰 있는 선반, 윙윙 울어대는 벨트와 회전판을 겁에 질린 눈으로 바라보았다. 쇳덩어리 담금질이 끝나자, 사장은 한스에게 다가와 크고 단단한 손을 내밀었다.

"저기에 모자를 걸어라."

그는 벽에 박힌 못을 가리켰다.

"자, 이리 와라. 이게 네 자리와 바이스다."

그렇게 말하고 한스를 가장 뒤에 있는 바이스 앞으로 데리고 가서, 바이스의 이용 방법과 여러 도구와 작업대의 정리 방법을 알려주었다.

"네가 그다지 힘이 세지 않다는 건 아버지에게 들었다. 보기에도 그렇게 보이는구나. 좋아, 좀 더 힘이 붙을 때까지는 당분간 망치질하지 않아도 좋다."

사장은 작업대 밑으로 손을 넣어 주철로 만든 작은 톱니바퀴를 꺼내 들었다.

"자, 이것부터 시작하기로 하자. 이 톱니바퀴는 막 주조한 완성품이 아니라 여기저기 울퉁불퉁하게 모가 나 있다. 그것들을 전부 깎아내야 해. 아니면 정밀한 부품이 될 수 없는 거야."

사장은 톱니바퀴를 바이스에 끼우고 낡은 줄을 꺼내 방법을 일러주었다.

"그럼, 계속해봐라. 단, 다른 줄을 쓰면 안 된다. 그것만으로도 점심때까지 반나절 일거리가 될 거다. 다 되면 내게 보여줘라. 일할 때는 시키는 것 외에 딴짓을 해선 안 된다. 견습공은 생각할 필요가 없는 거야."

한스는 줄질을 시작했다.

"잠깐!"

사장이 소리쳤다.

"그게 아니라, 왼손은 줄 위로 가는 거야. 혹시 너 왼손잡이냐?"

"아니요."

"그럼, 됐다. 곧 익숙해질 게다."

사장은 입구 쪽 제일 앞에 있는 자신의 바이스로 갔다. 한스는 어떻게 하면 잘될지, 조심스럽게 줄질을 해보았다.

처음 두세 번은 톱니바퀴가 부드러워 너무 쉽게 갈리는 것이 신기했다. 그리고 잠시 뒤, 쓸려 나가는 것들이 전부 약한 겉면뿐이었으며, 매끄럽게 갈아야 할 단단한 철은 그 안에 있다는 걸 알게 되었다. 한스는 집중하면서 열심히 작업을 지속했다. 어린 시절의 그 모든 놀이를 그만둔 이후, 한스는 자기 손으로 직접 유익한 무언가를 만들어 구현해내는 기쁨을 맛본 적이 없었다.

"좀 더 천천히!"

사장이 소리쳤다.

"줄질할 때는 하나둘, 하나둘 박자를 맞춰야 한다. 그리고 미는 거야. 안 그러면 줄이 다 망가져."

작업장에서는 제일 연장자인 직공이 선반에서 무언가를 하고 있었다. 한스는 그쪽을 몰래 훔쳐보지 않고는 배길 수가 없었다. 강철 굴대를 선반에 올리고 벨트를 걸었다. 그러자 굴대가 빠르게 회전하면서 윙윙거리며 불꽃이 튀었다. 그사이 직공은 반짝반짝 빛나는 가느다란 쇠 부스러기를 받아 제거했다.

사방에 도구와 쇳덩어리, 강철과 놋쇠, 작업 중인 물건, 반짝거리는 작은 바퀴, 천공기와 둥근 끌, 온갖 형태의 송곳이 널려 있었다. 줄 옆에는 망치와 받침 망치, 모루와 집게, 인두기 등이 걸려 있었다. 벽을 따라 줄과 밀링 머신이 들어서 있었다. 선반에는 기름걸레와 작은 빗자루, 사포와 쇠톱, 기름통과 산소통, 못 상자와 나사 상자가 놓여 있었다. 그리고 숫돌이 계속 쓰이고 있었다.

한스는 자신의 손이 완전히 새까맣게 변한 것을 만족스럽게 보았다. 그러면서 다른 사람들의 다 낡아 기워 입은 작업복과 비교할 때, 지금은 우스울 정도로 깨끗하고 새파란 자신의 옷도 빨리 낡아 보였으면 좋겠다고 생각했다.

오전 시간이 지나면서 외부로부터 작업의 활기를 더해주기 시작했다. 근처 편물 공장에서 작은 부품을 수리하기 위해 노동자들이 찾아왔다. 그리고 농부도 찾아와 수리를 맡겨둔 세탁용 압착기가 다 되었는지 물었다. 아직 덜 되었다고 하자, 상스럽게 욕을 퍼부었다. 그다음으로 젊잖은 듯 보이는 공장 사장이 왔다. 사장은 옆방으로 가서 상담했다.

그러는 동안에도 사람들과 수레바퀴와 벨트는 동일한 속도로 꾸준히 일을 했다. 이렇게 해서 한스는 난생처음으로 노동자의 찬가를 듣고, 맛보게 되었다. 그건 적어도 신참에게는 마음을 빼앗기고 취하게 만드는 무언가가 있었다. 한스는 보잘것없는 자신의 존재와 사소한 생활이 커다란 리듬과 어우러지고 있다는 것을 느꼈다.

9시에 15분간의 휴식 시간이 있었다. 각자 빵 한 조각과 과즙 한 잔씩이 주어졌다. 그때 아우구스트는 새로운 신참에게 인사를 했다. 그는 한스를 격려해주었다. 그런 다음 첫 주급을 동료들과 함께 신나게 쓸 다음 일요일에 대해 신나게 떠들었다. 한스는 자신이 줄질하는 톱니바퀴가 무엇이냐고 물었다. 그것이 시계탑에 들어갈 부품이라고 알려주었다. 아우구스트는 그 톱니바퀴가 나중에 어떻게 작동하는지를 설명하려 했다. 그러나 작업반장이 다시 줄질을 시작하자 모두 서둘러 자기 자리로 돌아갔다.

10시와 11시 사이가 되자 한스는 피로가 몰려오기 시작했다. 무릎과 오른쪽 팔이 약간 아파지기 시작했다. 발을 바꾸고 기지개를 쭉 켰지만 별 도움이 안 되었다. 한스는 잠시 줄을 놓고 바이스에 기대었다. 아무도 한스에게 신경을 쓰지 않았다. 그렇게 선 채로 쉬면서 머리 위의 벨트가 윙윙 노래를 부르는 소리를 듣고 있자니 현기증이 날 것 같아, 1분 동안 눈을 감고 있었다. 그러는 사이 사장이 한스의 뒤에 와서 서 있었다.

"아니, 무슨 일이야! 벌써 지친 거냐?"

"네, 조금."

한스는 솔직히 말했다.

직공들이 웃음을 터뜨렸다.

"곧 좋아질 게다."

사장은 조용히 말했다.

"이번에는 납땜하는 방법을 알려주마."

한스는 신기한 듯 납땜질하는 것을 바라보았다. 먼저 납땜용 인두를 달구고, 납땜질할 부분에 땜질용 액체를 적셨다. 그 다음 뜨거운 납땜인두에서 하얀 금속이 녹아내리며 부드럽게 치익, 소리를 냈다.

"걸레를 가져다 잘 닦아라. 땜질용 액체는 금속을 부식시키니까 바로 닦아내야 한다."

그런 다음 한스는 다시 바이스 앞에 서서 줄로 톱니바퀴를 갈았다. 팔이 쑤셨다. 줄을 누르고 있던 왼손이 벌겋게 달아오르며 아팠다.

점심 무렵 작업반장이 줄을 놓고 손을 씻으러 갔을 때, 한스는 자신이 작업한 것을 사장에게로 가져갔다. 그는 그것을 잠시 볼 뿐이었다.

"됐어, 충분해. 네 자리 밑 상자에 똑같은 게 하나 더 있다. 오후에는 그것을 갈아라."

한스는 손을 씻고 집으로 갔다. 점심은 한 시간이 주어졌다.

옛날 학교 친구인 상점 견습 직원 둘이 한스의 뒤를 쫓아오면서 놀렸다.

"주 시험 대장장이!"라고 한 친구가 소리쳤다.

한스의 걸음이 빨라졌다. 한스는 자신이 진짜 만족하고 있는 건지 아닌지를 정말 몰랐다. 작업장의 분위기는 좋았지만, 너무 피곤했다. 참을 수 없을 만큼 피곤했다.

현관 앞에 도착해서 이제 편히 앉아서 식사할 수 있게 되었다고 기뻐했을 때, 갑자기 엠마 생각이 떠올랐다. 그는 오전 내내 그녀에 대해 잊고 있었는데, 지금 갑자기 어제와 그제의 고뇌가 평소처럼 무겁게 어깨를 짓눌렀다. 한스는 몰래 자신의 방으로 올라가 침대에 몸을 던지고 깊은 상념에 신음했다. 울고 싶었지만, 눈물이 말라버렸다. 한스는 애타는 그리움에 젖어 있는 자신을 절망적으로 바라보았다. 그 그리움의 대상이 무엇인지 한스 자신도 정확히 알 수 없었다. 그것은 그저 처량한 병처럼 그를 갉아 먹고 있었다. 머리는 미칠 듯이 아팠다. 목구멍도 흐느낌으로 막혀 아팠다.

점심 시간은 고통스러웠다. 아버지의 기분이 좋았기 때문에 한스는 아버지의 질문에 대답하고, 이런저런 이야기를 해야 했고, 재미없는 농담도 묵묵히 들어야만 했다. 식사를 마친 한스는 정원에 나와 15분가량을 양지바른 곳에서 어슬렁거리며 보냈다. 그러고 나니 벌써 일을 가야 할 시간이 되었다.

이미 오전 중에 양손에 붉게 물집이 잡혀 있었고, 저녁에는 물집이 더 커지고 통증도 심해져 무얼 잡든 아팠다. 일이 끝나기 직전에 아우구스트의 지시에 따라 작업장을 말끔하게 정리해야 했다.

토요일은 더욱 심해져, 양손이 얼얼하고 아팠다. 물집이 점점 부풀었다. 사장님은 마뜩잖아하며 아주 사소한 일에도 화를 냈다. 아우구스트는 물집은 이삼일 지나면 금방 굳은살이 박여서 아무것도 못 느끼게 될 거라며 위로했지만, 한스는 참기 힘든 침통한 심정으로 온종일 시계만 훔쳐보며 자포자기한 듯이 톱니바퀴를 갈았다.

저녁에 정리를 할 때, 아우구스트는 낮은 목소리로 한스에게 내일 몇몇 동료와 비라하에 가서 신나게 놀 생각이니 꼭 오라고 말했다. 2시에 함께 가자는 것이었다. 한스는 일요일 내내 집에서 잠이나 자면서 보내고 싶었지만, 동의했다. 한스는 완전히 피로에 지쳐 초라해 보였다. 집에 돌아가자, 안나 할멈이 물집이 난 손에 바를 연고를 주었다. 한스는 8시에 이미 잠자리에 들었다. 그리고 아침 늦게까지 잠을 자다 아버지와 교회를 가기 위해 서둘러야 했다.

점심 시간에 한스는 아우구스트의 이야기를 하고, 그와 함께 놀러 가고 싶다고 말했다. 아버지는 반대하기는커녕 50페니히까지 쥐어주었다. 그러고는 저녁 식사 시간까지는 반드시 돌아와야 한다고 덧붙였다.

한스는 아름다운 햇살 아래 골목길을 천천히 걸으며 몇 달 만에 일요일의 즐거움을 맛보았다. 일을 하면서 손이 새까맣게 더럽혀지고, 전신이 피로에 지칠 때까지 일을 하고 나니 일요일의 거리가 새롭게 느껴졌고, 태양도 한층 따사로웠으며, 모든 것이 화사하고 아름답게 느껴졌다. 지금 한스에게는 집 앞의 양지바른 의자에 앉아 밝은 표정을 짓고 있는 푸줏간 주인, 무두장이, 빵집 주인, 대장장이의 마음을 알 것 같았다. 한스는 더 이상 그들을 불쌍한 속물로 바라보지 않았다. 한스는 노동자와 장인과 견습생들이 모자를 약간 삐뚤게 쓰고, 하얀 셔츠 깃에 잘 다려진 외출복 차림으로 줄을 지어 산책하거나 술집에 들어가는 모습을 바라보았다. 꼭 그런 것은 아니었지만, 소목장이는 소목장이끼리, 미장이는 미장이끼리 서로 같은 직업끼리 어울리면서 서로의 명예를 지키고 있었다. 그중에서도 대장장이는 가장 고상한 축에 끼었고, 그중에서도 기계공이 으뜸이었다. 그런 모든 것에서 뭔가 정겨운 향수를 느낄 수 있었다. 그런 모습에서는 약간 유치하고 우스꽝스러운 점도 적지 않았지만, 장인정신의 아름다움과 자부심이 담겨 있었다. 그것은 지금도 여전히 기쁜 무언가를, 듬직한 것을 엿볼 수 있었으며, 초라한 재단사의 제자들조차 공장 노동자와 상인들에게서는 찾아볼 수 없는 작지만 아름다운 긍지를 품고 있었다.

슐러의 집 앞에 젊은 기계공들이 의기양양한 자세로 서서 행인들에게 고개를 끄덕이거나 서로 잡담을 나누는 모습을 보면서, 그들이 믿음직스러운 단체를 형성하여 일요일의 오락에서 타인의 개입이 필요하지 않다는 것을 깨달았다.

한스도 그것을 느끼면서 그 일원이 되었다는 사실을 기뻐했다. 그러나 기계공들은 향락에도 정력적이어서 어지간해서는 만족하지 못한다는 걸 한스도 잘 알고 있었다. 그랬기에 계획된 일요일의 오락에 대하여 약간의 불안감을 느끼고 있었다. 아마 춤도 출 것이다. 한스는 춤을 추지 못했다. 그러나 한스는 가능한 한 최대로 활달하게 행동하면서 만취하는 것쯤은 견뎌낼 작정이었다. 한스는 맥주를 많이 마시는 데 익숙하지 않았다. 담배는 잎담배 하나를 조심스럽게 끝까지 피우는 게 한계였다. 그 이상을 피우면 머리가 핑 돌아 창피를 당할 것 같았다.

아우구스트는 밝은 표정으로 신이 나서 한스를 맞아주었다. 나이 든 직공들은 오지 않았지만, 그 대신에 다른 공장 동료 한 명이 오기로 되어 있었으니, 적어도 네 명은 될 것이다. 아우구스트는 이만하면 마을 하나를 발칵 뒤집어놓을 만하다고 말했다. 그리고 오늘은 자기가 낼 테니 맥주를 먹고 싶은 만큼 양껏 먹어도 된다고 했다. 그는 한스에게 잎담배를 권했다. 그렇게 네 사람은 어슬렁거리며 마을 한복판을 천천히 의기양양하게 지나갔다. 아래쪽 렌덴 광장에 다다르자 일찌감치 비라하에 도착하려고 빠른 걸음으로 걷기 시작했다.

강물이 때로는 파랗게, 때로는 황금빛으로, 또 때로는 하얗게 반짝반짝 빛났다. 거리 가로수들의 잎사귀는 거의 다 떨어지고, 단풍나무와 아카시아나무 사이로 부드러운 10월의 태양이 따뜻한 빛을 쏟아내고 있었다. 높은 하늘은 구름 한 점 없이 맑았다. 맑고 고요하고 정겨운 가을날이었다. 이런 날에는 지난여름의 아름다운 일들이 전혀 고통 없는 추억처럼 부드러운 공기를 가득 채워준다. 그리고 이런 날에는 아이들이 계절을 잊은 채 꽃을 찾아 나서고, 할아버지와 할머니는 그해의 추억뿐만이 아니라 평생의 흘러간 그리운 추억들이 맑고 푸른 하늘에 생생하게 떠오르는 것처럼 느끼며, 상념에 젖은 눈으로 창가나 집 앞 의자에 앉아 하늘을 올려다본다. 젊은이들은 신이 나서 각자의 타고난 능력과 성격에 따라 배불리 먹고 마시며 노래를 부르거나 춤을 추기도 하고, 또한 술판이 싸움판으로 변하기도 하면서 아름다운 날을 칭송한다. 어딜 가더라도 제철 과일이 들어간 과자를 굽고 있으며, 어딜 가더라도 막 담근 사과주나 포도주가 지하실에 꽉 차 있으며, 술집 앞과 보리수 광장에서는 바이올린이나 하모니카가 1년의 마지막 아름다운 날을 축복하며 춤과 노래와 사랑의 유희로 유혹하기 때문이다.

젊은이들은 서둘러 앞으로 나아갔다. 한스는 아무렇지 않은 척 잎담배를 피우면서 의외로 자신의 입에 맞는 걸 신기하게 여겼다. 직공들은 자신의 모험담에 관해 말했다. 그들이 아무리 허풍을 떨어도 모두 대수롭지 않게 여겼다. 그런 이야기에는 늘 허풍이 따르게 마련이었다. 아무리 점잖은 장인이라고 할지라도 스스로 벌어 먹고살 정도의 능력이 되는 사람이라면, 그리고 자신에 대해 아는 사람이 없다면 자신이 걸어온 길을 과장하면서 재미있게, 아니 무슨 전설이라도 되는 양 떠벌리게 마련이다. 젊은 직공의 생활에 대한 멋진 시는 민족의 공유재산과도 같은 것으로, 그 하나하나가 전통적이고 오래된 모험을 새로운 문양으로 재창조하는 것이다. 방랑 직공이나 거지라도 말을 꺼내기 시작하면 누구나 불멸의 익살꾼 오일렌슈피겔과 유랑자 슈트라우빙어의 단편을 보여주게 마련이다.

"그래, 당시 나는 프랑크푸르트에서…… 생각할수록 열받네. 그때는 삶의 보람이 있었지! 내가 말하지 않았나? 정말 꼴불견인 놈이, 그 돈 많은 장사꾼 녀석이 주인 딸과 결혼하려 했지. 하지만 그녀는 녀석을 보기 좋게 차버렸어. 내게 맘이 있었거든. 그녀는 넉 달 동안 내게 특별한 사람이었지. 주인하고 싸움만 하지 않았다면, 지금쯤 그곳에서 결혼하고 눌러앉았을 거야."

그리고 다시, 인간 같지도 않은 주인이 그를 때리려고 손을 뻗자 그는 아무 말도 하지 않고 망치를 휘두르며 노인네를 노려봤고, 노인은 머리가 깨질까 봐 냅다 도망쳤다고 했다. 그래놓고는 비겁한 겁쟁이 영감이 나중에 편지로 그를 해고한다고 통보했다고 했다. 또한 오펜부르크에서 큰 싸움판을 벌였다고 했다. 자신을 포함한 세 명의 대장장이가 공장 직공 일곱 명을 반쯤 죽여놓았다고. 오펜부르크에 가게 되면 쇼르슈에 대해 아냐고 물어보라는 것이었다. 녀석은 아직도 거기에 살고 있는 싸움 패거리라고 덧붙였다.

이 모든 이야기를 냉정하고 거친 말투로, 그러나 아주 열정적으로 기분 좋게 늘어놓았다. 모두 다 아주 만족스럽게 귀를 기울이며 마음 한구석으로 언젠가 다른 동료들에게 말해주겠다고 생각했다. 그래야만 모든 대장장이가 주인 딸의 연인이 되고, 망치를 휘두르며 주인에게 덤빈 것이 되고, 직공 일곱 명을 때려눕힌 게 되는 것이다. 이 이야기는 하루는 바덴에서, 또 어느 날은 헤센에서, 그리고 스위스에서 퍼지고 있었다. 또 어떤 때는 망치 대신에 줄 혹은 벌겋게 달아오른 쇠 파이프로 변했다. 그리고 직공 대신에 빵집 혹은 재단사로 바뀌기도 했다. 늘 변하지 않는 진부한 이야기일 뿐인데도 사람들은 그것을 몇 번이고 재미있게 듣게 되어 있다. 그것은 오래되고 재미있는, 직공들끼리의 명예가 되기 때문이다. 그렇다고 해서 경험을 통한 천재, 별 차이는 없지만, 창작 능력이 뛰어난 천재가 젊은 직공들 중에는 이제 더 이상 없다는 것은 아니다.

특히 아우구스트는 이야기에 빠져 기분이 좋았다. 그는 끊임없이 웃으며 맞장구를 쳤다. 그리고 이미 숙련공이라도 된 듯이 건방진 표정을 지으며 담배 연기를 허공으로 내뿜었다. 이야기를 담당한 직공은 그 역할을 계속 이어갔다. 왜냐하면 그는 직공이었기 때문에 일요일에 견습공들 속에 끼어서는 안 될 입장이었고, 어린 견습공의 돈으로 맥주를 마시는 것을 당연히 부끄럽게 여겨야 했지만, 오늘 함께 와준 것이 호의의 표시라고 여기게 할 필요가 있었기 때문이다.

국도를 따라 강 아래쪽으로 한참을 걸어갔다. 그런 다음 완만한 고갯길에 심하게 굽은 차도로 갈지, 아니면 거리는 반밖에 안 되지만 거칠고 좁은 길로 갈지를 선택해야 했다. 먼지투성이의 먼 길이었지만 차도를 선택했다. 좁은 길은 일을 갈 때나 산책하는 신사에게 어울리는 길이다. 보통 사람이라면, 특히 일요일에는 아직 시적 매력이 남아 있는 국도를 선호한다. 거칠고 좁은 길을 오르는 건 농부나 자연을 사랑하는 사람들에게 어울리는 것으로, 노동이나 스포츠이기는 하지만 일반 사람들에게는 오락이 될 수 없다. 그와 달리 국도는 걷기 편하고, 또한 걸으면서 수다도 떨 수 있으며, 신발과 옷이 더럽혀지지 않는다. 차나 마차도 볼 수 있고, 다른 패거리와 부딪히거나 따라잡고, 잘 차려입은 아가씨나 노래를 부르는 견습공 동료들도 만날 수 있다. 누군가 뒤에서 농담을 던지면, 상대도 웃으며 맞받아친다. 잠시 쉬며 간식을 먹을 수도 있고, 솔로라면 여자 무리를 쫓아가 웃으며 말을 걸 수도 있다. 아니면 친한 동료와 서먹해졌을 때 저녁에 팔짱을 끼며 화해할 수도 있다. 직공의 제자라면 즐겁고, 편하고, 요행이 많은 국도와 좁은 오솔길을 바꾸는 바보는 없다. 마을 주민들도 그런 사람은 거의 없다.

그렇게 모두 차도에 들어섰다. 도로는 시간이 넉넉해 땀을 흘리기 싫어하는 사람처럼 크게 휘어지면서 편안하게 천천히 오를 수 있을 정도의 언덕이었다. 직공은 상의를 벗어서 지팡이에 얹고 어깨에 걸었다. 그는 이번에는 이야기 대신 신나게 휘파람을 불기 시작했다. 비라하에 도착할 때까지 한 시간 내내 불었다. 한스에게도 두어 번 빈정거리기는 했지만, 그다지

심한 정도는 아니었다. 그리고 한스 대신에 아우구스트가 열심히 항변해주었다. 그러는 동안 드디어 비라하에 도착했다.

이 마을은 우뚝 솟은 검은 산림을 배경으로 가을빛을 띠고 있는 과일나무들 사이에 자리 잡고 있었고, 붉은 기와지붕과 은회색 초가지붕이 한데 섞여 있었다.

젊은이들은 어느 집으로 갈지 의견이 분분했다. '주점 닻'에는 가장 좋은 맥주가 있었고, '백조'에는 가장 맛있는 과자가, '모퉁이 집'에는 예쁜 아가씨가 있었다. 결국 아우구스트가 '주점 닻'으로 가자고 했다. 한두 잔 마시는 동안 '모퉁이 집'이 어디로 이사하는 게 아니니까 한잔하고 가면 된다며 눈을 깜박여 보였다. 그렇게 모두 이해했다. 마을로 들어서 마구간 옆과 제라늄 화분이 잔뜩 놓여 있는 농부 집 창가 옆을 지나 '주점 닻'으로 돌진했다. 금빛 간판이 울창한 밤나무 너머로 빛에 반사되어 반짝거리며 유혹했다. 직공은 어떻게든 안으로 들어가려 했지만 이미 자리가 꽉 차버려 아쉽게도 정원에 자리를 잡고 앉아야 했다.

'주점 닻'은 손님 입장에서 본다면 품격이 있는 술집이었다. 농부들이나 드나드는 오래된 주점이 아닌, 사각 벽돌로 지어진 현대풍의 주점이었다. 긴 의자 대신에 한 사람씩 앉을 수 있는 의자를 준비해놓았으며, 양철판에 칠을 한 간판도 아주 많았다. 게다가 여종업원들도 도시풍의 복장을 하고 있었으며, 주인도 셔츠를 걷어붙이는 일 없이 늘 고상한 갈색 옷을 말끔하게 입고 있었다. 그는 거의 파산 직전이었지만 큰 맥주 양조장을 운영하는 채권단 대표로부터 이 집을 임대하고 있었다.

그 덕분에 더욱 고상한 차림을 할 수 있게 되었다. 정원은 아카시아와 커다란 철망 울타리가 둘려 있었다. 울타리의 절반가량이 산포도 덩굴로 뒤덮여 있었다.

"우리의 건강을 위하여!"

직공이 소리치자, 세 명이 동시에 건배하고 서로 뒤질세라 단숨에 잔을 비웠다.

"예쁜 아가씨, 잔이 비었어. 빨리 한 잔 더 가져와!"

그는 여종업원에게 소리치며 테이블 너머로 잔을 디밀었다.

맥주는 최상급에 차갑고 그다지 쓰지도 않았다. 한스는 자신의 잔을 즐겁게 음미했다. 아우구스트는 식도락가 같은 표정을 지으며 마신 뒤 입맛을 다시고 동시에 꽉 막혀버린 난로처럼 담배를 피웠다. 한스는 그 모습에 조용히 감탄했다.

이렇게 따사로운 일요일을 즐기고, 당연히 그 자격이 있는 사람처럼 인생을 알고, 유쾌하게 즐길 줄 아는 사람들과 함께 술집 테이블에 마주 앉아 있다는 것이 나쁘지 않았다. 함께 웃고, 때로는 자신이 먼저 나서 농담을 던지는 것은 멋진 일이었다. 술잔을 비우고 술잔을 힘껏 테이블에 내리치며 거리낌 없이 "한 잔 더!" 하고 외치는 것이 남자답고 멋져 보였다. 다른 테이블의 아는 사람을 향해 건배하고, 다른 사람들처럼 꺼진 잎담배 꽁초를 왼손에 끼우고 모자를 목뒤로 젖히는 모습이 멋져 보였다.

함께 온 다른 직공도 흥에 겨워 이야기를 늘어놓았다. 그가 알고 있는 울름의 대장장이는 최고급 울름 맥주를 스무 잔이나 마실 수 있다고 했다. 그걸 다 마시고는 입을 훔치며 "그럼,

이제 최고급 포도주 작은 병 하나!"라고 소리친다고 했다. 그리고 옛날에 알고 있던 칸슈타트의 화부(火夫)는 돼지고기 소시지를 열두 개나 연속적으로 먹을 수 있는데, 내기를 걸어서 이겼다고 했다. 그러나 두 번째 내기에서는 졌다고 했다. 그는 무모하게도 메뉴에 있는 모든 걸 다 먹으려 했다고 했다. 실제로 거의 먹어 치웠지만, 메뉴 마지막에 가서 온갖 치즈가 나왔다. 세 번째 치즈가 나왔을 때 그는 접시를 밀어버리고 "이 이상 먹느니 차라리 죽는 게 나아"라고 했다.

이런 이야기는 박수갈채를 받았다. 누구나 이런 이야기 한두 개쯤은 알고 있었기에 세상에는 대단한 술고래, 대단한 먹성을 가진 사람들이 있다는 것을 알게 되었다. 한 사람은 '슈투트가르트의 한 남자' 이야기를, 또 한 사람은 '루드비히스부르크의 용기병(龍騎兵)'의 이야기를 했다. 먹어 치운 감자가 열일곱 개에, 샐러드 포함 달걀 과자 열한 개였다. 사람들은 이런 이야기들을 무척 진지하게 꽤 구체적으로 늘어놓았다. 그리고 세상에는 훌륭한 재능을 가진 유별난 사람이 숱하게 많음을 뿌듯한 기분으로 받아들이곤 했다. 물론 이들 중에는 기인도 있게 마련이었다. 현실에 부합되는 이런 쾌감은 술집 단골들의 존경할 만한 유산이다. 음주하고, 정치를 논하고, 담배를 피우고, 결혼하고, 죽음을 맞이하는 일들과 마찬가지로 이것 역시 젊은이들에 의해 모방되었다.

석 잔째인 한스는 과자가 없냐고 물었다. 여종업원을 불러 물으니 "네, 과자는 없어요"라고 대답하자, 모두 흥분하고 말았다. 아우구스트는 벌떡 일어서 과자가 없다면 다른 집으로 가자고 말했다. 다른 곳에서 온 직공도 형편없는 술집이라며 욕을 퍼부었다. 프랑크푸르트의 사내만은 그냥 여기 있자고 주장했다. 왜냐하면 그는 여종업원과 이미 친해져서 몇 번이고 그녀의 몸을 더듬었기 때문이다. 한스는 그 모습을 바라보고 있었다. 맥주와 함께 그 광경은 한스를 자극했다. 다른 곳으로 옮기게 되자 한스는 내심 기뻐했다.

계산을 마치고 밖으로 나왔을 때, 한스는 맥주 석 잔 때문에 술기운이 오르는 것 같았다. 그것은 반쯤 피곤한 듯 그리고 반쯤은 뭔가를 하고 싶은 즐거운 욕구였다. 게다가 뭔가 베일 같은 것이 눈앞에 드리워져 있는 게 마치 꿈꾸고 있는 듯 모든 게 멀게, 거의 현실이 아닌 듯 보였다. 한스는 터져 나오는 웃음을 참을 수가 없었다. 그리고 모자를 좀 더 과감하게 비스듬히 쓰고 건달이라도 된 것 같은 기분이 들었다. 프랑크푸르트의 사내는 다시 씩씩하게 휘파람을 불었다. 한스는 그 박자에 맞춰 걸으려고 했다.

'모퉁이 집'은 상당히 조용했다. 몇몇 농부가 새 포도주를 마시고 있었다. 생맥주는 없었고 병맥주만 있었다. 곧바로 모두에게 한 병씩 놓였다. 다른 곳에서 온 직공은 배포를 보이기 위해 모두를 위한 사과 과자를 주문했다. 한스는 갑자기 심한 공복감을 느끼며 연거푸 과자를 먹었다. 낡은 갈색 홀의 넓은 벽에 붙은 의자에 앉아 있노라니 꿈을 꾸듯 기분이 좋았다. 고풍스러운 테이블과 커다란 난로가 희미한 불빛 속으로 사라지고, 나무틀로 짠 커다란 새장 속에 두 마리의 곤줄박이가 파닥파닥 날고 있었다. 나무틀 사이로 붉은 열매가 탐스럽게 열려 있는 마가목 가지가 먹이로 꽂혀 있었다.

주인은 테이블로 다가와 손님을 반겨주었다. 그리고 잠시 뒤에 다시 이야기꽃을 피웠다. 한스는 독한 병맥주를 두세 모금 마셨다. 그러다 갑자기 자신이 과연 한 병을 다 마실 수 있을지 호기심이 발동했다.

프랑크푸르트의 사내는 라인 지방의 포도 축제와 떠돌이생활과 싸구려 하숙집에서의 생활에 대해서 다시 엄청난 허풍을 떨었다. 모두 즐겁게 들었고, 한스는 웃음을 참을 수가 없었다.

한스는 갑자기 정신이 이상해지는 것을 느꼈다. 실내와 테이블과 병과 컵과 동료들이 부드러운 갈색의 눈 속으로 녹아들고 있었다. 긴장하고 정신을 바싹 차렸을 때만 모든 것이 제대로 돌아왔다. 이따금 이야기와 웃음소리가 심하게 커질 때마다 한스도 함께 큰 소리로 웃거나 뭔가 떠들었지만, 무슨 말을 했는지 금세 잊어버렸다. 건배할 때도 함께했다. 한 시간 뒤에 자신의 병이 비어 있는 것을 보고 깜짝 놀랐다.

"생각보다 잘 마시는군. 한 잔 더 할래?"

아우구스트가 물었다. 한스는 웃으며 고개를 끄덕였다. 한스는 이렇게 술을 많이 마시는 게 훨씬 더 위험한 것이라고 여겼었다. 그때 프랑크푸르트의 사내가 갑자기 노래를 부르자 모두가 함께 합창했고, 한스도 목청껏 노래를 불렀다.

그러는 사이 가게 안은 손님들로 꽉 찼다. 일을 돕기 위해 주인의 딸이 나왔다. 그녀는 큰 체격에 아름다운 몸매를 하고 있었고, 건강하고 활기차 보이는 얼굴에 차분한 갈색의 눈을 하고 있었다.

그녀가 한스 앞에 새 병을 가져다 놓았을 때, 옆에 앉아 있던 직공이 곧바로 능숙하게 칭찬을 마구 쏟아부었지만, 그녀는 들은 척도 하지 않았다. 그 직공에게 쌀쌀맞다는 것을 보이기 위해서인지, 아니면 아름다운 소년의 작은 얼굴이 맘에 들어서인지, 그녀는 한스를 향해 머리를 재빨리 쓸어 올렸다. 그러고는 다시 주방 테이블로 돌아갔다.

이미 세 병째를 마신 직공은 그녀에게 다가가 이야기꽃을 피우려고 노력했지만, 전혀 효과가 없었다. 큰 키의 그녀는 냉담하게 그를 바라보며 대꾸도 하지 않고 휙 돌아섰다. 직공은 하는 수 없이 테이블로 돌아와 빈 병을 테이블에 두드리며 갑자기 힘껏 소리쳤다.

"자, 모두 신나게 놀아보자. 잔을 들어!"

그리고 이번에는 음담패설을 싸지르기 시작했다.

한스에게는 뒤죽박죽 섞인 말소리만 혼미하게 들릴 뿐이었다. 맥주 두 병째를 거의 다 비울 무렵 혀가 꼬이며 웃는 것조차 힘들어졌다. 한스는 새장으로 다가가 곤줄박이를 골탕 먹이려 했다. 그러나 두 발짝 떼는 순간 머리가 핑 돌면서 하마터면 쓰러질 뻔했다. 결국 조심하면서 다시 제자리로 돌아갔다.

그때부터 흥분에 들떠 있던 기분이 차츰 가라앉았다. 자신이 술에 취했다는 것을 깨달은 동시에 술을 진탕 마셨다는 게 불쾌해졌다. 그리고 저 멀리서 온갖 불길한 일이 자신을 기다리고 있는 모습이 보이는 듯했다. 집으로 돌아가는 길, 아버지와의 충돌, 내일 아침 일터로 나가야 한다는 것들이. 점점 머리가 아파지기 시작했다.

다른 사람들도 충분히 마셨다. 잠시 술기운이 깼을 때 아우구스트는 계산을 부탁했다. 1탈러를 내고 잔돈은 얼마 되지 않았다. 이윽고 모두가 웃으며 거리로 나섰을 때, 밝은 초저녁 빛에 현기증이 핑 돌았다. 한스는 거의 똑바로 설 수가 없었기에 비틀거리며 아우구스트에게 기대서 끌려가다시피 했다.

다른 대장장이는 감상에 젖어 "내일은 이곳에 서 있어야 하네"라고 노래를 부르며 눈물을 글썽였다.

곧장 집으로 돌아갈 예정이었지만 '백조' 앞에 이르자 직공은 이곳에 들어가자며 고집을 피우기 시작했다. 입구에서 한스는 일행의 손을 뿌리쳤다.

"나는 돌아갈래."

"넌 혼자서 걷지도 못하잖아."

직공이 웃었다.

"걸을 수 있어, 걸을 수 있다고. 이제 정말 돌아가야 해."

"그럼, 브랜디 딱 한 잔만 더 하고. 꼬맹이, 한 잔만 더 하면 똑바로 설 수 있고, 속도 편안해질 거야. 효과가 끝내준다고."

한스의 손끝에 작은 잔의 감촉이 느껴졌다. 그는 그것을 대부분 쏟아버렸다. 남은 잔을 들이켜자, 목에서 불이 나는 것 같았다. 심한 구역질에 한스는 몸을 떨었다. 한스는 혼자 현관 계단을 내려와 비틀거리며 정신없이 마을 밖으로 걸어갔다. 집들과 울타리와 정원이 비스듬하게 그의 곁을 스쳐 지나갔다.

한스는 사과나무 아래의 축축한 풀밭에 누웠다. 온갖 불쾌한 감정과 괴로운 불안과 정돈되지 않는 생각들 때문에 잠을 이룰 수가 없었다. 한스는 더럽혀지고 모욕을 당한 것 같은 기분이 들었다. 어떻게 집에 돌아갈 것인가? 아버지에게 뭐라고 말해야 하나? 나는 내일 어떻게 해야 하나? 그는 풀이 죽었고 초라한 기분이 들었다. 이제 영원히 쉬고, 잠들고, 부끄러워해야 할 것 같았다. 머리와 눈이 아팠다. 일어서서 다시 걸을 힘이 더 이상 남아 있지 않았다.

갑자기 뒤늦게 몰려오는 희미한 파도처럼 조금 전 환락의 물보라가 되살아났다. 한스는 얼굴을 찡그리고 멍하니 중얼거렸다.

아아, 사랑하는 아우구스틴, 아우구스틴, 아우구스틴.
아아, 사랑하는 아우구스틴, 모든 게 끝나버렸다.

노래가 끝나자 갑자기 가슴이 쑤시며 막연한 심상(心象)과 기억과 수치와 자책으로 흐려진 물결이 한스를 덮쳤다. 그는 큰 소리로 신음하고 흐느끼며 풀 위에 쓰러졌다.

한 시간이 지나자 완전히 캄캄해졌다. 한스는 비틀거리며 겨우 언덕을 내려갔다.

저녁 식사 때가 되었는데도 아들이 돌아오지 않자, 기벤라트 씨는 화가 머리끝까지 났다. 9시가 되어서도 돌아오지 않자, 그는 오랫동안 쓰지 않았던 등나무 지팡이를 꺼내 들었다.

"이놈이 이제 애비의 채찍을 맞지 않아도 될 나이가 되었다고 생각하나 보지. 돌아오기만 해봐라."

10시에 그는 현관문을 잠가버렸다.

"밤새워 쏘다니겠다면, 얼마든지 해봐라. 어디 묵을 데라도 있나 보지?"

 아버지는 그래도 여전히 애를 태우며 한스가 문고리를 흔들고 조심스럽게 종을 울려주기를 이제나저제나 기다렸다. 그는 그 장면을 상상했다.

 "밤새 싸돌아다니는 놈에게 본때를 보여주고 말겠어. 아마 이 정신 나간 놈이 술에 취해 있겠지. 그러나 곧 술도 깨겠지. 난봉꾼, 파락호, 죽일 놈. 이놈의 뼈가 으스러질 때까지 두들겨 패줘야 해!"

 결국 아버지도, 그의 분노도 잠에 지고 말았다.

 그 무렵 그렇게 저주를 당하던 한스는 이미 싸늘하게 식은 채로 천천히 검은 강물을 따라 하류로 조용히 떠내려가고 있었다. 구역질도, 수치심도, 고뇌도 그에게서 떠나버렸다. 어둠 속에서 떠내려가는 그의 가녀린 몸뚱이를 차갑고 푸른 가을밤이 내려다보고 있었다. 그의 손과 머리카락과 파랗게 변해버린 입술을 검은 물길이 어루만졌다. 새벽 일찍 먹이를 구하러 나온 겁 많은 수달이 교활하게 곁눈질하며 소리 없이 미끄러져 가지 않았다면, 한스를 아무도 보지 못했을 것이다. 어째서 한스가 물속에 빠졌는지는 아무도 몰랐다. 길을 잘못 들어 험준한 곳에서 발을 헛디뎠을지도 모른다. 아니면 물을 마시려다 균형을 잃었을지도 모른다. 또 어쩌면 아름다운 물의 유혹에 끌려 그 속으로 빨려 들어갔을지도 모른다. 평화와 깊은 안식으로 가득한 밤과 달의 푸르스름한 빛이 그를 비추었기에, 피로와 불안에 치인 나머지 스르륵 죽음의 그림자 속으로 빨려 들어갔을지도 모른다.

점심 무렵이 돼서야 한스가 발견되었고, 집으로 옮겨졌다. 대경실색한 아버지는 지팡이를 집어던지고 꾹 참았던 분노를 털어버려야만 했다. 그는 울지도 못한 채 고통스러운 표정을 거의 짓지 않았지만, 다음 날 밤에도 잠을 자지 않고 이따금 문틈 사이로 아무 말도 하지 않는 아들을 바라보았다. 깨끗한 침대 위에 누워 있는 아들은 여전히 아름다운 이마와 창백하고 영리해 보이는 얼굴로 뭔가 특별한, 다른 사람들과는 다른 운명을 지닌 선천적 권리가 있는 것처럼 보였다. 이마와 양손의 피부가 약간 자줏빛으로 까져 있었다. 아름다운 얼굴이 잠들어 있었다. 눈에는 하얀 눈꺼풀이 덮여 있었다. 완전히 다물어지지 않은 입은 만족스러운 듯, 정말로 환하게 보이기까지 했다. 소년은 꽃다운 청춘에 갑자기 꺾여 행복의 여정에서 억지로 끌려 나온 것 같았다. 아버지도 피로와 외로움과 슬픔에 젖어 흐뭇한 착각에 빠져들었다.

장례식에는 장례 참석자들과 호기심 어린 구경꾼이 많이 몰려왔다. 한스 기벤라트는 다시 유명 인사가 되어 모두의 흥미를 자극했다. 선생님들과 교장 선생님과 목사님도 다시 한스의 운명에 관심을 품게 되었다. 그들은 모두 프록코트를 입고 엄숙한 실크 모자를 쓰고 와서 장례 행렬을 따라갔다. 그러고는 낮은 목소리로 속삭이며 잠시 무덤 앞에 서 있었다. 라틴어 선생님은 한층 더 우울해 보였다. 교장 선생님은 그에게 작은 목소리로 속삭였다.

"선생님, 저 아이는 정말 크게 될 수 있었는데요. 정말 뛰어난 학생의 불행한 결과를 봐야 한다는 것은 가슴 아픈 일이 아닙니까."

아버지와 끝없이 엉엉 울고만 있는 안나 할멈과 함께 플라이크 씨가 무덤가에 남았다.

"정말, 애석한 일입니다. 기벤라트 씨."

그는 동정 어린 말투로 말했다.

"저도 저 아이를 참 좋아했지요!"

"이유를 모르겠어요!"

아버지는 한숨을 내쉬었다.

"그렇게 천부적인 재질이 있는 데다가 모든 일이, 학교도 시험도 다 잘되었는데…… 그러고 나서 갑자기 불행의 연속이라니!"

플라이크 씨는 묘지문을 나서고 있는 프록코트 무리를 손가락으로 가리켰다.

"저기 가는 인간들도 이 아이가 이렇게 되는 데 일조를 한 셈이죠!"

그는 나지막한 목소리로 말했다.

"뭐라고요?"

아버지는 펄쩍 뛰며 놀란 눈으로 플라이크 씨를 노려봤다.

"말도 안 돼. 대체 어째서 그런 말을 하는 거죠?"

"진정하세요, 기벤라트 씨. 저는 그저 학교 선생님들을 말한 것뿐이에요."

"어째서? 대체 왜 그런 말을 하는 거죠?"

"아니, 더 이상 말할 필요가 없겠네요. 당신도 저도 이 아이에게 소홀했던 거 같네요. 그렇게 생각하지 않나요?"

작은 마을 위에는 푸른 하늘이 한가로이 펼쳐져 있었다. 계곡에는 강물이 반짝이며 흐르고 있었다. 전나무가 우거진 산은 그리움에 사무친 듯 푸른빛을 부드럽게 발하고 있었다. 플라이크 씨는 슬픈 미소를 지으며 동행의 팔을 잡았다. 기벤라트 씨는 이 한순간의 고요와 이상하리만큼 고통스러운 여러 생각에서 벗어나, 당혹스러운 심정으로 머뭇거리며 익숙한 삶의 계곡을 향해 걸어갔다.

초봄

1890년대 초, 크눌프는 몇 주 동안 병원에 누워 있어야만 했다. 겨우 퇴원했을 때는 2월 중순께로, 날씨가 매우 고약했다. 그 탓에 고작 이삼일 돌아다녔을 뿐인데 다시 열이 올라 머무를 곳을 찾아야만 했다. 그에게 친구가 없었던 것도 아니다. 이 지방이라면 아무리 작은 마을을 가더라도 친절하게 맞아줄 곳을 쉽게 찾을 수 있었을 것이다. 그러나 그런 점에서 그는 묘하게 자존심이 강했기 때문에, 만약 크눌프가 친구에게 무언가를 받았다면 그 친구는 그것을 일종의 명예로 여길 정도였다.

이번에 크눌프가 기억해낸 사람은 레히슈테텐에 살고 있는 무두장이 에밀 로트푸스였다. 서풍에 비바람이 몰아치는 저녁, 이미 닫혀 있는 그의 집 문을 두드렸다. 무두장이는 2층 창문의 덧창을 조금 열고 어두운 골목길을 향해 소리쳤다.

"밖에 누구요? 날 밝을 때 다시 와주지 않겠소?"

크눌프는 무척 지쳐 있었지만, 옛친구의 목소리를 들으니 금세 기운이 솟았다. 그는 몇 년 전에 에밀 로트푸스와 함께한 달간 여행을 하면서 만들었던 노래 한 구절을 떠올리고는 2층을 향해 노래를 불렀다.

술집에 앉아 있는 사람은
피로에 지친 나그네라네.
그는 다름 아닌
방탕한 아들이라네.

무두장이는 덧창을 거칠게 열어젖히고 창밖으로 몸을 쑥 내밀었다.
"크눌프! 자넨가? 정말 유령 아니지?"
"날세!"
크눌프가 소리쳤다.
"계단을 좀 내려올 수 없나. 아니면 그렇게 계속 창가에 서 있어야 하는 건가?"
친구는 황급히 계단을 내려와 현관문을 열고는 연기가 피어오르는 석유램프를 치켜들고 손님의 얼굴을 비추었다. 눈이 부신 크눌프는 눈을 깜박거려야만 했다.
"어서 들어오게!"
친구는 흥분해서 소리치며 친구를 집 안으로 안내했다.
"이야기는 나중에 하세. 먹을 게 좀 남아 있을 거야. 잠자리도 준비하겠네. 정말 놀랐어. 이렇게 험한 날씨에! 자네, 튼튼한 장화를 신고 있겠지?"

크눌프는 상대가 질문을 하든 놀라든 개의치 않고 걸어 올린 바짓단을 쓸어내렸다. 지난 4년 동안 이 집에 발을 들인 적이 없었지만, 어두침침한 계단을 성큼성큼 올라갔다.

위층 복도에 올라서자, 거실문 앞에 잠시 멈춰 서서 안으로 들어가라고 권하는 무두장이의 손을 잡았다.

"이보게."

크눌프는 속삭이듯 말했다.

"자네, 자네 결혼했나?"

"그럼, 물론이지."

"그래, 바로 그거야. 자네 부인은 나를 모르잖아. 나를 반가워하지 않을 수도 있어. 나는 자네 부부를 방해하고 싶지 않네."

"뭐가 방해라는 거야!"

로트푸스는 웃으면서 문을 활짝 열어젖히더니 크눌프를 밝은 방 안으로 밀어 넣었다. 그곳에는 널찍한 식탁 위에 커다란 석유램프가 세 개의 쇠사슬에 매달려 있었다. 가벼운 담배 연기가 허공을 떠다니며 가는 띠를 이루더니, 뜨거운 등불 쪽으로 빨려 들어가면서 소용돌이치다가 높이 사라졌다. 식탁에는 신문과 담배를 넣어둔 돼지 오줌보가 놓여 있었다. 구석에 놓인 작고 좁은 소파에서 젊은 부인이 졸고 있다가 갑작스러운 손님에 깜짝 놀라 소스라치며 벌떡 일어났다. 크눌프는 강한 빛에 놀라기라도 한 것처럼 눈을 깜박이더니 부인의 옅은 회색 눈동자를 바라보고 정중하게 인사하며 손을 내밀었다.

"어, 집사람일세."

주인은 웃으면서 말했다.

"이 친구는 내 절친한 친구 크눌프야. 전에 말한 적이 있지? 당연히 우리 손님이고 직공들 방에 머무를 거야. 어차피 방도 비어 있으니까. 하지만 우선 과일주나 한잔해야지. 크눌프에게 뭔가 먹을 걸 좀 내와. 간 소시지 아직 남아 있지?"

부인이 황급히 밖으로 나갔다. 크눌프는 그 뒷모습을 바라보았다.

"부인이 좀 놀란 것 같군."

그는 나지막한 목소리로 말했지만, 로트푸스는 인정하려 하지 않았다.

"아이들은 아직 없나?"

크눌프가 물었다.

이때 부인이 다시 돌아왔다. 주석 접시에 소시지를 담아 와서 빵 쟁반 옆에 놓았다. 쟁반 한가운데에 잘린 면이 바닥을 향한 검은 빵 반쪽이 남아 있었고, 쟁반 가장자리를 따라 '오늘도 우리에게 일용한 양식을 주소서'라는 글귀가 돋을새김으로 새겨져 있었다.

"리스, 지금 크눌프가 무슨 소릴 했는지 알아?"

"그만두게!"

크눌프가 말을 가로막았다. 그리고 미소를 지으며 그녀를 바라보았다.

"그러니까, 사양하지 않고 먹겠습니다, 부인."

그러나 로트푸스는 멈추지 않았다.

"우리에게 아이가 없냐고 묻더군."
"어머나!"
그녀는 웃으며 소리치고 도망치듯 다시 나갔다.
"아직, 없는 건가?"
크눌프는 부인이 나가자마자 물었다.
"없어. 아직 한 명도 없네. 집사람이 서두르지 않아. 처음 이삼 년은 그게 좋아. 자아, 어서 들어, 맛있게 먹게!"
부인이 다시 회색과 청색이 섞여 있는 도자기 술병과 잔 세 개를 올려놓았다. 그리고 술잔 가득 술을 따랐다. 이 모든 것이 아주 능숙했다. 크눌프는 그녀를 바라보며 미소를 지었다.
"건강을 위하여!"
주인이 크게 소리쳤다. 크눌프도 잔을 높이 들었다. 그러나 크눌프는 부인을 배려하며 "먼저 부인을 위하여 건배하세. 부인의 건강을 위하여! 로트푸스를 위하여!" 하며 소리쳤다.
그들은 잔을 부딪친 뒤 술을 마셨다. 로트푸스는 기쁨에 얼굴이 환해지면서 부인을 바라보며 눈을 깜박였다. 자기 친구가 얼마나 훌륭하고 멋진 사람인지를 알겠냐는 듯.
그녀는 벌써 그것을 알아차리고 있었다.
"보세요."
그녀가 말했다.
"크눌프 씨는 당신보다 예의가 바르시잖아요. 예절이 뭔지를 아시는 분이에요."
"천만의 말씀입니다."
손님이 말했다.

"누구나 다 배운 대로 하는 거죠. 저는 예의범절 소리만 나와도 쩔쩔맵니다, 부인. 부인의 접대야말로 대단하십니다. 마치 일류 호텔에 온 기분입니다!"

"맞아."

주인이 웃으며 말했다.

"그쪽 일에 대해 배운 게 있지."

"정말입니까, 대체 어디서요? 아버님이 그런 사업을 하고 계시나요?"

"아니요, 아버지는 이미 오래전에 돌아가셨어요. 저는 기억조차 할 수 없을 정도예요. 하지만 옥센이라는 데서 이삼 년 일을 했어요. 혹시 옥센을 아세요?"

"옥센이라구요? 그곳은 옛날에 레히슈테턴에서 최상급 호텔이었죠."

크눌프는 칭찬했다.

"지금도 그래요. 그죠, 에밀? 투숙객 대부분은 사업차 출장을 온 사람과 여행객이었죠."

"그럴 겁니다, 부인. 그곳이라면 일도 재미있고, 돈도 꽤 버셨을 겁니다! 하지만 그래도 자신의 가정을 꾸리는 것이 제일이죠?"

그는 천천히 즐기기라도 하듯이 소시지를 썰어 빵에 놓고 깔끔하게 벗겨낸 껍질은 접시 한쪽에 두었다. 그러고는 이따금 노란 사과주를 마셨다. 주인은 크눌프가 유연하고 가는 손으로 조심스럽게 마치 놀이하듯 해내는 것을 흡족해하며 존경스러운 눈길로 바라보았다. 부인도 만족스럽게 그 모습을 지켜보았다.

"그런데, 자네는 별로 몸이 좋아 보이지 않는구먼."

에밀 로트푸스는 나무라듯이 말을 꺼냈다. 크눌프는 하는 수 없이 최근에 건강이 좋지 않아 병원에 입원했던 사실을 털어놓았다. 그러나 걱정할 만한 일에 대해서는 입을 다물었다. 그러자 친구는 앞으로 어떻게 할 것인지 묻고, 진심으로 식사와 잠자리는 언제든지 제공할 수 있다고 말했다. 이거야말로 크눌프가 바라던 이야기였지만, 내성적인 성격 탓에 간단하게 고마움을 표시하고 이에 대한 대답을 미루었다.

"그 이야기는 내일이나 모레 다시 이야기하세."

크눌프는 무심한 말투로 말했다.

"내일이 오지 않는 것도 아니고, 어차피 나는 이곳에서 잠시 있을 생각이네."

그는 먼 미래를 내다보고 계획을 세우거나 약속하는 것을 좋아하지 않았다. 그는 다음 날 자기 뜻대로 할 수 없는 것을 불편하게 여겼다.

"내가 한동안 이곳에 머무르게 된다면."

크눌프는 다시 이야기를 이어갔다.

"자네의 일을 도울 수 있게 해줘야 하네."

"무슨 그런 터무니없는 소리!"

주인은 큰 소리로 웃었다.

"자네가 우리 견습공을! 게다가 자네는 무두질에 대해 아는 게 없잖아."

"그런 건 아무래도 좋아. 자네 모르겠나? 무두질은 아무래도 좋아. 아주 훌륭한 일이겠지만. 나는 일에는 재주가 없지만, 자네 견습공이 될 수 있다면 내 여행가 수첩에도 도움이 될 거야. 그리고 내 치료비는 내가 낼 걸세."

"자네의 여행가 수첩을 잠시 보여줄 수 있겠나?"

크눌프는 거의 새것과 마찬가지인 윗옷 주머니에 손을 넣어 방수포 주머니에 조심스럽게 넣어둔 물건을 꺼내 들었다. 무두장이는 그 모습을 바라보며 웃었다.

"언제나 완벽하군! 어제 아침 막 여행에 나선 것처럼 보이겠어."

그는 기록된 내용과 도장을 살펴보며 진심으로 감탄하며 고개를 저었다.

"이런, 정말 깔끔해! 자네 손에 들어가기만 하면 뭐든 고상해진단 말이야."

여행가 수첩을 이렇게 완벽하게 정리하는 것은 크눌프가 좋아하는 일 중 하나였다. 수첩은 모든 면에서 아름다운 이야기이자 창작품이었고, 각 관청에서 증명한 기록 내용은 존경스러울 만큼 근면한 삶의 자랑스러운 체류지들만을 보여주고 있었다. 이 수첩에서 두드러지는 건 대단히 자주 지역이 바뀐다는 것에서 여실하게 드러난 그의 방랑벽뿐이었다. 이 공식 여행증명서 속에서 증명되는 그의 생활은 크눌프 자신이 창작한 것이며, 겉으로 보이는 그의 삶은 막 끊어질 듯한 실에 의지하며 최선을 다해 비밀을 유지해온 것이다. 그렇다고 해서 세상이 금지하고 있는 일을 하는 것은 아니었지만, 직업 없이 떠돌아다니는 방랑자로서 인생의 원칙에서 벗어나 경멸받는 삶을 살아온 것이다. 물론 시골 경관들이 그에게 호의적으로 대하지 않았다면, 이렇게 아름다운 작품을 만드는 일은 그리 쉽게 지속할 수는 없었을 것이다. 시골 경관들은 이 밝고 유쾌한 인간의 훌륭한 인간성과 이따금 드러나는 진지함을 존경했기 때문에 가능한 한 그를 방해하지 않았다. 그에게는 전과가 없었다. 절도나 구걸을 했다는 증거가 없는 데다, 훌륭한 친구들이 전국 방방곡곡에 있었다. 그 때문에 사람들이 깔끔한 고양이를 가족의 일원으로 살 수 있게 놔두는 것과 마찬가지로 그 또한 당당하게 돌아다닐 수 있었다. 고양이는 열심히 살고 있는 사람들 사이에서 한가로이 근심 걱정 없이 우아하고 화려하게 거들먹거리며 무위도식했지만, 모두 다 관대하게 못 본 체하는 것이다.

"만약 내가 오지 않았다면 자네 부부는 이미 잠자리에 들 시간이었겠지?"

크눌프는 수첩을 돌려받으며 물었다. 그는 벌떡 일어나 부인에게 인사를 했다.

"가세, 로트푸스. 내 잠자리를 안내해주게."

주인은 등불을 들고 앞장을 서서 다락방으로 가는 좁은 계단을 올라 견습공의 방으로 크눌프를 안내했다. 그곳에는 벽쪽에 침구가 없는 철제 침대가 놓여 있었고, 그 옆에는 침구가 깔린 나무 침대가 있었다.

"탕파(湯婆, 뜨거운 물을 넣어서 그 열기로 몸을 따뜻하게 하는 기구)를 넣어줄까?"

주인은 자상하게 물었다.

"있으면 좋겠지."

크눌프는 웃었다.

"자네처럼 저렇게 예쁘고 귀여운 아내가 있다면 탕파가 필요 없겠지만 말이야."

"맞아, 그래서 말인데."

로트푸스는 아주 열심히 말했다.

"이제 자네는 다락방의 차가운 침대에 들어가야 하네. 훨씬 더 심한 곳에서 잠을 자는 일도 적지 않겠지. 아니, 침대가 없어서 건초더미 위에서 자야 하는 일도 허다할 거야. 자네와 달리 내게는 집도 일도 예쁜 아내도 있지. 이보게, 자네도 마음만 먹었다면 이미 오래전에 장인이 되어 나보다 훨씬 잘살았을 거야."

크눌프는 그사이 서둘러 옷을 벗고 차가운 이불 속으로 파고들었다.

"아직 할 말이 많이 남았나?"

그가 물었다.

"편하게 누워서 듣기로 하지."

"크눌프, 나는 진심으로 말하고 있는 걸세."

"나도 마찬가지야, 로트푸스. 하지만 결혼을 자네가 발명했다고 생각하면 안 돼. 그럼, 잘 자게."

다음 날 크눌프는 침대에 그냥 누워 있었다. 아직 힘이 빠지는 것 같은 느낌인 데다 날씨까지 궂어서 외출할 상황이 아니었다. 그는 오전 중에 찾아온 무두장이에게 그냥 자게 둬달라하고, 점심에 수프 한 접시만 달라고 부탁했다.

　이렇게 해서 그는 어두침침한 다락방에서 하루 종일 만족스럽게 조용히 누워 추위와 여행의 피로가 풀리는 것을 느끼며, 따뜻하고 평화로운 쾌감에 깊이 빠져들었다. 그는 쉴 새 없이 지붕을 두드리는 빗소리와, 불안하고 부드러운 열기를 띤 채 변덕스럽게 불어오는 바람 소리에 귀를 기울였다. 그러는 30분 동안 잠을 자거나 빛이 들어올 때는 여행용 책을 살펴보았다. 그것은 시와 격언을 적어놓은 종이쪽지와 신문 기사들을 오려내서 만든 작은 묶음이었다. 주간지에서 오려낸 몇 장의 사진도 그 안에 있었다. 그중 두 개는 그가 특히 좋아하는 것으로 시간이 날 때마다 펼쳐 본 탓에 많이 닳고 해진 상태였다. 한 장은 여배우 엘레오노라 두제의 사진이었고, 나머지 한 장은 거친 바람을 받으며 대양을 항해하는 범선의 사진이었다. 크눌프는 북부 지방과 바다에 대해서는 어려서부터 강한 애착이 있었기 때문에 몇 번이고 그쪽으로 여행을 갔었고, 한 번은 브라운슈바이크 지방까지 간 적도 있었다. 그러나 언제나 여행 도중일 뿐, 어떤 곳에서도 오래 머물지 않는 이 철새는 이해할 수 없는 묘한 불안함과 향수병에 사로잡혔고, 그때마다 서둘러 남부 독일로 돌아갔다. 사투리와 풍습이 전혀 다른 지방에 가게 되면 아무도 그를 알아보는 사람이 없으며, 마치 전설과도 같은 그의 여행 수첩을 제대로 유지하기가 곤란하여 마음의 평온함이 깨져버리기 때문일지도 모른다.

　정오가 되어 무두장이는 수프와 빵을 가지고 올라왔다. 그는 발소리를 내지 않으려 조심조심 다가가 깜짝 놀란 듯 속삭였다. 크눌프가 병에 걸려 있다고 생각한 것이다. 왜냐하면 자신은 어릴 때 아팠던 뒤로는 대낮에 침대에 누워 있던 적이 단 한 번도 없었기 때문이다. 기분이 많이 좋아진 크눌프는 병에 관해 설명은 하지 않고 내일이면 훌훌 털고 일어날 것이라고만 했다.

오후 늦게, 방문을 두드리는 소리가 들렸다. 크눌프는 누운 채로 꾸벅꾸벅 졸면서 대답하지 않았다. 그러자 부인이 조심스럽게 들어와 빈 수프 접시 대신에 우유를 넣은 커피잔을 침대 옆 작은 테이블 위에 놓았다.

크눌프는 그녀가 들어오는 소리를 충분히 들었지만, 피곤해서인지 무슨 변덕인지 몰라도 눈을 감고 누운 채로 잠이 든 척했다. 부인은 빈 접시를 손에 들고 잠들어 있는 사내를 힐끔 쳐다보았다. 그의 머리는 푸른 체크무늬 셔츠의 반쯤 걷어 올린 팔 위에 놓여 있었다. 검고 가는 아름다운 머리카락과 낙천적인 얼굴의 마치 어린아이 같은 아름다움에 매료되어, 그녀는 한동안 선 채로 남편에게 들은 온갖 특이한 이야기의 장본인인 아름다운 사내를 바라보았다. 감긴 눈 위로 부드럽고 밝은 이마의 짙은 눈썹을, 마르기는 했지만 갈색으로 그은 뺨을, 고상해 보이는 선홍빛 입술을, 유연한 목을 바라보았다. 이 모든 것이 그녀의 맘에 쏙 들었다. 그녀는 문득 옥센에서 일할 때 봄날의 변덕스러운 마음에 이따금 이렇게 아름다운 청년과 사랑을 나누던 추억을 떠올렸다.

마치 꿈을 꾸듯 가벼운 흥분과 함께 얼굴 전체를 보려고 살며시 몸을 숙였을 때, 주철 숟가락이 접시에서 미끄러져 바닥에 떨어지고 말았다. 조용하고 은밀한 장소였던 탓에 그녀는 소스라치게 놀랐다.

그때 크눌프가 눈을 떴다. 깊은 잠에서 깨기라도 한 듯이 태연한 얼굴로 천천히 눈을 떴다. 고개를 돌려 한 손으로 눈을 비비고 미소를 지으며 말했다.

"이런, 부인 여기 계셨군요! 커피를 가져오셨네요! 따듯하고 향기로운 커피, 제가 막 꿈을 꾸었던 겁니다. 정말 고맙습니다, 로트푸스 부인! 그런데 지금 몇 시나 됐죠?"

"네 시예요."

그녀는 곧바로 대답했다.

"따뜻할 때 어서 마시세요. 찻잔은 나중에 다시 가지러 올게요."

그녀는 이렇게 말하고 시간에 쫓기듯 황급히 다락방을 나갔다. 크눌프는 그녀의 뒷모습을 바라보고, 그녀가 급히 계단을 내려가는 소리에 귀를 기울였다. 그는 깊은 생각에 잠긴 듯한 눈을 하고 몇 번이고 고개를 저은 뒤, 작은 새소리와 같은 휘파람을 불며 커피 쪽으로 고개를 돌렸다.

어두워지고 한 시간이 지나자 결국 따분함을 느끼기 시작했다. 기분 좋게 개운히 휴식을 취한 느낌이 들었고, 잠시 사람들을 만나보고 싶다는 생각이 들었다. 천천히 일어나 옷을 입고, 어둠 속을 담비처럼 살금살금 계단을 내려가 몰래 집 밖으로 빠져나갔다. 여전히 무겁고 습한 남서풍이 불고 있었지만, 비는 이미 그쳤다. 하늘은 구름 한 점 없이 맑게 개어 있었다.

크눌프는 코를 킁킁거리며 초저녁 골목과 텅 빈 광장을 어슬렁거리다가 문이 활짝 열린 대장간 앞에 멈춰 섰다. 그는 견습공이 뒷정리하는 모습을 바라보다가 직공들과 이야기를 나누며 차가운 손을 붉게 타오르고 있는 난롯가에 가까이 가져갔다. 그는 몇몇 지인에 대해, 누가 죽었는지, 결혼했는지 물었다. 그는 그 직업의 전문 용어나 기호들을 숙지하고 있었기 때문에 그들은 그를 자신들과 같은 대장장이라고 여겼다.

그 시간에 로트푸스 부인은 수프를 준비하기 시작했다. 작은 화덕에 걸어놓은 쇠고리를 찰랑거리거나 감자 껍질을 까기도 했다. 뭉근한 불에서 수프를 뜸 들이고는 부엌의 램프를 들고 거실로 가서 거울 앞에 앉았다. 그녀는 거울 안에서 자신이 원하던 것을, 푸른빛이 도는 회색 눈과 통통하고 촉촉한 뺨을 한 얼굴을 발견했다. 헝클어진 머리카락은 능숙한 손놀림으로 정돈했다. 그런 다음 막 씻은 손을 앞치마에 닦아내고 작은 등불을 손에 들고 총총히 다락방으로 올라갔다.

그녀는 견습공의 방을 살며시 두드렸다. 다시 한번 좀 더 큰 소리가 나도록 두드렸다. 대답이 없자 그녀는 등불을 바닥에 내려놓고 양손으로 조심스럽게 문소리가 나지 않도록 문을 열었다. 발꿈치를 들고 살며시 한 발을 내딛고 침대 옆 의자를 손으로 더듬으며 찾았다.

"주무세요?"

그녀는 나지막한 목소리로 물었다.

"주무세요? 빈 그릇을 가지러 왔어요."

숨소리조차 들리지 않고 쥐 죽은 듯이 조용해지자, 그녀는 침대로 손을 뻗었지만 뭔가 섬뜩한 느낌이 들어 등불을 가지러 달려갔다. 방 안은 텅 비어 있었고, 침대는 말끔히 정돈되어 있었다. 베개와 깃털 이불도 깔끔하게 개어져 있었기에 그녀는 불안함과 실망스러운 마음에 혼란스러워하며 부엌으로 달려갔다.

30분쯤 뒤, 무두장이가 저녁 식사를 하러 올라왔을 때는 이미 식사 준비가 다 되어 있었다. 부인은 대체 어찌 된 일인지 머릿속으로 곰곰이 생각했지만, 다락방에 올라갔던 것을 남편에게 말할 수 없었다. 바로 그때 아래층 현관문이 열리고 돌바닥 복도와 구부러진 계단을 올라오는 경쾌한 발소리가 들려왔다. 크눌프였다. 깔끔한 갈색 중절모를 벗으며 인사를 했다.

"이봐, 자네 대체 어딜 다녀오는 거야?"

주인이 놀라서 소리쳤다.

"환자가 밤거리를 돌아다니다니! 저승사자가 잡아간다고."

"자네 말이 맞네."

크눌프가 말했다.

"안녕하세요, 로트푸스 부인. 때맞춰 잘 왔군. 부인의 맛있는 수프 냄새가 시장에까지 퍼졌습니다. 틀림없이 저승사자를 쫓아줄 겁니다."

모두 식탁에 둘러앉았다. 주인은 수다스럽게 자신의 가정과 장인 신분을 자랑했다. 그는 손님을 잠시 놀리기도 했지만, 다시 진지하게 이제 방랑생활을 청산하라고 충고했다. 크눌프는 귀를 기울이기는 했지만 딱히 뭐라고 대답은 하지 않았다. 부인 역시 단 한 마디도 하지 않았다. 그녀는 점잖고 멋진 크눌프와 비교해서 거칠어 보이는 남편에게 화가 났다. 그 때문에 정성 어린 대접으로 손님에게 자신의 호감을 표시한 것이었다. 10시가 되자 크눌프는 저녁 인사를 하며 주인에게 면도칼을 빌려달라고 했다.

"정리가 깔끔하구먼."

로트푸스는 면도칼을 건네며 칭찬했다.

"턱이 근질거리기만 해도 참지 못하고 밀어야 직성이 풀리는군. 그럼, 잘 자게. 빨리 나아져야지!"

크눌프는 자신의 방으로 올라가기 전에 다락방 계단의 작은 창문에 기대어 하늘과 이웃들의 동향을 살폈다. 바람이 거의 불지 않았다. 지붕들 사이로 보이는 검은 하늘에는 촉촉하게 여린 빛을 발하는 별들이 점점이 떠 있었다.

창문을 닫으려는 순간 맞은편 집의 작은 창문이 갑자기 밝아졌다. 그의 방과 꼭 닮은 작고 낮은 방이 보였다. 문이 열리며 젊은 하녀가 들어왔다. 초를 꽂은 놋쇠 촛대를 한 손에 들고, 왼손으로는 물 주전자를 들고 있었다. 물 주전자를 바닥에 내려놓고 촛불로 자신의 좁은 하녀용 침대를 밝혔다. 침대는 소박하지만 잘 정돈되어 있었고, 붉은색의 거칠어 보이는 모포가 잠을 유혹하고 있었다. 그녀는 촛불을 어딘가 보이지 않는 곳에 놓았고, 하녀들이 대부분 가지고 있을 법한 녹색의 나지막한 여행 가방 위에 앉았다.

크눌프는 건너편에서 뜻하지 않았던 상황이 벌어지기 시작하자 곧장 자신의 등불을 입으로 불어 꺼버리고는 상대에게 들키지 않도록 꼼짝도 하지 않은 채 창밖의 상황을 살폈다.

건너편의 젊은 하녀는 그가 좋아하는 타입이었다. 대략 열여덟이나 열아홉 살 정도에 체구는 큰 편이 아니었다. 갈색빛이 도는 상냥한 얼굴에 눈도 갈색이었고, 머리카락은 검고 숱이 많았다. 그녀의 조용하고 상냥한 얼굴은 전혀 밝아 보이지 않았다. 딱딱한 녹색 가방 위에 앉아 있는 그녀의 모습에서 우수에 잠긴 슬픔이 느껴졌다. 그 모습으로 인생에 대해 알고, 여자에 대해서도 잘 알고 있던 크눌프는, 이 젊은 하녀가 가방을 들고 고향을 떠난 지 아직 며칠 되지 않아 향수병에 걸려 있다는 것을 충분히 알아차릴 수 있었다. 그녀는 야윈 두 손을 무릎에 가지런히 얹은 채, 잠자리에 들기 전에 잠시 자신의 작은 소유물 위에 앉아 고향의 거실을 그리워하며 짧은 위안으로 삼고 있었던 것이다.

건너편 방 안의 아가씨와 마찬가지로 크눌프도 작은 창 앞에 꼼짝도 하지 않은 채 낯선 사람의 생활을, 천진스럽게 누군가 엿보고 있을 것이라고는 상상조차 하지 못한 채 촛불 빛 속에서 가련하게 향수에 젖어 있는 모습을, 묘한 긴장감을 느끼며 훔쳐보았다. 선해 보이는 갈색 눈이 어둠을 뚫고 이쪽으로 시선을 보내거나, 긴 속눈썹에 감싸이곤 했다. 갈색의 앳돼 보이는 뺨에 붉은빛이 흐릿하게 아른거렸다. 그는 야위고 어린 손을 보았다. 짙은 청갈색의 무명옷 위에 놓인 그 손은 피로에 지쳐 옷을 갈아입어야 하는 마지막 일조차 잠시 뒤로 미루고 있었다.

마침내 소녀는 한숨을 내쉬면서 양 갈래로 땋아 올려 바늘로 고정한 묵직한 머리를 들어 올리며 온갖 상념에 젖은 우수 어린 표정으로 허공을 바라보았다. 그리고 다시 쪼그리고 앉아 신발 끈을 풀었다.

크눌프는 여전히 자리를 뜨지 않았지만, 불쌍한 아가씨가 옷을 벗는 모습을 보는 것이 떳떳하지 못한 데다 잔혹한 짓이라고 생각했다. 그녀를 불러 잠시 이야기를 나누며 가벼운 농담으로 마음을 풀어주고 잠자리에 들게 해주고 싶은 심정이었다. 그러나 자신이 말을 걸면 그녀가 깜짝 놀라 당장에 촛불을 꺼버리지 않을까 걱정스러웠다.

그는 그 대신에 자신의 여러 재주 중 하나를 시작했다. 멀리서 들려오듯 아주 가늘고 부드럽게 휘파람을 불기 시작했다. '시원한 계곡에서 물레방아가 돌고 있다'라는 노래를 불렀다. 그녀는 아주 작고 부드럽게 들려오는 소리의 정체가 무엇인지 알 수 없어 한동안 귀를 기울이고 들었다. 3절을 듣고 나서야 천천히 몸을 일으켜 세우고 귀에 손을 대며 창가로 다가갔다.

그녀는 창밖으로 머리를 내밀고 크눌프의 조용한 휘파람 소리에 귀를 기울였다. 몇 박자 동안 멜로디에 맞춰 고개를 끄덕이다가 갑자기 얼굴을 들며 음악이 흘러나오고 있는 곳을 알아차렸다.

"거기 누가 계시나요?"

그녀는 낮은 목소리로 물었다.

"견습공 무두장이입니다."

마찬가지로 낮게 대답했다.

"잠을 방해할 생각은 없어요. 잠시 고향 생각이 나서 휘파람으로 노래를 불러본 것뿐이에요. 하지만 신나는 곡도 부를 수 있어요. 당신도 다른 지방에서 왔죠, 아가씨?"

"슈바르츠발트에서 왔어요."

"아니, 슈바르츠발트라고요! 저도 그래요. 그럼 고향 사람이네요. 레히슈테텐은 맘에 드나요? 저는 정말 싫어요."

"저는 뭐라 말하기가 어렵네요. 여기 온 지 겨우 일주일밖에 안 되거든요. 하지만 저도 왠지 썩 내키지는 않아요. 당신은 이곳에 오신 지 오래되었나요?"

"이제 사흘 됐어요. 고향 사람들끼리는 서로 편하게 부르잖아요, 안 그래요?"

"아뇨, 그럴 수 없어요. 우리는 서로 전혀 모르는 사이잖아요."

"아니, 절대 그렇지 않아요. 산과 계곡이라면 서로 가까워질 수 없지만, 사람이라면 다르죠. 아가씨, 고향은 어디예요?"

"당신은 아마 모르실 거예요."

"그럴 리가 있나요. 설마 비밀은 아니겠죠?"

"악트하우젠이에요. 아주 작은 마을이죠."

"정말 아름다운 곳이죠. 마을 입구 모퉁이에 교회가 있고, 물레방아도 있죠. 아니, 목공소였나? 그곳에는 커다랗고 누런 세인트버나드도 있지요. 제 말이 맞나요, 틀리나요?"

"벨로 말이군요, 정말 놀라워요!"

그가 그녀의 고향에 대해 잘 알고 있다는 것, 정말로 간 적이 있다는 것을 알고 그녀의 의혹과 두려움은 거의 다 풀렸다. 그녀는 완전히 이야기에 빠져들었다.

"그럼 안드레스 플릭이라는 사람을 아시나요?"

그녀는 침을 삼키며 물었다.

"아뇨, 그곳 사람들에 대해서는 잘 모릅니다. 하지만 당신

아버님이죠?"

"네."

"그래, 그래. 그럼 당신은 플릭 양이겠네요. 이제 당신 이름을 알 수 있다면 언젠가 다시 악트하우젠을 지날 때 당신에게 엽서를 보내드릴 텐데요."

"벌써 이곳을 떠나시나요?"

"아뇨, 아직 그럴 생각은 없습니다. 하지만 당신 이름을 알고 싶어요, 플릭 양"

"무슨 말씀이세요. 저도 당신 이름을 모르는데요."

"이런, 미안합니다. 당연히 알려드려야죠. 저는 카를 에버하르트라고 합니다. 낮에 만나게 되면 이제 당신은 저를 뭐라 불러야 할지 아시겠죠? 자, 이제 저는 당신을 뭐라고 불러야 하나요?"

"바라라예요."

"그래야죠, 고맙습니다. 그런데 당신 이름은 발음이 어렵네요. 우리 내기를 할까요? 당신 고향에서는 베르벨레라고 불렀을 겁니다."

"맞아요. 근데, 이미 모든 걸 다 알고 있으면서 어째서 이것 저것 묻는 거죠? 이제 슬슬 자야겠어요. 잘 자요, 무두장이 씨."

"잘 자요, 베르벨레 양. 푹 자요. 당신이 거기 있으니 한 곡조 더 뽑아드리죠. 도망갈 필요는 없어요. 공짜니까요."

그는 곧바로 휘파람을 불기 시작했다. 화음에 바이브레이션까지 곁들이며 멋들어진 요들송을 불었다. 아가씨는 마치 댄스곡처럼 현란하고 묘기에 가까운 소리에 귀를 기울였다. 노래가 끝나자 그녀는 살며시 덧창을 닫았고, 크눌프는 불을 켜지 않은 채 자신의 방으로 들어갔다.

다음 날, 크눌프는 적당한 시간에 일어나 주인의 면도칼을 썼다. 주인은 이미 몇 년 동안 얼굴 가득 수염을 기르고 있었다. 그 덕분에 면도칼은 날이 완전히 무뎌져 있었다. 크눌프는 30분이나 바지의 가죽 멜빵에 면도칼을 갈고 나서야 면도를 할 수 있었다. 면도가 끝나자, 그는 윗옷을 입고 장화를 들고 부엌으로 내려갔다. 부엌에는 이미 따뜻한 커피가 준비되어 있었다.

그는 부인에게 장화를 닦기 위한 솔과 구두약을 빌려달라고 말했다.

"그게 무슨 말씀이에요!"

그녀가 소리쳤다.

"그런 건 남자가 할 일이 아니에요. 제게 주세요."

그러나 그는 그것을 용납하지 않았다. 그녀는 결국 어색한 웃음을 지으며 구두 닦는 도구를 그의 앞에 가져다주었다. 그는 그 일을 주도면밀하게, 그러면서도 반쯤 놀이를 하듯 해냈다. 그는 가끔 내킬 때만 손일을 하지만, 시작하면 철저하고 즐겁게 하는 성격이었다.

"멋져요."

부인이 칭찬을 하며 그의 얼굴을 바라보았다.

"누구 좋은 사람이라도 만나러 가시는 것처럼 위에서부터 아래까지 빛이 나네요."

"정말, 그랬으면 얼마나 좋겠습니까."

"그런 것 같은데요. 분명히 아름다운 분이 한 명 있을 거예요."

그녀는 집요하게 캐물으며 웃었다.

"아니, 아마 한 명이 아닐 거예요."

"그건 별로 좋은 게 아니네요."

크눌프는 밝은 어조로 반박했다.

"아름다운 사람의 사진을 보여드릴까요?"

그는 방수포로 감싼 수첩을 주머니에서 꺼내 두 개의 사진을 찾고 있는 동안에, 그녀는 참을 수 없다는 듯이 가까이 다가갔다. 그녀는 흥미롭게 사진을 찬찬히 들여다보았다.

"정말 고상한 분이네요."

그녀는 조심스럽게 칭찬하기 시작했다.

"정말 숙녀다워요. 하지만 좀 말랐네요. 그래도 건강한가요?"

"제가 아는 한 건강합니다. 이제 슬슬 주인을 만나봐야겠네요. 거실에서 목소리가 들리는군요."

그는 거실로 가서 무두장이에게 인사를 했다. 거실은 말끔하게 청소가 되어 있었다. 밝은 선반과 벽에 걸려 있는 시계와 거울과 사진을 통해 친숙함과 안락함을 느낄 수 있었다. 겨울에는 이렇게 말끔한 거실도 나쁘지 않지만, 그렇다고 해서 결혼이 그만큼 가치가 있는 것이 아니라고 생각했다. 크눌프는 자신에 대한 부인의 호감을 그다지 달갑게 여기지 않았다.

밀크커피를 마신 뒤 그는 로트푸스를 따라 안뜰과 작은 창고, 무두질 작업장을 구경했다. 그는 웬만한 수작업에 대해서는 다 알고 있었기 때문에 꽤 전문적인 질문에 친구는 입이 쫙 벌어지고 말았다.

"대체 어떻게 그런 것까지 다 아는가?"

그는 힘주어 물었다.

"사람들이 자네를 정말 무두장이임에 틀림이 없을 거라고, 적어도 이전에 무두장이였을 거라고 생각할 걸세."

"여행하다 보면 온갖 것을 알게 되지."

크눌프는 틀에 박힌 대답을 했다.

"그건 그렇고, 무두질에 관해서는 자네가 내 스승이네. 벌써 잊었나? 육칠 년 전 함께 여행할 때, 자네가 무두질에 대해 하나도 빠짐없이 이야기해주지 않았나."

"그걸 전부 다 기억하고 있단 말인가?"

"로트푸스, 어느 정도는 기억하지. 하지만 이제 더 이상 자네를 방해하지 않겠네. 좀 도와주고 싶지만, 아쉽네. 아래층은 눅눅해서 답답하고 기침이 나올 것 같네. 그럼 나는 비가 오지 않는 동안 잠시 마을을 한 바퀴 돌고 오겠네, 수고하게."

그는 갈색 중절모를 뒤로 젖혀 쓰고 집을 나와 천천히 게르버 골목을 따라 마을을 향해 걸어가자, 로트푸스는 작업장으로 들어갔다. 그러고는 크눌프가 깔끔하게 손질을 한 모습으로 빗물 웅덩이를 조심스럽게 피하면서 경쾌하고 즐겁게 걸어가는 모습을 바라보았다.

'정말 행복한 놈이야.'

주인은 약간 샘을 내며 생각했다. 무두질 작업장으로 걸어가면서 그는 세상을 구경하는 것밖에 바라지 않는 삶을 사는 유별난 친구에 대해 곰곰이 생각했다. 그런 인생을 욕심 많은 삶이라 해야 할지, 검소한 삶이라 해야 할지 알 수 없었다. 일하며 살아가는 사내는 당당하게 행세할 수 있지만 저토록 부드럽게 아름다운 손에, 저토록 경쾌하고 산뜻한 걸음걸이는 불가능했다. 아니, 크눌프의 삶은 전혀 틀리지 않았다. 그가 인간으로서 욕망하는 대로, 대개의 사람이 흉내 낼 수 없을 정도의 삶을 살고 있다면, 천진한 아이처럼 아무에게나 편하게 말을 걸고, 사랑받고, 그 어떤 아가씨나 부인들에게도 아름다운 이야기를 들려줄 수 있고, 날마다 일요일처럼 생각하고 있다면, 그를 있는 모습 그대로 받아들여야 한다. 건강이 좋지 않아 피난처를 요구해 온다면, 그것은 즐거움이자 명예이기도 했다. 그것을 고맙게 여기지 않으면 안 될 정도였다. 그는 집안 분위기를 밝고 활기차게 해주기 때문이다.

그러는 동안 그의 손님은 신기한 듯 두리번거리며 만족스럽게 거리를 걸으며, 잇새로 군 행진곡을 불면서 느긋하게 예전부터 알고 있던 사람들을 찾아가기 시작했다. 일단 가파른 고갯길로 되어 있는 마을 끝자락으로 향했다. 그곳의 가난한 재단사를 알고 있었는데, 그는 낡은 바지를 수리할 뿐 새 옷을 만드는 일은 전혀 하려 하지 않는다는 것이 너무나 아쉬웠다. 실력도 좋았고, 희망을 품고 큰 공장에서 일을 한 적까지 있었다. 그는 일찍 결혼해서 이미 자식이 몇 명이나 있었지만, 아내는 살림살이를 꾸리는 재능이 전혀 없었다.

크눌프는 이 재단사 슐로터베크를 마을 끝자락의 후미진 건물의 4층에서 찾아냈다. 그의 작은 작업장은 마치 절벽에 달린 작은 새집처럼 허공에 매달려 있었다. 창문 아래를 내려다보니

4층 건물 아래로 작은 정원과 풀이 무성하게 자란 구릉의 경사면이 현기증이 날 정도로 가파르게 기울어져 있었다. 그 끝에는 울퉁불퉁 솟은 집들과, 양계장, 염소와 토끼 우리가 회색빛을 띠며 마구 뒤섞여 있었다. 내려다보이는 가장 가까운 지붕조차 이 황량한 지대 저 건너편 깊고 작은 계곡처럼 보였다. 그 대신 재단사의 작업장은 밝고 통풍이 잘되었다. 창가의 널따란 작업대 앞에는 부지런한 슐로터베크가 웅크리고 앉아 마치 등대지기처럼 밝고 높은 곳에서 세상을 내려다보고 있었다.

"안녕하신가, 슐로터베크."

크눌프는 안으로 들어서면서 인사를 했다. 주인은 찬란한 햇빛에 눈을 가늘게 뜨고 문 쪽을 바라보았다.

"아니 이런, 크눌프 아닌가!"

그는 환한 표정을 지으며 손을 내밀었다.

"이곳을 다시 찾아온 건가? 나를 찾아 이곳까지 올라오다니, 뭔가 불편한 일이라도 있는가?"

크눌프는 세 발 의자를 끌어다 앉았다.

"바늘하고 실 좀 빌려주게. 갈색의 가는 실 말일세. 옷을 좀 손봐야겠어."

그렇게 말하고는 조끼를 벗어 꼬인 실을 골라 바늘에 꿴 뒤 꼼꼼하게 옷을 구석구석 살펴보았다. 조끼는 깨끗한 상태로 거의 새것처럼 보였다. 늘어진 장식, 떨어지기 직전의 단추 등을 능숙한 솜씨로 빠르게 고쳤다.

"그런데, 자네 건강은 어떤가?"

슐로터베크가 물었다.

"계절이 별로 좋지 않아. 하지만 뭐, 건강하고 부양가족만 없다면야……."

크눌프는 반박하듯이 헛기침했다.

"암, 그렇고말고."

그는 덤덤하게 말했다.

"신은 정직한 사람이든 정직하지 않은 사람이든 평등하게 비를 내리시지. 그런데 재단사에게만 비를 내리지 않았다는 건가? 여전히 푸념만 하는 건가, 슐로터베크?"

"어휴, 크눌프, 아무 말도 하고 싶지 않네. 옆방에서 애들이 떠들어대는 소리가 들리지 않나. 벌써 다섯 명이나 되네. 여기 앉아 밤늦게까지 죽어라 일해도 감당이 안 돼. 그런데 자네는 어슬렁거리고 걸을 뿐 아무것도 하는 일이 없잖나!"

"틀렸네. 나는 네댓 주 동안 노이슈타트 병원에 누워 있었네. 그곳은 꼭 필요한 만큼밖에 입원을 시켜주지 않네. 하긴 아무도 그 이상은 머무르지도 않지. 신의 뜻은 정말 불가사의해. 안 그런가, 슐로터베크?"

"에이, 그런 이야기는 집어치워!"

"자네는 이제 신앙심이 깊지 않다는 건가? 나는 신앙심 때문에 자네를 찾아왔는데, 어떤가, 매일 거기에 앉아 있기만 한 건 아니겠지?"

"내 신앙심에는 신경을 쓰지 말아줘! 병원에 입원했다고? 거참, 안됐네."

"그 정도는 아닐세. 이미 다 지난 일이야. 오늘은 하나만 물어보겠네. 지라하의 전도서와 계시는 어떤 것일까? 병원에서는 시간도 많고, 성경도 있었지. 그 덕분에 다 읽을 수 있었네. 지금은 이전보다는 좋은 말 상대가 될 수 있네. 성경이란 참 묘한 책이더라고."

"맞네, 묘한 책이지. 거의 절반은 거짓말이 틀림없어. 서로 앞뒤가 안 맞으니까. 아마 자네가 나보다 잘 알겠지. 라틴어 학교까지 다녔으니까."

"기억하고 있는 게 거의 없어."

"거봐, 크눌프."

재단사는 열린 창문의 절벽 아래로 침을 뱉고, 눈을 크게 뜨고는 화난 얼굴로 노려봤다.

"크눌프, 거보라고. 신앙이란 건 별것 아니야. 정말 별것 아니라고. 그런 건 딱 질색이야. 그럼, 그렇고말고."

방랑자는 상대의 얼굴을 바라보며 생각에 잠겼다.

"그런가. 하지만 그건 너무 지나치군. 성경에는 지혜로운 이야기도 적혀 있다고 생각하는데."

"물론 그렇지. 하지만 좀 더 읽다 보면 완전히 상반된 게 적혀 있지. 아니, 나는 이제 그런 건 관심이 없어. 완전히 끝내버렸다고."

크눌프는 벌떡 일어서서 다리미를 손에 들었다.

"석탄을 두세 개 넣어주지 않겠나?"

그는 주인에게 부탁했다.

"대체 무얼 할 생각인가?"

"조끼를 좀 다려야겠네. 모자도 비를 잔뜩 맞았으니, 다림질하는 게 좋을 것 같군."

"언제나 깔끔을 떤다니까!"

슐로터베크는 약간 화를 내며 소리쳤다.

"대체 왜 백작이라도 된 것처럼 그렇게 깔끔하게 하고 다녀야 하나? 무일푼 주제에."

크눌프는 조용히 미소를 지었다.

"그게 보기도 좋고, 또 즐겁기도 하니까. 자네가 신앙심에서 우러나지 않는다면, 우정을 위해서라도 좋네. 옛 친구를 위해서 말이야."

재단사는 문을 열고 밖으로 나갔다가 잠시 뒤 뜨거운 다리미를 가지고 왔다.

"이제 됐어."

크눌프는 인사를 했다.

"정말 고맙네!"

그는 조심스럽게 중절모 챙에 다림질을 하기 시작했다. 그러나 그는 바느질만큼 다림질이 능숙하지 않았기 때문에 친구가 그의 손에서 다리미를 빼앗아 직접 다림질해주었다.

"이거 정말 멋지군."

크눌프는 감사 인사를 했다.

"이제 다시 외출용 모자처럼 보이는군. 이보게, 재단사 양반, 자네는 성경에 너무 많은 걸 바라고 있어. 무엇이 진실인지, 대체 인생이라는 게 어떤 것인지, 이런 것들은 각자 스스로 생각해야만 하는 걸세. 책에서 배울 수 있는 게 아니야. 이게 내 생각일세. 성서는 아주 오래된 책이지. 옛날 사람들은 지금 우리가 알고 있는 갖가지 것을 몰랐지. 하지만 그렇기에 성경에는 아름답고 훌륭한 것이 많이 쓰여 있지. 사실도 아주 많이 들어 있고. 여기저기에서 마치 아름다운 그림을 보고 있는 느낌조차 들기도 하지. 룻이 들판에서 떨어진 이삭을 줍는 장면은 정말 멋지지. 아름다운 여름을 느끼게 해주거든. 그리고 예수가 어린아이들과 함께 모여 앉았을 때, '너희들은 교만한 어른들 모두를 합친 것보다 사랑스럽구나'라고 생각하는 구절이 있지. 나는 예수의 말이 옳다고 생각하네. 틀림없이 뭔가 배울 게 있는 걸세."

"음, 그야 그럴지도 모르지."

슐로터베크는 인정하면서도 상대의 말이 다 옳다고는 인정하려 하지 않았다.

"하지만 다른 집 애들을 상대할 때는 모르겠지만, 자기 자식 다섯을 어떻게 먹여 살려야 할지 막막할 때와는 상황이 다르다고."

그는 다시 언짢은 표정을 지으며 퉁명스러워졌다. 크눌프는 가만히 두고만 볼 수가 없었다. 그의 집을 나서기 전에 적어도 뭔가 좋은 이야기를 해주고 싶어 잠시 생각에 잠겼다. 그러고는 재단사를 향해 몸을 구부리고 밝은 눈으로 상대의 얼굴을 가까이서 진지하게 바라보며 나지막하게 말했다.

"이보게, 자네 아이들이 귀엽다고 생각하지 않나?"

재단사는 당혹스러운 시선을 보냈다.

"당연하지, 자네, 무슨 생각을 하는 거야! 당연히 아이들은 사랑스럽지, 특히 큰아이는."

크눌프는 진지한 표정으로 고개를 끄덕였다.

"이제 가야겠네. 슐로터베크, 고마웠어. 덕분에 조끼값이 두 배는 올랐겠어. 아, 참! 아이들에게는 항상 밝고 너그럽게 대해주라고. 그것만으로도 절반은 훌륭하게 양육하는 게 되지. 잘 듣게, 이제 아무에게도 말한 적이 없고, 자네도 남에게 이야기해서는 안 될 것을 이야기해주겠네."

주인은 무척 진지해진 상대의 맑은 눈을 긴장한 기색으로 들여다보면서 압도당했다. 크눌프는 이번에는 아주 작은 소리로 속삭였기에 재단사는 말귀를 알아듣는 데 고생을 해야 했다.

"나를 보게! 자네는 나를 보고 가족도 없고, 고생도 하지 않고 편한 생활을 한다고 부러워하고 있지. 하지만 자네 생각과는 전혀 달라. 사실 내게도 아이가 있네. 올해 두 살이 되는 사내아이지. 세상 사람들은 아빠가 누군지 전혀 모르고, 엄마는 아이를 낳다 죽었기 때문에 남의 손에서 자라고 있네. 그 아이가 어디에서 살고 있는지 자네는 알 필요가 없네. 하지만 나는 알고 있지. 그곳에 가면 나는 집 주변을 어슬렁거리다가 울타리 옆에 서서 기다린다네. 하지만 그 아이를 만나더라도 손을 잡아주거나 뽀뽀를 해줄 수가 없어. 지나칠 때 적당히 휘파람을 불어주는 게 고작이야. 내 말이 무슨 뜻인지 알겠나? 잘 있게, 아이들이 있다는 것을 행복하게 여기라고!"

크눌프는 계속해서 마을을 돌아다녔다. 목공예 공방 창가에 서서 잠시 이야기를 나누고, 곱슬머리처럼 나뭇조각이 꼬불꼬불 말려 나오는 것을 바라보았다. 그리고 크눌프에게 호의를 표하는 경관에게 인사를 하고, 그가 내민 자작나무 담뱃갑에서 코담배를 받아 향을 맡았다. 집마다, 상점마다 삶과 연관된 크고 작은 온갖 소리를 흘렸다. 시 회계 담당이 젊은 나이에 죽은 일, 불량한 시장 아들에 관한 이야기 등을 들었다. 그는 그 대신에 다른 지방의 새로운 소식을 말해주며 많은 사람의 이웃으로서, 친구로서, 소식통으로서 성실한 주민들의 삶과 변덕스럽고 부질없는 인연으로 이어져 있는 데 지나지 않는다는 사실을 즐겼다. 이날은 토요일이었다. 그는 한 양조장 모퉁이에서 나무통을 만드는 장인에게 오늘 밤과 내일 어디서 댄스파티가 열리는지를 물었다.

몇몇 댄스파티가 있었지만, 제일 좋은 곳은 30분 정도 떨어져 있는 게르텔핑엔의 라이온 주점 댄스파티였다. 그는 그곳으로 이웃집의 젊은 베르벨레를 데려가기로 마음먹었다.

금세 점심 시간이 되었다. 크눌프가 로트푸스네 집 계단을 올라가니, 부엌에서 흘러나오는 기분 좋고 강렬한 냄새가 그를 맞아주었다. 그는 그 자리에 멈춰 서서 어린아이처럼 즐거운 호기심을 느끼며 쿵쿵 먹음직스러운 냄새를 맡았다. 아주 조심스럽게 들어갔는데도 이미 그의 발소리를 알아차렸다. 부인이 부엌문을 열었다. 그녀는 음식 김으로 뭉게뭉게 둘러싸인 채로 밝은 문 앞에서 친절하게 맞아주었다.

"어서 오세요, 크눌프 씨."

그녀는 상냥하게 인사를 했다.

"정말 일찍 오시길 잘하셨어요. 오늘은 간 완자 튀김을 준비했어요. 혹시 원하신다면 당신에게는 특별히 한 덩어리를 튀겨서 드릴까, 생각 중이에요. 어떠세요?"

크눌프는 수염을 쓰다듬으며 공손하게 인사했다.

"네, 제가 어찌 특별한 대접을 받을 수 있겠습니까. 그저 수프 정도면 충분합니다."

"이런, 무슨 말씀이세요. 건강을 회복하기 위해서는 영양을 충분히 섭취해야 해요. 안 그러면 어떻게 기력을 보충하겠어요? 혹시 간을 싫어하시나요? 종종 그런 분도 계시잖아요."

그는 점잖게 웃었다.

"아뇨, 저는 그렇지 않습니다. 간 완자 튀김 한 접시면 아주 별식이죠. 평생 일요일마다 그걸 먹을 수 있다면 원이 없을 겁니다."

"저희 집에 계시는 동안에는 부족함이 있어서는 안 돼요. 왜 요리를 배웠게요! 편하게 말씀하세요. 당신을 위해 간 한 덩어리를 남겨놓았어요. 몸에 아주 좋은 거예요."

그녀는 그의 곁으로 다가와 기운을 북돋기라도 하듯 미소를 지어 보였다. 그는 그녀의 마음을 충분히 파악하고 있었다. 부인은 상당한 미인이었지만, 그는 아무것도 보이지 않는 척 행동했다. 가난한 재단사가 다림질해준 깔끔한 중절모를 만지작거리며 다른 곳을 쳐다봤다.

"고맙습니다, 부인, 호의에 감사드립니다. 완자 튀김은 아주 좋아합니다. 제가 너무 폐를 끼치고 있네요."

그녀는 미소를 지으며 검지를 들어 가볍게 위협했다.

"그렇게 거절할 필요 없어요. 저는 믿지 않을 테니까요. 완자 튀김이요! 양파를 많이 넣고요?"

"그렇게 말하시니 더 이상 거절할 수 없겠네요."

그녀는 속을 졸이며 화덕으로 돌아갔다. 크눌프는 이미 식사 준비가 다 되어 있는 거실로 들어가 앉아 어제 온 주간지를 읽고 있었다. 주인이 들어오면서 수프가 나왔고, 그렇게 식사를 시작했다. 식사를 마치고 셋이 카드놀이를 했다. 크눌프는 몇몇 새롭고도 대담하면서도 멋들어진 카드 묘기를 선보여 부인의 감탄을 자아냈다. 능수능란하게 카드를 섞고 전광석화처럼 빠르게 나눠주는 기술도 선보였다. 그는 자신의 카드를 우아하게 테이블에 던졌고, 이따금 엄지로 카드 가장자리를 빠르게 훑고 지나갔다. 주인은 평범한 시민이 돈벌이가 되지 않는 기술에 얼마나 즐거워하는지를 감탄과 관용의 시선으로 바라보았다. 그러나 부인은 닳고 닳은 삶의 징표라 할 수 있는 기술을 펼쳐 보이는 사람을 관심 어린 시선으로 바라보았다. 그녀의 시선은 힘든 노동으로 망가지지 않은 가늘고 부드러운 크눌프의 손에 꽂혀 있었다.

작은 유리 창문을 통해 희미하고 불안정한 햇빛이 거실에 스며들며 식탁과 카드를 지나 바닥 위에 흐릿한 그림자를 투영시키고, 변덕스럽게 흔들리다가 푸른빛 천장을 휘감으며 떨고 있었다. 크눌프는 그 모든 걸 눈을 깜박거리며 바라보았다. 2월의 태양이 벌이는 놀이와 이 가정의 조용한 평화와 친구의 근엄하고 성실한 장인다운 얼굴과 아름다운 부인의 베일에 감싸인 시선 등을. 이 모든 것이 크눌프의 맘에 들지 않았다. 이것들은 그에게 목표도 행복도 아니었다. 그는 속으로 몸만 건강했다면, 여름이었다면 더 이상 이곳에 머무르지 않았을 것이라 생각했다.

"잠시 해님의 뒤를 따라 걷다 오겠네."

그는 로트푸스가 카드를 모으며 시계를 바라보자, 말을 꺼냈다. 무두장이와 함께 계단을 내려가 건조실의 털가죽 옆에 주인을 남겨두고 황량하게 풀만 자란 정원 속으로 사라졌다. 정원은 늘어선 수액 단지 때문에 중단되어 있었지만, 샛강까지 이어져 있었다. 그곳에는 무두장이가 가죽을 담가둘 수 있도록 만든 작은 널빤지 다리가 놓여 있었다. 크눌프는 그곳에 걸터앉아 소리 없이 빠르게 흐르는 강물 위에 발이 닿을 듯 말 듯하게 다리를 늘어뜨리고, 발밑을 재빠르게 헤엄쳐 가는 검은 물고기의 뒤를 신기한 듯 바라보았다. 그러고는 호기심 어린 눈빛으로 주변을 살펴보았다. 건너편의 어린 하녀와 이야기할 기회를 엿보고 있었기 때문이다.

두 정원은 전혀 돌보지 않은 허름한 울타리를 사이에 두고 나뉘어 있었다. 물가의 울타리 기둥은 이미 오래전에 썩어 없어졌기에 쉬이 양쪽 정원을 드나들 수 있었다. 이웃집 정원은 무두장이의 황량한 풀밭보다는 훨씬 손질이 잘되어 있는 것 같았다. 그곳은 겨울의 흔적처럼 풀로 덮여 있었고, 허물어졌기는 했지만 화단이 네 줄로 늘어서 있는 모습이 보였다. 겨울을 난 시금치와 상추가 두 개의 화단에 듬성듬성 자라고 있었고, 작은 장미나무가 비스듬하게 기울어 땅에 처박혀 있었다. 그 앞쪽으로는 집을 감싸듯 훌륭한 전나무 몇 그루가 서 있었다. 크눌프가 건너편 집의 정원을 살핀 뒤에 그곳으로 가보니 나무 사이로 집과 뒤편의 부엌이 보였다. 잠시 뒤 부엌에서 그 아가씨가 팔을 걷어 올리고 일하는 모습이 보였다. 여주인이 옆에 서서 계속 잔소리하며 가르치고 있었다. 그녀는 집안일이 능숙한 하녀 고용은 꺼리면서 해마다 바뀌는 견습 하녀들이 그 집을 나가고 나면 그녀들을 칭찬하는 데 인색한 그런 스타일의 여자였다. 그러나 그녀의 잔소리나 불평에는 전혀 악의가 없는 듯했다. 아가씨도 그것에 이미 익숙해 있는 듯 보였다. 전혀 허둥대지 않고 온화한 표정으로 일하는 모습이었다.

침입자는 나무 기둥에 숨어 목을 길게 늘어뜨린 사냥꾼처럼 조심스럽게 눈을 번뜩였다. 시간을 아끼지 않고 방관하는 구경꾼 입장에서 인생에 관여하는 사내답게, 인내하며 즐겁게 그녀를 지켜보았다. 창밖으로 그녀의 모습이 보일 때마다 그 모습을 바라보며 즐겼다. 여주인의 억양으로 볼 때 레히슈테텐 출신이 아니라 몇 시간 계곡을 거슬러 올라간 지역의 사람임을 추측할 수 있었다. 그는 조용히 귀를 기울인 채 향기로운 전나무 가지를 30분 동안, 그러다가 꼬박 한 시간을 씹고 있었다. 이윽고 여주인이 사라지고 부엌 안이 조용해졌다.

그는 잠시 기다렸다가 조심스럽게 다가가 마른 가지로 부엌 창문을 두드렸지만, 하녀는 알아차리지 못했다. 그가 다시 한번 두드리자, 그녀는 반쯤 열린 창문으로 다가와 밖을 내다봤다.

"아니, 거기서 무얼 하시는 거예요?"

그녀는 낮은 목소리로 소리쳤다.

"깜짝 놀랐잖아요."

"나를 보고 그렇게 놀랄 거 없잖아요."

크눌프는 이렇게 말하고는 미소를 지었다.

"그냥 인사를 하고 어떻게 지내나 보러 왔을 뿐이에요. 오늘은 토요일이니 혹시 내일 오후에 잠시 산책할 시간이 있는지 물어보고 싶었어요."

그녀는 그를 차근차근 살펴보면서 고개를 저었다. 그가 낙담하고 슬픈 표정을 짓자, 그녀는 마음이 아팠다.

"없어요."

그녀는 다급하게 말했다.

"내일은 시간이 없어요. 아침에 교회에 갔다 올 정도예요."

"그렇군요."

크눌프는 중얼거렸다.

"그렇다면 오늘 밤은 잠시 나올 수 있겠네요."

"오늘 밤? 네, 시간은 있어요. 하지만 고향에 편지를 써야 해요."

"그렇다면 한 시간 미뒀다 쓰면 되잖아요. 어차피 오늘 밤에는 보낼 수 없으니까요. 이봐요, 나는 당신과 잠시나마 이야기를 나눌 수 있길 간절히 바라고 있어요. 오늘 밤 심한 우박이 쏟아지지 않는다면 아주 멋진 산책이 될 거예요. 부탁이에요, 날 그렇게 무서워할 필요가 없어요."

"당신을 무서워하는 게 아니에요. 그래도 안 되겠어요. 남자와 산책하는 모습을 들키기라도 하는 날에는……."

"베르벨레, 어차피 이 마을에서는 아무도 당신에 대해 몰라요. 나쁜 짓을 하는 것도 아니고 아무랑도 상관이 없는 일이에요. 이미 학교 다니는 어린 학생도 아니잖아요. 알았죠? 잊지 말아요. 여덟 시에 아랫마을 체육관 옆에서 기다리고 있을게요. 가축 시장의 철책이 있는 곳이에요. 아니면 좀 더 일찍 갈까요? 나는 아무래도 괜찮아요."

"아니, 아니에요, 더 일찍은 안 돼요. 역시, 안 되겠어요. 기다리지 마세요. 저는 갈 수 없어요."

그는 다시 소년처럼 슬픈 표정을 지었다.

"정말 그렇게 싫다면!"

그는 서글프게 말했다.

"나는 당신이 이곳에 아는 사람이 전혀 없어 이따금 향수에 젖어 있을 거라고 생각합니다. 나도 그러니까요. 그래서 함께 이야기라도 나누는 게 좋을 것 같다고 생각했어요. 악트하우젠에 대한 이야기를 좀 더 듣고 싶었어요. 그곳에 한 번 가본 적이 있거든요. 물론 억지로 나오라는 건 아니에요. 그래도 나쁘게 생각하지는 말아줘요."

"아니, 나쁘게 생각하지 않아요! 그래도, 역시 안 되겠어요……"

"오늘은 시간이 있잖아요, 베르벨레 양. 그냥 맘이 내키지 않을 뿐이에요. 하지만 잘 생각해볼 거라고 믿어요. 이제 나는 가봐야 해요. 오늘 밤 체육관 옆에서 기다리고 있을게요. 아무도 오지 않으면 혼자 산책을 하면서 당신이 악트하우젠에 편지를 쓰고 있을 거라고 생각할게요. 그럼, 잘 있어요. 불쾌하게 생각하지 말고요."

그는 짧게 고개를 끄덕이고 그녀가 다시 말을 꺼낼 시간을 주지 않고 사라졌다. 그녀는 그가 나무 뒤로 사라지는 모습을 보며 당황스러운 표정을 지었다. 그러고는 다시 일을 하기 시작했다. 그리고 갑자기—부인은 외출하고 없었다—목청껏 아름답게 손놀림에 맞춰 노래를 부르기 시작했다.

노랫소리는 크눌프에게도 잘 들렸다. 그는 다시 무두장이의 다리에 앉아 점심때 챙긴 빵조각으로 작은 구슬을 만들어 하나씩 물속에 살며시 던졌다. 그러고는 그것들이 잠시 흐르다 가라앉고, 어두운 바닥에서 물고기가 조용히 유령처럼 나타나 삼켜버리는 모습을 깊은 생각에 잠긴 채로 내려다보았다.

주인이 저녁 식사 자리에서 말했다.

"자, 이제 토요일 밤이군. 일주일을 꼬박 열심히 일하고 난 뒤의 주말이 얼마나 즐거운 것인지 자네는 절대로 모를 거야."

"아니, 나도 알고 있네."

크눌프는 미소를 지었다. 부인도 함께 미소를 지으면서 장난스럽게 그의 얼굴을 바라보았다.

"오늘 밤에는."

로트푸스가 밝은 표정을 지으며 말했다.

"오늘 밤에는 함께 맥주를 마시자고. 여보, 맥주를 가져다 줘! 그리고 내일 날씨가 좋으면 셋이 함께 소풍하세. 어떤가, 친구."

크눌프는 주인의 어깨를 힘껏 두드렸다.

"자네 집은 정말 즐거워. 진심이네. 그리고 소풍도 상당히 기대되는걸. 하지만 오늘 밤은 볼일이 있네. 친구가 있는데 그 친구를 만나야 하네. 윗동네 대장간에서 일을 하는데, 내일 여행을 떠난다네. 정말 미안하네, 내일은 하루 종일 상대를 해주지. 이럴 줄 알았다면 약속하지 않았을 걸세."

"설마 지금 밤거리를 쏘다니려 하는 건 아니겠지, 아직 몸이다 낫지도 않았는데."

"이봐, 무슨 소리야. 몸을 너무 움직이지 않는 건 좋지 않아. 좀 늦을 걸세. 열쇠는 어디에 두나? 돌아와서 깨울 수 없잖나."

"자네는 정말 고집쟁이야, 크눌프. 그럼, 다녀오게. 열쇠는 지하실 덧문 뒤에 있네. 어딘지 알겠지?"

"물론, 잘 알지. 다녀오겠네. 자넨 일찍 자게. 안녕히 주무세요, 부인."

그가 거실을 나와 현관 앞에 도달했을 때, 부인이 서둘러 뒤를 쫓아왔다. 그녀는 가져온 우산을 억지로 손에 쥐어주었다.

"스스로 건강을 챙기셔야죠, 크눌프 씨."

그녀가 말했다.

"나온 김에 열쇠 있는 곳을 알려드릴게요."

그녀는 어둠 속에서 그의 손을 잡고 집 모퉁이를 돌아 나무 덧문이 닫혀 있는 작은 창문 앞에 섰다.

"이 덧문 뒤에 열쇠를 놓아둬요."

그녀는 흥분한 채 속삭이듯 말하며 크눌프의 손을 쓰다듬었다.

"이 멋진 손을 넣으면 돼요. 창틀에 있어요."

"잘 알겠습니다, 고맙습니다."

크눌프는 당황하며 손을 뺐다.

"돌아오실 때까지 맥주 한 잔을 남겨놓을까요?"

그녀는 다시 말을 걸며 살며시 몸을 밀착시켰다.

"아니요, 고맙습니다. 저는 술을 거의 마시지 않아요. 잘 자요, 로트푸스 부인. 고마웠어요."

"그렇게 급해요?"

그녀는 애교스럽게 말하며 그의 팔을 살며시 꼬집었다. 그녀의 얼굴이 그의 코끝에 와 있었다. 힘으로 그녀를 밀쳐내고 싶지 않았기에 그는 당혹스러워하면서 그녀의 머리를 쓰다듬었다.

"이제 가봐야 합니다."

그는 갑자기 큰 소리로 소리치며 뒷걸음질을 쳤다.

그녀는 반쯤 열린 입으로 그에게 미소를 지어 보였다. 어둠 속에서 그녀의 이가 반짝반짝 빛나는 것이 보였다. 그녀는 나지막하게 소리쳤다.

"그럼, 오실 때까지 기다릴게요. 얄미운 사람."

그는 우산을 옆구리에 끼고 어두운 골목을 성큼성큼 걸어가다 다음 모퉁이에서 황당한 당혹스러움을 떨쳐내기 위해 휘파람을 불기 시작했다. 이런 노래였다.

상대해줄 것이라고 착각하지만
나는 그럴 생각이 전혀 없네.
사람들을 만날 때마다 나는 항상
당신 때문에 창피를 당하네.

미지근한 바람이 불어오고, 이따금 검은 하늘에 별이 보였다. 술집에는 젊은 사람들이 일요일을 앞두고 왁자지껄 시끄러웠다. '공작 주점'의 새로 생긴 볼링장 창문 너머에는 마을 유지들이 소매를 걷어붙인 채 공을 가늠하면서 담배를 물고

줄지어 서 있는 모습이 보였다. 크눌프는 체육관 앞에 서서 주변을 둘러보았다. 밤나무들 사이로 축축한 바람이 약하게 불어왔다. 강은 깊은 어둠 속에서 소리를 내며 흘렀고, 불이 켜진 창 몇 개가 보였다. 온화한 밤은 방랑자의 기분을 상쾌하게 해주었다. 그는 냄새를 맡듯 숨을 크게 들이마시면서 봄의 따뜻함과 메마른 도로와 방랑을 어렴풋이 느꼈다. 그의 무한한 기억은 마을과 강의 계곡과 그 주변 전체를 떠올렸다. 그는 모든 지역을 잘 알고 있었다. 거리와 도로, 도시와 마을과 촌락, 집들과 친숙한 여관을 잘 알고 있었다. 섬세하게 기억을 되살리며 다음 여행 계획을 세웠다. 이 레히슈테텐에서는 더 이상 머무를 수가 없었다. 부인이 부담되지 않았다면 친구를 위해 적어도 일요일까지는 그곳에 머무를 생각이었다.

어쩌면 친구에게 부인에 대해 넌지시 주의를 주는 게 좋을지도 모른다고 생각했다. 그러나 그는 타인의 일에 나서는 것을 좋아하지 않았다. 상대를 위하고 현명하게 대처하기 위한 도움을 줄 필요성을 느끼지 못했다. 결과가 이렇게 된 것이 너무나 아쉬웠다. 옛 옥센의 여종업원에 대한 그의 생각은 결코 호의적이지 못했다. 그러나 친구가 가정과 결혼생활의 행복에 대하여 거들먹거린 것조차도 그는 일종의 조소를 느꼈다. 자신의 행복과 장점을 자만하며 떠벌리는 게 얼마나 무의미한 것인지를 잘 알고 있었기 때문이다. 양복 수선공의 신앙심도 이전에는 이와 마찬가지였다. 그들의 어리석음을 옆에서 지켜보면서 비웃거나 동정할 수 있었다. 그러나 그들에게는 그냥 그 길을 가게 놔둬야만 했다.

생각에 지친 긴 한숨을 내쉬고 그는 그런 괴로운 생각에서 벗어났다. 다리를 향해 오래된 밤나무의 텅 빈 구멍에 기대어 자신의 방랑에 대해 생각했다. 슈바르츠발트를 횡단하고 싶었지만, 산악지대는 아직 추위가 가시지 않았다. 아마도 아직 그대로 남아 있어 가죽 장화를 다 버리고 말 것이다. 묵을 만한 곳도 서로 멀리 떨어져 있었다. 부질없는 생각이었다. 계곡을 따라 걸으며 작은 마을들에서 멀리 벗어나지 않도록 조심해야 했다. 강을 따라 네 시간 정도 내려가면 가장 먼저 안전한 휴식처가 있는 히르쉔뮐러다. 날씨가 좋지 않다면 그곳에서 하루 이틀쯤 신세를 질 수 있을 것이다.

이런저런 생각에 빠져 사람을 기다리고 있는 것조차 잊고 있을 때, 나무 사이로 불어오는 어두운 다리 위에 야위고 불안해 보이는 사람의 그림자가 나타나 머뭇거리며 다가오고 있었다. 그는 곧바로 알아차리고는 기쁨과 감사의 마음으로 달려가며 모자를 흔들었다.

"잘 와주었어요, 베르벨레. 와주시지 않는 줄 알았어요."

그는 그녀의 왼편에서 걸으며 가로수 길을 따라 강 상류로 걸어갔다. 그녀는 쭈뼛거리며 부끄러워했다.

"역시, 오지 말 걸 그랬어."

그녀는 반복해서 말했다.

"아무도 보지 말아야 할 텐데!"

크눌프는 묻고 싶은 게 너무나 많았다. 얼마 뒤 그녀의 걸음걸이가 안정을 되찾으면서 규칙적으로 바뀌었다. 그러다 결국은 가볍고 기분 좋게 친구처럼 그와 나란히 걸었다. 그러면서 그의 질문과 맞장구에 흥이 올라 열정적으로 고향에 대해, 아버지에 대해, 오빠와 할머니에 대해, 오리와 닭들에 대해, 병에 대해, 결혼식과 교회의 헌당 기념일에 대해 이야기했다. 작지만 소중한 경험의 창고가 문을 열었다. 그것은 그녀 자신이 생각했던 것보다 훌륭했다. 마지막에는 그녀가 고용살이하기 위해 집을 떠나 이별하게 된 동기와 지금의 주인 가정사에 관한 이야기를 하게 되었다.

두 사람은 이미 작은 마을의 외곽으로 나가 있었다. 베르벨레는 길에 대해서는 전혀 신경을 쓰지 않았다. 이렇게 수다를 떨면서 타향에서 말동무도 없이 참고 살아야만 했던 길고도 슬픈 일주일에서 벗어나 정말로 즐거워하고 있었다.

"대체 여기가 어디예요?"

그녀는 퍼뜩 놀라서 소리쳤다.

"대체 어딜 가는 거예요?"

"당신만 괜찮다면 게르텔핑엔으로 가려 해요. 거의 다 왔어요."

"게르텔핑엔이라고요? 거기서 뭘 하려고요? 그보다 돌아가요. 늦겠어요."

"몇 시까지 돌아가야 하죠, 베르벨레?"

"열 시. 벌써 시간이 다 됐어요. 즐거운 산책이었어요."

"열 시라면 아직 시간이 많이 남아 있어요."

크눌프가 말했다.

"당신이 시간 안에 돌아갈 수 있도록 신경을 쓸게요. 서로 이렇게 젊은 나이에 함께할 기회가 많지 않으니, 오늘은 맘껏 춤을 추며 즐깁시다. 혹시 춤을 싫어하나요?"

그녀는 긴장한 채 미심쩍다는 표정으로 그를 바라보았다.

"아뇨, 춤이라면 저도 좋아해요. 하지만 어디서요? 이런 한밤중에 밖에서요?"

"곧 알게 될 거예요. 게르텔핑엔에 거의 다 왔어요. 그곳에 가면, 라이온 주점에서 연주해요. 거기서 딱 한 번만 춤을 추는 거예요. 그리고 돌아가기로 해요. 그러면 멋진 밤을 보낼 수 있어요."

베르벨레는 믿지 못하겠다는 듯이 멈춰 섰다.

"재미있겠네요."

그녀는 천천히 말을 이어갔다.

"하지만 남들이 우릴 어떻게 보겠어요. 저는 그런 여자로 보이는 게 싫어요. 남들이 우리를 연인으로 착각하는 건 싫어요."

그러더니 그녀는 갑자기 아주 밝은 표정으로 웃으며 말했다.

"그러니까, 언젠가 제게 좋은 사람이 생긴다면 무두장이는 안 돼요. 당신에게는 실례일지 모르지만, 무두장이 일은 더러운 일이잖아요."

"아마 그건 맞는 말일 겁니다."

크눌프는 아무렇지 않다는 듯이 말했다.

"저와 결혼할 일은 절대 없을 거예요. 제가 무두장이이고, 당신이 고상하고 품위 있는 사람이라는 걸 아무도 모를 거예요. 손을 깨끗이 씻고 왔어요. 함께 춤을 춰주실 마음이 있다면 초대하지요. 그럴 마음이 없다면 돌아갑시다."

푸르스름한 박공이 있는 마을의 첫 집이 덤불 사이로 보이기 시작했다. 크눌프는 갑자기 쉿, 하고 손가락을 입에 가져다 댔다. 마을에서 아코디언과 바이올린의 댄스곡이 울려 퍼지는 소리가 들렸다.

"그럼!"

그녀는 웃었다. 두 사람은 서둘러 걷기 시작했다.

라이온 주점에서는 네댓 쌍이 춤을 추고 있을 뿐이었다. 크눌프가 모르는 사람들뿐이었다. 조용히 격식에 맞춰 춤을 추고 있었다. 모르는 한 쌍이 춤을 추기 시작했지만 아무도 방해하지 않았다. 함께 느린 민속곡과 폴카를 추고 나서 다음은 왈츠였는데, 베르벨레는 이 곡엔 추지 않았다. 두 사람은 구경하며 맥주를 마셨다. 크눌프에게는 그 이상의 돈이 없었다.

베르벨레는 춤을 추는 동안 상기가 되어 반짝이는 눈으로 작은 홀을 바라보았다.

"이제 돌아가지요."

크눌프는 9시 30분이 되자 말을 꺼냈다.

그녀는 벌떡 일어나 슬픈 표정을 지었다.

"정말 아쉬워요."

그녀는 작은 목소리로 말했다.

"좀 더 있어도 괜찮아요."

"아뇨, 이제 돌아가야 해요. 멋진 밤이었어요."

막 나서는 찰나 문 앞에서 그녀가 갑자기 말을 꺼냈다.

"악단에게 아무것도 주지 않았어요."

"그래요."

크눌프는 잠시 당혹스러워하며 말했다.

"이십 페니히는 줘야겠지요. 하지만 아쉽게도 저는 한 푼도 없는 형편이네요."

그녀는 진지한 표정으로 실로 짠 작은 지갑을 주머니에서 꺼내 들었다.

"어째서 말해주지 않았어요? 이십 페니히 동전이 있으니 가져다주세요!"

그는 돈을 받아 들고는 악단에게 가져다주었다. 그리고 밖으로 나가, 깊은 어둠 속에서 길눈이 트일 때까지 문 앞에 잠시 서 있어야만 했다. 바람이 세지고 비도 한 방울씩 떨어지기 시작했다.

"우산을 씌워드릴까요?"

크눌프가 물었다.

"안 돼요, 바람이 이렇게 부는데요. 우산을 펴면 걸을 수가 없어요. 안에서는 정말 좋았어요. 당신은 마치 댄스 선생님처럼 춤을 잘 추네요, 무두장이 씨."

그녀는 밝게 이야기를 계속했다. 그러나 친구는 말이 없었다. 피곤 때문일 수도 있고, 이별의 시간이 다가오는 것이 두려웠는지도 모른다.

그녀는 갑자기 노래를 부르기 시작했다.

"네카 강가에서 풀을 베고, 라인 강가에서 풀을 베기도 하죠."

그녀의 목소리는 따뜻하고 맑게 울렸다. 두 번째 구절부터는 크눌프가 리듬에 맞춰 낮고 아름답게 화음을 넣어주자, 그녀는 즐겁게 귀를 기울였다.

"이제, 이쯤 되면 향수병도 싹 사라졌겠죠?"

그는 노래가 끝나자 물었다.

"네, 그래요."

그녀는 밝게 웃었다.

"이런 산책을 언젠가 꼭 다시 해요."

"아쉽지만, 아마도 이게 마지막이 될 거예요."

그는 풀이 죽은 목소리로 말했다. 그러자 그녀는 걸음을 멈추었다. 확실하게 들은 것은 아니지만, 그의 말에서 왠지 슬픔이 묻어나는 것을 느꼈기 때문이다.

"네, 뭐라고요?"

그녀는 당황한 듯 물었다.

"제가 뭘 언짢게 했나요?"

"그럴 리가 있나요, 베르벨레. 하지만 내일 아침이면 여행을 떠나야 해요. 이미 일도 그만둔다고 말해뒀어요."

"무슨 말이에요, 정말이에요? 너무 아쉬워요."

"저 때문에 슬퍼하지 말아요. 어차피 오래 있을 생각이 아니었어요. 저는 하찮은 무두장이이니, 언젠가 당신에게 좋은 사람이 나타날 거예요. 아주 멋진 남자가 말이죠. 그러면 더 이상 향수병에 걸리지 않을 거예요. 틀림없어요."

"그런 말씀은 하지 마세요. 당신이 제 연인은 아니지만, 제가 당신을 좋아하고 있다는 것은 알고 계시죠?"

두 사람은 입을 다물었다. 바람이 휘휘 불어와 얼굴을 때렸다. 크눌프는 걸음을 늦췄다. 다리 근처에 다다르자 그는 걸음을 멈추었다.

"여기서 작별하죠. 조금은 당신 혼자 걷는 게 좋을 거예요."

베르벨레는 정말 슬픈 표정으로 그의 얼굴을 바라보았다.

"정말인가 보네요? 그렇다면 감사 인사를 드려야겠네요. 절대 잊지 않을 거예요. 몸조심하세요!"

그는 그녀의 손을 잡고 자신에게로 끌어당겼다. 그녀가 겁에 질려 놀란 눈으로 자신을 바라보는 사이, 그는 그녀의 비에 젖은 양 갈래로 땋아 내린 머리를 두 손으로 꼭 잡고 속삭였다.

"잘 있어요, 베르벨레. 작별 키스를 해줄래요? 내가 당신을 잊지 않도록."

그녀는 잠시 움찔거리며 뒤로 물러섰다. 그의 눈길은 부드럽고 슬퍼 보였다. 그제야 그녀는 그가 얼마나 아름다운 눈을 하고 있는지 보았다. 그녀는 눈을 감지 않은 채로 진지하게 그의 입맞춤을 받아들였다. 그러고 나서 그가 옅은 미소를 띤 채로 머뭇거리자, 그녀는 눈물을 글썽이며 진심 어린 입맞춤을 해주었다.

이내 그녀는 서둘러 뛰어갔다. 그러다가 다리 위에서 갑자기 발길을 돌려 돌아왔다. 그는 아직 그 자리에 있었다.

"무슨 일이에요, 베르벨레?"

그가 물었다.

"어서 집에 돌아가요."

"네, 갈 거예요. 저를 나쁘게 생각하지 말아요!"

"절대로 그럴 리가 없어요."

"근데 말이죠, 무두장이 씨. 아까 돈이 한 푼도 없다고 했잖아요. 여행을 떠나기 전에 임금은 받을 수 있는 거죠?"

"아뇨, 돈은 받을 수 없어요. 하지만 그런 건 아무래도 상관없어요. 어떻게든 살아갈 수 있어요. 당신은 전혀 걱정할 필요가 없어요."

"아니, 안 돼요! 주머니에 얼마라도 돈이 있어야 해요. 여기!"

그녀는 큰돈을 그의 주머니 속에 찔러 넣었다. 1탈러임을 손 느낌으로 알 수 있었다.

"언젠가 꼭 돌려주거나 송금해줘도 돼요. 이다음에 언젠가."

그는 그녀의 손을 잡아 만류했다.

"그럴 수 없어요. 당신은 당신 돈을 이런 식으로 써서는 안 돼요! 이건 일 탈러잖아요. 다시 가져가요! 아니, 그렇게 해야만 해요! 그렇게 분별없이 행동해서는 안 돼요. 혹시 오십 페니히 정도를 가지고 있다면 기꺼이 받겠습니다. 형편이 어려우니까요. 하지만 그 이상은 받을 수 없어요."

두 사람은 한동안 실랑이를 벌였다. 베르벨레가 1탈러밖에 가진 게 없다고 고집을 피우다, 결국은 지갑을 통째로 보여주어야만 했다. 그런데 그녀의 말과 달리 1마르크와 작은 20페니 은화를 가지고 있었다. 그것은 그때까지 통용이 되고 있었다. 그 은화를 달라고 했지만, 그녀는 그것만으로는 부족하다고 생각했다. 그는 아무것도 받으려 하지 않았지만, 결국 1마르크를 받아 들었다. 그러자 그녀는 잔걸음으로 뛰어 돌아갔다.

도중에 그녀는 어째서 그가 한 번 더 키스해주지 않았는지를 계속 생각했다. 그녀는 그것이 너무나 아쉽기도 했지만, 또한 그런 모습이 더욱 사랑스럽고 좋게 여겨졌다. 결국 그녀는 그렇게 생각하기로 했다.

한 시간이 지나서야 크눌프는 집으로 돌아갔다. 위층 거실에는 아직 불이 켜져 있었다. 분명 친구의 부인이 자지 않고 그를 기다리고 있는 것이다. 그는 화가 나서 침을 뱉은 뒤 당장에 떠나고 싶은 심정이었다. 그러나 그는 피곤했고, 비도 쏟아질 것 같았다. 친구를 그렇게 떠나는 것도 싫었다. 게다가 오늘 밤은 조금 장난기가 발동하기도 했다.

그는 감춰둔 열쇠를 꺼내 들고 도둑처럼 조심스럽게 현관문을 열고 살며시 닫았다. 입술을 꼭 깨물고 소리가 나지 않도록 자물쇠를 잠근 뒤, 열쇠는 제자리에 두었다. 그러고는 신발을 손에 들고 양말만 신은 채로 계단을 올라갔다. 그는 반쯤 열려 있는 문을 통해 거실에서 새어 나오는 빛을 보았다. 그리고 오랜 시간 기다리다 지쳐 소파 위에서 잠이 든 부인의 깊고 긴 숨소리를 들었다. 그는 소리 나지 않게 조심조심 다락방으로 올라가 안에서 문을 잠그고 잠자리에 들었다. 물론 내일 여행을 떠나야 하는 것은 이미 정해져 있었다.

크눌프에 대한 나의 회상

　아직 즐거운 청춘이 한창이었고 크눌프가 살아 있을 때의 일이다. 우리는, 그와 나는 이글거리는 여름철에 풍요로운 지방을 떠돌면서도 힘든 줄을 몰랐다. 하루 종일 노랗게 물든 밀밭을 따라 어슬렁거리며 걷거나, 시원한 호두나무 아래 혹은 숲에서 배를 깔고 누워 있곤 했다. 밤이 되면 나는 크눌프가 농부들에게 이런저런 이야기를 들려주고, 아이들에게 손 그림자놀이를 보여주고, 아가씨들에게 많은 노래를 불러주는 것에 귀를 기울였다. 나는 즐겁게 들었는데, 질투하지는 않았다. 나는 그저 그가 아가씨들 사이에 서서 갈색빛의 얼굴을 환하게 빛내고 있을 때, 아가씨들이 자주 웃으며 비아냥거리면서도 그를 뚫어져라 바라보는 것을 보며, 역시 그가 보기 드문 행운아이며 나와는 정반대라는 생각이 자주 들었다. 그럴 때마다 나는 훼방꾼이 되지 않기 위해 자리를 피하는 일도 많았다.

그리고 목사의 거실로 찾아가 신비로운 경험에 관해 이야기를 나누고 잠자리를 청하거나 술집에 앉아 조용히 술잔을 기울이곤 했다.

어느 날 오후, 한 묘지 옆을 지났을 때의 일은 결코 잊을 수가 없다. 다음 마을까지 멀리 떨어져 있는 작은 예배당과 함께 버려진 듯한 밭 사이에 묘지가 있었다. 지붕 위에는 덤불이 무성하게 덮인 채로 뜨겁게 타오르는 밭 속에서 아주 평화롭고 숙연하게 자리하고 있었다. 입구의 격자문 옆에는 커다란 밤나무 두 그루가 서 있었다. 나는 문이 잠겨 있어서 그냥 지나치려 했지만, 크눌프는 담을 넘기 위해 기어오르기 시작했다.

내가 물었다.

"얼마 되지 않았는데, 또 쉴 생각인가?"

"물론 그렇지. 안 그러면 이제 곧 발바닥이 아플 거야."

"그래? 그런데 하필이면 꼭 묘지여야 하겠나?"

"안성맞춤이지. 따라오게. 농부들은 낭비하지 않는 사람들인데, 충분히 이해할 수도 있지. 하지만 땅속에서는 편하게 살고 싶어 하지. 그 때문에 고생을 아끼지 않고 묘지와 그 주변을 깨끗하게 단장하지."

그렇게 함께 담을 넘고 나서 그의 말이 옳다는 것을 알 수 있었다. 낮은 담장은 충분히 넘을 가치가 있었다. 그 속에는 무덤이 휘거나, 똑바르게 열을 맞춰 늘어서 있었다. 대개의 무덤에는 나무 십자가가 세워져 있었고, 녹음과 꽃들로 화사하게 뒤덮여 있었다. 그곳에는 메꽃과 제라늄이 기쁜 듯 피어 있었고, 더 깊은 곳의 그림자 아래에는 철 지난 꽃무가 피어 있었다. 장미 덩굴에는 장미꽃이 만발했고, 덧나무는 가지와 잎사귀가 무성했다.

우리는 잠시 그것들을 살펴보고 풀밭에 앉았다. 풀들은 여기저기서 높이 솟아 꽃을 피우고 있었다. 우리는 한가로이 바람을 쐬며 만족스러운 기분으로 휴식을 취했다.

크눌프가 가까운 십자가에 적혀 있는 이름을 읽었다.

"엥엘베르트 아우어란 사람으로 예순이 넘었군. 이제는 목서초 아래 누워 영원한 안식에 들었군. 목서초는 아름다운 꽃으로 나도 언젠가는 갖고 싶다고 생각하네. 우선 여기에 있는 것을 하나 꺾어 가야겠어."

내가 말했다.

"그건 그냥 두고 다른 것을 고르지. 목서초는 금세 말라버리니까."

하지만 그는 한 송이를 꺾어 풀밭에 놓여 있던 모자에 꽂았다.

"정말 조용하군!"

내가 말했다. 그러자 그도 말했다.

"정말 그래. 좀 더 조용했더라면 땅속에서 이야기하는 소리까지 들렸을 거야."

"그만두게, 그들은 더 이상 말을 할 수 없다고."

"알 게 뭐야. 모두 죽음을 잠이라고 자주 말하잖아. 자면서 말하는 때도 종종 있고, 어떨 때는 노래까지 부르지."

"자네라면 그럴지도 모르지."

"그럼, 안 그럴 이유가 없잖아? 내가 죽으면 일요일에 아가씨들이 찾아와 무덤 주변에 서서 작은 꽃들을 꺾을 거야. 그러면 나는 아주 작은 소리로 노래를 부르겠지."

"그래? 어떤 노래?"

그는 몸을 쭉 뻗고 눈을 감은 채 어린아이 같은 목소리로 노래를 부르기 시작했다.

나는 일찍 죽었으니
노래를 불러주오, 그대 아가씨들,
이별의 노래를.
다시 올 때는
다시 올 때는
나는 아름다운 청년일 거요.

이 노래는 내 맘에 쏙 들었지만, 웃음을 참을 수가 없었다. 그는 아름답고 부드럽게 노래를 불렀다. 일부 가사의 의미가 모호했지만, 아름다운 멜로디가 노래를 사랑스럽게 해주었다.

"크눌프."

내가 말했다.

"아가씨들과 너무 많은 약속을 해서는 안 돼. 그러면 얼마 못 가 자네의 이야기에 귀를 기울이지 않게 된다고. 다시 온다는 것은 나쁘지 않지만, 그건 아무도 모르는 일이야. 자네가 그때 정말로 아름다운 청년이 되어 있을지는 전혀 확실하지 않아."

"확실하지 않지. 자네 말이 맞아. 하지만 그렇게 되면 좋겠지. 자네 기억하고 있나? 엊그제 황소를 끌고 가던 어린 사내아이에게 길을 물었었지? 나는 그런 아이로 돌아가고 싶어. 자네는 어떤가?"

"아니, 나는 됐네. 나는 칠순이 넘은 노인과 만난 적이 있었네. 그는 정말로 고요하고 부드러운 눈길을 하고 있었지. 그에게는 고요와 부드러움과 현명함만을 갖추고 있는 것처럼 여겨질 정도였지. 그 이후로 나는 이따금 나도 그렇게 되고 싶다고 생각하네."

"그래? 그렇게 되기 위해서는 좀 부족한 면이 있지. 대부분 소망이라는 것에는 우스꽝스러운 부분이 있지. 내가 지금의 나를 포기한다면 귀엽고 작은 사내아이가 된다고 하더라도, 자네가 지금 당장 자신을 포기한다면 고상하고 너그러운 노인이 된다고 하더라도, 우리는 절대로 지금의 자신을 포기하지 않을 걸세. 그런 것보다는 지금의 상태로 있기를 바랄 거야."

"그건 맞는 말이야."

"아마 다른 것도 마찬가지일 거야. 나는 가끔 그런 생각을 하네. 이 세상에 존재하는 것 중 가장 아름답고 기가 막힌 건 금발의 날씬한 젊은 아가씨라고 말이야. 하지만 꼭 단정할 수도 없어. 검은 머리카락의 아가씨가 훨씬 예쁘다는 생각이 들 때도 많으니까. 그뿐만 아니라 아름다운 새가 자유롭게 하늘을 날고 있는 모습을 보면, 그거야말로 세상에서 가장 아름답고 신비로운 것이라는 생각이 들기도 하지. 또 어떤 때는 나비만큼, 예를 들어 날개에 붙은 문양이 있는 하얀 나비만큼 아름답게 느껴지는 것이 없지. 그리고 어떨 때는 구름 사이로 비추는 저녁노을만큼 아름답게 느껴지는 것이 없기도 하지. 만물이 빛나고 있지만, 눈이 부시지 않고 정말로 즐겁고 천진난만하게 보일 때는 말이야."

"정말 맞는 말이야, 크눌프. 무엇이든 적절한 때 보면 아름답게 보이지."

"맞아. 하지만 나는 전혀 다른 생각을 하기도 하네. 가장 아름다운 것은 언제나 만족과 함께 슬픔을, 불안을 동반할 때 아름답다고 생각하네."

"뭐, 어째서?"

"나는 이렇게 생각해. 정말로 아름다운 아가씨조차 아마도 그렇게 아름답다고 생각하지 않을 거야. 그런 사람들에게도 최고의 순간이 있고, 그 시기가 지나면 나이가 들고 죽어야 한다는 것을 알지 못한다면, 만약 아름다운 것이 영원히 변하지 않는 아름다움이라면 나는 그걸 기뻐할지도 모르네. 하지만 나는 그것을 차가운 눈빛으로 바라볼 걸세. 그런 건 오늘이 아니라도 언제든 볼 수 있는 것이라고 여길 걸세. 그와 반대로 쉽게 시드는 것, 항상 똑같지 않은 것을 볼 때면 기쁨은 물론 동정심도 품게 될 걸세."

"그야 그렇지."

"그 때문에 우연히 한밤중에 불꽃놀이를 봤을 때만큼 아름다운 것을 나는 모르네. 청색과 녹색의 빛줄기가 어둠을 뚫고 올라가는 순간, 가장 아름다운 순간에 작은 활 모양을 그리며 사라지지. 그 모습을 보고 있으면 환희를 그리고 동시에 금세 사라져버릴 것 같은 불안감을 느끼지. 이 두 가지 감정이 동시에 일어나기 때문에 불꽃이 길어질 때보다 훨씬 아름다운 거지. 안 그런가?"

"그야 물론이지. 하지만 그 주장이 모든 것에 들어맞지는 않아."

"어째서?"

"예를 들어, 사랑하는 두 사람이 결혼할 경우 혹은 우정으로 이어진 경우에는 그 관계가 지속되고 금세 끝나서는 안 될 것이기 때문에 아름다운 거지."

크눌프는 나를 찬찬히 살핀 뒤, 검은 눈썹을 움찔거리며 생각에 잠기더니 이내 말했다.

"나도 그렇게 생각하네. 하지만 그 또한 모든 것과 마찬가지로 언젠가는 끝나게 마련이지. 우정을 깨뜨릴 온갖 일이 일어나게 마련이지. 연애도 마찬가지야."

"물론 그렇지. 하지만 그렇게 되기 전까지는 생각해서는 안 돼."

"자네 말이 맞네. 이보게, 나는 지금까지 두 번의 사랑을 했네. 진정한 사랑을 말하는 걸세. 두 번 다 영원하고 죽어서야 끝날 것이라고 믿었었지. 하지만 두 번의 사랑은 끝이 났고, 나는 죽지를 않았네. 친구도 한 명 있었지. 내가 고향에 있을 때 우리 둘은 살아 있는 동안 영원히 헤어지지 않을 거라 생각했었지. 하지만 결국 이별을 하고 말았네. 이미 오래전에 말이야."

그는 입을 다물었다. 나는 그의 말에 뭐라고 대답해야 좋을지 몰랐다. 사람과 사람 사이에는 아무리 긴밀하게 이어져 있다고 하더라도 언젠가는 심연이 입을 벌린다는 것을, 그걸 초월할 수 있는 것은 사랑뿐이며 그 사랑조차도 위험에서 벗어나기 위한 다리를 놓아 겨우 건널 수 있다는 것을 나는 아직 경험하지 못했다. 친구가 좀 전에 한 말에 대해 생각해보았다. 그 중에 빛줄기에 대한 것이 가장 맘에 들었다. 그것은 나 스스로 몇 번이고 경험해본 적이 있었기 때문이다. 어둠을 뚫고 올랐다가 순식간에 다시 어둠 속으로 사라져버리는 불길. 희미하게 마음을 유혹하는 불꽃은 모든 사람의 기쁨의 상징처럼 여겨졌다. 아름다우면 아름다울수록 만족도 덜 하고, 그만큼 빨리 사라져버리는 게 인간의 희열이다. 나는 이것을 크눌프에게 말했다.

그러나 그는 내 말에 동의하지 않았다. "아, 그래"라고 말할 뿐이었다. 그리고 한동안 틈을 두고 목소리를 낮추어 말했다.

"이것저것 생각한다고 해서 도움 되는 건 없네. 실제로는 생각했던 대로 행동하지 않거든. 사실은 일거수일투족에 아무런 생각도 하지 않고 마음이 원하는 대로 행동하고 있는 거지. 하지만 우정이나 사랑에서는 내가 말했던 대로일 거야. 결국은 각자 자신의 몫은 자신만이 가질 수 있을 뿐, 다른 사람과 함께 나눌 수는 없지. 그것은 누군가 죽었을 때 가장 잘 알 수 있지. 하루 동안, 한 달 동안 울면서 슬퍼하지. 일 년까지 갈 수도 있지. 하지만 결국 죽은 사람은 죽고 없어졌지. 고향도 없고 아는 사람도 없는 견습공이 관 속에 누워 있더라도 그건 마찬가지일 거야."

"크눌프, 그건 별로 재미없는 이야기군. 인생에는 결국 의미가 없어서는 안 되지. 우리는 어떤 사람이 악인이 아니고, 적대심을 품지 않고, 상냥하고 친절하게 대한다면 그것으로 가치가 있다고 자주 이야기를 하지 않았나. 하지만 지금 자네가 말한 대로라면 모든 것이 처음부터 똑같은 게 되네. 도둑질해도, 사람을 죽여도 다 좋다는 말인 거지."

"아니, 그런 뜻은 아니야. 가능하다면 만난 다음에 만나는 사람을 죽여보라고! 아니면 노란 나비에게 파랗게 되라고 주문을 걸어보게. 나비가 비웃을 거야."

"내 말은 그게 아냐. 모든 것이 다 똑같다면 선량하고 정직하려고 하는 것이 의미가 없어지지. 파랑이 노랑과 똑같이 좋고, 악이 선과 똑같이 좋은 것이라면 선은 사라지고 말 거야. 그렇게 된다면 모두 다 숲속의 동물들처럼 되어 본능에 따라 행동할 것이고, 그러면 장점은 물론 죄도 없어지겠지."

크눌프는 한숨을 내쉬었다.

"음, 자네가 그렇게 말하면 뭐라고 해야 좋을지! 어쩌면 자네 말이 맞을 수도 있겠지. 그렇다면 의지라는 것은 아무런 가치도 없게 되고, 무슨 일이든 우리와는 전혀 상관없이 진행된다고 느끼기 때문에 허무하고 슬프게 느껴지는 경우가 자주 생기지. 하지만 그렇기에 역시 죄라는 것이 있는 거야. 설령 죄를 지을 수밖에 없었다고 하더라도 말이지. 스스로 마음속으로 그렇게 느끼기 때문에 말이야. 선한 건 반드시 옳은 것이어야 하네. 선하다면 만족을 할 수 있을 것이고, 양심의 가책을 느끼지 않아도 되니까."

나는 그의 표정을 보고 그가 이 논쟁에 싫증이 났다는 것을 알 수 있었다. 이런 일은 자주 있는 일이었다. 그는 철학적 토론을 시작하면서 원칙을 세운 뒤, 그것에 찬성하거나 반대하다가는 갑자기 토론을 멈춰버리는 것이다. 이전에는 불충분한 내 대답과 이의에 싫증이 났다고 여겼었다. 그러나 실제로는 그가 사색의 습관을 통해 자신의 지식과 표현이 미치는 범위에서 벗어났다고 여겼기 때문이다. 어쨌거나 그는 수많은 책을 읽고 있었다. 그중에서도 톨스토이의 책을 자주 읽었다. 그러나 그는 올바른 결론과 궤변을 반드시 정확하게 구별하지는 못했고, 그 자신 또한 그것을 알고 있었다. 학자들에 대해서는 뛰어난 아이가 어른에게 이야기하듯이 말했다. 쉽게 말해서 학자가 자신보다 많은 재능과 수단을 가지고 있다는 걸 인정하기는 했지만, 그럼에도 무엇 하나 제대로 시작하지도 못한 채 역량을 발휘하거나 의문을 풀지 못한다는 사실을 경멸하고 있었다.

크눌프는 두 손으로 머리를 받치고 누워 검은 덧나무 잎사귀 사이로 푸른 하늘을 바라보며 라인 지방의 옛 민요를 흥얼거렸다. 나는 지금도 마지막 구절을 기억하고 있다.

예전에는 빨간 윗옷을 입고 있었지만
지금은 검은 상복을 입어야 한다네.
6, 7년의 세월이 흘러
나의 사랑스런 연인이 먼지가 될 때까지.

저녁 늦게 우리는 숲의 어두운 가장자리에 마주 앉아, 각자 커다란 빵조각을 먹으며 밤이 깊어지는 모습을 지켜보았다. 조금 전까지만 해도 언덕이 석양에 노랗게 반사되어 솜털처럼 아련한 빛 속에 녹아 있었지만, 이제는 어둠이 짙게 깔리면서 나무들과 밭 너머의 덤불이 허공에 검은 그림자를 그려놓았다. 하늘에는 아직 대낮의 푸른 여운이 남아 있었지만, 이미 깊은 밤의 푸른빛이 훨씬 짙어져 있었다.

아직 빛이 남아 있는 동안에는 작은 책 속의 해학적인 노래들을 소리 내어 읽었다. '독일의 손풍금 노래'라는 제목의 유쾌하고 황당하고 저속한 노래들이 작은 목판화와 함께 실려 있었다. 이 유희도 낮 동안의 빛이 사라지면서 끝나버렸다. 빵을 다 먹고 나서 크눌프는 노래를 듣고 싶다고 했다. 나는 주머니에서 빵가루가 잔뜩 묻은 하모니카를 꺼내 털어내고 익숙한 멜로디 몇 곡을 연주했다. 한동안 앉아 있는 사이에 우리 앞의 어둠은 둥근 능선 너머로 계속해서 넓게 퍼져나갔다. 하늘의 옅은 빛이 점점 사라지고 어둠이 깊어지면서 서서히 별들이 하나둘 반짝거렸다. 하모니카 소리는 가늘고 가볍고 들판을 달려 드넓은 허공 속으로 사라져버렸다.

"아직 잠이 들 것 같지 않아."

나는 크눌프에게 이야기했다.

"이야기를 하나만 더 해주게. 사실이 아니라도 좋아. 아니면 동화도 괜찮고."

크눌프는 잠시 생각에 잠겼다.

"그래."

크눌프가 말했다.

"사실이기도 하고 동화이기도 한 이야기야. 두 가지가 다 포함되지. 그러니까 꿈 이야기야. 작년 가을에 꾸었던 꿈인데, 그 뒤로도 두 번이나 똑같은 꿈을 꾸었지. 그 꿈 이야기를 해주지.

내 고향과 비슷한 어느 작은 마을에 골목이 있었지. 그곳의 집들은 박공이 골목을 향하게 하고 있었는데, 그것들은 다른 곳의 것보다 훨씬 높았네. 나는 그 집들 사이를 지나고 있었지. 아주 오랜만에 고향에 돌아온 느낌이었어. 그런데 뭔가 이상한 느낌이 들어 별로 기쁘지 않았어. 내가 이상한 곳에 와 있는 것이 아닌지, 고향에 있는 건지 아닌지 확신이 서질 않았기 때문이었어. 고향 마을과 완전히 똑같은 부분이 적지 않았고, 나는 한눈에 알아볼 수 있었지. 하지만 많은 집이 낯설게 변해 있었네. 다리와 광장으로 가는 길도 보이지 않았어. 그 대신에 낯선 정원과 교회 옆을 지나고 있었어. 그건 두 개의 커다란 탑이 있는 쾰른이나 바젤의 교회와 비슷했었지. 하지만 고향의 교회에는 탑이 없고, 그 대신 지붕에 머리가 없는 작은 탑이 있을 뿐이었지. 이전에 교회를 잘못 지어 탑을 제대로 완성하지 못했거든.

　마을 사람들도 마찬가지였어. 멀리서 볼 때는 내가 잘 아는 사람이 꽤 많았지. 그리고 막 이름을 부르려는 순간 어떤 사람은 집으로, 또 어떤 사람은 골목으로 사라져버렸고, 또 어떤 사람은 내게로 다가와 내 옆을 그냥 지나치면서 완전히 모르는 다른 사람으로 바뀌어버렸지. 하지만 그 사람이 그냥 지나쳐서 저 멀리 사라지는 모습을 바라보면, 역시 그 사람이 맞아, 아는 사람이 틀림없다는 생각이 드는 거야. 여자 몇 명이 상점 앞에 서 있는 모습도 보였지. 그중 한 사람은 죽은 할머니라고 생각했었지. 그런데 가까이 다가가서 보니 그녀들은 내가 전혀 모르는 사람으로 바뀐 채, 내가 전혀 알아들을 수 없는 사투리를 쓰고 있었네.

 결국 나는 이런 생각을 하게 됐지. 고향이든 아니든 간에 상관없으니 마을 밖으로 나가야겠다고. 하지만 나는 여전히 계속해서 낯익은 집들과 얼굴들을 향하고 있었고, 그럴 때마다 나는 바보 취급을 당했지. 그래도 화가 나지 않고 불쾌하지 않았어. 그저 슬프고 불안한 마음뿐이었어. 나는 기도를 해야겠다고 마음을 먹고 안간힘을 다해 생각했지만 아무 도움도 되지 않는 우스꽝스러운 말들만 떠올리고 말았지. 예를 들어 '대단히 존경하는 당신'이나 '현재 상황에서는' 같은, 이런 문구들을 횡설수설 중얼거렸네.

 그렇게 몇 시간을 반복했을 거야. 그러다 결국 열이 나고 지쳐서 멍한 상태로 비틀거리기 시작했지. 이미 밤이 깊었기 때문에 이번에 만나는 사람에게 여관이나 큰길을 물어보려고 결심했네. 하지만 누구에게도 말을 걸 수가 없었어. 내가 공기라도 되는 듯 모두 다 나를 그냥 지나쳤네. 피로와 절망감에 나는 울어버릴 것 같았어.

 그렇게 다시 모퉁이를 돌아가니 고향의 옛 골목이 눈앞에 보였네. 약간 변하고 화려해졌지만 이제 그런 것은 아무런 방해가 되지 않았네. 나는 그곳으로 곧장 달려갔지. 그러자 꿈속이라 좀 더 화사하게 장식이 되어 있었지만, 한 집 한 집이 또렷하게 구분되기 시작했어. 그러다 결국 내가 태어난 옛집을 발견했지. 그 집도 다른 집들과 마찬가지로 부자연스럽게 높았지만, 그 외 것들은 옛날과 거의 똑같았지. 기쁨과 흥분이 등줄기를 타고 오르더군.

현관 앞에 헨리에테라는 내 첫사랑이 서 있었네. 그녀는 옛날보다 크고 약간 변해 있었네. 하지만 훨씬 아름다워졌더군. 가까이 다가가서 보니 그녀의 아름다움은 기적의 산물로 마치 천사와도 같았지. 그녀는 밝은 금발로 헨리에테처럼 갈색 머리가 아니라는 것을 깨달았네. 하지만 머리끝에서 발끝까지 틀림없는 헨리에테였어. 광채가 빛나고 있어서 마치 다른 사람처럼 보였지.

헨리에테! 나는 그녀를 부르며 모자를 벗었네. 나를 알아봐 줄지 걱정이 될 만큼 그녀가 아름답게 보였기 때문이야.

그녀는 몸을 돌려 내 눈을 응시했지. 그러자 나는 당황스럽고 창피해서 어쩔 줄을 몰랐어. 그녀는 내가 생각하고 말을 걸었던 그녀가 아니라 두 번째 연인으로 오랫동안 사귀었던 리자베트였기 때문이지.

나는 다시 '리자베트!' 하고 소리치며 손을 내밀었네.

그녀가 나를 바라보는데 마치 신이라도 되는 듯 내 마음을 파고들었지. 엄하지도 거만하지 않고 고요하고 맑았지만, 대단히 정신적으로 뛰어나서 내가 마치 개라도 된 것 같았어. 그녀는 나를 뚫어져라 바라보던 눈이 점점 슬퍼지더니 뻔뻔한 질문에 대답하듯이 고개를 저으며 내 손을 뿌리치고, 집 안으로 들어가 현관문을 조용히 닫았네. 곧 빗장을 잠그는 소리가 들리더군.

나는 등을 돌려 그 자리를 떠났네. 아쉬운 회한과 눈물 때문에 앞이 잘 보이지 않았지만, 마을 모습이 다시 변한 것이 정말 희한하더군. 이번에는 골목과 집들과 모든 것이 옛날과 똑같았고, 비현실적인 것들은 완전히 사라지고 없었네. 박공도 그리 높지 않고 옛날 색깔 그대로였네. 사람들도 실제와 똑같아서 나를 알아보고 놀라며 반갑게 맞으면서 내 이름을 부르는 사람이 적지 않았네. 하지만 나는 대답도, 멈춰 서지도 못한 채 익숙한 골목을 있는 힘껏 달려서 다리를 건너 마을 밖으로 나와서야 먹먹한 가슴을 쓸어내리며 젖은 눈으로 그 모든 걸 바라볼 뿐이었지. 어째서인지는 모르겠지만 이제 나는 모든 것을 잃은 채 부끄러움 속에 도망쳐야 한다는 생각만 들 뿐이었네.

마을 밖으로 나와 미루나무 아래에서 잠시 멈춰야만 했을 때, 나는 그제야 고향집 앞에 서 있었으면서도 부모님과 형제자매와 친구들, 다른 모든 것에 대해 전혀 생각하지 않았다는 걸 깨달았네. 내 마음속에는 이전에 느끼지 못했던 혼란과 슬픔과 수치심이 끓어올랐네. 하지만 되돌아가서 모든 것을 만회할 수는 없었지. 왜냐하면 꿈은 끝났고, 나는 잠에서 깨어났기 때문이야."

크눌프는 말했다.

"인간은 각자의 영혼을 가지고 있지. 그 영혼을 다른 영혼과 섞을 수는 없어. 두 인간이 서로 다가가고, 이야기하고, 함께할 수는 있지. 하지만 그들의 영혼은 꽃들처럼 각자의 장소에 뿌리를 내리고 있어. 어떤 영혼이든 다른 영혼의 자리로 옮길 수가 없어. 자리를 옮기려면 뿌리가 뽑혀야 하니까. 그건 불가능한 일이야. 꽃은 서로 함께 있고 싶어 하기 때문에 향기를 내뿜고 씨앗을 뿌리는 거지. 하지만 씨앗이 제대로 된 장소로 가도록 하는 데 꽃은 아무것도 할 수 없네. 그것은 바람이 할 일이지. 바람은 제멋대로 이리저리 좋아하는 대로 불어대지."

그는 잠시 뒤 다시 말을 이어갔다.

"자네에게 들려주었던 꿈에도 아마 같은 의미가 있을 거야. 나는 헨리에테에게나 리자베트에게나 일부러 나쁜 짓을 한 게 아니야. 하지만 두 사람을 사랑하고 내 것으로 만들겠다고 마음을 먹었기 때문에, 두 사람은 내게 서로 닮았지만 둘 중 누구도 아닌 모습으로 꿈에 나타났던 거지. 그 모습은 내 것이지만 살아 있는 것은 아니야. 부모님에 대해서도 자주 그런 생각을 했지. 나는 부모님의 아들이고 부모님을 닮았다고 그분들은 생각하지. 하지만 내가 부모님을 사랑하는 것과는 별개로, 부모님에게 나는 이해할 수 없는 미지의 인간인 거야. 내게 중요한 건 아마도 내 영혼의 것을, 부모님은 가지와 잎사귀라고 생각하면서 내 젊음이나 변덕의 탓으로 돌리지. 그럼에도 나를 사랑하고 애정과 정성을 다하겠지. 아버지는 자식에게 코와 눈과 지능과 같은 것을 유전적으로 물려줄 수는 있지만 영혼은 그렇지 않아. 영혼은 모든 인간 속에 새롭게 피어나는 거야."

그의 말에 나는 아무런 대꾸도 할 수 없었다. 그 무렵에는 그런 생각을, 적어도 스스로 나서서 생각한 적이 없었기 때문이다. 그의 복잡한 생각이 내게는 그리 심각한 게 아니었고, 크눌프에게도 싸움이라기보다는 유희라고 여겼기 때문에 나는 사실 기분이 무척 좋았다. 게다가 둘이 잘 마른 풀밭에 누워 늦은 밤, 잠을 이루지 못한 채 일찌거니 나타나는 별을 바라보는 것은 평화롭고 아름다운 일이었다.

내가 말했다.

"크눌프, 자네는 사색가야. 교수가 됐어야 해."

그는 웃으며 고개를 저었다.

"그보다는 구세군에 들어가는 게 훨씬 나을걸."

그는 이렇게 말하고 생각에 잠겼다.

그것은 내게는 너무나 자극적이었다.

"이봐, 연극은 그만둬! 성자라도 될 생각인가?"

"맞아, 그래. 사람은 누구나 자신의 생각과 행동에 대해 정말로 진지할 수 있다면 성자라 할 수 있지. 어떤 일이 옳다고 여긴다면 그 일을 해야만 하지. 구세군에 들어가는 것이 옳다고 생각한다면 아마 그렇게 할 거야."

"또 구세군 이야기인가?"

"그래, 그 이유를 말해주지. 나는 지금까지 수많은 사람과 이야기를 나누고, 많은 사람의 연설을 들었네. 목사, 교사, 시장, 사회민주당원, 자유주의자가 연설하는 걸 들었지. 하지만 마음속 깊은 곳에서부터 진지하게, 만약의 경우에는 자신의 진리를 위해 목숨을 희생할 수 있다고 여겨지는 사람은 한 사람도 못 봤네. 그런데 구세군에서는 곡을 연주하며 소란을 피우기는 하지만, 진지했던 사람을 서너 번 보고 이야기도 들었네."

"대체 어떻게 그걸 안다는 건가?"

"보면 알 수 있지. 예를 들어 어떤 사람이 한 마을에서 연설하고 있었네. 일요일 야외에서 무더위 속에 먼지를 먹으면서 목이 쉬어라 연설했지. 그렇지 않아도 연설자는 썩 건강해 보이지 않았지. 더 이상 목소리가 나오지 않자, 동료 세 명에게 노래를 부르게 하고 그사이에 물 한 잔을 마셨지. 마을 주민 대부분이 그의 주변에 모여 있었네. 남녀노소를 막론하고. 모두 그를 바보라 여기며 비난했지. 뒤에 서 있던 젊은 사내는 휙휙 채찍을 휘두르며 무시무시한 소리를 내며 연설자의 화를 돋우고 있었어. 그럴 때마다 사람들은 웃음을 터뜨렸지. 하지만 그 불쌍한 남자는 바보도 아니었고, 화도 내지 않은 채 작은 목소리로 소동을 버텨냈네. 다른 사람이라면 비명을 지르거나 욕설을 퍼부었을 거야. 이보게, 그런 일은 쥐꼬리만 한 보수나 즐거움을 위해 할 수 있는 게 아냐. 거룩한 본성과 확신을 마음속에 품고 있는 게 틀림없다고."

"그럴지도 모르지. 하지만 그 하나가 모든 걸 말해주는 건 아니야. 자네처럼 섬세하고 예민한 사람은 그런 소동에 끼지 않을 거야."

"할 수도 있지. 섬세함과 예민함을 훨씬 능가하는 걸 깨닫고 그것을 가지고 있다면 말이지. 물론 하나가 모든 걸 말해준다고 단정할 수는 없지만, 진리는 모든 사람에게 통하는 거야."

"아, 진리! 할렐루야를 외쳐대는 사람들에게 진리가 있다는 것을 어떻게 알 수 있겠나."

"그야 알 수 없지. 자네 말이 맞아. 하지만 나는 그저 만약에 그것이 진리라는 걸 언젠가 깨닫게 된다면 그것을 따르겠다고 말하는 거야."

"만약 그렇다면 자네는 매일 하나의 지혜를 발견하지만, 내일이면 그것을 인정하려 들지 않을 거야."

그는 놀란 눈으로 내 얼굴을 바라보았다.

"말이 너무 심하군."

나는 사과를 하려 했지만, 그는 받아들이지 않은 채 입을 꾹 다물었다. 이윽고 그는 작은 목소리로 잘 자라고 말한 뒤 조용히 누웠다. 그러나 잠이 들지는 않은 것 같았다. 나도 아직 흥분이 채 가시지 않아 한 시간 이상 턱을 괴고 누워 밤하늘을 올려다보았다.

다음 날 아침, 일어나자마자 크눌프의 기분이 좋다는 것을 알 수 있었다. 내가 그렇게 말하자 그는 어린아이 같은 눈을 반짝이면서 나를 바라보며 말했다.

"바로 맞췄어. 그럼, 내가 왜 이렇게 기분이 좋은지 그것도 알겠나?"

"아니, 이유가 뭔데?"

"밤에는 푹 잤고, 좋은 꿈도 많이 꾸었지. 하지만 꿈을 기억해서는 안 돼. 오늘의 나는 그래. 밝고 즐거운 꿈을 연속적으로 꾸었지만 모두 다 잊어버렸어. 하지만 멋지고 아름다운 꿈이었다는 것만은 기억하고 있지."

다음 마을에 도착해서 아침 우유를 마시기 전에 그는 따뜻하고 경쾌한 목소리로 서너 개의 새로 지은 노래를 맑은 아침 공기 속에 불렀다. 이런 노래를 받아 적거나 인쇄한다면 아마도 멋이 떨어질 것이다. 크눌프는 위대한 시인은 아니더라도 보통의 시인은 되었다. 그가 직접 부르는 그의 노래들은 다른 훌륭한 노래들의 아름다운 자매처럼 들렸다. 내가 기억하는 각각의 구절은 정말로 아름다웠으며, 내게는 언제나 변함없는 가치가 있었다. 받아 적은 시는 하나도 없었다. 그의 노래는 바람이 부는 것처럼 사심과 근심 없이 이 세상에 와 존재하다가 사라졌는데, 나와 그에게만이 아니라 수많은 남녀노소 모두에게도 순간순간 즐겁고 행복하게 해주었다.

화사하게 외출복을 차려입고
아가씨가 문에서 나오듯이
붉고 자랑스럽게
전나무 숲에서 해가 솟아오르네.

이런 식으로 어느 날 그는 태양에 대해 노래를 불렀다. 그의 노래에는 언제나 태양이 등장하고 칭송되었다. 그리고 신기하게도 대화 중에는 그렇게 자주 생각에 잠기던 그가 시에서는 마치 천진난만한 어린아이가 밝은 여름옷을 걸친 듯이 전혀 근심을 느낄 수 없었다. 괜스레 익살을 부리며 순간순간 기분을 밝게 하는 데만 도움 되는 행동도 자주 했다.

이날 나는 그의 들뜬 기분에 완전히 전염되고 말았다. 우리는 만나는 사람마다 일일이 인사를 하고 장난을 쳤기에 뒤에서 비웃음을 사거나 욕을 얻어먹기도 했다. 하루 종일이 축제처럼 흘러갔다. 우리는 학창 시절의 장난과 농담을 주고받으면서 지나가는 농부들에게, 때로는 말과 소에게도 별명을 지었다. 어느 외진 정원의 울타리에서 훔친 구즈베리 열매를 배불리 먹고 거의 한 시간 가까이 휴식을 취한 덕분에 기운이 장화 바닥까지 퍼졌다.

크눌프와 알게 된 지 그리 오래되지 않았지만, 그가 이렇게 세련되고, 호감이 가고, 유쾌한 모습을 한 번도 보지 못한 것 같았다. 나는 진정한 공동생활과 방랑과 즐거움이 드디어 시작되려 한다고 기뻐했다.

낮에는 찌는 듯 더웠다. 우리는 걷기보다는 풀밭에 누워 있는 시간이 더 많았다. 저녁 무렵 소나기구름과 숨이 탁 막힐 듯한 공기 때문에 우리는 밤을 지낼 만한 곳을 찾기로 했다.

크눌프는 점점 말수가 줄어들고 피곤해 보였지만 나는 거의 눈치채지 못했다. 그는 여전히 함께 웃으면서 이따금 내 노래에 맞춰 나보다 더 신명을 냈기 때문이다. 나는 기쁨의 불꽃이 계속 마음속에서 불타오르고 있다는 것을 느꼈다. 아마도 크눌프는 사실 정반대의 기분으로 그의 마음속에서는 화려한 불이 이미 꺼지기 시작했을 것이다. 그 무렵 나는 그렇게 즐거운 날에는 밤이 되면 더욱 활력이 넘쳐 끝이 나지 않을 정도였다. 실제로 나는 즐거운 일이 있는 날이면 자주 다른 사람들이 잠든 뒤에도 혼자 몇 시간을 걸어 다녔다.

이날도 나는 저녁의 들뜬 마음을 억제할 수 없었다. 둘이 함께 큰 마을을 향해 계곡을 내려가고 있을 때 나는 유쾌한 밤을 즐겁게 기대하고 있었다. 우리는 일단 마을에서 동떨어져 있고 들어가기 쉬운 창고를 숙소로 정한 뒤, 마을로 내려가 맛있는 음식점 정원으로 들어갔다. 나는 그날 밤 친구를 손님으로 초대했다. 즐거운 하루였기 때문에 오믈렛과 맥주를 두세 병 사줄 생각이었다.

크눌프는 기꺼이 내 초대에 응해주었다. 그러나 멋진 플라타너스나무 아래 식탁에 자리를 잡자, 그는 곤란하다는 표정으로 말했다.

"이보게, 술을 너무 많이 마시지는 말자고. 맥주 한 병이라면 기꺼이 마시겠네. 그 정도면 건강에도 좋고 기분도 좋아지니까. 하지만 그 이상은 마시고 싶지 않아."

나는 그러자고 대답한 뒤 생각했다. 어차피 즐길 때까지 즐길 것이라고. 우리는 뜨거운 오믈렛을 영양이 풍부한 갈색 빵과 함께 먹었다. 물론 나는 벌써 두 병째를 시켰지만, 크눌프는 아직도 반이나 남아 있었다. 나는 호사스러운 식탁에 느긋하게 앉아 있다 보니 들뜬 기분에 그날 밤은 좀 더 즐길 생각이었다.

크눌프는 한 병을 다 비우고는 아무리 권해도 더 마시려 하지 않았다. 그는 마을을 좀 돌아다니다가 일찍 잠자리에 들자고 제안했다. 그것은 내 생각과는 달랐지만, 무턱대고 반대하지는 않았다. 내 술병은 아직 다 비워지지 않았기 때문에 그가 먼저 가고 나중에 만나자는 제의에 나도 반대하지 않았다.

그는 자리에서 일어났다. 들국화를 귀 뒤에 꽂고 즐거운 듯 가벼운 걸음으로 몇 개의 계단을 내려가 넓은 골목으로 나서고는 마을을 향해 유유히 걸어가는 모습을 지켜보았다. 그가 나와 함께 한 병 더 마시지 않은 것은 아쉬웠지만, 나는 그의 뒷모습을 바라보며 즐거운 마음으로 멋진 녀석이라고 생각했다.

그러는 사이 이미 해가 저물었지만, 여전히 찌는 듯한 더위는 가라앉지 않았다. 이런 날씨에는 차분히 앉아 시원하게 잔을 기울이는 것을 좋아했던 나는 좀 더 테이블에 앉아 있기로 했다. 술집에는 거의 나 혼자밖에 없었기 때문에 여종업원과 이야기할 시간이 많았다. 나는 그녀에게 잎담배 두 개를 부탁했다. 하나는 크눌프를 위해 부탁한 것이었지만, 나는 까맣게 잊은 채 혼자 다 피워버렸다.

한 시간이 지난 뒤에 크눌프가 돌아와서 나를 데려가려고 했다. 그러나 내가 고집을 부리자, 그는 피곤하기에 혼자서 잠자리로 돌아가 먼저 잔다는 것에 의견이 일치되었다. 여종업원은 곧바로 그에 대해 이것저것 묻기 시작했다. 그는 어떤 아가씨의 마음이라도 사로잡았다. 그는 내 친구였고, 그녀는 내 연인이 아니었기에 아무 불만 없이 그를 칭찬했다. 유쾌했고, 누구에게나 호의를 느끼고 있었기 때문이다.

천둥이 치면서 플라타너스나무 사이로 조용히 바람이 불어오기 시작할 때쯤, 나는 밤이 깊어서야 겨우 일어났다. 계산하고 그녀에게 10페니히를 팁으로 주고 천천히 술집을 나섰다. 걸으면서 마지막 한 병은 마시지 않았으면 좋았을 것이라고 생각했다. 최근 들어 독한 술을 거의 마시지 않았기 때문이다. 그러나 술을 꽤 마시는 편이었기에 그저 기분이 좋았다. 나는 숙소에 갈 때까지 계속 콧노래를 불렀다. 몰래 잠자리에 들어가 보니 크눌프는 깊은 잠에 빠져 있었다. 갈색 윗옷을 펼친 위에 팔베개하고 누워 새근새근 숨을 쉬고 있는 모습을 한참 동안 바라보았다. 이마와 목, 쭉 뻗은 나머지 한 팔이 희미한 어둠 속에서 창백하게 빛나고 있었다.

나는 옷을 벗고 잠자리에 들었지만, 흥분과 취기로 말미암은 두통 때문에 통 잠을 이룰 수 없었다. 겨우 업어 가도 모를 정도로 깊은 잠이 든 것은 이미 밖이 훤해질 무렵이었다. 잠은 푹 잤지만 개운한 잠은 아니었다. 나는 무겁고 나른해져서 뭔지 모를 괴로운 꿈을 꾸었다.

다음 날 아침, 나는 점심이 다 돼서야 잠에서 깼다. 밝은 빛에 눈이 부셨다. 머리가 멍하고 손발이 나른했다. 길게 하품하며 눈을 비비고 두 팔을 쭉 뻗자, 관절에서 우두둑 소리가 났다. 나른했지만 어젯밤의 여운이 아직 몸에 남아 있었다. 나는 가까운 곳의 맑은 우물에서 숙취를 씻어내야겠다고 생각했다.

그러나 그럴 때가 아니었다. 아무리 둘러봐도 크눌프가 보이지 않았다. 나는 그를 찾아 소리치고 휘파람을 불었다. 처음에는 크게 생각하지 않았다. 아무리 소리치고 휘파람을 불며 찾아봐도 헛수고임을 느끼는 순간, 그가 나를 버렸다는 사실을 깨달았다. 그랬다. 그는 떠나버린 것이다. 몰래 도망을 친 것이다. 더 이상 나와 함께 있고 싶지 않았던 것이다. 어제 내가 술을 먹는 모습을 보고 화가 났는지도 모른다. 그 자신이 흥에 겨워 지나쳤던 것을 부끄럽게 생각했을지도 모른다. 단순한 변덕일지도 모른다. 나와의 동행에 대한 불만, 어쩌면 갑자기 고독을 그리워하는 마음이 생겼을지도 모른다. 그러나 아마도 어제의 술 때문일 것이다.

기쁨이 사라지고 창피함과 슬픔이 내 마음에 가득 찼다. 지금쯤 내 친구는 어디에 있을까? 그의 의견을 반박하면서, 나는 그의 영혼을 조금은 이해하고 있었으며 그의 마음에 관여하고 있다고 생각했다. 그러나 그는 떠나버렸다. 나는 홀로 남아 환멸을 느끼며 서 있었다. 그를 원망하기보다는 나 자신을 원망했다. 그리고 그제야 크눌프가 말하던 모든 사람의 삶 속에 살아 있는 고독을, 그러나 나는 결코 믿으려 하지 않았던 고독을 맛보고야 말았다. 고독은 너무나 썼다. 그날 하루만이 아니었다. 시간이 흘러 조금은 밝아졌지만, 고독은 그날 이후 완전하게 내게서 떨어지려 하지 않았다.

종말

10월의 화창한 날이었다. 햇빛을 머금은 가벼운 공기가 변덕스러운 미풍에 살랑거렸다. 밭과 정원에서는 가을 모닥불의 푸르스름한 연기가 가늘게 띠를 이루며 흘렀고, 잡초와 녹나무가 타는 달콤하고 강한 향기가 밝은 자연을 가득 채우고 있었다. 마을 정원에서는 짙은 색의 들국화 덤불과 때늦은 색 바랜 장미와 달리아가 피어 있었다. 울타리 여기저기에는 여전히 하얗게 바랜 채 빛을 반사하고 있는 잡초 사이에서 금련화가 붉게 타오르고 있었다.

블라하로 가는 국도를 마홀트 의사가 천천히 마차를 몰아가고 있었다. 완만한 언덕길 왼쪽에는 수확이 끝난 밭과 아직 수확 중인 감자밭이 있었고, 오른쪽에는 가늘고 어린 전나무 숲이 숨 막힐 정도로 빽빽한 줄기와 마른 잔가지들로 갈색 벽을 이루고 있었다. 바닥에는 두껍게 쌓인 마른 전나무 잎사귀 때문에 온통 갈색으로 물들어 있었다. 곧게 뻗은 길은 부드러운 가을 하늘과 이어지면서 마치 그곳에서 세상이 끝날 것처럼 보였다.

의사는 고삐를 두 손으로 느슨하게 쥔 채 늙은 애마가 원하는 대로 달리도록 놔두었다. 임종을 맞이한 어느 부인에게 다녀오는 길이었다. 이미 손을 쓸 수 없는 상태였지만, 그녀는 마지막까지 살기 위해 최선을 다해 싸웠다. 의사는 피로에 지친 채로 상쾌한 오후의 고요한 마차여행을 즐기고 있었다. 생각은 잠들어버린 채 들불의 피어오르는 냄새를 따라 멍하니 달리고 있었다. 그것은 학창 시절 가을 방학의 즐거웠던 아련한 추억이었다. 좀 더 거슬러 올라가 명랑하게 울려 퍼지고 있기는 하지만, 형상이 없는 유년 시절에 대한 모든 추억이었다. 왜냐하면 그는 시골 출신이기 때문이다. 그의 감각은 사계절과 각 계절의 농촌 일들에 대해 잘 알고 있었으므로 그 향수에 쉽게 빠져들 수 있었다.

막 졸음이 쏟아지려는 순간 마차가 멈춰 눈을 떴다. 도로 한복판에 파여 있는 도랑에 마차 앞바퀴가 걸려버린 것이다. 그 덕분에 말은 멈춰 서서 고개를 숙인 채 휴식을 즐기며 기다리고 있었다.

마홀트는 바퀴 소리가 갑자기 들리지 않자, 눈을 뜨고 고삐를 꽉 움켜쥐었다. 몇 분 동안 멍하니 숲과 하늘이 좀 전과 마찬가지로 맑고 화창하다는 것을 미소 지으며 확인한 뒤 친숙하게 혀를 차며 마차를 전진시켰다. 그러고는 똑바로 고쳐 앉았다. 그는 낮잠을 좋아하지 않았다. 그는 잎담배에 불을 붙였다. 마차는 느리게 앞으로 나아갔다. 챙이 넓은 모자를 쓴 여자 둘이 밭에서 감자가 가득 든 자루들 뒤에서 인사했다.

이제 고개가 가까워졌다. 말은 곧 집으로 가는 언덕의 긴 내리막길이 나온다는 기대감에 힘껏 고개를 치켜세웠다. 그때 멀지 않은 언덕 위의 밝은 지평선 너머에서 여행자처럼 보이는 사람이 나타났다. 그는 한순간 파랗게 빛나는 하늘색에 감싸인 채 자유롭게 우뚝 섰다가, 언덕을 내려가면서 작은 회색으로 바뀌었다. 남루한 옷에 짧은 콧수염을 기른 깡마른 남자가 다가왔다. 한눈에 봐도 거리를 집 삼아 떠도는 사내였다. 피로에 지쳐 고단한 걸음을 걷고 있었지만 정중하게 모자를 벗어 인사를 했다.

"안녕하시오."

마홀트도 인사를 하며 지나쳐 가는 낯선 사내를 바라보았다. 그러다 갑자기 마차를 멈추고 벌떡 일어서서 삐걱거리는 가죽 천막 너머로 소리쳤다.

"이봐요, 거기! 이리로 와요!"

먼지투성이의 방랑자는 멈춰 서서 뒤를 돌아보았다. 옅은 미소를 지어 보였지만, 다시 돌아서서 가려고 했다. 그러나 잠시 망설이더니 순순히 되돌아왔다.

그는 낮은 마차 옆에서 서서 모자를 벗어 들었다.

"실례지만 어디로 가시는지요?"

마홀트가 큰 소리로 물었다.

"이 길을 따라 베르히톨트젝으로 갑니다."

"우리 안면이 있지 않나요? 이름이 잘 생각나지 않는데, 제가 누군지 알고 있지요?"

"의사 마홀트 씨로 알고 있는데요."

"역시 그랬어. 그럼 당신 이름은?"

"선생은 아마 나를 알고 있을 겁니다. 우리는 플로허 선생님 반에서 함께 공부한 적이 있지요. 당신은 그때 내 라틴어 예습 공책을 베끼곤 했지요."

마홀트는 마차에서 뛰어내려 상대의 눈을 들여다보았다. 그러더니 껄껄 웃으며 상대의 어깨를 두드렸다.

"맞아!"

그가 말했다.

"그럼 자네가 그 유명한 크눌프로군. 우리는 동급생이었지. 악수하세, 정말 오랜만이야. 십 년 동안 한 번도 만나지 못했군. 여전히 방랑생활을 하는가?"

"여전하지. 나이를 먹을수록 익숙한 게 좋거든."

"그건 맞는 말이야. 그래, 이번 여행 목적지는 어딘가? 고향으로 가는 중인가?"

"자네 추측이 맞네. 게르버자우로 가는 길이네. 그곳에 볼일이 좀 있거든."

"그랬군. 그런데 그곳에 아직 친척이라도 살고 있는가?"

"아무도 없네."

"자네도 이제 젊어 보이지 않는군, 크눌프. 우리는 이제 둘 다 마흔 살이 다 되었네. 자네, 그렇게 모르는 척하고 지나가면 쓰나. 아무래도 자네에게는 의사가 필요해 보이는군."

"아니, 무슨 소리인가. 나는 아무 데도 아프지 않아. 설령 아픈 곳이 있더라도 의사는 고칠 수가 없네."

"두고 보면 알겠지. 어쨌거나 함께 타고 가세. 가면서 이야기하세."

크눌프는 약간 뒤로 물러나서 모자를 썼다. 의사가 손을 내밀며 마차에 태우려 하자, 그는 당혹스러운 표정을 지으며 거절했다.

"그럴 필요까지 없네. 우리가 이렇게 서 있는 한 말이 달려가지는 않을 테니까."

그러는 사이 그는 갑자기 발작을 일으키듯이 심한 기침을 했다. 상황을 짐작한 의사는 곧바로 상대의 손을 잡아끌어 마차에 태웠다.

"이제 됐어."

그는 마차를 몰면서 말했다.

"이제 곧 고갯마룰세. 거기서부터는 아무리 천천히 가도 삼십 분이면 집에 도착하네. 그렇게 기침이 심하니 이야기는 나중에 하세. 이야기는 집에서 하기로 하지. 이런, 지금 그런 소릴 할 때가 아니지. 환자는 침대에 누워 있어야 하네. 거리를 돌아다녀서는 안 돼. 이보게, 자네는 라틴어 학교에서 나를 많이 도와주지 않았나. 이번에는 내 차례일세."

그들은 고갯마루를 넘어 브레이크를 걸어가면서 긴 내리막 길을 내려갔다. 저 멀리서 과일나무 위로 블라하의 지붕들이 보이기 시작했다. 마홀트는 고삐를 짧게 쥐고 조심스럽게 마차를 몰았다. 크눌프는 피로에 지쳐 마차를 타고 억지 대접을 받으며 편안한 즐거움에 젖었다. 내일, 늦어도 모레는 뼈가 부서지지 않는 한 게르버자우를 향해 반드시 떠나리라 마음먹었다. 그는 더 이상 시간을 허비하는 한가로운 젊은이가 아니었다. 죽기 전에 고향에 한번 가보고 싶은 열망 외에 아무것도 바라는 게 없는 병들고 나이 든 사람이었다.

블라하에서 친구는 제일 먼저 거실로 데리고 가서 우유와 빵과 햄을 먹여주었다. 그러는 동안 두 사람은 잡담하면서 서서히 친근감을 회복했다. 그러고 나서 의사는 처음으로 몸 상태를 물었다. 환자는 그것을 순순하지만 약간의 비아냥거림과 함께 감수했다.

"어디가 안 좋은지 자네, 알고는 있나?"

마홀트는 진찰을 마치며 물었다. 아무렇지 않은 듯 가벼운 말투로. 크눌프는 그것을 고맙게 생각했다.

"응, 이미 알고 있네, 마홀트. 폐병이지. 그리 오래 살지 못한다는 것도 알고 있네."

"무슨 소리, 그건 모르는 일이야. 하지만 어쨌거나 자네도 침대에 누워 간호받아야 한다는 걸 잘 알고 있을 거야. 당분간 우리 집에 있어도 되네. 그사이 가까운 병원에 입원할 수 있도록 조처하겠네. 자네는 정말 못 말리는 친구야. 병을 이겨낼 수 있도록 맘 단단히 먹으라고."

크눌프는 윗옷을 입었다. 장난기 어린 표정을 한 야위고 그은 얼굴을 의사에게 향하며 다정히 말했다.

"신경을 많이 써주는군, 마홀트. 그럼, 자네가 알아서 하게. 하지만 내게 너무 기대하지 않는 게 좋을 거야."

"상태를 좀 살펴보자고. 지금은 정원에 햇살이 따뜻하니 일광욕을 좀 하게. 리나가 자네를 위해 잠자리를 봐둘 걸세. 우리는 자네를 감시해야 하네. 평생 햇볕과 외부 공기 속에서 살아온 인간이 하필이면 폐에 병이 나다니 정말 말도 안 돼."

그는 이렇게 말하고 밖으로 나갔다.

가정부 리나는 이런 부랑자를 손님으로 맞아들이는 것을 반기지 않았다. 그러나 의사는 그녀의 말을 가로막았다.

"그런 식으로 말하면 못써, 리나. 저 친구는 오래 살 수가 없어. 우리 집에서 잠시라도 행복하게 지내게 하고 싶다고. 그건 그렇고, 저 친구는 깔끔한 친구야. 잠자리에 들기 전에 목욕 준비를 해줘. 내 잠옷 한 벌을 가져다주고. 그리고 겨울 슬리퍼도 필요할지 몰라. 내 친구라는 걸 잊지 마!"

크눌프는 열한 시간 동안 잠을 잤다. 안개 낀 아침을 침대 속에서 멍하니 보내다 겨우 누구네 집에 와 있는지를 서서히 떠올릴 수 있었다. 태양이 안개 속에서 나타나자 마홀트는 그에게 일어나도 좋다고 허락했다. 두 사람은 식사를 마치고 햇살이 잘 드는 발코니로 나와 적포도주 한 잔을 마셨다. 좋은 음식과 한 잔의 포도주를 마신 크눌프는 기운을 차리고 말이 많아졌다. 의사는 이 독특한 동창생과 다시 한번 잡담을 나누며 당연하지 않은 삶에 대해 좀 더 많은 것을 듣고 싶다는 생각에 한 시간의 여유 시간을 만들었다.

"그럼, 자네는 지금까지의 삶에 만족하고 있는 건가?"

그는 웃으면서 말했다.

"그렇다면 내가 뭐라고 할 수야 없겠지. 하지만 만약 그렇지 않다면 자네가 정말 아까운 사내라는 것을 말해두지. 굳이 목사나 교사는 아니더라도 자연과학자나 시인은 될 수 있지 않았을까. 자네가 자네 능력을 충분히 발휘했는지, 충분히 연마했는지 나는 알 수가 없지만, 자네 자신을 위해서만 능력을 충분히 발휘했겠지? 그렇지 않나?"

크눌프는 수염이 듬성듬성한 턱을 받친 채 테이블보 위로 포도주잔이 햇빛을 받아 붉은빛이 된 모습을 바라보았다.

"그렇지도 않네."

그는 천천히 입을 열었다.

"자네가 말하는 능력이란 게 그렇게 대단하지 않은 거야. 나는 휘파람을 좀 불 줄 알고, 아코디언 연주가 가능하지. 그리고 가끔 짧은 시를 쓰기도 하지. 옛날에는 달리기도 잘하고 춤 실력도 나쁜 편은 아니었지. 그 정도였네. 하지만 그것을 나 혼자 즐긴 건 아닐세. 대부분은 동료나 젊은 아가씨, 아이들과 함께 했네. 모두 즐거워하며 내게 인사를 해주었지. 그걸로 충분한 거 아닌가. 그걸로 만족하세."

"물론이지."

의사가 말했다.

"그렇게 하지. 하지만 딱 한 가지 자네에게 묻고 싶은 게 있네. 옛날에 자네는 라틴어 학교에서 오 학년 때까지 나와 함께 진급했었네. 지금도 생생하게 기억나네. 자네는 훌륭한 학생이었지. 물론 모범생은 아니었지만 말이지. 그러던 어느 날 자네가 갑자기 사라져버렸네. 독일어 학교에 갔다는 소문이 있었는데, 그렇게 우리는 헤어지게 됐지. 나는 라틴어 학교 학생의 입장이었기 때문에 독일어 학교 학생과 친구가 될 수 없었고. 어째서 그렇게 된 거지? 나중에 자네 소문을 들을 때마다 이런 생각을 했었지. 자네가 그때 나와 함께 계속 학교 다녔다면 모든 게 달라져 있을 거라고. 대체 어떻게 된 건가? 그냥 싫어진 건가, 아버님이 학비를 내주지 않은 건가, 아니면 뭔가 다른 이유라도 있었던 건가?"

환자는 야위고 까맣게 탄 손으로 잔을 들었지만 마시지는 않았다. 포도주잔을 통해 푸른 정원의 빛을 바라보았을 뿐, 잔을 조심스럽게 다시 테이블 위에 놓았다. 그러고는 입을 다문 채 눈을 꼭 감고 생각에 잠겼다.

"그 이야기는 하기 싫은 건가?"

친구가 물었다.

"싫으면 하지 않아도 돼."

그러자 크눌프는 눈을 뜨고 한동안 상대의 얼굴을 응시했다.

"아니."

그는 잠시 주춤거리다 말을 이어갔다.

"말해야 할 거라고 생각하네. 아직 아무에게도 말한 적이 없으니까. 이제 누군가에게 털어놓는 게 좋을 거라고 생각하네. 어린아이의 이야기에 불과하지만, 내게는 아주 중대한 일이었지. 몇 년 동안이나 그 일로 고민을 많이 했었네. 자네에게 그 이야기를 하게 될 줄이야. 참 희한한 일이야."

"어째서?"

"최근 들어서 나는 자주 그때 일을 떠올리곤 했다네. 그래서 다시 게르버자우로 가려고 한 거지."

"그랬군, 그럼 이야기를 들려주게."

"이봐, 마홀트. 우리는 그때 참 사이좋은 친구였지. 적어도 삼 학년인가 사 학년까지는 말이야. 그 뒤로는 거의 만나지 못했지. 자네는 우리 집 앞에서 휘파람을 불며 나를 기다린 적이 꽤 있었지."

"맞아, 그랬지. 나는 이십 년 넘게 한 번도 생각해본 적이 없었네. 놀랍군, 자네는 정말 기억력이 대단해! 그래, 그래서?"

"이제는 모든 걸 말해줄 수 있네. 여자 때문이었지. 나는 꽤 일찍부터 여자에 관심이 많았거든. 자네가 아직 황새가 아이를 물어다 준다거나, 우물에서 아이가 태어난다는 말을 믿고 있을 때, 나는 남자와 여자가 어떻게 생겼는지를 잘 알고 있었네. 그게 당시 나의 관심사였지. 그 때문에 나는 아이들의 인디언 놀이에 끼지 않았던 거야."

"자네는 고작해야 열두 살이었잖나?"

"거의 열세 살이 다 되었지. 자네보다 한 살이 많으니까. 내가 잠시 아파서 누워 있었을 때, 사촌 누나가 우리 집에 온 적이 있었네. 그녀는 나보다 서너 살이 더 많았어. 나는 그녀와 자주 놀았지. 내가 자리를 털고 일어난 어느 날 밤, 그녀의 방에 들어간 적이 있었네. 덕분에 여자가 어떻게 생겼는지를 알게 되었지. 나는 너무 놀라 도망을 치고 말았네. 그리고 사촌 누나와 나는 한 마디도 말을 섞지 않게 되었네. 그녀는 내가 싫어진 거야. 그녀가 무서웠지만, 그 모습이 내 머릿속에 완전히 자리를 잡고 말았네. 그렇게 한동안 나는 여자아이들의 꽁무니만 쫓아다녔지. 무두장이 하지스 씨 집에는 내 또래의 여자

아이 둘이 있었지. 그곳에 이웃집 여자아이들이 자주 놀러 왔었어. 우리는 어두운 다락방에서 술래잡기하면서 몰래 킥킥거리고 웃거나 간지럼을 태우고, 비밀스러운 놀이를 했지. 그 놀이에서 나는 유일한 남자였어. 나는 여자아이들의 머리를 따주거나 입맞춤도 자주 했었지. 우리는 아직 어렸기 때문에 제대로 알고 있지는 못했네. 하지만 호기심이 많았던 나는 여자아이들이 샤워하고 있을 때 몰래 숨어서 구경하기도 했었지. 하루는 새로운 여자아이가 찾아왔네. 마을 외곽에서 편물 공장을 운영하는 집 딸이었지. 프란체스카라는 이름의 그녀에게 나는 첫눈에 반해버렸지."

의사는 친구의 말을 가로막았다.

"아버지 이름이 뭐였지? 나도 그 아이를 알 수 있을지 몰라."

"그건 묻지 말아줘. 대답하기가 싫어, 마홀트. 내 이야기와 관계도 없고, 누군가가 그녀와 나와의 관계를 아는 걸 좋아하지 않거든. 바로 그 부분이야! 그녀는 나보다 크고 힘도 셌지. 우리는 가끔 서로 얽혀 싸우기도 했지. 그러고 나서 그녀는 나를 아플 정도로 꽉 껴안았고, 나는 눈이 핑 돌 정도로 현기증이 나면서 기분이 좋아졌지. 그녀는 나보다 두 살 위였는데, 이제 슬슬 연애하고 싶다고 했고, 내 유일한 소원은 그녀의 애인이 되는 거였지. 하루는 그녀가 무두질하는 강가에 혼자 앉아서 두 다리로 물을 첨벙거리고 있었네. 막 헤엄을 치고 난 뒤라 민소매 속옷만 입고 있었지. 나는 그녀에게 다가가 옆에 앉았어. 나는 갑자기 용기를 내서 애인이 되고 싶다며 그녀에게 애인이 되어달라고 말했네. 하지만 그녀는 갈색 눈으로 한심하다는 듯이 나를 바라보며 이렇게 말했네. '너는 아직 짧은 바지를 입고 다니는 어린애잖아. 아무것도 모르는 주제에 애인이니, 좋아한다는 말을 하는구나.' 하지만 나는 모든 걸 알고 있다고 말하고, 만약에 애인이 되어주지 않는다면 강물에 집어 던지고, 나도 따라 뛰어들겠다고 말했지. 그러자 그녀는 성숙한 여자처럼 나를 바라보며 말했지. '그럼 어디 한번 증명해보자. 너 키스할 줄 알아?' 나는 그렇다고 대답하고 재빨리 그녀의 입술에 입을 맞추고 의기양양해 있었지. 그런데 그녀는 내 머리를 꽉 잡고 어른들이 하는 진짜 키스를 해버렸기 때문에 귀가 윙윙거리고 눈앞이 캄캄해졌지. 그러더니 그녀는 낮은 목소리로 속삭였네. '너는 나랑 잘 맞는 것 같아. 하지만 안 돼. 라틴어 학교에 다니는 애인은 내게 필요 없어. 그런 사람은 평범하지 않아. 제대로 된 사내와 연애를 해야지. 장인이나 직공처럼 공부하지 않는 사람 말이야. 공부해야 하는 사람은 취미 없어.' 그러면서도 그녀는 나를 자기 무릎으로 끌어당겼네. 따뜻하고 촉촉한 그녀의 품에 안겨 있는 것은 너무 기분이 좋고 황홀했기에 그녀를 떠난다는 것은 상상도 할 수 없게 되었지. 그래서 나는 이제 라틴어 학교에 가지 않고 장인이 되겠다고 프란체스카와 약속을 했네. 그녀는 그저 웃기만 했지만, 나는 절대로 굽히지 않았지. 결국 그녀는 내게 다시 키스하며 내가 정말로 라틴어 학교를 그만둔다면 애인이 돼주겠다고, 그녀의 손으로 나를 행복하게 해주겠다고 약속했네."

크눌프는 이야기를 멈추고 한동안 기침을 했다. 친구는 조심스럽게 상대의 상태를 살폈다. 두 사람은 잠시 이야기를 멈추었다. 이윽고 그는 다시 이야기를 이어갔다.

"이제 어떻게 된 건지 알겠지. 물론 내 맘대로 모든 일이 순순히 풀리지는 않았네. 내가 절대로 라틴어 학교에 가지 않겠다고 고집을 부리자, 아버지는 내 뺨을 두세 대 세게 때렸지. 나는 어떻게 해야 좋을지 몰랐네. 학교에 불을 질러버리겠다는 생각도 자주 했었지. 어린애 같은 발상이었지만 정말로 진지했었어. 결국 길은 하나뿐이었지. 아주 간단해, 학교에서 공부를 안 하면 그만이었지. 자네 전혀 눈치채지 못했나?"

"맞아, 그랬지. 어렴풋하게 기억이 나는군. 자네는 한동안 매일 남아서 자습해야 했었지."

"그래, 나는 수업도 자주 빼먹었고 엉뚱한 대답만 했지. 숙제도 하지 않고 필기도 하지 않았어. 매일 뭔가 사고를 쳤었지. 하지만 결국 재미가 없어졌지. 어쨌거나 당시에 나는 선생님들을 꽤 피곤하게 했지. 라틴어든 뭐든 내게는 별로 중요하지 않았어. 자네도 잘 알다시피 나는 꽤 민감한 편이었지. 뭔가 새로운 걸 하기 시작하면 한동안은 세상에 그것밖에 없는 것처럼 푹 빠지지. 체조가 그랬고, 송어 낚시도 그랬고, 식물학이 그랬지. 당시 여자 문제도 마찬가지였어. 호되게 당하고 세상 물정을 알 때까지 다른 일에는 전혀 관심이 없었지. 여자가 샤워하는 모습을 몰래 훔쳐보고 나서 꿈속에 빠진 내게 의자에 앉아 있어라, 동사 변화를 연습하라는 소리는 모두 헛소리처럼 들렸지. 아직 더 있어. 선생님들도 내 행동을 알아차렸지만, 대체로 나를 귀여워했기에 가능한 한 눈감아줬지. 아니었다면 내 계획은 수포가 되었을 거야. 그런데 이번에는 프란체스카의 남동생과 친구가 되었지. 녀석은 독일어 학교 졸업반이었는데, 아주 못된 놈이었어. 녀석에게 많은 것을 배웠지만, 좋은 건 하나도 없었지. 당하기도 많이 당했어. 반년 만에 간신히 내 목적을 달성할 수 있었네. 아버지에게 반쯤 죽을 정도로 두들겨 맞았지만 결국 라틴어 학교에서 쫓겨났고, 프란체스카의 남동생과 같은 학교 같은 교실에 앉게 되었지."

"그래서, 그녀와는 어떻게 됐어?"

"응, 비참한 꼴이 되었지. 결국 그녀는 내 애인이 되지 않았어. 그녀의 동생과 자주 그 집에 가기 시작하면서 그녀는 나를 더 심하게 대하기 시작했지. 이전보다 훨씬 더 별 볼 일 없다는 듯이. 독일어 학교에 다니기 시작한 지 두 달이 지나 자주 밤늦게 집에 돌아가는 습관이 생겼을 무렵에야 겨우 진실을 알게 됐지. 어느 날 밤늦게 리더 숲을 배회하다가 늘 그렇듯 벤치에 앉아 있는 연인들이 내는 소리를 몰래 엿듣고 있었지. 조심스럽게 가까이 다가가니 두 사람은 바로 프란체스카와 기계 견습공이었네. 두 사람은 나를 전혀 눈치채지 못했네. 남자는 그녀의 목에 팔을 감은 채 잎담배를 손에 들고 있었네. 그녀의 블라우스는 풀어 헤쳐져 있었고. 정말 역겨웠지. 그렇게 해서 모든 게 다 헛수고였던 거야."

마홀트는 친구의 어깨를 토닥였다.

"아니야, 아마 그건 자네를 위해 가장 좋은 일이었을 거야."

그러나 크눌프는 고개를 세차게 저었다.

"아니, 전혀 좋지 않았어. 나는 지금도 여전히 상황이 달라질 수만 있다면 내 오른손을 걸어도 좋다고 생각하네. 프란체스카에 대해서는 이제 아무 말도 하지 말아주게. 나는 그녀의 험담을 듣고 싶지 않네. 만약 일이 순조롭게 돌아갔다면 나는 아름답고 행복한 방식으로 사랑이라는 것을 깨달았을 거야. 그랬더라면 아마도 독일어 학교와 아버지와의 관계도 좋았을 거야. 왜냐하면, 뭐라고 해야 좋을지 모르겠네. 그때 이후로도 친구와 동료와 연인을 많이 사귀게 되었지. 하지만 나는 더 이상 사람을 믿거나 말에 속박당하지 않게 되었네. 절대로 말이야. 그리고 내게 어울리는 생활을 시작했지. 자유와 아름다움에 부족함은 없었지만 늘 혼자였지."

그는 술잔을 들어 얼마 남지 않은 포도주를 천천히 음미한 뒤 일어섰다.

"괜찮다면 나는 좀 누워야겠어. 그 이야기는 두 번 다시 하고 싶지 않네. 자네도 아직 일이 남아 있지 않나?"

의사가 고개를 끄덕였다.

"한 가지만 더 이야기하겠네. 나는 오늘 병원에 자네를 위한 침대를 마련하도록 편지를 쓸 생각이네. 자네는 싫어할지 모르겠지만 어쩔 수 없어. 빨리 치료를 받지 않으면 큰일 난다고."

"아니, 뭐라고?"

크눌프는 이상하리만치 격하게 소리쳤다.

"그냥 놔두게! 이제 모든 게 다 헛수고일세. 그건 자네가 더 잘 알잖나. 이제 와서 내가 왜 갇혀 살아야 하나?"

"그러지 말게, 크눌프. 제발 정신 좀 차려! 자네를 이대로 방랑생활을 하게 둔다면 나는 돌팔이 의사가 되고 말아! 오버슈테텐에 분명히 자리가 있을 거야. 내가 편지를 써주겠네. 일주일 뒤에 내가 가서 살펴보겠네. 약속하지."

방랑자는 의자에 푹 파고들었다. 울음을 터뜨릴 것처럼 보였다. 추위에 떨고 있는 사람처럼 야윈 손을 비비고 있었지만, 이윽고 애원하듯이 어린아이처럼 의사의 눈을 바라보았다.

"그럼……."

그는 목소리를 낮추고 말했다.

"내 생각이 틀렸네. 자네는 나를 위해 정성을 다해줬고, 적포도주도 주었네. 그 모든 것이 내게는 과분한 대접이었네. 한 가지 큰 부탁이 있는데, 제발 화내지 말아주게."

마홀트는 안심시키듯이 그의 어깨를 토닥였다.

"투정을 부리면 안 돼! 아무도 자네를 추궁하지 않아. 그래 부탁이 뭔가?"

"화난 거 아니지?"

"내가 왜 화를 내겠어?"

"그렇다면 부탁하네, 마홀트. 나를 위해 한 번만 고생 좀 해주게. 나를 오버슈테텐에 보내지 말아주게! 꼭 병원에 가야 한다면 게르버자우로 보내주게. 거기라면 나를 아는 사람도 있지. 고향이니까 말이야. 무료로 치료를 받기 위해서라도 그편이 훨씬 나을 거야. 내가 거기서 태어났으니까. 처음부터……."

그는 뜨거운 눈으로 부탁했다. 너무 흥분한 나머지 더 이상 말을 잇지 못했다.

'열이 나는군.'

마홀트는 생각했다. 그는 조용히 말했다.

"자네 부탁이 그거라면 곧 해결될 걸세. 자네 말이 맞는 것 같군. 게르버자우에 편지를 쓰겠네. 어서 들어가서 쉬게. 자네 피곤해 보이는군. 말을 너무 많이 한 거 같아."

크눌프가 다리를 끌다시피 해서 집 안으로 들어가는 모습을 바라보며 마홀트는 불현듯 크눌프에게 송어 낚시를 배웠던 여름날의 일, 친구들을 다루는 빈틈없고 위엄 있는 태도, 집안 좋은 열두 살짜리 소년의 사랑스러운 열정 등을 떠올리지 않을 수 없었다.

'불쌍한 친구.'

그는 마음을 휘젓는 일종의 감동을 느끼며 생각했다. 그리고 일을 하기 위해 서둘러 갔다.

다음 날 아침은 안개가 깔렸다. 크눌프는 하루 종일 잠자리에 누워 있었다. 의사가 책 몇 권을 갖다주었지만, 그는 거의 손도 대지 않았다. 그는 마음이 무겁고 우울했다. 왜냐하면 정성스러운 간호, 좋은 침대와 부드러운 식사를 즐기게 되면서 이제 자신의 최후가 다가오고 있다는 것을 이전보다 확실하게 느꼈기 때문이다.

조금만 더 이대로 누워 있다가는 완전히 일어날 수 없게 되리라고 생각하니 불쾌해졌다. 목숨 따위는 큰 문제가 아니었다. 국도도 최근 몇 년 동안은 전혀 매력을 느낄 수 없었다. 그러나 게르버자우를 다시 한번 보고, 강과 다리와 광장과 아버지의 옛 정원 그리고 프란체스카에게도, 이 모든 것과 마음속으로 작별을 고할 때까지는 죽고 싶지 않았다. 이후의 사랑은 모두 잊어버렸다. 오랜 세월 지속되었던 방랑의 세월이 지금은 너무 작고 하찮은 것처럼 여겨졌다. 그와 달리 비밀로 가득했던 소년 시절이 새롭게 빛나며 매력을 더하고 있었다.

그는 간소한 손님방을 주의 깊게 관찰했다. 오랜 세월 이렇게 훌륭한 방에서 잠을 잔 적이 없었다. 그는 아마포 침대보와 부드러운 무색 담요, 고급 베갯잇을 객관적인 눈으로 살피고 손으로 만져보았다. 단단한 나무 바닥도, 벽에 걸려 있는 사진도 그의 흥미를 끌었다. 베니스 총독 관저의 사진인데, 유리 모자이크 액자에 끼워져 있었다.

그는 다시 오랫동안 누워 있었다. 눈을 뜨고 있었지만 무언가를 보고 있는 것이 아니라 피로에 지쳐 병든 자신의 몸속에서 조용히 진행되고 있는 일들에 대해 생각할 뿐이었다. 그러다 갑자기 일어나 침대 아래로 상체를 굽히고 조급한 손짓으로 장화를 가져다 전문가처럼 꼼꼼히 살폈다. 장화는 더 이상 새것은 아니었지만, 이제 10월이니 첫눈이 내릴 때까지는 견딜 만해 보였다. 그러나 그 뒤로는 모든 것이 끝이다. 마홀트에게 낡은 신발을 부탁해볼까, 하는 생각이 들었다. 아니, 안 돼. 마홀트의 의심만 사고 말 것이다. 병원 가는 데 신발은 필요 없다. 그는 벗겨진 장화 가죽을 쓰다듬었다. 기름칠하고 손질만 잘한다면 한 달은 더 신을 수 있을 것 같았다. 부질없는 걱정이었다. 아마도 이 낡은 장화가 그보다 훨씬 오래 살아남아 그가 국도에서 사라져버린 뒤에도 여전히 제 역할을 다하고 있을 것이다.

장화를 내려놓고 깊게 심호흡하려 했지만, 가슴이 아프면서 기침이 나왔다. 그는 누운 채로 기침이 멈추기를 기다리며 짧은 숨을 내쉬었다. 마지막 소원을 이루기 전에 더 나빠지는 게 아닐까, 하는 걱정이 들었다.

지금까지 수도 없이 생각했던 것처럼 죽음에 대해서 생각해 보려고 했다. 그러나 버티지 못하고 결국 꾸벅꾸벅 졸기 시작했다. 한 시간 뒤에 눈을 떠보니 하루 종일 잠을 잔 듯 개운하고 차분한 기분이 들었다. 그는 마홀트를 생각하면서 떠나기 전에 뭔가 감사의 표시를 하고 싶다고 생각했다. 그는 자신의 시 한 구절을 남기기로 마음먹었다. 어제 마홀트가 자신의 시에 대해 물었기 때문이다. 그러나 완전히 기억나는 시가 없었고, 모두 다 마음에 들지 않았다. 창밖 가까운 숲에 안개가 끼어 있는 것이 보였다. 한참 동안 그 모습을 바라보다 문뜩 좋은 생각이 떠올랐다. 어제 집 안에서 찾아 가지고 있었던 몽당연필로 침대 옆 작은 탁자 서랍에 깔아놓은 깨끗한 흰 종이에 시 몇 줄을 적었다.

안개가 끼면
꽃들은 모두
시드는 운명.
사람은 모두
죽음을 맞이하여
무덤 속에 들어가네.
사람도 꽃도
모두 되살아나네.
더 이상 병든 몸이 아니고

모든 것을 용서받았네.

그는 잠시 멈추고 자신이 쓴 시를 읽었다. 제대로 운율을 맞춘 시가 아니었다. 그러나 자신이 하고 싶었던 말이 그 안에 함축되어 있었다. 그는 입술로 연필심을 적신 뒤 시 마지막에 '의사 마홀트에게, 정중하게 감사의 인사를 드리며. K로부터' 라고 적었다.

그리고 그 종이를 다시 서랍 안에 넣었다.

다음 날, 안개가 더 짙어졌고 공기도 차가웠기 때문에 점심 무렵이면 해를 볼 수 있을 것 같았다. 크눌프가 간청하자 마홀트는 외출을 허락하며 게르버자우의 병원에 자리를 마련해두었고, 병원에서 기다리고 있을 것이라고 했다.

"그럼 점심을 먹고 바로 출발해야겠군."

크눌프가 말했다.

"세 시간은 걸리겠지. 아니면 다섯 시간."

"그게 제일 문제야!"

마홀트가 웃으면서 큰 소리로 말했다.

"지금 자네에게 걷는 건 무리야. 다른 방법이 없다면 나와 함께 마차로 가세. 잠시 이장에게 심부름을 보내야겠어. 아마 이장이 감자나 과일을 싣고 시내로 나갈 거야. 하루 이틀 늦는다고 크게 문제 될 건 없지."

손님은 그의 말에 복종했다. 내일 이장의 하인이 송아지 두 마리를 끌고 게르버자우로 간다는 것을 알고 크눌프도 동승하기로 했다.

"좀 더 따뜻한 윗옷이 필요할 것 같군."

마홀트가 말했다.

"내 옷 하나 입으려나? 좀 크지 않을까?"

크눌프는 거절하지 않았다. 가져다준 윗옷을 입어보니 잘 맞았다. 좋은 천에 깨끗한 옷을 보니 크눌프는 어린애 같은 허영심이 발동해 단추를 갈아 달았다. 의사는 재미있다는 듯 하고 싶은 대로 놔두고 옷깃 하나를 더 가져다주었다.

크눌프는 오후에 몰래 새 옷을 입어보았다. 그러고는 꽤 멋져 보이는 자기 모습을 보고 최근에 수염을 깎지 않은 것을 아쉽게 생각했다. 그러나 가정부에게 부탁하여 의사의 면도기를 빌릴 마음은 들지 않았다. 이곳의 대장장이를 알고 있었기 때문에 그에게 부탁해보기로 했다.

대장장이는 쉽게 찾을 수 있었다. 크눌프는 작업장에 들어가 숙련된 장인의 말투로 말했다.

"떠돌이 대장장이로소이다. 일자리를 좀 구하고 싶은데."

주인은 차가운 눈초리로 상대의 얼굴을 찬찬히 살폈다.

"자네는 대장장이가 아니야."

그는 딱 잘라 말했다.

"사람을 속이려거든 다른 데 가서 알아보게."

"맞아."

방랑자는 웃었다.

"여전히 눈매가 예리하군. 하지만 내가 누군지 잊어버렸군. 나는 옛날에 음악을 하던 사람일세. 자네는 하이터바하에서 내 아코디언 연주에 맞춰 토요일 밤에 자주 춤을 추지 않았나."

대장장이는 눈살을 찌푸리며 줄질을 두세 번 더 한 다음 크눌프를 밝은 곳으로 데리고 가서 찬찬히 살펴보았다.

"이제 알겠군."

그는 살며시 웃었다.

"자네는 크눌프군. 오랫동안 못 본 사이에 많이 늙었군. 블라하에는 무슨 일인가? 십 페니히 동전이나 사과주 한 잔 정도는 대접할 수 있네."

"이런, 친절도 하셔라. 받은 셈 치지. 하지만 다른 부탁을 하러 왔네. 면도기를 십오 분만 빌려줄 수 없겠나? 오늘 밤 댄스 파티에 가야 하거든."

대장장이는 검지로 삿대질했다.

"자네는 여전히 거짓말을 하는군. 자네가 춤을 출 형편이 아니라는 건 얼굴에 다 적혀 있어."

크눌프는 재미있다는 듯이 킥킥 웃었다.

"뭐든 다 눈치를 채는군! 관료가 되지 않은 게 너무 아까워. 사실은 내일 병원에 입원해야 하네. 마홀트가 나를 그리로 보내기로 했네. 그러니 지저분한 곰처럼 하고 갈 수는 없잖나. 면도기 좀 빌려주게. 삼십 분 뒤에 돌려주겠네."

"그래, 면도기를 어디로 가져갈 생각인가?"

"의사의 집으로 갈 거야. 거기 묵고 있거든. 이봐, 빌려줄 거지?"

대장장이는 미덥지 않은 눈치였다. 여전히 의심하고 있었다.

"빌려주기는 하겠네. 하지만 평범한 면도기가 아니야. 진짜 졸링겐 면도기라고. 꼭 돌려받아야 한다고."

"나를 믿게."

"좋아, 알았네. 그런데 자네, 꽤 근사한 옷을 입고 있군. 면도하는 데 옷은 필요 없겠지. 그렇다면 그 옷을 여기에 벗어두게. 면도기를 가져오면 그때 옷을 돌려주겠네."

방랑자는 인상을 찡그렸다.

"그래, 그러지. 자네의 배포가 그 정도밖에 안 된다면. 뭐, 상관없어. 원하는 대로 하지."

대장장이는 면도기를 가져왔다. 크눌프는 윗옷을 대장장이에게 건네주었지만, 먼지투성이인 대장장이가 옷을 만지는 것을 참을 수가 없었다. 30분 뒤에 돌아온 그는 졸링겐 면도기를 돌려주었다. 덥수룩했던 턱수염이 사라지자 몰라보게 달라졌다.

"이제 패랭이꽃을 귀에 꽂으면 장가가도 되겠어."

대장장이가 감탄하며 말했다. 그러나 크눌프는 더 이상 농담할 기분이 들지 않아 윗옷을 입고 간단한 인사를 건넨 뒤 돌아갔다.

돌아오다가 집 앞에서 의사와 딱 마주쳤다. 의사는 깜짝 놀라며 그를 잡아 세웠다.

"대체 어디를 그렇게 쏘다니는 건가? 어라, 몰라보겠는걸! 세상에, 수염을 깎았군. 자네는 정말 어린애 같아!"

그러면서도 그는 미워할 수가 없었다. 크눌프는 그날 밤도 적포도주를 마실 수 있었다. 두 동창생은 둘만의 이별 파티를 열었다. 그들은 서로 어색하지 않도록 가능한 한 유쾌하게 행동했다.

다음 날 아침 일찍 이장의 하인이 마차를 타고 왔다. 우리 안에는 송아지 두 마리가 실려 있었다. 송아지들은 다리를 부들부들 떨면서 반짝거리는 눈망울로 차가운 아침을 응시하고 있었다. 목초지에는 이날 처음 서리가 내렸다. 크눌프는 하인과 함께 마부석에 앉았고, 무릎 위에 담요를 덮었다. 의사는 그와 악수하고 하인에게 반 마르크를 주었다. 마차가 덜컹거리며 숲을 향해 출발했다. 그사이 하인은 파이프에 불을 붙였고, 크눌프는 졸린 눈을 깜박거리며 연파랑 아침의 찬 공기를 바라보았다.

그러나 해가 뜨기 시작하면서 오후에는 따뜻해졌다. 마부석의 두 사람은 즐겁게 이야기를 나누었다. 게르버자우에 도착하자 하인은 송아지를 태운 채 병원까지 먼 길을 돌아가겠다고 했지만, 크눌프는 그를 만류하고 마을 입구에서 사이좋게 헤어졌다. 크눌프는 그 자리에 서서 마차가 가축 시장의 단풍나무 뒤로 사라지는 모습을 지켜보았다.

그는 미소를 지으며 그 지역 사람들만 아는 나무 울타리 길을 걸어갔다. 정원 사이로 난 길이었다. 그는 다시 자유를 얻었다. 병원 사람들이 기다리거나 말거나 상관없었다.

고향으로 돌아온 사내는 고향의 빛과 숨결, 소리와 냄새를 다시 한번 음미했고, 고향에 돌아왔다는 만족감과 행복감을 남김없이 만끽했다. 가축 시장의 농부와 마을 사람들의 잡담 소리, 갈색으로 물든 밤나무의 태양을 빨아들인 그림자, 마을 성벽에서 아직 살아남아 춤을 추며 날고 있는 나비들, 사방으로 흩어지는 광장의 분수 소리, 술통 공장의 아치형 입구에서 흘러나오는 포도주 향기와 나무를 두드리는 공허한 울림, 애절한 추억들이 하나하나 무겁게 얽혀 있는 익숙한 골목들의 이름 등. 고향을 잃은 사내는 집에 돌아왔다는 것을, 익숙하다는 것을, 기억하고 있다는 것을, 친구라는 복잡한 매력을 불러일으키는 마을 모퉁이들을, 거리의 연석들을 오감을 총동원해서 빨아들였다. 피로도 잊은 채 어슬렁거리며 오후 내내 골목이란 골목은 하나도 남김없이 걸어 다니며 강가에서 칼을 가는 소리를 듣고, 작업장 창문 너머로 목공예 장인을 바라보고, 새로 칠한 간판에서 익숙한 이름들을 읽었다. 광장 분수의 돌 수조 안에 손을 담가도 보고, 아랫마을의 작은 수도원 분수에서 목을 축였다. 그것은 많은 세월이 흘렀어도 이전과 변함없이 신비롭게 아주 오래된 집의 봉당에서 솟아올라, 그 방의 기묘할 정도로 선명한 어둠 속을 포석 사이를 따라 졸졸 흐르고 있었다. 그는 오랫동안 강가에 서서 흐르는 강물 위에 올라타듯 난간에 기대어 있었다. 물속에는 검은 수초가 긴 머리카락처럼 흔들리고 있었고, 물고기의 검고 가는 등줄기가 떨리는 조약돌 위에서 꼼짝도 하지 않고 있었다. 그는 낡은 널빤지 다리를 건너 한가운데에서 무릎을 구부리고 몸을 웅크린 채, 어렸을 때처럼 작은 다리의 미묘한 생물처럼 탄력 있는 반동을 느껴보고 싶었다.

  서두르지 않고 천천히 걸었다. 모든 것을 다 기억하고 있었다. 작은 잔디밭으로 둘러싸여 있는 보리수도, 그 옛날 수영을 하러 즐겨 갔던 상류의 물레방아 수로도 잊지 않았다. 이전에 아버지가 살던 작은 집 앞에 멈춰 서서 잠시 간절한 마음으로 낡은 현관문에 등을 기대보았다. 정원에도 가보았다. 투박스럽게 새로 쳐진 철조망 울타리 너머로 새로 심은 나무들을 바라보았다. 그러나 빗물에 쓸려 둥그렇게 된 돌계단과 현관문 옆에 있는 둥글고 굵은 마르멜로나무는 옛날 그대로였다. 크눌프는 라틴어 학교에서 쫓겨나기 전에는 이곳에서 가장 즐겁게 하루를 보냈었다. 이곳에서 그는 넘치는 행복과 소망의 실현, 고통이 동반되지 않는 즐거움을 만끽했었다. 버찌를 배부르게 훔쳐 먹었던 여름, 그리운 꽃무와 밝은 표정의 메꽃과 짙은 벨벳과 같은 삼색제비꽃 등 자신의 꽃들을 품고 사랑했던, 지금은 사라져버린 정원 가꾸기의 행복감. 그리고 토끼 우리, 작업장, 연 만들기, 덧나무 줄기 심으로 만든 수도관, 나무 조각을 실로 이어 만든 물레방아 등. 어느 지붕에 어떤 고양이가 있는지 모두 알고 있었다. 모든 정원에서 안 먹어본 과일이 없었다. 안 올라간 나무가 없었다. 그 나무들 꼭대기에서 푸른 꿈을 꾸지 않은 나무가 없었다. 이 작은 세상은 모두 그의 것이었고, 더없는 친숙함으로 익숙하고 사랑한 것이었다. 이곳의 낮은 관목 모두가, 정원의 나무 울타리 모두가 그에게 중요한 의미와 역사를 가지고 있었다. 내리는 비와 눈 모두가 그에게 말을 걸었다. 여기서는 대기도 흙도 그의 꿈과 바람 속에서 살며 대답했고, 그의 생명과 함께 호흡했다. 지금 이곳에 살고 있는 사람과 정원이 있는 사람 중 그 누구도 그보다 더 이 모든 것과 깊은 연관을 맺고, 그보다 그것들을 소중히 여기고, 그것들과 대화를 나누며 추억을 되살릴 수는 아마 없을 거라고 그는 생각했다.

가까운 지붕에서 흔들리고 있는 잿빛 박공이 높고 날카롭게 솟아 있었다. 그곳에 그 옛날 무두장이 하지스가 살고 있었다. 크눌프가 처음으로 소녀와의 비밀스러운 애정행각을 벌이고 어린아이의 유희와 소년의 기쁨과 작별한 것이 그곳이었다. 그곳에서 그는 사랑의 기쁨이 싹 틀 것임을 예감하면서 어두운 골목을 통해 집으로 돌아가는 일이 많았다. 무두장이 딸들의 머리카락을 따주고, 아름다운 프란체스카의 키스에 현기증이 일었던 데도 그곳이었다. 이따가 밤에, 아니면 내일이라도 그곳에 가보기로 마음먹었다. 지금은 그 추억에 마음이 거의 끌리지 않았다. 훨씬 오래된 소년 시절의 단 한 가지 추억을 위해 그런 것들은 모두 버려도 아깝지 않을 것이다.

　한 시간 이상 그는 정원 울타리 옆에 서서 내려다보고 있었다. 그가 바라본 것은 어린 딸기 덤불만을 남기고 완전히 벌거벗어 가을답게 보이는 눈앞의 새롭고도 낯선 정원이 아니었다. 그가 본 것은 아버지의 정원이었다. 작은 화단 속에 그가 어린 시절 심었던 꽃, 부활절에 심었던 앵초와 유리알 같은 봉선화 그리고 몇 번이고 도마뱀을 잡아서 놓았던 조약돌 무더기 등이었다. 도마뱀이 그곳에서 자리를 잡고 살면서 그의 가축이 되려 하지 않은 것은 안타까운 일이었지만, 새롭게 잡아서 놓을 때마다 새로운 기대와 희망에 부풀곤 했다. 세상의 모든 집과 정원과 꽃과 도마뱀을 다 준다고 해도, 어린 시절 그의 작은 정원에서 달콤한 꽃잎을 봉오리에서 살며시 펼쳤던 여름꽃 단 한 송이의 매력적인 광채와 비교한다면 모두 부질없는 것이다. 그리고 당시의 빨간 구즈베리 덤불! 그 하나하나를 그는 아직 또렷하게 기억하고 있었다. 그러나 그것은 이미 사라지고 없었다. 그것은 영원하지 않았다. 누군가가 잘라내고 파내 불구덩이에 던져버린 것이다. 나무도 뿌리도 시든 잎사귀도 모두 태워버린 것이다. 그것을 아쉬워한 사람은 아무도 없었다.

그랬다. 그는 그곳에서 자주 마홀트와 함께했다. 그는 지금 의사가, 신사가 되어 마차를 타고 환자에게 달려가고 있다. 아마도 예전과 똑같이 선량하고 정직한 인간일 것이다. 그러나 그와 이 영리하고 다부진 사내를 당시와 비교한다면, 그 당시 신앙심 깊고 내성적이고 쉽게 기대감에 부풀고 애정이 풍부했던 소년과 비교한다면 어땠을까? 이곳에서 옛날에 크눌프는 마홀트에게 파리잡이 틀과 메뚜기를 넣는 나무 조각 탑을 만드는 방법을 가르쳐주었다. 그는 마홀트의 선생님이자 훨씬 영리하고 존경받는 친구였다.

옆집 덧나무는 늙어서 이끼가 낀 채 말라 있었다. 다른 정원의 널빤지 창고도 허물어져 있었다. 그곳에 무엇을 짓든 간에 모든 것이 옛날처럼 아름답고, 즐겁고, 조화를 이루지는 못할 거다.

날이 어두워지고 추워지면서 크눌프는 풀이 무성한 정원 길을 떠났다. 마을 모습을 바꿔놓은 새 교회의 탑에서 새 종이 높이 울리며 말을 걸어왔다.

그는 무두질 작업장 문을 통해 그곳의 정원으로 몰래 숨어들었다. 일을 끝낸 직후라 아무도 보이지 않았다. 소리가 나지 않도록 부드러운 무두질 작업장 흙을 밟고 입을 벌리고 있는 웅덩이 옆을 지나갔다. 웅덩이에는 가죽들이 양잿물 속에 담겨 있었다. 낮은 벽까지 가자, 강물이 검게 이끼 낀 녹색 돌 사이로 흐르고 있었다. 그곳은 그가 한때 저녁마다 맨발을 강물에 담그고 프란체스카와 함께 앉아 있었던 곳이다.

그녀가 자신의 기다림을 헛되게 하지 않았다면 모든 것이 달라져 있을 거라고 크눌프는 생각했다. 라틴어 학교와 공부를 등한시했지만, 그래도 무언가 될 정도의 능력과 의지는 충분히 있었다. 그 얼마나 단순하고 명확한 생활이었던가! 당시 그는 버림을 받아 더 이상 아무것도 받아들일 수 없는 처지였다. 세상도 그에 맞춰 그에게 아무것도 바라지 않았다. 그는 세상 밖에 서서 빈둥거리는 방관자가 되고 말았다. 젊고 건강했을 때는 버틸 수 있었지만, 병들고 나이가 들어서는 홀로 남게 되었다.

심한 피로감에 그는 낮은 벽에 기대고 앉았다. 강물이 출렁거리며 그의 온갖 기억 속으로 흘러들었다. 그때 머리 위의 창문에서 불이 밝혀졌다. 이미 시간이 늦었다. 그는 이런 곳에서 남에게 들키면 안 된다는 생각이 들었다. 그는 소리 없이 무두질 작업장 문을 통해 몰래 빠져나와 윗옷의 단추를 채우고 잠자리를 생각했다. 의사가 준 돈은 가지고 있었다. 잠시 생각한 뒤 한 여관으로 모습을 감췄다. '천사여관'이나 '백조여관'에도 갈 수 있었다. 그곳이라면 낯설지 않고, 친구도 있을 것이다. 그러나 지금은 아무래도 상관없었다.

작은 마을은 많이 변해 있었다. 옛날 같았으면 아주 사소한 것들에까지 마음이 끌렸겠지만, 지금은 옛것들만 보고 싶고 알고 싶을 뿐이었다. 이것저것 물어본 끝에 프란체스카가 이미 이 세상 사람이 아님을 알고 모든 게 빛을 잃고 말았다. 그는 오로지 그녀만을 위해 이곳에 온 것처럼 여겨졌다. 아니, 이곳의 골목길과 정원을 돌아다니다가 자신을 알아본 사람이 큰 소리로 동정 어린 농담을 걸어오는 것은 의미가 없는 일이었다. 좁은 우체국 골목에서 느닷없이 시의 의사와 맞닥뜨리면서 문득 이런 생각이 떠올랐다. 이쪽 병원에서도 자신이 사라진 것을 눈치채고 잡으려 쫓고 있을지도 모른다는 생각을. 그는 곧장 빵집으로 가서 최상급 빵을 두 개 샀다. 윗옷 주머니에 빵을 집어넣고 점심 전에 마을을 빠져나와 가파른 산길을 올라갔다.

높은 곳의 숲 끝자락에서 길이 마지막으로 크게 휘어진 곳에 이르고 보니, 먼지투성이의 사내가 돌무더기에 앉아 자루가 긴 망치로 청회색 패각석회암을 잘게 부수고 있었다.

크눌프는 그 사내를 한참 바라보다가 인사하고 멈춰 섰다.

"안녕하시오."

그 사내는 얼굴을 들지 않고 인사를 한 채 계속 작업을 했다.

"이런 날씨도 이제 얼마 안 남았겠죠?"

크눌프는 주의를 끌었다.

"그럴지도 모르죠."

석공은 중얼거리면서 약간 고개를 들었다. 환한 길에 한낮의 태양이 눈부신 듯했다.

"어딜 가는 길이요?"

"로마에 교황을 만나러 가는 중이죠."

크눌프가 말했다.

"아직 먼가요?"

"오늘 안에 가긴 힘들 거요. 당신처럼 여기저기서 딴청만 부리며 남의 일을 방해하고 다니면 일 년이 걸려도 못 갈 거요."

"그런가, 고맙게도 별로 급하지는 않소. 당신은 부지런하군요, 안드레스 샤이블레 씨."

석공은 한 손을 눈 위에 가져다 대고 방랑자를 유심히 살펴보았다.

"당신은 나를 알고 있나 보죠?"

그는 조심스럽게 말했다.

"나도 당신을 알 것 같은데, 이름이 전혀 떠오르지 않는군요."

"그럼, 술집 '게' 할아범에게 물어보시오. 우리가 구십 년대에 자주 엉덩이를 깔고 앉았던 곳이 어디냐고요. 하긴, 할아범이 아직 살아 있을 것 같지는 않지만."

"이미 오래전에 죽었지. 하지만 이제 기억나는군. 이런, 옛 친구. 자네 크눌프 아닌가. 이리 와서 잠깐 앉게. 정말 반가워."

크눌프는 앉았다. 너무 서둘러 산을 오른 탓에 숨쉬기가 힘들었다. 그는 그제야 작은 마을이 계곡 사이에 얼마나 아름답게 자리 잡고 있는지를 바라보았다. 파랗게 반짝거리는 강물, 적갈색 지붕의 물결, 그 사이로 작은 녹색 나무섬이 있었다.

"여기 산 위는 경치가 좋구먼."

그는 숨을 고르며 말했다.

"그렇지, 흠잡을 데가 없지. 그런데, 자네? 옛날에는 이런 산에 오르는 것쯤이야 문제도 아니었잖아. 무서울 정도로 헉헉

거리는구먼, 크눌프. 고향에 다시 온 건가?"

"그래, 샤이블레. 이게 마지막일 거야."

"그게 무슨 소리야?"

"폐가 완전히 망가졌어. 뭐, 좋은 방법이라도 있나?"

"만약 자네가 고향에서 살면서 열심히 일하고, 처자식을 얻고, 매일 밤 같은 침대에서 잠을 잤다면 아마 이런 일은 없었을 거야. 아니, 그건 자네도 이미 오래전부터 알고 있는 사실이지. 이제 와서 무슨 소용이 있겠나. 정말 그렇게 안 좋은 건가?"

"글쎄, 잘 모르겠어. 아니, 이미 알고 있지. 산에서 내려가는 것과 같지. 매일 조금씩 빨라지고 있네. 이렇게 되고 보니 처자식 없이 혼자 몸인 것이 얼마나 다행인지 몰라."

"그건 생각하기 나름이고, 자네 맘대로이지. 하지만 정말 안됐군."

"어차피 한 번은 죽어야 하는 거니, 너무 걱정하지 말게. 석공에게도 언젠가 찾아올 운명이지. 안 그런가, 옛 친구? 지금은 우리가 이렇게 함께 앉아 있지만, 서로 뭐라고 할 처지는 아닌 것 같군. 자네도 옛날에는 다른 일을 하고 싶어 했잖아. 그때는 철도 회사에서 일을 하고 싶어 했었지."

"뭐야, 다 옛이야기지."

"그런데, 아이들은 잘 있나?"

"잘 있지. 야곱은 벌써 돈벌이를 하고 있네."

"그래? 정말 세월이 참 빠르군. 이제 좀 걸을까?"

"급히 서두를 거 없잖나. 이게 얼마 만인데! 크눌프, 내가 자네를 위해 뭐가 할 수 있는 게 있으면 말해주게. 큰 도움은 줄 수 없지만, 반 마르크 정도는 가지고 있네."

"그건 자네가 쓰게. 정말 고맙네."

그는 무언가 말을 하고 싶었지만 가슴 통증을 느끼면서 그만두었다. 석공은 과일주 술병을 크눌프에게 건네주었다. 두 사람은 한동안 마을을 내려다보고 앉아 있었다. 물레방아용 수로에 햇빛이 강하게 반사되고 있었고, 돌다리 위로 한 대의 짐마차가 천천히 건너고 있었다. 수문 아래에서는 흰 거위들이 한가롭게 헤엄치고 있었다.

"이제 가봐야겠어, 충분히 쉬었으니까."

크눌프가 다시 말을 꺼냈다.

석공은 앉은 채로 생각에 잠겼다가 고개를 저었다.

"이보게, 자네는 그렇게 초라한 방랑자가 아니라 훨씬 훌륭하게 되었을 텐데……."

그는 천천히 말을 이었다.

"정말 안타까운 일이야. 크눌프, 나는 신앙심이 깊지는 않지만, 성서에 적혀 있는 것을 믿네. 자네도 그걸 한번 생각해보게. 뭐라고 해명해야 하겠지만, 그게 그렇게 쉽지는 않겠지. 자네는 재능이 뛰어났지. 다른 사람보다 뛰어난 재능이 있었는데도 아무것도 이뤄내지 못했어. 내가 이런 말을 한다고 화내지는 말게."

그러자 크눌프는 미소를 지었다. 어릴 적 천진난만한 장난기가 눈가에 어렴풋이 피어났다. 그는 친구의 팔을 친근하게 두드리며 일어섰다.

"곧 알게 되겠지, 샤이블레. 아마 하나님은 자네가 왜 판사가 되지 못했는지를 내게 묻지 않을 거야. 아마 이렇게 말씀하겠지. 또 왔군, 어린애 같은 녀석이로군. 그리고 저세상에서 애나 보게 하거나, 뭐 편안한 일을 맡겨주시겠지."

안드레스 샤이블레는 파랑과 하얀색의 격자무늬 셔츠 안에서 어깨를 으쓱해 보였다.

"자네와는 진지한 이야기를 하기 힘들군. 크눌프가 가면 하나님이 농담만 할 거라고 생각하고 있군."

"아니, 그렇지 않아. 하지만 그럴 수도 있겠지."

"그런 소리는 하지 마!"

두 사람은 악수를 했다. 그때 석공은 호주머니에서 꺼낸 작은 은화를 크눌프의 손에 찔러주었다. 크눌프는 그것을 받아 쥐고 거절하지 않았다. 상대의 기쁨을 해치지 않기 위해서였다.

그는 다시 한번 그리운 고향을 내려다보고 안드레스 샤이블레에게 고개를 끄덕인 뒤 다시 기침하면서 빠른 걸음으로 위쪽 숲 모퉁이를 돌아 사라졌다.

2주일 뒤, 찬 안개가 낀 날이 며칠 동안 이어지고는 늦게 피어난 잔대와 추워져야 익기 시작하는 나무딸기가 만발한 햇볕이 비추는 날이 또 며칠간 이어진 뒤 갑자기 겨울이 찾아왔다. 짙은 서리가 내린 뒤 사흘째 되는 날 공기가 부드러워지더니 함박눈이 내렸다.

크눌프는 그동안 계속 걸어 다녔다. 끝없이 고향 주변을 떠돌면서 숲속에 숨어 석공 샤이블레를 두 번 봤지만, 그 모습을 살필 뿐 다시 말을 걸지 않았다. 생각해야 할 것이 너무 많았다. 그는 오랜 세월 힘들고 무익했던 걸음을 걸어 질긴 가시덤

불 속으로 빠져들 듯 잘못된 뒤엉킨 삶 속으로 깊이 빠져들어 아무런 의미나 위안도 찾지 못했다. 그리고 다시 병마가 그를 덮쳤다. 하루는 하마터면 자신의 모든 것을 다 던져버리고 게르버자우의 병원 문을 두드릴 뻔했다. 그러나 며칠을 혼자 보낸 뒤에 내려다본 마을은 모든 것이 차갑도록 낯설고 적대적인 느낌이 들었다. 이제는 더 이상 자신이 그곳의 인간이 아니라는 사실이 확실해졌다. 그는 이따금 마을에 내려가 빵 한 조각을 샀다. 산에는 아직 개암나무 열매가 풍부했다. 밤에는 나무꾼들의 산막이나 밭에 쌓아둔 짚 더미 사이에서 지냈다.

지금 그는 세차게 쏟아지는 폭설을 뚫고 볼프스베르크에서 계곡에 있는 물레방앗간을 향해 걸어갔다. 지치고 쇠약해져 있었지만, 여전히 걸음을 멈추지 않았다. 마치 얼마 남지 않은 삶을 쥐어짜서 반드시 숲 주변과 숲길을 구석구석까지 걸어야만 하는 사람처럼. 깊어지는 병에 지쳐갔지만, 그의 눈과 코는 예전의 민감함을 잃지 않고 있었다. 뛰어난 사냥개처럼 예민한 눈과 코로, 더 이상 아무런 의미도 없는 지금도 여전히 땅의 꺼진 부분, 바람의 산들거림, 동물들의 발자국 따위를 찾아다녔다. 이제 그는 자신의 의지가 아니라 다리가 반사적으로 저절로 움직이고 있었다.

며칠 전부터 끊임없이 그랬듯, 그는 마음속으로 하나님 앞에 서서 끝없이 하나님과 대화를 나누고 있었다. 두려움은 전혀 없었다. 그는 하나님이 우리 인간에게 아무것도 하지 않는다는 것을 잘 알고 있었다. 둘은, 하나님과 크눌프는 서로 이야기를 나누었다. 그의 삶이 얼마나 무의미했는지, 또한 어째서 그의 삶이 변하게 되었는지, 왜 모든 것이 그렇게 되어야만 했는지, 어째서 다른 삶을 살 수 없었는지에 대해서.

"그때의 일이었습니다."

크눌프는 반복해서 주장했다.

"제가 열네 살에 프란체스카에게 버림을 당했을 때 말입니다. 그 당시에 저는 아무것도 할 수 없었을 겁니다. 하지만 그때부터 제 안의 무언가가 망가지고 엉망진창이 돼버렸습니다. 그때 이후로 저는 아무것도 할 수 없게 되었습니다. 아아, 세상에 그럴 수가 있나요? 잘못된 거라면, 당신이 저를 열네 살에 죽게 하지 않은 것입니다! 그때 죽었다면 제 삶은 잘 익은 사과처럼 아름답고 완벽했겠죠."

하나님은 단지 미소만 지을 뿐이었다. 그 얼굴은 이따금 불어오는 눈보라 속으로 사라지곤 했다.

"이봐라, 크눌프."

하나님은 타이르듯이 말했다.

"너는 젊었을 때의 일들을, 오덴발트에서의 여름을, 레히슈테텐에 있었을 때를 떠올려보거라! 너는 마치 어린 사슴처럼 춤을 추지 않았느냐! 아름다운 생명이 온몸 마디마디에서 떨리는 것을 느끼지 않았느냐! 너는 아가씨들의 눈에 눈물이 고일 정도로 노래를 부르고 하모니카를 불 수 있지 않았느냐! 바우어스빌에서 보낸 일요일을 아직 기억하고 있느냐? 그리고 네 첫 연인이었던 헨리에테는? 그 모든 것이 전혀 무의미했단 말이냐?"

크눌프는 생각에 잠길 수밖에 없었다. 그러자 그의 청춘 시절의 기쁨이 저 멀리 산 위에서 번지는 불처럼 흐릿한 아름다움으로 빛나며, 벌꿀이나 포도주처럼 촉촉하고 달콤하게 퍼졌다. 그러고는 이른 봄날 저녁의 따사로운 바람처럼 낮게 울려 퍼졌다. 아아, 너무나 아름다웠다. 기쁨도 아름다웠고, 슬픔조차 아름다웠다. 그 모든 날 중 하루라도 빠진다면 참을 수 없을 것이다!

"정말 아름다운 날들이었습니다."

크눌프는 하나님의 말을 인정했지만, 피로에 지친 채 어린애처럼 울고 싶고 반항하고 싶은 마음으로 가득했다.

"정말 아름다운 날들이었습니다. 물론 죄와 슬픔은 더 이상 없습니다. 하지만 행복한 세월이었던 것은 틀림없습니다. 그때 제가 했던 것처럼 술잔을 비우고, 춤을 추고, 사랑에 빠져 밤을 보냈던 사람은 아마 없을 겁니다. 하지만 그때, 그렇게 끝내야 했었습니다! 그 행복 속에는 가시가 숨겨져 있었습니다. 너무나 또렷하게 기억하고 있습니다. 그 뒤로 두 번 다시 그런 행복한 시절은 오지 않았습니다. 결코 두 번 다시!"

하나님은 다시 저 멀리 눈보라 속으로 사라졌다. 크눌프는 멈춰 선 채로 숨을 크게 내쉬며 작은 핏덩어리 몇 개를 눈밭에 뱉었다. 그때 하나님이 다시 홀연히 나타나 대답했다.

"크눌프, 너는 정말 은혜를 모르는구나! 네가 기억하지 못하다니, 정말 웃음밖에 나오지 않는구나! 네가 댄스장의 왕 노릇을 할 때 너는 헨리에테를 떠올렸다. 너는 정말 행복하고 아름다웠지. 즐겁고, 모든 것이 의미가 있었다는 걸 인정할 수밖에 없었다. 그렇다면 헨리에테를 떠올린다면, 리자베트에 대해서는 어떻게 생각하느냐? 너는 정말로 그 아이를 완전히 잊어버렸단 말이냐?"

다시 한 줌 과거의 기억이 저 멀리 있는 산처럼 크눌프의 눈앞에 나타났다. 그것은 이전의 기억만큼 즐겁고 밝은 것은 아니었지만, 그 대신에 눈물을 흘리며 미소를 짓는 여인처럼 훨씬 깊고 간절한 빛을 발하고 있었다. 그리고 오랜 시간 떠올린 적 없었던 세월이 무덤 속에서 되살아났다. 그 한가운데 리자베트가 아름답고도 슬픈 눈으로 작은 사내아이를 안고 서 있었다.

"아아, 나는 얼마나 못된 놈이었을까!"

그는 다시 한탄했다.

"리자베트가 죽었을 때 저도 죽었어야 했어요."

그러나 하나님은 그가 말을 이어가는 것을 용납하지 않았다. 밝은 눈으로 크눌프를 꿰뚫어 보듯 노려보며 말을 이었다.

"그만해라, 크눌프! 너는 리자베트에게 너무나 많은 슬픔을 안겨주었다. 그건 분명하다. 하지만 너도 잘 알고 있듯 그 아이는 네게 나쁜 것보다는 아름답고 사랑스러운 것을 많이 받았다. 그 때문에 단 한 번도 너를 증오한 적이 없었다. 너는 정말 철없는 어린애로구나. 아직도 그 모든 것의 의미가 무엇인지 모르겠느냐? 너는 여기저기에 어린아이와 같은 어리석음과 웃음을 퍼뜨리고 다닐 수 있었기 때문에 태평하게 떠돌이생활을 해야만 했다는 것을 모르겠느냐? 다니는 곳마다 사람들은 너를 조금은 사랑하고, 조롱하고, 조금은 네게 감사를 해야만 했던, 그걸 위한 것이라는 사실을 정말 모르겠느냐?"

"결론적으로는 그렇습니다."

크눌프는 한동안 침묵을 지키다가 낮은 목소리로 인정했다.

"하지만 그건 다 옛날 일들입니다. 그때만 해도 저는 젊었습니다! 어째서 저는 그렇게 많은 일 속에서 무엇 하나 배우지 못했던 걸까요? 충분히 제대로 된 인간이 될 수 있었을 텐데! 시간이 충분히 있었는데도."

눈이 멎었다. 크눌프는 다시 잠시 쉬고 나서 모자와 옷에 두껍게 내려앉은 눈을 털어내려 했다. 그러나 할 수 없었다. 그저 멍한 것이 피곤할 뿐이었다. 이제 하나님은 그의 바로 옆에 서 있었다. 밝은 눈이 크게 열리면서 태양처럼 빛났다.

"이제, 그만 만족하거라."

하나님은 타일렀다.

"한탄한들 무슨 소용이 있겠느냐? 모든 일이 옳은 방향으로 제대로 인도되었다는 것을, 모든 게 달라져서는 안 된다는 걸 정말로 모르겠느냐? 정말로 너는 이제 와서 신사가, 장인이 되어 처자식을 거느리고 저녁마다 주간지를 읽는 삶을 살고 싶은 것이냐? 그렇게 된다고 해도 다시 뛰쳐나와 숲속에서 여우들 옆에서 잠을 자고, 새 덫을 놓고, 도마뱀을 훈련하고 있지 않겠느냐?"

크눌프는 다시 걷기 시작했다. 하나님의 모든 이야기에 감사하며 고개를 끄덕였다.

"잘 들어라."

하나님이 말했다.

"내가 필요로 했던 것은 있는 그대로의 네 모습이다. 너는 나를 대신하여 방랑생활을 했다. 그리고 안주해서 살아가고 있는 사람들에게 자유에 대한 동경을 조금이나마 가져다주어야 했다. 나를 대신하여 약간의 어리석은 행동을 했고 사람들의 웃음거리가 되었다. 하지만 그것은 나 자신이 네 속에서 조롱당하고 사랑을 받은 것이다. 너는 진정으로 내 자식이며, 내 형제이며, 내 일부이다. 내가 너와 함께 체험하지 못한 것에 대해서는 그 어떤 것도 너는 맛보지도 못했으며, 고통도 받지 않았다."

"그렇습니다."

크눌프는 대답하며 무거운 고개를 끄덕였다.

"그렇습니다. 저는 항상 그것을 알고 있었습니다."

그는 눈밭에 누워 휴식을 취했다. 피로에 지친 손발이 가벼워졌다. 붉게 충혈된 두 눈은 미소를 품고 있었다.

잠시 잠을 자기 위해 눈을 감으니 여전히 하나님의 목소리가 들려왔다. 그는 여전히 하나님의 밝은 눈을 보고 있었다.

"이제 아무것도 한스러울 게 없겠지?"

하나님이 물었다.

"아무것도 없습니다."

크눌프는 고개를 끄덕이며 수줍게 웃었다.

"그럼 모든 게 다 좋으냐? 모든 게 제대로 되어 있는 것이냐?"

"네."

크눌프는 고개를 끄덕였다.

"모든 게 제대로 되었습니다."

하나님의 목소리가 점점 멀어지더니 어느 순간은 어머니의 목소리처럼, 어느 순간은 헨리에테의 목소리처럼, 어느 순간은 리자베트의 부드럽고 상냥한 목소리처럼 은은하게 울려 퍼졌다. 크눌프가 다시 한번 눈떴을 때는 태양 빛에 눈이 부셔 얼른 눈을 감아야 했다. 그는 눈이 무겁게 양손에 쌓여 있는 것을 느꼈고, 그것을 털어내야 한다고 생각했다. 하지만 잠을 자야겠다는 의지가 다른 그 어떤 의지보다 강렬해지고 있었다.

작가 연보

1877년 7월 2일, 독일 남부 슈바벤주의 뷔르템베르크 소재 산간 도시 칼브에서 아버지 요하네스 헤세와 어머니 마리 군데르트 사이에서 장남으로 태어나다.
1881년 양친과 함께 바젤로 이사하다.
1886년 다시 칼브로 돌아가다.
1890년 신학교 시험 준비를 위해 괴펭엔의 라틴어 학교에 입학하다. 뷔르템베르크 국가시험에 합격하다. 이를 위해 아버지는 뷔르템베르크 국적을 얻다.
1891년 명문 개신교 신학교이자 수도원인 말브론 기숙신학교에 입학하다.
1892년 신학교를 도망쳐 나오다. 6월에 짝사랑 때문에 자살을 기도하고, 정신요양원에서 생활하다. 11월에 칸슈타트 인문고등학교에 입학하다.
1893년 10월, 학업을 중단하다. 서점에서 3일 일하고 그만두다.
1894~1895년 페로트 시계 부품 공장에서 견습공으로 일하다. 튀빙겐에서 서점 점원으로 일하며 글을 쓰기 시작하다.
1899년 첫 시집 《낭만적인 노래》, 산문집 《자정 후의 한 시간》을 발표하다.
1901년 최초로 이탈리아를 여행하다. 《헤르만 라우셔의 유작과 시》를 발표하다.
1902년 《시집》을 발간하다. 어머니가 사망하다.
1904년 《페터 카멘친트》를 발표하고, 6만 부 이상의 판매고를 올리다. 마리아 베르누이와 결혼하다.

1906년 《수레바퀴 아래서》를 발표하다.
1907년 중단편 소설집 《속세 이야기》를 발표하다.
1908년 단편집 《이웃 사람들》을 발표하다.
1909년 취리히, 독일, 오스트리아로 강연 여행을 가고, 빌헬름 라베를 방문하다.
1910년 《게르트루트》를 발표하다.
1911년 시집 《도심에서》를 발표하다. 화가 한스 슈트르체네거와 함께 스위스 수도 베른으로 이사하다.
1912년 단편집 《우회로》를 발표하다.
1914년 《로스할데》를 발표하다. 제1차 세계대전 발발 후 입대 자원했으나 군무 불능 판정을 받고, 베른의 독일군 포로 후생사업에 가담하다.
1915년 《크눌프》를 발표하다.
1916년 《청춘은 아름다워라》를 발표하다. 아버지가 사망하다. 정신분석학자 C. G. 융의 제자인 랑의 치료를 다음 해까지 받다.
1919년 싱클레어라는 필명으로 《데미안》을 발표하다. 폰타네 문학상 수상자가 되지만, 이 상은 신인 작가를 위한 것이기에 이를 반려하다.
1922년 《싯다르타》를 발표하다.
1923년 《싱클레어의 비망록》을 발표하다. 부인 마리아와 이혼하다. 스위스 국적을 획득하다.
1924년 루트 벵어와 결혼하다.
1925년 《요양객》을 발표하다. 작가 토마스 만을 방문하다.

549

1927년 《황야의 이리》를 발표하다. 루트 벵어와 이혼하다.
1930년 《나르치스와 골트문트》를 발표하다.
1931년 니돈 돌빈과 결혼하다. 《유리알 유희》 집필을 시작하다.
1932년 《동방순례》를 발표하다.
1939년 제2차 세계대전이 본격화한 가운데 헤세의 작품이 독일에서 출판 금지되다.
1943년 《유리알 유희》를 발표하다.
1946년 《유리알 유희》로 노벨 문학상을 받고, 괴테상을 받다.
1947년 고향 칼프시의 명예시민이 되다.
1950년 브라운슈바이크시가 수여하는 빌헬름 라베상을 받다.
1955년 서독 출판협회로부터 평화상을 받다.
1956년 헤르만 헤세상이 제정되다.
1962년 8월 9일, 몬타뇰라에서 뇌출혈로 생을 마감하다.

화가 한스 슈투르체네거가 그린
〈파나마 모자를 쓴 헤르만 헤세〉

한 권으로 읽는
헤르만 헤세 작품선

초판 1쇄 인쇄 | 2024년 9월 20일
초판 1쇄 발행 | 2024년 9월 27일

지은이 | 헤르만 헤세
옮긴이 | 이강래
펴낸이 | 전영화
펴낸곳 | 다연
주　소 | 경기도 고양시 덕양구 의장로 114, 더하이브 A타워 1011호
전　화 | 070-8700-8767
팩　스 | 031-814-8769
이메일 | dayeonbook@naver.com
본　문 | 미토스
표　지 | 강희연

ⓒ 다연

ISBN 979-11-90456-57-9 03850

※ 잘못 만들어진 책은 구입처에서 교환 가능합니다.